TOR

J. C. Vogt

ANARCHIE DECO

ROMAN

❋ | TOR

Aus Verantwortung für die Umwelt hat sich der S. Fischer Verlag zu einer nachhaltigen Buchproduktion verpflichtet. Der bewusste Umgang mit unseren Ressourcen, der Schutz unseres Klimas und der Natur gehören zu unseren obersten Unternehmenszielen.

Gemeinsam mit unseren Partnern und Lieferanten setzen wir uns für eine klimaneutrale Buchproduktion ein, die den Erwerb von Klimazertifikaten zur Kompensation des CO_2-Ausstoßes einschließt.

Weitere Informationen finden Sie unter: www.klimaneutralerverlag.de

Erschienen bei FISCHER Tor
Frankfurt am Main, September 2021

© Judith und Christian Vogt
Deutsche Erstausgabe:
© S. Fischer Verlag GmbH,
Hedderichstr. 114, D-60596 Frankfurt a. M.

Satz: Pinkuin Satz und Datentechnik, Berlin
Druck und Bindung: CPI books GmbH, Leck
Printed in Germany
ISBN 978-3-596-00221-4

Für Beate.
Dieses Buch wäre dein Ding gewesen.

TRIGGERWARNUNG

Mord, Verstümmelung, Sexismus (Alltags- & Universitätskontext), Referenz auf vergangene Abtreibung, antisemitischer Rassismus, Klassismus & Elendsviertel, Missbrauch und Gefangenschaft, PTSD, Militarismus, Nazis und Faschismus, Erdbeben, einstürzende Gebäude.

PROLOG

»Gott zaubert nicht!«, hatte Einstein gesagt. Das war der Grund, warum der angesehenste lebende Physiker heute nicht eingeladen worden war. Damit würde Einstein die erste mehr oder weniger öffentliche Demonstration einer Wechselwirkung verpassen, bei der man trotz aller Vorbehalte gegen diesen Ausdruck in der wissenschaftlichen Fachwelt leider nicht umhinkam, sie mit dem Wort »Magie« zu bezeichnen.

Nike atmete einmal tief durch und fuhr sich durchs frisch kurz geschnittene Haar. Das erhöhte ihre ohnehin schon kaum erträgliche Nervosität allerdings noch: Sie hatte mit dieser unbewussten Geste den Sitz ihres Scheitels ruiniert. Was, wenn sie jetzt eine Erscheinung bot, die man zwar männlichen Kollegen durchgehen lassen würde (schließlich war ein großer Geist mit Höherem beschäftigt als mit der Frisur), einer Frau aber keinesfalls?

Sie prüfte zum sicherlich zwölften oder dreizehnten Mal den Sitz ihres Laborkittels, dann legte sie endlich die Hand an den hölzernen Griff des Hebels. Nike hatte alles so gut vorbereitet wie möglich. Die Spannung war geprüft, die Kabel verlegt, die Feldgleichungen waren berechnet – so gut das unter diesen Umständen überhaupt möglich war. Sie hoffte, dass Alfons Mucha, der mit ihr dieses Experiment durchführen würde, ebenso gewissenhaft vorbereitet war. Er wirkte jedenfalls deutlich weniger nervös, geradezu lässig.

Künstler, dachte sie mit mehr Neid als Verdruss.

Zwar trug auch Mucha einen Kittel, der ihrem ähnelte, aber

seine sonstige Erscheinung stand im krassen Kontrast zu der ihren: Der berühmte Jugendstilkünstler ging auf die siebzig zu, hatte dafür noch recht ansehnliches weißes Haupthaar, einen ebenso weißen Spitzbart, der zu seinem weißen Kittel passte, und trug eine kleine Brille. Er war mittlerweile etwas runder als auf den Fotos, die Nike von ihm kannte.

Sie beide, der Künstler und die Physikerin, standen an einem Ende des holzvertäfelten Seminarraums inmitten von Kabeln, Spulen und Staffeleien. Für den Laien musste diese Anordnung wie zufällig angesammelter Schrott auf einem Dachboden wirken – tatsächlich hatte das Chaos jedoch Methode. Nike hatte die Positionen der Apparaturen genau aufeinander abgestimmt.

Hinter dem Versuchsaufbau – in Nikes Rücken – befanden sich eine des Effekts wegen mit Formeln beschriebene Tafel und ein Pult, das ebenfalls mit elektrischen Gerätschaften vollgestellt war. Das Durcheinander wurde von zwei starken Scheinwerfern angestrahlt, wodurch sie sich in dem abgedunkelten Raum wie auf einer Theaterbühne vorkam. Sie musste gegen das Licht anblinzeln und schwitzte.

Hinter ihrer behelfsmäßigen Bühne, deren Geruch nach Holz und Kreide sie an die vertrauten Vorlesungssäle erinnerte, konnte Nike die Gesichter der Zuschauenden nur schemenhaft ausmachen. In diesem Raum versammelte sich beinahe alles, was auf der fünften Solvay-Konferenz im Jahr 1927 Rang und Namen hatte – nun ja, bis auf Einstein. Unter den etwa zwanzig Anwesenden befanden sich Namen wie Pauli und Schrödinger. Nike konnte im Gegenlicht den Glanz der Glatze und den Schnurrbart von Max Planck ausmachen, die glatt rasierten Gesichter von Nils Bohr und Werner Heisenberg, die sich flüsternd miteinander austauschten, das konzentrierte Gesicht der ganz in Schwarz gekleideten Marie Curie.

Nike suchte Curies Blick, vielleicht um ein aufmunterndes Nicken zu erhalten. Aber auch dort fand sie nur Skepsis. Was hatte sie auch erwartet? Das unverdiente Wohlwollen einer Wissenschaftlerin, die mit gleich zwei Nobelpreisen ausgezeichnet worden war, aus reiner weiblicher Solidarität heraus? Curie musste doch denken, dass Nike ihre Zeit mit abergläubischem Humbug stahl.

Worauf wartest du noch? Besser, du bringst es hinter dich, motivierte sich Nike. Das Thema der diesjährigen Solvay-Konferenz hieß »Elektronen und Photonen«, aber wenn wider Erwarten alles lief wie geplant, könnte die nächste Solvay-Konferenz das Thema »Magie« haben.

»Meine Dame, meine …«, setzte Nike an, aber dann versagte ihr die Stimme. Sie räusperte sich und versuchte es erneut. Das Murmeln im Raum dämpfte sich, verstummte aber nicht ganz, also sprach sie so laut und deutlich, wie es ihr möglich war, aber ihre Ansprache klang selbst in ihren Ohren abgehackt und auswendig gelernt. (Sie war auswendig gelernt.)

»Meine Dame, meine Herren, Anfang des Jahrhunderts haben zwei bahnbrechende Entdeckungen die Physik, die seit Newton Bestand hatte, in eine Zeit großer Unsicherheit gestürzt: die Relativitätstheorie und die Quantenmechanik.«

Allseits Nicken. Planck nahm seine Brille ab und putzte sie mit wohldosierter Bescheidenheit. Nike mochte ihn nicht, sie hatte nicht vergessen, dass er Frauen, die sich auf geistigem Gebiet bewegten, als naturwidrige Amazonen bezeichnet hatte.

»Bereits diese beiden beschreiben Effekte, die im Alltag schlicht nicht erlebbar, aber deshalb nicht weniger real sind. Wenn wir ehrlich sind, haben sie, als wir uns das erste Mal damit beschäftigten, auf uns alle gewirkt wie … Wunder«, sagte Nike.

Sie atmete noch einmal durch, bevor sie sich dazu zwingen konnte, ihre gewagte Ankündigung abzugeben: »Das heutige Experiment wird sich nahtlos in diese beiden großen Entdeckungen einreihen, diese vielleicht sogar in den Schatten stellen! Denn das Phänomen, für das wir im Folgenden den Nachweis bringen wollen, wird unseren Alltag grundlegend verändern!«

Und wenn nicht, habe ich mich vor den größten Köpfen der Menschheit zum Affen gemacht, dachte Nike. Sie war angetreten, Newton herauszufordern, und natürlich würde sie sich bei einem Versagen der Lächerlichkeit preisgeben. Immerhin verstummte das Gemurmel: Endlich hatte sie die volle, äußerst skeptische Aufmerksamkeit der Zuhörerschaft.

»Mein Dank gehört allen, die uns ihr Vertrauen geschenkt und dieses Experiment ermöglicht haben« – *und die sich natürlich erst dann namentlich zu erkennen geben werden, wenn dieses Experiment glücken sollte,* fügte Nike in Gedanken hinzu.

Nikes Blick fand unwillkürlich Bohr und Heisenberg, auf deren Einladung sie hier war. Eine einmalige Chance, besonders für eine junge Wissenschaftlerin. Wobei Heisenberg noch jünger war als sie und seit diesem Jahr bereits Professor in Leipzig sowie gefeierter Entdecker der Unschärferelation. Wenn sie selbst noch Karriere machen wollte, musste sich Nike sputen.

Sie hatte Bohr und Heisenberg während eines Besuchs bei der Berliner Professorin für Experimentelle Kernphysik, Lise Meitner, kennengelernt. Meitner hatte sie einander vorgestellt, und Nike war mit ihren Ideen auf Sympathie gestoßen. Trotzdem würden sich am Ende nicht die beiden Herren blamieren, wenn das hier schiefging.

Nike wusste, wie sie dachten: Die wissenschaftliche Reputation einer Frau war leichter aufs Spiel zu setzen als die eines Mannes. Eine Frau konnte schließlich beim Scheitern ihrer Karriere noch im schützenden Hafen der Ehe aufgefangen werden.

»Aber nicht nur die Wissenschaft ist beteiligt. Unerlässlich für das heutige Vorhaben ist mein geschätzter Kollege, der weltberühmte Maler Alfons Mucha aus Prag.«

Der Künstler deutete eine Verbeugung an, ließ sich aber immer noch nicht aus der Ruhe bringen. Immerhin hatte er es sich nicht nehmen lassen, selbst Hand anzulegen. Natürlich ruinierte ein Künstler auch nicht seinen Ruf durch Spinnereien: Spinnerei wurde schließlich geradezu von ihm erwartet.

»Was also haben wir heute vor?«, fuhr Nike fort. »Gerichtete Elektronen- sowie Röntgenstrahlen werden in präzise berechneten Trajektorien durch ein Gemälde strömen, um damit den Zustand der Wassermoleküle vor ihnen zu ändern«, sie deutete mit der freien Hand auf den inmitten der anderen Gerätschaften geradezu trivial wirkenden Wassereimer. »Laut der Kopenhagener Interpretation der Quantenmechanik ist die Natur auf der Ebene der Elementarteilchen selbst unbestimmt, unscharf, nicht determiniert, sondern der Herrschaft der Wahrscheinlichkeit unterworfen.« Diese Interpretation, die als Basis für ihren Vortrag diente, war erst in diesem Jahr von Bohr und Heisenberg formuliert und just auf dieser Konferenz noch diskutiert worden. Einstein beispielsweise hielt nichts davon. Der Disput zwischen Bohr und Einstein war zwar auf hohem argumentativem Niveau und stets auf der Sachebene verlaufen – was trotz aller angeblicher Objektivität auch unter Naturwissenschaftlern eine Seltenheit war –, dennoch stellte das wohl auch den Grund dar, aus dem Einstein zu dieser Vorführung nicht eingeladen worden war.

»Was ich Ihnen als Nächstes sage, scheint widersprüchlich, aber alle Indizien, die wir höchst methodisch gesammelt haben, deuten darauf hin, dass diese Wahrscheinlichkeiten gezielt manipuliert werden können. Dass Unwahrscheinliches geordnet und wahrscheinlich gemacht werden kann, und zwar durch das Einbeziehen von Symmetrie und … ästhetischen Gesichtspunkten.«

Ein kurzes, beinahe hysterisches Auflachen erklang im Publikum aus den hinteren Reihen, links gefolgt von einem »Pah!« und einem »Das kann nur von einer Frau kommen!« irgendwo im Zentrum.

Nikes Blick ging nach links. Eine stumme Frage an ihren berühmten Partner. Der rückte eine Skizze vor sich noch einmal zurecht, die den Rücken eines Mädchens zeigte, das in umschlungenen groben Tüchern ein Schauspiel beobachtete, das noch nicht abgebildet war. Nike wusste, dass es sich hierbei um eine Vorzeichnung zu Alfons Muchas aktueller Arbeit handelte, dem *Slawischen Epos*, das Mucha selbst als Höhepunkt seines Schaffen betrachtete. Sie mochte die Ruhe, die das Mädchen ausstrahlte, sonst sagte ihr das Bild in seiner unfertigen Form jedoch nicht viel. Das war nicht nötig: Die Kunst war Muchas Aufgabe, die Physik ihre.

Kunst und Wissenschaft – die beiden Grundpfeiler der neuen Disziplin, die sie hier demonstrieren wollten. Einer so unerlässlich wie der andere, so fremd sich diese beiden Pole auch schienen.

Sie legte den Hebel um. Das Licht der Bühnenstrahler flackerte, stabilisierte sich dann aber. Apparaturen sirrten. Eine Braunsche Kathodenstrahlröhre emittierte unsichtbare Elektronen, die durch von Spulen erzeugten Magnetfeldern auf vorberechneten Bahnen gen Staffelei geleitet wurden und dabei mit den Röntgenstrahlen aus der Röntgenröhre auf dem Pult wechselwirkten, um ein bestimmtes Streumuster zu erzeugen. Ein Effekt, für dessen Entdeckung der Amerikaner Arthur Holly Compton – wie gerade bekanntgegeben – in diesem Jahr mit dem Nobelpreis ausgezeichnet werden würde. Nike brachte ihn bereits zur Anwendung, aber sie bezweifelte, dass viele im Raum anerkennen würde, wie sehr sie sich damit am Puls von Zeit und Wissenschaft befand.

Mucha schien zwar etwas überrumpelt vom plötzlichen Beginn der Vorführung, ließ sich davon aber nicht irritieren. Er nahm Pinsel und Farbpalette zur Hand, nickte Nike zu und begann, sich in sein Bild zu versenken. Pinselstrich um Pinselstrich formte er die Gestalt des Mädchens aus, doch Nike riss ihren Blick los: Sie selbst musste am Steuerpult mit Drehreglern die Spannung angleichen, die an den Spulen und Kondensatoren anlag. Dieser Teil des Versuchs erforderte eher das intuitive Gespür der Experimentatorin als präzise Berechnungen; ein Gefühl für das Surren der Geräte, die Spannung in der Luft. Die Steuereinheit verlangte ihre ganze Aufmerksamkeit, so dass ihr die Reaktionen des Publikums verborgen blieben. Aber immerhin wurde sie nicht lauthals beschimpft.

Erst als der gewünschte Effekt eintrat, glaubte Nike endlich daran, dass das heute auch niemand tun würde.

Zunächst fing das Wasser im Eimer an zu dampfen.

Dann schien der Dampf von innen heraus bläulich zu leuchten.

Schließlich bewegten sich die Dampfschwaden zielgerichtet, während sie sich verdichteten: Sie nahmen die Form des Mädchens auf Muchas Gemälde an.

Das endlich entlockte dem Publikum einen Laut des Erstaunens. Dann noch einen, und während das Mädchen aus Dampf nun über dem Eimer schwebte und sogar unsichtbaren Bekannten zuwinkte, ging im ganzen Raum das Geschnatter los.

»Magie!«, kam als erste spontane Rückmeldung von hinten.

»Der künstlerische Geist erfasst die Schönheit der Natur«, sagte Heisenberg feierlich – vorher zurechtgelegte Worte, da war sich Nike sicher.

»Comment est-ce possible?«, fragte Marie Curie.

»Das muss ein Trick sein«, entgegnete Schrödinger, der mit seiner hageren Gestalt und der kleinen Brille wie ein verrückter Wissenschaftler aus einem Groschenheft wirkte.

»Jesus Christus, ist das der Gottesbeweis?«, murmelte Planck.

»Stimmt es, dass man sowohl einen Künstler als auch einen Naturwissenschaftler für diesen Hokuspokus braucht?«, fragte jemand.

»Ich gebe ja zu, dass es uns zunächst auch überrascht hat«, entgegnete Heisenberg, der sich nun als Urheber dieses Experiments zu erkennen gab. »Aber so scheint es zu sein! Genau genommen legen alle Versuche an den Universitäten in Prag, Kopenhagen und Berlin nahe, dass man sogar beiderlei Geschlecht für dieses Kunststück benötigt! Die duale Magie – ein Zusammenspiel von Kunst und Wissenschaft, Mann und Frau.«

Während die Diskussionen losgingen – von der Natur bisher unbekannter Kraftfelder über Experimente zur Verifizierung des Gesehenen bis hin zu philosophischen und religiösen Implikationen des Versuchs –, ignorierten die gelehrten Herrschaften Nike, die den Hebel auf seine alte Position klappte und damit das Surren zum Verstummen brachte. In der Mitte war der Dampf schlagartig resublimiert. Eine Statue eines Mädchens aus kristallklarem Eis saß da mitten im Raum und schien ihr eigenes Abbild auf Muchas Leinwand zu betrachten. Nike stiegen vor Stolz und Erleichterung Tränen in die Augen, doch sie war klug genug, sie wegzublinzeln.

1
MARMORTRUNKEN

> »*Aber lieber Einstein, heute sagen Sie das Gegenteil von dem, was Sie beim letzten Treffen gesagt haben.*«
> »*Was kann ich denn dafür, dass Gott die Welt anders gemacht hat, als ich vor einigen Wochen noch gemeint habe?*«
> **DIALOG ZWISCHEN WALTHER NERNST UND ALBERT EINSTEIN**

»Sie als Physikerin, erklären Sie mir das mal«, brummte Seidel, beugte sich ächzend hinunter und tippte vorsichtig mit seinem Finger auf das Schulterblatt der Figur. *Es ist nur eine Figur*, redete sich Nike ein. Eine makabre Sinnestäuschung – immerhin war es noch dunkel, da halfen auch die Scheinwerfer nicht, die zwei von Seidels Kollegen von der Eingangstreppe des Rohbaus aus auf die menschliche Gestalt richteten, die mit dem Gesicht nach unten im Fußboden zu ertrinken schien.

»Ab welcher Temperatur ändert denn Stein den Aggri…« Seidel kaute kurz auf dem Wort herum und fuhr dann fort: »Also, diesen Festigkeitszustand?«

»Genau weiß ich das leider nicht«, bemühte sich Nike um Professionalität. »Aber bei keiner Temperatur, die nachts in Berlin außerhalb eines Hochofens erreicht werden kann.«

Sie trat einen behutsamen Schritt vor, versuchte, die Vorstellung beiseitezuschieben, dass die Gestalt nach ihr packen und auch sie in eine unwägbare Tiefe ziehen würde. Ihre Fußspitze ertastete den Boden. Er schien fest. Steinern.

»Das ist entweder ein Scherz oder ein sehr lebensechtes

Kunstwerk. Oder beides«, brachte sie hervor. Sie hatte schon Dinge gesehen, die unmöglich wirklich sein konnten und doch wirklich waren – aber das hier lag eindeutig jenseits von »eigentlich unmöglich, aber doch irgendwie erklärbar«.

»Dada«, murmelte Seidel. Sie wusste nicht, ob er die Kunstrichtung meinte oder sie auf etwas hinweisen wollte. Sein Finger drückte jedenfalls eine leichte Delle in das Sakko und den Körper darunter. Die Gestalt bestand nicht aus Stein.

Nike atmete knapp ein und aus und trat dann einen entschlossenen Schritt vor auf den weißen silbergeäderten Untergrund. Tau hatte sich darauf gesammelt, das Licht der Scheinwerfer spiegelte sich darin.

»Was für ein Material ist das?«, fragte sie, mehr zu sich selbst, und ging in etwa zwei Metern Abstand vor der *Figur* in die Hocke. »Marmor?«

»Ja, gehe ich von aus.« Auch der Kriminaloberkommissar stampfte einmal mit dem Fuß auf. Dumpf hallte der Tritt über die kirchenschiffartige Baustelle, die erstaunlich still dafür war, dass die Stadt angeblich niemals schlief.

Baustellen schlafen. Oder warten sie nur darauf, nächtliche Passanten zu verschlingen?

Nike musterte den Menschen, der dort mit Gesicht und Bauch nach unten auf dem … nein, *im* Fußboden lag. Er hatte die Arme nach vorn gestreckt. Auch seine Hände waren eingesunken, wenn auch nicht so tief wie der Unterkörper. Über den Beinen hatte sich der Marmor vollends geschlossen, über den Fingern und Händen jedoch eher so, als habe die Person tief in Brotteig gegriffen. Ein Spezialeffekt wie aus dem Kino. Nike schüttelte den Kopf, immer noch konnte sie das Gefühl einer Illusion, eines Traums nicht loswerden.

»*Nehmen Sie die Dinge, wie sie sich Ihnen darstellen*«, hatte Heisenberg gesagt. Mehr als diese Subjektivität blieb ihr nicht als Haltepunkt.

Subjektiv stellte sich ihr das Ganze wie folgt dar: In dieser Nacht war auf der abgesperrten Baustelle eines neuen Warenhauspalastes in Reinickendorf eine unidentifizierte Person im flüssigen Marmor versunken, der sich danach um sie herum verfestigt hatte. Sie war tot, das hatten die Schupos am Tatort bereits festgestellt, Gesicht und Brustkorb waren nicht mehr auszumachen.

Was Nike aus Rücken, Nacken und Hinterkopf schließen konnte, war, dass es sich vermutlich um einen Mann handelte, dunkler Wollmantel über Sakko und Hemd, keine Krawatte, unordentlicher Hemdskragen, schütteres Haar, aber keinesfalls kahl.

Er hatte seinen Hut verloren, Nike entdeckte ihn im Lichtkegel des Autos, das von der Straße in den Eingangsbereich der an sakrale Architektur erinnernden neuen Tietz-Warenhausfiliale leuchtete.

Sie rückte in der Hocke ein Stück näher und berührte mit zitternden Fingern den Nacken des Mannes. Er war weich und fleischig, nachgiebig. Eiskalt.

Verblüffend tot.

Tote gehörten bislang nicht zu Nikes Expertise – sie schrak davor zurück, von plötzlichem Ekel geschüttelt, stellten sich ihr die Nackenhaare auf, und sie wischte die Fingerspitzen an ihrem Mantel ab.

»Wir müssten ihn. Also, er muss da ...« Sie sah Seidel hilflos an. *Er* war doch der Polizist! Was wusste sie schon, wie man diesen Mann jetzt zum Gerichtsmediziner bekam?

»Aber wie machen wir das denn wieder flüssig, oder müssen jetzt die Steinmetze kommen?«, führte der Kommissar ihren Gedanken aus.

Ihre Blicke trafen sich. Er wusste so gut wie sie, dass sie den Stein nicht verflüssigen konnte. Nicht als Physikerin. Und schon gar nicht als Schülerin des ... neuen Tätigkeitsfeldes, das sie sich seit gut einem Jahr erschloss.

»Ich denke, die Steinmetze müssen kommen.«

»Ui-ui«, murmelte Seidel in den dämmernden Aprilmorgen von Reinickendorf. »Das wird teuer, Tietz hier den Marmor zu zerkloppen.«

»Falls Herr Tietz den Mann nicht zur Eröffnung als Deko behalten und mit einem Reklameaufsteller tarnen will, wird ihm wohl nichts anderes übrigbleiben, als zu dulden, dass wir diesen offensichtlich gefälschten Marmor entzweihauen und analysieren lassen. Und die Baustelle sperren, bis wir uns sicher sind, dass hier nicht die erstbeste Oma, die sich einen Mantel von der Stange kaufen will, im Boden versinkt. Herrgott, das werden die Bauherren doch wohl einsehen, hier ist ein Mensch gestorben!«

»Natürlich. Ich will nur nicht unbedingt der sein, der es ihnen erklärt«, brummte Seidel auf seine unverwechselbare Art, die Nike sofort klarmachte, dass er die unangenehme Aufgabe an sie delegieren würde. Und warum auch nicht? Technisch gesehen war sie die Expertin, und Seidel war ihr Chef.

Sie kannten einander noch nicht lange. Nike war erst vor wenigen Wochen von Professor Pfeiffer diese einzigartige Karrierechance ermöglicht worden – so hatte er es zumindest verpackt. Sie hatte nun schon ein gewisses Alter überschritten, und wenn sich ihr weiterhin die Gelegenheit zu einer Dissertation bieten solle, so der Professor, müsse sie diese Chance beim Schopfe packen und ein wenig Feldforschung auf ihrem … speziellen Gebiet betreiben.

Dabei war dieses ganze »Gebiet« ganz offensichtlich das Gegenteil einer einzigartigen Karrierechance. Seit der Solvay-Konferenz versuchte sie sich an Theorien und Experimenten, aber nichts davon machte auch nur entfernt den Anschein, dass es ihr zu einem Doktortitel verhelfen würde. Denn das, was Heisenberg so ehrfürchtig als »Magie« betitelt hatte, hatte zwar immer noch keinen besseren Namen, war jedoch vor allen Dingen ein Phänomen, das sie wieder auf eine geradezu mittelalterliche Erkenntnisstufe zurücksetzte. Ihr war es bislang nicht einmal ansatzweise gelungen, es in ein mathematisches oder naturwissenschaftliches Konzept zu fassen. Alles sah danach aus, als bewege sie sich mit rasender Geschwindigkeit auf ihre ganz persönliche Karrieresackgasse zu. Jedenfalls wollten sich weder Pfeiffer noch Heisenberg noch Bohr mit dieser Mittelalterlichkeit beschmutzen, also zogen sie es vor, Nike allein im Dunkeln tappen zu lassen.

Jetzt tappte Seidel also mit ihr zusammen im Dunkeln, doch im Gegensatz zu ihr war er als Polizist das Tappen gewohnt. Ihn konnte das nicht aus der Ruhe bringen. Sein Auftrag war herauszufinden, ob eine *unwahrscheinliche* Beobachtung, ein *unrealistischer* Unfall oder ein *rätselhaftes* Ereignis auf Drogenkonsum, Vandalismus oder eine profane Straftat zurückzuführen war – oder ob »Magie« dahinterstecken konnte. Denn obwohl die Experimente seit der Solvay-Konferenz kaum reproduzierbar waren, deutete alles darauf hin, dass die Büchse der Pandora geöffnet worden war.

Magie trieb in Berlin ihr Unwesen, und Pfeiffers Berliner Physikerkollegen von Weltrang wie Planck, Schrödinger, Meitner oder Nernst hielten sich bei diesem Thema bedeckt. Also hatten sie es vorgezogen, Nike an die Front zu schicken.

Seidel hatte das hintere Ende seiner eigenen beruflichen Sackgasse bereits fast erreicht: Er stand kurz vor der Pension und begegnete den neuen Unannehmlichkeiten mit dem Gleichmut desjenigen, dem alles immer auf die eine oder andere Weise lästig gewesen war, ob es sich nun um Kriminelle, Huren, Drogen, Mord oder Magie handelte. Bislang hatten sie es mit plötzlich reißenden Hausfundamenten zu tun gehabt, mit einem verschwundenen Schlussstein, der ein ganzes Gewölbe zum Einsturz gebracht hatte, und einer ganzen Menge Illusionen, von grünen Feen bis hin zu apokalyptischen Mahlströmen und babylonischer Sprachverwirrung.

Seidel bildete so etwas wie eine Einmannsonderkommission, der Nike als Hilfswissenschaftlerin zugeteilt worden war. Während ihre Aufgabe darin bestand herauszufinden, ob es bereits Leute gab, die die Phänomene absichtlich reproduzierten, hatte Seidel die Order des Polizeipräsidenten, die bislang unter dem Begriff »metaphysische Kriminalität« zusammengefassten Aktivitäten sofort zu melden, damit darüber entschieden werden konnte, wie politisch mit den neuen Phänomenen zu verfahren sei.

Bislang war ihnen allerdings kaum etwas untergekommen, das die Aufmerksamkeit des Polizeipräsidenten oder des Justizministers verdiente. Nun, ein in Marmor ertrunkener Toter mochte das ändern.

Nike ließ sich geschafft in den Stuhl fallen. Ein Anwalt des Tietz-Warenhaus-Imperiums war gerade erst abgerückt, nachdem er ein fruchtloses und entschieden zu langes Gespräch über das sogenannte Marmorereignis geführt hatte. Seidel war den größten Teil des Gesprächs hindurch nur körperlich anwesend gewesen, vornehmlich rauchend und ganz auf seine Formulare konzentriert. Und als ein Anruf aus der Gerichtsmedizin kam, war er allein hinuntergegangen.

Nike hasste die Gerichtsmedizin. Sie fand auch Seidels Büro entsetzlich, war es doch von einer eher verstörenden Altherrenmarotte gezeichnet: Kommissar Seidel mochte gern Gehäkeltes. Es umgab Nike einfach überall. Häkeldeckchen lagen auf den Aktenschränken. Häkelkissen auf dem Bürostuhl, auf den sie sich fallen ließ. Eine Häkeltasche umgab das Lederetui, in dem er seine Pfeifen aufbewahrte. Die Tabakdose. Eine gehäkelte Banderole umspannte den gottverdammten Aschenbecher. Gehäkeltes, das Jahre, vielleicht Jahrzehnte kalten Pfeifenrauchs in sich aufgesogen hatte. Nike wusste, wie schnell das ging: Sie roch selbst nach ihren Bürostunden ekelhaft nach Rauch.

Als Seidel aus der Gerichtsmedizin zurückkam, war der Tietz-Anwalt bereits verschwunden und hatte nur den schweren Duft seines Herrenparfums zurücklassen, der sich langsam mit dem Tabakgeruch verschränkte. Nike schloss kurz die Augen und versuchte, sich diese aufdringliche olfaktorische Mischung auf Molekülebene vorzustellen, doch dazu steckte nicht genug Chemikerin in ihr.

»Herrgott, Herr Kommissar, ich bin nicht einmal offiziell bei der Polizei, denken Sie wirklich, es ist angemessen, dass ich diese Art von Gespräch führen muss?«, sagte sie mit einem Blick auf die Armbanduhr. Seidel hatte sie um fünf Uhr in der Früh abgeholt, und jetzt war es beinahe halb zehn. Die Uni wartete.

»Fräulein Wehner, ich denke, es ist angemessen, dass eine Frau von ihrem Verstand sich eher mit diesen Sabbelköpfen von Anwälten herumschlägt, statt sich Leichen ansehen zu gehen.« Man konnte Seidel unmöglich lange böse sein, nicht einmal Nike vermochte das. Der Kommissar – er war Anfang sechzig und besaß eine spiegelnde runde Glatze, auf der sich Sommersprossen und Leberflecken mischten und sich von dort über Nase und Wangen ergossen – hatte sich selbst als Großstadtpolizist das Lächeln und den Langmut eines Dorfschutzmanns bewahrt.

Er blinzelte über den Schreibtisch hinweg zu ihr hinüber und drückte die Zigarette aus, die er ausnahmsweise statt seiner Pfeife entzündet hatte. Den Stapel per Hand ausgefüllter Formulare legte er auf ein Spitzendeckchen an der Tischkante. Er hatte verschiedene Spitzendeckchen für verschiedene Ablagezwecke, und Nike war nicht entgangen, dass hinter der spießigen Schreibtischdekoration ein ausgeklügeltes System der Arbeitsplanung (und teils der Arbeitsvermeidung) steckte.

»Wenn Sie gleich gehen, bringen Sie die Sachen doch bitte bei einer von den Tippmamseln vorbei.« Angesichts ihrer sauertöpfischen Miene räusperte er sich und fügte hinzu: »Während Sie die … *Vorgänge* eben mit Ihrem Sachverstand erläutert haben, viel besser, als ich das könnte, habe ich mit Dr. Groszjansen über die Leiche geredet.«

»Ist sie schon aus dem Marmor befreit?«

»Nein, daran arbeiten sie noch. Aber Groszjansen war schon vor Ort. Es gibt bereits Fotos vom Gesicht, die wir uns angesehen haben. Und Groszjansen hat festgestellt, dass in die Nasenlöcher, in den Mundraum und vermutlich auch in die Lunge … na ja … Marmor geflossen ist.«

Er suchte so lange ihren Blick, bis sie ihm in die Augen sah. Sie wusste, dass sie Augenkontakt weitgehend vermied, und arbeitete daran, dies zu ändern.

»Identifikation steht noch aus, aber es gibt schon Gerede.«

»Kann ich mir denken.« Nike seufzte.

»Hundertprozentig konnte Groszjansen es nicht sagen, aber der Tote sieht aus wie … nun ja. Jemand aus der Politik. Wir haben also hier zweierlei Brisanz, Fräulein Wehner.«

»Zum einen ein vielleicht prominentes Opfer«, sagte Nike leise.

»Und zum anderen ein unerklärliches Phänomen.« Seidel erlaubte sich trotz der tragischen Umstände ein Lächeln.

»Sie meinen, dann sind wir für Ihre Kollegen in der Roten Burg nicht mehr die Ermittlungsgruppe ›Meisenheim‹?«, erwiderte Nike kühl. »Herzlichen Glückwunsch, Herr Kommissar. Ich freue mich dann, wenn die Albträume weg sind.«

»Manchmal frag ich mich, ob Sie besonders empfindsam sind oder besonders kaltschnäuzig.« Er zuckte mit den Achseln. »Vielleicht sorgt meine zweite Neuigkeit für ein wenig mehr Begeisterung. Groszjansen und Fuchs haben mir nahegelegt, das Momentum zu nutzen – so sagt man das doch in der Physik, oder? – und so schnell wie möglich bei Zörgiebel die Gelder für eine zweite Hilfsstelle zu beantragen. Während Sie mit dem

Tietz-Anwalt beschäftigt waren, hab ich alles schon ausgefüllt und 'nen Schrieb aufgesetzt. Nehmen Sie Professor Pfeiffer doch gleich diesen Brief hier mit. Es ist zwar noch nichts niet- und nagelfest, aber vielleicht mag er sich schon nach jemandem umsehen, den Sie gebrauchen können.«

Nike stand langsam auf und nahm mit der einen Hand den Brief und mit der anderen die Formulare und Anträge. Sie nickte. »Ich komme heut Nachmittag wieder rein.«

Nike verließ den dunstigen Raum und atmete im Korridor, der nach Papier, altem Holz, noch mehr Zigaretten und nach dem Parfum des Tietz-Anwalts roch, einmal durch. Ein ungeklärtes Phänomen. Ein prominenter Toter. Ein neuer Partner. Langweilig würde es in der nächsten Zeit zumindest nicht werden.

»Die Welt besteht aus Gegensätzen. Licht und Schatten, Tag und Nacht, Liebe und Furcht, Stille und Musik, Frau und Mann, Yin und Yang. Natürlich können wir die Welt nicht begreifen, solange wir die Gegensätze nicht beherrschen. Entsprungen aus ›Art Nouveau‹ und ›Physique Moderne‹ ist durch Symmetrie und Symmetriebrechung zum ersten Mal der Funke einer neuen Zeit entstanden. Ein Funke dualer Magie – ein Leuchtfeuer ohne Quelle, eine Energie ohne Zufuhr, ein Trotzen gegen die Kräfte der Physik, ein neues Gesetz. Und das ist erst der Anfang!

Der Krieg, der alle Kriege beenden sollte, gehört der Vergangenheit an, und seitdem leben wir unser Leben intensiv wie nie zuvor. Die Gegensätze toben in einem wilden Tanz ...«

Nike runzelte die Stirn und sah von dem eng bedruckten Faltblatt auf, das Erika ihr mit wildem Grinsen auf den Tisch geknallt hatte.

»Was für ein Mist ist das denn?«, fragte sie, und Erikas Lächeln wich einer geradezu maskenhaften Ruhe. Nike begriff, dass sie die Kommilitonin tödlich beleidigt hatte: Der Text stammte offenbar von ihr. Aber sie konnte die Worte nicht zurücknehmen – wie stets musste sie jetzt eben damit leben.

»Findest du, dass es Mist ist?«, fragte Erika betont neutral.

»Es ist mystisches Geschwurbel. Metaphysisches Blabla.« Nein, Nike war wirklich nicht gut darin, unbedacht Dahergesagtes abzumildern.

Um Erika nicht ins Gesicht sehen zu müssen, stand sie auf, drehte sich um und rief ins Auditorium: »Hallo, ich *höre* kaum etwas, kann das vielleicht hier einmal ohne Chaos ablaufen? Es heißt doch *Hör*saal, also bitte …«

Füßescharren und Gelächter. Wie immer, wenn das Fräulein Wehner sich wieder nicht durchsetzen konnte. Nike war als Assistentin dafür zuständig, dass die Tafel für Professor Pfeiffer geputzt und der Raum zur Ruhe gebracht war. Die Tafel immerhin war sauber, und was den Lärm anging, na ja, sie tat eben, was sie konnte.

Erika, sechs Jahre jünger als Nike, weit weniger verbissen und dennoch mühelos so weit, dass sie als Hilfswissenschaftlerin mit an Nikes Projekten arbeitete, ließ ihren Blick kurz durch den Saal schweifen und gähnte dann wie eine Katze. Sofort hefteten sich einige begehrliche Blicke auf sie, Robert schob sich sogar durch die Bänke so nah an ihr vorbei, dass er ihr an einer kecken Locke ziehen konnte.

»Hey, Finger wech, ick bin verjeben!« Erika lachte und zwinkerte Nike dann zu. »Gestern hab ich noch die Hälfte von denen in der Stampe getroffen. Ich frag mich nur, warum ich so müde bin und die so viel Energie haben! Was sagt denn Nernsts Wärmesatz dazu?«

Nike konnte einfach nicht aus ihrer Haut: »In ihren Laboren werden sie dich niemals ernst nehmen, wenn du mit ihnen tanzt. Und wenn du solche Texte schreibst. Wofür ist das überhaupt?«

Erika lehnte sich über die Bank zu Nike herüber und versperrte damit Lenz den Weg, der sich durch den Gang zu seinem Platz neben Frentzen, diesem Gockel, durchdrängen wollte.

»Das ist für meine …« Erika senkte dramatisch die Stimme und blieb dennoch so laut, dass man es einfach hören musste. Ein Student mit kurz geschorenen Haaren spitzte denn auch für alle offensichtlich die Ohren. »… Bühnenshow. Varieté.« Und dann zwinkerte sie Lenz vielsagend zu, dem prompt die Röte ins Gesicht stieg.

»Du lässt echt keine Gelegenheit aus, dich lächerlich zu machen«, tadelte Nike die jüngere Studentin.

»Aber dass du immer in Anzug und Krawatte hier auftauchst, ist nicht lächerlich?«

»Ist mir doch egal, was diese Bengel von mir halten«, murmelte Nike.

»Seh ich genauso«, erwiderte Erika beinahe versöhnlich. »Und kommst du? Ist am Freitag in einer Woche.«

Nike schüttelte nur den Kopf und lehnte sich in ihrem Sitz zurück. Die Vorlesung musste jeden Moment beginnen, warum erlöste sie niemand vom Lärm ihrer Kommilitonen?

Sie atmete auf, als sich die schwere dunkle Tür im unteren Teil des Hörsaals endlich öffnete. Der Lärm verstummte schlagartig, als Professor Pfeiffer eintrat. Nike hielt sich bereit, um auf seinen Wink Formeln an die Tafel zu schreiben, und versuchte, alles andere zu verbannen: den Toten im Marmor, Erikas Sticheleien, die unbehagliche Wut auf sich selbst, um sich ganz der Physik zu widmen.

»Gibt es noch etwas, Fräulein Wehner?«, fragte Pfeiffer, als sie sich nach der zweiten Vorlesung des Tages noch immer im Hörsaal herumdrückte. Nike sah ertappt auf und griff dann in ihre Ledertasche, um den Brief herauszuholen.

»Ich habe einen Brief für Sie, Professor Pfeiffer. Von der Polizei.« Das klang selbst in ihren eigenen Ohren seltsam. »Es wurde eine weitere Hilfsstelle beantragt. Wenn die Gelder bewilligt werden, erbittet sich Herr Kommissar Seidel Ihre Expertise bei der Auswahl einer weiteren Person. Offenbar reichen meine Kompetenzen der Berliner Polizei nicht mehr aus.«

Sie legte ihm den Brief auf den Tisch.

»Darin also noch mal dasselbe in den Worten des Kommissars?«, fragte Pfeiffer, ohne den Brief zu öffnen, und Nike nickte.

»Was ist denn passiert, dass man Ihre Kompetenz in Zweifel zieht?«, fragte Pfeiffer. Er zog sich langsam den Mantel an, während Nike sprach.

»Ich bin mir nicht sicher, ob ich darüber reden darf. Meine Position ist ja etwas ... schwammig definiert. Wir haben jedenfalls wirklich eindeutige Hinweise, dass ... unser neues Forschungsfeld für einen Unfall mit Todesfolge gesorgt hat. Oder für einen Mord.«

»Und nun?«

»Ich bin mir unsicher.«

»Haben Sie das Phänomen protokolliert?«

»Nun ja, die Polizei hat ...«

»Fräulein Wehner«, unterbrach er sie und nahm erst seinen Hut, dann den Brief. »Sie wollen doch promoviert werden. Zeigen Sie ein wenig mehr Eigeninitiative. Enthusiasmus. Weniger Verkniffenheit. Mir kommt der Verdacht, Sie lassen sich da antriebslos herumschubsen wie eine Stenotypistin! Ich sage Ihnen ganz ehrlich: Wenn ich eine zweite Hilfskraft anfordere, wird das ein Mann sein, das wissen Sie.«

»Natürlich«, presste Nike durch die Zähne. Natürlich wusste sie das – die Experimente waren immer nur dann geglückt, wenn ein Mann und eine Frau sie zusammenwirkten, und das war zugleich Nikes Segen wie auch ihr Fluch. Es machte sie unersetzlich, schließlich war sie eine der wenigen diplomierten

Physikerinnen, die bereits eine gewisse Erfahrung vorzuweisen hatten.

»Ich werde mich umhören und Ihnen wen Kompetentes an die Seite stellen. Aber wenn Sie sich nicht unterbuttern lassen wollen, sollten Sie vielleicht etwas energischer und zielbewusster auftreten.«

Sie nickte und schluckte ihre Wut herunter. Gleichzeitig fühlte sie sich, als müsse sie jeden Moment losheulen. Das wiederum ließ die Wut noch heller aufflammen. Pfeiffer schien das zu spüren. Er korrigierte den Sitz seines Hutes und lächelte sie noch einmal an. »Ich weiß, das hört niemand gern. Ich will Ihnen doch nur helfen. Sie haben bis zum Diplom länger gebraucht als die meisten ihrer männlichen Kommilitonen. Ich will ganz ehrlich sein: Ich hätte keine Anstellung als Doktorandin für Sie gehabt, wenn sich nicht dieser ungeahnte Forschungszweig aufgetan hätte und Professor Nernst ein gutes Wort für Sie eingelegt hätte. Wenn Sie nicht einmal ehrgeizig genug sind, diese Gelegenheit zu ergreifen, dann sind Sie vielleicht in der Physik falsch.«

Sie wollte etwas sagen, ihn an ihre exzellenten Diplomnoten erinnern, ihm entgegenschreien, was sie davon abgehalten hatte, im Vordiplom täglich zur Uni zu kommen. Aber sie tat nichts davon. Sie nickte einfach nur, flüsterte eine Verabschiedung und schlich davon.

Er nickte ebenfalls und rief ihr dann hinterher: »Um das Unmögliche zu verstehen, müssen Sie neugierig bleiben, Fräulein Wehner! Seien Sie etwas mutiger!«

Die Wut im Bauch hatte sich nicht aufgelöst. Nike hatte zu Mittag lediglich versucht, sie in drei hastig heruntergeschütteten Tassen Kaffee zu ertränken – Hunger hatte sie keinen. Es war nicht einmal so, dass ihr der Appetit vergangen war. Vielleicht wollte sie die Wut in ihrem Bauch einfach aushungern. Oder sie bestrafte sich selbst, Nike konnte es nicht sagen. Am frühen Nachmittag stand sie wieder in Seidels Häkelparadies, nervös von Kaffee und einem Morgen mit Leiche, aber ohne Frühstück.

»So, sehr gut, sehr gut, dass Sie da sind, Fräulein Wehner«, sagte der Kommissar und tupfte sich die Glatze mit einem gehäkelten Taschentuch. Nike ertappte sich bei der Vorstellung, dass er auch gehäkelte Unterhosen trug, was ihre Laune ein wenig hob.

»Der Tote wurde identifiziert. Das war ... na ja, harte Arbeit da unten, und Zörgiebel, also der Polizeipräsident, war schon hier, um es sich anzugucken. Ich hatte sogar kurz die Gelegenheit, mit ihm über unsere personelle Besetzung zu sprechen. Er macht sich persönlich stark dafür, sagt er. Das wird noch Kreise ziehen, das sag ich Ihnen. Im positiven Sinne, aber sicher auch im negativen. Spätestens morgen wird die Presse Wind von der Sache bekommen, und dann stehen die hier auf der Matte. Passen Sie auf, dass sie sich nicht verplappern, es herrscht strenge Schweigepflicht.«

»Und um wen handelt es sich jetzt?«

»Paul Frölich.«

»Sagt mir nichts.«

»Mir erst auch nicht, aber er ist der Nachlassverwalter und Biograph von Rosa Luxemburg, das müssen Sie sich mal vorstellen! KPD-Politiker, vor kurzem in den Reichstag berufen. Jetzt braucht er wohl selbst einen Nachlassverwalter.« Er seufzte theatralisch, Nike setzte sich und fragte sich, ob er einen Kommentar von ihr erwartete. Was Politik anging, hielt sie sich bedeckt, auch wenn sie es bewunderte, dass jemand wie Einstein es immer wieder schaffte, so trittsicher für linke Politik und Moral einzutreten, obwohl er sich sonst in kosmischen Sphären aufzuhalten pflegte. »Das Problem ist: Der Mann hatte nicht nur Ärger mit den Regierungsparteien und den Rechten, sondern auch mit den eigenen Parteigenossen. Was den Kreis der Verdächtigen ziemlich ausweitet. Aber das übernehmen die Kollegen. Sie und ich, wir kümmern uns um die Frage, wer in dieser Stadt Marmor flüssig werden lassen kann und warum.«

»Und wo fangen wir an?«

»Das, Fräulein Wehner, muss ich mir noch überlegen.«

Nike erinnerte sich an den Nachmittag vor sieben Wochen, an dem sie Seidel, zusammen mit Professor Pfeiffer, mit Laborergebnissen und Versuchsaufbauten vertraut gemacht – oder es zumindest versucht hatte. Seidel hatte ein wenig staunend den Kopf gewiegt und wenig dazu gesagt. Genau genommen hatte er gar nichts dazu gesagt, und Nike hatte den Eindruck gewonnen, dass er nicht das geringste Interesse für die Physik oder die Ästhetik hinter den Phänomenen hatte.

Der Rat ihres Professors ging ihr durch den Kopf, *seien Sie neugieriger. Mutiger.* Und sie kam nicht umhin, ihm innerlich recht zu geben. »Ich möchte noch einmal hin, mir das Ganze ansehen. Kommen Sie mit?«

»Nein, ich habe hier noch zu tun, aber ich gebe Ihnen einen Wisch mit, ist ja alles abgesperrt. Haben Sie was Bestimmtes vor?«

»Ich möchte dort nach Kunst suchen«, sagte Nike. »Wissen Sie, alle magischen Experimente sind bislang immer nur in Verbindung mit Kunst geglückt, mit Pinselstrichen, Ornamentik. Wir haben das von der wissenschaftlichen Seite aus noch nicht ganz erfasst, aber ohne die Kunst und einen beteiligten Künstler oder eine Künstlerin sind die beobachteten Phänomene nicht umzusetzen.«

»Machen Sie das. Soll ich Ihnen einen Fotografen mitgeben?«

»Keine schlechte Idee.«

»Gennat hat auch alles dokumentieren und fotografieren

lassen, heute Morgen schon. Aber Sie haben ein anderes Auge dafür.«

»Na, hoffen wir, dass ich Kunst erkenne, wenn ich sie sehe«, bemerkte Nike trocken.

»Was sagt denn Ihr Herr Professor? Kriegen wir auch einen magischen Künstler?«

»Ich denke schon, wenn Sie das Geld organisieren, organisiert er den Künstler.«

»Hervorragend, hervorragend. Aber noch etwas, Fräulein Wehner: Wir haben eine Vermisstenmeldung«, fuhr er fort. »Drüben in Prenzlberg wird eine Frau vermisst. Vermieterin von so einem abgeranzten Arbeiternest.«

»Warum kriegen *wir* eine Vermisstenmeldung?«

»Die Kollegen haben mir den Bericht auf den Tisch gelegt, weil: Einer ihrer Mieter hat behauptet, er hätte sie wie versteinert hinten auf 'nem Fuhrwerk sitzen sehen. Also. Im Sinne von … Er sagt, sie sei nicht ansprechbar gewesen. Und … hart. Wie aus Stein.«

»Bitte was? Kann man sie sich irgendwo anschauen?«

»Nee. Der Karren ist natürlich weg, genau wie die Frau. Klingt für mich wie eine dieser Suffgeschichten. Aber verschwunden ist die Frau trotzdem, Frau Glose heißt sie, hier ist ein Foto von ihr.«

Nike beugte sich über das Bild, das Seidel über den Tisch schob. Darauf war eine robuste ältere Frau im Kreise einiger Familienmitglieder zu sehen, die Haare hochgesteckt und das Gesicht grimmig. Nike versuchte, die Familie in Beziehung zueinander zu setzen. Zusammen mit Frau Glose posierte dort ein Ehepaar, er auf einem Stuhl mit nur einem Unterschenkel – kriegsversehrt, vermutete Nike –, sie daneben, vor ihnen standen zwei Kinder, und auf dem gesunden Bein saß ein weiteres. Eine ältere Frau stand zwischen der Ehefrau und Frau Glose.

»Ledig?«, fragte Nike.

»Witwe. Das da war ihre Schwester. Das Foto ist neun Jahre alt, Schwester und Schwager sind tot, Spanische Grippe. Was aus den Kindern geworden ist, weiß ich nicht, bei ihr haben sie jedenfalls nicht gelebt, sie war allein. Ihr Mann ist neunzehnsiebzehn gefallen.« Auch Seidel war Veteran, und wie immer wurde seine Stimme ganz klar und sachlich, wenn die Sprache auf den Krieg kam.

»Ich kann ja mal die Ohren aufhalten, ob jemand Vermieterinnen versteinert.«

»Wäre so was rein theoretisch denkbar?«, horchte Seidel vorsichtig nach. »Ich meine, wenn jemand Marmor verflüssigen kann, dann kann er vielleicht auch Menschen in Stein verwandeln.«

»Gestern hätte ich noch gesagt, nein. Aber heute? Ich habe keine Ahnung.«

Seidel sah sie nachdenklich an, runzelte dann die Stirn und kritzelte etwas nahezu Unleserliches auf ein Formular, auf das er auch noch Unterschrift und Stempel setzte. Sie hörte seinen Füller kratzen, während ihre Augen den kurzen, kleinen Linien der Handschrift folgten.

Dass es unter Laborbedingungen eventuell möglich war, Dinge und Menschen zu verwandeln, stellte ein Rätsel, eine intellektuelle Herausforderung dar. Dass da draußen Leute schon ganz anderes mit diesen neuen Erkenntnissen anstellten, war rundheraus besorgniserregend.

Eine halbe Stunde später stieg sie zusammen mit einem jungen Kommissar vor der Baustelle aus dem Auto. Sie half ihm bei seinen sperrigen Taschen und verharrte kurz mit einem Stativ in der Hand am Kofferraum des Wagens. Sie hatten bis in die abgesperrte Zone vorfahren dürfen, mehrere Schupos waren vor Ort und hielten Schaulustige im Zaum. Auch ein paar Jungs von der Presse belagerten die Baustelle und stellten bereits erstaunlich treffsichere Fragen.

»Hey, entschuldigen Sie mal, hey, Meister«, rief ein rothaariger Kerl mit auffallend gepflegten Haaren zu ihr herüber. Sie wandte sich um, und er korrigierte sich: »Ah, junges Frollein meinte ich natürlich. Kann ich Sie kurz was fragen?«

»Nee«, erwiderte sie. »Und det wissense och.«

»Ist hier jemand von der KPD getötet worden? Mit flüssigem Beton? Ist das richtig?« Nike wandte sich ab. »Wartense, ist es jemand aus dem Reichstag? Wer ist der Tote?«

Sie folgte Martens, dem Polizeifotografen, die Stufen hinauf in den Rohbau. Alle vier Stockwerken waren bereits fertiggestellt, mit pseudosakralen, gen Himmel strebenden Fenstern.

»Ab wann ist etwas Kunst?«, flüsterte sie und überlegte, ob es einen Unterschied zu den anderen Warenhäusern gab, die sie kannte. Die ältesten waren knapp vor dem Krieg entstanden, und sie hatte sich immer schon gefragt, was der Witz daran war, sie so prunkvoll wie Paläste oder so himmelstrebend wie Kirchen aussehen zu lassen – nur damit die Massen hineintrampelten und Kleider von der Stange kauften. Nike gehörte natürlich ebenfalls zu den Massen, aber nur ab und zu – auch ihre Hosen, Hemden und Jacken hatten unter den hohen Decken eines dieser modernen Kathedralen auf ihre Aufmerksamkeit und ihr Geld gewartet.

»Hamse was gesagt?«, fragte Martens. Das Foyer des Warenhauses war verlassen – Licht strömte durch die noch unverglasten Fenster und den Lichtschacht in der Mitte, der wohl einmal eine gläserne Decke werden sollte. Wie ein Kristall, der aus dem obersten Stockwerk hervorragte.

Sie wollte schon abwinken, aber dann siegte ihr Ehrgeiz: Sie würde nicht sonderlich weit damit kommen, wenn sie alles für sich behielt. »Ich habe mich gefragt, ob so was schon Kunst ist«, sagte sie und erntete erwartungsgemäß nur ein Schulterzucken. Sie ließ ihren Blick schweifen. Möglichst neugierig und ohne darüber nachzudenken, ob der Marmor erneut flüssig werden würde, diesmal unter ihren Füßen.

Nein, sie war bei genügend Experimenten dabei gewesen. Sie würde *bemerken*, wenn jemand mit dieser Art Energie spielen würde.

Das Loch im Marmorboden befand sich nicht genau in der Mitte des Foyers, sondern im Lichthof. Sie näherte sich vorsichtig, sah hinunter – es war gar nicht so tief, man konnte nur liegend darin ertrinken – und wieder hinauf in den Lichtschacht. Martens tat es ihr gleich, richtete seine Kamera aus und schoss ein Bild vom Stahlgerüst der unregelmäßigen Kuppel.

»Ob das Kunst ist, da fragen Sie mich was«, murmelte er dann.

»Ist dann auch eine Fotografie davon Kunst?«

»Was definiert das denn? Also, Ihrer Meinung nach?«

Er machte eine kurze Pause und sah sich suchend um, als warte er auf den Text eines Souffleurs. Nervös leckte er sich über die Lippen. »Meine Meinung: Kunst ist etwas, das eine eigene Realität erschafft. Eine Welt neben der Welt. Und in der Welt. Aber etwas anderes als das Reale.«

»Und das kann auch eine Fotografie sein?«

»Eine Fotografie ist doch das Gegenteil, würde ich sagen. Zumindest meine Sorte, sonst hätte ich wohl den falschen Beruf. Aber ... wie heißt er? Moholy-Nagy zum Beispiel, der würde aus einem Foto von diesem Rohbauschacht auch Kunst machen.«

»Sagt mir nichts«, bekannte Nike.

»Bauhaus«, sagte Martens, und sie nickte. *Das war ja klar.* Sie hatte sich nach den ersten Ergebnissen mit verschiedensten Kunstrichtungen zumindest theoretisch vertraut gemacht, aber fürs Bauhaus fehlte ihr offenbar das ästhetische Empfinden.

»Hat das hier irgendwas mit Bauhaus zu tun?« Sie wies nach oben.

»Nee, auf keinen Fall. Hab nicht allzu viel Ahnung davon, aber das hier ist nur ein Warenhaus.«

»Ein Warenhaus, das jemanden getötet hat.«

Martens schüttelte den Kopf. »Seltsam, nicht wahr? Was soll ich Ihnen denn fotografieren?«

Nike sah sich um. Zwei breite Treppen führten in den ersten Stock, dazwischen gähnte der noch leere Schacht eines Aufzugs.

»Vielleicht gehen wir einmal hoch, und Sie knipsen von jeder Empore einmal in den Lichthof«, schlug sie vor.

»Stimmt es, dass Sie Physikerin sind?«, fragte der Fotograf vorsichtig, als sie auf der ersten Etage ankamen. Er war selbst etwa in ihrem Alter, um die dreißig, gesetzt und gemütlich.

»Ich bin Doktorandin und außerdem fünfzig Prozent von Seidels Ermittlungsgruppe.«

»Die nach … Phänomenen sucht, die was mit der Universität und irgendwelchen Atomexperimenten zu tun haben?«

»So in etwa«, knurrte sie und wies, auf der Empore angekommen, die einmal um den Lichthof herumlief, hinab. »Knipsen Sie das mal, bitte.«

»Und das hier hat was damit zu tun?«

»Sie wissen, dass ich keine Vermutungen anstellen darf. Ich bin nur wissenschaftliche Beraterin.«

Er schoss ein Foto. »Klar«, sagte er dann. »Hoffe nur, das ist nicht gesundheitsgefährdend, was da an der Friedrich-Wilhelms gemacht wird. Hab Frau und Kinder.«

Nike musterte die Kuppel noch einmal. Das Verblüffendste daran war die Unregelmäßigkeit, wie gläserne Splitter, die aus dem Dach staken. *Wann ist etwas Kunst?*

»Es gibt da doch so ein Wort, oder? Für so was da, Glas und Stahl.«

Sie schlenderten in den zweiten Stock, Durchgänge in dunkle Hallen gähnten um die Empore herum, nur der Lichtschacht war hell erleuchtet. Ein verlassener, geisterhafter Tempel.

»Etwas mit Alpen. Alpin? Alpine Architektur?« Nike war Auswendiglernen immer leichtgefallen, die wichtigsten Begriffe der Kunststile der jüngeren Zeit hatte sie sich einfach eingeprägt, ohne wirklich etwas damit zu verbinden.

»Nie von gehört«, befand Martens.

»Hm, ist auch egal.« Sie lehnte sich sehr vorsichtig an die Betonbrüstung der Galerie. Unter ihr gähnende Leere. Über ihr die kristallene *alpine* Konstruktion.

Etwas knirschte unter ihrem Schuh, und die Vorstellung, dass das Geländer bröckelte und sie auf den Marmor herabstürzen würde, ließ ihr einen Schreck wie einen Stromschlag durch die Glieder fahren. Sie wich hastig einen Schritt zurück, und Martens sah sie alarmiert an.

»Das könnten Sie knipsen«, sagte sie und wies auf eine geschwärzte Stelle an der Brüstung. »Und danach sollten wir diese Scherben aufheben und mit aufs Präsidium nehmen.« Ihr Herz klopfte immer noch, aber sie ging in die Knie und nahm die kleinen Scherben in Augenschein. Das Glas war beschichtet, wie bei einer Glühbirne. Während Martens fotografierte, folgte sie der Empore einmal herum und sah immer wieder vorsichtig herab.

Ist er heruntergefallen, in den Marmor? Oder unten gestolpert? War das sein eigenes Experiment, oder hat er zufällig eins gestört?

»Machen Sie bitte mehrere Bilder, einmal rundherum«, forderte sie Martens auf und holte ein Taschentuch aus der Tasche, mit dem sie weitere Scherben auflas. Diese hier waren eindeutig Spiegelscherben. Mit dem Taschentuch nahm sie eine und richtete sie auf ein paar nachmittägliche Lichtstrahlen aus, die durch die Kuppel fielen. Der gespiegelte Lichtstrahl verlor sich irgendwo im dunkel atmenden Kaufhaus.

»Vielleicht hab ich da was«, rief Martens. »Kommense mal rüber.«

Sie beeilte sich. Er wies auf den Boden. »Sehen Sie das?« Sie sah es nicht, er schnalzte ungeduldig mit der Zunge. »Hier ist was hingeschleift worden. Was Schweres.« Er deutete darauf und ging weiter um den Lichthof herum. »Hier auch. Und da drüben.« Nun sah Nike, was er meinte: Kleine Steinfragmente waren abgesplittert, der noch schmucklose Boden hatte ein paar Kratzer davongetragen. Unregelmäßigkeiten, im schlechten Licht kaum sichtbar.

»Fotografieren Sie das bitte, so gut es geht. Und dann sind wir hier, glaube ich, fertig.«

2
KIRSCHEN UND ERDBEEREN

Es liegt eine Leiche im Landwehrkanal,
lang, lang ist's her, drum stinkt sie auch so sehr.
Sie ist schon ganz glitschig, sie ist schon ganz schwer,
lang se mir ma rüba, aba drück ihr nich zu sehr!
Lang se mir ma her zum Dessert!
»DIE LEICHE IM LANDWEHRKANAL«

»Herr Černý?« Eine Stimme riss Sandor aus dem Dämmerschlaf, in den er im unbequemen Holzstuhl versunken war. Was für eine Ironie – da buchte man ihm einen Nachtzug von Prag nach Berlin, und er brachte es zustande, im Bett des Abteils kein Auge zuzutun, aber hier, im zugigen Vorraum zum Büro des Professors, nickte er sofort ein. Er raffte seine Gedanken zusammen und sah, dass ihm das Schreiben von Mucha aus der Hand gefallen war. Es lag halb auf seinem schwarzen Lederschuh und halb auf dem gewachsten Boden. Er nahm es und stand dann auf, fuhr sich noch einmal rasch durchs Haar und schüttelte dem hageren Mann Mitte fünfzig die Hand, der aus dem Büro ins Vorzimmer getreten war.

»Der bin ich, ja«, sagte er und fragte sich, ob man ihn gut verstehen konnte. Er sprach passables Deutsch, zumindest glaubte er das, aber was er in Berlin bislang aufgeschnappt hatte, klang doch ein wenig anders als das, was er vor allem durch sein deutsches Kindermädchen in Prag gelernt hatte.

»Ich bin Siegfried Pfeiffer, Dozent für Angewandte Physik.«

»Danke, dass ich hier sein kann«, sagte Sandor, und diese

kleine, spottende Stimme in seinem Kopf sagte: *Danke, dass ich nicht verhaftet wurde.*

»Na, wenn wir schon die Gelegenheit haben, mit den Kollegen von der Prager Universität zusammenzuarbeiten, dann sage ich doch nicht nein. Alfons Mucha schätze sogar ich Kunstbanause.«

Er führte ihn mit einer Hand auf der Schulter ins Büro, das sein Kunstbanausentum noch einmal nachdrücklich unterstrich. Das nüchterne Bauhaus-Mobiliar konkurrierte mit den Jagdtrophäen an den Wänden um Aufmerksamkeit. Ein Tigerkopf über den Fenstern hinter dem Schreibtisch war die Krönung, er brüllte die stuckverzierte Decke an. Aber auch rehähnliche Tiere, die Sandor nicht zuordnen konnte, blickten links und rechts aus der Tapete, als steckten sie dahinter in der Wand fest. Das neutrale Lächeln gefror zu einer Maske. *Ein bisschen geltungssüchtig sind wir aber schon, nicht wahr, Herr Professor?*, spottete die Kopfstimme, die immer ein wenig nach seinem Prager Freund Jiří klang.

Professor Pfeiffer wies auf einen hellgrauen Sessel mit niedriger Lehne vor dem schlichten Schreibtisch. »Nehmen Sie Platz, bitte, Kaffee kommt gleich.«

»Tee, wenn Sie haben«, sagte Sandor, doch der Professor schüttelte den Kopf.

»Leider keine Auswahl, das wird mir hier nur alt. Wir Akademiker brauchen das starke Zeug.«

Sandor nickte ebenso neutral, wie er lächelte.

»Nun, ich freue mich, dass Sie so schnell kommen konnten.«

»Mein Empfehlungsschreiben«, sagte Sandor und legte es dem Professor auf den aufgeräumten Tisch. Der öffnete es nicht, begutachtete aber die Handschrift.

»Alfons Mucha.« Er lachte. »Die Schrift kennt man ja. Selbst auf seinen Werbeplakaten war seine Unterschrift.«

»Natürlich«, sagte Sandor einfach und konnte nicht recht einordnen, was der Professor von dem Mann hielt, der wie kaum ein anderer die bildende Kunst der Jahrhundertwende geprägt hatte.

»Und Sie? Auch Maler?«

»Bildhauer.« *Und Steinewerfer*, ergänzte die Jiří-Stimme nicht ohne Stolz.

»Ach. Nett«, sagte der Professor und lächelte schmal. »Also, ich denke, wir haben die physikalische Grundlage mittlerweile ausgearbeitet, erste gute Ergebnisse wurden ja bereits erzielt, sowohl hier als auch in Paris, Kopenhagen und Prag. Wir haben zwei Physikerinnen, die sich in ihrer Diplomarbeit beziehungsweise ihrer Dissertation damit befassen. Woran es uns mangelt, ist die Kunst, Herr Černý. Nicht dass die in Berlin gerade Mangelware wäre, aber Sie wissen ja vermutlich, dass ebenso wie in der Physik auch gewisse … Qualifikationen und Vorkenntnisse in der Kunst vonnöten sind, und bisher hält die Kunsthochschule wenig von unseren Experimenten. Es freut mich, dass Herr Mucha Sie als qualifiziert einschätzt.«

»Ja. Mich auch. Ich wollte sehr gern hierherkommen. Ich bin neugierig auf Berlin.«

»Das kann ich mir vorstellen«, sagte der Professor und sah dabei rasch von den eigenen langen Fingern auf, die er gemustert hatte. Ein zweifelnder, strenger Blick.

»Und die … die Wissenschaftlerinnen, die daran arbeiten, das sind Frauen?«, fragte Sandor linkisch.

»Ja«, sagte der Professor und öffnete nun doch den Brief. »Ihre Partnerin sollte jeden Moment hier eintreffen.«

»Wegen der … der Dualität?« Damit zeigte er zumindest einen Hauch von jener Qualifikation, von der Pfeiffer gesprochen hatte. Er hatte schon gehört, dass an keiner Universität so viele Frauen studierten wie an der Berliner Friedrich-Wilhelms-Universität, aber er hatte erwartet, sie eher an der Philosophischen Fakultät anzutreffen.

Mit dem Blick auf dem Papierbogen murmelte der Professor: »Exakt. Wenn Sie ein Mann sind, Herr Černý, was mich unsere bisherige Begegnung nun mal vermuten lässt, dann muss Ihre Partnerin ja eine Frau sein. Und außerdem, das sage ich Ihnen ganz ehrlich: Für Sie als Künstler mag die Faszination überwiegen. Aber ich bin als Physikprofessor in einem Zwiespalt, Herr Černý. Die Ergebnisse, die wir haben, sind revolutionär, aber bislang … na ja. Einstein hat sie als Unfug bezeichnet. Er ignoriert alles, was damit zu tun hat. Es liegen scheinbar keine Gesetzmäßigkeiten zugrunde, und momentan könnten wir es gut und gerne mit zufälligen Phänomenen zu tun haben, die einen ganz anderen Ursprung haben, als Heisenberg vermutet. Aber egal, was es ist, es hat begonnen, um sich zu greifen und den wissenschaftlichen Kontext zu verlassen. Fräulein Wehner, meine Doktorandin, arbeitet bereits mit der Polizei zusammen. Eine einmalige Chance für jemanden wie sie.«

»Mit … der Polizei? Ich arbeite dann auch mit der Polizei?« Das hatte er nicht gewusst. Das neutrale Lächeln rutschte ihm beinahe vom Gesicht.

»Genau so ist es. Die waren es, die Sie gewissermaßen beantragt haben, Herr Černý.«

Sandor nickte und wusste nicht, was er davon halten sollte. Da klopfte es an der Tür, und ohne dass der Professor etwas erwiderte, öffnete sie sich. Eine Frau um die dreißig stand darin und balancierte ein Tablett mit Kaffeetassen. Mit fest aufeinandergepressten Lippen kam sie über den dunklen Läufer auf den Schreibtisch zu und stellte das Tablett ab. Auch ein Milchkännchen und eine Zuckerdose mit Zange befanden sich darauf, um das Kännchen herum hatte sich bereits ein kleiner weißer See ausgebreitet.

»Fräulein Wehner«, sagte der Professor und lächelte. »Haben Sie etwa Kaffee mitgebracht?«

»Frau Steinert hat mir das Tablett in die Hand gedrückt«, sagte die Frau verschnupft und setzte sich, ohne einzuschenken, in den zweiten Sessel neben Sandor. Ihm wurde klar, dass es sich nicht um die Sekretärin des Professors handelte, sondern um die angekündigte Doktorandin. Sandor musterte sie aufmerksam. Sie trug einen dunkelgrauen Anzug mit Hemd und Krawatte. Die schwarzen Haare waren kurz geschnitten. Sie erwiderte seinen Blick streng aus dunklen Augen.

Er nickte ihr höflich zu.

»Fräulein Wehner, das ist Herr Černý aus Prag. Herr Černý, Nike Wehner«, stellte der Professor sie vor. »Sie ist nicht nur eine Physikerin, was sie zu so etwas wie einem seltenen Geschöpf macht, sie ist auch die erste Halbägypterin hier an der Friedrich-Wilhelms.« Er zwinkerte, und Nikes Nasenlöcher weiteten sich als einzige Reaktion. »Was sie natürlich für diese Art Arbeit geradezu prädestiniert. Sie wissen ja sicherlich, dass Kulturwissenschaftler und Historiker einen Blick oder zwei auf die alten Mysterienkulte werfen, um der Verbindung von Kunst und Physik auf die Spur zu kommen. Wird in Prag nicht in diesem Zusammenhang auch die sogenannte Alchemie ganz neu bewertet und noch einmal kritisch aufgerollt?«

»Ich muss gestehen, dass ich den Zusammenhang zwischen Ihrem ... Betätigungsfeld und meinem noch nicht ganz durchdrungen habe«, gab Sandor zu. »Mein Interesse lag bislang ... auf anderen Gebieten.« Und das war noch eine Untertreibung. Tatsache war, dass ihn Muchas Flirt mit der Physik bislang mehr als kaltgelassen hatte. Letztlich war alles sehr schnell gegangen: Sein Bruder hatte ihn nach einer aus dem Ruder gelaufenen Demonstration von der Polizeiwache abgeholt und gesagt, er habe als Alumnus genug Geld an die Kunsthochschule springen lassen, dass diese eingewilligt hatten, ihren Problemschüler eine Weile ins Ausland zu schicken. Daraufhin hatte Mucha ihn zwischen Tür und Angel verabschiedet und ihm gesagt, man werde ihm in Berlin alles genauer erläutern. Jetzt schien es allerdings, als setzte Pfeiffer voraus, dass er bereits über alles informiert war. Tatsächlich lächelte der Professor schmal und nickte seiner Studentin zu. »Fräulein Wehner, wären Sie so nett, Herrn Černý einen kurzen Überblick zu verschaffen?«

Wehner zog die Mundwinkel nach oben, eher eine Muskelbewegung als ein Lächeln. Dann begann sie wie auswendig gelernt: »Der Zusammenhang zwischen Kunst und Wissenschaft, ja, natürlich. Also: Selbst eine physikalische Theorie wird oft nach ihrer Schönheit bewertet, nach den Symmetrien, die sie ausnutzt, nach ihrer Natürlichkeit. Und die Sprache, in der diese Poesie niedergeschrieben ist, ist die Mathematik. Das heißt nicht, dass alle Theorien schön sind. So war Maxwell mit seinen Gleichungen zur Elektrodynamik aus ästhetischen Gesichtspunkten nicht zufrieden. Einige schöne Theorien haben sich auch schlicht als falsch herausgestellt, wie die Wirbeltheorie. Aber im Großen und Ganzen kommt man mit dem Streben nach Schönheit weiter, als gemeinhin angenommen wird. Jetzt stellen Sie sich vor, dass nicht nur die mathematische Beschreibung von Schönheit profitieren würde, sondern die Physik selbst. Warum empfinden wir Strukturen, wie sie die Natur hervorbringt – Blumen, Schneeflocken, ein nächtlicher Sternenhimmel –, als schön? Prägen die Naturgesetze nur unser Empfinden von Ästhetik, oder ist auch der umgekehrte Weg möglich: Können wir mit von uns geschaffener Schönheit – Kunst – Einfluss auf die Naturgesetze ausüben? In der Zusammenarbeit von Herrn Mucha und Professor Heisenberg hat sich zum ersten Mal herausgestellt: offenbar ja. Wie Sie zweifellos wissen, liegt Herrn Muchas Schwerpunkt dabei auf dem geschichtlichen Aspekt: Runen, Alchemie, Kabbala. Und doch stellt sich heraus, dass wir gerade mit zeitgenössischer Kunst weiterkommen. Mit Stilrichtungen, die sich aus Jugendstil und Impressionismus entwickelt haben. Was vielleicht nicht am Stil selbst liegt, sondern an unserem zeitgenössischen Ästhetikempfinden. Wir tappen da noch ziemlich im Dunkeln. Da kommen Sie dann ins Spiel.«

Sandor machte ein unbestimmtes Geräusch, von dem er hoffte, dass es sich als Zustimmung deuten ließ. Er wusste nicht, was er von all dem hielt. Sollte *seine* Kunst geeignet sein, Naturgesetze aus den Angeln zu heben? Das erschien ihm doch eher lachhaft.

Für Wehner schien er ein offenes Buch zu sein. Sie wandte sich an ihren Professor und sagte, als sei Sandor nicht im Raum: »Ich glaube, Sie sollten Ihr Verhältnis zu Professor Heisenberg noch einmal überdenken, Herr Professor. Es sieht mir offen gestanden nicht so aus, als habe er die Prager Uni bewegen können, auf eine ihrer künstlerischen Koryphäen zu verzichten.«

Sandor brauchte einige Sekunden, um sich sicher zu sein, dass er beleidigt worden war. Erbost wandte er sich ebenfalls an Pfeiffer. »Ich bitte um Vergebung, dass mir die ... die wissenschaftliche Theorie noch fremd ist, ich habe außerdem zu wenig geschlafen und ...«

»Nur die Ruhe, Černý«, sagte der Professor und lächelte. »Fräulein Wehner nimmt sich selbst etwas wichtiger als alle anderen um sie herum, daran gewöhnen Sie sich noch.«

Wehners Nasenflügel bebten.

»Was sie eben paraphrasiert hat, war übrigens mehr oder weniger die Einleitung ihrer Dissertationsschrift – und unsere Versuche hier sind beileibe noch nicht so weit gediehen, wie es vielleicht den Anschein hat. So oder so werden Sie beide zusammen mit Grundlagenstudien beginnen.«

»Darf ich kurz die Frage stellen, ob vorgesehen ist, dass ich mit Herrn Černý im Labor arbeite, oder ob wir nur in einer Beratungsfunktion bei der Polizei zusammenarbeiten werden? Falls Ersteres der Fall ist, müssten wir vielleicht über meine Laborzeiten sprechen«, sagte Wehner spröde. Ja, spröde, das war eine gute Bezeichnung, fand Sandor.

»Nun, Fräulein Wehner, ich würde sagen, der junge Mann wird erst einmal bei der Polizei benötigt, wenn ich das richtig verstanden habe. Die Laborzeit können Sie sich darüber hinaus frei einteilen.«

»Na dann«, sagte Nike recht teilnahmslos. Sandor konnte sich nicht helfen: Der Gedanke, dass er es in Berlin beinahe sofort mit der Polizei zu tun bekommen würde, machte ihn nervös. *Dann kennen sie schon mein Gesicht.*

»Also gut, Sie wissen ja jetzt, wo Sie mich finden, wenn Sie etwas brauchen, kommen Sie vorbei oder machen Sie einen Termin mit meiner Sekretärin aus, Černý.«

Sandor saß Nike im Vorzimmer der Polizei gegenüber und versuchte, nicht allzu mitleiderregend auszusehen. Die Geschäftigkeit machte ihn nervös, der kalte Zigarrenrauch machte ihm bewusst, dass er seine letzte Zigarette schon vor Stunden geraucht hatte, und die Berliner Polizei machte ihm Angst. Schließlich war sie für ihre Effizienz berühmt – ein Teil von ihm wartete nur auf eine Pranke auf seiner Schulter und eine Stimme, die ihn bitten würde, ein paar Fragen zu beantworten.

»Wenn er nicht da ist – könnten wir morgen einfach wiederkommen«, schlug er Nike schließlich vor.

Sie sah auf die Uhr. Dieser Kommissar Seidel war gerade außerhalb des Büros beschäftigt. »Tut mir leid. Normalerweise ist er immer am Schreibtisch, meistens genau die vorgeschriebenen achtundvierzig Stunden die Woche und keine mehr oder weniger. Aber vielleicht haben sie ihm wegen des Toten Beine gemacht. Ja, lassen Sie uns morgen Vormittag wiederkommen.«

»Gibt's geregelte Arbeitszeiten? Also, für mich?«

»Wenn es so läuft wie bisher, nicht wirklich. Bisher prüfe ich nur die Ermittlungsakten und kann das meiste davon schon von

Anfang an als Spinnerei abtun. Ganz selten guck ich mir was genauer an, und auch davon hat sich das allermeiste nicht als das herausgestellt, was wir befürchtet haben.«

Gick, sagte sie immer. Und *ick*. Er grinste, aber der Dialekt machte es auch schwieriger, sie zu verstehen.

»Meistens komm ich einmal vor der Vorlesung rein und einmal danach. Aber ich hab jetzt auch 'nen Telefonapparat zu Hause. Haben Sie schon eine Unterkunft?«

»Ich bin in einem Hotel untergebracht«, sagte Sandor. Er war noch gar nicht dort gewesen, hatte aber die Adresse.

»Nobel«, kommentierte sie ohne Regung in der Stimme.

»Wie ist es so bei der Polizei? Stimmt es, dass sie hier ganz neue Methoden haben?«

»Ja, es gibt sogar 'ne weibliche Kriminalpolizei, ganz neu. Auch die ›Mordehen‹ der Mordinspektion gibt's erst seit zwei Jahren.« Sie lachte.

»Mordehen?«

»Die von der Mordinspektion rücken immer mit einem festen Partner zu zweit aus, nennt man Mordehe. Meistens haben sie noch so ein Tippfräulein dabei, aber die hat in so 'ner Ehe nichts zu sagen. So läuft es ja überall. An der Uni, hier … Meistens darf die Frau mitschreiben, und die beiden Männer sind die, die für die Zeitung geknipst werden. Selbst die weibliche Kripo kümmert sich vor allem um Frauen- und Mädchensachen.«

Sie warf ihm einen Blick zu, und dann schwiegen sie beide unbehaglich. Sandor überlegte, wie er die Situation auflockern konnte. Wie würde man wohl ein Team aus Wissenschaft und Kunst nennen, das sich auf besondere Phänomene spezialisierte? Magieehe? Aber bevor er seinen Gedanken in seinem noch ungelenken Deutsch zu Ende formuliert hatte, stand Nike unvermittelt auf. »Hat keinen Zweck mehr hier. Wir können zur Uni, und ich zeig Ihnen das Labor.«

»Oder Sie sagen mir, wo ich was zu essen kriege in diesem

Berlin, und helfen mir ein bisschen bei der Orientierung«, schlug er vor. »Für Experimente bin ich zu müde.«

Sie lächelte ein wenig gezwungen. »Bei Aschinger gibt's Essen für den schmalen Geldbeutel, das ist gleich um die Ecke, und wenn Sie mir die Adresse von Ihrem Hotel sagen, kann ich Ihnen auch zeigen, in welche Linie Sie steigen müssen.«

Als sie das rote, palastartige weite und kirchenartig hohe Präsidium verlassen hatten (die Berliner schienen der Gottheit der bourgeoisen Unterdrückung damit einen Tempel errichtet zu haben) und auf einen Gehweg voller geschäftiger Menschen traten, musste er unwillkürlich aufstöhnen, denn der Alexanderplatz dröhnte nur so von Autos, Menschen und Straßenbahnen. Auch in Prag herrschte Gedränge, besonders im Zentrum zwischen Karlsbrücke und Rathausplatz musste man achtgeben, nicht überrollt zu werden, aber das hier war noch einmal eine eigene Kategorie von menschengemachter Unordnung.

Sie schien kurz mit sich zu kämpfen und drückte ihm dann ein unordentlich gefaltetes Flugblatt in die Hand.

»Heute veranstaltet eine Kommilitonin von mir irgendein Spektakel. Bestenfalls kindisch.« Sie zögerte erneut. »Und schlimmstenfalls illegal. Ist vielleicht nicht der ideale Ort, um sich besser kennenzulernen, aber wenn Ihnen der Sinn danach steht, anderen erst mal beim Herumexperimentieren zuzugucken, könnten wir heute Abend hin. Oder sind Sie zu müde?«

Sandor faltete das Papier skeptisch auseinander und wollte schon verneinen. Doch dann grinste ihm ein Revuegirl mit einer Kirsche im Mund entgegen, und der eckige Schriftzug darunter verkündete etwas von einem Tanz. Außerdem war »Cerises et Framboises« als Veranstaltungsort angegeben, und das klang französisch und nach Nachtleben.

»Oh, dafür bin ich nicht zu müde«, befand er.

»Dacht ich's mir doch, dass Sie ausm Knick kommen«, sagte sie.

Nike hatte die restlichen Stunden des Tages dazu genutzt, um in der Universität Klausuren zu korrigieren. Sie war nicht mehr nach Hause gegangen, sondern hatte ihrer Mutter über den eigentlich für polizeiliche Angelegenheiten reservierten Telefonanschluss mitgeteilt, dass sie noch bis in die Nacht hinein an einem Experiment saß. Sie hatte ein schlechtes Gewissen, denn ihre Mutter bekam jedes Mal Herzrasen, wenn der Apparat läutete, aber es war einfach ungemein praktisch, aus der Universität direkt mit ihr sprechen zu können.

Außerdem war es nicht direkt eine Lüge. Nur dass das Experiment erst in der Nacht startete, hatte sie verschwiegen. Und dass es nicht ihr eigenes war, sondern Erikas.

Dass sie sich nicht hatte umziehen können, war ein wenig unpraktisch, aber sie hatte ohnehin keine Kleidung, mit der sie im Berliner Nachtleben hätte glänzen können, dann konnte sie auch gleich im Anzug gehen. Sandor, der im niedrigen, verqualmten Schankraum des *Cerises et Framboises* bereits auf sie wartete, hatte sich deutlich mehr Mühe gegeben. Seine dunklen Haare waren zurückgekämmt, und er trug einen recht langen und unzweifelhaft »Künstler!« schreienden dünnen Mantel, den er trotz der Enge und Wärme nicht abgelegt hatte. Unter dem Mantel lugten ein schwarzes Hemd und helle Hosenträger hervor. Er lehnte an der Theke und wurde bereits von zwei jungen Frauen angequatscht, die zwar nicht nach Käuflichen aussahen, aber sicher nicht ohne Hintergedanken daherkamen.

Nike sah nicht nach links und rechts, sondern hielt auf Sandor zu. Das Licht und die vielen sich laut unterhaltenden Leute an den kleinen Tischchen spielten ihr Streiche, und die Musik mit dem hektischen Rhythmus aus dem Tanzsaal machte sie nervös. Sandor winkte, als sie herantrat. Außerdem lächelte er.

Überheblich und oberflächlich, wie sie fand. Kurz brandete im Tanzsaal Begeisterung auf, als die enorm lautstarke und nur leidlich gute Kapelle zu einem Schlager überging. Eine Frau begann, in der Doppeltür zwischen den beiden Räumen mit zwei Männern zu tanzen, und Nike tat einen raschen Schritt, um ihnen auszuweichen und an die Theke zu kommen.

»Ick dachte, die Lesben wärn alle in Schöneberg«, sagte eine der beiden jungen Frauen neben Sandor abfällig zu ihrer Freundin und spielte mit einem Blick zu Nike an ihrem perlenverzierten Stirnband. Nike blinzelte irritiert und setzte sich dann so auf einen Barhocker, dass Sandor zwischen ihnen stand.

»Haben Sie sich hier schon eingelebt?«, fragte sie und verscheuchte mit einem betont mürrischen Blick die beiden Grazien.

»Der Treffpunkt war doch Ihre Idee, Fräulein Wehner«, sagte Sandor mit diesem tschechischen Einschlag, der ihm durchaus etwas Sympathisches gab, und grinste dann. »Sie können mich außerdem Sandor nennen, wenn Sie wollen.«

Sie zögerte. Sie ließ sich nicht gern duzen, meist fühlte sie sich besser, wenn Leute auf Distanz blieben.

»Ja, in Ordnung. Sandor. Ich bin Nike.«

»Schöner Name. Es gibt eine besonders schöne kopflose antike Statue von Nike im Louvre.«

»Ja, kopflose Frauen, da stehen die Männer drauf, nicht wahr?«, merkte Nike an, wurde aber vom blechernen Klang der Instrumente und dem ohrenbetäubenden Gegröle der Gäste im Nebenraum übertönt. Sie heftete ihren Blick auf die Spirituosen im Regal hinter der Theke, um nicht in diesem Meer aus Bubiköpfen, Wasserwellen, glitzernden Pailletten und Perlenmustern, Zigaretten, Lippenstiften und pseudoägyptischen Kajalmassakern zu ertrinken.

»Ich habe das hier gelesen«, sagte Sandor und zog Erikas »Einladung« aus der Manteltasche. »Aber so richtig schlau bin ich nicht draus geworden.«

»Ich habe auch nur so einen Verdacht, was sie treibt. Eigentlich dürfen wir nichts von den neuen Forschungen der Öffentlichkeit präsentieren. Wenn sie das heute tut ... Puh, weiß nicht, was ich dann machen soll. Ich meine Polizei und alles. Ich weiß auch nicht, warum sie mich überhaupt eingeladen hat.«

»Um anzugeben? Was sind neue Errungenschaften wert, wenn man sie niemandem zeigen kann?«

Eine Kellnerin mit knalligem Lippenstift kam hinter der Theke heran und setzte ihnen eine Wasserkaraffe und zwei Gläser mit grüner Flüssigkeit vor. Auf jedem Glas lag ein flacher Silberlöffel mit gitterartigen Aussparungen, auf denen ein Zuckerstück ruhte.

»Du hast Absinth bestellt«, kommentierte Nike trocken. Sandor nickte.

»Es schien mir angemessen, als erstem Getränk des Abends nach einem traditionsreichen und berühmten Getränk aus meiner Heimatstadt zu fragen.«

»Ist es nicht aus Frankreich?«

»Aus der Schweiz. Der tschechische Absinth ist aber ein wenig anders. Und wir trinken ihn meistens ohne Wasser.«

»Natürlich.« Wie oft ihr schon Männer erklärt hatten, wie man Alkohol trank! »Absinth ist doch verboten, oder?«

»Sie servieren ihn jedenfalls hier. Auf Nachfrage. Nehmen wir ihn als Symbol für unsere Zusammenarbeit. Schön und gefährlich. Wie die Theorien, von denen du geredet hast.«

»Das Beste aus zwei Welten?«

»Na, deshalb bin ich doch hier, oder?« Er grinste wieder so leicht überheblich. »Du lieferst die Physik, ich liefere die Kunst. Du bist eine Frau, ich bin ein Mann. Du sagst mir jetzt gleich, dass du nicht trinkst, und dann trinke ich beide Gläser. So was halt. Gegensätze, die sich vereinen, das Unsichtbare der Wissenschaft, das Sichtbare der Kunst. Symmetrie und ... Chaos. Ich hab das ganze Zeug heute Nachmittag noch gelesen.«

»Ich trinke wirklich nicht«, rief Nike ihm ins Ohr.

»Hah«, sagte Sandor leise und triumphierend, hob das erste Glas und trank es ohne Wasser. Dann verzog er das Gesicht. »Das ist eher kein tschechischer«, brachte er hervor und drehte den kleinen Hahn am unteren Ende der Karaffe auf, so dass Wasser über das Zuckerstück tröpfelte.

»Das *ganze Zeug* hast du also gelesen. Wie weit seid ihr denn in Prag? Was sind deine Erfahrungen?«, hakte sie nach.

»Wir haben an der Kunstschule einen Chemiker und eine Zeichnerin, die haben das eine oder andere Experiment rekonstruieren können«, gab er unumwunden zu. »Sonst niemanden. Aber ich bin gespannt. Vielleicht harmonieren wir beide ja. Oder wie auch immer man das nennt.«

Nike fand, dass das ganz nach einer arrangierten Ehe klang, sagte aber nichts. Sie wollte dem sicherlich fünf, sechs Jahre jüngeren Mann keine Steilvorlage bieten.

Die Musikkapelle schwenkte auf ein getragenes Stück aus Amerika um, und das Gegröle ließ nach.

»I wonder what's become of Sally«, sagte Sandor. »Das Lied. Heißt doch so, oder?«

Nike zuckte mit den Schultern und sah zu, wie er den Rest des Zuckers mit dem Löffel in sein Getränk rührte. Sie interessierte sich nicht sonderlich für Musik und sprach nur mäßiges Englisch.

»Mit Wasser und Zucker schmeckt Absinth ganz mild. Und wie er die Farbe verändert – müsstest du mir als Physikerin doch erklären können, oder?« Er sah sie herausfordernd an.

»Frag deinen Chemiker«, sagte sie und sah müde auf ihre Armbanduhr.

»Wann machen wir denn unser erstes … Harmonieexperiment?«

»Vielleicht hat es schon begonnen?«, fragte sie, und als er laut auflachte, ließ sie sich zu einem Lächeln herab. Als er das sah, wurde auch seines eine Spur ehrlicher – als habe er ihr ganzes Gespräch hindurch nur darum gebettelt.

Ihm ist diese Harmonie wohl wichtiger als mir, gestand sie sich ein. Aber sie mussten ja schließlich Gegensätze sein.

Die Musikkapelle beendete das Lied und damit offenbar auch den Auftritt, was von den Gästen mit ungnädigen Pfiffen aufgenommen wurde.

»Ich glaube, du solltest austrinken«, sagte Nike und sah nicht ohne Belustigung zu, wie Sandor das zuvor so sorgfältig zubereitete Gebräu unzeremoniell in sich hineinschüttete. Und das Gesicht verzog. »Es ist grauenhaft süß«, gab er dann zu und stieß sich vom Tresen ab. Die beiden Damen auf seiner anderen Seite hatten sich längst einem neuen Gast zugewandt. Sandor zahlte und bot Nike danach den Arm, in den sie sich nach kurzem Zögern einhakte. Zusammen drängten sie sich in den Nebenraum, der proppenvoll war – ein paar Leute in der Mitte tanzten einfach weiter, im Takt der Umstehenden, die klatschten und johlten. Einer sang den Gassenhauer über die Leiche im Landwehrkanal, und weitere fielen ein. Nike hasste das Lied, warum musste man so über eine ermordete Frau singen, und dann noch über Rosa Luxemburg?

Sie schob sich mit Sandor zusammen zur kleinen Bühne weiter vorn, wo Erika zwei junge Burschen herumscheuchte, die die Kabel neu sortierten und Kästen auf Rollbrettern durch die Gegend bewegten.

Nike hielt sich ein wenig im Hintergrund, aber Erika sah sie trotz des schummrigen Lichts und winkte erfreut.

»Nike! Komm!« Nike ließ Sandor los und trat nach vorn zum schwarz gestrichenen Holz der Bühne. »Schnieke, datte echt da bis!« Erika strahlte sie an – das hier war die Party-Erika, mit Paillettenkleid und Kopfputz mit Federn und langen Ohrringen und Perlenketten. »Du bist die Erste aus der Uni, der ich es zeige, Nike, echt. Ich bin so gespannt, was du dazu sagst!«

»Ist es illegal?«, fragte Nike sofort.

Erika streckte die Arme aus. »Was? Unterhaltung? Wat soll daran illegal sein?« Sie zeigte Nike ihre Zungenspitze zwischen dunkelrot bemalten Lippen. »Wirst ja sehen! Kannst gespannt sein. Ist das der Künstler aus Prag?« Sie wies in Sandors Richtung. Nike nickte. »Mal gucken, ob du mit ihm so weit kommst wie ich mit meinem Emil!« Sie zog den schmaleren der beiden jungen Männer heran, der gerade einen schweren schwarzen Koffer hinter die Kulissen trug.

Erika küsste Emil, Pfiffe im Raum gellten auf, und einer rief: »Ausziehen!« Emils Lippen waren danach farblich an Erikas angeglichen, als er mit breitem Grinsen wieder an die Arbeit ging.

»Der ist dir aber nicht von Pfeiffer zugeteilt worden«, bemerkte Nike.

»Nee! Der Emil ist mir zugelaufen, richtig, Emil?«

Und damit wandte sich Erika um und rief noch über die Schulter: »In 'ner halben Stunde! Im Keller, Nike! Ich hoffe, du hast die Eintrittskarten mitgebracht, ist eine geschlossene Gesellschaft.«

Sandor sah noch eine halbe Stunde einer Jazz-Combo bei ihrer Show zu, schließlich zog ihn Nike in einen Gang, der zu Toiletten und ins Treppenhaus führte, und dort standen bereits einige private Sicherheitsleute, bullige Kerle, die die Einladungen kontrollierten.

Nike und er waren nicht die Ersten an der Kellertreppe. Eine Frau Mitte dreißig sah ihnen entgegen, während ihre Eintrittskarte geprüft wurde, sie war schmal, etwa so groß wie Sandor, ihre Schultern kantig über dem ärmellosen, aber ansonsten schlichten schwarzen Kleid, das ihr bis zu den Knien reichte. Ihre ebenfalls pechschwarzen Haare waren glatt und kurz wie

Nikes, lagen jedoch femininer in geformten kleinen Locken an ihren Schläfen und Wangen. Sie war blass geschminkt, und ihre Augen blickten aus den mysteriösen Rauchwolken dunklen Lidschattens. Ihr Blick traf Sandors, dann wandte sie sich wieder dem Mann mit der Schiebermütze zu, der ihre Karte überprüft hatte und sie nun in den Keller ließ.

Sandor und Nike folgten ihr nach unten.

Die Treppe war alt und führte durch gemauerten Backstein. Sandor erwartete den muffigen Hauch eines Kellers, doch es roch frisch, fast wie eine Frühlingsbrise mit einem Hauch von … *Salz*. An der Treppe erhellten stimmungsvoll kleine Kerzenhalter den Weg. Schließlich kamen sie im Gewölbe an, einem ehemaligen Weinkeller, der sich jetzt allerdings in ein experimentelles Labor verwandelt hatte. Nike blieb stehen und sah an den Spiegeln und Glaskolben hoch, an den Leinwänden und Projektoren. Unter ihren Füßen lagen Teppiche, darunter dicke Kabelwülste.

Ob der Rest des Viertels gleich noch Strom hat?, fragte sich Sandor und drängte in den hinteren Teil des Raums.

»Ich wüsste hier schon so einiges, was verboten ist«, zischte Nike. »Sie hat ganz schön Nerven, mich hier reinzulassen, das ist alles geklautes Uni-Eigentum!«

»Ausgeliehenes vielleicht.«

»Das Institut *verleiht nicht.*«

»Offenbar ist sie sich sehr sicher, dich mit ihren Ergebnissen überzeugen zu können.«

»Na, ich bin gespannt, ob ihr das gelingt«, knurrte Nike.

Sandors Blick wanderte zurück zum Versuchsaufbau. Zumindest in der Mitte der Apparaturen stand etwas Vertrautes.

Es war eine mit einem großen Tuch verhüllte Statue. Auch wenn er noch keine Details erkennen konnte, ließ die Form wenig Zweifel daran. Er entdeckte zwei weitere – eine kleine und eine menschengroße etwas weiter abseits –, ebenfalls mit Tüchern verhüllt.

Ungeduldig sah er sich um – Emil und einer seiner Freunde waren damit beschäftigt, die Kabel anzuschließen und die letzten Einstellungen an den Laborgeräten vorzunehmen. Emil war verschwitzt, er hatte sein verschlissenes Jackett abgelegt, und auf seinem weißen Hemd flossen die dunklen Flecken unter seinen Achseln mit dem dunklen Fleck auf seinem Rücken zusammen.

Sandors Mund war trocken, der Anisgeschmack lag wie Sandpapier darin.

Sind wir so etwas wie Konkurrenten?, schoss es ihm durch den Kopf. *Die ungehorsame Erika und ihr Straßen-Emil gegen die korrekte Nike und mich, einen Rumtreiber aus Prag? Ist es wichtig, wer zuerst irgendwo ankommt? Muss ich besser sein als er?*

Mittlerweile befanden sich etwa dreißig Menschen im Keller, die schwarzhaarige Frau vom Eingang stand ganz in Nikes Nähe, Sandor fing einen weiteren Blick von ihr auf.

Sie hat auch etwas von einer Statue, schoss es ihm durch den Kopf, bevor er sich wieder den verhüllten Gestalten aus Stein zuwandte. Erika kam nun mit einem Laborkittel über dem Kleid die Treppe hinunter.

»Schön, dass ihr alle hier seid«, sprach sie in die sich ausbreitende Stille – ohne eine Spur ihres Berliner Dialekts. Ihre Wangen waren gerötet – was sie vielleicht noch attraktiver machte. Sandor war zunehmend abgelenkt von den drei auf sehr unterschiedliche Weise attraktiven Frauen.

»Ihr fragt euch sicher, ob ich euch hier unten hinters Licht führen werde. Aber keine Sorge. Ich bin keine Illusionistin, sondern eine Wissenschaftlerin. Die Wunder, die euch erwarten, stehen im Einklang mit den Gesetzen der Natur. Alles ist echt.«

Sie trat in den Kreis der gläsernen und mit Kabeln und Spulen versehenen Geräte an eine Steuereinheit, an der einige Lämpchen leuchteten. Regler verhinderten, dass die elektrische Energie bereits von dort in die Geräte floss, aber sie drehte nun den ersten hoch, und einige Glühbirnen begannen zu flackern und schenkten dem Raum mehr Licht.

Sandor bemerkte, dass er sich von Nike entfernt hatte, die mit skeptischem Blick an der hinteren Wand des Kellers lehnte.

Das Publikum lauschte gebannt.

»Ihr müsst wissen, meine Lieben: Magie, Physik, Kunst … das ist alles ein und dasselbe. Ja, das klingt unlogisch.« Erika lachte nervös, und dann trat Emil hinzu und zog nun langsam, Zentimeter um Zentimeter, das Tuch von der Statue. »Aber betrachten wir doch einmal Wirbelstürme und das Wachstum von Pflanzen. Scheinbar unabhängige Phänomene, die aber auf derselben Ursache beruhen: der Einstrahlung von Sonnenlicht auf den Planeten. Wenn wir die fundamentalen, mikroskopischen Bausteine der Materie untersuchen, sehen wir nie das Ding an sich, denn unsere Sinne sind zu grob, um es zu erfassen. Das Einzige, was wir Höhlenmenschen tun können, ist es, die Gegenstände aus unterschiedlichen Richtungen zu beleuchten und ihre Schatten an der Wand zu betrachten. Und wie anders die Schatten eines Körpers aussehen, der aus verschiedenen Winkeln angestrahlt wird!«

Die Kante des Tuchs wanderte über ein sitzendes Bein mit nacktem Fuß, über die in Stein gehauenen Falten eines Gewands, über eine enthüllte Brust, über eine nackte Schulter und dann über einen von steinerner Flechtfrisur gezierten Frauenkopf. Es glitt über den Scheitel der Statue und von dort herab. Emil verstand sich definitiv aufs dramatische Enthüllen.

»Nehmen wir Bohrs und Heisenbergs Deutung der Quantenmechanik: Die Bausteine der Schöpfung sind etwas, das manchmal die Eigenschaften von Wellen besitzt und manchmal die von Teilchen. Je nach Blickwinkel nehmen wir den Schatten, den sie werfen, als Teilchen oder als Welle wahr, aber das eigentliche Ding werden wir wohl nie erfassen können.«

Die Statue stellte eine weiße, mädchenhafte Figur mit entblößten, spitzen Brüsten dar, wie man sie so oft unter Gründerzeitbalkonen vorfand, wo sie als Karyatiden das Bauwerk stützten. Diese hier saß auf einem Block aus Stein, und Sandor erkannte sofort, dass der Block und die Figur voneinander getrennt waren, als hätte der Künstler eine sitzende Statue geschaffen und diese dann auf einen steinernen Hocker gesetzt. Das war bereits merkwürdig. Zudem waren neue Bearbeitungsspuren am Kleid der Statue zu sehen, die nicht in Harmonie mit den anderen Linien standen, die älter und fließender schienen. Nein, fließend waren auch die neuen Linien, aber formelhafter, nicht wirklich von der Kunst diktiert, sondern vom ... vom ...

Vom Zweck, den sie erfüllen sollen.

Die Statue war nicht alt, Verwitterungsspuren fehlten. Sie war vermutlich ebenso geklaut wie der Rest des Kellermobiliars.

Erika sprach weiter, nachdem sie den Anwesenden Zeit gegeben hatte, den steinernen Gast zu bewundern.

»Der Dualismus von Welle und Teilchen ist der Physik schon bekannt. Aber was ist mit anderen Dualismen? Mann und Frau! Kunst und Naturwissenschaft! Wie passt das alles zusammen? Sind es zwei Seiten einer Medaille? Diese neue Wechselwirkung, die unsere Welt auf so ungeahnte Weise prägt, können wir weder theoretisch oder gar mathematisch beschreiben noch ignorieren.« Sie machte eine kleine dramatische Pause und legte dabei weitere Regler um. Summend erwachten einige Spulen zum Leben.

»Es bleibt uns nur eins«, sagte Erika leise, und Sandor konnte schwören, dass ihr Blick Nike suchte, während sie das sagte. »Es zu leben. Es zu *er*leben. Wir leben nur einmal, und diese Zeit gehört uns.« Sie lachte ein kurzes, helles Glockenlachen. Emil nahm nun einen Hammer und einen Meißel zur Hand und kniete sich vor die Statue. Sandor drängte sich ein wenig weiter nach vorn, um zu sehen, was Emil tat. Er benutzte die bereits neu hinzugefügten Linien, der Meißel wanderte geradezu spielerisch entlang, hier etwas vertiefend, da etwas erweiternd, dort ein paar Kanten glättend. Er folgte nicht der organischen Form der Statue, sondern erschuf eigene, scheinbar willkürliche Ecken und Flächen.

Erika änderte währenddessen die Ausrichtung von Geräten, überprüfte Messwerte und sandte kurze rhythmische Stromstöße durch die Röhren, Spulen und Kondensatoren. Keine davon war mit der Statue verbunden, das war offensichtlich. Die Statue stand einfach nur im Zentrum eines regelmäßigen Musters straff gespannter Kabel.

Wie ein alchimistisches Symbol, fuhr es ihm durch den Kopf, doch dann roch es plötzlich wieder nach Salz, der Geruch klärte seinen Kopf von allen Gedanken, als stünde er in einer kalten Flutwelle. Emil hatte sich zur herabhängenden Hand der Statue vorgearbeitet, und mit einem hellen Klang schlug er auch dort Kante um Kante neu und ... *anders*, bis die Hand nicht mehr die realistische Nachbildung einer menschlichen Hand war, sondern eher die Idee einer Hand. Und als das geschehen war, spreizten sich mit einem Mal die Finger.

Die Statue bewegte sich, und ein kollektives Raunen ging durch das Publikum. Die Anwesenden schoben sich wie ein Mann weiter nach vorn, bis Sandor fast an der gläsernen Röhre auf ihren metallenen Standfüßen lehnte, die nun orangefarben glomm.

Er stemmte sich gegen den Druck, und gleichzeitig erstarrte er vor Ehrfurcht – oder einfach: Furcht –, denn die Bewegung endete nicht mit dem Spreizen der Hand.

»Das ist keine Statue! Das ist ein Mensch!«, stieß jemand neben Sandor hervor, doch er schüttelte den Kopf. Das hier war kein silbergrau bemalter Straßenkünstler. Es war Stein, er hatte die Splitter abplatzen, den Meißel sich ins Material graben sehen!

Die sitzende Frau tat das, wonach sie sich sehnte: Sie erhob sich in den Stand. Es gab nicht einmal ein Geräusch, kein Knirschen, kein Knacken. Emil kniete ihr weiter zu Füßen und arbeitete seine Harmonien oder Disharmonien – oder was auch immer es war – in ihr Steingewand hinein.

Die weiße Statue streckte anmutige, schlanke Arme in die Höhe, dabei richteten sich ihre fabelhaften Brüste auf, so dass sie steil nach oben zeigten. Die Statue war groß, größer als ein normaler Mensch, was Sandor nicht klar gewesen war, als sie gesessen hatte. Nun reckte sie sich und presste ihren zarten Finger gegen die Decke des Kellers, wie um sie zu stützen.

Natürlich, sie ist eine Karyatide. Vielleicht steht sie jetzt endlich, wie es ihr Bildhauer beabsichtigt hat.

Nun knackte und knarrte es doch: Die Bewegungen waren langsam – flüssig gewordener Stein –, und Sandor fragte sich, ob er sich weich und warm unter seinen Fingern anfühlen würde. Die Laute jedoch gingen nicht vom Körper der Statue aus, sondern von der Decke. Mit welcher Kraft stemmte sich die Frau – nein, die Statue – dagegen? Sandor spürte, wie auch die Menschen um ihn herum Angst bekamen – ihr Atem ging heftiger, es roch nach Schweiß und Alkohol, eine fast herdenhafte Panik schien sich breitmachen zu wollen.

Erika schwieg nun, sie und Emil arbeiteten fieberhaft – nicht hektisch, sondern fokussiert, so dass Sandor sich fragte, ob sie überhaupt bemerkt hatten, dass sich die Statue bewegte.

»Darf ich sie anfassen?«, fragte eine weibliche Stimme neben Sandor.

»Kann sie tanzen?«, fragte eine Männerstimme.

»Kann sie das Kleid ablegen?«, fragte eine Frau und lachte dann nervös, und Sandor wurde klar, dass er sich all das auch gefragt hatte. Das Blut pochte in seinen Schläfen. Und nicht nur dort.

Es waren absolut keine Laborbedingungen, aber Nike erkannte einen gelungenen Versuch, wenn sie einen sah. Herrgott, die steinerne Karyatide hatte sich aufgerichtet!

Nike hatte natürlich noch nicht prüfen können, ob es sich nicht doch um eine angemalte Frau handelte, aber allein die Größe sagte ihr, dass das eigentlich unmöglich war. Sandor war fortgespült worden – der Keller war eng und mit fünfzig Zuschauern gut gefüllt. Und schon tat die Menge das, was eine alkoholisierte, verschwitzte, von erregter Angst ergriffene Menge tat: Sie verlangte nach mehr nackter Haut.

»So ist es immer«, flüsterte eine rauchige Stimme an Nikes Schulter. »Sie sind gerade Zeugen eines Wunders, und schon wollen sie, dass sich das Wunder auszieht.«

Nike wandte nur rasch den Kopf, bevor ihr Blick wieder zur Statue huschte. Die kurzhaarige Frau hatte sich leicht zu ihr hinübergelehnt, beide standen sie an der Mauer und betrachteten die Karyatide über die Köpfe der Menge hinweg.

»Die Auswirkungen auf die Bausubstanz machen mich nervös.« Nike zeigte nach oben. Musste sie Seidel davon erzählen? Was würde das für Erika bedeuten? Wenn sie das hier vermochte, konnte Erika dann auch Marmor verflüssigen?

Die Karyatide begann langsam zu tanzen. Wie sie ihre Füße aufsetzte, konnte Nike nicht sehen, doch sie sah, wie sie ihre Hände an der Decke verschob, während sie sich um sich selbst drehte, wie sie ihre dünnen weißen Finger zierlich spreizte und das Kinn in die Höhe reckte. Ihr Gesicht war ... tot, das einer Statue, die Augen blind. Aber unter ihren nackten Schultern spielten Muskeln, die nicht da sein konnten.

»Wir sind die Zeugen eines Wunders, und Sie interessieren sich für die Bausubstanz?«, fragte die Kurzhaarige spöttisch.

»Wenn das Kellergewölbe einstürzt, dann hat es dieses Wunder nie gegeben«, gab Nike zurück.

»Sie sind von der Universität, richtig?«

»Möglich«, flüsterte Nike und warf der Frau einen raschen Seitenblick zu. Androgyn und attraktiv, eine auffällige Erscheinung, selbst für das nächtliche Kreuzberg. »Und Sie?«

»Ich bin neugierig. Auf die Kunst. Auf die Magie. Auf das Spiel der Gegensätze, könnte man sagen.«

»Kennen Sie Erika?«, fragte Nike nach vorn gewandt.

»Oberflächlich«, sagte die andere knapp. »Ich bin Georgette, übrigens.«

»Ich heiße Nike. Freut mich, Sie kennenzulernen.«

Und dann dröhnte es, Stein auf Fundament – kurz durchfuhr Nike die Angst, dass ein Teil der Decke sich gelöst hatte. Doch dann atmete die Menge ein, jemand lachte laut auf, und durch mehrere wogende Körper hindurch erhaschte sie einen Blick auf die Statue, die ihr Gewand abgestreift hatte und ihren Tanz nackt fortführte.

Das Gewand war am Boden zu Stein geworden. Emil hielt noch Hammer und Meißel in der Hand, sah jedoch zur Karyatide auf, als sei er ein Gläubiger und sie eine Göttin. Nun, endlich, wandte sie das Gesicht von der Decke und ihren eigenen Fingern ab und sah auf ihn herab.

Dann schloss sich diese Lücke wieder, und die Menge rauschte vorwärts, mit ausgestreckten, neugierigen Händen.

»Als Masse ist der Mensch so berechenbar. Der Einzelne ist ein kompliziertes Tourbillon-Uhrwerk, doch die Masse ist so primitiv und vorhersagbar wie eine Sonnenuhr«, kommentierte Georgette.

Erikas Stimme gellte auf. »Nein! Haltet Abstand!«, doch Nike wusste, dass es schon zu spät war. Erika hatte ein Monstrum entfesselt, und das war keinesfalls die Statue.

Sandor wurde gegen den Glaskolben gedrückt und spürte plötzliche warme Stiche an seinen Händen. Um sich in Sicherheit zu bringen, drückte er sich seitwärts am Gerät vorbei, auch wenn Erika ihn anschrie, Abstand zu halten – er konnte nichts dafür, das Gedränge war zu groß. Mehrere folgten ihm in den Kreis der Geräte, Hände streckten sich nach der Karyatide aus, Finger mit lackierten Nägeln griffen als Allererstes nach ihren unnatürlich kecken Brüsten, andere reckten sich nach ihrem geflochtenen Haar.

»Zurück! Wenn sie fällt – sie ist aus Stein!«, rief Emil hilflos.

»Lass die anderen Puppen auch tanzen!«, schrie eine Männerstimme, und ein stämmiger Kerl, der im schummrigen Licht aussah wie ein stiernackiger Boxer, drängte weiter und zerrte die Tücher von den Statuen hinter dem Versuchsaufbau.

»Alle zurück!«, schrie Erika. »Habt ihr denn keinen Respekt?«

Den hatten sie nicht. Fünf, sechs, sieben Leute drängten sich nun um die Statue, die sich immer noch bewegte, obwohl Emil nicht mehr an ihr arbeitete. Sie berührten sie überall mit einer geradezu fleischlichen Begierde.

»Mach die verdammten Geräte aus!«, hörte Sandor Nikes Stimme von hinten.

»Zurück!«, brüllte Erika. »Wenn sie fällt …! Emil!«

Emil war hilflos, er kniete immer noch vor ihr. Ein Mann schmiegte sich unter johlendem Lachen an die Statue, sein Kopf gerade einmal auf Brusthöhe. Er nahm die Kippe aus dem Mundwinkel, um an ihren steinernen Brustwarzen zu lecken, und versuchte, unter dem Gelächter der Menge, ihr die Kippe in den Mund zu stecken. Die toten Augen sahen ihn von oben an, der Mund blieb leblos und geschlossen. Die Frau mit den lackierten Nägeln griff der Statue in den Schritt, auch wenn die Beine fest geschlossen waren.

Sandor befand sich nah genug. Nur eine Sache musste er wissen, nur eine einzige Sache.

Wie alle in diesem Raum. Wie menschlich war diese Kreatur? Wie fühlte sie sich an?

Er streckte eine zitternde Hand aus und berührte die Statue, auf der nun ein Dutzend Hände ruhte. Sie war kalt und hart wie der helle Sandstein, aus dem sie geschlagen war.

Und dann jammerten die Geräte, die sie umstanden – *wuuh* –, und Erika entzog ihnen den Strom.

»Vorsicht!«, brüllte Emil hilflos, und dann sah Sandor, dass die Statue nach hinten kippte. »Haltet sie aufrecht!«

Doch nun stoben alle auseinander. Eine Frau stolperte gegen eine der Röhren und schrie auf, vielleicht weil diese heiß war. Es wurde dunkel, der Raum nur noch von einigen Kerzen erhellt, die in Kandelabern an der Wand hingen, und sofort klirrte es, als ein Mensch mit einem gläsernen Kolben zusammenstieß. Schreie, Desorientierung. Sandor wurde zu Boden gerissen, über ihm wankte die Statue, tänzelte auf den Fußballen.

Er robbte zurück, durch Scherben und über den Wulst der Kabel unter dem Teppich, in die Deckung der beiden anderen Statuen, die dankenswerterweise leblos geblieben waren.

Und dann krachte die Karyatide in die elektrischen Apparaturen. Sandor bedeckte seinen Kopf mit den Armen, als Glas und abplatzende Steintrümmer durch die Luft segelten.

Nike blinzelte. Es war wie immer, wenn eine Situation unübersichtlich wurde: Sie verfiel nicht in Panik, war jedoch auch nicht sonderlich handlungsfähig. Ihre weit offenen Sinne erfassten noch die kleinste Kleinigkeit, aber ihr Bewegungsapparat fror ein.

»Ich glaube das einfach nicht«, flüsterte sie.

»Wo ist dein Freund?«, rief Georgette ihr zu, die gerade einer gestürzten Frau aufhalf.

Jetzt schlug Nikes Herz schneller: Sandor hatte sich doch nicht etwa unter der stürzenden Statue befunden? Sie stieß sich von der Wand ab und umging den zerstörten Versuchsaufbau, in dem verletzte und empörte Menschen Erika und Emil anschrien. Sandors Namen zu rufen hatte keinen Zweck. Von oben kamen nun zwei Großkotze, die den Kellerabgang bewacht hatten, hinunter. An den Anstecknadeln hatte Nike sie schon als Ringbrüder erkannt, als sie von ihnen durchgelassen worden war. Ringbrüder waren Kriminelle, wenn auch von der Sorte, die als Kinder zu viele Robin-Hood-Geschichten gelesen hatte und sich nun für die »Guten« hielt.

»Licht an«, brüllte einer von ihnen. »Sofort Licht an! Gibt es Verletzte?«

Ein unverständlicher Chor von Stimmen war die Antwort. Als Nike sich nach vorne durchgekämpft hatte, sah sie, dass Sandor staubbedeckt neben einer der beiden Statuen stand, die sich im Hintergrund befunden hatten. Im spärlichen Licht der Kerzen erkannte Nike die Plastik einer nachdenklich dasitzenden Frau, an deren Schulter sich Sandor festhielt. Er schien wohlauf und klopfte sich den Staub aus dem vormals dunklen Hemd. Das Deckenlicht flackerte an, und erleichterte Rufe gingen durch die Menge. Jemand begann zu weinen. Die Ringbrüder zerrten Leute auf die Füße.

»Alles in Ordnung mit dir? Ich fass es ja nicht, dass du auch nicht die Finger von diesem Ding lassen konntest!«, rief sie durch den Lärm.

»Machst du Witze? Ich bin Bildhauer!«, rechtfertigte sich Sandor.

»Erika hat jetzt jedenfalls ein echtes Problem, das sind mindestens zwei Kathodenstrahlröhren, die zu Bruch gegangen sind. Ich weiß auch nicht, wie … Was machst du da?«

»Diese Statue hier – sie sitzt auf einem hölzernen Hocker. Ich wette, die haben sie auch erst bewegt und dann zum Sitzen gebracht. Guck mal, der Winkel der Beine ist anders, als würde sie eigentlich auf etwas sitzen, das ein paar Zentimeter höher war.«

Wider Willen wandte auch Nike ihre Aufmerksamkeit der steinernen Frau zu, die sie wie eine Figur auf einer Käthe-Kollwitz-Zeichnung grimmig anstarrte. Gnadenlos naturalistisch, detailreich wie die Studie einer vom Leben verbitterten …

»Das ist unglaublich«, sprach Sandor aus, was sie dachte. »Wie präzise das gearbeitet ist … Sieh dir das an!«

Nike ließ sich auf ein Knie nieder und sah der Frau prüfend ins Gesicht. Sandor klopfte währenddessen mit den Knöcheln auf ihrem Haar herum, dann auf ihren Schultern. »Ich könnte schwören, dass es keine Statue ist, aber es ist eine«, sagte er, und sie verstand ihn kaum, zu laut toste das Chaos in ihrem Inneren. Sie hatte die Frau schon einmal gesehen. Auf einem Foto, das Seidel ihr gezeigt hatte. Es war die vermisste Vermieterin aus Prenzlauer Berg.

3
DER FALL GLOSE

»*Die Physik ist momentan wieder einmal sehr verfahren. Für mich ist sie jedenfalls viel zu schwierig, und ich wollte, ich wäre Filmkomiker und hätte nie etwas von Physik gehört.*«
WOLFGANG PAULI

Aber wir haben sie nicht umgebracht! Nike, das musst du mir glauben, wir haben niemanden ... *versteinert*!« Erika drohte die Contenance zu verlieren, in ihren Augen glitzerten bereits Tränen. Nike saß ihr gegenüber in der Buchhaltungsstube des *Cerises et Framboises*, ein unordentlicher Schreibtisch mit handschriftlich vollgeschmierten Heften trennte sie. Seidel stand am Fenster, von dem aus ein paar erleuchtete Reklametafeln anderer Lokale zu sehen waren, und sah mit verschränkten Armen hinaus. Sandor, der kaum Gelegenheit gehabt hatte, sich Seidel vorzustellen, lehnte wie verkatert an einem schmalen Aktenschrank in der Ecke. Das Kabuff war keine zehn Quadratmeter groß, und es roch bereits nach Angstschweiß und Zigarren.

»Irgendjemand hat es getan. Und jetzt sitzt die vermisste Frau mit euch im Keller, während ihr zum Spaß Statuen wiederbelebt. Was denkst du, wie das aussieht?«, fragte Nike ungeduldig. Emil, der neben Erika saß, starrte auf seine nervös wippenden Fußspitzen.

»Schon klar«, murmelte Erika. »Aber denkst du, ich versteinere eine Frau und nehm sie dann einfach auf eine Vorführung mit?«

Seidel räusperte sich. »Fräulein Nußbaum, die Schwierigkeit ist, dass Fräulein Wehner und ich uns nicht mehr auf Vernunft und Logik verlassen können. Es ist also für uns enorm schwierig herauszufinden, ob Sie irgendeine Mitschuld am Zustand dieser armen Person tragen.«

»Jedenfalls schwören wir Stein und Bein, dass wir keine lebendigen Leute in Statuen verwandeln können!« Erika fuchtelte nervös mit den Händen, während Emil sich immer noch nicht rührte.

»Aber umgekehrt wisst ihr offenbar, wie es geht!«, rief Nike.

»Wir haben halt rausgekriegt, wie man eine Statue *bewegen* kann! Frag doch deinen neuen Freund, der hat sich doch vorgedrängelt! Die Statue war *aus Stein!* Wir haben sie nicht in einen Menschen verwandelt!«

»Ich hab mich nicht …«, begann Sandor, aber Seidel winkte ab.

»Sie stehen hier nicht vor Gericht, Fräulein Nußbaum. Fangen wir mal von vorn an. Wo hatten Sie die … Statue von Frau Glose denn her?«

»Die hat der Emil besorgt, Emil, jetzt krieg mal die verdammten Kiemen auseinander!«

Emil sah etwas verdattert auf. »Ja, stimmt. Ich … ich hab die von so einem Händler für Baumaterial. Der verkloppt immer mal Sachen, die bei Umbauten rausfliegen. Da haben wir die Statuen zum Experimentieren her. Die haben oft schon Macken, sind abgekloppt von irgendwelchen Gründerzeitfassaden, aber für uns reicht das.«

»Und Frau Glose – wann haben Sie sie erstanden?«

»Gestern! Bin da vorbeigegangen, weil ich nicht sicher war, ob wir etwas für die Vorführung brauchen können. Hab schon gesehen, dass die Haare komisch aussehen und so, aber ich dachte, das wär halt sehr fein gearbeitet. Mann, wie soll ich denn drauf kommen, dass die Olle 'n richtiger Mensch ist?«

Die Frage verhallte in dem kleinen Raum. Alle wechselten angespannte Blicke.

»Joah«, bemerkte Seidel schließlich. »Da haben Sie natürlich schon recht, Herr Bleier.«

Nike war weniger verständnisvoll. »Aber es ist nicht der erste rätselhafte Fall in den letzten Wochen«, beharrte sie. »Dieses ganze Wissen kommt aus der Forschung. Wenn es einfach so unkontrolliert unter die Leute kommt, ist das gefährlich.«

Erika lachte trocken und murmelte leise: »Tatsächlich?«

»Ja, und ich frag mich, ob du dran schuld bist!«

»Ich? Ich hab bloß auf 'ner kleinen Privatparty ein paar Röhren zerdeppert, die nicht mir gehören, und ein paar Tricks gezeigt!«

»Weiß noch jemand außer Emil, woran wir forschen? Ich meine, wie es *geht*? Was damit möglich ist?«

»Weiß nicht. Und wenn ja, dann haben die es nicht von mir, aber, ob du es glaubst oder nicht: Die Wissenschaft kann so was nicht lange unter Verschluss halten. Im Moment ist es noch was Exotisches, aber du kannst wetten, dass es bald auf der Kinoleinwand landet. In den Nachrichten. In der Zeitung. Und im Reichstag. Ihr seid naiv, wenn ihr glaubt, das würde wieder weggehen! Wer immer diese neue Sache beherrscht, der wird im Deutschen Reich echt was zu sagen haben.«

Nike wurde unwohl bei dem Gedanken, dass sie es mit der Politik zu tun bekommen sollte. Alle paar Monate brach wieder irgendeine Regierung zusammen, und neue Koalitionen wurden mit Spucke und immer neuen Versprechungen zusammengeklebt. Kommunisten, Konservative, Liberale, Katholiken und neuerdings auch die Nazis, all das konnte ihr gestohlen bleiben. Aber Erika hatte bei aller Ironie vollkommen recht: Wer zuerst das Potenzial dieser *Sache* – dieser Magie – erkennen würde, würde in die Geschichtsbücher eingehen.

Seidel stieß den Pfeifenrauch mit einem Schnaufen aus und drehte sich vom Fenster weg.

»So, dann kommen wir mal zu den Details. Ich wüsste gern den Namen dieses Statuenhändlers, Herr Bleier.«

»Sind wir eigentlich verhaftet?«, fragte Emil käsebleich.

»Nein. Die Tatsache, dass wir ein Abbild von Frau Glose in Stein gefunden haben, ist erst einmal weder Mord noch Leichenfund. Mein Gott, was das ein Aufwand werden wird, ein Papierkram, und das Gesicht von Groszjansen in der Gerichtsmedizin kann ich mir schon vorstellen«, fügte er an Nike gewandt hinzu, die Block und Stift gezückt hielt. »Aber ich werde Ihre Adressen aufnehmen, Herr Bleier, Fräulein Nußbaum. Und ich würde Sie bitten, sich zu unserer Verfügung zu halten.«

Sandor trat an die frische Luft und tastete noch einmal vergeblich nach Zigaretten in seinem für die Frühlingsnacht zu dünnen Mantel. Seidel hatte ihn in den Keller geschickt, doch er hatte Durst, brauchte frische Luft und eine Kippe. Eine Katerstimmung setzte ein, die er nicht auf die beiden Gläser Absinth schieben konnte. Er betrachtete seine Finger, die nach der Manteltasche tasteten. Er hatte sowohl die tanzende Statue als auch die versteinerte Frau Glose damit angefasst. Er ekelte sich vor dem Gedanken, dass es der Berührung einer Leiche gleichkam, dass er sich auf der versteinerten Frau abgestützt hatte.

»Na du«, sagte eine Stimme ganz in der Nähe. Er sah auf. Von der Hausecke schlenderte eine schmale Gestalt mit Bubikopf und pelzgefütterter Jacke über dem kurzen Kleid herüber. Er hatte sie bei der Vorstellung gesehen. Sie zog an einer Zigarette, die sie zwischen Daumen und Zeigefinger hielt, wie es Veteranen oft taten. Im Krieg war es lebenswichtig gewesen, die Glut vor feindlichen Augen zu verbergen. Sandor hatte schon gemerkt, dass sich viele Frauen hier in Berlin betont kerlig gaben.

Aber diese hier war noch mal eine andere Sorte. »Möchtest du eine Zigarette?«

Sie nahm ein silbernes Etui aus ihrer Handtasche, die Leuchtreklame des *Cerises et Framboises* spielte darauf. Langsam fischte sie eine Zigarette hervor, die eigene lag zwischen präzise geschminkten Lippen. »Seid ihr schon schlauer?«, fragte sie an der Zigarette vorbei. »Nike und du? Die Polizei steht ja sicher wieder wie der Ochse vorm Berg.« Sie ließ ihren Blick die Straße entlangschweifen. Ein dünner Film des vorangegangenen Regens ließ den Asphalt glänzen. Zwei Adler Standard hatten vor dem Lokal geparkt, und somit war auf der ganzen Straße Ruhe eingekehrt. Niemand wollte gern dort feiern, wo Mordautos parkten. Die leuchtenden Erdbeeren und Kirschen über dem Eingang lockten in dieser Nacht keine Naschkatzen mehr an.

»Du kennst Nike?«

»Wir haben uns eben erst einander vorgestellt.« Sie zündete die Zigarette mit ihrer eigenen an und reichte sie ihm. »Ich bin Georgette.«

»Sandor.«

»Du bist aber kein Russe«, stellte sie fest.

»Tscheche.«

»Ah. Ich bin gebürtige Russin.«

Er konnte sich nicht helfen und sah erneut an ihr herab.

»Aah, du fragst dich, ob ich nicht eher ein gebürtiger Russe bin, richtig? Und du bist zu höflich, den Mund aufzumachen, das merk ich mir.« Eine Antwort gab sie ihm nicht, und er war tatsächlich zu höflich, den Mund aufzumachen. »Nike ist das Yin zu deinem Yang, was? Zaubert ihr zusammen?«

Sandor wusste nicht recht, was er antworten sollte, und stammelte: »Nein. Noch nicht. Hab nur … bisher nur … also, die Theorie kennengelernt.« War es normal, dass man in Berlin so offen darüber sprach? Niemand nannte diese Vorgänge *zaubern*, wirklich niemand! Alle tanzten um diesen Begriff herum.

Georgette schnaubte erneut. »Erika hat mir erzählt, dass sie euch in der Universität an die kurze Leine legen. Wie dem auch sei – wenn ihr mal mehr wissen … oder mehr wagen wollt, fragt im *Eldorado* nach Georgette. Das neue, in der Motzstraße.«

Damit lächelte sie, wandte sich um und ließ ihn stehen. Ihre Absätze klackerten in der Stille. Sandor sah ihr nach und zog an seiner Zigarette.

Am nächsten Morgen klammerten sich Sandor und Nike in Seidels Büro an ihre Kaffeetassen. Sandor war erst um drei Uhr in sein Hotelbett gefallen und hatte schlecht geschlafen und unruhig von Statuen geträumt, die ihn erdrückten. Seine Abneigung gegen Kaffee hatte er angesichts dessen ausnahmsweise beiseitegelegt. Obwohl der Kommissar inmitten seiner bemerkenswert geschmacklosen Häkeldekoration ansonsten eher aussah, als sei er von der gemütlichen Sorte, wirkte er nicht halb so unausgeschlafen wie seine beiden Beratenden. Er spitzte gerade einen Bleistift an einem lächerlich pompösen Kurbelspitzer, der an seiner Schreibtischkante befestigt war, und inspizierte dann die Spitze.

»So, dann hätten wir den Papierkram jetzt schon mal erledigt, Herr Černý. Und das auf'm Samstag!« Er schob Sandor den Ausweis über den Tisch, von dem er Daten in eine Akte übertragen hatte. Er hatte Sandor außerdem über das Ausmaß von dessen polizeilicher Verfügungsgewalt informiert: nicht vorhanden. Nike und er durften die Polizei »wissenschaftlich und künstlerisch beraten und in dem Maße Leute befragen, wie man das eben als Privatperson tun kann«, alles andere war allein Seidels Privileg. Außerdem würde Frau Gloses … Abbild, wie es zurzeit genannt wurde, am Nachmittag an die Universität überführt, und Nike und er würden unter der Aufsicht des Gerichtsmediziners … *was auch immer*. Sandor versuchte, noch nicht darüber nachzudenken.

»Fräulein Wehner, dürfte ich Sie bitten, mit Herrn Černý heute bei diesem Händler vorbeizuschauen? Hab schon die Adresse rausgesucht, da kommen Sie mit der Tram hin. Lengenschmidts Bau & Kunst heißt der Laden. Hab ihn auch heute in der Früh schon mal prüfen lassen – also die Akten. Ist vor einem halben Jahr verwarnt worden, wegen Steuerobskuritäten, sonst aber nicht auffällig. Der Inhaber hatte vorher schon diverse andere Geschäfte. Fuchs meinte, der verkauft sicher was unter der Hand, und man hat ihm nur noch nichts nachweisen können. Schaut ihn euch mal an, so als Privatleute. Wenn er sich so gar nicht erinnert, kann ich ihm dann morgen mal mit dem Ausweis in der Hand auf den Zahn fühlen.« Seidel verkniff sich jetzt doch ein Gähnen und zog an seiner Zigarre, als enthielte sie sein Lebenselixier. »Begleiten kann ich Sie beide heute Morgen nicht. Die Kommunisten machen immer mehr Wirbel um Frölichs Tod. Die scheinen bis zum Ersten Mai einfach durchdemonstrieren zu wollen, so kurz vor der Reichstagswahl, die verdammten Steinewerfer, das kam ihnen sicher gelegen, dass der Mann im Marmor ersoffen ist. Der Buddha, also der Herr Kriminalrat Gennat, hat der Aufklärung von Frölichs Tod höchste Priorität gegeben. Müssen 'ne ganze Reihe Befragungen durchführen, da muss ich auch mit ran.« Der Kommissar stand auf und klopfte Sandor kameradschaftlich auf die Schulter. »Sie beide kommen schon klar. Passense mir aber uf det Mädel auf.«

Nike stöhnte leise auf. Um noch »gemädelt« zu werden, war sie wahrlich zu alt. »Na, was für ein Glück, Herr Kommissar, jetzt können Sie endlich die Chauvinismen aus der Schublade ziehen, wo ein männlicher Ansprechpartner im Raum ist«, sagte sie prompt und stand auf. »Wir melden uns, sobald wir uns diesen Händler und Frau Glose angesehen haben.«

»Das *Abbild* von Frau Glose«, betonte Seidel noch, als Sandor ebenfalls aufstand, um Nike in die Flure der Roten Burg zu folgen.

Sandor sah in die toten Augen einer Marienstatue. Sie konnten durch den mit Stacheldraht gekrönten Lattenzaun und das verschlossene Gittertor hindurch in den Hof von Lengenschmidts Bau & Kunst blicken. Witterungsgebeutelte Statuen, gerettete Verzierungen, diverse Zierelemente und Marmorplatten lagen im Innenhof, gerade so verteilt, dass man zwischen ihnen hindurchgehen konnte. Die typischen Karyatiden des Jugendstils, die auch in Prag die Häuserfassaden der dreißig, vierzig Jahre alten Gebäude schmückten, fanden sich hier ebenfalls. Die meisten besaßen keine Rückseite, weil sie von den Fassaden gehackt worden waren.

Direkt vor der Lücke, durch die Sandor sah, stand eine Marienstatue mit ausgebreiteten Armen, die dem Moosbewuchs auf ihren Schultern nach zu urteilen von einem Friedhof stammte.

»Irgendwas Auffälliges?« Nike, die die Halle und das Gelände einmal umrundet hatte, schloss wieder zu ihm auf.

»Nein, das sieht mir alles nach normalen Steinfiguren aus.«

»Wem mag er so was verkaufen?«, fragte Sandor. »Wer stellt sich so was denn auf?«

»Für ein Grab, wenn man wenig Budget hat? Für besonders geschmacklose Gärten? Oder es ist einfach eine Geldwäschefirma. Vielleicht handelt er unter der Theke mit Drogen.« Sie lugte durch das Tor, das mit einer Kette und einem Vorhängeschloss gesichert war. »Wie sehen eigentlich deine Statuen aus? Was machst du so?«, fragte sie dann.

»Ich war bislang vor allem auf der Kunsthochschule, der AVU. Wollte Architektur machen, war aber zu faul.«

»Bildhauen klingt nicht nach etwas, bei dem man faul sein kann.«

»Na ja, aber es fiel mir leichter. Du weißt schon, Künstler leben im Elfenbeinturm, bauen ihn aber nicht selbst. Also bin ich bei Bildhauerei und Skulptur gelandet. Stein ist gut, aber Metall hat es mir besonders angetan. Ich hab mit einer Plastik zu Kafkas *Verwandlung* Professor Nowaks Aufmerksamkeit erhalten, und der wiederum steckt ja als Expressionist ganz tief in diesem Klüngel, der gerade daran bastelt, wie man mit Kunst diese Phänomene wirken kann.«

»Diese Phänomene. Wie nennt man das denn in Böhmen?«

»*In der Tschechoslowakei*«, korrigierte er, »nennt man es *Magie*. Außer dass niemand es so nennt.«

»Magie?«

»Magie.«

»Dann sind wir uns wohl einig, was alberne Begriffe angeht. Sobald meine Dissertation steht, wird das irgendwie anders benannt«, murmelte sie vor sich hin. »Sobald wir wissen, womit wir es zu tun haben.«

»Aber wenn es *Magie* ist, dann steht uns so etwas wie ein neues Zeitalter bevor. Oder? Dann ist auf nichts mehr Verlass.«

»Ich mag gar nicht daran denken. Für meinen Geschmack wäre die Quantenphysik revolutionär genug.«

Sie lächelte ihn etwas hilflos an, dann wandte sie sich um und bedeutete ihm zu schweigen, und einen Wimpernschlag später hörte auch Sandor die Schritte.

»Morgen«, sagte der näher kommende Mann mit Kappe und verdrecktem Wollmantel bereits von weitem. Er war ein untersetzter kleiner Kerl um die vierzig mit wieseligem Blick. »So früh schon Kunden! Was kann ich für die Herren tun?«

Sandor sah, dass Nike grinste, und begann sich zu fragen, was ihr daran gefiel, entweder für einen Mann oder für eine Lesbe gehalten zu werden. Sandor dachte kurz an Georgette – vielleicht hatte man in Berlin einfach Freude daran, andere zu verwirren. Der Mann schloss die Kette auf und öffnete die Tür zu seinem Lager.

»Guten Morgen, verzeihen Sie, dass wir so früh schon vorbeischauen. Mein Mann und ich haben ein kleines Haus mit Garten gekauft, im Wedding, so ein verwunschenes, überwuchertes Fleckchen Erde.«

»Da fehlt Ihnen noch was Dekoratives, hm?« Der Mann grinste leutselig und winkte sie durchs Tor. Er musterte Sandor und Nike noch einmal, und Sandor war sich bewusst, dass sie ein seltsames Paar abgaben. Nikes Anzug war für ein schickes Haus im Grünen zu abgewetzt, und er selbst war zwar besser angezogen, aber auch deutlich jünger als sie.

»Ja, genau. Können wir uns mal umsehen?«

»Wenn es sein muss. Nicht dass ich heute noch ans Arbeiten komme!« Sandor hätte sich gewundert, wenn er nicht bereits ähnlich ruppige Erwiderungen vom Hotelpersonal zu hören bekommen hätte. »Das Gartentaugliche steht vor allem im Hof, aber drinnen sind auch noch ein paar neuere Stücke. Aus Ostafrika zum Beispiel.«

»Oh, interessant! Das kommen wir uns gleich gern ansehen! Machen Sie ruhig erst mal ihren Laden auf«, sagte Nike mit breitem Lächeln, hakte sich bei Sandor unter und bog mit ihm rechts zwischen zwei Friedhofsstatuen ab.

»Kannst du Magie eigentlich irgendwie ... spüren?«, fragte Sandor.

»Nein, wie denn? Du?«

»Nein!«

»Wir haben im Labor herausgefunden, dass diese Phänomene oft ionisierende Strahlung nach sich ziehen. Aber das bringt uns hier nichts.«

Sie umrundeten die Lagerhalle und fanden nichts als bemooste Frauen mit Trauermienen, Engel, Putten und Wasserspeier. Als sie ihre Runde beendet hatten und an der Vordertür der Lagerhalle angekommen waren, in der gerade mit hohlem Ticken ein paar schmuddelige Neonröhren eingeschaltet wurden, hielt ein Auto vor dem Tor, ein schönes schwarz poliertes

Gefährt mit geschwungenen Linien. Auf der Fahrerseite stieg eine Frau Mitte fünfzig aus, auf dem Beifahrersitz ein stiernackiger Mann um die dreißig mit schlecht sitzendem Anzug über seinen muskulösen Schultern. Die Frau war das genaue Gegenteil: Sie trug die grau durchwirkten braunen Haare in einem ordentlichen Bob, unter dem offenen hellen Mantel lugte ein taubengraues Kostüm hervor, ein schmaler Rock reichte ihr bis knapp über die Knie. Sie trug eine unauffällige Brille mit dünnem Gestell und lange, silberne Ohrringe. Mit hochhackigen Schuhen, die gerade noch so als »vernünftig« durchgingen, setzte sie über eine schlammige Pfütze. Die helfende Hand ihres Begleiters schlug sie aus.

»Starr nicht so, komm«, flüsterte Nike neben ihm und zog ihn ins Innere der Lagerhalle. Als Sandor wieder geradeaus blickte, schrak er zusammen. Eine hundeähnliche schwarze Schnauze starrte ihn von den Schultern eines Mannes herab an: Anubis flankierte den Eingang.

»Von wegen *Ostafrika*«, murmelte Nike missbilligend. Sandor ließ den Blick schweifen: Um die Anubisstatue herum scharten sich ein paar verzierte Sarkophage und Gefäße. In einer Kiste lagerten Scherben. Auf den hohen Regalen stapelten sich hölzerne Masken und Idole, Trommeln und andere Instrumente, perlen- oder muschelgeschmückte Kopfbedeckungen und Stäbe, Kästen und Kisten, aufeinanderliegende Bilderrahmen und Säcke mit dubiosem Inhalt. Auch griechische und römische Statuen, teils schwer beschädigt, standen an den Wänden oder Regalköpfen.

»Draußen etwas gefunden?«, fragte der Inhaber – vermutlich Herr Lengenschmidt.

»Nein, leider nicht. Das war uns alles zu ... sakral«, sagte Nike und hatte Mühe, keine Missbilligung in ihre Stimme zu legen. Sie war alles andere als angetan von diesem kleinen Museum deutscher Kolonialkunst. »Ist das hier alles echt?«

»Mal so, mal so«, sagte Lengenschmidt, vermutlich, um sich alle Optionen offenzuhalten. »Kommt drauf an, was Sie mit echt meinen.« Er lachte.

Nike lachte nicht, also lachte Sandor jovial für sie. Draußen klackerten bereits die Absätze über den Innenhof, und Lengenschmidt beugte sich ein wenig vor, um nach draußen zu spähen.

»Guten Morgen«, sagte die Frau, als sie eintrat. Sie hatte so etwas an sich, dass Sandor sich sofort fragte, ob ihr der Laden gehörte.

»Kann ich etwas für Sie tun?«, fragte Lengenschmidt. »Suchen Sie auch was für den Garten?«

»Nein«, sagte die Frau mit kalter Stimme. »Ich suche mein Eigentum.«

»Wüsste nicht, dass ich hier fremder Leute Eigentum verkaufe«, blaffte der Inhaber zurück.

»Aber ich nehme doch an, Sie kaufen auf?«

»Ich habe das hier sicher nicht alles selbst aus der Wüste gebuddelt«, entgegnete er.

Nike verzog geringschätzig das Gesicht und zog Sandor ein Stück weiter in einen der Gänge hinein und zeigte auf die Holzidole und Masken in einem hohen Lagerregal.

»Kannst du so was zuordnen? Sind das Fälschungen?«

»Das ist vielleicht wirklich aus Ostafrika.« Er wies über die Schulter. »Ägypten, Mittelmeerraum. Stücke, die nicht fürs Museum und für Sammler taugen, weil sie beschädigt oder nicht interessant genug sind?«

»Ist das nicht verboten, die einfach so zu verkaufen?«

»Keine Ahnung.«

»Ich finde es jedenfalls ziemlich verachtenswert.«

»Vermutlich macht er mehr Geld damit als mit dem Schrott auf dem Hof.«

Die Frau war beim Tresen in der Mitte der Lagerhalle angekommen. Dort standen eine Kasse, ein Regal mit Aktenordnern und ein Teeservice, das vor allem der Dekoration zu dienen schien. Und hinter der Kasse stand Herr Lengenschmidt.

»Mein Name ist Renée Markov«, sagte die Frau mit der Spur eines französischen Akzents und faltete ihre behandschuhten Hände über dem Griff ihrer Handtasche. Ihr mitgebrachter Schrank baute sich neben ihr auf.

»Lengenschmidt, erfreut. Markov, woher kenne ich denn Ihren Namen? Irgendetwas klingelt da bei mir. Warten Sie, ist Ihr Mann nicht Architekt?«

»Wir sind beide Architekten. Sie haben von mir gehört, hervorragend. Ich habe auch von Ihnen gehört, allerdings in unerfreulicherem Kontext. Auf meinen Baustellen verschwinden *Dinge*. Statuen. Marmorplatten. Ornamentik. Mir wurde gesagt, wenn so etwas verschwindet, ist es nicht unwahrscheinlich, dass es plötzlich hier wieder auftaucht.«

»Die geht ganz schön ran«, murmelte Nike. Sandor nickte.

»Das ist eher unwahrscheinlich«, entgegnete Lengenschmidt. »Ich lasse mir von meinen Zulieferern immer Belege für den Ursprung der Ware geben!«

»Und Quittungen für den Weiterverkauf?«

»Natürlich.«

»Dann würde ich gerne einmal einen Blick in Ihre Bücher werfen. Gestatten Sie?«

»Das soll wohl ein Witz sein. Natürlich nicht. Was denken Sie sich, Verehrteste?«, entrüstete er sich und klang mehr als nervös.

»Wie Sie meinen. Aber Sie haben sicher nichts dagegen, wenn ich mich hier ein wenig umsehe?«

»Nein, absolut nicht, ich garantiere Ihnen, Sie werden nichts wiedererkennen.«

»Das werden wir sehen«, sagte Renée Markov schneidend und begann, die Gänge zu inspizieren. Ihr Begleiter blieb an der Theke stehen. Als die Markova Nike und Sandor erblickte, lächelte sie ein wenig schuldbewusst. »Ich hoffe, ich habe Sie nicht erschreckt. Ich hatte ja keine Ahnung, dass Kundschaft anwesend ist.« Dann beugte sie sich verschwörerisch zu Sandor. »Ich gebe Ihnen einen guten Rat. Passen Sie gut auf sich auf.« Sie lächelte. »Ist kein gutes Viertel, und dieser Kerl da ist nicht so respektabel, wie es vielleicht den Anschein hat.«

»Sie vermissen Statuen? Wir haben uns draußen schon umgesehen, vielleicht können wir Ihnen helfen?«

»Unter anderem Statuen. In letzter Zeit finden Diebstähle auf fast allen Baustellen statt, nicht nur auf unseren. Aber wir haben an unserer aktuellen Baustelle ein besonders großes Lager, wir sammeln auch ältere Stücke, um alte Stile in ein neues Licht zu setzen.«

»Auch Karyatiden?«, wagte sich Sandor vor, und sie zog eine fein nachgezeichnete Augenbraue hoch.

»Auch Karyatiden, aber der Neoklassizismus des Fin de Siècle ist offen gestanden nicht mein Spezialgebiet. Ich gehe lieber weiter zurück in der Geschichte. Sind Sie ein Kenner?«

»Ein bisschen«, sagte Sandor wahrheitsgemäß. »Bildende Kunst.«

»Pole?«

»Tscheche.«

»Ah.« Sie strahlte ihn an und gab ihm dann die Hand. Er schüttelte sie sacht, obwohl ihr Händedruck fest war. »Inspiration werden Sie hier wohl nicht finden, was für ein Sauhaufen. Mein Name ist Renée Markova.«

»Sandor Černý.«

»Und Sie?«, fragte die Markova in Nikes Richtung und reichte auch ihr eine Hand.

»Nike Wehner. Marmor … sagten Sie, Marmor ist auch verschwunden?«

»Dies und das. Ich bin mir sicher, dieser Lengenschmidt ist darin verwickelt.« Spöttisch sah sie sich um. »Wo hat er nur all diesen Kolonialkram her? Das ist doch auch nicht alles koscher!«

»Gehört die Baustelle vom Tietz-Warenhaus auch zu Ihnen?«

»Die, auf der der Kommunist zu Tode gekommen ist? Nein, Herrgott, nein. Zum Glück nicht!«

»Wissen Sie, Sandor hier vermisst ebenfalls eins seiner Kunstwerke.«

Die Markova bedachte Nike mit einem nachdenklichen Blick, der dann wie ein Scheinwerfer herumschwenkte und sich auf Sandors Gesicht legte. »Ach, Sie haben nicht nur ein Auge für Kunst, sondern auch ein Händchen?«

»Ich hoffe. Mein neuestes Werk ist allerdings gestohlen worden.« *Vorsichtig,* mahnte ihn seine vernünftige Kopfstimme. *Verstrick dich nicht schon bei der ersten Ermittlung in Widersprüche.*

»Das tut mir sehr leid, es bedeutete Ihnen sicher viel, ich hoffe, es findet sich wieder. Aber wissen Sie was? Wenn Sie auch hier sind, weil Sie Eigentum vermissen, sollten wir diesem windigen Bürschchen wirklich einmal auf den Zahn fühlen.«

Damit wandte sie sich um und ging zurück zum Tresen.

»Ich habe Ihnen doch gesagt, hier ist alles sauber!« Lengenschmidt missdeutete offenbar ihre Miene.

»Ich habe keine Geduld für Ihren schäbigen Trödel und würde jetzt gern einen Blick in Ihre Bücher werfen.«

»Bitte, das ist vertraulich, Sie sind nicht das Finanza…« Ein Aufprall, ein Schmerzensschrei, dann klapperte Geschirr und etwas zersprang mit lautem Klirren.

»Vielleicht wollen Sie lieber Anton einen Blick in Ihre Bücher werfen lassen?«

Sandor wagte sich hinter dem Regal hervor, das Nike und ihn verdeckt hatte, und sah, dass Anton Lengenschmidt am Kragen gepackt hatte und mit dem Gesicht über den Tresen zog. Er tauschte einen Blick mit Nike, die ihn mit zusammengepressten Lippen ansah.

»Schon gut, schon gut«, stöhnte Lengenschmidt und zeigte auf einen Aktenschrank. »Da drüben ist der Ordner.«

»Halt ihn einfach fest, Anton.« Renée Markov umrundete den Tresen. Ihre Finger liefen am Schrank entlang und zogen dann den Ordner hervor, der am weitesten rechts stand.

Lengenschmidt ruderte mit den Armen und warf weiteres Geschirr herab. Anton hielt ihn unbarmherzig fest. »Hilfe!« Sandor und Nike standen wie festgewachsen. Schließlich war es Nike, die sich aufraffte und Sandor stehenließ.

»Bitte, ich hab mir wirklich nichts zuschulden kommen lassen!«, bettelte Lengenschmidt, als er Nike sah.

Anton hob ihn daraufhin am Kragen ein wenig an und schlug sein Gesicht auf den Tresen. Lengenschmidt schrie auf, Blut rann ihm aus der Nase.

Nike schwenkte ebenfalls zum Regal ein, und zusammen beugten sich die beiden Frauen über die Bücher.

»Heh, das sind meine Bücher«, protestierte der Händler wenig überzeugend. »Sie haben kein Recht …«

»Sie könnten etwas kooperativer sein, dann müsste Anton nicht so nachdrücklich werden«, zischte Renée Markov. Sie fuhr mit dem Finger über die abgehefteten Listen. »Hier sind überhaupt keine Liefernachweise. Wo sind die Namen der Händler, von denen Sie die Sachen haben?«

»Auf … auf der zweiten Seite!«, brachte Lengenschmidt hervor. Die Markova blätterte um. Handschriftlich waren drei Namen niedergekritzelt auf einem ansonsten leeren Blatt Papier.

»Was ist das für eine beschissene Buchhaltung?«, fluchte Renée Markov. »Und an wen verkaufen Sie das Diebesgut von meinen Baustellen?«

Lengenschmidt wimmerte, er wurde immer noch mit der rechten Gesichtshälfte auf den Tresen gepresst.

»Ich … ich weiß es nicht! Ich stell doch nicht so viele Fragen wie Sie!«, stieß er hervor.

»Anton, ich glaub, er braucht noch etwas Ermunterung.«

Nike räusperte sich. »Ich glaube nicht, dass er mehr Ermunterung braucht!«

Er nickte in seiner Blutlache. »Ich frage nicht, ich schreibe so wenig auf wie möglich. So ist es einfach. Ich kriege überschüssige Ware von Stukkateuren und Bildhauern und von abgerissenen Gebäuden und all so was. Wenn da Diebesgut dabei war, Jesus, ich schwöre, dann wusst ich das nicht! Zweite Seite, das sind meine Lieferanten diese Woche! Gucken Sie gern bei denen vorbei!«

Die Markova riss das Blatt aus dem Ordner. »Ich kann das kaum entziffern!«, zischte sie.

»Haben Sie gestern oder vorgestern eine Frauenstatue weiterverkauft?«, fragte Nike.

»Ja, ja, hab ich! An so einen Bengel, der hat sie mit 'nem Karren abgeholt!«

»Und woher kam die Statue?«, bohrte Nike weiter.

»Weiß ich nicht mehr! War einfach so ein Typ. Er wollte das hässliche Ding loswerden und kaum Zaster dafür.«

»Hören Sie, Lengenschmidt«, sagte die Markova fast verständnisheischend. »Wie diese beiden jungen Leute will ich nur wissen, wer mein Eigentum an Sie verkauft und an wen Sie es weiterverkaufen. Dieser Fetzen hier kann doch nicht alles sein?« Ohne dass eine Aufforderung nötig war, rollte Anton Lengenschmidts Gesicht einmal von links nach rechts über das zerstörte Nasenbein über die Theke. Der Händler schrie gequält.

»Ich hab noch eine Liste! Noch eine Liste!«

Die Markova stieß mit einem Seufzen die Luft aus. »Und wo ist diese Liste?« Sie nickte Anton zu, und Lengenschmidt riss sich los und fiel neben seinen Stuhl auf den Hintern. Wimmernd rutschte er zurück, so dass Sandor ihn von seiner Position aus nicht mehr sehen konnte.

»Ich denke wirklich, Sie sollten diese Sache der Polizei übergeben«, sagte Nike an Renée Markov gewandt.

»Sie haben absolut recht. Ich hatte nur bislang nichts in der Hand, um ihn anzuzeigen.«

»*Ich* könnte *Sie* anzeigen. Wegen Körperverletzung!«, sagte Lengenschmidt, durch die zerbeulte Nase näselnd. »Aber ich hab einen besseren Vorschlag. Wir lassen die Polizei aus dem Spiel, ihr zischt jetzt einfach ab, wir vergessen diesen unschönen Vormittag, und solltet ihr je wieder einen Fuß durch mein Tor setzen, mach ich hiervon Gebrauch.«

Er stand auf und hielt eine Pistole in der Hand, eine schmale Luger aus dem Großen Krieg. Er zielte damit erst auf Anton, dann besann er sich und schwenkte herüber zu Renée Markov. »Was guckt ihr wie die Ölgötzen? Raus, sonst schieß ich dir 'n neues Loch in die Visage. Raus, raus!«

Er wedelte mit der Pistole. Die Markova sog scharf die Luft ein.

»Und gib mir meine Buchhaltung zurück, leg sie auf den Tisch, aber dalli, ich frag nicht zweimal!« Renée Markov legte das gefaltete Blatt Papier neben die Blutlache. Lengenschmidt wedelte erneut mit der Pistole. »Und jetzt verzieht euch, bevor ich mich vergesse. Wenn man Leichen entsorgen kann, dann auf'm Bau, und da hab ich wirklich ausgezeichnete Beziehungen, also verpisst euch jetzt, oder ihr endet in Beton!«

»Wir gehen.« Die Markova schob Nike vor sich her, sofort schloss Anton sich so an, dass er die beiden Frauen mit seinem breiten Rücken abschirmte. Sandor befand sich immer noch hinter Lengenschmidt und wagte nicht, sich zu bewegen.

Dieser fuhr herum, blutverschmierte Fratze und zu Berge stehende fettige Strähnen, wo eben noch die Mütze gesessen hatte. Die Mündung zielte in Sandors Richtung, und er drückte ab.

Sandor konnte nicht einmal schreien. Er hatte gerade erst begriffen, dass Lengenschmidt den Abzug durchgedrückt hatte, da barst schräg über ihm im Regal eine Tonvase, Splitter und Trümmer explodierten in alle Richtungen, und kurz dachte er, das sei sein Leben, das zersplitterte. Dann rannte er los.

»Zischt ab, ihr dreckigen Hunde, und wenn ich euch noch mal sehe, dann seid ihr dran!« Sandor sprintete geduckt nach draußen und hielt erst an, als er das schwarz glänzende Auto zwischen sich und die Lagerhalle gebracht hatte. Er zitterte am ganzen Leib, als er sich dagegen lehnte.

»Was war das denn?«, keuchte er. Nike kauerte auch bereits dahinter.

»Das ist jemand, der offenbar wirklich etwas zu verbergen hat«, sagte Renée Markova trocken und stieg ins Auto. »Setzen Sie sich rein, ich nehm Sie ein Stück mit. Was für ein Schock.«

Sandor schob sich auf die Rückbank, presste seinen Rücken in den Ledersitz und schloss kurz die Augen. Das war nicht das erste Mal gewesen, dass er einer Pistole in den Lauf geschaut hatte. Aber er hätte gut darauf verzichten können, es noch einmal zu tun.

Nur daran, dass sie mit quietschenden Reifen losfuhr, konnte Sandor erkennen, dass auch die Markova die Fassung verloren hatte.

»Ich hoffe inständig, dass Sie Ihr Werk wiederfinden, Herr Černý«, sagte die Markova und erhob sich von ihrem Stuhl.

Ein nebelgrauer Wind zog zwischen den Häusern hindurch und brachte bereits den einen oder anderen dünnen Regenfaden, der sich auf ihre Gesichter oder den Tisch legte. Außer ihnen saß niemand draußen. Die meisten Gäste, Journalisten oder Unternehmer bei einer Kaffeepause, waren drinnen und rauchten oder lasen Zeitung.

»Ich werde Herrn Lengenschmidt jetzt anzeigen und dabei nicht verschweigen, dass ich mich falsch verhalten habe. Ich entschuldige mich dafür, dass ich Sie in Gefahr gebracht habe. Dass der Mann gemeingefährlich ist, wusste ich natürlich nicht.

Ich kann Sie nur ermutigen, ebenfalls Anzeige gegen diesen Mann zu erstatten, ich bin mir sicher, meine und Ihre vermissten Objekte werden an ähnlichen Orten wieder auftauchen.«

»Danke, ich denke, das werden wir tun. Ich wünsche Ihnen jedenfalls noch alles Gute auf der Suche nach Ihrem entwendeten Eigentum. Ich hoffe, die Polizei kann Ihnen weiterhelfen«, sagte Nike.

»Dann verabschiede ich mich und würde Ihnen sehr gern meine Karte geben.« Ohne noch in ihrer Handtasche zu kramen, hielt sie Sandor mit ihren lederbehandschuhten Fingern eine seidig schimmernde Visitenkarte entgegen. »Haben Sie eine Adresse, unter der ich Sie erreichen kann?«

»Momentan nicht, ich … wir wohnen in einem Hotel.«

»Dann melden Sie sich doch bei mir, Herr Černý. Und wenn es nur ist, um über Kunst zu plaudern.«

»Gerne.«

Damit ging sie. Anton wartete auf dem Beifahrersitz ihres Autos, und sie schlüpfte mit einem letzten Winken auf den Fahrersitz.

»Meinst du, sie geht wirklich zur Polizei?«, fragte Nike.

»Das wage ich zu bezweifeln«, sagte Sandor.

»Jedenfalls sind wir jetzt nicht schlauer als vorher. Vielleicht sollten wir Seidel bitten, eine Hausdurchsuchung zu veranstalten, damit wir an seine Kontaktliste kommen.«

»Wenn es die überhaupt gegeben hat. Vielleicht hat er einfach nur eine Ausrede gebraucht, um sich seine Waffe zu schnappen. Und selbst wenn: Frau Glose wurde ihm sicher nicht von einem seiner üblichen Kontakte verkauft. Jemand hat ein magisches Experiment durchgeführt, das schiefgegangen ist. Und dann das Opfer bei ihm abgeladen.«

»Oder auch nicht, vielleicht sollte es auch genau so laufen.«

»Ja. So oder so wollte jemand die Vermieterin loswerden.«

»Sie hätten sie auch in den Tiergarten stellen können, da wäre sie vermutlich als Parkdekoration durchgegangen«, sagte Nike und spürte, wie langsam Leben in sie zurückkehrte.

»Aber das haben sie nicht gemacht. Vielleicht weil sie das Geld brauchen konnten. Jedenfalls war das nichts, was häufiger passiert. Oder?«

»Zumindest nicht, dass ich wüsste.«

»Lengenschmidt wirkte nicht wie jemand, der lügt, dazu hat ihm die Nase viel zu sehr wehgetan. Ich glaube, er hat sie nur aufgekauft und weiterverkauft und weiß wirklich absolut nichts zu Gloses ... na ja ... *petrifikace.*«

Sie seufzte und trank einen Schluck Milchkaffee. »Stein ist ehrlich gesagt nichts Neues. Ich bin im März das erste Mal zu einer polizeilichen Untersuchung hinzugezogen worden. Da hatte ich gerade erst raus, dass bei den Phänomenen ionisierende Strahlung messbar ist. Hab positive Ergebnisse in einem von Rissen durchzogenen Kellerboden in einem neuen Verwaltungsgebäude gefunden und einmal bei einem zerbröselnden Schlussstein in einem Torbogen. Ich hab das natürlich aufgezeichnet, aber nicht versucht, das Geschehen zu rekonstruieren.«

»Und seitdem berätst du die Polizei?«

»Ja, kurz danach haben sie bei Pfeiffer angefragt, ob ich sie beraten könne. Bislang aber ziemlich folgenlos. Alle drücken sich im Moment noch vor jeder öffentlichen Stellungnahme zu dem Thema. Und wir haben auch noch nie jemanden auf frischer Tat ertappt oder verhaftet.«

»Hm«, machte Sandor und wischte sich Kakao von der Oberlippe.

Sie schwiegen beide, während Nike sich bemühte, den Kaffee auszutrinken, und die hellgraue Wolkendecke sich bemühte, aus hauchdünnen Wasserfädchen einen ordentlichen Regen zu machen.

»Ich habe keine Ahnung, was er heute Nachmittag von uns erwartet«, sagte Nike schließlich.

»Magie natürlich! Ich meine, seit ich am Bahnhof angekommen bin, habe ich bereits eine lebendige Statue gesehen, ich saß in einem Polizeirevier, und man hat auf mich geschossen. Berlin scheint eine aufregende Stadt zu sein. Hier ist so einiges möglich, warum dann nicht Magie?«

»Tja, willkommen«, sagte Nike, stand auf und wickelte sich enger in ihren Mantel. »Und bis später.«

Sie war sich bewusst, dass er ihr nachsah, wandte sich jedoch nicht um. Auf der Solvay-Konferenz hatte sie gezweifelt wie er, und ein Teil von ihr tat es noch immer. Aber dass diese Experimente immer nur zu zweit gelangen, bedeutete, dass sie ihm die Hand reichen musste. Sie war ein bisschen verschnupft ob der Tatsache, dass die Prager Universität ihnen einfach nur *irgendwen* geschickt hatte und niemanden, der tatsächlich auf dem Gebiet forsche.

Aber verdammt nochmal, ich bin schließlich auch die Koryphäe auf diesem Gebiet. Wer sollte besser dazu geeignet sein, diesem Bildhauer das Zaubern beizubringen als ich?

Ein paar Minuten Ruhe, aber nicht für Nikes Gedanken. Immer noch spürte sie bis ins Mark den kurzen Moment der Lebensgefahr. Dass sie ihrer Mutter die Lohntüte für April und ein paar bereits davon gekaufte Lebensmittel vorbeigebracht hatte, änderte nichts daran. Sie bekam zweimal Gehalt, einmal am Monatsende von der Polizei und einmal am ersten jeden Monats von Pfeiffers Sekretärin. Es war beide Male nicht üppig, aber die stramme Zeit des Monats war nun erst mal wieder vorbei.

Während sie im Laborkeller wartete, kritzelte sie bereits ein paar Notizen für die Causa Glose in das kleine Oktavheft, das sie meistens in ihrer Sakkotasche trug. Eine Tür öffnete sich, Licht fiel in den düsteren Flur, und Professorin Meitner trat mit einem

Assistenten heraus. Sie forschte am Kaiser-Wilhelm-Institut für Chemie in Dahlem, hielt jedoch auch Vorlesungen und leitete Projekte an der Friedrich-Wilhelms. Offenbar auch an einem Samstag.

»Ah, guten Tag«, sagte Meitner mit einem Lächeln. »Sie haben gleich Laborraum zwei, nicht wahr? Spricht etwas dagegen, dass ich vorbeischaue?«

»Ich denke nicht«, sagte Nike und knetete Heft und Bleistift zwischen den Händen. Sie war immer noch aufgeregt, wenn sie Leute von Meitners Rang und Namen traf.

Die alle in ihrem Alter bereits bedeutende Forschungsergebnisse vorzuweisen hatten.

Am besten brachte Meitner noch Werner Heisenberg mit, der Nike gewissermaßen protegierte, obwohl er ein Jahr jünger war. Er hatte im vergangenen Jahr – mit sechsundzwanzig! – seine Unschärfetheorie postuliert, was ihm in Physikerkreisen Weltruhm eingebracht hatte.

Während Nike mit ihrem Diplom spät dran gewesen war und nun in ihrer Sackgasse der Unerklärlichkeiten herumbastelte.

Würde Professor Heisenberg unmittelbar daran forschen, hätte er die Antworten, die ich suche, vermutlich innerhalb von einer Woche, dachte ein kleiner Teil von ihr voller Selbstverachtung. Meitner nickte Nike noch einmal zu und schloss die Tür hinter sich. Da war es wieder, dieses Ding, das ihr seit ihrem Vordiplom im Weg stand. Seit der Trennung von Richard und dieser anderen Sache. Die Befürchtung, unfähig zu sein. Die Wut, auf sich selbst, aber auch auf alles andere, was sie daran hinderte, ihr Potenzial zu entfalten. Auf alle, die immer zuerst »Fräulein« dachten und dann erst »Wehner«.

Stimmen und Schritte auf der Treppe schreckten sie auf. Frau Glose wurde geliefert.

Unter dem Licht mehrerer Strahler, deren Glühbirnen die Luft im oberen Teil des Raums aufwärmten und ihnen allen den Schweiß auf die Stirn treten ließen, saß Frau Glose ungerührt da.

Seidel, Groszjansen, Pfeiffer, Nernst, Meitner, Sandor und Nike standen um die trübsinnig vornübergebeugte Gestalt herum. Sandors Mundwinkel zuckten ab und zu, als müsste er mit dem Lachen kämpfen. Grotesk genug war die Situation dafür.

Die Frau sah nicht tot aus.

Auch nicht lebendig.

Sie war künstlich, aber auf eine hyperrealistische Art und Weise. Wie eine Wirklichkeit für sich.

Der Gerichtsmediziner Groszjansen hatte Haare von der Statue abgetrennt – ihr unordentlicher Dutt wies nun eine Kerbe auf, wo er einfach etwas von ihr abgeschlagen hatte; natürlich peinlichst darauf bedacht, sie nicht zu *verletzen*.

Dann öffnete Groszjansen eine Schachtel, in der sich der teils zermahlene Teil von Frau Gloses Dutt befand und platzierte sie neben der Statue auf einem Tisch.

»Das hier ist Kalkstein«, sagte er. »Ich habe mir außerdem erlaubt, mit einem winzigen Bohrer an zwei schmerzunempfindlichen Stellen zu bohren, und zwar am Ohrläppchen und hier, zwischen Daumen und Zeigefinger. An beiden Stellen ist das Ergebnis das exakt gleiche wie an den Haaren. Stein. Durchgehend.« Er nahm ein Skalpell aus einer Mappe und schob es sehr vorsichtig zwischen zwei Haarsträhnen oberhalb von Frau Gloses Stirn. »Sie sehen außerdem: Die Haare sind extrem brüchig, weil es sich um sehr feine Kalkverästelungen handelt.« Ein Knacken, und er hatte eine Strähne herausgebrochen. Er ließ sie herumgehen, und besonders Sandor betrachtete die Bruchstelle ganz genau. »Da wir ja einen Bildhauer hier haben: Was denken Sie, gibt es eine Möglichkeit, so etwas künstlich herzustellen?«

Als Sandor sprach, lag sein tschechischer Akzent vor Aufregung dick auf seinen Wörtern. »Es sind einzelne Haare zu erkennen«, sagte er und hielt die Bruchstelle ins Licht. »Das ist also nicht, wie bei gewöhnlichen Statuen, haarähnlich gestaltet, das sind versteinerte Haare.«

»Genau das. Ich habe einen Präparator im Museum für Naturkunde zurate gezogen, und er hat mir einige Funde von versteinerten Haaren aus prähistorischer Zeit zeigen können. Das Ergebnis ist nicht dasselbe, aber sehr ähnlich.«

»Das heißt?«, fragte Pfeiffer und zündete sich nervös eine Zigarette an.

»Ich will mich da nicht zu endgültigen Aussagen hinreißen lassen, aber ...« Groszjansen zögerte.

»Das ist eine versteinerte Frau«, führte Seidel den Satz zu Ende. »Die versteinerte Frau Glose.«

Schweigen. Niemand fragte, wie das sein konnte, denn alle wussten, dass es noch keine Antwort darauf geben konnte. Meitner beugte sich vor und strich Frau Glose über die Hand, die auf ihren Knien lag. Sie sah ihr ins Gesicht.

»Sie sieht nicht aus, als habe sie Schmerzen gelitten«, murmelte Sandor. »Es muss sehr schnell gegangen sein.«

»Ich wünschte, es gäbe irgendeine Erklärung«, machte Seidel sich Luft.

»Die gibt es aber doch«, sagte Meitner leise. »Nur kennen wir sie nicht. Klar ist, dass diese Transformation von Materie in Fräulein Wehners Forschungsgebiet fällt.«

Bevor Nike reagieren konnte, ergriff Nernst das Wort. Wann immer Nike Pfeiffer als unerträglich empfand, musste sie sich nur kurz an Nernst erinnern, um gleich wieder besser mit Pfeiffer klarzukommen.

»Nein, das ist etwas völlig anderes, und wir dürfen nicht ohne weiteres annehmen, dass beides, nur weil es unerklärlich ist, denselben Ursprung hat. Die Experimente von Fräulein Wehner betreffen vor allen Dingen optische Illusionen, was meiner Meinung nach nicht in das Fachgebiet der Physik, sondern in das der Psychologie fällt. Das hier ist keine optische Illusion.« Er klopfte mit den Knöcheln auf Gloses Schulter.

»Ich habe gestern eine Statue aufstehen und tanzen sehen, das war keine optische Illusion«, wandte Sandor ein. Auch Nikes Experiment in Solvay war keine optische Illusion gewesen, doch Nernst war selbst nicht bei der von ihm ursprünglich gegründeten Konferenz zugegen gewesen und hielt den Bericht über die Manifestation aus Wasser offenbar für überzogen.

»Sie haben die Statue *gesehen*. Wenn Fräulein Wehners Experimente eines lehren, dann, dass auf unsere Wahrnehmung nicht immer Verlass ist.«

»Das ist nicht das Zwischenfazit, das ich bislang ziehen würde«, begann Nike, doch Pfeiffer kam ihr bereits zu Hilfe.

»Wir stehen noch ganz am Anfang, aber wir können ausschließen, dass es sich um Trivialitäten wie Halluzinationen handelt.«

»Da haben Sie natürlich recht. Und selbst wenn es Halluzinationen wären, hätten wir dafür im Ernstfall sicher einen Verwendungszweck.«

Nike fragte nicht nach, was Nernst mit »Ernstfall« meinte, doch sie sah, dass Meitner ihm einen Blick unter hochgezogenen Brauen zuwarf. Professor Nernst, der schon aussah wie der archetypische Preuße mit buschigem Schnauzbart und Zwicker, war dafür bekannt, dass er bei jedem neuen Forschungsgebiet die Frage in den Raum stellte, wie es sich zu Kriegszwecken nutzen ließe.

»Ihre Diskussionskultur in allen Ehren, die Herren, aber das hier ist keine Illusion, sondern ein Mordfall«, ließ sich Groszjansen vernehmen, und Seidel nickte und tupfte sich in der Hitze der Strahler die Glatze mit einem Taschentuch.

»Wir müssen uns wohl oder übel mit dem Gedanken anfreunden, dass jemand Leute versteinern lassen kann.«

»Wir können hoffen, dass es ein fehlgeschlagenes Experiment darstellt und nicht ohne weiteres reproduzierbar ist«, sagte Nike.

»Aber können wir auch hoffen, etwas so Totes wie Kalkstein in eine lebendige Frau zurückzuverwandeln?«, fragte Meitner, die immer noch um Statue kreiste und immer wieder Neues zu entdecken schien.

»Herr Černý ist gestern erst aus Prag gekommen. Wir werden unser Bestes tun.«

»Brauchen Sie Unterstützung, Fräulein Wehner?«

»Nein danke, Frau Professorin Meitner. Etwas Ruhe wäre ganz gut.«

»Ich muss Sie darauf hinweisen, dass ich aus gesetzlichen Gründen dabeibleiben muss«, sagte Groszjansen. »Vielleicht ist es auch gut, einen Mediziner im Raum zu haben, für den Fall, dass es Ihnen tatsächlich gelingt …«

Nike nickte, und Sandor wischte sich die Handflächen an der Hose ab. Sie war also nicht als Einzige nervös. Groszjansen zog sich einen Stuhl heran, und Nike holte den Rollwagen mit der technischen Versuchsausrüstung aus dem Nebenraum. Als sie wiederkam, verschwanden Nernst und Meitner gerade durch die Tür.

Seidel stand neben Frau Glose.

»Ja, nun. Ich hab eben ein paar Leute bei diesem Heini vorbeigeschickt, Lengenschmidt. Niemand da, alles abgesperrt.«

Im Geiste sah Nike, wie Seidel diese Notiz auf das rot-rosa Häkeldeckchen der vorerst beiseitegelegten Dinge verschob. Sie nickte. »Und haben Ihre Verhöre im Frölich-Fall irgendwas ergeben?«

»Ach was, nicht doch. Er hatte ein paar Feinde, natürlich, aber niemand, der seine politischen Gegner in Marmor zu ertränken pflegt.« Seidel zuckte mit den Achseln. »Frölich war am besagten Abend auf einer Feier eingeladen, aber der Todeszeitpunkt ist mitten in der Nacht, also war er vermutlich auf dem Rückweg.«

»Angetrunken, aber keinesfalls unzurechnungsfähig«, ergänzte Groszjansen, der Gerichtsmediziner.

»Aber der Frölich-Fall kann warten. Sie haben doch nichts dagegen, wenn ich auch bleibe und mich ein wenig weiterbilde?«, fragte Seidel.

Nike baute ihre Schaltkreise auf. »Ganz und gar nicht, Herr Kommissar. Ganz und gar nicht.«

Eine Stunde später waren Groszjansen und Seidel in eine Diskussion über die anstehenden Wahlen verstrickt, während zum wiederholten Male die Sicherung herausflog und Nike und Sandor einander über die Kerzenflammen anstierten, die sie entzündet hatten, damit der Raum nicht immer vollständig in Dunkelheit versank. Schließlich hielt Sandor es nicht mehr aus: »Kann es nicht sein, dass entweder die Herangehensweise falsch ist oder deine Theorie?«

»Ich weiß nur eins: dass ich bei der Solvay-Konferenz den kompetenteren Partner bei diesem Versuch hatte!«, stieß sie hervor – wütend, aber größtenteils auf sich selbst.

»Das hier ist vielleicht ein noch lebender Mensch, was soll ich denn machen? Stücke aus ihr herausschlagen? Ich traue mich halt nicht, irgendwas mit ihr anzustellen, geschweige denn etwas *Künstlerisches*! Und ich habe wirklich wenig Ahnung von Physik, aber ist es nicht vollkommen egal, was ich mache, solange das funktioniert, was du machst?«

»Natürlich ist es nicht egal! Ich dachte, du hättest die Dokumentationen dazu gelesen!«

»Hab ich, aber das ergibt doch alles überhaupt keinen Sinn!«

Er rollte mit den Augen, und Nike lehnte sich mit verschränkten Armen an die Wand, während weiter hinten im Keller der Hausmeister am Sicherungskasten werkelte.

»Hör mal, Nike, überleg doch mal!«, begann Sandor erneut, und sie warf ihm ihre Blicke wie zwei Messerklingen zu. Was nahm er sich heraus, dieser Student, der in Prag seine Professoren mit einer netten Bronzeplastik entzückt hatte!

»Meinst du, ich überlege nicht!«, zischte sie.

»So meine ich das n…«

»Ich *überlege*, Sandor! Und so gut ich es fände, eine vollkommen rationale Lösung zu finden, *es ist nicht möglich*, verstehst du? Es gibt weltweit sieben dokumentierte Versuche unter Laborbedingungen, die gelungen sind. Einer davon mit mir, während der Konferenz. Es wäre sehr viel einfacher, eine Theorie zu formulieren, wenn das alles nur an Stromstärke, Spannung und Frequenz hängen würde! Oder an Teilchendichte! Dann könnten wir es aufschreiben und ausrechnen und reproduzieren. Aber Fakt ist, diese Versuche funktionierten ausschließlich im Zusammenspiel von Wissenschaft und Kunst. Und, ja, ich habe keine plausible Erklärung dafür, aber es hilft auch kein bisschen, wenn du es in Frage stellst, statt zu tun, weshalb du hier bist!«

»Vielleicht sollte es mal jemand in Frage stellen!«

»Aber nicht du, Sandor, du bist einfach nur hier, um zu tun, was ich dir sage!«, fuhr sie ihn an.

Stille kehrte im Raum ein, und dann leuchtete eine Lampe wieder auf, und die Transformatoren begannen zu summen. Seidel schnaufte und verabschiedete sich murmelnd zu einer Raucherpause: »Ich mach 'ne Fuffzehn.«

Nike regelte die Stromzufuhr herunter und starrte Frau Glose wütend an. Nichts hatte sich an ihr verändert. Außer dass Sandor, wie er es bei Emil gesehen hatte, eine Art Muster in ihre Kleidung geritzt hatte – vorsichtig, um die Schicht um ihren versteinerten Körper nicht zu beschädigen.

»Wenn Sie meine Einschätzung wissen wollen«, sagte der Gerichtsmediziner mit einem hilfsbereiten Lächeln. »Dann können Sie ihr ohnehin nicht mehr wehtun. Ich finde Ihre Versuche sehr tapfer und auch interessant. Trauen Sie sich ruhig, wenn Sie denken, dass es etwas bringt.«

Nike presste die Lippen zusammen. Die Fotoplatten hatten Strahlungspartikel nachgewiesen, das sichere Indiz für Magieanwendung im Kalkstein – doch bislang hatte dieser Nachmittag nichts anderes ergeben. Die fehlgeschlagenen Versuche und ihr leerer Magen rumorten in ihrem Inneren, und sie zwang ihre Emotionen nieder, bevor sie sagte: »Sie haben wohl recht.«

Sandor starrte sie finster an.

»Es tut mir leid«, sagte sie steif. »Pfeiffer hat sich ja an die Prager Kunsthochschule gewandt, weil wir in Korrespondenz mit den Leuten stehen, die sich dort auf das Thema gestürzt haben. Mir war nicht klar, wie wenig du mit der Theorie vertraut bist.« Ihr war klar, dass das nicht wirklich eine Entschuldigung darstellte, eher eine Beleidigung. Aber na ja, damit musste er jetzt leben.

»Wenn es nur sieben gelungene Experimente insgesamt gibt, will man vielleicht die Leute bei sich behalten, die damit Erfolg hatten«, gab er versöhnlich zu. »Es gibt immer Konkurrenzdenken zwischen den Universitäten.«

»Und währenddessen entwickelt hier jemand völlig anderes eine Methode, um Leute zu versteinern«, warf Groszjansen ein und putzte sich die kleine runde Brille. »Da würde ich mal sagen, baut ihr lieber Brücken, als Gräben zu ziehen.«

»Vielleicht könnte Erika helfen. Sie hat immerhin als Erste jemanden gefunden, der das mit ihr zusammen hinbekommt.«

So schmerzhaft der Gedanke war, Nike musste ihm recht geben. Erika war weiter gekommen als sie selbst, und wenn sie jetzt hier wäre, dann … Sie hatte eine Idee. Erika versäumte es immer, ihr Laborbuch wieder ins Büro zu räumen. Sie ließ es einfach herumliegen. Nike selbst hatte vor dem Beginn des Experiments noch einen Stapel mit Büchern und Notizzetteln mit Erikas Handschrift in eine Schublade unter dem Labortisch geräumt, um vor Meitner keinen schlechten Eindruck zu machen. Sie zog die Schublade auf und holte Erikas Laborbuch hervor.

»Vielleicht kann Erika uns doch weiterhelfen«, murmelte sie.

»Sandor, wie steht es denn um dein Gedächtnis?«

»Ich kann mir gut Gesichter merken«, sagte er.

»An was erinnerst du dich vom Aufbau gestern Abend? Kriegen wir das ähnlich hin?«

»Das hat sich mir nicht so ganz erschlossen«, gab er zu.

»Nimm dir Papier und Stift und überleg, an was du dich erinnerst.« Er kam ihrer Aufforderung nach, griff nach der Rückseite eines von ihr abgelegten Schmierzettels und begann, darauf die Anordnung der Geräte von gestern festzuhalten – oder zumindest seine Erinnerung daran.

Sie durfte nicht daran festhalten, wie es mit Mucha funktioniert hatte. Wenn sie sich weiterentwickeln wollte, musste sie von den Besten lernen – und die Besten waren im Moment nun einmal Erika und Emil. Sie stieß mit dem Zeigefinger auf ein paar Zeilen in Erikas spinnenhafter Handschrift. »Das hier. Das hier!«, murmelte sie.

Erika konnte von Glück sagen, dass Nike nicht bemerkt hatte, dass bei ihrem Statuenexperiment eine der neuen Quecksilberdampflampen beteiligt gewesen war. Davon besaßen sie bislang nur eine streng bestimmte Anzahl. Es handelte sich um Prototypen, die noch nicht kommerziell zugelassen waren. Sie würde mehr Geräte brauchen. Drei konkave Spiegel, eine dieser Lampen, die besonders energiereiches Licht abstrahlten, und eine weitere Braunsche Kathodenstrahlröhre, wenn sie Sandors Skizze eines durchsichtigen Glaszylinders richtig deutete. Mit beschwingten Schritten schnappte sie sich den Schlüssel und machte sich auf die Suche nach den Gerätschaften.

Alle im Raum hielten den Atem an. Nike hatte Sandors Erinnerungen, ihre eigenen Erinnerungen und Erikas Kritzeleien zusammengetragen. Die meiste Zeit über war sie gut gelaunt und zuversichtlich gewesen. Erst jetzt beschlich sie ein ungutes Gefühl.

Die Spiegel waren so ausgerichtet, dass sie das Licht auf Frau Gloses Gesicht bündelten. Sandor selbst kauerte misstrauisch schräg daneben, er schien etwas Angst vor der Mitteldrucklampe zu haben, die einen besonders hohen Anteil ultravioletten Lichts abstrahlte. Als würde ultraviolettes Licht ihm irgendetwas anhaben können!

Was Nike vor allen Dingen beunruhigte, war die Tatsache, dass die Lampe sich zwar in Erikas Notizen fand, nicht aber in diesem Laborraum. Und auch gestern beim Tanz der Statue war sie nicht involviert gewesen.

Nike hatte jedoch eine weiß beschichtete Glühbirnenscherbe auf der Tietz-Baustelle gefunden. Ebenso wie Spiegelscherben. Aber das war ein Gedanke, den sie ein andermal verfolgen sollten.

»Bist du bereit?«, fragte sie Sandor, und der hob den Meißel und nickte. Er und Frau Glose, im Mittelpunkt von Nikes Instrumenten. Seidel und Groszjansen standen am Rand und reckten gespannt die Hälse. *Hoffentlich tanzt sie nicht*, dachte Nike. Ein Problem unter vielen war, dass es so schwierig war, das Experiment in die erwünschte Richtung zu lenken. Auch mit Mucha hatte sie nicht gewusst, *was genau* erscheinen würde.

Sie regelte den Strom hoch. Transformatoren summten. Die Braunsche Röhre erwachte knisternd zum Leben. Kabel waren an der gläsernen Vakuumröhre angebracht, durch einen angelegten Strom wurden an einer Glühkathode Elektronen emittiert und dann zu einer Anode hin beschleunigt. Dadurch entstand ein Elektronenstrahl, der in der Röhre bläulich fluorisierte und den Nike mit einer Kondensatorspannung ablenkte, so dass er vorher berechnete Bahnen abfuhr – die im besten Fall mit Sandors Kunst harmonierten. Nike tarierte die Apparatur mit der Hand aus, zielte mit dem außerhalb der Röhre unsichtbaren Elektronenstrahl auf Frau Gloses Gesicht. Damit die Elektronen die wenigen Zentimeter bis dorthin durch die Luft überwinden konnten, ohne absorbiert zu werden, drehte sie die Beschleunigungsspannung hoch. Als Nebeneffekt würden dadurch an der Anode auch Röntgenstrahlen erzeugt, was Nike nur recht war. Als weitere Komponente glomm die Quecksilberdampflampe auf. Die Spiegel lenkten ihr Licht ebenfalls auf die Steinstatue. Fast lebendig leuchtete das alte Gesicht auf, erreichte wieder eine beinahe schmerzhafte Eindringlichkeit.»Sandor«, sagte sie und legte die Hand auf den Regler, um die erste Stromspitze Sandors Bewegungen anzupassen. Er musste sich sichtlich überwinden, doch dann begann er.

Das Gesicht war seine Idee gewesen. Emil hatte bei der Karyatide die *Idee einer Hand* geschaffen. Ihre Hände jedoch gaben wenig her, waren zu Fäusten geballt und halb unter dem Stoff des Kittels verborgen. Sandor versuchte also, der Idee eines Gesichts nahezukommen, und verfluchte sich dafür. Dies hier war eine lebende Frau gewesen. Er arbeitete an einer Leiche. Mit Hammer und Meißel, mit denen er sonst höchstens Gussformen zu Leibe rückte. Mit einem Schauder setzte er den Meißel an. Dann schlug er zu. Die Idee eines Gesichts – der erste Splitter, der absprang, war der schlimmste, das Geräusch ging ihm durch Mark und Bein. Dann jedoch biss er die Zähne zusammen und klopfte vorsichtig den nächsten ab. Er *entfernte* ihre Züge, die Falten um ihren Mund, das leicht Herabhängende ihrer Lippe. Und bei jedem Hieb fürchtete er, dass darunter ihr Fleisch zum Vorschein kommen würde – doch es war nur weiterer Stein. Hier noch ein Splitter, da eine vorsichtig abgetragene Lage Stein. Ihre Wangen verloren das Charakteristische, ihr Gesicht wurde schmaler, weniger *sie selbst*. Die Idee eines Gesichts.

Mittlerweile spürte er, dass Nike sich seinem Rhythmus anpasste, jeden Hammerschlag begleitete ein Aufbrummen der Geräte, es war wie ein an- und abschwellendes Atmen, ein elektrischer Bär im Winterschlaf.

Ist das Harmonie? Harmonieren wir doch? Ist das duale Magie? Er wollte seine Gedanken zum Schweigen bringen, aber er konnte es nicht. Zu viele Fragen. Zu viel Angst zu versagen. Zu viel Angst, nicht zu versagen.

Was, wenn sie doch zu sich kam, mit verstümmeltem Gesicht wieder zu einem Menschen wurde? Was hatte er ihr dann angetan?

Und dann geschah es. Trotz aller Zweifel, aller Gedanken, aller Fragen begann der Stein, unter seinen tastenden Fingern zu knistern. Und dann zu knirschen. Er bemerkte aus den Augenwinkeln, dass der kleine Gerichtsmediziner auf den Zehen wippte vor Aufregung.

Er setzte den Meißel an Frau Gloses Stirn an, mit einem *Knips* verschwand eine der nachdenklichen Falten zwischen ihren Augenbrauen. Es gab ein unangenehmes schnalzendes Geräusch. Wo die Stirnfalte gewesen war, entstand ein Riss. Sandor erstarrte. Der Riss fuhr knackend an Frau Gloses Nase vorbei hinab zum Kiefer, dann legte er eine neue Richtung ein und riss sich mit einem Knall seitlich durch den Hals zur Schulter.

»Nein«, flüsterte Sandor und wich zurück.

»Nein«, echote Nike und schaltete mit einem Hieb der flachen Hand alle Geräte aus. Aber es war zu spät: Mit einem Knirschen löste sich Frau Gloses rechte Kopfhälfte von ihrem Körper und rutschte an der Risskante herab nach unten. Sandor ließ

Hammer und Meißel fallen und versuchte, danach zu greifen, doch er konnte es nicht. Er war nicht zu langsam, er brachte es einfach nicht über sich. Seine Fingerspitzen berührten den herabfallenden Rest eines Menschen, und er zuckte zurück.

Er zuckte so gründlich zurück, dass er gegen einen der Spiegel prallte, der auf seinem Ständer nach hinten umkippte und auf dem Boden zersplitterte. Zersprang wie das halbe Gesicht und der halbe Schädel von Frau Glose.

Sandor bemerkte, dass er mit dem Rücken zur Wand stand und im Halblicht der Deckenlampe drei entsetzten Gesichtern entgegenblickte.

Nike sah aus, als würden ihr die Tränen kommen. Er selbst zitterte, seine Zähne klapperten. Aber er hatte es doch *gespürt*, diese Harmonie zwischen ihnen beiden, und jetzt ... hatten sie einfach nur diese Statue – diese Frau – zerstört.

Groszjansen löste sich als Erster aus der Erstarrung. »Nun, nun, nehmen Sie es nicht so schwer. Ich bleibe bei meinem Urteil. Schauen Sie sich mal hier die Bruchkante am Schädel an: Die Frau ist durch und durch Stein. Hier war nichts mehr zu retten. Sie haben Ihr Bestes getan.« Er kam auf Sandor zu und fasste ihn an den Armen. »Junger Freund, setzen Sie sich erst mal. Vielleicht ... vielleicht sollten wir den Raum erst mal verlassen. Eine Zigarette, draußen vor der Tür?«

Sandor nickte. Eine Zigarette war eine verdammt gute Idee.

Wenig später saßen sie auf den Treppenstufen eines der opulenten Treppenhäuser der Universität. Sandors Hand mit der Zigarette zitterte immer noch. Er stieß den Rauch aus, während Groszjansen beruhigende Plattitüden zum Besten gab.

Schließlich konnte er wieder einen klaren Gedanken fassen. »Es gibt noch jemanden, die ihre Hilfe angeboten hat«, sagte er in Nikes Richtung, die nicht rauchte, sondern an die Wand starrte und sehr unglücklich aussah. »Gestern, diese Frau. Georgette.«

»Was ist mit ihr?«

»Sie hat mir gesagt, wenn wir mehr wissen oder … oder wagen wollen, sollen wir im *Eldorado* nach ihr fragen.«

»Hah.« Groszjansen schnaufte. »Na, dann viel Spaß, wenn das aufmacht, bin ich aber schon außer Dienst.«

»Wann hat diese Georgette das denn gesagt? Und … was meint sie damit?«

»Ich hab nur kurz mit ihr gesprochen, während ihr Erika verhört habt. Aber vielleicht ist es einen Versuch wert. Es stimmt sicherlich, was Erika sagt. Dass es im Nachtleben schon Kreise zieht. Und statt zu warten, dass neue Rätsel zu dir kommen, solltest du vielleicht zu den Rätseln gehen.«

»Ich? Oder wir?«

»Du kannst mich gern nach Prag zurückschicken«, sagte er leise.

»Vergiss es. Und mach dich nicht fertig wegen Frau Glose.« Nike schüttelte den Kopf. »Ja, fein, ich bin bereit, nach jedem Strohhalm zu greifen.«

Dann wandte sie sich an Groszjansen. »Es tut mir leid, dass wir Ihre Zeit verschwendet haben«, sagte Nike förmlich.

»Ach, wissen Sie, mal mit mehr lebenden als toten Leuten in einem anderen Keller zu sitzen war keine schlechte Abwechslung«, sagte Groszjansen gelassen.

An Seidel gewandt sagte sie: »Eine Bitte habe ich noch, Herr Kommissar.« Sie griff in ihre Sakkotasche und holte einen Fotorollfilm in einer Dose heraus. »Würden Sie den für mich entwickeln lassen? Ich wüsste gern, ob Frau Glose einfach nur durch Gewalteinwirkung zersprungen ist – oder ob da mehr war. Wenn … magisch … induzierte Strahlung im Spiel ist, schwärzt das den Film selbst im Innern der Dose.«

Seidel nahm die Filmdose mit spitzen Fingern, als mache es ihn nervös, dass der Film vielleicht Magie aufgezeichnet hatte. Schließlich nickte er und schnaufte einigermaßen besorgt: »Soll ich Leute nach dieser Georgette fragen und sie ins Präsidium einbestellen lassen? Dann haben Sie den Abend Ruhe.«

»Nein, nein, Herr Kommissar«, sagte Nike mit einem halben Lächeln. »So gern ich mir jetzt die Bettdecke über den Kopf ziehen würde, ich fürchte, uns wird der Weg ins Berliner Nachtleben nicht erspart bleiben.«

4
TANZ DER GEGENSÄTZE

BERLINER LUFT – COCKTAILREZEPT

2 cl Gilka Kaiser-Kümmel
4 cl Mampe Halb & Halb
2 cl Weinbrand
Zubereitung: Auf Eis und mit Orangenzesten ins Glas füllen.

Mit einer belegten Schrippe schüttelten sie den Schock ab, in den die zerfallende Frau Glose sie versetzt hatte. Danach verabredeten sie sich für später am Abend und trennten sich.

Mein zweiter Tag in Berlin, dachte Sandor ungläubig, als er sein winziges Hotelzimmer betrat. Der Stuhl passte gerade so zwischen Bett und Schreibtisch, dass er sich noch setzen konnte. Schräg fiel noch etwas Tageslicht durch das Fenster, das in einen schmuddeligen Innenhof blickte – nicht viel mehr als ein Lichtschacht, aber unten spielten drei Kinder, deren Stimmen von den Wänden hin und her geworfen wurden.

Für Sandor war es ein Fenster in ein anderes Berlin. Die meisten Wohnhäuser sahen von der Straße aus recht hübsch aus, bürgerlich irgendwie, noch nicht sonderlich alt. Die ältesten verfügten über Dienstbotenflügel rechts und links. Die hintere Seite hatte man mit einem weiteren Gebäude aufgefüllt – dann dazwischen weitere Blöcke gleicher Art gesetzt, Dutzende in einer Reihe. Meist führte ein großes zweiflügliges Tor in einen Innenhof mit Geschäften und Werkstätten. Das reichte von Kleidungskonfektionen über Schlossereien bis zu Fleischereien, die teils direkt im Hof, teils im Inneren der Häuser lagen. Doch die

Gebäude gingen oft noch weiter – in weitere Höfe, die immer enger wurden und immer weniger Licht hineinließen. In so einen Hof hatte sich Sandor bisher noch nicht vorgewagt, aber der, in den er blickte, war so ein Anhängsel, und das enge Zimmer, in dem er saß, windschief angebaut. Das Hotel wirkte nach vorne hin gutbürgerlich und gediegen, aber je höher die Raumnummer war, desto günstiger der Raum und desto verwinkelter die Flure und windschiefer die Stiegen. Sandors Raumnummer war die dritthöchste, hatte ihm das Schlüsselbrett am Empfang verraten.

Er wollte das letzte Tageslicht nutzen, also riss er eine Seite aus seinem Skizzenbuch. Er hatte Jiří versprochen, ihm zu schreiben, und ein plötzliches Sehnen nach einem Gesprächspartner zerrte an ihm. Er fand einen Füller und schrieb einfach drauflos, was ihm in den Sinn kam. Bei Jiří redete er schließlich auch immer, wie ihm der Schnabel gewachsen war.

Lieber Jiří,
bin gut in Berlin angekommen. Es ist erst der zweite Tag, und deinen Freund hab ich noch nicht besucht. Ich hab es aber noch vor, keine Sorge.
Ich glaube nicht, dass ich lange bleiben werde. Ich bin hier nicht gerade besonders nützlich, und irgendwie ist das alles noch viel größerer Humbug, als ich dachte. Aber es ist auch gut, etwas Abstand zu Prag zu gewinnen, nach all dem

Sandor strich den letzten Halbsatz durch.

Immerhin werde ich bezahlt, auch wenn ich noch nicht weiß, wofür genau: Mir dämmert, dass sie Dinge von mir erwarten, von denen ich keine Ahnung hab. Sei aber nicht neidisch, es ist nicht gerade viel Geld, und definitiv nicht genug, um die Gefahr aufzuwiegen, in der ich mich offenbar befinde. Man hat schon am ersten Tag auf mich geschossen, stell dir das vor! Mir ist nichts passiert, keine Sorge. Es lehrt mich auch eher, dass ich zu naiv war, was diese Anstellung angeht. Ich arbeite nämlich mit der Polizei zusammen. Beim bloßen Gedanken bricht mir der Schweiß aus, aber sie wissen ja hier nichts über mich und haben auch nicht nach einem Führungszeugnis gefragt. Egal, wie ich zur Polizei stehe, sie bringt mich wohl immer in Schwierigkeiten.

Aber mach dir bloß keine Sorgen: Es war ein unglücklicher Zufall, und man hat auch nicht wirklich auf mich geschossen. Eher über mich.

Ich bin in einer Stadt in der Stadt untergebracht, überhaupt besteht ganz Berlin aus kleinen Städten. Und die Mietskasernen sind noch einmal winzige Städte in den kleinen Städten in der großen Stadt. Von außen sieht man die fünfstöckige hübsche Fassade. Vorn im Haus sind auch die großen Zimmer, die sauberen Leute, die ehrbaren Berufe. Und von weiter hinten machen sich in aller Frühe die schmuddeligen, blassen Kinder und zerlumpten Männer und Frauen auf den Weg zur Arbeit. Ein paar von diesen Kindern kann ich jetzt von hier oben hören. Wie viel müsste ein Kind wohl lernen und arbeiten, um den Weg ins Vorderhaus antreten zu dürfen? Ich ahne, was du antwortest: Niemand kann so viel lernen und arbeiten. Es ist eine Illusion zu glauben, dass Leistung und Anerkennung irgendetwas miteinander zu tun hätten.

Grüß meinen Bruder, diesen Schweinehund, wenn du ihm über den Weg läufst. Ich schreibe morgen noch mehr und schicke den Brief irgendwann später ab. Vielleicht bin ich schneller wieder zurück, als der Brief bei dir ankommt.

Er faltete das unsauber abgerissene Papier zusammen und schob es in die Schreibtischschublade, die sich kaum öffnen ließ, weil sie so verzogen war. Vielleicht würde er den Brief auch gar nicht abschicken – Jiří würde vermutlich wütend sein, wenn er nicht schrieb, aber andererseits konnte er ihn dann nicht für seine wenigen, ungelenken Sätze auslachen. Sandor beugte sich grinsend über einen seiner beiden Koffer. Und sich wegen seiner Eitelkeiten über ihn lustig machen konnte Jiří auch nicht, dachte er grimmig, während er Hemden, Hosen und Schuhe auf die Tagesdecke warf und sich fragte, was davon einem Ort gerecht wurde, der *Eldorado* hieß.

»Das ist nicht dein Ernst«, sagte Sandor, kaum dass sie einander am Potsdamer Platz gefunden hatten. Sie fuhren gemeinsam mit der Tram, erst zur Bülowstraße, dann mit dem Autobus zur Motzstraße in Schöneberg.
»Was?«
»Du hast dasselbe an wie heute Nachmittag.«
»Ich war nicht mehr zu Hause«, gab sie zurück. Er sah ein wenig dandyhaft aus in einer eng geschnittenen Jacke und einer hellen Hose, die seine schmale Hüfte und schlanken Beine betonte. Nicht gerade der neueste Schrei, aber andererseits: Was wusste Nike schon vom neuesten Schrei? Sie war einfach froh, zum Herrenfriseur gehen zu können, ohne dass man sich dort über sie lustig machte. Schulterzuckend wurde mittlerweile hingenommen, dass »Garçonnes« Geld für Kurzhaarfrisuren ausgaben. Als sich Nike zum ersten Mal die Haare geschnitten hatte, hatte sie das noch mit neunzehn zu Hause vorm Spiegel getan. Ihre Mutter hatte Schuhe nach ihr geworfen vor Wut, aber Nike hatte studieren wollen und gesagt, niemand würde sie mit langen Haaren ernst nehmen.

Es hatte sie auch mit kurzen Haaren niemand ernst genommen.

»Hast du nicht gesagt, das ist ein eher schicker Laden? Wo Leute hingehen, um sich als Frauen verkleidete Männer anzusehen? Und als Männer verkleidete Frauen?«

»Ja«, erwiderte sie und erntete ein Lachen.

»Du willst das so, oder?«, fragte er provokant.

»Was?« Sie betrat die Tram und setzte sich auf einen der Holzsitze, auf dem schon Generationen knöcherner Hintern ihre Spuren hinterlassen hatten.

»Dass man sich kurz fragt, ob du ein Mann bist!«

»Mir ist es verdammt egal, was Leute sich fragen.«

»Ist es dir nicht!«

»Ist es mir!«

Sie sah aus dem Fenster in die schillernde Metropolis des Potsdamer Platzes. Zum ersten Mal lag eine Vorahnung von Frühsommer in der Abendluft der blauen Stunde.

»Aber eins sag ich dir: Wenn du ein Mann wärst, könntest du dir auch was Netteres anziehen als dieses abgewetzte Sakko. Es ist nichts Männliches daran, sich gehenzulassen.«

»Ich lass mich nicht gehen! Halt diesen Vortrag jemand anderem, ich sehe hier genug Männer, die aussehen, als hätten sie ihn ihren Hosen geschlafen!« Sie sagte die letzten Worte ein wenig leiser. Sandor sah sich erwartungsgemäß um. Eine Spätschicht machte sich gerade auf den Weg in den Feierabend, erschöpft und dumpf dreinblickende Männer und Frauen, die den Geist der neuen Zeit bestenfalls aus den Illustrierten kannten.

Die Tram brauchte nicht lang bis zur Bülowstraße, doch als Sandor schon hastig aufstehen wollte, hielt sie ihn zurück.

»Wir machen einen Umweg. Noch ein paar Haltestellen weiter, dann siehst du das Pièce de Résistance unserer neuen Bekannten, wenn ich das richtig im Kopf habe.«

Sandor setzte sich zweifelnd hin. »Pièce de Résistance?«

»Das Markov-Skandalhaus. Ich nehme an, dass ihnen auf dieser Baustelle die Statuen abhandengekommen sind, mit dem Ungetüm waren sie mehrmals auf Titelseiten. Ich kenn es selbst auch nur aus der Zeitung, aber es dürfte nicht zu übersehen sein.«

Sandor sah weiter aus dem Fenster.

»Wie macht sich Berlin denn so im Vergleich zu Prag?«

»Anders«, sagte er. »Prag dehnt sich natürlich auch in alle Richtungen aus und hat seine historischen Grenzen längst überschritten. Jede Stadt ist schließlich im Wandel. Aber irgendwie ist es trotzdem anders.«

»Berlin ist nicht eine Stadt, sondern ein Dutzend. Nach dem Krieg sind die umgebenden Städte eingemeindet worden, und auf einen Schlag gab es Groß-Berlin, die mit vier Millionen Menschen drittgrößte Stadt der Welt.«

»Ich hätte für die drittgrößte Stadt der Welt mehr … na ja … New York erwartet. Riesige Wolkenkratzer, Wohnblöcke mit Dutzenden Stockwerken.«

»Baustellen haben wir jedenfalls 'ne Menge zu bieten. Aber das meiste davon beherrscht nicht so die Silhouette der Stadt wie die Skyline in New York. Es gibt wenig, was aus Prestige gebaut wird, und viel, was aus Notwendigkeit entsteht. Bürogebäude, Fabriken und natürlich Arbeiterwohnungen und noch mehr Arbeiterwohnungen. Sozialer Wohnungsbau.«

»Und ihr habt die erste Straße nur für Autos. Aber ich habe sie noch nicht gesehen.«

»Ich auch nicht«, sagte Nike trocken. »Kann daran liegen, dass wir beide keine Autos besitzen!«

Auf der Avus konnten Autos so schnell fahren, wie der Motor hergab, ohne sich um Trams, Kutschen oder Fußgänger scheren zu müssen. Sie sah aus dem Fenster, wo gerade in diesem Moment ein von einer Droschke blockierter Autofahrer wütend die Faust aus dem Fenster schüttelte.

»Es heißt, alle halbe Minute«, fiel Nike noch ein, »fährt in Berlin ein Zug ein oder aus.«

Als die Potsdamer Straße zur Hauptstraße wurde, war der typische Aufbau mit Backsteinwohnblöcken bereits durchsetzt mit Brachland um die Eisenbahnlinien herum, mit Industrieanlagen und Baustellen. Sandor folgte einem startenden Flugzeug mit neugierigen Augen wie ein kleiner Junge. »Da rüber geht's zum Flughafen Tempelhof«, erläuterte sie ihm und suchte gleichzeitig nach der charakteristischen Form des Markov-Hauses. »Da vorn, das muss es sein. Wir sitzen schon auf der richtigen Seite.«

Die Tram rumpelte Schönebergs Hauptstraße hinab. Nike wusste nicht viel über diese Baustelle. Nicht das Gebäude selbst hatte Schlagzeilen gemacht, sondern das streitbare Architektenpaar. Sie hatten die moderne Architektur – inklusive Bauhaus! – als ästhetische Sackgasse bezeichnet, die Baugenehmigung in einem Rechtsstreit erwirkt und bauten nun all den naserümpfenden Berliner Architekten ein Denkmal ihres eigenen Ehrgeizes vor die Nase.

Eigentlich war das Ehepaar selbst nicht im Immobiliengeschäft, Weltruhm hatte ihnen ihre experimentelle Architektur eingebracht, einige ihrer Entwürfe wurden sogar in den USA in die Tat umgesetzt.

»Das da?«, fragte Sandor ein wenig ungläubig, als die Tram ruckelnd an der Haltestelle zum Stehen kam.

»Ja, ich weiß. Ist ein seltsames Konstrukt, aber noch im Rohbau. Sie nennen es das Singende Haus. Die Berliner haben natürlich schon einige Spottnamen dafür gefunden. Der Stoßzahn. Das Klettergerüst.«

»Sie ist auch Architektin?«

»Ja, hat als Assistentin angefangen, Markov ist Bauingenieur und Statiker. Dann hat sie sich wohl selbst das Bauzeichnen beigebracht und noch mit vierzig ein Architekturstudium absolviert. Es behauptet immer mal wieder irgendein Käseblatt, sie habe sich nur pro forma eingeschrieben und ihr Diplom erkauft, aber so was erzählen sie immer gern, wenn Frauen studieren.«

Die Tram fuhr wieder an, sie kamen näher und konnten erst jetzt langsam die Dimensionen erfassen.

»Soll das erste ›richtige‹ Hochhaus Berlins werden. Sie haben den Borsigturm, ich zitiere, als ›Kinderkacke‹ dagegen bezeichnet.«

Ein schmuddeliger Bauzaun umgab das riesige Grundstück um den Turm. Dahinter schraubten sich massige Stahlträger in die Höhe. »Ambitionierte Form«, urteilte Sandor.

Die Tram gewährte ihnen nur einen kurzen Blick aufs Gelände: Stahlträger drehten sich, ineinander verschraubt und gestützt, in die Höhe. Hunderte Arbeiter mischten Beton, kletterten darauf herum und fuhren Material mit Lastfahrzeugen oder Pferdekarren hin und her.

»Das wird sicher so ein Ding aus Glas und Stahl«, sagte Sandor. »Was fangen sie da mit Statuen und Marmor an?«

»Was weiß ich? Sie wollen vermutlich einfach zeigen, was sie können. Die Architektenszene streitet sich sowieso permanent. Baut man für den Zweck? Baut man für die Kunst? Lässt sich das vereinen? Muss man Kunst über Bord werfen, wenn es darum geht, dass Leute menschenwürdig wohnen sollen?«

»Und?«, fragte er. »Muss man Kunst über Bord werfen?«

Sie sah ihn von der Seite an, während sie sich wieder vom Markov-Turm entfernten. »Vor einem Jahr hätte ich gesagt, ja. Aber seitdem hab ich lernen müssen, dass man die Kunst einfach nicht über Bord werfen *kann*.«

»Gut zu wissen.« Er grinste. »Warum nennen sie es das Singende Haus?«

»Ich habe keine Ahnung. Vielleicht soll der Wind irgendwann über die Kanten singen? Oder sie wollen Musik fürs Auge machen? Künstler eben!«

»O ja«, entgegnete Sandor. »Einzelne gerade Teile, die etwas optisch Rundes ergeben.«

Je weiter es sich entfernte, umso besser gefiel es ihm, von weitem offenbarte sich, was sie damit vorhatten. Noch unvollkommen schraubte es sich in den Himmel. Welchen Abschluss würde es oben finden? Im Moment sah es so aus, als könne man Tücher dazwischen spannen, und dann ergäbe sich eine ganz andere, überraschende Form – ein in sich gedrehtes Segel.

»Und, gibt es Parallelen zu deiner Kunst?«

»Parallelen gibt es immer. Gibt es Parallelen zur Physik?«

»Darüber habe ich noch nicht nachgedacht«, gab sie zu, und dann korrigierte sie sich rasch: »Weil ich darüber nicht nachdenken muss. Alles hat Parallelen zur Physik. An Wolkenkratzern hätte Newton seine Freude gehabt.«

Die nächste Haltestelle war am Innsbrucker Platz. Wenn sie sich nicht täuschte, war es von hier aus nicht mehr weit. Nike stand auf. »Jedenfalls weißt du jetzt, wo du hingehen kannst, wenn du eine neue Anstellung suchst.«

»Falls du doch irgendwann auf die Kunst verzichten kannst?«, fragte er, und sie war sich nicht ganz sicher, wie viel Ironie in seiner Stimme lag.

Es dämmerte, als sie am Prager Platz aus dem Autobus stiegen. Nike hatte sich verschätzt, sie mussten die Straße eine ganze Weile hinauflaufen, um das *Eldorado* zu finden.

»Tja, tut mir leid, mit dem Berliner Nachtleben kenne ich mich einfach nicht so aus«, gab sie zu, doch Sandor schien sich zu amüsieren und war ganz fasziniert von den schrillen Neonschildern und der Menge der Neugierigen, die es hierher verschlagen hatte. Zusammen mit Dutzenden Nachtschwärmern spazierten sie an erleuchteten Fassaden vorbei, Sandor spähte durch Eingänge in Budiken und grinste über Verbotsschilder für wahlweise Männer oder Frauen.

An der Ecke Lutherstraße hörte Nike, wie eine Gruppe junger Männer diskutierte, ob sie nun das Original-*Eldorado* besuchen wollten, dessen bombastische Fassade bis hier zu sehen war, oder ob sie der neuen Dependance an der Ecke Kalckreuthstraße eine Chance geben sollten. Nike kannte beide nur vom Hörensagen, wusste aber, dass beide Läden den Voyeurismus an dem befriedigten, was oft das »dritte Geschlecht« genannt wurde: Schwule, Lesben, Transvestiten. Und obwohl Sandor ob ihrer Kleidungsvorlieben zu vermuten schien, dass es sich dabei ebenfalls um ihr Fachgebiet handelte, verwirrte sie das schwule und lesbische Berlin eher. Hier vermischten sich die Welten: Die bürgerlichen Herr und Frau Müllers tranken Cocktails an Orten, an denen sich die Grenzen von Männlichkeit und Weiblichkeit auflösten.

Damit sie nicht ganz so gehemmt in den Stampen ankamen, ging ein Mann mit Bauchladen die Straße auf und ab und schenkte Schnaps aus. Nike machte einen Bogen um ihn.

Der Wohnblock, in dessen Erdgeschoss das neue *Eldorado* eröffnet hatte, war nicht zu übersehen. Ein an der Ecke spitz zulaufendes an sich unspektakuläres Gebäude, das mit stockwerkhohen Plakaten von verführerisch hinter Fächern oder über die Schulter blinzelnden Frauen geziert wurde. »Hier ist's richtig«, verkündete die Aufschrift. Sandor bot ihr erneut den Arm an, und diesmal hakte sie sich unter und stellte sich mit ihm in die Schlange. Sie kam sich bereits hier fehl am Platze vor und versuchte mit der anderen Hand, ihre glatten schwarzen Haare ein wenig zu ordnen. Er hingegen strahlte für sie beide mit seiner perfekt sitzenden, leicht antiquiert wirkenden Gentleman-Garderobe.

Als sie am Einlass ankamen, fragte Sandor den Türsteher nach Georgette, und der winkte sie durch und sagte: »Ja, tritt auf.«

Hinter dem Eingang mussten sie einige Jetons erwerben – »1 Jeton für 1 Tanz«, stand über der Kasse –, danach wurden sie von einer Person im kurzen Kleid in den Saal und zu einem der kleinen Tische geleitet. Es waren nicht mehr viele Plätze frei, und man saß Schulter an Schulter mit anderen. Der Innenraum war kleiner, als Nike gedacht hatte, die Tischchen drückten sich an die Wände, damit dazwischen Platz zum Tanzen blieb, überall standen schon kleine Grüppchen und plauderten, Rauch hing dicht in der Luft, und die Musik war kaum zu hören. Die Bühne im hinteren Teil des langgezogenen Raums war noch leer, dahinter war lediglich ein spartanisches Bühnenbild mit einigen glitzernden Sternen zu sehen.

Sandor bestellte zwei Gläser Berliner Luft.

»Hättest du nicht einfach einen Treffpunkt mit dieser Georgette ausmachen können?«, bemerkte Nike und rutschte ein wenig von der rundlichen Frau am Nebentisch weg, deren Stuhl so eng an ihrem stand, dass sie das Parfum durch den Rauch riechen konnte.

»Sie war so schnell weg, und ich wusste doch nicht mal, was dieses *Eldorado* ist, von dem sie gesprochen hat!«, rechtfertigte sich Sandor. Er sah sich nach allen Seiten um. Es gab hier einige wie Georgette, knabenhaft mit bleichen langen Beinen und hohen Hacken. Viele trugen Perücken und geradezu maskenhaft viel Schminke mit pinselstrichfeinen Augenbrauen und herzförmig spitz geschminkten Lippen.

»Man kann sie wirklich kaum unterscheiden. Also Männer von Frauen«, sagte Sandor schließlich. »Aber Georgette sehe ich nicht.«

»Ich verstehe auch nicht, was so wichtig daran sein soll«, erwiderte Nike.

»Na ja, du weißt aber schon, dass es ein Schock sein könnte, wenn man ... du weißt schon ...«

»Mit jemand Wildfremdem 'n Knopp machen will und vorher

nicht weiß, was in der Hose ist? Passiert mir eher selten, weißt du.«

Die Frau neben ihr hatte das mit angehört und lachte laut und mit diesem verschwörerischen Blick unter Frauen, der Nike stets aus der Fassung brachte, als wäre er eine Geheimsprache, die sie nicht verstand. Sie lächelte höflich zurück.

»Na ja, man fragt es sich aber doch!«, beharrte Sandor. »Einfach so! Ohne Hintergedanken, einfach so!«

»Dann frag es dich leise«, knurrte Nike. Der Cocktail wurde gebracht, eine Salz-Zucker-Mischung bedeckte den Rand, und eine Orangenschale ringelte sich im Glas, und Nike nippte sehr vorsichtig daran. Es war nicht so, dass sie nie Alkohol trank – manchmal kam sie gar nicht drumherum. Doch ihre Mutter war Muslima, und Nike versuchte, zumindest ihren Grundsätzen treu zu bleiben, wenn schon nicht ihrer Religion. Dieses Zeug war gleichzeitig kräuterig-herb und süß, was dem Alkohol die Schärfe nahm.

»Dieser ganze Laden verdient Unmengen damit, dass Leute sich das fragen«, rechtfertigte sich Sandor. »Es ist nicht so, als wäre das ... *unangemessen*! Und die, die hier auftreten, wollen doch selbst, dass man ihre Verkleidungskünste bewundert.«

»Du musst dich nicht dafür rechtfertigen, weißt du. So, wie wir angezogen sind, fragen sich vermutlich auch alle um uns herum, ob du schwul bist und ich lesbisch, und sie können sich das gern fragen, aber es geht sie nichts an.«

Er trank einen großen Schluck. »Und wir kriegen nicht einmal Geld dafür. Wenn ich Geld dafür bekäme, würde ich mir viel größere Mühe geben.«

»Oh, du siehst aus, als hättest du nicht wenig Mühe investiert.«

Sandor grinste sie dreckig an. »Also fragst du es dich. Ob ich schwul bin. Ja? Aber *ich* darf mich nicht fragen, wer hier ein Mann ist und wer eine Frau!«

»Du darfst es dich fragen, und ich frage mich nicht, ob du schwul bist.«

Er nahm einen noch größeren Schluck. »Fragst du dich, ob ich zu haben bin?«

»Ich frage mich wirklich gar nichts, Sandor, außer, warum wir heute Abend hier sind.«

»Ich frage mich, ob du eine Lesbe bist. Ehrlich. Ich frage mich das.«

»Und ich habe gesagt, du sollst dir diese Fragen leise stellen. Lautlos. Nur in deinem Kopf. Was ist daran so schwer zu verstehen?«

Die Frau neben ihr lachte noch einmal laut und schrill, aber diesmal hoffentlich über einen Scherz ihres Begleiters. Als reagiere sie antiproportional auf Nikes Laune wurde die Musik nun lauter, und die Grüppchen Herumstehender wurden von Künstlerinnen in Kleidern und Federboas zum Tanzen aufgefordert. Frauen mit Frauen und Männer mit Transvestiten, und Nike ärgerte sich noch während des Zuschauens über die Schubläden in ihrem Kopf. Es waren die beiden obersten Schubladen – Frau und Mann –, und viele der Leute im Raum verdienten heute Abend Geld damit, sich über sie hinwegzusetzen. Während um sie herum schubladenverwirrend getanzt wurde, wünschte sie, sie könnte Menschen anders sehen, in anderen Kategorien, jung und alt vielleicht ... *oder deutsch und undeutsch*, wisperte es in ihrem Kopf, *arisch und semitisch*. Sie brachte die Stimme wütend zum Schweigen und hielt sich an ihrem Getränk fest.

»Ist alles in Ordnung?«, fragte Sandor in ihr Ohr. »Es tut mir leid, ich wollte dich nicht beleidigen.«

Sie schüttelte den Kopf. Sie hasste diese Kategorien, und doch wurde ihr ganzes Leben davon bestimmt. Als man sie aus dem Studentenverband ausgeschlossen hatte, war es nicht wichtig gewesen, dass sie eine Frau gewesen war. Nein, da war es die

Semitinnenschublade gewesen, die sich über ihr geschlossen hatte.

Die Gearschte war sie trotzdem.

Leuten wie Sandor bedeuteten diese Schubladen nichts. Für ihn war das alles nur Spaß und Spiel.

Und schließlich kennen wir einander nur deshalb, weil die Phänomene einen Mann und eine Frau erfordern. Also vielleicht ist es eine naturwissenschaftliche Tatsache: Es sind einfach die beiden obersten Schubladen. Sie war sich ziemlich sicher, dass zumindest deutsch und undeutsch schlichtweg erfunden waren.

Nach seinem dritten großen Schluck war das langstielige Glas schon beinahe leer, und Sandor hatte genug Mut gesammelt, um einen der Jetons auszugeben und eine Runde mit einer hochgewachsenen, schlaksigen Person im Glitzerkleid zu tanzen. Sandor tanzte gar nicht schlecht und kam danach mit rotem Kopf wieder auf seinem Stuhl an.

»Du grinst ja«, sagte er zufrieden und lehnte sich zurück.

»Konnte mir nicht helfen«, gab sie zu, dann wurde es leiser, und zwei Revuetänzerinnen traten auf die Bühne. Sie waren mit Höschen und spitzen Büstenhaltern aus bronzefarbenem Metall bekleidet und wurden begeistert beklatscht.

»Ah, Chansons!«, rief der Mann am Nebentisch aus, doch die beiden hauchten lediglich eine Ankündigung ins Mikrophon: »Sehr geehrte Gästinnen und Gäste!«, begann die zur Linken, und die Rechte fuhr fort: »Sie haben sicher schon gehört, dass das *Eldorado* vor allen Dingen für eines bekannt ist.« Sie sahen einander an und riefen dann ins Mikrophon: »Unser Bildungsprogramm!«

Der Raum antwortete mit schallendem Gelächter.

»Nur noch diese und nächste Woche haben wir daher zum ersten Mal! Für Sie!«

»Russisches Ballett!«

»Wie Sie es nie gesehen haben!«
»Die wunderbare!«
»Die unglaubliche!«
»Die sehr gebildete, oder nicht, Anett?«
»Ungemein, sie tut was für den Anspruch!«
»Georgette!«
»Kalinka!«

Beide lachten ein lautes, perlendes Lachen ins Mikrophon und verließen dann mit übertriebenen staksenden Tanzbewegungen die Bühne. Der Raum wurde gerade so dunkel, dass sie ihre Gläser noch finden konnten. Sandor sah gebannt zur Bühne. In Nikes Magen begann sich eine nervöse Faust zu ballen, die nicht gut mit dem halben Cocktail harmonierte. War das tatsächlich nur ein Tanz? Oder würde dieser Abend so wie der gestrige laufen? Mit einem Mal fühlte sich Nike sehr müde – sie war nicht für das Nachtleben gemacht. Und vor allen Dingen nicht für ein magisches Nachtleben.

Zarte Musik drang von der Bühne – ein klassisches Orchester, aber natürlich von Schellackplatte, denn für einen Orchestergraben war überhaupt kein Platz. Die Platte knarzte und knackte und rauschte, aber davon unbeeindruckt irrte ein Scheinwerfer über die Bühne und fand eine Gestalt in der Mitte, vor dem Sternenhintergrund des Bühnenbilds, die doch eine Sekunde zuvor nicht da gewesen war.

Mit Bewegungen, als erprobe sie Glieder, die ihr – noch zart und bestaunenswert – neu gewachsen waren, baute sich die Gestalt ins Sitzen auf. Sie trug einen nachtschwarzen Einteiler, in dem sich auf glitzernden Linien das Scheinwerferlicht fing. Das Tutu lag wie ein kaum wahrnehmbarer Ring aus Rauch um sie herum in der Dunkelheit. Ihre Haare schimmerten wie ein Helm um ihren Kopf, Locken an Wangen und Stirn wie mit Brillantine gemalt.

»Das ist sie«, flüsterte Sandor überflüssigerweise.

Georgette griff verwundert nach Sternen – oder Schneeflocken –, oder vielleicht pflückte sie unsichtbare Schmetterlinge aus der Luft. Dann zog etwas sie höher empor wie an einem Faden, bis sie auf den Zehenspitzen angekommen war.

Sie drehte sich, mit dem Gesicht zum fernen Mond des Scheinwerfers, und die Musik begann, sich zu beeilen. Die Tänzerin warf einen Blick auf ihre rechte Hand, auf ihre linke, an sich hinab auf ihre sich wie losgelöst in winzigen Muskelkontraktionen bewegenden Füße.

Die metallenen Stränge in ihrem Anzug umgaben ihren Oberkörper wie ein Korsett, überließen nicht viel der Phantasie; die Silhouette war schmal, androgyn. Und doch war dieser Körper reine Phantasie, ein überirdisches Ideal.

Die Musik forderte einen Tanz von Georgette, und sie tanzte.

Die kalte Verkrampfung in Nikes Magen löste sich nicht. Worauf wartete sie? Darauf, dass der Tanz kein Tanz mehr sein würde? Dass Menschen versteinern würden?

Sie wagte einen Blick zu Sandor, der fasziniert zusah. Aber es mischte sich ein neuer Ton in die Musik, wurde regelmäßiger, und dann strahlte Georgette in einem bläulichen Schimmer, intensiver dort, wo Arme entlangglitten, wie ein Nachhall dieser Bewegung. Die Stränge aus Metall glommen unterdessen in einem warmen gelblichen Schein auf wie Glühfäden. Die Tänzerin schien sich daran nicht zu verbrennen, ihre Bewegungen vereinten sich mit dem Farbenspiel zu einem Ganzen, wie der Klang verschiedener Instrumente sich in einem Orchester zu einer Symphonie verbindet.

Das spulengleich gewickelte Gestänge des Kleids, das Glühen des Metalls, das bläuliche Licht: Nike assoziierte damit Magnetfelder, eine Glühkathode, Curies Radium. Aber ihr Verstand konnte nicht greifen, wie das alles zusammenhing oder was es mit dem Tanz zu tun haben sollte. Georgette war die Künstlerin. Aber wo war der Naturwissenschaftler? Liefen da Kabel am Boden der Bühne entlang zu ihrem Kleid? Nike konnte es von hier nicht ausmachen.

Die Musik schwoll ab und überließ ihre Takte den weichen Berührungen der tanzenden Füße. Ein kollektives Einatmen ging durch den vollbesetzten, sauerstoffarmen Raum. Nike war Teil davon, sie konnte sich nicht helfen: Wie ein Nachbild reckten sich Georgettes Arme empor, während sich zwei weitere Arme rechts und links ausbreiteten, als wolle sie alle, die ihr zusahen, in eine Umarmung einschließen. Beide Armpaare waren bläulich durchscheinend, Nike sah die Sterne im Bühnenbild dahinter blitzen. Jemand sprang auf und gab spontanen Applaus, jemand anders stieß einen Schrei aus, und an der Bar schien jemand vor Überraschung in Ohnmacht zu fallen. Georgette drehte sich einmal in einer Pirouette um sich selbst, und ihre Arme: Zwei waren ausgebreitet, mit zweien umschlang sie ihren Leib.

Und dann ein letztes Aufleuchten, die Musik verstummte, Dunkelheit fiel über die Bühne. Georgette war fort.

»In Berlin scheint ja jeder Zweite zaubern zu können, nur wir nicht«, rief Sandor ihr ins Ohr, während Lärm und Applaus aufbrandeten. Die Musik wechselte rasch, die stehenden Ovationen für Georgette wurden zum Rhythmus für den humorigen Auftritt von sieben bärtigen, beinbehaarten Damenimitatoren in den kurzen Kleidern von Revuetänzerinnen.

»Da müsste man mich aber wirklich gut bezahlen, dass ich Beinhaar auf der Bühne zeige!«, lachte Sandor, als Nike ihn vom Stuhl hochzog.

»Ich würde vorschlagen, wir beeilen uns, zur Garderobe zu kommen, bevor sie mit einem ihrer anderen Verehrer die Biege macht!«

Wenige Minuten später hatten sie sich an den Toiletten vorbei und in den als »privat« gekennzeichneten Gang gemogelt, der zu den Garderoben der Künstlerinnen führte. Türen standen offen, und in den Räumen wurde laut geflucht, gelacht und geredet.

Nike klopfte an einen Türrahmen, ohne so weit vorzutreten, dass sie hätte hineinblicken können.

»Wat willste?«, antwortete eine Stimme.

»Hier sind Nike und Sandor für Georgette«, sagte sie.

»Na, guck ma einer an, du hast wieder Bewunderer, Schorschi! Wegschicken, wie immer?«, fragte dieselbe Stimme, dann hörte Nike ein Lachen, rauchig und warm.

»Nee, die dürfen reinkommen. Hab sie eingeladen.«

»Ihr habt die Dame gehört. Also immer rin in die jute Stube.«

Immer noch unbehaglich trat Nike in einen schmalen, vollgestellten Raum, an dem an einer Wand Spiegel zwischen darüber aufgehängten Kostümen und Federboas hervorblitzten. Auf drei von fünf Stühlen Leute saßen Künstlerinnen in unterschiedlichen Stadien der Verwandlung, dazwischen lag über Lehnen und hing an Garderobenhaken Straßenkleidung und sogar eine Soldatenuniform. Es roch nach Parfum und Alkohol, aber vor allen Dingen nach süßlichem Rauch, der einer langstieligen Pfeife entstieg. *Opium*, schoss es Nike durch den Kopf, und kurz packte sie die Angst. Hier schien sich alles zu versammeln, wovor ihre Mutter sie stets gewarnt hatte.

»Ich hoffe, ihr habt unserem Cherub was zu trinken und ein paar Rosen mitgebracht?«, fragte eine derbe Gestalt mit Kleid und geradezu barocker Lockenperücke und ließ sich die Pfeife durchreichen.

»Cherub?«, fragte Nike.

»Setzt euch«, sagte Georgette. Sie hatte sich aus dem Metallkorsett geschält und saß nun im schwarzen Turnanzug da. Sie musterte Nike und Sandor im Spiegel, in dem sie selbst aussah wie ein gerahmtes Bild aus Schwarz-Weiß-Kontrasten. Ihr Gesicht war bleich geschminkt, und die Haare immer noch ein glänzender Helm mit stilisierten Locken. Sie wies rechts und links auf zwei Stühle, und Nike und Sandor nahmen Platz. »Ignoriert Hilda. Du bist gleich dran, geh deine Stimmbänder ölen, statt zu rauchen, bevor du wieder beim höchsten Ton einknickst.« Die beiden warfen sich spöttisch-freundschaftliche Blicke zu, dann gab Hilda die Pfeife zurück, hob stattdessen eine Flasche und prostete ihnen stumm zu. Von der Bühne bebte der Rhythmus der Stepptanzenden durch Boden und Wand herüber, Musik wehte durch den Gang.

»Ihr habt es nicht ja lange ohne mich ausgehalten«, stellte Georgette fest.

»Wir waren neugierig«, sagte Sandor. »Interessanter Tanz.«

»Ich hab ihn Cherub-Tanz genannt. Cherubim sind Engel mit vier Armen«, griff Georgette Hildas Bemerkung auf.

»Und warum steht er noch nicht in der Zeitung?«, hakte Sandor nach.

»Steht jeder Taschenspielertrick neuerdings in der Zeitung?«, fragte Georgette zurück. Sie deutete auf einen kleinen Schnipsel, der an den Spiegel geheftet war. »Wobei ich tatsächlich in der Zeitung war, hier.«

Es war eine kleine Randbemerkung, »Russisches Ballett zur Neueröffnung soll Intellektuelle in Sündenpfuhl locken«, darunter zehn schmale Zeilen. Sandor beugte sich vor, um sie zu lesen, doch Nike vermutete, dass darin nichts von Interesse stand.

»Hier ist alles Illusion«, sagte Georgette mit einem Lächeln. »Warum sollte man da viele Fragen stellen? Fürs Publikum sind die vier Arme so unerklärlich wie die zersägten Jungfrauen von Houdini. War der deshalb ein echter Magier?«

»Ich weiß es nicht – war er?«

Georgette lachte. Nach wie vor sah sie ihren Besuch nur durch den Spiegel an, und das wurde Nike langsam unbehaglich.

»Wie hast du es gemacht?«

Georgettes filigran gezupfte Augenbrauen hoben sich. »Ist das ein Verhör, Frau Polizistin?«

Sandor warf Nike einen warnenden Blick zu. »Natürlich nicht. Dürfen wir dich noch zu einem Getränk einladen? Vielleicht woanders?«

»Vielleicht woanders, ja.« Georgette warf Hilda ein verschmitztes Lächeln zu. »In einer halben Stunde. Aber ihr zahlt, wenn ihr schon ohne Rosen gekommen seid!«

Der Schnapsverkäufer an der Ecke wurde zu fortgeschrittener Stunde regelrecht von Kunden belagert. Die Straßen pulsierten mit der Musik aus den Tanzlokalen, den Stampen, mit den Lichtern der Reklametafeln und dem Herzschlag der Betrunkenen. Leichte Jungs und Mädchen suchten nach Begleitung, und ein paar Studenten feilschten an einem Kellereingang um Einlass.

Zielstrebig führte Georgette sie zu einer unscheinbaren Bar, in der vor allen Dingen, aber nicht ausschließlich männliche Paare miteinander Wein tranken und sich leise unterhielten. Sie steuerten einen Tisch in der Ecke an, und Georgette grüßte zwei Bekannte.

Sie trug jetzt flache Schuhe und einen Rock, der die Knie bedeckte, darüber einen Mantel mit Pelzkragen. Die bleiche Schminke war dezenterer Wimperntusche und einem langen, modisch-ägyptischen Lidstrich gewichen, doch die Haare waren nach wie vor mit schimmernder Brillantine an Ort und Stelle fixiert. Sie bestellten Wein und Wasser.

Nike wartete nicht ab, bis die Bestellung am Tisch ankam, sondern stellte sofort ihre erste Frage.

»Was weißt du über die versteinerte Frau von gestern?«

Georgette schürzte die Lippen und lehnte sich im Stuhl zurück. Langsam griff sie in ihre Handtasche und holte dann ein silbernes Zigarettenetui hervor. Sie öffnete es, legte es auf den Tisch und bot es mit nichts weiter als der Bewegung ihrer Augenlider an. Nachdem Sandor das Angebot angenommen hatte, nahm sie sich selbst eine und zündete – betont elegant, aber quälend langsam – die Zigaretten an.

»Also doch ein Verhör?«, fragte Georgette. Sie hielt die Zigarette zwischen Zeigefinger und Daumen und führte sie so zum Mund, dass ihre Handfläche nach oben wies – selbst diese Geste offenbarte Showtalent.

»Nein, das habe ich doch gesagt«, erwiderte Nike beinahe wütend. Vielleicht hätte sie mit Seidel kommen sollen, dann müsste sie Georgette nun nicht um Informationen anbetteln!

»Eine der Statuen hat getanzt. Ich habe Emil und Erika bei der Probe dieses kleinen Tricks geholfen und war an der Uraufführung interessiert.«

»Das war nicht die einzige Statue im Raum.«

»Richtig, sie hatten diese schon mehrmals bewegt und waren sich unsicher, wie lange sie noch standhält.«

»Eine davon war eine vermisste Frau.«

Georgette legte die Zigarette zwischen ihre Lippen und nahm einen tiefen Zug. Nike musste den Blick abwenden, sie wusste nicht, warum sie jede Bewegung Georgettes so unverschämt erotisch fand. Es musste der Alkohol sein. Sie war froh, als ein Glas mit Wasser vor ihr abgestellt wurde. Die Weingläser hatten einen milchigen Schimmer, aber Sandor und Georgette störten sich nicht daran.

Als der Kellner gegangen war, beugte sich Georgette vor und fragte sehr leise: »Was soll das heißen, eine vermisste Frau? Reden wir gerade … von einer *echten* Frau?«

»Genau, das ist das Problem«, sagte Sandor. »Eine der Statuen war vor kurzem noch eine lebendige Frau. Nike und ich haben versucht, das rückgängig zu machen. Sagen wir mal mit bescheidenem Erfolg. Und Erika und Emil sind derweil verschwunden. Die Polizei hat mehrfach versucht, sie in ihren jeweiligen Wohnungen zu finden, aber sie sind beide ausgeflogen.«

Nike starrte Sandor wütend an, der einfach freimütig alles ausplauderte.

Georgette nahm das Weinglas, lehnte sich zurück, trank, rauchte, trank, rauchte. Dann suchte sie Nikes Blick.

»Ich habe jedenfalls keine Frau versteinert und bei Erika und Emil abgestellt«, sagte Georgette. »Aber das erklärt natürlich das Polizeiaufgebot gestern.« Nike nickte langsam. Auch wenn sie beschloss, Georgette erst einmal kein Wort zu glauben. »Wer war die Frau?«

»Eine Vermisste aus Prenzlberg«, sagte Nike, bevor Sandor auch noch den Namen ausplaudern konnte.

»Hmm«, machte Georgette. »Und ihr wolltet ... das wieder rückgängig machen?«

»Wir waren uns schon fast zu hundert Prozent sicher, dass das nicht möglich ist.«

»Was habt ihr zwei Hübschen denn bisher überhaupt hinbekommen? Also, so allgemein.«

Nike und Sandor tauschten einen Blick. »Nichts«, gab Nike zu. »Ich habe ... Während mir zwar schon ... ein Experiment geglückt ist, ist uns zusammen, also ... Eine versteinerte Frau ist jedenfalls nicht gerade einsteigerfreundlich.«

Georgette lachte wieder ihr dunkles Lachen. »Weshalb seid ihr genau zu mir gekommen?«

»Weshalb hast du uns hierhergelockt?«, gab Nike zurück, bevor Sandor antworten konnte.

Sie starrten einander über Wein- und Wassergläserränder hinweg an.

»Ich brauche eure Hilfe«, sagte Georgette, und gleichzeitig gab Nike zu: »Wir brauchen deine Hilfe.« Sandor sah ratlos hin und her. Nike war kurz zum Lachen zumute, aber nun, da die Worte heraus waren, schien die Überlegenheit von vorhin von Georgette abzufallen und ließ sie nervös und bedrückt zurück.

»Du ... unsere?«

»Und ihr meine, offenbar.«

»Dann schieß mal los«, forderte Sandor sie auf. »Wir sind ja schließlich ... irgendwie von der Polizei.«

»Dein Freund und Helfer«, ergänzte Nike leicht ironisch das recht neu etablierte Motto, mit denen sich die Schupos von den Gewaltexzessen der Vergangenheit distanzieren wollten. Georgettes Blick wurde unruhig. Sie suchte ganz offensichtlich nach dem Faden, mit dem sie das Knäuel, das sie mit an den Tisch gebracht hatte, entwirren konnte.

»Fang einfach irgendwo an«, sagte Nike. »Wir sind ja nicht wirklich von der Polizei. In erster Linie bin ich Wissenschaftlerin. Ich werde dir aus nichts einen Strick drehen.«

»Das wär nett.« Georgette lächelte ihr zu. »Wie ihr euch sicher denken könnt, führe ich wie eine ganze Menge Leute hier« – sie vollführte eine kleine kreisende Handbewegung, die alles Mögliche heißen konnte – »ein Doppelleben. Tagsüber heiße ich George Kalinin. Ich habe in Moskau Psychologie studiert und hier meinen Abschluss gemacht. Ich arbeite mit Kriegsversehrten in den Wittenauer Heilstätten.«

»Du bist also tagsüber ein Mann?«, fragte Sandor.

»Ich bin tagsüber als Mann verkleidet, Kleiner«, erwiderte Georgette süffisant. Sie trank einen Schluck, dann sprach sie weiter. »In letzter Zeit wurden von der Polizei immer wieder Leute zur Untersuchung zu uns geschickt, die seltsame Dinge in der Stadt gesehen haben wollten. Einige von ihnen haben Drogen genommen. Aber nicht alles lässt sich damit erklären. Die Berichte, die diese Traumatisierten mir gegeben haben, waren teils ... sehr real und gleichzeitig sehr unmöglich.«

Nike kannte einige dieser Fälle und erinnerte sich jetzt auch an den Namen – George Kalinin war in einigen Fällen der behandelnde Arzt gewesen. Sie hatte mit keinem der Patienten persönlich gesprochen, aber Seidel und sie hatten sich hinterher gelegentlich die Orte angesehen, an denen sich angeblich

Risse im Boden aufgetan hatten, an denen Wände Feuer gespien hatten oder ohrenbetäubende Musik aus dem Nichts erklungen war. Stets ohne Erfolg.

Dieser Moloch von Stadt – vielleicht macht er die Leute einfach auf Dauer wahnsinnig, hatte Seidel nicht nur einmal vermutet.

»Vor ein paar Monaten habe ich dann Erika kennengelernt, sie suchte jemanden als Partner für Experimente, die sie an der Uni nicht machen konnte. Aber sie war nicht die Erste, Gerüchte fingen an, die Runde zu machen, dass eine ganz neue Dimension von … Tricks und Illusionen möglich ist. Erst hieß es, das sei Bühnenzauberei, dann sagten Leute, es käme von den Babelsberger Studios, schließlich behaupteten die ersten Betrunkenen, dass man Leute verzaubern könnte, wäre einfach immer unter Verschluss gewesen und käme jetzt heraus. Es gab die seltsamsten Geschichten, die Kommunisten wären dran schuld, und Marx hätte die Magie gemeint mit dem Gespenst, das durch Europa geht. Ich habe nicht viel drauf gegeben, bis ich Erika und Emil später kennengelernt hab. Ich hab ihnen geholfen, für eine Bühnenshow zu proben, zuerst wollten sie ein Gemälde zum Leben erwecken. Irgendwann ist es dann eine Statue geworden. Vorige Woche hat mich Erika angesprochen, ob ich auf einer privaten Party tanzen würde, es sei so ein Wohltätigkeitsding, bei dem noch eine Ballettänzerin gesucht werde. Sie und Emil würden auch auftreten.« Georgette leerte das Weinglas, als müsse sie sich Mut antrinken. »Das war eine sehr seltsame Nacht. Die Feier eskalierte zu schnell, das war alles in etwa so wohltätig wie ein Ringverein. Leute wurden plötzlich gewalttätig, es war, als hätte sie etwas erfasst. Es war schlimm. Stellt euch einfach vor, ihr seid zu betrunken, um zu begreifen, was passiert, und steht plötzlich zwischen den Fronten eines ausgewachsenen Kriegs. Es war ein Schock.«

Nike entging nicht, dass Sandor nickte. Sie selbst schüttelte den Kopf. »Ein Krieg?«

»Ich weiß es nicht, ich kann es nicht richtig beschreiben. Ich glaube, es war etwas … das von außen kam. Eine Art Beeinflussung. Massensuggestion. Die Nacht war ein einziger Rausch, obwohl ich sehr genau darauf achte, nicht zu viel zu trinken. Mit Leuten wie mir meint die Stadt es nicht immer gut, ich muss vorsichtig sein. Ich war zu schnell zu betrunken. Es war eine andere Tänzerin da, Marlene. Ich kenne sie schon länger, unauffälliges Mädchen, es heißt, sie ist bei einer größeren Revue wegen einer Liebschaft rausgeflogen und ist mittlerweile vor allem im horizontalen Gewerbe. Ich versuche seitdem, sie wiederzufinden, aber sie ist nicht mehr aufgetaucht.« Georgette zog erneut an einer neu angezündeten Zigarette. »Jedenfalls ist sie an dem Abend mit einem älteren Kerl abgezogen. Geflüchtet regelrecht. Da war eine plötzliche Feindseligkeit in der Luft, Schreie, und dann schlug jemand um sich, und dann noch jemand, aber gleichzeitig … wurde die Musik immer lauter und lauter, und es war, als würde im Kopf ein Film abgespielt. Im Nachhinein erinnert es mich an die Erzählungen der armen Schweine, denen der Krieg auch nach Jahren nicht aus dem Kopf geht. Ich hatte noch nie so eine Angst in meinem Leben, es war, als säße ich mit angezogenen Knien in einem eiskalten Schützengraben, eine Maske aufs Gesicht gepresst und über mir die Senfgasschwaden – aber das war alles in meinem Kopf. Ich weiß nicht mal, wie lange das dauerte. Ich bin irgendwann zu mir gekommen, als ich mir draußen die Seele aus dem Leib gekotzt hab.«

»Das klingt nicht nach harmlosen Illusionen …«

»Warte. Da ist noch was.« Georgette hob die Hand mit der Zigarette. Sie schloss die Augen, ihre langen dichten Wimpern lagen beinahe auf den Wangenknochen. »Der Mann, mit dem Marlene abgezogen ist. Das war Frölich. Der von der KPD.«

Das Schweigen fiel wie ein Felsblock auf den Tisch. Nike hörte ihr eigenes Herz schlagen, dann schwappte ein Geburtstagsständchen aus einer Ecke der kleinen Budike herüber und schlug über ihnen zusammen. Es war Mitternacht, und ein paar junge Männer brachten einem zierlichen Burschen, dessen Scheitel und Hemdkragen nach Soldat aussahen, ein Lied und ein paar kleine Geschenke dar.

Sandor sah besorgt und ratlos zwischen Nike und Georgette hin und her.

»Wann war das genau?«, fragte Nike.

»Na, in der Nacht, in der Frölich verunglückt ist. Meinst du, ich würde mir 'nen Kopf machen, wenn Frölich den Abend überlebt hätte?« Die Hand mit der Zigarette zitterte, dann legte sich plötzlich die andere Hand auf Nikes Finger, die neben ihrem Wasserglas ruhten. »Entschuldige«, bat Georgette und atmete einmal tief durch.

Nike wollte ihr Notizbuch hervorholen. Aber sie wollte ihre Hand nicht zurückziehen, und mit der Linken kam sie nicht gut in ihre linke Innentasche. Georgettes Finger waren kühl, doch es fühlte sich noch kühler an, als sie sie wieder zurückzog.

»Schon in Ordnung«, sagte Nike und wusste nicht, ob sie den Ausbruch oder die Berührung meinte. Sie griff endlich nach ihrem Notizbuch. »Das ist alles sehr beunruhigend. Und ich glaube, ich habe keine Antworten. Aber wenn du mir die Adresse dieser Wohltätigkeitsparty gibst, dann wird sich die Polizei darum kümmern. Und, na ja. Diese Marlene, vielleicht taucht sie …«

»Nein«, sagte Georgette kurz angebunden. »Ich fürchte eher, dass sie ebenso tot ist wie er. Ich habe überlegt, sie als vermisst zu melden, aber ich weiß kaum etwas über sie. Sie hieß nicht von ungefähr Marlene – das war ihr Künstlername, weil sie die Dietrich imitiert hat.«

Damit nahm sie Nikes Notizbuch und Bleistift und schrieb schräg eine Adresse hinein. Darunter eine Nummer.

»Das ist meine Telefonnummer. Ich würde mich freuen, wenn du dich meldest. Falls man Marlene … nun. Gefunden hat.« Ihre

Miene machte klar, wie sie das meinte, und sie wechselte rasch das Thema. »Aber jetzt zu euch: Ihr braucht auch meine Hilfe?«

Sandor hatte schon den Mund aufgemacht, bevor Nike etwas Bedachteres antworten konnte: »Wir können nicht zaubern, du kannst es anscheinend, vielleicht kannst du uns helfen.«

»Außerdem fragen wir uns, ob du weißt, wo Emil und Erika sind«, ergänzte Nike.

»Ich habe sie seit gestern Abend auch nicht mehr gesehen. Aber es wundert mich auch nicht, dass sie erst einmal abtauchen«, sagte Georgette. »Ich kann mich umhören. Letztlich brauchen beide immer Geld, und ohne Auftritte kommen sie wohl kaum über die Runden. Habt ihr auch eine Nummer, bei der ich mich melden kann?«

Nike suchte mit dem Stift zwischen den Lippen nach einer freien Seite und riss sie heraus.

»Hier ist die Nummer von Seidels Büro«, sagte sie, und Georgette steckte den Zettel in ihre Tasche. Sie sahen einander über die leeren Gläser hinweg an.

Nike seufzte. »Na, jedenfalls wird Seidel begeistert sein, dass es noch viel mehr und viel rätselhaftere Fälle gibt, als wir dachten.«

5
SCHWARZE SCHAR

Jugend, sammle deine Scharen,
kämpfend Zukunft zu erstreiten.
Wer das Leben will erfahren,
lasse sich vom Tod begleiten.
Künftige! Im heiligen Ahnen
lechzt die Welt nach Glück und Licht.
Mahnend wehn die schwarzen Fahnen:
Freiheit ist der Jugend Pflicht!

ERICH MÜHSAM:—»GESANG DER JUNGEN ANARCHISTEN«

Nikes Füße waren müde. Die Wirkung des Alkohols, der ihr stundenlang ein aufgekratztes Gefühl gegeben hatte, schlug langsam ins Gegenteil um und legte sich wie Blei auf ihre Glieder. Sie hatte sich nicht betrunken, aber sie war Cocktails nicht gewohnt, und entsprechend schlugen sie in ihren Geist ein wie Alphastrahlen in Goldfolie bei Rutherfords Experimenten. Es war zu spät für die letzte Tram gewesen und längst nicht früh genug für die erste, also war sie den ganzen Weg bis zum Prenzlauer Berg gelaufen, den Kopf voller Gedanken an den Abend und dessen verwirrende Erkenntnisse.

Die Straßen waren dank der Sperrstunde leer, dabei vom geisterhaften Weißgelb der Straßenlampen erleuchtet und so still, wie das in einer Großstadt wie Berlin überhaupt möglich war. Aus einer Wohnung drang nächtliches Kindergeschrei und aus der Kanalisation oder den Abtritten der Hinterhöfe leichter Fäkaliengestank.

Charlie kam ihr entgegen auf dem Weg zu seiner Arbeit. Ein

gut aussehender US-Amerikaner, der als Schauspieler in die Stadt gekommen war, dann aber durch eine Kombination aus Pech (die Varietés und Filmstudios waren nur an Schwarzen Mädchen wie Josephine Baker interessiert, Männer hatten es da schwerer) und schlechten Entscheidungen im Prenzlberg gestrandet. Mietskasernen gab es überall, besonders innerhalb des S-Bahn-Rings, aber der Prenzlauer Berg war unter den heruntergekommenen Gegenden noch einmal besonders exklusiv heruntergekommen. Das Gewirr aus Höfen, Gebäudeteilen und Baracken, auf das Nike zuhielt, wurde von seinen über eintausend Einwohnern nur »der Schimmeltempel« genannt wurde. Von außen machten die fünfstöckigen Gebäude sogar einiges her: Verzierte Fassaden im neoklassizistischen Stil vermittelten einen Eindruck wilhelminischer Pracht. Alte baufällige Balkone wurden teils von Karyatiden gehalten, und Nike stellte sich vor, sie würden anfangen zu tanzen.

Entrücke dich dem Stein, fiel ihrem alkoholisierten Geist eine Gedichtzeile von Benn ein. *Verhöhne die Gesimse.*

Aber die Fassade war nur ein kunstseidener Vorhang vor winzigen Zimmern und feuchten Hinterhaushöhlen, in die viel zu viele Menschen hineingequetscht worden waren. Wohnraum war rar gesät in der Hauptstadt.

Sie und Charlie nickten sich kurz zu, stille Übereinkunft zu dieser Stunde. Nike verschwand in Block C, Haus zwei. Sie durchquerte den mit Wäscheleinen durchzogenen kleinen Innenhof, der nach Urin stank, und betrat Aufgang vier. Im hinteren Teil der Häuser waren die Wohnungen hundserbärmlich, und dass sie sich so viel in prunkvollen Universitätsgebäuden und Polizeipräsidien herumtrieb, machte ihr das noch einmal stärker bewusst. Wie immer knarzte die Holztreppe im zweiten Stock derart, dass Nike froh war, nicht damit einzustürzen (wie es einer Prostituierten und ihrem Freier in Block A passiert war – beide hatten ernste Knochenbrüche davongetragen und noch mehr Häme von den Bewohnern des Schimmeltempels).

Hoffentlich wird Mama nicht wach, flehte Nike zu keiner bestimmten kosmischen Kraft, während sie die Stube betrat.

»Kommst du endlich nach Hause, Fräulein!«, kam es wie ein Pistolenschuss aus der Dunkelheit.

Natürlich war Mama wach. Nike seufzte leise, als sie die Tür hinter sich schloss und die einzelne Glühlampe anknipste. Die Wohnung bestand nur aus einem Zimmer, darin ein kleiner Tisch, zwei Stühle, zwei Betten, ein Ofen und eine Waschecke mit Schüssel und Karaffe. Zum Pinkeln und Kacken mussten sie in den Innenhof. Jede freie Fläche war bedeckt von Näharbeiten, mit denen sich ihre Mutter über Wasser hielt. Nikes Gehalt, obwohl natürlich geringer als das ihrer männlichen Kollegen, trug inzwischen deutlich mehr zu Miete und Haushaltskasse bei als der Verkauf von »orientalischen« Tüchern und das Flicken der Kleidung der Nachbarn. Dadurch lag die schlimmste Zeit zwar hinter ihnen, aber für eine bessere Wohnung reichte es doch nicht ganz. Nikes Vater hatte ihr das Studium finanziert, aber unverheiratet stand Mama kein Unterhalt zu. Immerhin hatte Karl-Heinz Wehner seine Tochter anerkannt – nicht dass ihn das in ihren Augen zu einem Heiligen machte.

Nikes Mutter jedenfalls schwang die Beine aus dem Bett und setzte sich auf die Kante. Die Tatsache, dass sie noch Hauskleid und Hijab trug, sagte Nike deutlich, dass sie sich bereit gemacht hatte, die Wohnung zu verlassen. Nike fühlte das schlechte Gewissen noch stärker als die Abneigung gegen das Gefräuleintwerden. Wenn ihre Mutter *Fräulein* sagte, meinte sie eigentlich: Warum bist du in deinem Alter immer noch nicht verheiratet? Willst du wirklich alles erdulden, was ich erduldet habe? Du hättest Richard nicht davonstoßen sollen! Er war doch so ein netter junger Mann ... ein Fabrikantensohn! Du könntest es jetzt so viel besser haben. *Wir* könnten es so viel besser haben. Es geziemt sich nicht für junge Frauen, sich herumzutreiben. Wie willst du so jemals einen Mann finden, der dich jetzt noch nimmt?

Mutter konnte so viel Bedeutung in dieses eine Wort legen, ohne etwas davon auszusprechen, aber Nike hörte es alles. Trotzdem überlagerten die Schuldgefühle ihre aufkeimende Wut, als sie die Ringe unter den Augen ihrer Mutter sah.

»Ich musste lange arbeiten, Mama«, sagte Nike mit müder, kratziger Stimme. Sie setzte sich auf das Bett, in dem sie zu zweit schliefen, und machte sich daran, ihre Schuhe auszuziehen.

»Arbeiten? In einer Budike oder was?« Mamas Stimme troff geradezu vor Sarkasmus. Ihr arabischer Akzent kam immer etwas stärker raus, wenn sie sich aufregte. »Du warst seit dem frühen Morgen nicht mehr zu Haus, du stinkst nach Zigarettenrauch! Ich habe mir Sorgen gemacht, Nike! Sag mal, hast du getrunken?«

»Nein ... ja ... vielleicht«, Nike war eine miserable Lügnerin, besonders gegenüber Mama. Sie legte sich immer noch angezogen aufs Bett und starrte an die Decke.

»Vielleicht? Was wird dieser Professor Pfeiffer dazu sagen, dass seine Assistentin säuft wie ein Ringbruder?«

»Mama! Einen Cocktail, ich habe einen Cocktail getrunken. Professor Pfeiffer ist von seinen männlichen Assistenten ganz anderes gewohnt.«

»Aber du bist kein Mann.« Das letzte Wort war hart, doch ihre Stimme wurde sanfter. »Wenn du dich schon dafür entschieden hast, in diesen Ring zu steigen, dann widme ihm wenigstens deine volle Aufmerksamkeit. Du musst härter arbeiten als andere, um ihren Respekt zu erlangen.«

»Ich habe wirklich gearbeitet, Mama ... für die Polizei. Pfeiffer will das so.«

»Diese Polizeisache«, seufzte Mama und schwieg bedeutungsvoll. Gerade als Nike sich entschloss, nach hinten auf ihren Platz an der Wand zu krabbeln, sagte sie: »Du weißt, dass ich schon bei Tageslicht dagegen bin. Das lenkt dich nicht nur von deiner Doktorarbeit ab. Es ist gefährlich. Und jetzt musst du nachts in Kneipen ermitteln? Spielst du Kriminalassistentin? Mir wird ganz anders, wenn ich daran denke!«

Mamas Stimme wurde immer leiser, fast als hätte sie mit ihrer Wut nur ihre Ängstlichkeit überdeckt. Nike schluckte gegen einen Kloß im Hals an. Sie wusste nicht, was sie darauf antworten sollte.

»Hast du wieder gezaubert?«, wechselte Mutter plötzlich das Thema.

»Ich habe es versucht. Das ist Teil meiner Arbeit, Mama. Weil die Phänomene Teil der Physik sind.«

Offenbar trug Mama jedoch das Thema schon länger mit sich herum, und jetzt, wo sie ohnehin einen Konflikt hatten, musste es raus.

»Das ist noch gefährlicher. Noch gefährlicher als zu viele Cocktails und Polizeiarbeit. Viel gefährlicher sogar!«

»Müssen wir uns jetzt wirklich auch noch darüber streiten?« Nike legte sich hin und sah ihre Mutter an. Mamas ernster Blick verbunden mit ihrem Schweigen sprach Bände. Also ja, mussten sie.

»Es ist eine neue Entwicklung der Physik. Ja, das kann auch gefährlich sein. Wie ionisierende Strahlung oder Hochspannung. Aber wir kontrollieren das im Labor. Wir spielen nicht damit herum.«

Im Gegensatz zum Rest von Berlin, offenbar.

»Doch, Kind, genau das tut ihr. Wie ein Rotzbengel, der die Pistole seines Vaters in die Finger bekommen hat.«

Normalerweise belächelte Nike Mamas naive Sicht auf die Physik, aber der Satz traf sie. Sie war es wie all ihre Kolleginnen und Kollegen gewohnt, streng nach der wissenschaftlichen Methode von Hypothese und Validierung oder Falsifizierung im Experiment zu arbeiten. Aber auch die empirische Wissenschaft zeigte ihnen nie die ganze Wahrheit. Sie taumelten durch die Dunkelheit und probierten herum, ohne die Hintergründe genau zu verstehen. Mama hatte voll ins Schwarze getroffen, und Nike war davon nicht nur beschämt, es durchlief sie auch ein Schauder. Aber das würde sie ihrer Mutter gegenüber nicht zugeben.

»Das ist doch Quatsch. Du redest wie eine abergläubische Ziegenhirtin! Meine Chance auf Anerkennung steht in einer brandneuen Disziplin …«

»Pah!«, unterbrach Mama sie. »Brandneue Disziplin. Diese Kräfte und deren Beschwörung sind viel älter, als du meinst, und es ist immer dasselbe. Ein Europäer behauptet, etwas neu entdeckt zu haben, was unsere Ahnen schon lange kannten.«

»Fang nicht wieder damit an, Mama! Solche Märchen haben nichts mit Wissenschaft zu tun!«

»Nicht? Warum habe ich dir die Geschichten über den Ibis erzählt, wenn du dich nicht daran erinnerst? Meine Großmutter wusste noch, dass Toth der Herr über Wissenschaft *und* Magie ist! Und nicht nur das. Glaubst du etwa, im alten Griechenland, die Hermetiker, *Nike*«, sie betonte den Namen ihrer göttlichen Namenspatronin, »in Rom die Auguren, in Prag die Alchimisten, selbst die jüdischen Kabbalisten … Haben sie ihre Kunst nicht Wissenschaft genannt?«

Nike hatte nun wirklich keine Lust mehr auf dieses Gespräch. Statt zu antworten, reckte sie sich an Mama vorbei und löschte das Licht. Dann ließ sie sich wieder auf die durchgelegene Matratze fallen, ohne sich auszuziehen.

Dennoch fuhr Mama unbeirrt fort – eine flüsternde Stimme in der Dunkelheit. »Und wie erklärst du, dass ihr ohne Kunst nichts zustande bringt? Warum muss ich da an den Okkultismus meiner Jugendjahre denken? Oder – Allah ist groß – an die Derwische und Sufis?«

Nike drehte sich von ihrer Mutter weg. »Gute Nacht, Mutter.«

»Immer machst du das, wenn du keine Antwort mehr weißt!«
Sie schwieg. Sie musste endlich ein wenig Schlaf bekommen, morgen würde sie auch ohne nächtelange Diskussionen müde genug sein.

Ihre Mutter drehte sich ebenfalls um, murmelte aber noch leise und zornig vor sich hin. Sie konnte es einfach nicht lassen. Nike hörte Richards Namen, den sie wie einen Schutzzauber murmelte, der sie vom gefährlichen Herumspielen mit dunklen Mächten abhalten könnte.

Mama hatte keine Ahnung, wie kurz Nike davor gewesen war, sich von ihm von der Physik abbringen zu lassen, wie es so vielen Frauen vor ihr ergangen war. Hätte sie wie Mileva Einstein enden sollen? Mit nichts als den Scherben einer wissenschaftlichen Karriere und einer kaputten Ehe?

Aber Mama wusste nichts davon. Als Nike nur noch das ruhige Atmen ihrer Mutter hörte, dauerte es noch eine ganze Weile, bis sie endlich eingeschlafen war, die Hand über ihrem Bauch in ihr Hemd gekrallt.

Sein Dienst begann für Sandors Geschmack zu früh, auch wenn er den Sonntag zum Ausruhen und Stadtbummeln genutzt hatte. Seidel war auch an diesem Morgen vor ihnen im Büro gewesen und trieb sie zur Eile an. Er wollte mit seinem Kollegen Fuchs von der Mordinspektion noch einmal zum Glose-Haus aufbrechen. Frau Glose war von der Gerichtsmedizin für tot erklärt worden, was den Fall auf Fuchs' Schreibtisch befördert hatte. Fuchs war ein Polizist von der Sorte, die Sandor nicht ausstehen konnte. Zugegeben, er konnte nur wenige Polizisten ausstehen, immerhin gehörte Seidel, der kurz vor der Pension stand und einfach nur die Beine hochlegen wollte, dazu.

Aber wer weiß, wen Seidel vor zehn Jahren zur Zeit des Sparta-

kusbunds noch niedergeknüppelt oder niedergeschossen hat? Als jeder Keimling der Revolution vom Bluthund Noske und seinesgleichen zertrampelt wurde.

Fuchs war noch jung, hatte ein glatt rasiertes vorgeschobenes Kinn und trug einen eitlen dünnen Schnurrbart. Er schien Ärger zu riechen und musterte Sandor immer wieder scharf. Noch während sie im Polizeiwagen nach Prenzlberg fuhren, ärgerte sich Fuchs bereits, dass er nicht wisse, wo er das Auto abstellen solle, ohne dass es Schaden nähme. Nike sagte nichts, sondern hatte die Arme vor der Brust verschränkt.

Seidel hielt eine Rollfilmdose hoch und wandte sich im Beifahrersitz zu Nike um.

»Ich habe einen Film mitgenommen. Wir wissen nicht, *wo* Frau Glose verwandelt wurde, das würde ich damit gern herausfinden.«

»Dafür ist es vermutlich zu spät. Die Strahlenquelle müsste verflogen sein. Aber probieren Sie es aus. Haben Sie meinen Film noch entwickeln lassen?«

»Ja. Es war etwas darauf, wenig, aber immerhin eine Anzahl von Sprenkeln.«

Nike sagte nichts und erwiderte auch nicht Sandors Blick. Was sie ohnehin selten tat. Sie sah aus dem Fenster, als Fuchs den Wagen in das Gewirr der Mietskasernen lenkte. Hier waren sogar die Vorderhäuser heruntergekommen, teils wurden ganze Fensterstürze nur noch von provisorischen Balken gestützt.

Als Fuchs den Wagen am Rand parkte, stiegen sie aus. Es roch nach Kachelöfen und Kanalisation. Aus den Wohnungen drangen Kindergeschrei und Kohlgeruch. Eine Bande kleiner Kinder spielte mit Bötchen an den Pfützen, etwas ältere stellten irgendetwas an einer Regenrinne an.

»Sprenkel, das kann Reststrahlung von der Glose gewesen sein«, murmelte Nike. »Oder von den Experimenten aus den anderen Laboren. Oder eine Folge der Höhenstrahlung.«

»Oder von uns.«

»Oder von uns.« Sie sah ihn skeptisch von der Seite an.

Fuchs ging mit geradem Rücken und vorgereckter Brust in den Innenhof, vor dem er geparkt hatte. Die Einfahrt wäre groß genug gewesen, um sogar mit dem Auto hineinzufahren, doch darauf hatte er verzichtet. Ein paar Frauen hängten Wäsche auf und begannen sofort zu tuscheln. Sandor sah, dass manche Fenster, besonders im Hinterhaus, nur noch mit Pappe versehen waren. In anderen hingen beschriebene Laken. Während Fuchs den Wäscherinnen mit herrischem Ton Fragen stellte, entzifferte Sandor eines der Laken. »Nicht verkaufen« stand darauf.

»Was wollen die nicht verkaufen?«, fragte Sandor.

»Die protestieren gegen den Verkauf der Häuser«, sagte Nike dumpf.

»Warum?«

»Was, warum?«

»Das stürzt doch halb ein. Ist doch gut, wenn ein neues gebaut wird.«

»Ach, du hast ja keine Ahnung«, sagte sie kopfschüttelnd. »Was denkst du denn, was passiert, wenn die hier anfangen mit dem Großreinemachen?«

Fuchs wies auf einen der Seiteneingänge, und sie folgten ihm.

»Sie wohnte im Seitenhaus?«, fragte Sandor. »Als Vermieterin?«

»Ist vor kurzem dahin umgezogen«, bestätigte Seidel. »Offenbar sind hier eine Menge Mietparteien ... nicht liquide. Die Frau schwamm auf jeden Fall nicht im Geld und hat ihre Wohnung im Vorderhaus vermietet.«

»Und sie wollte das Haus verkaufen?«

»Ja und nein.« Seidel hielt ihm und Nike die Tür auf, von der die Farbe abblätterte. Ein Treppenhaus führte steil an der Seite in den ersten Stock, sie bogen jedoch in die Erdgeschosswohnung ab – Fuchs hatte den Wohnungsschlüssel dabei.

»Sie wollte verkaufen und hat es sich dann anders überlegt.«

Sie betraten eine Wohnküche, die bereits einmal von der Spurensicherung durchsucht worden war. Sie sah ordentlich aus. Eckbank und Schränke waren in gutem Zustand, und neben einer Spülschüssel stand sauberes Geschirr.

»Ist sie hier versteinert worden?«

»Das wissen wir nicht. Auf jeden Fall ist sie nachts hier rausgeschafft und mit einem Fuhrwerk abtransportiert worden, da gibt es die Zeugenaussage.« Seidel trat vor und hielt die Filmdose von sich. »Was mache ich jetzt?«

»Das reicht so.« Nike schmunzelte.

Sandor trat auf die Küchenbank zu und vermaß sie mit dem Spann seiner Hände. »Die Höhe passt. Möglich, dass sie hier saß.« Er setzte sich probehalber hin. Auf dem Hocker, den Erika und Emil der versteinerten Frau Glose besorgt hatten, hatte der Winkel ihrer Knie nicht gestimmt, ebenso wenig auf dem Laborstuhl, auf dem sie an ihr experimentiert hatten.

»Wer war denn der Käufer, wenn sie verkaufen wollte?«, fragte Sandor.

»Es gab verschiedene Bieter. Wir befragen sie bereits.«

»War Frölich auch in Bauprojekte involviert?«

»Oh, wir haben hier ein kriminalistisches Wunderkind.« Fuchs sah ihn von oben herab an. Sandor war es gewohnt, dass andere Männer ihn von oben herab betrachteten, aber bei Fuchs ärgerte es ihn besonders. »Wir suchen bereits nach Gemeinsamkeiten, keine Sorge.«

»Wer erbt denn jetzt das Haus?«, fragte er herausfordernd.

»Vermutlich entferntere Familie, da wird noch der Nachlass geklärt. Keine Ahnung, ob überhaupt jemand scharf auf das Drecksloch ist.«

Seidel kam näher und stellte die Filmdose auf die Bank.

Nike war währenddessen auf die Knie gegangen und tastete auf dem Boden herum. Schließlich kam sie mit einer staubbedeckten Fingerspitze wieder zum Vorschein, betrachtete sie mit zusammengekniffenen Augen, überwand sich dann sichtlich und tippte sehr vorsichtig damit auf ihre Lippe. Sandor musste lachen, aber sie sah ihn streng an.

Dann spuckte sie in ein Taschentuch.

»Das Zeug unter der Bank ist kein Staub, sondern Salz.«

»Soll in der Küche schon mal vorkommen«, sagte Fuchs, notierte sich trotzdem irgendetwas. »Ich würde den Nachbarn gern noch ein paar Fragen stellen. Kommen Sie mir einfach nicht in die Quere.«

Draußen setzten sich Sandor und Nike auf die Stufe zum Nebeneingang, während Fuchs auf die Waschfrauen zuhielt, zu denen sich weitere Zaungäste gesellt hatten. Sandor zog ein Päckchen Zigaretten aus der Manteltasche. Diesmal hatte er daran gedacht, sich welche zu besorgen. »Du auch?«

»Nee. Rauche nicht.«

»Würde aber passen. Zu deinem Stil.« Er deutete vage auf ihren Anzug.

»Welcher Stil?«, fragte sie, lächelte aber. *Ich sollte mir Kerben irgendwohin ritzen, für jedes Mal, wenn ich sie zum Lächeln bringe.*

Als er gerade die Zigarette angezündet hatte, öffnete sich im zweiten Stock ein Fenster, und ein älterer Mann beugte sich heraus. »Tschuldigense mal«, ließ er sich vernehmen, »aber wat wird dit hier? Sindse von der Polizei?«

»Ja«, erwiderte Nike.

»Dann hauense ab!«, krächzte der Alte von oben. »Ick bleib hier wohnen.«

»Daran haben wir auch gar nichts auszusetzen.« Sandor fiel auf, dass Nike betont Hochdeutsch sprach. Vielleicht um sich vom gemeinen Volk abzugrenzen.

»Wahrscheinlich baggern die uns der Einfachheit halber dit Viertel unterm Arsch weg. Ist doch alles nur, um uns rauszukriegen!«

Sandor stand auf, um den Mann besser sehen zu können. Auch woanders öffneten sich nun Fenster.

»Glose wollte nüsch verkoofn!«, keifte der Alte, und eine dürre junge Frau in einer anderen Fensteröffnung nickte bestärkend. »Auch wenn die immer bekloppter wurde zum Ende hin, dit hatse jeschnallt.«

»Bekloppter?«

»Bevor se verschwunden ist, hat se stundenlang rumkrakeelt, wollte, dit wir die Musik leiser machen. Keen Aas macht hier Musik!«

»Was soll das heißen?«

»Wenn ihr mich fragt«, machte sich der alte Mann wichtig, »jemand hat die unter Druck jesetzt, aber janz jewaltich. Seit se nich verkoofn wollte.«

»Reif für die Klapper warse in letzter Zeit.«

»Bammel hattese, richtich Schiss«, warf der Alte ein. »Wirres Zeug geredet. Rumgeheult, wegen der Musik, hat bei allen geklopft und dann geschrien und geflennt.«

»Haben Sie das der Polizei schon erzählt?«

»Hab ich!« Der Alte warf sich stolz in die Brust. »Hamse euch Jungspunden nüsch jesacht, wa?«

»Wer hat ihr denn Angst gemacht?«

»Weeß ick nich. Die janzen Immobilienhaie zerfleischen sich doch um den Platz, oder nich? Det janze Viertel wird früher oder später plattgemacht! Und wir können sehen, wo wir bleiben.«

»Is so«, rief die Frau neben ihm. »Fast alle, die hier wohnen, sind arbeitslos oder gehen rabottn und brauchen trotzdem Essensmarken! Keiner von uns hat die Penunsen, um sich hier wieder einzumieten, wenn die so 'n schniekes Ding hochziehen.«

»Aber hast du nicht gesagt, es werden massig soziale Wohnungen gebaut?«, zischte er Nike zu.

»Du verstehst das nicht, Sandor.« Nike warf ihm einen wütenden Blick zu und rief dann nach oben: »Es tut uns leid. Wir wollten Ihnen nichts. Schönen Tag noch.«

Nike zerrte Sandor am Ärmel weiter nach vorn. »Wer hier wohnt, kann nirgendshin«, flüsterte sie. »Diese Viertel hier? Die Leute haben so gut wie nichts! Besonders die großen Vermieter lassen denen die Häuser unterm Arsch zerbröseln, bis das wirklich nichts mehr wert ist, und dann stupsen sie ein paar Leute von der SPD an, die dann sagen: ›Nein, schlimm, so kann es nicht weitergehen!‹ Die unterzeichnen dann irgendwelche Abrissanträge, und dann werden die Leute einfach massenhaft auf die Straße gesetzt. Und wenn dann die Sozialwohnungen gebaut werden, für wen werden die dann sein? Was meinst du? Für die, die da jetzt wohnen? Nein, die sind bis dahin längst auf der Straße krepiert oder müssen sich in anderen Dreckslöchern noch enger zusammenpressen, damit sie von der nächsten Grippe auch ganz bestimmt erwischt werden.«

»Aber soll das denn so bleiben, bis es einstürzt? Und dann?«

»Du kapierst es nicht!«, fuhr sie ihn an. »Das ist Kalkül. Da geht es nicht um soziales Wohnen, sondern um Geschacher!«

»Kann ich doch nicht wissen, wie das hier läuft!«

»Das läuft doch überall so, meinst du, in Prag ist es besser?«

»Keine Ahnung!«

»Warum nicht?«

Er schwieg und ignorierte, dass sie ihn ansah. Sie suchte so selten Blickkontakt, und wenn, dann nur, um ihn anzugiften. Das konnte ihm echt gestohlen bleiben. Er schob die Hände verärgert in die Jackentaschen und sah zu Fuchs, der ihnen unwirsch zuwinkte. Die Rückfahrt wurde sehr ungemütlich, und Sandor war froh, als seine Schicht vorüber war. Zu viel Polizei für seinen Geschmack. Zu viel Wissenschaft. Er hatte Besseres vor.

Sie trafen sich um vierzehn Uhr in der Kneipe *Wannsau*. Natürlich waren sie alle zwischen zwanzig und fünfundvierzig Minuten zu spät, das lag in der Natur dieser Gemeinschaft. Die meisten Stühle ruhten umgedreht auf den Tischen, der Schankraum war gewischt, und der Boden klebte nur ein wenig. Andere Gäste waren nicht anwesend, die Kneipe würde erst sehr viel später offiziell öffnen. Auf und an der Theke saßen zwei Männer und eine Frau der Schwarzen Scharen und spielten Skat. Zwei weitere Mitglieder saßen Sandor gegenüber an einem der Tische und tranken Bier: Tristan und Isolde.

Auch Sandor nippte an seinem Bier und konnte das Gefühl einfach nicht loswerden, dass er sein Gegenüber enttäuschen würde. Als Neuankömmling in einer solchen Gruppe war er wie auf den Mund gefallen. Jiří konnte das sehr viel besser, hatte sich mit den Theorien auseinandergesetzt, konnte begeistern und große Ideen an die Wand werfen.

Tristan war Anfang zwanzig, hatte schwarze glatte Haare, die absichtlich so gescheitelt waren, dass sie sein linkes, mit einem Bluterguss angeschwollenes Auge verdeckten. Natürlich trug er Schwarz. Die Schwarze Schar hatte als anarchistische Vereinigung zwar offiziell keinen Anführer. Dennoch war Tristan der Anführer.

Isolde hieß eigentlich Julia, wurde aber von allen Isolde genannt, weil sie und Tristan ein Paar waren. Sie trug die aschblonden Haare in zwei Zöpfen, was sie sehr mädchenhaft wirken ließ und darüber hinwegtäuschte, dass sie älter war als ihr Freund.

Sein Freund Jiří hatte Sandor mit der Schwarzen Schar zusammengebracht: Anarchistische Vereinigungen waren überall nur kleine Lichter und mussten zusammenhalten. Sandor hatte sich ursprünglich auf das Treffen gefreut, aber nun fühlte er sich fast noch fremder als im Innern der Roten Burg, dem Tempel bourgeoiser Unterdrückung.

»Bist du dabei, Genosse?«, fragte Tristan, nachdem er einen tiefen Zug genommen und sein Glas lautstark abgestellt hatte.

»Oder willst du auch zu den Roten?«, fragte Isolde und beugte sich nach vorne über den Tisch zu Sandor hin.

Zu viele Anarchisten waren mittlerweile von Bakunin auf Marx umgeschwenkt. Die Anarchisten verloren an Boden – in Frankreich, in Prag, in Berlin, in der Schweiz. In Russland hatte der Anarchismus nie ernsthaft zur Debatte gestanden. Sandor war dennoch unterwältigt davon, dass dieses Treffen der Schwarzen Schar nur aus einem halben Dutzend Leuten bestand.

Denn Kommunisten hin oder her: Den meisten Zulauf hatten im Moment die Nazis.

Sandor lehnte sich zurück und schüttelte den Kopf. »Meine politische Einstellung ist so schwarz wie meine Seele.« *O Gott, schoss es ihm durch den Kopf, warum trage ich wieder so dick auf?* »Jiří hat nur in den wärmsten Worten von euch gesprochen. Aber ich kenn mich in Berlin noch nicht aus. Was habt ihr denn morgen so vor?«

»Am liebsten Revolution!«, sagte Tristan. »Aber ob wir das morgen schaffen?«

»Das kann sich der Tscheche denken, Schnuck. Geht es ein bisschen genauer?«

Tristan zog eine Parabellum-Pistole aus dem Gürtel, die er unter seinem Hemd verborgen hatte. Keine Waffe war so deutsch wie dieses Modell: eine Luger mit charakteristisch schmalem Lauf und dem seltsamen Knubbel hinten, den Jiří Kniegelenkverschluss genannt hatte, als sie in Prag einmal mit einer solchen Waffe auf Konserven geballert hatten.

Tristan war also einer von diesen Leuten. Sandor hatte keine Lust auf weitere Begegnungen mit Schusswaffen in dieser Stadt, selbst wenn sie nicht auf ihn gerichtet waren. Außerdem wirkte es ein bisschen, als würde Tristan seinen Penis auf den Tisch legen.

»Wir sind Antimilitaristen, aber keine Pazifisten«, sagte Tristan. »Die hier hab ich letztes Jahr am Ersten Mai einem Polypen abgenommen. Das Regime wird sich nicht ändern, wenn wir freundlich darum bitten.«

»Aber was genau habt ihr vor?«, hakte Sandor nach.

»Die Kapitalisten mit ihrem Kaiserfimmel sind schon schlimm genug. Aber die verdammten Nationalsozialisten sind noch viel schlimmer, den Braunhemden von der SA gehört bald die Straße und, wenn keiner was unternimmt, irgendwann auch der Reichstag. Morgen werden wir sie ein wenig ärgern, und dann können die Roten mal zusehen, ob sie bloß Fahnen schwenken oder mitmachen wollen.«

»Wir sind viel zu wenige, um wirklich was ausrichten zu können. Mehr als nur wir fünf hier, klar«, erläuterte Isolde. »Aber trotzdem fehlen uns Verbündete.«

»Wenn wir anfangen, müssen die Roten Farbe bekennen. Und mitmischen. Schwarz und Rot gegen Braun, das ist der erste Schritt, um uns die Straße zurückzuholen. Und die Leute!«

»Und was haben die Kommunisten denn morgen vor?«, fragte Sandor.

»Von der Weltrevolution faseln und Fahnen schwenken natürlich. Ob wir auf lange Sicht gemeinsame Sache mit den Bolschewiken machen können, wage ich zu bezweifeln, die sind für meinen Geschmack zu autoritär mit ihrer Moskauhörigkeit und der Parteidisziplin …«

Die ewig gespaltene Linke! Während Tristan weiter von Gemeinsamkeiten und Unterschieden sprach, drang von draußen auf einmal Musik an Sandors Ohr. *Ein Festzug? In diesem schäbigen Viertel? Am dreißigsten April?*

»… bleibt uns aber nichts anderes übrig, als erst mal …«

Tristan verstummte und starrte mit plötzlich ungläubigem Blick an Sandors Schulter vorbei zum Fenster. Sandor fuhr herum und blickte vorbei am hölzernen Schild, das die Silhouette einer Frau mit Badekappe zeigte, die auf einer Sau ritt. Vor dem Fenster erhob sich ein gewaltiger Schatten, der das Innere des Schankraums verfinsterte.

Und dann wurde die Musik plötzlich ohrenbetäubend. Nicht von Schellack oder einem Straßenmusiker: Sie ertönte kristallklar und laut, als stünde das Orchester direkt neben ihm. Er erkannte das Stück sofort, es war Wagners »Walkürenritt«.

Verdammt, Magie!

Der sich erhebende Schatten verdichtete sich zu einem riesigen Raubvogel, der etwas in seinen Krallen hielt. Unter den bombastischen Klängen von Wagners Oper senkte er sich nun herab und fuhr mit dem Schnabel zuerst durch die kleinen Fenster zur Front der Kneipe hinein wie in den Bau einer Maus. Das Glas der Fenster zersplitterte ebenso wie die schmalen Mauerstreben dazwischen.

Sandor duckte sich instinktiv unter den Tisch und fand dort Isolde, irgendwer von ihnen beiden schrie. Tristan hatte nach der Waffe gegriffen und war von seinem Stuhl aufgesprungen. Jetzt hörte Sandor weitere Schreie und Schüsse. Und dann war es plötzlich still. Die Musik brach einfach ab, und eine unerklärliche Kälte kroch in Sandors Glieder.

Sandor rollte unter dem Tisch hervor. Der Vogel war fort. Sandor lief zur Tür neben den zersplitterten Fenstern und lugte heraus. Auf der Straße war es still, nur in dem Geschäft auf der gegenüberliegenden Straßenseite regte sich etwas. Die Holzlatten, mit denen man das schmale Schaufenster vernagelt hatte, waren von einer Schicht Raureif überzogen, deren Eisblumen sich verdächtig zur Form eines Adlers zusammengefunden hatten.

Der ehemalige Gemischtwarenladen hatte wie so viele Geschäfte in dieser Straße offensichtlich schon längere Zeit geschlossen, aber die Tür war nicht verriegelt. Sandor lief über die Straße, riss die Tür auf und stürmte hinein. Er kam keine zwei Meter weit, sondern stolperte über ein Kabel am Boden und legte sich der Länge nach hin. Als er wieder aufsprang, schoss ihm Schmerz durch den Knöchel. Er fluchte – und sah gerade noch, wie zwei Gestalten, der Kleidung nach zu urteilen ein Mann und eine Frau, das Ladenlokal durch die hintere Tür verließen. Der Mann hatte sich den Arm gehalten, vielleicht war er verletzt. Er trug eine Uniform: ein braunes Hemd mit einer Hakenkreuzbinde – SA!

Jiří hatte ihn vor der SA gewarnt – deren Mitgliederzahl rapide angewachsen war. Während sich die Polizei auf die Roten einschoss, durfte die SA paradieren und rekrutierte ihre Neuzugänge aus den Sportvereinen und Burschenschaften.

Die beiden hatten nicht damit gerechnet, dass ihr Versteck sobald aufflog, und Sandor hatte Glück, dass sie ihn überschätzten: Der Kerl war eine Kante und hätte ihn mit Leichtigkeit zu Brei schlagen können. Er stolperte hinter ihnen her, doch eine Hintertür knallte, sein Knöchel schmerzte, und schließlich wurde ihm zitternd klar, dass er keine Ahnung hatte, wie er zwei Leute, davon einer wesentlich größer und vielleicht bewaffnet, überhaupt aufhalten sollte.

Er nahm sich stattdessen ein paar Augenblicke, um zu Atem zu kommen und sich umzusehen. Im verlassenen Raum war eine Apparatur aufgebaut: die Gipsplastik eines Reichsadlers, doch sie war *verändert* worden – mit grobem, geradem Pinselstrich in Schwarz und Rot waren die Federn, das Auge, die Klauen in brachial-kantiger Ästhetik nachgezeichnet worden. In den Klauen hielt er ein eisernes Hakenkreuz.

Davor war eine Röntgenröhre aufgebaut wie in Nikes Labor. Die Mündung war so ausgerichtet, dass die X-Strahlen durch das Machwerk und durch die Bretter genau auf das *Wannsau* gerichtet waren. Eindeutig ein Aufbau, um Magie zu wirken. Wenn auch die ganze Apparatur so amateurhaft wirkte wie der Adler, war doch eins nicht zu leugnen: Diese beiden hatten gezaubert, und zwar nicht zu knapp!

Dann erst fielen Sandor die Einschusslöcher in den Brettern am schon vor langer Zeit zerborstenem Schaufenster auf, und er fand verschmiertes Blut im Rahmen der hinteren Tür. Tristan hatte tatsächlich einen Zufallstreffer gelandet.

Als Sandor humpelnd ins *Wannsau* zurückkehrte, standen Tristan und die drei an der Theke völlig unter Schock. Kleidung und Haut der vier war mit einer dünnen Schicht Raureif überzogen, und sie zitterten am ganzen Körper – das und die zerborstenen Fenster waren in der Tat mehr als eine Illusion, wenn auch keine Spur mehr von einem riesigen Adler zu sehen war.

Isolde und er waren von der Kälte nicht erwischt worden.

»Was zum Teufel ist los mit denen?«, stieß Isolde hervor und rüttelte Tristan an der Schulter.

»Das waren Schweine von der SA«, sagte er zu Isolde und verlagerte das Gewicht auf das Bein, das nicht schmerzte.

»Ich versteh einfach nicht, was grad passiert ist«, flüsterte Isolde. Sie wischte mit dem Ärmel schmelzendes Eis aus dem Gesicht ihrer Freundin, dann aus Tristans Gesicht. Beide starrten sie zitternd und mit weit aufgerissenen Augen an.

»Ich hol Hilfe«, murmelte Sandor. Vorerst wollte er einfach nur ein wenig Abstand zwischen sich und die gespenstisch stillen Opfer der Attacke bringen.

Ich könnte das sein – wenn es mich auch erwischt hätte ...

Das Kennenlernen war beendet. Der harte Kern dieser Schwarzen Schar würde am Ersten Mai niemandem die Straße streitig machen.

Sandor fuhr sich zum wiederholten Male mit der Hand durch die Haare, als versuche er, ohne Spiegel seinen Scheitel zu ordnen. Vermutlich nur eine Geste der Nervosität, dachte Nike.

»Nun muss ich aber doch noch mal nachhaken, Herr Černý«, sagte Hauptkommissar Seidel und betrachtete Sandor aufmerksam. »Was haben Sie denn in einer Anarchistenkneipe gemacht?«

»Einer von ihnen ist der Cousin eines Freundes aus Prag. Da ich hier sonst niemanden kenne, hatten wir uns verabredet«, sagte Sandor. »Ich wusste doch nicht, wen er mitbringt.«

»Die Schwarzen Scharen, das sagt Ihnen also nichts?«

»Ich muss mich als Tscheche schon seit 1806 nicht mehr mit deutscher Politik befassen«, sagte Sandor, und das allein verriet, dass er sich mehr mit Politik befasste, als er zugab. Seidel tauschte einen Blick mit Nike. Sie saßen in einer Ecke der Kneipe, während die Spurensicherung versuchte, sich einen Reim auf den Überfall zu machen. Das *Wannsau* war abgesperrt, die vier Anschlagsopfer befanden sich bereits auf dem Weg in die Wittenauer Heilstätten.

»Hören Sie, Herr Hauptkommissar, es gab einen magischen Überfall durch die SA. Ich bin ... wie heißt das noch gleich, verdammt?«

»Augenzeuge«, sagte Seidel ruhig.

»Ich bin Augenzeuge! Wenn sich in der Kneipe Anarchisten befunden haben, ist das vielleicht für das Motiv der Tat wichtig, sollte aber doch nicht dazu führen, mich zu verdächtigen!« Sandor war alles andere als ruhig.

Seidel nickte. »Also, dieser Überfall – das war ein Paar, Mann und Frau, und der Mann war von den Braunhemden?«

»Ja.« Sandor sank in den knarzenden Kneipenstuhl zurück.

Selbst Nike war erleichtert, dass Seidel das Thema wechselte. Auch wenn sie sich durchaus fragte, in welchen fragwürdigen Milieus sich Sandor so herumtrieb.

»Die Frau, auch irgendwelche Erkennungszeichen?«

»Hab sie nur sehr kurz gesehen.«

»Meinen Sie, Sie können die beiden für eine Phantomzeichnung beschreiben?«

»Nee, eher nicht. Es war dunkel. Der Typ breitschultrig – und ich denke, er ist am Arm verletzt. Kurze militärische Frisur, Stiernacken. Die Frau trug dunkle Kleidung, sie war so schnell aus dem Raum, ich hab sie kaum gesehen. Längere Haare, ich glaube, ein Zopf. Beide hatten so was ... na ja. Deutsches.«

»Wie meinen?«

»So deutsch halt. Hab genug Leute von der SA hier rumrennen sehen und genug Plakate für die Wahl an den Wänden. Das war so ein deutscher Karl mit seiner Elsa. Wie die Arbeiter, die auf jedem Plakat von jeder Partei abgebildet sind.«

»Also keine besonderen Merkmale, die Ihnen einfallen?«

»Das *waren* die besonderen Merkmale, die mir eingefallen sind.«

»Na, deutsch ist ja kein Merkmal, Nike ist auch Deutsche.« Seidel wies mit der Hand auf sie. »Sie hätten aber bemerkt, wenn es Emil und Erika gewesen wären?«

»Natürlich! Der war doppelt so viel wie Emil.«

Seidel kritzelte auf seinen Block. »Gott im Himmel, in der Burg reißt man mir den Kopf ab, was für ein Chaos«, murmelte er dann mit einem Blick auf seine eigenen Notizen. »Gigantischer Reichsadler attackiert ein Anarchistentreffen, auf dem zufällig mein neuer Berater anwesend war. Und alle Opfer katatonisch. Bis auf eine, und die ist seltsamerweise verschwunden. Isolde. Richtig?« Sandor nickte. »Und Sie, Sie fühlen sich gut?«

»Hab den Knöchel verstaucht, nichts Ernstes.«

»Wie erklären Sie sich den katatonischen Zustand?«

»Keine Ahnung, das scheint ein doppelter Effekt gewesen zu sein, erst der Adler und die Musik, dann so eine … eine Kälte. Als die kam, bin ich rausgerannt. Isolde war unterm Tisch. Alle anderen hat es erwischt.«

»Gegenüber ist nur das … *Kunstwerk* und der technische Schnickschnack, den Fräulein Wehner zuordnen konnte. Kein Grammophon und auch keiner dieser neumodischen elektrischen Schallwandler. Woher kam die Musik?«

Sandor zuckte mit den Schultern.

»Sandor.« Nike kam ein plötzlicher Gedanke. »Die Glose hat sich über Musik beschwert … und gestern. Unser … Kontakt im *Eldorado* – sie hat von einer Feier erzählt, bei der die Stimmung gekippt ist. Die Feier, auf der Frölich kurz vor seinem Tod war!« Nike betrachtete den nachmittäglichen Lichteinfall. Die Nachmittagssonne schien durch das zertrümmerte Fenster ins Lokal und zeichnete Muster auf den Boden. Nike blinzelte und fuhr mit der Fußspitze darüber. Wasser – vielleicht von dem gefrorenen Eis? Seidel machte sich ein paar hastige Notizen.

»Davon sollte die Spurensicherung etwas mitnehmen«, sagte sie und deutete auf den feuchten Boden. »Wenn das möglich ist. Ich würde gern überprüfen, ob es radioaktiv ist.« Nike zögerte, aber warum sollte sie Geheimnisse vor Seidel haben? Nur Georgettes nächtliche Identität durfte sie nicht preisgeben. »Stimmt es, dass die Polizei in solchen Fällen ein paarmal mit einem Psychologen namens George Kalinin zusammengearbeitet hat? Könnten Sie ihn zum Fall dazuholen?«

»Herr Kalinin, ja, er hat mit einigen der Augenzeugen gearbeitet. Meistens ging es um Halluzinationen und Ähnliches. Ich glaube, wir müssen davon jetzt einige dieser Fälle in einem anderen Licht betrachten. Wir haben …« Er räusperte sich. »… zu lange bequeme Erklärungen dafür gefunden.«

Nike nickte, ein junger Beamter kniete sich neben sie, warf ihr ein nervöses Lächeln zu und begann damit, das Wasser mit einem Tuch aufzunehmen und das feuchte Tuch in einem kleinen beschrifteten Beutel zu verschließen.

Seidel war aufgestanden und inspizierte nun gedankenverloren den teils gesplitterten Fensterrahmen und das zertrümmerte Mauerwerk zwischen den drei Frontfenstern. Skeptisch betrachtete er die Decke darüber. »Es ist gut, dass wir jetzt einen fachkundigen Augenzeugen haben: Wir wissen jetzt, dass zwei Leute da draußen einen großangelegten tätlichen Angriff auf eine ganze Gruppe durchführen konnten. Und wenn es wirklich die Sturmabteilung war …« Seidel seufzte und schnitzte umständlich an einer Zigarre herum. »Dann wird es jetzt politisch. Ich hatte gehofft, das alles würde sich als harmloser Hokuspokus rausstellen. Aber mit dem Tod von Frölich und dem Angriff hier … ist das wohl nicht mehr wegzudiskutieren.«

Nike war gleichzeitig erleichtert und besorgt, dass Seidel die gleichen Schlüsse zog wie sie.

»Ich muss mich damit an den Polizeipräsidenten wenden«, schnaufte Seidel und wirkte gleich ein wenig blasser. »Und von da aus … wird das Kreise ziehen. Aber wir haben es hier mit Verbrechen zu tun, deren Waffen noch nicht unter Strafe stehen. Das muss sich ändern, bevor alles im Chaos versinkt.« Er kniff die Augen zusammen und spähte über die Straße. »Ich denke, wir sollten uns die SA-Treffpunkte hier in der Nähe mal genauer ansehen, Černý, und Sie dürfen mit.« Eine bedeutungsschwangere Pause. »Und außerdem werden wir uns diese anarchistischen Genossen genauer anschauen. Mindestens einer von ihnen hat eine Schusswaffe mit zu einem Bierchen genommen. Normal ist das nicht.«

Nike hatte Sandor ein Paket Eis aus der Kühlkammer gegeben, und jetzt saß er mit hochgelegtem Fuß im Labor und wartete darauf, dass das Pochen endlich abklang. Das Pochen des verdrehten Gelenks, aber auch das Pochen in seinem Hinterkopf, das der Furcht entsprang, die Polizei könne seinen Verbindungen zu den Anarchisten auf die Spur kommen.

»Du musst mit Georgette sprechen. Ihr müsst vergleichen, ob dasselbe auf der Party passiert ist. Wenn du hochgehst zu Pfeiffers Sekretärin, kannst du sie von da aus anrufen.« Sandor verzog das Gesicht beim Gedanken daran, wieder ein Stück laufen zu müssen.

Nike hatte das Wasser auf einem Probenträger in eine Aussparung an einem etwa unterarmlangen flachen Glaskasten gelegt. Sie hatte das Ding Nebelkammer genannt, und das war ein sehr treffender Name, denn ab und zu entstanden kleine Bahnen aus Nebelspuren im Kasten, Kondensstreifen von Flugzeugen nicht unähnlich. Jede Spur diffundierte schnell davon, wurde breiter und blasser, bis sie ganz verschwunden war. Kaum hatte Nike den Probenträger an der Nebelkammer angebracht, waren unzählige neue Spuren dazugekommen, viel dichter als zuvor, und als sie verblassten, wurden sie durch neue ersetzt. Waren die wenigen Spuren vorher chaotisch in der Kammer verteilt gewesen, gingen diese neuen Spuren eindeutig vom Wasser aus. Sandor konnte nicht leugnen, dass dieser Wolkenspurmaschine eine gewisse Schönheit innewohnte.

»Radioaktiv«, sagte Nike. »Alpha- und Betastrahlung. Wenn ich mir bei Professorin Meitner ihr neues Spielzeug ausleihe, dieses Zählrohr von Geiger, können wir Radioaktivität demnächst schon an Ort und Stelle nachweisen. Das hier zeigt auch dieselbe Signatur wie mein eigenes Experiment mit Herrn Mucha. Dir mag das egal sein, aber für meine Arbeit ist es wichtig, dass hier ein ähnlicher Effekt auf das Wasser wirkte.«

»Hast du dein Publikum in Angst und Schrecken versetzt?«

»Nein.« Sie sah ihn humorlos an. »Aber es handelte sich um eine Art … Illusion mit einer Änderung des Aggregatzustands.

Verstehst du? Was du beobachtet hast, das sind *meine* Ergebnisse, nur weiterentwickelt.«

Sandor gab einen anerkennenden Laut von sich, stand auf und legte das kühlende Eis in ein Spülbecken an der Wand.

»Du verstehst es offenbar nicht: Das heißt, ich muss annehmen, dass mein Experiment reproduziert wurde. Dass meine Forschung irgendwie zur SA gelangt ist.« Sie hieb wütend auf den Tisch.

»Ich rufe Georgette an«, sagte er vorsichtig.

Nike sah nicht auf, aber bevor er den Raum verlassen konnte, sagte sie: »Warum warst du im *Wannsau*?«

Er hielt inne. »Ein Freund in Prag hat einen Freund hier in der Stadt. Ich wusste nicht, dass er Anarchist ist.«

»Hast du darüber geredet, was wir hier tun?«

»Nein! Ich habe mit niemandem geredet!«

Sie entließ ihn mit einem Nicken, und Sandor trat in den Kellerkorridor und schloss die Tür hinter sich. Er atmete durch.

Frau Steinert, Pfeiffers Sekretärin, lärmte nebenan mit Geschirr und Kaffeemühle herum, während Sandor telefonierte. Das gab ihm Privatsphäre, wenn auch nicht viel. Pfeiffer selbst hatte ihm kurz aus seinem Safari-Büro zugenickt.

»Kalinin?«, meldete sie sich.

»Hier ist Sandor.«

»Na du. Ich habe schon von deinen Eskapaden gehört. Die erste Person habe ich mir auch schon angesehen. Das ist ernster.«

Ihre Stimme irritierte ihn kurz. Der Klang war derselbe, aber sie sprach mit einer etwas anderen Betonung. *Tagesidentität*, dachte Sandor und musste an seine sehr kurze Anarchistenkarriere denken. War seine Nachtidentität wirklich Anarchist? Taugte er ohne Jiří überhaupt dazu?

»Sandor – hast du die Leute gesehen, die die Magie gewirkt haben?«

»Einer war von der SA. Die Frau hab ich kaum gesehen. Es waren jedenfalls nicht Emil und Erika.«

»Immerhin etwas. Auch wenn ich mir Sorgen mache, dass es immer mehr von der Sorte zu geben scheint.«

»Ich auch. Sag mal, diese Party, von der du erzählt hast – waren da auch Nationalsozialisten?«

»Gute Frage. Nicht im braunen Hemd oder mit Armbinde jedenfalls.«

»Bulliger Typ, wirkt … sehr deutsch, du weißt schon. Scheitel mit ausrasiertem Stiernacken. Die Frau hatte lange Haare, einen Zopf bis zur Mitte des Rückens.«

Am anderen Ende wurde es still. »Nein, die Sorte war da nicht. Aber sicher bin ich nicht: Da waren drei-, vierhundert Leute.«

»Welche Sorte denn?«

»Hab ein paar Politiker erkannt. Frölich erst später, durch das Bild in der Zeitung. Außerdem Berliner Geldadel. Städteplaner. Architekten. Dieser Taut war da, Bruno Taut.«

»Sagt mir nichts.«

»Sozialer Wohnungsbau. Es war ja eine Wohltätigkeitsfeier – wie die Magie ins Bild passt, weiß ich nicht, aber das Phänomen, an das ich mich erinnere, korrespondiert irgendwie mit dem Zustand, in dem die Anarchisten sich befinden. Hat so was Traumatisches. Aber noch sind sie nicht ansprechbar. Ich melde mich bei euch, wenn ich Genaueres weiß.«

»Danke.«

Sandor senkte den Hörer und nahm ihn dann wieder ans Ohr. »Warte, eins noch!«

»Ja?«

»War auch eine Frau namens Renée Markov auf der Feier?«

»Ja, sie sollte eine Rede halten. Die Feier ist so schnell gekippt, ich bin unsicher, ob sie sie gehalten hat.«

Damit legten sie beide auf. Sandor zog die Visitenkarte aus seinem Jackett und betrachtete sie. Vielleicht sollte er doch ein Vorstellungsgespräch in Erwägung ziehen.

Anderthalb Stunden später war Sandor in der Roten Burg bei einer Besprechung zugegen, bei der mit sehr vielen Zigaretten die Strategien für die abendliche Razzia besprochen wurden. Ein junger Mann etwa in Sandors Alter stand an einer schwenkbaren Tafel und bemühte sich, die Anweisungen der höherrangigen Beamten umzusetzen. Seine Finger hatten Kreidespuren auf der Hose hinterlassen, sogar an seiner modischen kurzen Krawatte, die ziemlich albern an ihm aussah. Sandor selbst saß etwas abseits und beobachtete unbehaglich, wie die Kommissare einander ins Wort fielen und übertönten und um Kompetenz rangelten, meist, bis irgendjemand ein Machtwort sprach. Es gab offenbar eine ganze Reihe von Kneipen und Vereinen, in denen sich Männer von der Sturmabteilung trafen, um Jugendlichen aus *Mein Kampf* vorzulesen oder Lieder über deutsches Blut und deutschen Boden zu singen. Oder einfach deutsches Bier zu trinken. Sandor hatte nur eine sehr vage Vorstellung davon, was Nationalsozialisten mit ihrem Feierabend anstellten. Alles in allem unterschied es sich vermutlich nicht von dem, was andere Gruppierungen anstellten, außer dass sie sich darüber hinaus noch für eine Art Straßenpolizei hielten.

Dass sie in ihrer Freizeit zauberten, war freilich ein gewöhnungsbedürftiger Gedanke. Aber die Fakten waren klar: Die Nazis hatten mindestens zwei Magier. Zwei mehr als die Anarchisten. Zwei mehr als die Kommunisten. Zwei mehr als die Republik. Zumindest im Moment noch. Es mochte noch irgendwelche Leute wie Erika und Emil geben, doch solange diese unpolitisch blieben, fielen sie nicht ins Gewicht.

Hauptkommissar Fuchs war strikt dagegen, zwei bekannte SA-Stammkneipen in einem engeren Radius ums *Wannsau* hochzunehmen. »Das ist doch gar nicht verhältnismäßig! Vandalismus und ein paar vermutlich durch Drogenmissbrauch hervorgerufene Halluzinationen! Nachher haben wir hier einen Haufen Braunhemden sitzen, die wir eh wieder freilassen müssen.«

»Ja, weil sie Freunde haben, die für ihre Freilassung sorgen«, sagte ein Kriminalassistent sehr leise, doch Sandor saß so, dass er ihn hören konnte. Ein Tippfräulein, das protokollierte, nickte dem jungen Polizisten zerknirscht zu.

»Wenn er tatsächlich von einer Kugel erwischt wurde, kann es sein, dass wir unseren Mann da sowieso nicht finden«, ließ sich Seidel vernehmen. »Aber wir können das nicht durchgehen lassen. Wir müssen Leute finden, die etwas über den Angriff aufs *Wannsau* wissen. Das ist Herr Sandor Černý – kommen Sie doch mal rüber und erzählen sie uns ein bisschen was dazu aus erster Hand.«

Sandor, der nicht am Besprechungstisch, sondern in zweiter Reihe saß, stand auf und humpelte zur Tafel. Er erläuterte noch einmal die Reihenfolge der Phänomene – erst die sich steigernde Musik, dann der Schatten des Adlers und dann das ganz reale Zertrümmern der Fensterfront und das Eis. Und dann, nach diesem kurzen Spuk, der katatonische Zustand von allen, die diesen Frost abbekommen hatten.

Fuchs hob die Augenbrauen, und Sandor begann, sich zu verhaspeln. Ihm war klar, dass er keine besonders kompetente Figur abgab. Der Jargon, den die Beamten bis dahin gesprochen hatten, erschien ihm wie ein schwer verständlicher Dialekt.

»Meine Kollegin hat das Wasser auf dem Boden vom *Wannsau* untersucht, und es strahlt.«

»Ich glaub, ich hab irgendwo was nicht mitbekommen«, äußerte sich Fuchs unverblümt.

»Es ist so, dass sie ... dass Radioaktivität ein Anzeichen ist, dass etwas ...« Sandor brach ab und suchte Seidels Blick. Der nickte vorsichtig. »Nicht nur ... psychologisch, also, Prozesse, Halluzinationsprozesse.« Er verstummte. Das Tippfräulein und der junge Assistent sahen ihn aufmunternd an. Er räusperte sich. »Also, es handelt sich um bislang unerklärte physikalische Phänomene, die an der Universität erforscht werden. Diese Phänomene setzen Strahlung frei.« Seidel nickte zufrieden.

»Aber, Herr Černý, warum nennen wir es nicht beim Namen? Haben Ihre Kollegen das nicht einmal als Magie bezeichnet?«, fragte ein Beamter namens Borowitz. Alle am Tisch brachen in Lachen aus, mit Ausnahme von Seidel. Selbst das Tippfräulein grinste unsicher.

»Meine Herren, darüber lachen wir nur so lange, bis wir selbst die Opfer sind«, rief Seidel in die Runde. »Ich weiß, dass die Phänomene uns und unsere Methoden auf eine schwierige Probe stellen, aber ...«

»Was ist denn hier los?«, dröhnte eine Stimme vom Eingang. Augenblicklich verstummten alle. Der Mann, der dort im Türrahmen stand, fand im Präsidium gottgleiche Verehrung – und strahlte die Selbstsicherheit eines Mannes aus, der genau das gar nicht mehr anders kannte. Es war der Buddha, und Sandor wollte in diesem Moment der Name einfach nicht einfallen, bis glücklicherweise jemand sagte: »Kriminalrat Gennat, verzeihen Sie die Lautstärke.«

Gennat trat an den Tisch und griff in eine Schale mit trockenen Keksen, die in der Mitte stand. Sandor betrachtete ihn mit dem Auge eines Bildhauers. Es war bemerkenswert, wie an der massigen Gestalt des Mannes alles ineinander überging: Kopf in Schultern, Rumpf in Gliedmaßen.

»Meine Herren, unsere Methoden *stehen* nach wie vor. Es ist den Methoden egal, ob wir sie bei Vandalismus mit Brandstiftung anwenden oder bei Vandalismus durch einen gefrierenden

Reichsadler. Ob ein Mordopfer mit Messerstichen ums Leben kam oder durch Versteinerung. Täter bleiben Täter, und Spuren bleiben Spuren. Es ist nicht Ihre Aufgabe, das in Frage zu stellen.«

»Natürlich nicht, Kriminalrat Gennat«, sagte Fuchs beflissen, und seine Schnurrbartspitzen schienen Sandor wie elektrisiert vor eilfertiger Unterwürfigkeit.

»Es gibt kein Gesetz gegen den Einsatz dieser neuen Phänomene – noch nicht. Aber es gibt Gesetze gegen Vandalismus, Körperverletzung und Mord, und es ist unsere Aufgabe, die Schuldigen zu finden«, schärfte Gennat allen in der Runde mit dem Keks wie einem ausgestreckten Zeigefinger ein. »Jetzt verlachen Sie den jungen Mann nicht, weil er nicht weiß, wie er Ihnen die Sache nahebringen soll. Nach allem, was ich mitgehört habe, würde ich Ihnen strengstens raten, die zwei SA-Treffpunkte hochzunehmen, die Herr Borowitz vorgeschlagen hat.«

»Es ist möglich, dass das von der NSDAP-Parteispitze als unverhältnismäßig empfunden wird, zumal am Vorabend vom Ersten Mai. Wir können es uns nicht erlauben, parteiisch einzugreifen«, gab Fuchs zu bedenken. »Vandalismus von zwei Einzeltätern …«

»Das lassen Sie mal meine Sorge sein.« Gennat warf sich den Keks in den Mund und verzog dann das Gesicht. Dass er Sahnetorten bevorzugte, war im Präsidium allgemein bekannt, sogar Sandor hatte schon davon gehört. »Wir reden ja nicht nur über Vandalismus, sondern über Körperverletzung, vielleicht schwerer Körperverletzung. Und noch haben wir den Dreißigsten, also würde ich sagen, halten Sie sich ran.«

Gennat betrachtete nachdenklich die Stadtkarte an der Pinnwand, auf der der Kriminalassistent fünf Orte mit Stecknadeln markiert hatte. »Die Schwarzen Scharen sind im Moment vor allem im Osten vom Wedding aktiv, gibt immer wieder Reibereien und Verbrüderungen mit den Roten. Letzte Woche gab's eine Schlägerei von Schwarzen mit der SA aus Pankow, irgendwo hier. Würde sagen, dem Treffpunkt da sollten Sie besondere Aufmerksamkeit schenken. So, das war's, ich bin nur auf der Durchreise.« Gennat nahm sich einen zweiten Keks und verließ den Raum wieder.

»Dann machen wir es, wie der Buddha gesagt hat«, sagte Borowitz, zufrieden über die Zustimmung, die seine Vorbereitung gefunden hatte. »Fuchs, Sie nehmen Seidel und Černý in Ihrem Wagen mit.« Borowitz lächelte Sandor unter seinem ungepflegten Bartwildwuchs wohlwollend zu. »Dann wollen wir mal, was?«

6
DAS WASSER STEIGT

»Der Bürgerblock hat Verrat geübt an den durch die Inflation Geschädigten, lehnt Mittel für die Kinderspeisungen ab, bewilligt aber Millionen für Millionen für den Bau eines Panzerkreuzers.«
LOUISE SCHROEDER

Nike kam aus dem Labor und wollte gerade Feierabend machen, als Frau Steinert sie auf dem Flur abfing.

»Fräulein Wehner, der Herr Professor braucht Ihre Hilfe!«, sagte sie und packte sofort mit sanfter Gewalt Nikes Jackettärmel. »Da sind ein paar Herren in seinem Büro.«

»Polizei?«, fragte Nike und löste sich aus Steinerts Griff. »Herrgott, jetzt lassen Sie mich doch los, ich komme ja schon!« Trotzdem umschwirrte die nervöse Frau sie, als könnte es ihr nicht schnell genug gehen.

»Nein, keine Polizei. Schlimmer, schlimmer.«

»Journaille?«

»Auch nicht, es ist die *Politik*, Fräulein Wehner!«

Sie gingen eines der Seitentreppenhäuser hinauf und durch den weiß gekalkten hohen Flur zu Pfeiffers Büro. Hinter der Tür waren bereits mehrere Männerstimmen zu hören, die sich ständig gegenseitig ins Wort fielen.

Diese Sorte also, dachte Nike, öffnete die Tür ins winzige Vorzimmer und sah durch die offen stehende Bürotür insgesamt vier Männer in Pfeiffers geschmacklosem Büro sitzen. Sie wandten sich alle zu ihr um, und Pfeiffer strahlte übers ganze Gesicht, als würde sie ihn erlösen. »Da ist meine Assistentin, Fräulein Wehner.«

»Guten Tag«, sagte Nike steif. Steinert schob sie auch durch diese Tür und schlug diese dann hinter ihr zu.

»Wir haben unerwartet Besuch«, klärte Pfeiffer sie auf.

»Es tut mir leid, dass wir Sie vom Feierabend abhalten«, sagte der jüngste der drei Herren, ein schmaler Bursche mit teigigem Gesicht. Nach einem schlaffen Handschlag stellte er sich vor. »Gantz mein Name, das hier sind meine Kollegen Becker und Strachinski.«

Beide gaben Nike ebenfalls die Hand, der eine ein älterer Herr mit strenger, winziger Brille, der seinen Hut nicht abgesetzt hatte, der andere ein abstoßend gut aussehender blonder Kerl mit dem Schmiss einer Studentenverbindung im Gesicht und einem aufdringlichen Lächeln.

»Gantz ist vom Zentrum, Becker von der DVP, ich bin von der DNVP«, stellte Strachinski klar. »Wir sind Parteireferenten. Aber keine Angst, wir haben es nicht auf Ihre Wählerstimme abgesehen.«

»Wählerinnenstimme«, korrigierte Nike automatisch, und auf Strachinskis Gesicht flammte ein kurzes Lächeln auf. Alle drei Parteien bildeten zurzeit die Regierung unter Reichskanzler Wilhelm Marx, zusammen mit DDP und BVP, wenn Nike sich nicht irrte.

»Wir sind hier, weil etwas aus Ihrem Institut den Frieden im Reich bedroht.«

»Ich habe Ihnen schon versucht zu erklären, dass das übertrieben und inkorrekt ist«, protestierte Pfeiffer, der hinter seinem Schreibtisch stand. Auch die drei Herren standen, es befanden sich gar nicht genug Stühle für alle im Raum.

Gantz machte eine beschwichtigende Geste in seine Richtung. »Wir sind informiert worden, dass es neu aufgetretene physikalische Phänomene gibt, mit denen Sie sich beschäftigen.«

»Und dass es sich um eine Gefährdung für die Stadt handeln kann«, ergänzte Strachinski. Das Lächeln blieb einfach trotz der schneidenden Worte in seinem Gesicht. Becker sagte nichts und setzte sich nun in einen der Bauhaus-Stühle vor den Tisch.

»Ich kann Ihnen mit der Erlaubnis des Professors Einblick in meine wissenschaftlichen Arbeiten geben«, begann Nike, wurde aber sofort unterbrochen.

»Wir sind keine Wissenschaftler. Weshalb wir hier sind: Die Politik *muss* über diese Gefahr informiert werden, bevor die Öffentlichkeit davon erfährt. Wir verlangen Aufklärung – insbesondere der Reichstag muss …«

Gantz fiel ihm ins Wort: »Schlimmer noch, es kam uns zu Ohren, dass die NSDAP bereits …«

»Also, jetzt aber langsam«, unterbrach ihn seinerseits Becker. »Wir wissen noch gar nichts. Wir kommen doch nicht her, um auf Sie einzureden, sondern bitten unsererseits um Aufklärung durch Sie, Fräulein Wehner.«

»Und die finden Sie in meinen wissenschaftlichen Arbeiten«, erwiderte Nike in die erwartungsvollen Gesichter.

»Wir müssen Sie bitten, nicht mit der Presse zu sprechen«, sagte Gantz.

»Natürlich nicht.«

»Wir würden eine Zusammenfassung mitnehmen, wenn Sie eine zur Hand haben, aber da wir Laien sind, wie gesagt, sind wir auf Ihre aktive Mithilfe angewiesen.«

»Und wie soll die aussehen?«

»Wir möchten Sie als Sprecherin einladen. Wie gesagt, der Reichstag bittet um Aufklärung …« Erneut eine Unterbrechung. Diesmal war es wieder Becker.

»Ist es tatsächlich eine … neue Gesetzmäßigkeit, wie zum Beispiel die Verschiebung der Kontinentalplatten oder die Höhenstrahlung?« Er wirkte wie jemand, der gern populärwissenschaftliche Magazine las.

»Das lässt sich noch nicht mit Sicherheit sagen.«

»Worauf ich hinauswill, Fräulein Wehner: Wenn es etwas ist, das ganz neu in unsere Welt getreten ist, ist es von größter Wichtigkeit, wer es zu beherrschen lernt. Als Erstes. Sie verstehen?«

»Im akademischen Kontext wird gerade an mehreren Universitäten ...«, begann Nike, wurde aber unterbrochen.

»Jedenfalls, Fräulein Wehner: Denken Sie an die Feinde der Demokratie. Die eine enteignende Weltrevolution planen. Und Leute, die Hokuspokus betreiben würden, um das deutsche Volk zu schwächen. Oder die Franzosen. Diese Menschen dürfen nicht diejenigen sein, die die neue Technologie meistern, bevor wir sie gemeistert haben«, sagte Becker abgehackt, als spräche er zu einer Menschenmenge.

»Es geht darum, Schlimmes für das deutsche Volk zu verhindern. Sie verstehen«, ergänzte Gantz jovial.

Strachinski lächelte wortlos und maskenhaft. Nike entgegnete ihre Blicke nicht, sondern sah hilfesuchend in Pfeiffers Richtung. Der ließ sich in seinen Sessel fallen.

Was erwarteten die von ihr? Dass sie dem Deutschen Reich eine Wunderwaffe schmiedete? Ihr wurde kalt.

»Machen Sie sich keine Sorgen, Herr Černý«, hatte Seidel gesagt, »es wäre schön, wenn Sie sich im Hintergrund halten könnten, aber Sie werden keinesfalls in irgendeine besorgniserregende Situation kommen.«

Es war dann auch alles erst einmal sehr glattgegangen. Seidel, Fuchs und ein Dutzend Schupos waren geordnet und schnell in die unauffällige Wirtschaft im Keller eines Mietshauses in Pankow eingefallen, niemand hatte Schwierigkeiten gemacht, kein Schuss war gefallen und kein Knüppel geschwungen worden.

Sandor hatte unauffällig an der Straßenecke gestanden, wie jemand, der Schmiere stand. Dann hatte er plötzlich eine Frau in einer Seitengasse bemerkt, die wie aus dem Nichts aus einer der Kellerstiegen gekommen sein musste. Zuerst dachte er, es könnte die deutsche Elsa sein, die er Seidel beschrieben hatte, aber die Haare, die unter ihrem Hut hervorlugten, waren gerade einmal schulterlang. So oder so stieg die Frau zur Straße hoch und sah sich erst einmal um – Sandor zog sich gerade rechtzeitig hinter die Ecke zurück. Hinter ihr kam ein schmalbrüstiges Braunhemd zum Vorschein, und gemeinsam verschwanden die beiden in der Gasse zwischen den Wohnblocks.

Sandor testete seinen Fuß aus, fluchte in sich hinein und nahm die Verfolgung auf. Die Frau und das Braunhemd waren mit Sicherheit aus dem Keller gekommen, den Seidel und die anderen gerade hochnahmen. Während er versuchte, in der Dämmerung der Gasse möglichst unsichtbar zu bleiben und mit dem verletzten Fuß nicht zu ungelenk aufzutreten, fiel ihm auf, dass das Braunhemd eine lederne Tasche in der Hand trug. Einen Arztkoffer, da gab es keinen Zweifel, die sahen in Prag ganz genauso aus, bauchig und schwarz.

Die beiden verschwanden um die Ecke, und er beeilte sich, ihnen zu folgen. Hinter der Ecke liefen zwei alte, feuchte Häuser spitz aufeinander zu, ohne sich zu berühren. Unter einer moostropfenden, zerborstenen Regenrinne ging es dort in einen Innenhof. Er blieb erst einmal zurück – auf der gegenüberliegenden Seite des Hofs lag die Hofeinfahrt zu einer größeren Straße, auf der eine Tram fuhr. Er sah die beiden dorthin verschwinden.

Er presste die Lippen zusammen, durchquerte den Hof und spähte dann auf die Straße. Die beiden nahmen nicht die Tram, stellte er mit Erleichterung fest, sondern hielten quer über die Kreuzung auf eine Apotheke zu, die sie jedoch nicht betraten. Stattdessen öffneten sie den Wohnhauseingang daneben, die

Frau hatte einen Schlüssel. Sandor sah noch, dass sie die Treppe hinab ins Souterrain nahmen. Kleine halbe Fenster ließen das untere Geschoss, dessen Straße offenbar einmal tiefer gelegen hatte, aus gitterbedeckten Schächten lugen.

Die Tür schloss sich, Sandor zauderte kurz und rannte dann mit zusammengebissenen Zähnen zurück zu Seidel und seinen Leuten.

Mit einem protestierenden Pochen im Fuß fand er sich wenig später an der Tür der Souterrainwohnung wieder. Die meisten Polizisten waren an der Razzia beteiligt, so dass ihn lediglich ein Schupo und Seidel mit hochrotem Gesicht zur Wohnung an der Apotheke begleiten konnten. Der Schupo klopfte und ließ ein »Achtung, Polizei!« hören.

Sandors Magen krampfte sich zusammen. Die Tür wirkte wie ein marodes, wurmstichiges Brett, und wenn von drinnen jemand schoss, konnte es den Schupo treffen. Oder Seidel. Oder ihn.

Auf Seidels Glatze glänzte der Schweiß, und er schnappte nach Luft – so sehr hatte er sich vermutlich seit Jahren nicht beeilt.

Sandor zuckte zusammen, als sich die Tür einen Spalt öffnete. Die Frau mit den schulterlangen Haaren sah hindurch. »Ja, bitte?«, fragte sie.

»Polizei, wir haben einen Durchsuchungsbefehl.« Der Polizist wedelte mit dem Schriftstück, das streng genommen natürlich nur auf die Wirtschaft ausgestellt war. Seidel überschritt hier seinen Kompetenzbereich – das hatte er Sandor auf dem Weg schon gesagt.

»Worum geht es?« Das schmächtige Braunhemd kam ebenfalls zur Tür.

»Wohnen Sie hier?«, schaltete sich Seidel ein.

»Nee, bin nur Besuch. Ein Freund ist krank, ich helf hier nur aus.«

»Lassen Sie uns bitte rein«, schnaufte Seidel.

»Sie sehen aus, als bräuchten Sie ein Glas Wasser«, sagte das Braunhemd leicht spöttisch. »Kann Ihnen eins anbieten.« Und damit öffnete er die Tür, und der Schupo trat als Erstes ein, den Knüppel in der einen, den Durchsuchungsbefehl in der anderen Hand.

»Darf ich den mal sehen?«, fragte die Frau. Sandor musterte sie und kam zu dem Schluss, dass es nicht die gesuchte deutsche Elsa war. Nur irgendeine weitere deutsche Elsa.

»Wir haben Sie beide von einer polizeilichen Durchsuchung hierher verfolgt«, stellte Seidel klar, nahm den Durchsuchungsbefehl und knüllte ihn der Frau in die ausgestreckte Hand. Danach schob er sie wirsch beiseite, und Sandor folgte ihm in die düstere Souterrainwohnung, die aus einer Wohnküche und einen durch einen Vorhang abgetrennten Schlafraum bestand. Eine kleine Treppe führte in den Innenhof, denn die marode Bude hatte kein Badezimmer und keine Toilette. Durch die hohen, winzigen Fenster fiel wenig Licht hinein. Seidel ging mit langen Schritten durch die Wohnung und zum Vorhang.

»Guten Abend. Wo drückt denn der Schuh?«, fragte er, nachdem er den Raumtrenner zurückgezogen hatte.

»Ich möchte Sie bitten, meine Wohnung zu verlassen!«, sagte ein Mann, der auf mehrere Kissen gepolstert in seinem Bett saß. Er trug weder Braunhemd noch Armbinde, sondern ein Unterhemd und einen Verband um Schulter und Oberarm.

»Krank, hm?«, fragte Seidel. »Haben Sie sich vielleicht am Arm verletzt?«

»Ich habe keine …«

»Das ist er«, sagte Sandor leise. Sein Nacken prickelte, als könne er die Blicke des Mannes mit der Arzttasche spüren.

»So, dann mal raus aus dem Bett, junger Freund, es sieht mir nicht so aus, als hätten Sie auch was an den Beinen. Wir nehmen Sie jetzt zur Vernehmung mit auf die Wache.«

»Ach, wie lautet denn die Anklage, wenn ich fragen darf?«, fragte der schmächtige Kerl hinter Sandor.

»Vandalismus und schwere Körperverletzung. Ich nehme an, Sie haben Ihren Kumpan aufgepäppelt? Dann bin ich nämlich versucht, Sie beide auch zur Vernehmung mitzunehmen.«

»Das können Sie gerne versuchen, aber Sie verwechseln da was«, sagte der Stiernacken ruhig und schwang die Beine aus dem Bett. »Ich erzähl Ihnen gern, wie ich angeschossen worden bin, und würde sehr gern auch Anzeige erstatten, denn ich hab gehört, selbst im Wedding ist es noch ein Verbrechen, einfach auf Leute zu schießen.«

»Und was macht ein Brauner im Wedding, wenn nicht Streit suchen?«, stieß Seidel hervor.

»Ich hab's provoziert, meinen Sie? Vielleicht sogar verdient? Mal sehen, wie justiziabel das ist«, sagte der Mann in Unterhemd und Unterhose, während er sich ungelenk Socken anzog. Sandor begriff erst jetzt, dass der Kerl sauberes Hochdeutsch sprach und sich ganz und gar nicht so ausdrückte, wie er es von einem Schläger erwartet hätte. Etwas Kaltes glitzerte in seinen Augen, als er sich aufrichtete, nach der Hose griff und dabei Sandor ansah.

»Das wird Ihnen noch leidtun«, sagte er.

»Gehen Sie mal wieder rüber, Černý«, sagte Seidel, der den Blick auch bemerkt zu haben schien. »Holen Sie zwei Kollegen mit Autos, wir bringen diese Leute zur Wache.«

Sandors Fuß pochte vorwurfsvoll, aber er war froh, sich dem Blick des Braunhemds entziehen zu können.

Nike machte auf dem Nachhauseweg einen Umweg über die Rote Burg. Letztlich musste sie eh am Alexanderplatz in die Hochbahn steigen, um nach Hause zu kommen, und sie war ohnehin schon zu spät, da konnte sie auch noch kurz nach Sandor sehen. Das Gespräch mit den Politikern hallte noch in ihr nach. Parteipolitiker, die Pfeiffer im Namen der Regierungskoalition besucht hatten und forderten, dass sich die Wissenschaft in den Dienst der Politik stellte. Nernst hätte das gefallen.

Und hatten sie nicht vielleicht recht? Vielleicht war es unumgänglich, dass aus ihrem metaphysikalischen Bühnentrick eines Tages eine Waffe werden würde.

Sie steckte die Hände tief in die Manteltaschen – der Abendwind war kalt, aber noch kälter lag die Last der Verantwortung auf ihr. Es war vielleicht an der Zeit, sie endlich mit dem Staat zu teilen. Und dann konnten sich kompetentere Köpfe als sie fragen, wie sich das in geordnete Bahnen lenken ließ.

Von dem breiten Treppenabsatz des Polizeipräsidiums sah sie noch einmal zurück über den geschäftigen Alexanderplatz, zu den Stromleitungen der Tram und den Autos, die sich zwischen den Kutschen einfädelten. Vielleicht würden die Phänomene eines Tages genauso selbstverständlich zum Alltag gehören wie Verbrennungsmotoren und Elektromotoren …

Dann würde es magiebetriebene Bahnen, vielleicht sogar fliegende Autos geben! Das war die Zukunft, über die sie phantasieren wollte, nicht über die Aneignung einer neuen Form von Bewaffnung.

Wir sind keine Barbaren, und der Krieg ist vorbei!

Und sie wollte die Erste sein, die ihren Doktortitel für die Erforschung derartiger Phänomene erhielt. Sie war Physikerin, keine Polizistin oder Politikerin!

In der großen Eingangshalle kamen ihr noch einige Beamte und Schreibfräuleins entgegen, die spät Feierabend machten. Sie grüßte Groszjansen von der Gerichtsmedizin, der geistesabwesend auf die Armbanduhr sah. Sie fragte beim Pförtner, ob Seidel schon wieder zurück sei, und wurde weiterverwiesen in den Trakt, in dem sich die Untersuchungshaft und die Ausnüchterungszellen befanden. Als Seidels Assistentin wurde sie durchgelassen und schlich mit mulmigem Gefühl durch diesen Teil des Präsidiums, in dem sie noch nie gewesen war. Weiter unten im Korridor hörte sie laute Stimmen, eine davon gehörte eindeutig Seidel. Als sie um die Ecke bog, wurde sie beinahe von einer Zwischentür erschlagen, die vor ihr aufgerissen wurde. Mit hochrotem Kopf und Zornesfalte auf der Kegelkugelstirn stand Seidel vor ihr.

»Dann überzeug ihn!«, schnauzte er über die Schulter und schaffte es, irgendwie zwischen diesen Worten noch eine hervorgeknurrte Entschuldigung an Nike auszustoßen.

»Ich kann ihn ebenso wenig überzeugen wie du!«, antwortete ein zweiter Beamter deutlich ruhiger, der an der Wand gerade an einem Telefon stand.

»Du weißt genau, dass du es kannst, aber du tust es nicht!«, blaffte Seidel. Sandor stand ebenfalls in dem langgezogenen Vorraum zu einem Vernehmungszimmer und sah von einem zum anderen.

»Wo willst du hin?«, fragte der andere – Hauptkommissar Fuchs, erinnerte sich Nike.

»Zu Borowitz natürlich!«

»Borowitz wird dir den Marsch blasen! Er hat zu viel zu tun, um sich mit diesem lächerlichen Fall zu befassen, für den wir gerade mit zwei Razzien in ein Wespennest gestochen haben! Für den wir uns auf die Seite von Störenfrieden und Anarchisten gestellt haben!« Nun wurde auch Fuchs lauter. Er hielt den Hörer noch in der Hand, ob am anderen Ende jemand zuhörte, konnte Nike nicht sagen. Sie drängte sich zu Sandor durch.

»Was ist passiert?«, flüsterte sie ihm zu.

»Wir haben ihn, aber sie wollen ihn nicht einsperren. Seidel will, aber der Haftrichter stellt sich quer. Und der Typ selbst will Anzeige wegen versuchten Mordes erstatten, weil auf ihn geschossen wurde.«

»Wo ist er?«

»Dadrin.« Sandor deutete auf eine geschlossene Tür neben dem Telefonapparat.

»Hat er denn irgendwas zugegeben?«

»Nee. Er sei zufällig da gewesen und sei durchs Fenster angeschossen worden.«

»Und die Phänomene? Der Vandalismus?«

Sandor schüttelte nur den Kopf.

Endlich hängte Fuchs den Hörer auf und ging mit ausgestrecktem Zeigefinger auf Seidel zu. »Hör mal, Kollege, wir haben keine Handhabe, diesen Mann länger festzuhalten. Er hat Rechte.«

»Aber er hat verbotene Experimente durchgeführt, die Fassade vom *Wannsau* halb eingerissen und fünf Leute in eine Art Koma gesch…«, begann Seidel, doch Fuchs unterbrach ihn.

»Dass die Hälfte der Gebäude im Wedding marode ist, ist kein Geheimnis! Und wie soll denn ein einzelner Mann fünf Leute in ein Koma schicken, und selbst wenn er derjenige war, der für den Experimentaufbau im Ladenlokal gegenüber verantwortlich ist – nun, Christoph, diese *verbotenen* Experimente sind nicht verboten. Da könnten wir über Hausfriedensbruch reden, wenn wir rauskriegen, wem das verlassene Gebäude gehört und ob derjenige Anzeige erstatten will. Und das ist es. Du musst doch einsehen, dass uns da die Hände gebunden sind, uns genauso wie dem Haftrichter!«

»Lassen wir ihn also einfach wieder frei?«, fragte Seidel mit hängenden Armen.

Fuchs zuckte mit den Schultern. »Mach Feierabend, Christoph. Und Sie auch, Herr …«

»Černý.«

»Černý, genau.«

Wortlos folgten Nike und Sandor Seidel, der sich einfach umwandte und ging. Der erste große Fall, in dem es um den Missbrauch von Magie ging, und schon legte man ihn an die Kette. Sie konnte seine Frustration verstehen.

Hinter der Zwischentür erklangen wieder Stimmen, Fuchs und eine weitere. Die Tür öffnete sich, schloss sich wieder, und mit hastigen Schritten drängte sich ein großer, muskulöser Mann an ihr vorbei. Er berührte sie an der Schulter, und sie bemühte sich, nicht vor ihm zurückzuweichen. Als er vorbei war, drehte er sich noch einmal zu ihnen um.

»Ich komm morgen wieder, Anzeige erstatten«, sagte er. Er hatte ein fleischiges rosiges Gesicht, das von den ausrasierten Seiten und den verschwitzt anliegenden dunkelblonden Strähnen darüber ungünstig betont wurde. »Aber interessant, dass Anarchisten die Polizei unterwandern. Wir merken uns dein Gesicht, Freundchen, und Sie sollten das auch tun, Herr Kommissar. Mit den Schwarzen und den Roten ist nicht zu spaßen.«

Zu Nike sagte er nichts, aber sein Blick glitt einmal an ihr herab, als vermesse er ihren Körper. Sie zwang sich, es zu ignorieren und ihm ruhig ins Gesicht zu blicken. Sie glaubte, geradezu die Schubladen zu sehen, die bei ihm geöffnet waren. *Semitin. Frau. Lesbe.*

Dann wandte er sich um. »Schönen Abend noch. Sie hören von mir.« Und damit verschwand er vor ihnen ins Treppenhaus.

In Seidels Büro wurde es mittlerweile dunkel, und Seidels Kollege Fuchs war ebenfalls von seiner Razzia zurückgekommen. Sie hatten eine Gruppe besucht, die schon eine Anzeige wegen Erregung öffentlichen Ärgernisses durch irgendwelche angeblich germanischen Riten am Hals hatte. Fuchs und Borowitz hatten vor Ort einige Leute zu den Phänomenen vernommen, aber nichts Verwertbares herausbekommen.

»Keine Spur von der Frau, die der Kollege beschrieben hat. Aber die wissen jetzt jedenfalls, dass wir es nicht als Blödsinn abtun«, hatte Fuchs gesagt und sich noch eine angesteckt.

»Der Haftrichter tut's als Blödsinn ab«, hatte Seidel resigniert geantwortet. Als Fuchs gegangen war, hatte Nike von dem Politikerbesuch erzählt und in ratlose Gesichter geblickt. Vielleicht waren Sandor und Seidel einfach nicht die richtigen Ansprechpartner. *Vielleicht sollte ich mit Professorin Meitner sprechen*, schoss es Nike durch den Kopf. Obwohl sie Professorin war, musste sie sich regelmäßig auch mit universitätspolitischen Fragen beschäftigen.

»Ich kann dazu nichts sagen«, meinte Seidel schließlich. »Ich war von Anfang an der Meinung, dass transparenter mit dem ganzen Bockmist umgegangen werden muss, sonst ist das Geschrei nachher groß. Die Presse wird da ganz schnell Lunte riechen, besonders wenn die Nazis jetzt damit anfangen.«

Nike stand auf. »Sandor, wir treffen uns in dieser Woche immer nach meinen Vorlesungen, um zu arbeiten, in Ordnung? Ich möchte nicht, dass wir länger hinter den Experimenten von SA-Leuten herhecheln. Wir müssen eigene Ergebnisse erzielen.«

»Nehmen Sie über den Ersten Mai mal beide frei von der Polizeiarbeit«, sagte Seidel. »Ist höchste Zeit, dass Sie Zeit finden, um an diesen Forschungen weiterzumachen, Fräulein Wehner. Und Sie gehen besser den Braunhemden aus dem Weg, Sandor. Und treffen Sie sich nicht wieder mit den Anarchisten.«

»Witzig«, bemerkte Sandor, dann verabschiedeten sie sich voneinander.

Als Nike eine Dreiviertelstunde später zu Hause ankam, saß ihre Mutter unter der Glühlampe bei den Näharbeiten. Nike setzte die Suppe vom Vortag noch einmal auf den Herd, gab noch etwas Wasser dazu, und sie teilten sich die Reste. Kein Wort des Vorwurfs. Überhaupt keine Worte, die über eine Begrüßung hinausgingen. Erst nachdem sie gegessen hatten, sagte ihre Mutter: »Ich fände es schön, wenn du mir die Tage im Hof beim Waschen hilfst. Dazu müsstest du früher nach Haus kommen, damit es noch hell ist.«

»Vielleicht am Wochenende, Mama. Der Professor hat gesagt, es gibt Überstunden.«

»Gibt er dir auch mehr Geld?«

»Du weißt, was das Wort Überstunden an der Uni heißt«, seufzte Nike.

»Andere können mit einem Diplom eine von den neuen schicken Wohnungen bezahlen, die gerade in Charlottenburg und Wilmersdorf hochgezogen werden. Habe ich in der Zeitung gesehen. Für alleinstehende Akademiker und Bankangestellte und so was.«

»Akademiker«, wiederholte Nike gedehnt. »Nicht Akademikerinnen.«

»Sagen sie das so?«

»Natürlich nicht. Aber es gibt immer Gründe, aus denen sie mich schlechter bezahlen als die männlichen Kollegen. Im Topf ist nichts mehr drin, mein Projekt ist zu klein – so was halt.«

Ihre Mutter nickte, die Antworten kannte sie eh schon alle. »Immerhin musst du nicht unter den Bänken liegen. Du wärst auch zu groß«, spielte sie dann auf ihre Lieblingsgeschichte an: Lise Meitner war gerade einmal einen Meter fünfzig groß und hatte zu ihrer Zeit nicht studieren dürfen, sondern sich in den Hörsälen unter den Bänken versteckt, um den Vorlesungen zu lauschen. Eine Geschichte, bei der Nike gleichzeitig lachen musste und einen Kloß im Hals bekam. Ihre Mutter fiel ins Lachen ein und griff dann nach ihrer Hand.

»Ich weiß, du bist erwachsen, mein Mädchen«, sagte sie dann, und der Kloß in Nikes Hals wurde größer. »Du hast so viel gelernt, und ich bin stolz auf dich. Es tut mir weh, dass du so allein bist, und das noch in deinem Alter.«

»Ich will das nicht anders, Mama.« Sie wich dem Blick ihrer Mutter aus. Sie wusste, dass darin ein stiller Vorwurf lag. Weil sie die falsche Entscheidung getroffen hatte. Weil Richard sie hier herausgeholt hätte, sie beide.

So, wie die Welt war, konnte sie sich nicht selbst ermächtigen. Ermächtigung würde ihr höchstens gewährt.

Und sie konnte ihr jederzeit wieder weggenommen werden.

Richard hätte sie dir weggenommen, raunte es in ihrem Inneren, aber sie wusste, dass Mama es nicht verstehen würde.

»Dann sag mir nur bitte …«, flüsterte ihre Mutter endlich und beendete die Stille, »ab wann muss ich davon ausgehen, dass du nicht arbeitest, sondern … dass dir was zugestoßen ist. Ab wann rufe ich die Polizei?«

»Mama …«

»Ich muss es wissen, bevor ich mich Abend für Abend zu Tode ängstige, Kind.«

»Ich komme immer spätestens nachts nach Hause, das verspreche ich dir. Vielleicht mal spät, aber das ist die Ausnahme. Geh einfach zu Bett, ich bin dann wieder da, wenn du wach wirst.«

»Ich werde nicht schlafen können, weil ich beten muss.« Ihre Mutter lächelte, doch es war ein schwermütiges Lächeln. »Ich wünschte doch einfach, du wärst bei jemandem in Sicherheit, dem ich vertrauen kann.«

Nike drückte ihre Hand. »Das ist es doch, Mama. Wem kannst du vertrauen? Mein Vater hat dich einfach im Stich gelassen.

Wenn du abends wüsstest, dass ich bei Richard im Bett liege, warum würdest du dann annehmen, dass ich glücklich wäre? Was, wenn ich es nicht wäre? Wäre es so viel besser, wenn ich ein Kind nach dem anderen bekäme? Würdest du dir weniger Sorgen machen, wenn ich eine schwierige Schwangerschaft, eine lebensbedrohliche Geburt nach der anderen durchstehen müsste?«

»So ist es halt, es hat auch etwas Schönes, für andere ist es …«

»Nein. Nicht für mich«, sagte Nike schärfer als beabsichtigt.

Mama sah sie so an, so verletzt, etwas verteidigend, von dem sie selbst wusste, dass es sie ins Elend gezogen hatte, und von dem sie doch glaubte, dass es nicht anders geschehen konnte, ein ums andere Mal, Generation um Generation von Frauen, deren Lebenszweck es war, sich immer wieder selbst zu gebären und zu umsorgen, damit sie weiter gebären und umsorgen konnten. Diese Verletzlichkeit machte Nike noch wütender und so traurig, als bräche mit einem Mal das ganze Elend all dieser aufgereihten Hinterhöfe auf sie ein.

»Mama, du kannst niemandem vertrauen. Außer dir selbst«, flüsterte sie heiser.

»Ich vertraue dir, Nike. Das tue ich wirklich.«

»Und ich will, dass du das kannst. Aber wenn ich dich enttäusche, dann hast du noch dich selbst. Und du bist stark, Mama. Vertrau dir.«

»Du hältst mich nicht für schwach, *Habibti*?«, fragte Mama leise. »Weil ich nur das hier bin? Genau das, was du hasst?« Sie deutete vage an sich herab, zu dem Nähzeug auf ihrem Schoß.

Nike stand auf und drückte ihre zierliche Mutter an sich. Die Wut fiel von ihr ab und hinterließ ein finsteres Loch in ihrem Inneren. *Du musst so unermesslich stark sein, Mama, sonst wärst du längst nicht mehr da.* Sie bekam die Worte nicht über die Lippen, beugte sich stattdessen hinab und küsste sie auf den Scheitel. Sie blinzelte Tränen weg. Diese verdammte Stadt, diese verdammte Welt. Wenn Frauen wie Mama endlich schreien würden, würden alle Elendsviertel dieser Welt zerbersten, und die Scherben würden bis auf die Villen der Bourgeoisie regnen.

»Pass auf dich auf«, verabschiedete sich Isolde am Morgen des zweiten Mai unzeremoniell. Am Vorabend des Ersten Mai hatte sie sich wie Sandor weder sicher noch wohl in ihrer Haut gefühlt und am Hotel auf ihn gewartet. Sandor hatte sie mit aufs Zimmer genommen.

Isolde hatte lange geredet, darüber, dass der Angriff auch sein Gutes hätte, dass er die Anarchisten stärker machen würde. Und dann hatte sie wütend die Tränen weggewischt und mit brüchiger Stimme gefragt, ob er etwas über Tristan und die anderen wisse. Sandor hatte ihr nichts weiter sagen können als den Namen der Klinik. Sie erzählte ihm, ihr Vater und ihre Brüder seien im »Meisenheim« gewesen. »Alle krank, vom Krieg. Wenn ich kämpfe, dann nur für den Frieden. Dem Kaiser, den Generälen und all den anderen Kriegstreibern, denen sollte man die Köpfe einschlagen. Und Stalin auch gleich! Kann ich denn immer nur zwischen Pest und Cholera wählen? Ich will 'ne verdammte Anarchistenutopie, Sandor!« Und dann hatte sie minutenlang mit Worten gehadert und dabei alle Tränen zurückgedrängt, und Sandor hatte geschwiegen und zum Schreibtisch gesehen, auf dem sein Brief an Jiří lag. Schließlich war Isolde aufgestanden und hatte ihr Oberteil ausgezogen. »Aber jetzt lass uns mal was anderes machen, als über Politik zu reden, oder was meinst du?«

Am anderen Morgen hatte sie ihn mit nach Treptow geschleppt. »Schwarze Schar is nich«, hatte sie gesagt. »Nicht ohne Tristan.« Somit hatten sie sich doch einfach bei den Roten eingereiht. Der Menschenansturm war gewaltiger gewesen als alles, was Sandor je gesehen hatte, das Meer aus Hüten und Köpfen und roten Bannern und Flaggen und Sprechchören atemberaubend. Immer wenn er sich umsah, fühlte er sich, als würde er von der Menge getragen. Nein, nicht er. Die Idee. Eine linke Revolution würde kommen, da war er sich in diesen Momenten sicher, beim Blick in diese Gesichter. Und besser eine rote Revolution als gar keine.

Ein Teil von ihm fürchtete die ganze Zeit Ärger. Nazis, für die der gestrige Tag nur ein Testlauf gewesen war. Polizisten, die das Feuer eröffnen würden. Doch obwohl an vielen Stellen gerangelt wurde und es zu einigen Sachbeschädigungen kam, fielen sie mit wunden Füßen und Jubel im Herzen in sein Hotelbett.

Und nun verließ sie sein Zimmer, in einen warmen, diesigen zweiten Mai, um malochen zu gehen. Sandor blieb auf dem Bett sitzen und starrte aus dem Fenster. Es war noch früh, doch er war nicht mehr müde. Aber hungrig. Also zog er sich halb an, ging ins Etagenbad, zog sich dann vollends an – und griff mit einem Gefühl von Schicksalsergebenheit in seine Manteltasche. Renée Markovs Visitenkarte.

Zeit für ein Vorstellungsgespräch.

Als Nike den Hörsaal betrat, befanden sich die Studierenden in heller Aufregung. Nun war das nichts Neues, die jüngere Generation Studierender ließ die Disziplin schleifen, und keiner der Professoren setzte sich dagegen entschieden durch. Nike hatte es nie wirklich versucht, solange diese Unordnung von den Professoren selbst mit einem »So sind Jungens halt« abgetan wurde, würde sie sich bestimmt nicht in die Bresche werfen. Und letztlich war es ihr so vielleicht sogar lieber: Als sie noch Studentin war, hatte es bei jeder ihrer Wortmeldung Fußgetrappel oder Pfiffe gegeben, um sie zu übertönen, und auch das hatten die Professoren durchgehen lassen. Jetzt waren immerhin alle von der Unordnung betroffen und nicht nur die wenigen anwesenden Frauen.

Doch an diesem Morgen brodelte etwas anderes als das übliche frühmorgendliche Chaos. Nike schrak aus ihren Gedanken, als sie den Namen Erika hörte, und sah sich sofort nach der Studentin um – war sie wieder aufgetaucht? Doch statt an Erikas Gesicht blieb ihr Blick am Titelblatt des *Berliner Lokal-Anzeigers* hängen, der kreuz und quer durch den Hörsaal gereicht wurden.

»Was ist denn hier los?«, fragte Nike Samuel Löwenthal, der bleich und etwas abseits in der ersten Reihe saß. Er zuckte jedoch nur mit den Schultern und beugte sich zu seiner Ledertasche herab. Er hatte auch eine Zeitung gekauft, die erzkonservative *Kreuz-Zeitung*, die unordentlich zusammengefaltet neben ihm lag. Die zweite Schlagzeile unter den Berichten zum Ersten Mai sprang Nike direkt entgegen: »Kabbalisten an der Universität – Schock im Frölich-Mordfall«.

»Herrgott, was ist das denn jetzt? Darf ich?«

»Klar.« Samuel zuckte wieder mit den Schultern und schob seine Tasche unter den Tisch, um den Platz neben sich frei zu machen. Sie setzte sich hin und überflog mit wachsender Nervosität den Artikel.

Samuel schien das zu bemerken und wies mit dem Finger auf den zweiten Abschnitt.

»Da.«

Nike zwang sich, ihn aufmerksam zu lesen, auch wenn das dort abgedruckte »E. Nußbaum« bereits vor ihren Augen zu tanzen begann. Dann sah sie ratlos auf und begegnete Samuels Blick.

»Was soll das denn heißen?«

»Was fragst du mich das?«, erwiderte er nervös.

»Welches Blatt druckt denn so einen Schwachsinn?« Sie sah sich im Hörsaal um, in dem mehrere Morgenblätter von Student zu Student gereicht wurden. »Steht in allen so was drin?«

»In den Ullstein-Blättern nicht, aber für die konservativen Zeitungen ist das doch ein gefundenes Fressen.«

Nikes Blick glitt noch einmal über den Leitartikel. Dort wurde ein Bogen gespannt von Experimenten, die unter Ausschluss der Öffentlichkeit an der von jüdischen Physikern dominierten Universität mit Hilfe Prager Kabbalisten durchgeführt wurden, bis hin zu einer jüdischen Studentin, die Paul Frölichs Leben mit ihren auf eigene Faust durchgeführten Versuchen beendet hatte. Nike wurde flau im Magen. Als ihr jemand mit einer zusammengerollten Zeitung auf die Schulter tippte, sah sie auf. Es war Frentzen, ihr persönlicher Freund, ein deutschtümelnder Chauvinist, wie er im Buche stand.

»Hier, das wird dich auch interessieren«, sagte er grinsend. »Hat doch was mit deinen Forschungen zu tun, oder?«

»Bist du eigentlich Jüdin?«, fragte Georg neben ihm und strich sich die etwas zu langen Haare aus der sommersprossigen Stirn.

Sie ignorierte ihn, während Frentzen ihn über ihre ägyptischen *Wurzeln* aufklärte, als würde weder ihr deutscher Nachname noch ihr deutscher Vater existieren. Die Überschrift von Frentzens Zeitung lautete: »Jüdischer Golem mordet in Berlin?«

Unter dieser besonders reißerischen Überschrift wurde noch eine Verbindung zwischen Erika und der Tietz-Familie herbeiphantasiert.

Sie las auch diesen Artikel quer und blieb an der Bezeichnung »entartete Wissenschaft« hängen.

»Und, hat das nun was mit deinem Projekt zu tun oder nicht?«, fragte Frentzen noch mal.

»Herrgott, Frentzen, wir sind Physiker, oder nicht? Meinst du, das Erschaffen eines mordenden Golems fällt in unseren Tätigkeitsbereich?«, fragte Nike laut genug, dass der halbe Hörsaal aufhorchte und sich ihr die Gesichter zuwandten. »Das ist doch Humbug. Sag mal, glaubst du eigentlich jeden Dreck, der in der Zeitung steht? Wie kommen die überhaupt auf Erika?«

»Steht da«, sagte Samuel und deutete erneut auf einen Absatz. »Fingerabdruckvergleich zwischen Labor und Tatort.«

Nikes Gedanken rasten. Die Scherben der Quecksilberdampflampe.

»Das ist alles ziemlich an den Haaren herbeigezogen«, sagte sie entschieden.

»Ziemlich?«, hinterfragte Frentzen.

»Ja, ziemlich. Du weißt doch selbst sehr gut, dass die schlausten Köpfe hier in Berlin jüdisch sind, allen voran Einstein. Und dass das gewissen Leuten ein Dorn im Auge ist.« *Entartet* war ihr als Wort durchaus schon begegnet, zumeist als Kampfbegriff der Völkischen, wenn sie Kritik an Kunst oder Musik übten. In Bezug auf Wissenschaft war es ihr neu, aber es gab Leute wie den in Heidelberg lehrenden Philipp Lenard, der als Vertreter einer »deutschen« Physik gegen Einsteins moderne Physik zu Felde zog. Lächerlich, was hatten rassische Kategorien mit den universell gültigen Wahrheiten der Physik zu tun? Bislang war das an Berlin abgeprallt.

»Wo ist Erika denn?«, fragte Samuel, als könne er ihre Gedanken lesen. »Ist sie verhaftet worden?«

Ich muss Erika finden, entschloss Nike. *Und zwar bevor ein rechtskonservatives Käseblatt sie aufspürt.*

Sein erster polizeifreier Tag begann mit zwei Schupos auf einer Baustelle, nachdem er mit der Tram zum Singenden Haus gefahren war. Beeindruckend schraubte sich der Rohbau in einen sonnigen Vormittag, wie ein verdrehter, ausgestreckter Finger in einer ansonsten erstaunlich flachen Weltstadt.

Er hatte an der Einfahrt zur Baustelle nach Renée Markov gefragt und die Visitenkarte wie eine Einladung vorgezeigt. In der Tram hatte Sandor seine Geschichte hin und her gewälzt – hatte versucht, sich an alle Details zu erinnern, die er der Markova beim Statuenhändler vorgeschwindelt hatte. Er war schließlich in seiner Rolle als Bildhauer verlorengegangener Statuen hier.

Die Markova war tatsächlich persönlich auf der Baustelle zugegen. Als man sie über den Besucher informiert hatte, kam sie in einer weit geschnittenen Leinenhose auf ihn zu und nahm seine Rechte zwischen beide Handflächen. Dabei lächelte sie charmant.

»Junger Freund«, sagte sie. »Schön, dass Sie vorbeischauen. Sie sehen, ich habe dazugelernt.« Sie wies auf die Schupos. »Es gab wieder Diebstähle von der Baustelle, ich habe sie diesmal aber ganz artig der Polizei gemeldet, statt selbst nachzuforschen.«

»Das ist sicherlich eine gute Entscheidung«, sagte Sandor. »Wie sieht es denn bei Ihnen aus? Sind Sie weitergekommen?«

»Mit ... mit der Suche nach meiner Statue? Leider nicht.«

»Kommen Sie doch auf einen Tee mit in meinen Bauwagen.«

»Müssen Sie nicht zu den Polizisten?«

»Ach was, nein. Arthur kümmert sich darum. Mein Mann.«

»Darf ich fragen, was Sie vermissen?«, tastete er sich vor.

»Dazu muss ich weiter ausholen: Arthur und ich, wir haben entschieden, dass die Architektur unseres Hochhauses etwas ganz Neues sein wird. Bei der Ausgestaltung wollen wir jedoch auf bereits existierende Kunst zurückgreifen, vor allem auf Kunst der Jahrhundertwende. Nichts reicht an die Schönheit des Jugendstils heran, finden Sie nicht auch?«

»Es war eine prunkvolle Zeit. Fast barock.«

Sie lachte. »Ja, genau das. Heute ist alles vor allen Dingen praktisch, kostengünstig, puritanisch. Ich halte das Bauhaus für absolute Zeitverschwendung. Das hier wird ein Anti-Bauhaus. Haben Sie gehört, dass in Weimar die architektonische Bibliothek verbrannt wurde, damit kein Bauhaus-Student sich mehr auf alte Zeiten berufen kann? *Interessante* Herangehensweise, oder? Ich hoffe, die Statikbücher haben das Feuer überstanden, sonst dürfte ihnen bald das erste Dach auf den Kopf fallen. Schade um das Gebäude wäre es nicht, diese eckigen Scheußlichkeiten könnte schließlich auch ein Kind mit Bauklötzen errichten.«

Sandor beschränkte sich darauf, lächelnd zu nicken.

»Mein Mann und ich kaufen Kunst auf, Statuen und Reliefs von alten Gebäuden genauso wie antike Kunst. Das gibt es nicht wie Sand am Meer. Wir kaufen also auf, was wir kriegen können, und lagern es hier auf der Baustelle ein, weil es hier umzäunt und bewacht ist. Trotzdem gibt es ständig Einbrüche, und Dinge kommen weg! Erst dachte ich, es geht um den Wert, gerade bei den antiken Stücken. Aber langsam glaube ich an die absichtliche Sabotage unseres Bauvorhabens. Unserer Ideen.«

Sie kamen beim Bauwagen an. Die Markova öffnete die Tür und wies hinein. Drinnen lagen Baupläne auf einem Tisch, der sich von unten erleuchten ließ. Zeichenmaterial und einige Bücher waren in Regalen sortiert. Weiter hinten war eine Teekanne auf einem aus der Wand geklappten Tischchen mit einigen umgestülpten Tassen angerichtet.

»Grüner Tee«, erläuterte sie. »Ich habe immer frisch aufgegossenen da. Ohne kann ich nicht leben. Oder … leben vielleicht schon. Aber nicht arbeiten.« Sie lachte und öffnete eine Jalousie, so dass mehr Licht hereinfloss. Sandor bemerkte, dass sich die Falten um ihren Mund beim Lachen zu Grübchen vertieften, die ihrem Gesicht paradoxerweise einen strengen Ausdruck verliehen. Sie schenkte ihm ein.

»Das heißt aber natürlich, Sie brauchen gar keine Bildhauer. Denn Sie kaufen ja nur auf«, stellte Sandor mit einiger Erleichterung fest.

»Ach ja, hier, an diesem Projekt. Wir haben ja noch andere Baustellen. Es ist gerade nicht so ganz einfach, unsere Entwürfe gewinnen diesen oder jenen Architekturwettbewerb, und dann entscheidet der Senat der Stadt, dass sie doch wieder einen von Tauts Bande dafür bezahlen. Der Fluch des sozialen Wohnungsbaus, wissen Sie.«

»Nein«, sagte er ehrlich, und mit einem Gedanken an Jiří fuhr er dann noch ehrlicher fort: »Ich halte Wohnen für ein Grundrecht, das kostenlos möglich sein sollte.«

»Sehen Sie, und da sind wir gar nicht unterschiedlicher Meinung. Aber *wohnen* wir denn nur in einer Hauptstadt? Nein. Eine Hauptstadt braucht Prestige, Verwaltungsgebäude, Bildungsinstitutionen, dies und das.«

»An Prestige fehlt es Berlin nicht.«

»Natürlich. Aber das sind alles nur Andenken an die Kaiserzeit. Historisches Geklimper. Wenn wir als Weltstadt ernst genommen werden wollen, können wir nicht jede freie Fläche mit Sozialwohnungen im sachlichen Klötzchenstil vollpflastern. Entschuldigen Sie, wenn ich das so unumwunden sage. Natürlich muss es Platz für die Taut'schen Pläne geben. Und auch für die Warenhaustempel. Für Kommerz ist immer Platz, aber für Prestige? Nicht wirklich. Wir setzen da falsche Prioritäten. Menschen haben ein Grundrecht auf Wohnen, da gebe ich Ihnen recht. Aber auch ein Grundrecht auf Kunst. Auf Schönheit. Auf Bildung. Auf die Moderne!«

Sandor nickte. »Vermutlich meinen wir dasselbe. Und ich habe auch noch nicht allzu viel Ahnung von Berlin.«

»Nicht schlimm, die kriegen Sie schon noch. Jedenfalls ist es mir immer eine Freude, neue Talente kennenzulernen.«

»Sie wissen doch noch gar nicht, ob ich talentiert bin.«

Sie lächelte verschmitzt. »Dann klären Sie mich auf. Sie haben von einer ganz neuen, noch naturalistischeren Technik gesprochen, als wir uns zum ersten Mal getroffen haben.« Sie nippte an ihrem Tee, vorsichtig, damit ihr Lippenstift nicht verwischte, und ohne ihn aus den Augen zu lassen.

»Ich ... arbeite noch dran«, sagte Sandor und fühlte nervösen

Schweiß unter seinem Hemd. »Also, mein neuestes Werk ist ja gestohlen worden.«

»Ja, das ist höchst unangenehm. Ich habe die Adresse dieses windigen Händlers an die Polizei weitergegeben. Es war ein Fehler, mich selbst auf die Suche zu machen. Wenn Arthur das wüsste, er würde mich einweisen lassen!« Sie lachte. »Also, mir wäre es jetzt jedenfalls sehr viel lieber, die Polizei geht auf Adlerjagd, als dass ich es wieder selbst tue und mich dabei zu … Dingen hinreißen lasse, die ich bereue.«

»Adlerjagd?«, fragte Sandor merklich überrascht. Ob er wohl so bleich und entgeistert aussah, wie er sich fühlte?

»Die zuletzt entwendete Statue. Ein Reichsadler, noch aus der Kaiserzeit, von der maroden Front eines Verwaltungsgebäudes in Schöneberg gerettet.« Sie setzte mit leisem Klirren die Tasse ab und musterte ihn. Dann lehnte sie sich im Stuhl zurück und legte den Kopf schief. »Sie wissen etwas über meinen Adler, Herr Černý.« Sie räusperte sich. »Nicht wahr?«

»Ich … ich bin mir nicht sicher. Es kann sein, dass ich ihn gesehen habe«, murmelte Sandor.

»Und wo ist er?«

»Mittlerweile wohl von der Polizei beschlagnahmt«, brachte Sandor hervor. »Es gab, ich weiß es auch nicht so genau. So eine Art Vandalismus. Und der Adler war … Teil davon. Glaube ich.«

Gott im Himmel, das Lügengebilde, das er aufbaute, fing an, unter seinen Bewegungen zu wackeln, als würde es jeden Moment in sich zusammenfallen. Die Markova stand auf und ging zum Tisch, auf dem die Zeichnungen lagen. Sie nahm etwas, sah es kurz an und hielt es ihm dann hin.

Es war eine Zeitung. Sandor hatte schon an der Tramhaltestelle in einem Kiosk gleich mehrere reißerische Schlagzeilen zum Frölich-Mord gelesen, aber keine davon hatte einen Bezug zum Reichsadlerangriff hergestellt oder diesen auch nur erwähnt – zumindest nicht auf der Titelseite. Doch diese hier schien sich eine andere Tagessensation herausgesucht zu haben: »Unerklärlicher Adlerangriff zerstört Kneipe im Wedding«.

Als er den Artikel überflog, spürte Sandor vor allen Dingen Erleichterung, dass er sich keine weitere Lüge ausdenken musste. »Ja, genau das. Ich war zufällig in der Nähe.«

Sie setzte sich wieder. »Wirklich? Sie waren *dabei*? Wie viel davon ist denn ersponnen und wie viel Wirklichkeit?«

»Ich habe schon mit der Polizei gesprochen, und ich kann es selbst nicht genau sagen. Der Adler wurde im Gebäude gegenüber gefunden, aber gleichzeitig hat auch etwas ... Adlerartiges die Fenster zersplittern lassen. Es war wie der Schatten von einem riesigen Adler. Viel größer als die Statue. Die Flügel breit wie die ganze Fassade.«

»Und er hat sich bewegt?«

»Ja, ja, ich glaube schon, es war ein Schatten – aber von einer unheimlichen Materialität«, sagte Sandor halbwegs ehrlich.

»Und Sie haben ihn selbst gesehen?« Erneut lehnte sie sich so zurück, mit diesem prüfenden Blick. Misstrauen, schoss es Sandor durch den Sinn.

»Glauben Sie etwa, dass ich ...«, brachte er hervor.

»Sie sind beim Statuenhändler. Dann sind Sie dort, wo mein Adler wieder auftaucht. Sie müssen zugeben, dass das seltsam aussieht.«

Sandor streckte die Hände aus. Ihre Miene machte ihm Angst, auf einmal waren die Linien wie mit dem Lineal gezogen, sie hatte etwas Feldherrinnenhaftes. »Denken Sie, dass *ich* Ihre Statuen klaue?«

»Das haben Sie gesagt.« Ein amüsiertes Lächeln fuhr wie ein Blitz über ihr Gesicht – da und wieder fort.

Sie erhob sich und kam auf ihn zu. Es war eng im Bauwagen, und er saß ganz hinten. Ihre Nähe verdunkelte das Licht, das durch die Fenster schien. Sie legte einen kalten Finger unter sein Kinn und zwang ihn, sie anzusehen. »Herr Černý, Sie haben jetzt besser eine gute Erklärung parat, sonst könnte es sein, dass ich die beiden Schutzmänner da draußen auf Sie aufmerksam mache. Oder Anton. Den kennen Sie ja schon.«

»Ich … habe Ihnen ja bei Lengenschmidt schon gesagt, mir wurde auch etwas gestohlen«, stammelte Sandor. Er wusste, dass er ihr mehr geben musste, etwas, das nicht ganz so unwahrscheinlich klang. »Ich bin … Ich arbeite … Ich suche nach Statuen, die sich anders verhalten, als sie es tun … sollten! Aber vorgestern war ich einfach nur zufällig dort, wo Ihr Adler war!«

Sie sah ihn prüfend an, dann verzog sie abschätzig den Mund. »Na, schon gut«, sagte sie und ging wieder auf Abstand. »Fürchten Sie sich doch nicht vor mir.«

Sie setzte sich wieder hin und trank ungerührt Tee, als sei nichts passiert.

»Wie läuft das ab? Dass Sie Statuen untersuchen? Ist das ein Hobby?«

»Ich bin … bei der Uni angestellt«, gab er zu. Mehr als das würde er nicht sagen. Durfte er nicht sagen.

»Die Universität lässt seltsame Statuen untersuchen?«, fragte sie mit gesenktem Blick. »Deshalb waren Sie bei Lengenschmidt?«

Er nickte unbehaglich.

»Sie sind also gar kein Bildhauer.«

»Ich bin bildender Künstler. Also, oder vielmehr, na ja, studiere ich die bildende Kunst.«

»Hier, in Berlin?«

»In Prag.«

»Interessant. Aber Ihre revolutionäre neue Technik. Die existiert nicht.«

Sandor nickte erneut. »Bronzeplastik ist mehr mein Ding«, murmelte er.

»Werde ich mir merken, Herr Černý. Wenn Sie was taugen, warum nicht! Aber wenn Sie eigentlich keinen Job suchen, warum sind Sie hier?«

»Es passieren seltsame Dinge rund um ... Gebäude – Stein, Fundamente, Statuen. Ich kenne noch nicht viele Leute in Berlin, ich wollte Ihre Einladung nutzen, um in Erfahrung zu bringen, ob Sie Merkwürdiges erlebt haben. Hier auf der Baustelle oder woanders.«

Sie lachte. »In Berlin liegt einiges im Argen, und einiges ist merkwürdig. Das ist nicht unsere erste Baustelle, auf der es Sabotageakte gibt. Wir waren bestimmten Leuten immer schon ein Dorn im Auge, und ich denke, es ist nicht allzu weit hergeholt, wenn ich sage, dass diese Leute viel dafür geben würden, uns aus der Stadt zu vertreiben. Ich bin selbst Halbfranzösin, habe zwanzig Jahre in Paris gelebt. Ich habe schon häufiger anonyme ... Wünsche erhalten, ich möge mich nach Paris zurückziehen, solange ich noch kann. Das ist durchaus auch politischer Natur.«

»Wer bedroht Sie?«

»Wir haben Gegner in allen politischen Lagern, würde ich sagen. Alle finden andere Gründe, warum ihnen unsere Kunst nicht zusagt. Den einen ist sie zu elitär und verschwenderisch, den anderen zu extravagant und undeutsch. Aber Kunst ordnet sich der Politik nicht unter. Kunst ist Kunst, und das hier erbauen wir auf unserem Grund und Boden, mit Mitteln, die uns gehören, und einer ordentlichen Baugenehmigung. Mit diesem Bauwerk wollen wir zeigen, was möglich ist, und wenn Berlin sich entschließt, dass es nicht mit in die Zukunft gehen will – nun, dann werden wir der Stadt vermutlich wirklich den Rücken kehren.«

Sandor merkte, dass das Gespräch dem Ende entgegenging, und entschied sich für einen letzten Vorstoß. »Ich habe von einem Fest gehört, einer Gala, auf der noch mehr passiert ist, eine Art Beeinflussung des Geistes. Ich frage mich, ob das etwas mit dem Adler zu tun hat, den ich im Wedding gesehen habe.«

Sie blinzelte nachdenklich, dann sagte sie geistesabwesend:

»Ich hab das nicht miteinander in Verbindung gebracht ... Aber ja, vor zwei Wochen war ich auf einer Gala. Sie musste abgebrochen werden wegen einer Art ... Massenpanik?«

»Wie fühlte es sich an?«

Sie lächelte kalt und distanziert und stand auf. »Nicht gut. Ich bitte um Verzeihung, Herr Černý, dass ich Ihnen und mir die Beschreibung dessen nicht zumuten möchte. Ich bin mir auch nicht sicher, ob unsere ... Freundschaft dafür schon weit genug gediehen ist.«

»Entschuldigen Sie bitte, das habe ich nicht so gemeint.«

»Sie sind neugierig für einen Studenten. Vielleicht sollte ich mir beim nächsten Mal tatsächlich ein paar Werke von Ihnen ansehen. Ich habe das Gefühl, sie könnten mich interessieren.«

Sandor wollte bescheiden protestieren, presste dann aber nur die Lippen zusammen und neigte den Kopf. Diese Frau verwirrte ihn.

Sie verließ den Bauwagen vor ihm und hielt ihm die Tür auf. Als er vor ihr ankam, griff sie beiläufig nach seinem Hemdkragen und ordnete die Falte rechts, dabei streifte ihn ihr Fingernagel. Sie lächelte erneut distanziert. »Damit Sie an der Universität keinen schlechten Eindruck machen«, sagte sie abwesend. »Bis bald, Herr Černý. Ich bin mir sicher, wir laufen uns wieder über den Weg.«

Als er das Gelände verließ, kam er sich beobachtet vor, und die Stelle, wo ihr Fingernagel ihn berührt hatte, brannte noch ein wenig. Aus irgendeinem Grund empfand er eine tiefe Scham, als habe sie ihn irgendwo berührt, wo er nicht berührt werden wollte.

Wo würde man denn von einer Frau wie ihr nicht berührt werden wollen?, fragte ihn eine spottende Stimme. *Sie ist mindestens doppelt so alt wie ich, Jiří!*, entgegnete er und war froh, als sich wenig später die Türen der Tram hinter ihm schlossen.

7
FEUER UND FLAMMEN

> »Im Lichte bereits erlangter Erkenntnis erscheint das glücklich Erreichte fast wie selbstverständlich, und jeder intelligente Student erfasst es ohne zu große Mühe. Aber das ahnungsvolle, Jahre währende Suchen im Dunkeln mit seiner gespannten Sehnsucht, seiner Abwechslung von Zuversicht und Ermattung und seinem endlichen Durchbrechen zur Wahrheit, das kennt nur, wer es selber erlebt hat.«
>
> **ALBERT EINSTEIN**

Der Werkstatthof der Kunstschule war leer, Pfeiffer hatte die kostbaren Geräte in Laken eingeschlagen höchstpersönlich in seinem Auto transportiert, und Nike musste nun zusehen, dass sie sie an den Strom angeschlossen bekam. Zusammen mit einem grummeligen Hausmeister verlegte sie Kabel in den Innenhof.

Nach den Zeitungsartikeln und der Aufmerksamkeit der Politik hoffte Pfeiffer, dass die Kunstschule zu Berlin weniger im Auge der Öffentlichkeit stand als die Friedrich-Wilhelms, vor der sich bereits ein Haufen Journalisten versammelt hatte, um jeden dahergelaufenen Studenten nach seiner Meinung zu den Experimenten zu fragen.

Sandor ging auf und ab, und etwas hatte sich in seinen Blick gestohlen, was Nike noch nicht an ihm kannte. Eine sirrende, funkensprühende Vorfreude, vielleicht sogar Leidenschaft. Nicht die jungenhafte Albernheit, die er im *Eldorado* versprüht hatte, sondern etwas Tieferes.

Ich will es hoffen, sagte sie sich. Am Dienstag war er gar nicht erst gekommen, und sie war sich ziemlich sicher, dass er irgendwo mit Roten durch die Straßen gezogen war, aber sie hatte darauf verzichtet, ihn danach zu fragen. Am Mittwoch hatte Pfeiffer sie beide mit einem Vorschlag zu sich zitiert. Aus dem Klein-Klein im Labor könne so ja nichts werden, hatte er gesagt. Außerdem brauche man schnell einen Erfolg. Er habe da einen Vorschlag.

Und nun dieser Schwung in Sandors Bewegungen, die Vorfreude in seinem Blick …

»Vielleicht ist er ja doch ein Künstler«, murmelte sie vor sich hin, und Sandor grinste ihr wissend zu. Er stand an einem Holzrahmen und schaufelte rötlichen Sand hinein. Sie hatte keine Ahnung, was er da tat, aber sie hatte ja immer schon vermutet, dass das Künstlerdasein nicht allzu große Herausforderungen mit sich brachte.

Als sie in der hintersten Ecke des Schuppens kniete, um die Verkabelung der Geräte im Innenhof ans Stromkabel der Werkstatt anzuschließen, legte sich eine Hand auf ihren Rücken. Sie schrak auf und stieß sich den Kopf.

»Entschuldige, das wollte ich nicht«, sagte Georgette. Nike stand auf, linkisch und mit Sägespänen in den Haaren. Sie trug ein grobes Hemd, in den Hosenbund gestopft, mit hochgerollten Ärmeln, und kam sich neben Georgette, die ein helles, hochgeschlossenes Kleid mit einer knielangen Strickjacke trug, wie der hinterletzte Prolet vor.

»Nichts passiert«, sagte Nike und streckte zögerlich die Hand aus. Georgette ergriff sie mit einem Lächeln und schüttelte sie förmlich. Dann lachte sie und umarmte Nike sehr flüchtig, aber mit einem Kuss auf die Wange. »Du bist hier!«, sagte Nike schließlich überflüssigerweise.

»Ja, ich habe früher freigemacht.«

Nike spürte, wie das unterschwellige Kribbeln der Nervosität vor diesem Experiment durch ihre Adern zu fließen begann, als hätte sie sich gerade selbst unter Strom gesetzt. »Muss da hinten noch was anschließen.«

»Ich sage Sandor hallo«, sagte Georgette und verschwand.

Wenig später war das Experiment startklar – und der Besuch eingetroffen. Sandor spürte unangenehm neugierige Blicke auf sich ruhen, während er am Rohmaterial werkelte, und der Lärm, den er dabei machte, gab Nike Gelegenheit, mit ihm zu sprechen, ohne dass sie im ganzen Hof gehört wurden.

»Was machen denn die Bonzen hier?«, zischte ihm Nike zu.

»Hast du sie eingeladen?«

»Nein, ich weiß auch nicht, was sie hier zu suchen haben!«

Er trat rhythmisch auf ein Pedal, das das Rad einer alten Feldesse in Rotation versetzte. Das ganze Metallgestell der Esse wackelte. Durch die Bewegung des Rads blies ein Luftstrom von unten einen Haufen Kohlen auf der Oberseite des tischhohen Gestells an und brachte sie zum Glühen. Halb vergraben im Kohlehaufen ruhte ein Tiegel schmelzender Bronzespäne: das Material, mit dem er seine Kunst erschaffen würde.

Pfeiffer zog kritisch die Augenbrauen zusammen, er stand mit dem Direktor der Kunstschule, einem Mann mit struppigen grauen Haaren, neben Professor Nernst, dem Leiter des Instituts für Physik der Friedrich-Wilhelms, der mit seiner altmodischen Bartpracht und seinem Auftreten wirkte, als hätte er den Beruf verfehlt und wäre besser Generalfeldmarschall im Heer des Kaisers geworden.

Allein ihre Anwesenheit machte Sandor mehr als nervös – er konnte es nicht ausstehen, wenn er bei der Arbeit beobachtet wurde –, aber sie gehörten wenigstens hierher. Definitiv nicht hierher gehörten jedoch Renée Markova und ihr blasser, schmaler und großgewachsener Ehemann, der sich als Arthur Markov vorgestellt hatte. Teurer Anzug, gewachster dünner Schnurrbart, arroganter Blick und dabei keinerlei Charisma. Neben seiner schillernden Gattin wirkte er steif wie eine der Statuen, die ihnen abhandengekommen waren. Sandor mochte ihn nicht, und irgendwie fühlte es sich an wie Eifersucht.

Eigentlich hatte Erwin Schrödinger, der Nachfolger Max Plancks als Professor für Theoretische Physik an der Friedrich-Wilhelms, ebenfalls Interesse an dieser Vorführung angemeldet, aber er hatte sich entschuldigen lassen. Vielleicht war das besser so, eine lebende Legende weniger, vor der sie sich lächerlich machen konnten.

»Ich freue mich, dass Sie so spontan kommen konnten!«, wandte sich nun Nernst an die beiden Neuankömmlinge. »Wie ich gestern Abend am Telefon erzählte, ist das hier unser zurzeit förderungswürdigstes Forschungsfeld. Es ist der erste öffentliche Feldversuch der beiden Probanden. Der junge Mann ist vor wenigen Tagen erst aus Prag angereist. Wir dürfen also gespannt sein«, sagte Nernst.

»Wir sind einander schon über den Weg gelaufen.« Renée Markov lächelte und winkte Sandor mit einer winzigen Bewegung ihre Finger. Dabei blitzten ihre Augen füchsisch: Nernst erhoffte sich sicherlich großzügige Drittmittelspenden des namhaften Architektenpaars oder zumindest Werbung in den richtigen Kreisen dafür. Aber das erklärte nicht, warum ausgerechnet die Markovs eingeladen waren und nicht irgendwelche anderen Wichtigtuer. Die einzige Antwort, die Sandor einfiel, lautet: *weil ich gestern zu viel geplappert habe.*

Georgette drückte sich wie eine zufällige Beobachterin im Türrahmen der Werkstatt herum.

Sandor griff nach einer langen Zange. Er war startklar. Sein Blick wanderte wieder zur Markova. Sie wirkte erregt, biss sich vor Spannung auf die geschminkte Unterlippe – was in interessantem Kontrast zu ihrem geschäftsmäßigen Auftreten stand.

»Jetzt starr sie nicht an, sondern konzentrier dich!«, flüstere Nike ihm zu. »Das darf nicht schon wieder in die Hose gehen.«

Sandor hatte in der Kunsthochschule alles vorgefunden, das er für einen einfachen Bronzeguss benötigte: Er hatte einen quadratischen Holzrahmen mit Ölsand befüllt und verdichtet. Im Sand befand sich das dreidimensional abgedrückte Negativ einer Holzfigur, die er gestern relativ grob aus Balsaholz geschnitzt und schon wieder aus dem Rahmen entfernt hatte, der aus zwei nacheinander mit Formsand befüllten Hälften bestand. Er hatte Röhren zum Hohlkörper im Sand vorbereitet, wodurch die Bronze ein- und die Luft ausdringen konnte.

Sandor hatte den Rahmen aufrecht neben der Esse platziert, und Nike hatte ihre Kabel darum verteilt, die mit zwei elektrischen Piezo-Schallwandlern verbunden waren, jeweils ein Wandler in Form handtellergroßer Scheiben mit zwei Kabeln. Die Wandler wiederum klebten an der Gussform, einer auf der Längsseite, einer auf der Breitseite. Nike hatte ihm erklärt, dass diese Schallwandler aus Quarz bestanden und elektrische Signale in Töne umwandeln konnten – auch wenn diese für das menschliche Ohr nicht wahrnehmbar sein würden.

Warum sie keine der neuartigen elektrischen Lautsprecher verwendete, die seit wenigen Jahren auf dem Markt waren, hatte Sandor nicht gefragt, und es war ihm eigentlich auch egal. Nike hatte die Piezos mit einem Hochfrequenzwandler mitsamt allerhand Reglern verbunden. Sie wollte diesmal nicht mit Kathodenstrahlen, Röntgenstrahlen oder der Quecksilberdampflampe arbeiten, sondern mit Ultraschall, eine Methode, mit der in Kopenhagen nun schon drei Experimente gelungen waren. Nike hatte die Maße der Figur notiert, die Schallgeschwindigkeit in Bronze nachgeschlagen und dann etwas um die zwanzig Kilohertz ausgerechnet.

»Gleich geht es los, meine Damen und Herren«, kündigte Pfeiffer an und griff nach seinem Fotoapparat.

Die Markova kam einen zögerlichen Schritt näher und blieb in gebührlichem Abstand zur gleißenden Hitze in der Esse stehen.

»Viel Glück, Herr Černý!«, flüsterte sie mit einem verschmitzten Lächeln darüber hinweg wie vor dem entscheidenden Würfelwurf in einem Kasino.

Mit Lederhandschuhen und Zange packte er den rot glühenden Tiegel in der Esse, ging vorsichtig zum aufgestellten Holzrahmen und setzte den Tiegel an der Einlassöffnung für die Bronze an. Er sammelte sich, auch wenn er nicht wusste, worauf genau er sich vorbereitete. Letztlich war diese Art des Bronzegusses für ihn eine einfache Übung. Von allem, was darüber hinausging, würde er sich überraschen lassen müssen. Wenn er es vermasselte, kam immerhin eine nette Statue dabei heraus.

»Schalte den Strom an«, sagte Nike und drehte einen Regler, bis Sandor einen sehr hohen, kaum vernehmbaren Ton hörte. Nike variierte mit ihren Drehreglern Amplitude und Frequenz, und der Ton verschwand immer wieder aus dem hörbaren Bereich und kehrte zurück.

»Also dann«, sagte Sandor und neigte den Tiegel.

»Nicht«, sagte da Georgettes Stimme. Mit ruhigen, bestimmten Schritten kam sie näher. »Nicht einfach drauflos. Und nicht einfach wahllos eine Frequenz wählen.«

Die Varietékünstlerin und die Architektin standen nun beide an der Peripherie des Experiments. Nernst und Pfeiffer musterten die beiden Frauen überrascht. In ihren Blicken lagen Missbilligung, Abschätzigkeit, Verwunderung.

»Natürlich nicht. Ich habe die Frequenz berechnet«, verteidigte sich Nike vor Georgette.

»Magie und Wissenschaft müssen in Resonanz schwingen genau wie der Schall in der Bronze. Lasst euch aufeinander ein«, sagte Georgette eindringlich. Sie trat noch einen Schritt vor und schob Sandor sehr vorsichtig und sehr sanft näher an die Gussform heran. Obwohl er ein abfälliges »Hah« von Nernst hörte, schloss Sandor die Augen, atmete langsam ein und ließ die Hitze und den Geruch nach Kohle, Feuer und Metall in sich ein. Und nicht nur das. Er konnte den Ton zwar nicht hören, aber er spürte ihn. Er spürte, wie die Bronze im Topf lebendiger wurde, und hielt die Luft an.

»Das. Jetzt«, flüsterte Georgette an seinem Ohr. »Das ist der richtige Ton.«

Und damit kippte er den Tiegel, Winkel um Winkel, bis die flüssige Bronze durch das Loch im Kasten in die Form floss. Er spürte, wie Nike die Frequenz des Schalls justierte, um seiner Bewegung zu folgen. Er passte die feinen Bewegungen seiner Hand daran an, und als er das tat, reagierte Nike darauf, und sie beide ließen sich Stück um Stück immer feiner, immer kleinteiliger aufeinander ein.

Eine so unerwartete Verbundenheit zu Nikes kühlem Geist hatte er nicht erwartet. Auch nicht, dass es ein Tanz sein würde zwischen brodelnder Kreativität und in sich ruhender Wissenschaft, ein Tanz zwischen Bronze und Schall, zwischen Mann und Frau, irgendwie romantisch, aber ohne sexuelle Komponente.

Das Ganze dauerte eine Ewigkeit von zwei oder drei Sekunden. Sandor öffnete die Augen, als er spürte, dass die Bronze durch die Luftlöcher an den Rand der Form vorgedrungen war. Das flüssige Metall fing bei Kontakt mit der Luft sofort Feuer. Der Blitz von Pfeiffers Fotoapparat zündete.

Sandor trat zurück, alle starrten auf das Experiment. Nike hielt ihre akustischen Gerätschaften noch in Betrieb, doch der Ton bildete nun nur noch die Kulisse, war kein Handlungsträger mehr.

»Und jetzt?«, flüsterte die Markova zu laut. »Passiert da noch was?«

Sandor konnte an Pfeiffers enttäuschtem Gesicht sehen, dass er von einem Fehlschlag ausging. Er senkte seinen Fotoapparat wieder.

»Da!«, rief die Markova und zeigte auf die Nebelkammer, die unter großem Aufwand in den Hof geschafft und neben Nikes Geräten aufgebaut worden war. Tatsächlich war hinter der Glasplatte der Kammer einiges los: Spuren zischten durch den dichten Dunst im Innern, es mussten Hunderte sein. Einige gingen fast geradlinig hindurch, andere drehten sich auf Spiralbahnen und erzeugten Muster. Der Blitz des Fotoapparats zündete wieder und wieder.

»Das kann diesmal kein Sekundäreffekt der Braunschen Röhre sein!«, rief Nike. Auch deshalb hatte sie diesmal auf Schall gesetzt: Normalerweise waren Röntgenröhren oder Braunsche Röhren bei ihren magischen Versuchen im Spiel gewesen, die mittels elektrischer Felder und Magnetfelder unsichtbare geladene Teilchen durch die Gegend katapultierten. Teilchen, die auch in der Nebelkammer sichtbar gemacht wurden. Schall jedoch erzeugte keine derartigen Teilchen – das Geschehen in der Nebelkammer musste also eine direkte Folge von Magie im Innern des Formsands sein.

Das war zwar weniger, als Sandor erhofft hatte, aber es war immerhin *etwas*. Er spürte Erleichterung und eine vage Enttäuschung.

Da stellten sich plötzlich die Härchen auf seinen Armen auf – er spürte das Innere der Form pochen wie ein ausgelagertes bronzenes Herz. Er starrte auf den Rahmen, und nach und nach taten es ihm die anderen gleich: Formsand bröckelte heraus. Ein bronzefarbener Schnabel arbeitete sich hindurch. Wie ein Küken aus dem Ei pellte sich die Figur, die Sandor gegossen hatte, aus dem Sand. Dem langen spitzen Schnabel folgte ein Vogelkopf und dann der kleine Körper, der sich schüttelte und so die letzten öligen Sandreste loswurde. Er war noch nicht einmal erkaltet, kleine Feuerfunken rieselten herab. Der Bronzekolibri glich dem Holzstück, das Sandor bearbeitet hatte und dessen Abdruck das Negativ für den Guss gebildet hatte. Statt Federn hatte er den zierlichen, etwa handgroßen Vogel mit feinen verspielten Linien verziert, eine künstlerische Antithese zum aus brutal-klaren Linien zusammengesetzten Reichsadler. Sein eilig aus dem weichen Holz geschnittenes Werk war allerdings weder so verschnörkelt und kunstfertig noch so detailreich und filigran gewesen wie das animierte Wesen vor ihnen. Dieses war zu Boden geplumpst, sträubte sich und … und dann *lösten* sich die Flügel vom Körper mit dem Funkeln von Bronzefunken.

Ein kollektives Luftholen im Hof, der Direktor der Schule ließ sich verblüfft auf einen Stuhl fallen – dann erhob sich der Vogel in die Luft, wenige Zentimeter über dem Boden, und begann, stumm seine Kreise durch den Kunsthof zu ziehen. Eher wie ein Insekt als wie ein Vogel verharrte er in der Luft schwebend hier und da. Der Flügelschlag war so rasant, dass Sandor die Flügel nur als verschwommenen Schatten ausmachen konnte – seine Figur, so viel schöner als das Vorbild, so viel näher an der *Idee* des Kolibris in seinem Kopf!

»Heureka«, stieß Pfeiffer mit blanker Bewunderung aus.

Georgette lachte, Nike fiel erleichtert ein, Nernst staunte, und die Markova wich mit einem Jubellaut dem kleinen Vogel aus, der sich ohne willentliche Steuerung seines Schöpfers und seiner Schöpferin von links nach rechts bewegte, während Pfeiffer vor lauter Aufregung glatt vergaß, seinen Fotoapparat zu bedienen. Nur Arthur Markov schüttelte den Kopf, als wäre er nicht einverstanden. »Gibt es ein Erklärungsmodell, warum das hier nicht der Energieerhaltung widerspricht?«, fragte er.

»In der Tat!«, strahlte Nernst. »Sie sind wohl vom Fach?«

»Bauingenieur«, sagte Markov. Seine Frau ignorierte ihn derweil und hatte nur Augen für den Vogel.

»Wir denken«, sagte Nike, »dass die nötige Bewegungsenergie aus der Bindungsenergie der Objekte bereitgestellt wird. E gleich m mal c zum Quadrat. Sie wissen schon. Einstein.«

Bei dieser Erklärung winkte Markov ab. Sandor verstand nur Bahnhof, und es schien auch nicht gerade Markovs liebstes Thema zu sein.

»Um das zu verifizieren, müssten wir aber die Masse des Objekts vor und nach der … magischen Wechselwirkung … sehr genau bestimmen. Untersuchungen dazu stehen noch aus«, erklärte Pfeiffer.

Nike drehte an einem Regler, woraufhin sich der Kolibri langsam senkte, in der Nebelkammer landete und schließlich erstarrte – nun wieder ganz die unbelebte Bronzefigur, die sie sein sollte.

Markov nickte. »Nun, vielen Dank jedenfalls, Herr Professor, dass wir Ihrer Vorführung beiwohnen durften. Diese Entdeckung wird die Welt völlig auf den Kopf stellen! Sie können sich ganz auf uns verlassen, wir fühlen uns sehr geehrt, Ihr Institut unterstützen zu dürfen.«

Georgette zwinkerte Sandor zu, sogar Nike wirkte erleichtert. Im Vorfeld hatte sie angedeutet, dass eine anerkannte Zeitschrift wie die *Annalen der Physik* sich sicher hinreißen lassen würde, einen Aufsatz über diesen Versuch abzudrucken – sofern es ihnen gelingen würde, ihn verlässlich zu reproduzieren.

Die beiden Physikprofessoren hatten diesen gewissen Glanz in den Augen. Und dann begannen alle, gleichzeitig zu reden, eine fieberhafte Stimmung lag in der Luft. Sandor beugte sich über seinen Kolibri, den Impuls noch zurückhaltend, ihn anzufassen. Er hielt die Hand darüber, die Bronzefigur strahlte noch Hitze aus. Als er sich wieder aufrichtete, war Georgette verschwunden.

Nachdem Nike sich von Professor Pfeiffer und Nernst losgeeist hatte, sah sie, dass Georgette den Schauplatz des Experiments fluchtartig verließ. Eine Sekunde später hörte sie nur noch das Klacken ihrer Absätze im Flur des Gebäudes.

»Georgette!«, rief sie ihr hinterher. Dann folgte sie ihr und holte sie kurz vor dem Hauptportal der Kunstschule ein. Im Gegenlicht von draußen verwandelte sich Georgette in einen flachen Scherenschnitt.

»Ich hab noch so viele Fragen!«

»Frag mich ein andermal.«

»Können wir uns heute Abend treffen?«

»Heute kann ich nicht. Ich melde mich bei dir«, sagte Georgette, und dann ging sie, und die Tür fiel schwer hinter ihr ins Schloss. Nike stand mit einem seltsamen Gefühl im Magen da.

»Ich hätte nicht gedacht, dass ich Sie schon so bald wieder treffen würde«, überwand sich Sandor endlich und sprach Renée Markova an.

»Und ich konnte ja nicht ahnen, dass Sie Teil dieser kleinen … Vorführung sind, Herr Černý!« Sie lachte. »Professor Nernst hat uns eingeladen. Mir fehlen ehrlich die Worte, so etwas habe ich nie für möglich gehalten.«

»Sind Sie … mit dem Professor bekannt?«

»Oh, es ist ganz einfach, Herr … Darf ich Sie eigentlich Sandor nennen?«

Er nickte, und sie streckte die Hand aus. »Erfreut. Nennen Sie mich dann bitte auch Renée.« Sandor bemerkte, dass sie ihn nach wie vor siezte, und wusste nicht so richtig, welchen Vertrautheitsgrad im Deutschen die Kombination von Siezen und beim Vornamennennen implizierte.

»Gerne.«

»Nun, mein Mann, ein alter Alumnus der Universität, kam schon vor einiger Zeit mit Professor Nernst in ein Gespräch rund um Fördergelder. Wir äußerten den Wunsch, die Wissenschaften zu unterstützen. Ich denke, es ist möglich, dass wir indirekt Ihr Gehalt zahlen. Ich hoffe, es ist ganz anständig?«

»Es ist nicht schlecht«, sagte Sandor.

»Aber wenn Sie es aufbessern möchten, können wir uns mal meine aktuellen Baustellen und Projekte anschauen und überlegen, zu welchem ein Kunstwerk von Ihnen etwas beitragen könnte. Ein, wie gesagt, ganz normales Kunstwerk. Wo die Magie nur hier stattfindet.« Sie trat vor und tippte ihm sachte an die Schläfe. Er lächelte.

»Natürlich, gerne.«

»Ich denke, Sie haben sicherlich noch genug zu tun. Wenn Sie Lust haben, lassen Sie uns doch am Wochenende einen Kaffee trinken gehen. Wir treffen uns an der Baustelle vom Singenden Haus, was sagen Sie?«

»Gern«, sagte er, bevor er noch überlegen konnte, ob er lieber eine Ausrede vorbrachte. Er wusste nicht, was er von ihr halten sollte. Sie wirkte ehrlich begeistert, aber dennoch auch, als spiele sie mit ihm.

Flirtet sie?

Er versuchte, den Gedanken amüsant zu finden. Er war gerade nicht auf einen Auftrag von ihr angewiesen. *Aber es wäre auch nicht schlecht*, gestand er sich ein, denn wer konnte schon antikapitalistischer Künstler in einer kapitalistischen Welt sein?

»Samstag, zehn Uhr?«, hakte sie nach, und er nickte. *Vielleicht muss ich mir auch nie wieder Gedanken um Aufträge und dergleichen machen. Vielleicht bin ich einer der ersten ... Magier.* Der Gedanke brachte ihn zum Lächeln.

Was, wenn die Magie Leuten Möglichkeiten gab, die bislang nichts hatten? Vielleicht hatten sie durch die Magie nichts zu verlieren – als ihre Ketten.

Abends schrieb Sandor Zeile um Zeile an Jiří. Es verwirrte ihn, dass sein Freund nicht an seiner Seite war, um ihm mit einem Rat oder einer Umarmung beizustehen – ein Brief würde Sandor vielleicht einen Ersatz dafür bieten. Er dachte zunächst, es sei unmöglich, in Worte zu fassen, was er erlebt hatte, doch dann fielen die Wörter nur so aufs Papier.

Ich frage mich, ob wir Zeuge sein werden, wie sich die Welt transformiert. Und wenn sie es tut, ob es eine ermächtigende Veränderung sein wird, eine befreiende. Oder ob die Art und Weise, wie die Welt gerade funktioniert, sich einfach nur auf eine andere Gegebenheit anpassen wird, weil die Gussform immer gleich ist und wir lediglich neues Material oben einfüllen. Ich möchte aber glauben, dass ein neuer Geist die Menschen erfassen wird. Was wir gerade entdecken, gehört jedenfalls allen Menschen, und wir dürfen es nicht dulden, dass wenige es an sich raffen. Ich schicke den Brief morgen endlich ab. Vielleicht hast du noch ein paar kluge Ideen für mich, bevor mich eine Welle packt und mit sich reißt. Wünsch mir Glück. Ich vermisse dich mehr, als ich dachte.

Der nächste Morgen war ein Freitag, Nike war von der Vorlesung freigestellt, weil Pfeiffer verhindern wollte, dass sie von der Presse abgefangen wurde.

Nernst hatte derweil der *Berliner Morgenpost* ein Exklusivinterview gegeben. »Ich frage mich, in welche Richtungen Nernst noch die Hand aufhält«, schimpfte Nike, während sie unter Sandors Schirm von der Tram zur Roten Burg hasteten. Ein erstes Maigewitter hatte zumindest Nike kalt überrascht. Sandor hingegen, den sie vom Hotel abgeholt hatte, hatte einen Schirm zur Hand.

»Am Montag soll ich eine Rede vor dem Reichstag halten. Ich frage mich, wie die sich das vorstellen. Ich soll am Wochenende daran arbeiten und Sonntag *auf einen Kaffee* bei Pfeiffer vorbeikommen, damit er alles wieder umschmeißen und es mich neu schreiben lassen kann.«

»Und ich bin morgen bei Renée Markov eingeladen«, gab Sandor zurück.

»Das ist irgendwie seltsam, warum hat sie sich so auf dich eingeschossen?«

»Hat sie nicht.« Sandor machte einen Umweg zum Briefkasten und warf einen umfassend frankierten Brief ein, vermutlich nach Prag. »Ich glaube, sie findet mich einfach nur interessant.«

»Weil wir *zaubern*.«

»Mit Sicherheit, auch.«

»Du weißt, du kannst ihr Statuen meißeln, so viel du willst, aber du hast bei allem, was die Polizei angeht, Schweigepflicht.«

»Ja, das weiß ich. Aber stell dir vor, du lernst einen gut aussehenden Künstler wie mich kennen, und er ist auch noch der einzige Magier Berlins. Natürlich lädst du ihn zum Frühstück ein, oder nicht?«

»Ich lade dich nicht zum Frühstück ein«, bemerkte Nike spitz.

»Weil du eine Lesbierin bist, ansonsten würdest du.«

Sie sog die Luft ein.

»Was denn? Muss dir doch nicht peinlich sein. Berlin ist so offen – und du bist so verklemmt!«

»Weil es dich nichts angeht! Und im Übrigen war ich mal verlobt!«

»Soll das ein Gegenbeweis sein?«, fragte er mit einem Grinsen. »Sieh es mal so: Wenn Verloben nach deinem Geschmack ist, ist Georgette eine der wenigen Frauen in Berlin, mit der es vermutlich sogar legal wäre.«

»Es ist so kindisch, dass du von Verloben anfängst, ich meine, wie lange kenne ich sie jetzt? Sechs Tage?«

»Aber du schmachtest sie an«, sagte er zufrieden, während sie vor der Durchfahrt in den Innenhof abwarteten, bis ein Transporter hineingefahren war. »Dieser Verlobte, ist der im Krieg gefallen?«

»Ich habe mich einfach von ihm getrennt, das ist alles«, entgegnete sie. »Wir passten nicht zusammen.«

Sie stiegen über die Pfützen in der Einfahrt und die Treppe zum Eingang hinauf.

»Ich seh es einfach so: Wenn ich mich bei der Markova herumtreibe, dann bin ich immerhin vor diesem SA-Pärchen sicher. Und dass von ihrer Baustelle Statuen geklaut werden, ist doch etwas, dem wir nachgehen sollten. Sie könnte den Naziadler vermutlich identifizieren.«

»Wo steht die Frau denn so politisch?«

»Ich glaube, es geht ihr mehr um die Kunst als um die Politik.«

Sie schüttelten sich auf dem geometrischen Fliesenmosaik des Bodens die Mäntel und den Schirm aus. »Anders als den Statuendieben«, sagte Nike und zog die gestern in der Vorlesung zusammengesammelten Zeitungsseiten aus der ledernen Umhängetasche.

Sie nahmen den Paternoster nach oben und quetschten sich mit zwei Tippfräuleins hinein, die eilig die Unterlagen, die sie auf den Armen trugen, vor den nassen Neuzugängen in Sicherheit brachten, indem sie ihnen den Rücken zuwandten.

»Tut mir leid«, murmelte Nike. Wenig später kamen sie in

Seidels Büro an, blieben jedoch vor der Tür, solange er telefonierte.

»Weißt du«, sagte Sandor, »ich glaub, es ist eine gute Idee von dir, dich nicht mehr in Männer zu verlieben.«

»Das habe ich nie gesagt. Warum interessiert dich das so sehr?«

»Ich finde, wir sind seit gestern mehr als Kollegen. Du und ich, wir können zusammen zaubern. Das hab ich, ehrlich gesagt, nie für möglich gehalten, aber es ist möglich, und wir stehen sicher erst ganz am Anfang. Wir dringen gerade an den Rand dessen vor, was Menschen wissen können, vielleicht sind wir sogar schon drüber hinaus.«

»Und was hat das mit meinem Privatleben zu tun?«, knurrte Nike.

»Ich möchte nicht dein Freund sein oder so was, Nike. Aber ich glaube, zu unserer Disharmonie sollte sich ein bisschen Harmonie gesellen. Du bist schließlich meine Partnerin. Meine Magiepartnerin. Das ist schon fast so eine Art Ehe, oder?«

Nike sah auf die Schlagzeile herab, um seinem Blick auszuweichen.

»Und ich bin seit … ziemlich genau gestern Nachmittag froh, dass wir zusammenarbeiten, wirklich. Sehr froh.«

Sie hörte, dass er dabei lächelte, und ihr Herz schlug schnell. Schließlich zwang sie sich dazu, ihm in die Augen zu blicken, nur eine Sekunde lang.

Dann kam der Ruf von drinnen: »Kommen Sie rein!«

Während sie die Tür öffnete, sah Nike, dass ihre Finger ein wenig zitterten. Sandor hatte den Nagel auf den Kopf getroffen, sie waren jetzt in einer Art Partnerschaft. Aber anders als er hoffte sie inständig, dass es sich nicht um eine Ehe handelte. Denn nichts und niemand machte eine Frau unsichtbarer als ein Ehemann.

Seidel saß in einem Chaos aus Unterlagen und Spitzendeckchen. Nike wusste, dass das Ablagesystem eine prekäre Balance hielt, die jederzeit kippen konnte. Offenbar war sie gekippt.

»Schauen Sie sich nicht um. Dass ich Ihnen tagelang freigegeben habe, war ein Fehler. Es ist einiges passiert.«

»Ich habe Zeitung gelesen«, fing Nike seine Tirade ab und legte die beiden Titelblätter zu dem restlichen Chaos auf den Schreibtisch. Sie waren im handlichen Berliner Format, und somit war noch ein bisschen Platz drumherum, auch wenn Seidel aussah, als würde er am liebsten alles unter den Zeitungen verbergen.

»Fräulein Nußbaum. Ja. Ganz schöne Scheiße«, sagte er in plötzlich etwas ruhigerem Tonfall.

Nike setzte sich an ihren angestammten Platz vor seinem Schreibtisch, Sandor in den anderen Stuhl. »Ist Erika schon verhaftet worden?«

»Nein. Es wird nach ihr gefahndet.«

»Woher kommen die Anschuldigungen?«

Seidel studierte die beiden Titelblätter und ließ sich mit der Antwort Zeit.

»Fingerabdrücke auf dem beschlagnahmten Kram aus dem Keller vom *Cerises* sind identisch mit Fingerabdrücken auf den Scherben, die Sie auf der Baustelle des Einkaufszentrums gefunden haben.«

»Und das heißt jetzt?«

»Das heißt für uns erst mal, dass es sich auch dabei um ein Experiment von Fräulein Nußbaum handeln könnte. Das heißt nicht, dass sie an Frölichs Tod schuld sein muss, aber sie ist nun erst mal Hauptverdächtige.«

»Und woher weiß die Presse davon?«, fragte Sandor.

»Da muss jemand geplaudert haben. Fuchs versucht, das herauszufinden.«

»Und woher kommt dieser Schwachsinn mit dem jüdischen Golem?«, schnaubte Nike.

»Ja, was weiß ich! Bestimmt nicht von der Polizei!«, platzte Seidel heraus und fuhr sich mit einer Hand über die verschwitzte Glatze. »Phantasie haben wir hier nicht, wer Phantasie hat, geht zur Journaille.«

»Aber die Attacke aufs *Wannsau*«, ließ Sandor sich nicht ablenken, »das war die SA.«

»*Jemand* von der SA. Andreas Brucker. Den wir freilassen mussten.«

»Und das kommt Ihnen nicht seltsam vor, dass statt einer Schlagzeile über Nationalsozialisten jetzt eine Schlagzeile über Juden in der Zeitung ist?«, hakte Sandor nach.

»*Natürlich* kommt mir das seltsam vor, mein Junge! Nur weil ich phantasielos bin, bin ich doch kein Trottel! Ich habe gehört, Sie halten dem Reichstag einen Vortrag, Fräulein Wehner? Kann nicht früh genug sein. Hoffentlich bekommen wir dann irgendwann eine rechtliche Handhabe, um uns diesen Kerl noch mal vorzuknöpfen.«

»Aber was ist denn jetzt mit Erika?«, fragte Nike. »Warum wird nach Erika gefahndet, aber der SA-Andreas wurde wieder freigelassen? Ist das nicht eigentlich dasselbe? Erikas Fingerabdrücke sind am Ort eines unmöglichen Verbrechens. Andreas' auch.«

»Aber der Vandalismus beim *Wannsau* hatte keine Todesfolge. Frölich ist tot! Und im Moment sieht es so aus, als wäre mindestens Fräulein Nußbaum, möglicherweise auch Herr Bleier, daran beteiligt!«

»Vielleicht haben sie herumexperimentiert, dabei ist der Marmor flüssig geworden, sie haben den Ort verlassen, und anschließend ist Frölich darin ertrunken.«

»Ich verstehe, dass Sie bei Fräulein Nußbaum befangen sind,

Nike.« Seidel wurde vertraulicher, sie verschränkte abweisend die Arme. »Und ich verstehe, dass Sie keine Polizistin sind und dass es deshalb mehr als verständlich ist, dass Sie so reagieren. Aber bei aller Sympathie, die Sie Erika Nußbaum entgegenbringen: Fest steht nun erst einmal, dass ihre Spuren am Tatort gefunden wurden und dass wir sie daher vernehmen müssen.«

»Aber jemand instrumentalisiert das für Stimmungsmache!«, knurrte Nike.

»Wie gesagt, Fuchs ist dran. Das dürfen wir nicht dulden. Aber jetzt ist die Katze aus dem Sack, und die Öffentlichkeit malt ein Bild von einer Jüdin, die Stein belebt und irgendwelche Golems heraufbeschwört. Dass Sie aus Prag kommen, hilft im Übrigen nicht. Jude sind Sie aber nicht, oder, Černý?«

Sandor verzog unbehaglich das Gesicht. »Na ja, nicht direkt. Also, ein Teil meiner Verwandtschaft ist jüdisch.«

»Das erzählen Sie bitte außerhalb dieses Raums niemandem. Wie nachvollziehbar ist das?«

»Keine Ahnung, man müsste wohl schon Stammbäume wälzen dafür. Meiner ist interessant, Ungarn, Deutschböhmen, Juden«, sagte Sandor. »Černý ist allerdings ein gängiger jüdischer Nachname in Prag.«

»Ah, na, das ist ja hervorragend.«

Sandor sah aus, als wolle er sich entschuldigen, was Nike nur noch ärgerlicher machte. »Jetzt hören Sie doch auf, diese Rhetorik zu bedienen! Nach deren Definition bin ich als Halbägypterin auch Semitin. Und jetzt? Müssen wir jetzt etwa *beweisen*, dass die Phänomene, an denen wir forschen, nicht jüdisch sind? Das ist doch Unsinn! Es wird schon schwierig genug zu beweisen, dass sie real sind, ohne dass die Öffentlichkeit ausflippt. Was auch immer die Phänomene letztlich sind und wie auch immer wir sie beschreiben: Eine Agenda haben sie nicht, weder für noch gegen irgendetwas. Und erst recht keine Rasse.«

»Aber keine Deutung ist neutral«, gab Seidel zu bedenken.

»Doch. Naturwissenschaftliche Deutung ist neutral.« Er lächelte ganz kurz mitleidig, und sie verzog das Gesicht. Sie musste unwillkürlich an das Spannungsfeld zwischen moderner und Deutscher Physik denken. »Überlassen Sie mir die Wissenschaften, Herr Kommissar«, fügte sie hinzu.

»Themawechsel. Wie lief Ihr gemeinsames Experiment?«

»Gut«, sagte Nike. »Es war erfolgreich, wir machen gerade echte Fortschritte. Ich denke, sobald der Reichstag davon erfährt, werde ich auch die ersten Berichte publizieren können, die Pfeiffer bislang zurückgehalten hat.«

»Und sehen Sie, an diesem Punkt wäre es ungut, wenn man Sie beide mit dieser Golem-Sache in Verbindung bringen würde. Oder mit Erika Nußbaum.«

»Nun, Erika Nußbaum wollte ihre Diplomarbeit in meinem Bereich schreiben. Das werde ich schlecht leugnen können.«

»Sie sind niemandem Rechenschaft schuldig. Reden Sie beide einfach nicht zu viel. Holen Sie sich nötigenfalls Rat bei mir oder Ihren Professoren.« Er klopfte auf den Tisch. »Trotzdem: Wenn Sie irgendeine Ahnung haben, irgendeine Spur. Es gilt die Unschuldsvermutung, bitte versuchen Sie nicht, Fräulein Nußbaum aus persönlichen Gründen zu schützen!«

»Das tue ich nicht! Ich weiß nicht, wo sie sich herumtreibt. Ich kann bei Kommilitonen nachhaken.«

»Tun Sie das, ja. Außerdem gab es ein paar neue Entwicklungen, über die ich Sie ins Bild setzen möchte.«

»Schießen Sie los.«

»Der Adler, der unten verstümmelt in der Spurensicherung liegt, wurde auf der Baustelle des sogenannten Singenden Hauses gestohlen, ebenso wie vermutlich die Karyatide, die Emil und Erika im Keller vom *Cerises* bewegt haben. Frau Markov hat Anzeige wegen Diebstahl aufgegeben und dabei auch noch mal auf den Statuenhändler verwiesen, bei dem Sie beide nachgeforscht haben.«

»Ja, das wissen wir schon«, sagte Sandor, und Seidel stutzte.

»Ich hatte das Vergnügen.«

»Dann der Film, den ich am Montag mit in Frau Gloses Wohnung genommen habe.« Seidel kramte auf dem Schreibtisch herum und gab Nike einige entwickelte Fotos, die von grauem Rauschen bedeckt waren. »Auffällige Sprenkel. Aber nicht viel mehr.« Nike nahm die Fotos entgegen und blätterte sie langsam durch. Um ein dreidimensionales Bild zu rekonstruieren, könnte sie die Fotos wieder aufrollen, wie in der Dose, in der sich der Film befunden hatte, und dann mit viel räumlichem Vorstellungsvermögen die Bahnen der Teilchen rekonstruieren. Aber was sollte das bringen? Diese Spur war kalt. Dass Glose durch Magieeinwirkung gestorben war, war eindeutig … und für eine Bestimmung einer charakteristischen Signatur der Methode waren diese Sprenkel zu schwach.

»Das ist noch nicht alles. Kolleginnen von der Sitte haben mir hier außerdem noch was hingelegt.« Er reichte ein weiteres Foto herüber. »Seit einigen Monaten ist die achtzehnjährige Tochter von Alfons Heubeck, Marion Heubeck, verschwunden. Die Kolleginnen haben ihre Spur schon damals ins Rotlichtmilieu verfolgt – sie vermuten, sie ist an den falschen Mann geraten. Sie haben das Mädchen zwar nicht gefunden, haben aber über Dritte etwas über ihren, na ja, Abstieg herausgekriegt. Jedenfalls hat Heubecks Anwalt vorletzte Woche die Vermisstenanzeige zurückgezogen. Der Anwalt erklärt, Heubeck habe wieder Kontakt zu seiner Tochter und es ginge ihr gut.«

»Und was hat das mit uns zu tun?«

»Das war der Tag, an dem Frölich tot aufgefunden wurde. An dem die Vermisstenmeldung zu Frau Glose einging. Heubeck ist so ein Baulöwe. Einer der größten Investoren in Sachen Immobilien in Berlin.«

»Das klingt weit hergeholt.«

»Ja, das hätte ich auch gesagt. Aber die beiden Damen von

der Sitte sehen Parallelen zur Vermisstenanzeige, die Herr Kalinin aufgegeben hat. Rotlichtmilieu, leichtes Mädchen, nennt sich Marlene. Herr Kalinin kannte sie und hatte längeren Kontakt mit ihr. Sie und Frölich wurden zuletzt lebend auf derselben Feier gesehen. Seitdem ist diese Marlene verschwunden. Einen Tag später hat Heubeck die Vermisstenanzeige zurückgezogen. Die Beschreibung passt so weit. Vermutlich ist Marion Marlene.«

»Na, dann ist sie eben zu ihrem Vater zurückgekehrt?«, sagte Nike.

»Zu Hause bei Heubecks haben die Kolleginnen nur Personal angetroffen. Herr Heubeck sei verreist. Fräulein Heubeck war ebenfalls nicht daheim.«

»Ich verstehe nicht, worauf sie hinauswollen«, gab Sandor zu.

»Marlene-Marion ist auf der Wohltätigkeitsgala verschwunden, die Frölich vor seinem Tod besucht hat. Herr Kalinin sagt, dass mehrere Besucher dieser Gala ihm von … Angstzuständen berichtet haben. Möglicherweise durch ähnliche Magie hervorgerufen wie der Adler.«

»Haben Sie denn zu der Feier mehr herausgefunden?«, fragte Nike und sah Sandor von der Seite an.

»Der Vermieter des Saals konnte uns nichts weiter zur Feier sagen. Der Saal wurde von einem unleserlichen Namen gemietet und die Miete wurde bar und im Voraus bezahlt. Das ist alles ganz schön vertrackt. Wir haben verschiedene Gäste der Party aufgetrieben, aber sie erzählen alle dasselbe. Ein paar Reden am Anfang, Essen und Tanz in der Mitte und Chaos am Ende. Die einen sagen, der Architektenring hat eingeladen, die anderen sagen, Taut oder Scharoun oder irgendein Wohltätigkeitsverein für soziales Wohnen und Armenspeisung. Was weiß ich, ich vermute, die meisten waren dort, weil es was zu trinken gab! Und schöne Mädchen, die tanzen, wie Marlene.«

»Und Marlene ist sicher nicht wieder zu Hause?«, murmelte Nike über den Fotos. Darauf ergaben sich Muster unterschiedlicher Intensität, die selbst schon wie abstrakte Kunst wirkten. Sie sah auf. »Ich meine, Marlene und Frölich wurden zusammen gesehen. Macht das nicht auch Marlene zu einer Verdächtigen? Was, wenn ihr Vater mit ihr untergetaucht ist?«

»Zumindest das Heubeck-Personal konnte auf Nachfragen nichts zu Fräulein Heubeck sagen«, knurrte Seidel. »Ich möchte das auch nicht überinterpretieren. Aber wenn Glose, Frölich, Markov und Heubeck irgendwie zusammenhängen, dann hat das alles nichts mit Juden zu tun. Sondern mit dem Immobiliengeschäft.«

»Herrgott. Wenn ich über eins noch weniger weiß als über Kunst, dann darüber«, seufzte Nike.

»Sonst noch etwas?«, wandte sich Sandor an Seidel.

»Ach, reicht das noch nicht? Aber eine Sache ist da tatsächlich noch. Ich versuche zurzeit rauszukriegen, wer die Frau war, mit der unser SA-Andreas Magie gewirkt hat. Ich habe einen Antrag auf die Überwachung seiner Wohnung gestellt, falls sie dort aufkreuzt. Dem Adler nach zu urteilen würde ich meinen, sie waltet in Ihrem Feld, Herr Černý«, gab Seidel zurück. »Ansonsten hat es jetzt absolute Priorität, dass Erika Nußbaum und Emil Bleier gefunden werden, und wenn es nur ist, um sie zu entlasten. Ich wäre Ihnen sehr dankbar, wenn Sie da mal ihre Uni-Kontakte spielen lassen könnten.«

»Natürlich«, sagte Nike. »Wir sollten außerdem bei der Inhaberin vom *Cerises et Framboises* nachfragen.«

»Das ist eine gute Idee, daran habe ich noch gar nicht gedacht.«

»Und ihre Eltern?«, fragte Sandor.

»Herrn Bleiers Eltern sind beide bereits verstorben. Er im Krieg, sie bei der Geburt eines jüngeren Bruders. Die Geschwister wohnen größtenteils auf dem Land, nur eine Schwester ist mit nach Berlin gekommen, aber die hat schon seit zwei Jahren kaum noch Kontakt zu ihm. Erikas Eltern leben beide in Zürich, sie ist zum Studium nach Berlin gekommen.«

»Unfassbar«, entfuhr es Nike.

»Was?«

»Sie kommt aus *Zürich?* Ich glaube, ich kenne niemanden, der schnodderiger berlinert als Erika!«

»Dann halten wir mal fest, dass die junge Frau sehr anpassungsfähig ist. Jedenfalls führt im Moment die einzige Spur zu ihr über Kommilitonen, mit denen sie befreundet ist. Und über die wenigen Kontakte ins Milieu, die wir kennen.«

»Ich würde mich noch mal an … eine Bekannte von Erika in diesen Kreisen wenden, die vielleicht mehr weiß. Ansonsten war Erika an sonnigen Wochenenden oft mit ein paar Leuten am Wannsee. Wenn das Wetter besser wird, schau ich mich da mal nach ihren Freundinnen und Freunden um.«

»Sehr gut, tun Sie das«, sagte Seidel und wirkte deutlich erleichtert.

Während sie gedankenverloren die Bilder betrachtete, fiel Nike doch noch etwas auf. Die verschiedenen Längen und dicken Spuren …

»Die Fotos aus der Wohnung von Frau Glose: Sehen Sie die verschiedenen Abstufungen, wie hier und hier? Ich glaube, in Frau Gloses Wohnung wurden unterschiedliche Effekte gewirkt. Wenn ihre Beschwerde über laute Musik und ihre plötzliche Panik einem Phänomen geschuldet ist und ihre Versteinerung einem anderen – dann sollten Sie vielleicht den SA-Mann vorsprechen lassen. Vielleicht hat er dann doch auch noch einen Mord auf dem Gewissen. Und unsere … Rotlichtbekannte können Sandor und ich gleich anrufen.«

»Hervorragend, hervorragend. Sie sind eine echte Hilfe.«

Im Großraumbüro an der Wand, beäugt von Seidels Kollegen, steckten Sandor und Nike wenig später die Köpfe zusammen. Sie horchten beide am gleichen Telefonhörer und ließen sich in den Wittenauer Heilstätten zu Georgette durchstellen. Sie mussten einige Minuten warten, bis sie sich meldete. Nach einem kurzen Vorgeplänkel ging es zur Sache. Wo war Erika?

»Ich habe überall nach ihr gefragt. Niemand weiß, wo sie ist«, sagte Georgette betont neutral. Teils gehörte es sicher zu ihrer Tagesidentität, teils jedoch … Nike hatte den Eindruck, Georgette sei auf Distanz gegangen, und sie wusste nicht, was sie falsch gemacht hatte.

Sie starrte die Polizeibeamten um sie herum nieder, bis sie sich wieder um ihre eigenen Angelegenheiten kümmerten.

»Ich hab nur die Nummer vom Kommissar. Wie kann ich euch am Wochenende erreichen?«

Sandor nannte die Nummer seines Hotels, Nike den Telefonanschluss, der in der Wohnung ihrer Mutter installiert worden war. Keine Toilette im Haus, aber einen Telefonanschluss – so war das moderne Berlin.

»Danke. Ich höre mich um. Besonders morgen ist ein guter Abend dafür. Da gehen alle auf die Piste, die ihre Arbeitswoche vergessen wollen.«

»Schön«, sagte Nike brüsker, als sie beabsichtigt hatte. Sie wandte sich vom Telefon ab, während Sandor noch eine Verabschiedung murmelte. Seidel stand in der Tür, die Kaffeetasse in der Rechten, die Zigarre in der Linken.

»Frau Wehner, Herr Černý, ich hab mir außerdem was überlegt. Ich würde mich unheimlich freuen, wenn Sie Lust hätten, heute Abend zum Essen vorbeizukommen. Ich geb mir Mühe, aber erwarten Sie nichts Großes. Wenn Sie auf Nummer sicher gehen wollen, dass es schmeckt, bringen Sie am besten selbst noch eine Kleinigkeit mit.«

Fuchs, der sich von hinten an Seidel vorbei durch die Tür drückte, lachte. »Deine Haushälterin hat zu viel mit Häkeln zu tun, was?«

Seidel reagierte gar nicht, nur eine Augenbraue wanderte an seiner Kegelkugelstirn hinauf.

»Natürlich«, sagte Nike. Noch ein Termin, natürlich. Zeit war schließlich relativ. »Sehr gern.«

Nike machte eine auffordernde Geste, als Sandor wie der Ochs vorm Berg vor einem löwenköpfigen Türklopfer stand. »Mach schon. Der Herr bereitet der Dame den Weg, oder nicht?«

Nike fand es selbst albern, dass sie sich auf diese traditionellen Werte berief, aber sie hatte einfach keine Hand frei, weil sie eine Schüssel voll Zimtschnecken hielt.

Sandor zuckte mit den Schultern und betätigte den schweren Türklopfer. In der anderen Hand hielt er eine Flasche Korn.

»Komme gleich!«, ertönte es hinter der Tür, also warteten sie im kleinen Flur vor Seidels Wohnung.

»Was am Wort ›Wein‹ hast du eigentlich nicht verstanden?«, fragte sie Sandor mit einem Blick auf die Flasche.

»Und was war für dich so verwirrend am Wort ›Vorspeise‹?«, zischte er zurück. Sie hatte gehofft, ihre Mutter überreden zu können, die frittierten Blätterteigröllchen zu machen, doch ihre Mutter hatte wegen eines Großauftrags für Näharbeiten keine Zeit gehabt, und Nike wusste, dass es keine gute Idee war, wenn sie sich daran versuchte. Sie hatte also Zimtschnecken von gestern im Sonderangebot in einer Bäckerei um die Ecke erstanden und in eine Porzellanschüssel gefüllt, damit sie wie selbstgemacht aussahen.

Sandor und Nike hatten sich vor dem Eckhaus in Kreuzberg getroffen, damit niemand Gefahr lief, allein mit Seidel Zeit totschlagen zu müssen. Dieser öffnete nun die Tür, und der intensive Geruch nach Geschmortem stieg ihnen in die Nase.

»Da sind sie ja, die jungen Gäste. Immer hereinspaziert in die gute Stube. Darf ich Ihre Mäntel nehmen?«

Seidel gab sich in den eigenen vier Wänden deutlich jovialer als in der Roten Burg, wirkte gleichzeitig aber auch gestresst. Er trug eine Kochschürze über seiner Abendgarderobe. Nike und Sandor waren wie immer gekleidet – Sandor in feinem Zwirn, Nike männlich und nachlässig.

»Danke, sehr freundlich.«

Ein schmaler Gang führte an einer Wand mit gerahmten Fotografien vorbei – Nike fiel ein junges Paar auf, das Foto war schon sehr vergilbt und von schlechter Qualität: Seidel und seine Frau? – in ein Wohnzimmer, das so aussah, als sei eine Häkeldeckchenlieferung darin explodiert. Alles war bedeckt mit Häkeldeckchen: die Chaiselongue, die Kommode, die Mitte des Esstisches, so dass an den Seiten gerade genug Platz für Teller und Besteck blieb. Auf dem Beistelltisch neben der Couch lagen sogar allerhand halb fertige Häkelarbeiten samt den notwendigen Utensilien zu deren Fertigung. Es sah einfach grässlich aus.

Sandor überwand die Schockstarre früher als Nike.

»Oh, Sie häkeln selbst. Wie ... ungewöhnlich für ...«, er verstummte mitten im Satz.

»Einen Mann?«, fragte Seidel.

»Einen Polizisten«, rettete sich Sandor.

»Eigentlich gar nicht. Nicht wenige Polizisten sind ja Veteranen des Großen Kriegs. Und im Veteranenzirkel häkeln einige«, erklärte Seidel. »Wegen der Nerven, wissen Sie?«

Er nahm ihnen nach den Mänteln nun auch die Mitbringsel ab, sah sie bemüht neutral an und stellte Flasche und Schüssel auf einer Kommode ab.

»Setzen Sie sich doch bitte!« Er deutete auf die Stühle. »Das Essen ist gleich fertig.«

»Es riecht schon gut«, sagte Nike aus Höflichkeit, während Sandor ihr mit übertriebenen Gesten und einem ironischen Lächeln einen Stuhl zurechtrückte. Sie bedachte ihn mit einer herausgestreckten Zunge, während Seidel in der Küche werkelte.

»Gehen Sie dort noch oft hin?«, fragte Sandor. »Zum Veteranenzirkel, meine ich.«

»Nein«, entgegnete Seidel und arrangierte Speisen und Saucen auf Schüsseln und Schalen. »Anfangs war es nett. Diese Art von Kameradschaft erfährt man als Zivilist ja nicht.« Die Aussage klang halb beschämt und halb vorwurfsvoll. »Das Gerede von Dolchstößen und Schwarzer Reichswehr wurde mir aber irgendwann zu viel. Ich frage mich, ob die im selben Krieg waren wie ich.«

Nike bemerkte, dass Sandor erstarrte, als Seidel das erzkonservative Gerücht des Dolchstoßes erwähnte, nach dem die Reichswehr im Felde unbesiegt gewesen sei, während demokratische Kräfte im Innern für die Kapitulation gesorgt hätten. Die Anhänger der Dolchstoßlegende waren genau die Art Menschen, die sich nach mächtiger Magie die Finger lecken würden. Nach einer Waffe, die nicht den Regularien des Versailler Vertrags unterworfen war, um damit an der Entente Rache zu üben.

»Hoffentlich haben Sie Hunger mitgebracht. Hier kommt das Essen«, Seidel kredenzte die Speisen und tat jedem von ihnen eine ordentliche Portion auf. »Es gibt Schmorbraten, Kartoffeln und Rotkohl. Ich hoffe, es schmeckt. Ich bin ja Witwer, und dann kocht man ja selten für so viele Leute. Guten Appetit!«

Er setzte sich und langte ebenfalls zu.

»Und, Fräulein Wehner, sind Sie schon aufgeregt wegen Montag?« Nike wurde jetzt schon schlecht, wenn sie daran dachte. Vielleicht lag es aber auch am eindringlichen Geruch des Essens.

»Meinen Sie, ich sollte auf die Gefahr des Missbrauchs von Magie als Kriegswaffe eingehen?«, griff Nike den Gedanken von eben auf, schob sich einen Bissen in den Mund und erstarrte. Der Geschmack traf sie wie ein Faustschlag.

»Auf jeden Fall«, sagte Sandor.

»Auf keinen Fall«, sagte Seidel gleichzeitig.

»Dann hätten wir das ja geklärt«, sagte Nike mit vollem Mund. Dann zwang sie sich weiterzukauen. Der Braten war zäh, die Kartoffeln noch nicht ganz durch und der Rotkohl ... sie wusste nicht, welche Gewürze das waren, aber sie gehörten jedenfalls nicht an Rotkohl.

»Wir müssen mit offenen Karten spielen, Geheimniskrämerei nutzt gerade nur den Falschen«, sagte Sandor.

»Ich muss gestehen, das alles anfangs für Hokuspokus gehalten zu haben«, sagte Seidel und zwinkerte verschwörerisch. »Aber jetzt sind sie nun mal da, diese Phänomene. Trotzdem sollte man aufpassen, wem man welche Ideen in den Kopf setzt. Das ist, wie davor zu warnen, wie einfach es ist, in eine Bank einzubrechen. Letztlich leistet man der öffentlichen Ordnung damit einen Bärendienst.«

»Da kommen die von der NSDAP schon ganz allein drauf, ich würde sogar den Konservativen zutrauen, für die Gründung eines magischen Corps zu stimmen«, sagte Sandor und schwang die leere Gabel durch die Luft. Das Thema lag ihm offenbar am Herzen. »Wenn wir es vor Reichstag und Presse offenlegen, erfährt das Ausland auch davon, das ist immerhin gleiches Recht für alle.«

»Sobald die Leute Wind davon kriegen, stürzen sich Braune wie Rote darauf, und dann eskaliert es auf der Straße. Und wer ist dann der wirklich Leidtragende? Genau! Die Schupos!«

»Als wären braun und rot zwei gleichwertige Seiten einer Medaille!«, protestierte Sandor.

»Ich mag die Braunen auch nicht, junger Mann, aber im

Gegensatz zur Roten Front sorgt die SA auch mal für Ruhe auf den Straßen – da gibt es durchaus Kollegen, die das zu schätzen wissen.«

»Wollen wir ihnen vielleicht gleich eine Anleitung schicken, wie man Menschen in Stein verwandelt? Das sorgt bestimmt auch für Ruhe auf den Straßen.«

»So meinte ich das natürlich nicht.«

»Das am Montag ist so oder so eine verdammt schlechte Idee«, unterbrach Nike die Diskussion der Herren. Sie drehten sich beide zu ihr um. »Wenn ich das Konzept vorstelle und sich das Ganze nicht als im großem Maßstab reproduzierbar erweist, bin ich für die Presse die verrückte Hexe aus dem Reichstag«, sie seufzte und fuhr dann fort: »Und wenn jetzt alle möglichen Leute, Wissenschaftler, Unternehmer, Politiker, Militärs damit rumspielen, wird früher oder später jemand eine Waffe daraus bauen, die die Welt noch nicht gesehen hat. Dann wird die Physik, wie schon die Chemie vor ihr, für den Tod von Tausenden verantwortlich sein.« Sie blickte zu Sandor. »Und die Kunst.«

Vor einem Jahr hätte sie noch darauf gewettet, dass die Atomphysik sich irgendwann in ferner Zukunft von einer Grundlagenspielerei zum Bau einer schrecklichen Waffe eignen würde, aber nein, es waren ausgerechnet *ihre* Phänomene!

Seidel schüttete den Kopf, wie um diese düsteren Gedanken zu verscheuchen. »Das liegt jetzt so oder so nicht mehr in unserer Hand. Wenn man vom Reichstagspräsidenten eingeladen wird, schlägt man das nicht aus.«

Er erhob sich und stellte drei Weingläser vor ihnen auf den Tisch.

»Jetzt hätten wir doch fast das richtige Getränk vergessen. Ich hoffe, das Essen hat schon mal gemundet.« Sandor brachte es fertig zu nicken, Nike nicht. Aus Ermangelung an einer Flasche Wein nahm er den Korn zur Hand. Die durchsichtige Flüssigkeit wirkte etwas verloren im Weinglas.

»Ungeachtet der Hürden, die wir überwinden mussten, menschlich wie politisch«, Seidels Blick streifte Sandor, »haben wir vollkommenes Neuland betreten und im Bereich magischer Ermittlungen einiges geleistet. Ich denke, früher oder später werden wir sogar neue Maßstäbe setzen, so wie es Kriminalrat Gennat mit der Mordinspektion geschafft hat. Ich danke Ihnen beiden, dass Sie mir das in meinem Alter noch ermöglicht haben!« Er hob das Glas, Nike und Sandor taten es ihm gleich. »Ich nenne uns ja heimlich immer schon die Inspektion J: Magische Kriminalpolizei – bis I sind schon alle Buchstaben vergeben. Darauf trinke ich, auf die Inspektion J. Prost!«

»Prost!«, stimmten sie beide ein und ließen die Gläser klirren.

Das Gesöff schmeckte scheußlich und brannte im Rachen, die Aussicht auf ihre Rede am Montag im Reichstag ließ Nikes Herz rasen, und das Essen war ungenießbar gewesen und rebellierte immer noch in ihrem Bauch – trotzdem wäre sie in diesem Moment nirgendwo anders lieber gewesen als hier, bei zwei Menschen, die sie respektierten und mit denen sie vielleicht bislang Unerhörtes leisten würde.

»Auf die Magiepolizei«, sagte sie, während Sandor fröhlich sein Glas leerte.

DER ZERTRÜMMERTE ENGEL

> »Nicht einer der Männer, die mir nahestanden, hatte je einen wegweisenden Einfluss auf meine Neigungen, meine Kämpfe oder mein Weltbild. Im Gegenteil, meist war ich der anleitende Geist. Ich habe meine Ansichten, meine politische Linie vom Leben selbst erhalten und durch das ununterbrochene Studieren von Büchern.«
>
> **ALEXANDRA MICHAILOWNA KOLLONTAI**

Auf der Baustelle war weniger Betrieb als an den anderen Wochentagen. Auch wenn sonnabends gearbeitet wurde, so war das doch auch der Tag, an dem Überstunden abgefeiert wurden. Sandor, der sich eine gute Viertelstunde verspätet hatte, sah weit oben Nieter auf dem Stahlgerüst kraxeln und Verstrebungen miteinander verbinden. Für ihn ergab das Gebäude aus der Nähe immer weniger Sinn – die spiralförmige Windung aus Stahl machte es zu asymmetrisch für Zwischenetagen. Oder er hatte nur zu wenig Phantasie.

Am Boden jedoch war gerade niemand zu sehen. Oder fast niemand, denn Renée Markov stand mit ausgebreiteten Armen inmitten ihrer Statuen. Die Situation war chaotisch, und deshalb registrierte Sandor sie erst, als er schon in Sichtweite auf wenige Dutzend Meter heran war. Der Blick der Markova irrlichterte zu ihm herüber, ihr Gesicht war wut- oder angstverzerrt (oder beides).

Zu nah bei ihr befand sich eine Sandor bereits vertraute Gestalt, massig, breitschultrig, stiernackig, mit einer Pistole in der

Hand. Schräg vor der Markova, offenbar rücklings aus der Reihe der Statuen zurückgewichen, stand eine Frau mit einem Messer oder – halt, nein – einem Meißel in der Hand. Ihr langes aschblondes Haar war zu einem Zopf geflochten. Das hier war der deutsche Karl mit seiner Elsa.

Pistole – Meißel – Statuen – und dann kam noch das Aberwitzigste dazu: Denn die Künstlerin hatte offenbar bereits ihr Werk vollendet. Hinter der Markova erhob sich ein schmutzig weißer Schemen, eine Art Engel, der nun lautlos seine steinernen Flügel spreizte, als wollte er die Markova von hinten umarmen.

Sandor schrie auf, und als die Markova ihn sah, winkte sie mit den Armen und rief: »Verschwinde, hol Anton!«

Da fuhr das Braunhemd mit der gezogenen Waffe zu Sandor herum, und der warf sich der Länge nach hinter Zementsäcke. Die Pistole krachte, das Echo hallte schrill zwischen Beton, Stahlträgern, Kränen und Bauwagen. Sandor drückte sich mit dem Rücken gegen die Säcke, die vertrauenerweckend stabil wirkten. Dann fragte er sich, wo er Anton herbekam und wer noch mal um alles in der Welt Anton war.

Der Leibwächter!

Sandor hörte das Braunhemd und seine Freundin herumschreien und dann einen Angstschrei der Markova. Er biss die Zähne zusammen und maß die Distanz zum Bauwagen. Vielleicht befand sich Anton in der Nähe. Er musste es wagen.

Er tat einen Hechtsprung hinter einen Transportanhänger mit Stahlträgern. »Anton!«, brüllte er aufs Geratewohl und rannte geduckt und von den Stahlträgern gedeckt Richtung Bauwagen. Ein weiterer Schuss gellte hinter ihm. Er hoffte, dass dieser nicht Renée zum Ziel gehabt hatte.

Sandor hämmerte mit der Faust an die Rückwand des Bauwagens.

Tatsächlich stürmte Anton um die Ecke und hielt ein erschreckend langes Gewehr in den Pranken.

»Pass auf! Bewaffnet – bei den Statuen! Renée«, bekam Sandor heraus. Er war sich nicht einmal sicher, ob er Deutsch sprach oder Tschechisch.

Anton sprang mit einer Geschmeidigkeit, die Sandor ihm gar nicht zugetraut hätte, mit Anlauf auf den Wagen mit den Stahlträgern, legte in derselben Sekunde das Gewehr auf dem obersten Träger auf und ließ dann einen gewaltigen Schuss krachen.

Schicksalhaft donnerte er über die Baustelle, ein Schrei fiel ein und erstarb schon mit dem Nachhall.

Und dann hörte Sandor ein weiteres unmissverständliches Geräusch: Knirschend brach Stein in sich zusammen. Renée Markov schrie gellend auf. Und dann war Stille.

Sandor lauschte, doch für den Moment hörte er nur seinen eigenen Herzschlag. Dann lud Anton mit dem Hebel am Gewehr klackend durch und feuerte noch einmal. Die Markova schrie laut und schrill auf, diesmal länger, ein verängstigtes Heulen.

Anton tat einen Satz über den Wagen, dann rannte Sandor los, wenn auch mit Angst im Bauch. Wie zuvor warf er sich hinter die Zementsäcke, lugte darüber und sah, dass die Markova, grau bestäubt von Kopf bis Fuß, inmitten der Engelstrümmer stand. Ihr Schrei war zu einem Schluchzen versiegt.

Das braune Hemd des SA-Mannes war nun nicht nur an der Armbinde rot gefärbt. Er lag am Boden, von zwei Schüssen gefällt, und dunkelrot sickerte das Leben ins Textil.

Er rührte sich schon nicht mehr – Anton hatte ihn einmal in den Rücken getroffen und einmal in den Hals.

Sandor setzte über die Säcke hinweg und kam beinahe gleichzeitig bei Renée an. Zu ihrem Schluchzen kamen Rufe von der Spitze der Baustelle, die Arbeiter dort oben mussten die Staubwolke sehen.

Anton umfasste Renées Arme, und als er sie vorsichtig auf sicheren Boden führte, sah Sandor, wo die Elsa geblieben war:

Der Engel hatte sie unter seinen gewaltigen Flügeln begraben. Teils zerborsten lagen sie auf ihr, und unter ihrem Kopf hatte sich eine steinstaubschmutzige rote Pfütze gebildet. Sandor versuchte, den Stein anzuheben, dann ließ er es bleiben. Die Frau war tot, und sofort kletterte ihm Übelkeit die Kehle hinab, wühlte sich dort in seinen Magen. Er wandte den Blick ab, betrachtete die kantigen Stellen an den Engelsflügeln – sie waren ganz ähnlich umgearbeitet worden wie die Flügel des Adlers, der das *Wannsau* angegriffen hatte, harte, brachiale Linien, die ihn von fern an futuristische Plastiken erinnerten. Der Rest des Engels war unangetastet, zumindest soweit Sandor das anhand der herumliegenden Trümmer erkennen konnte. Das Gesicht streng und blass, die Augen blind, die Haare so, wie Statuenhaare sein sollten. Das Gewand in harte Falten gelegt, der Körper darunter massiver Stein.

Ich hasse Statuen, fuhr es Sandor durch den Kopf. Anton richtete das Wort an ihn: »He, ich rede mit dir. Junge, hilf mir mal.« Sandor war ihm beinahe dankbar dafür, dass Anton ihn aus seinen Gedanken riss. Behutsam griff er nach Renées zitterndem rechtem Arm, und zusammen gingen sie auf den Bauwagen zu.

Grüner Tee wirkte tatsächlich wahre Wunder auf die Lebensgeister der Markova. Sie ließ sich gerade zurücksinken, schloss die Augen und atmete tief durch, während Sandor die volle Tasse anstarrte, die Anton vor ihm abgestellt hatte.

Arthur Markov hatte den Bauwagen gerade wieder verlassen, um die Polizei zu rufen, nicht ohne Sandor vorher einen skeptischen Blick zuzuwerfen.

Dann öffnete die Markova die Augen. Er konnte ihren Blick spüren, obwohl er weiterhin die Tasse musterte und sie nur eine verschwommene Gestalt an der Peripherie seines Sichtfeldes war. »Es ist so gut, dass Sie hier sind, Sandor«, flüsterte sie. »Als Zeuge. Und auch als … Spezialist für derlei Dinge.«

»Ich weiß nicht …«, sagte Sandor. »Was ist denn überhaupt passiert?«

»Ich habe diese beiden Leute auf frischer Tat ertappt«, knurrte die Markova. »Ich habe keine Ahnung, was sie da getrieben haben, aber diesmal haben sie die Statue direkt an Ort und Stelle manipuliert.«

»Das ist aber … Also, es war mir nicht bewusst, dass man das ohne einen komplexen Versuchsaufbau überhaupt *kann*«, sagte Sandor.

»Ich habe sie unterbrochen. Sie waren relativ versteckt da in der Ecke und unter dem Schuppendach, es war reiner Zufall. Ich fürchte, ich war wieder einmal nicht subtil genug. Anstatt sie zur Rede zu stellen, hätte ich lieber direkt Anton zu Hilfe holen, Arthur alarmieren sollen oder direkt die Polizei. Stattdessen ist wieder mein Temperament mit mir durchgegangen, ich bin einfach auf die beiden zugestürmt! Und dann zog der SA-Mann auf einmal eine Pistole und dann … der Engel …« Sie seufzte, sog zitternd die Luft ein und stieß sie entschlossen wieder aus. »Als Anton mir zu Hilfe kam – dieser Kerl hätte geschossen, ich hab's in seinen Augen gesehen, so entschlossen war er … Kann es sein, dass sie den Engel fliegen lassen wollten, weil er zu schwer zum Transportieren war? Und deshalb mussten sie ihn an Ort und Stelle manipulieren? Verzaubern?«

Sandor nickte und sagte nichts.

»Es war eine lebensbedrohliche Situation, und ich bin dir sehr dankbar, dass du mich daraus befreit hast, Anton. Aber ich wünschte, zumindest die junge Frau wäre noch am Leben, damit wir ihr die eine oder andere Frage stellen könnten.«

Anton brummte seine Zustimmung und kratzte sich mit seinen stummelig abgeknabberten Fingernägeln im Nacken.

»Ist die Statue einfach auf sie gestürzt?«, fragte Sandor.

Die Markova schwieg einige Sekunden und sammelte sich.

»Es war ganz seltsam, Sandor.« Sie räusperte sich. »Ich glaube, es war meine Schuld.«

»Sie haben den Engel erhoben?«

»Nein! Das waren die beiden – aber als der Kerl mit der Waffe von Antons Kugel getroffen wurde, passierte etwas. Ich konnte es spüren, es war, als wäre ein Seil straff zwischen den beiden gespannt, zwischen dem Mann, der Frau – und irgendwie auch dem Engel. Als der Mann getroffen wurde, flitschte dieses Seil weg, ist das ein Wort, kennen Sie es, flitschen?«

Sandor kannte das Wort nicht, aber es war lautmalerisch genug, dass er nickte.

»Es war wie ... leuchtende Energie, ich kann es nicht beschreiben. Sie haben das doch auch vorgestern gespürt, mit Ihrer Kollegin? Und dann habe ich ...« Sie griff in die leere Luft, und Anton sah sie nachdenklich und schweigend an. »Und dann *hatte* ich es in der Hand, und gleichzeitig spürte ich, dass der Engel dabei war, auf mich zu stürzen. Statt aus dem Weg zu gehen, fühlte ich mich plötzlich sicherer, den Engel ... in eine leicht andere Richtung zu lenken, auf sie, auf die Frau. Aber dass ich das getan habe, war Notwehr und gleichzeitig natürlich Absicht, in der Situation, in der ich mich befand, verstehen Sie?«

»Das ist die Definition von Notwehr, wenn Sie mich fragen, Frau Markov«, brummte Anton.

Sie lachte nervös und starrte ihre Tasse so grübelnd an, wie Sandor eben die seine angestarrt hatte. »Können Sie verstehen, was ich gefühlt habe?«

»Ich glaube schon ...«, sagte Sandor vorsichtig.

»Danke. Danke, das bedeutet mir sehr viel. Und den Kaffee müssen wir natürlich nachholen.«

Dann lächelte sie ein wenig verkrampft und erhob sich. »Schaust du mal nach Arthur, Anton?«

Anton verließ den Bauwagen.

»Braucht man eigentlich eine bestimmte Begabung dafür?«, fragte sie.

»Eine Ader für Wissenschaft oder Kunst«, sagte Sandor. »Ich glaube, grundsätzlich ist es jeder Person möglich. Aber ... Sie haben es ganz spontan geschafft. Es gibt sicherlich Leute, denen es leichter fällt als anderen. Das ist jedoch nur geraten, Nike und ich kennen bislang kaum jemanden, der die Phänomene beherrscht.«

Und zwei von denen lagen dort draußen in ihrem Blut. Sandor schluckte. Er musste das Braunhemd nicht mehr fürchten. Allerdings hatte weder das Braunhemd noch seine Elsa jetzt noch Antworten für Nike, ihn und die Polizei.

Aber wir haben jetzt ein Problem weniger. Sie sind tot. Zwei Magiewirkende, die die Stadt nicht mehr unsicher machen.

Sandor fiel es trotzdem schwer aufzuatmen.

Es war ein frustrierend schöner Tag. Nike versuchte vergeblich, beim Anblick der Bäume und der friedlichen Wasseroberfläche etwas in sich loszulassen, ein Stück vom Chaos, in das die letzten Tage sie gestürzt hatten. Wie schafften das nur all die anderen Leute um sie herum? Warum wirkten sie auf ihren Decken und Tüchern auf dem mit Ostseesand aufgeschütteten Strand so, als könnten sie ihre Alltagssorgen einfach abwerfen wie ihre Kleidung?

Es waren vor allen Dingen Studierende, die hier einen der ersten kraftvollen Maisonnensamstage nutzten, um sich den Wind einmal von Ohr zu Ohr durch den Geist blasen zu lassen. Die arbeitenden Schichten würden erst morgen, am Sonntag, hier einfallen. Das Wasser war noch kalt, trotzdem tobten einige mit Bällen darin herum, eine junge Frau lief kreischend zwischen Burschen hin und her, die sie nass spritzten.

Nike besaß nicht einmal einen Badeanzug. Ihre Mutter hätte ihr sicherlich einen nähen können, aber ihrer Meinung nach gehörten sich die immer knapper werdenden Ein- oder Zweiteiler nicht. Von Saison zu Saison erinnerten sie immer mehr an Unterwäsche. Nike betrachtete unbehaglich, wie die vier jungen Männer der kreischenden Frau nachsetzten. Natürlich war das alles nur Spiel, es wurde gelacht, das alles diente der Entspannung. Und doch …

Ach, Herrgott nochmal!

Georgette würde sie dafür auslachen, wie verklemmt sie war.

Georgette, die zum Chaos eine weitere großzügige Lage beigetragen hatte. Würde sie anrufen? Warum war sie so rasch abgerauscht und am Telefon so oberflächlich gewesen, obwohl sie sie doch vor dem Experiment so herzlich begrüßt hatte? Warum beschäftigte das Nike überhaupt so sehr?

Sie kam am Haupthaus der Badeanstalt an und reihte sich in die Schlange vornehmlich junger Leute ein. Als Alibi hatte sie eine Decke dabei, wenn sie schon keinen Badeanzug besaß. Sie hatte außerdem das Jackett zu Hause gelassen und trug nur Hosen und ein Hemd mit aufgerollten Ärmeln. Ein paar Jungs kamen kurz nach ihr an und witzelten prompt über ihren Kleidungsstil. Sie atmete den Duft nach Weißdorn, Sand und Wasser ein und ließ die Worte an sich abprallen.

Dann kehrten die *anderen* Gedanken zurück. Denn obwohl Georgette einen ungebührlichen Teil davon beanspruchte, gehörte doch der größere Anteil ihrer Gedanken der Rede, die für Montag geplant war. Prompt verblassten das junge Grün und die Weißdornblüten um sie herum. Das Plätschern und Jauchzen trat in den Hintergrund, das Gerede wurde zu einem dumpfen Murmeln. Und über alles legte sich ein Rauschen in ihren Ohren und der unbarmherzige Griff um ihr Herz: Panik.

Sie konnte die Panik gleichmütig und neutral betrachten und analysieren. Es war die Angst vor den Fragen des Reichstags. Angst vor der Journaille. Angst, das Falsche zu sagen. Angst, das Richtige auf die falsche Weise zu sagen. Angst, das Richtige zu sagen, aber absichtlich missverstanden zu werden. Oder davor, sich lächerlich zu machen, so wie Nikola Tesla, obwohl er in zu vielem recht gehabt hatte.

Anderes hingegen war Humbug. Und ich bin nicht die Galilea Galilei der magischen Phänomene. Sie kicherte nervös in sich hinein, die Jungs hinter ihr verstummten verwirrt, als hätte sie über ihre Sticheleien gelacht.

Und sie bewegt sich doch!, machten ihre Gedanken weiter, und Nike sah eine Statue vor sich, die in den Reichstag stolzierte und sich verbeugte. Sie biss die Zähne zusammen. Wenn sie weiter grundlos kicherte, würde sie Georgette vielleicht schneller als gedacht wiedersehen. In der Klapper.

Sie zahlte bei einer gut gelaunten jungen Frau an der Kasse den Eintritt ins Strandbad und sah sich um. Obwohl Samstag war, war hier eine Menge los. Wegweiser wiesen zum Nacktstrand und zum Versehrtenbad. Nike ging einfach einige Meter weiter und breitete dann ihre Decke am Wiesenrand aus. Kein Wölkchen stand am Himmel, und die Vögel balzten wie wild.

Nicht nur die Vögel. Sie setzte sich in den Schneidersitz auf die Decke, zog Schuhe und Strümpfe aus und betrachtete die Studierenden. Burschen machten sich an Mädchen heran, ebenso wie umgekehrt, wenn auch mit durchaus unterschiedlichen Methoden. Der Burschenüberschuss war groß, denn viele junge Frauen arbeiteten samstags, oft in den Kaufhäusern oder Fabriken. Nike sah sich nach bekannten Gesichtern um und grub die Zehen in den Sand. Etwas abseits saß eines der typischen untypischen Berliner Paare: zwei Jungs, einer davon mutmaßlich Student, der andere Soldat – die Frisuren verrieten sie.

Die Panik hatte nachgelassen, auch der Drang loszulachen, und sie atmete tief durch. Mama hatte das meiste, was sie aus ihrem Land mitgebracht hatte, als Bürde empfunden. »Sei so deutsch, wie es geht«, hatte sie ihr stets eingeschärft, doch wenn es ans Entspannen ging, schossen Nike sofort die arabischen

Lieder durch den Kopf, die ihre Mutter beim Nähen und beim Kochen sang und die erst anfingen, sich zu entfalten, wenn eine zweite Stimme einfiel. Am besten noch eine dritte, eine vierte – aber die hatten die beiden in Berlin nicht gefunden. Sie summte leise vor sich hin und hörte die Stimme ihrer Mutter im Geist.

Vielleicht brachte dieser Wannseeabstecher doch ein wenig Ablenkung mit sich.

Die beiden Toten auf der Markov-Baustelle sorgten dafür, dass Sandor sich den halben Tag auf der Polizeiwache um die Ohren schlug.

Nun, nach einem endlosen Aussagemarathon und einem Gespräch mit Seidel, saß er mit der Markova auf der Terrasse eines vermutlich ziemlich unbezahlbaren Cafés in Charlottenburg und schwieg ein wenig beklommen. Die Markova streckte sich wie eine Katze im Stuhl, winkte dem Kellner, um nach der Karte zu bitten, und seufzte dann theatralisch.

»Meine Verführungskünste lassen zu wünschen übrig, nicht wahr?«

»Bitte, was?« Sandor zuckte überrascht auf seinem Stuhl zusammen.

»Ach, ich bin einfach nicht besonders geschickt. Das macht die Ehe mit einer Frau. Die Männer toben sich ja oft auch weiterhin aus und schärfen die Klingen, mit denen sie ein Herz durchbohren.«

Sandor sah sie an, und sie erwiderte seinen Blick mit einem halben Lächeln der perfekt geschminkten Lippen, bevor sie in Lachen ausbrach. Sie zündete sich eine Zigarette an und bot ihm auch eine an.

»Ach, Sandor. Schauen Sie mich nicht an wie ein Kaninchen, das vor der Flinte erstarrt! Ich will Sie nicht verführen, das sollte nur ein Spaß sein.« Sie kicherte noch ein wenig, und er traute sich, ebenfalls zu lächeln, aber die Verwirrung blieb. »Ich stelle mich einfach sehr plump an, und deshalb sollte ich Sie vielleicht von vorn angreifen.«

»Oder gar nicht angreifen«, schlug Sandor vor.

»Das geht nicht. Es muss raus!«

»Aber geht es dann auch friedvoller?«

»Ich fürchte, nein. Es hat sich ein ganzer Schwall von Fragen angesammelt. Es tut mir leid.«

Sie nahm vom Kellner die Karte entgegen und blätterte darin. »Die erste wäre: Ist es zu früh für Alkohol? Aber die kann ich selbst beantworten.«

Ihr Finger landete auf einem Weißwein. »Es ist Weißweinwetter, oder?« Er nickte folgsam. »Wir nehmen diesen hier und zwei Gläser.«

Das könnte ein längerer Abend werden. Sandor war sich nicht sicher, ob er ihn nicht lieber wieder mit Isolde verbringen wollte. Das hier war *noch* unbehaglicher. Er entschied sich, selbst einen ersten Schritt zu tun.

»Falls Sie mich ausfragen möchten, muss ich Sie enttäuschen. Ich bin leider zum Schweigen verpflichtet.«

»Das weiß ich doch. Und weil ich mich mit so etwas nicht zufriedengebe, habe ich den Professoren Nernst und Pfeiffer schon ansehnliche Summen gespendet und dafür Zugang zum neuesten Stand der Wissenschaft erhalten.« Sie klimperte mit den üppig schwarz getuschten Wimpern. »Aber Papier ist ... nicht nur geduldig, sondern auch – nun ja – nur Papier. Das Holz, aus dem es besteht, ist lange tot. Zu *lesen*, was möglich ist, ist eine Sache. Es zu *sehen*, eine andere, und heute ... heute habe ich ...« Sie schwieg und tippte versonnen mit den Nägeln an ihre Kaffeetasse.

»Heute haben Sie es selbst gespürt.«

»Ja.« Ein Lächeln breitete sich auf ihrem Gesicht aus. »Ist es da vermessen, von Neugierde zerrissen zu werden? Selbst Magie auszuüben, das hätte ich mir niemals träumen lassen, und es hat mich in einen Rausch befördert. Das verstehen Sie doch, oder? Sie wissen doch, wie es sich anfühlt. Ihr wievieltes gelungenes Experiment war das?«

»Es war mein erstes«, gestand er ehrlich. »Sie sehen also, ich bin vermutlich gar nicht so viel weiter als sie, und sie verschwenden hier gerade Zeit und Geld!« Er lachte, aber es war etwas gezwungen. Sie legte eine Hand auf seine.

»Was, mit Ihnen? Einem Künstler, den ich vielleicht für das eine oder andere Markov-Projekt gewinnen kann? Ich genieße es, mich mit noch unentdeckten Talenten zu umgeben. Sie sind so unprätentiös. Sie, Sandor, sind so unprätentiös. Nein, der Abend wird mich nicht enttäuschen. Aber es ist nett, dass Sie sich darum sorgen.« Die Flasche Wein wurde gebracht, Sandor musste ratlos den ersten Schluck ratifizieren, während Renée ihren Kaffee austrank.

»Und jetzt erzählen Sie mir doch einfach von Ihren Erfahrungen, Sandor. Sie müssen nichts ausplaudern, was Sie für ein Geheimnis halten.« Sie zwinkerte gut gelaunt. »Ich bin einfach nur daran interessiert, wie es sich für Sie *angefühlt* hat. Das ist doch sicher nicht geheim.«

»Sind Gefühle nicht immer noch das größte Geheimnis?«, fragte Sandor, und ihm fiel erst nachher auf, dass sich das anhörte, als zitiere er Casanova.

Nike war so sehr in ihren eigenen Gedanken gefangen, dass sie die Physikstudenten erst bemerkte, als diese sie bemerkten.

»Na, wen haben wir denn da?«, fragte eine Stimme, die sofort Hörsaalassoziationen weckte. »Das Fräulein Wehner. Und sie hat sogar mal die Hemdsärmel aufgerollt, ganz schön keck.«

Lachen, wenn auch zögerlich. Viele der Studierenden behandelten Nike eher wie eine Kommilitonin als wie eine Doktorandin, die dem Professor in der Lehre assistierte. So vorwitzig wie Frentzen war aber kaum einer.

»Der Herr Frentzen«, sagte sie in einem Anflug von Schlagfertigkeit. »Und er hat sogar perfekt gelegte Haare über seinem Badeanzug. Fesch, fesch.«

»Vielen Dank für das Lob«, sagte Frentzen und tippte mit den Fingerspitzen an seine goldene Schmalzlocke. »Gehst du noch schwimmen?«

»Seh ich so aus?«, fragte Nike, und die vier jungen Männer um Frentzen lachten unsicher. Frentzen breitete im Sand seine Decke aus, legte sein Handtuch und eine Badekappe zurecht und ließ sich im Schneidersitz nieder. Sein Badeanzug war marineblau-weiß gestreift.

»Ich hatte eigentlich gehofft, dass sich an so einem schönen Tag Erika hier blickenlässt.«

»Lenz, ist die Erika da?«, singsangte Frentzen über die Schulter, und erneut lachten seine vier Freunde eingespielt. Der Kopf des Angesprochenen lief rot an, es war ein offenes Geheimnis, dass Dietmar Lenz Erika anschmachtete – die ihn allerdings viel zu fad fand.

»Nee«, erwiderte Lenz. »Ist wohl nicht da.«

»War sie letztens mal hier? Wisst ihr das?«

»Dann wär sie ja schön blöd.«

»Wieso?«

»Sie wird ja mit dem Frölich-Mord in Verbindung gebracht. Da wird sie sicher von der Polizei gesucht.«

»Ja, und glaubt ihr, dass sie was damit zu tun hatte?«, fragte Nike unumwunden. Frentzen sah sie herausfordernd an. Die anderen schüttelten hinter ihm den Kopf.

»Was weiß ich? Dass sie illegale Experimente gemacht hat, war nicht gerade ein Geheimnis.«

»Aber dass sie dabei jemanden umbringt? Einen Politiker? Hat Erika sich irgendwann mal politisch positioniert?«

»Nee«, sagte Thomas, auf der anderen Seite der Decke. »Aber das war doch kein politischer Mord, oder?«

»Nicht?«, fragte Nike.

»Vielleicht war es nur ein Unfall«, sagte Frentzen. »Warum sollte sie denn 'nen Roten umlegen? Aber vielleicht steckt sie da wirklich in was drin, woher sollen wir das wissen?« Frentzen musterte Nike, als wolle er wissen, wie weit er gehen sollte. »Man weiß ja nie, was solche Leute für … ihre Leute tun und so.«

Nike bohrte ihre Zehen in den Sand und fand kühlere Schichten. »Was meinst du denn damit? Welche Leute?«

»Du weißt schon.«

»Der Schwachsinn mit den Juden?«, sagte Nike möglichst geradeheraus, aber sie presste es doch an zusammengebissenen Zähnen vorbei. Sie zwang sich, Frentzen in die Augen zu sehen.

»Ja, der Schwachsinn mit den Juden«, erwiderte Frentzen. Er war so schön, dass es Nike anwiderte. Schöner als Sandor. Definitiv schöner als Richard. Aber bei ihr entfaltete das keine Wirkung. Die Verachtung saß einfach zu tief.

»Du glaubst also, sie hat Frölich als Teil eines jüdischen Komplotts umgebracht.«

»So stand es jedenfalls überall in der Zeitung. Und die müssen es ja irgendwoher haben.«

»Das haben sie vom *Angriff*«, ließ sich Lenz mit zaghafter Stimme vernehmen. »Hab gehört, die haben das als Erstes behauptet, und sie nennen ihre Quellen nicht.«

»Wie überraschend«, kommentierte Nike den Namen des nationalsozialistischen Blatts. »Klingt mir gar nicht fingiert.«

»Bloß weil dir nicht passt, was die sagen, heißt das nicht, dass es falsch ist oder schlecht recherchiert. Vielleicht haben sie Gründe, die Quellen nicht preiszugeben«, sagte Frentzen.

Nike lächelte schmal und zwang sich, ihn weiter anzusehen, als wollte sie ihn niederstarren. Frentzen sollte ruhig wissen, dass sie sich daran erinnern würde.

Physik war sein zweiter Studiengang. Sie konnte sich an den ersten nicht mehr genau erinnern; was so eine wohlfrisierte Kröte aus reichem Hause eben studierte – Medizin, Jura? Der Studentenverband hatte vor einigen Jahren beschlossen, Semitinnen und Semiten auszuschließen. Er war noch Mitglied. Nike seither nicht mehr. Zwar war sie keine Jüdin, aber der Verband wollte hier ganz genau sein, wenn es um die Rassenlehre ging. Das bedeutete zwar einen Verlust, aber sie hatte sich damit getröstet, dass jemand wie Lise Meitner noch sehr viel weniger Möglichkeiten gehabt hatte und nur durch Beharrlichkeit weitergekommen war.

Doch mittlerweile fühlte der Trost sich schal an. Leute wie Frentzen nahmen Möglichkeiten wieder weg, die schon *da waren*, errichteten Schranken, die andere bereits mühselig durchbrochen hatten.

Es hilft nichts, außer die Schranken ganz abzureißen, schoss ihr durch den Sinn. »Hat denn einer von euch Schlaumeiern Erika gesehen oder nicht? Es ist wichtig. Pfeiffer und Nernst wollen mit ihr sprechen. Es geht nicht um die Polizei. Es geht nur um ihre Arbeit an der Uni.« Das war gelogen, aber sie sprach tonlos und ohne die geringste Emotion in der Stimme.

Alle fünf schüttelten den Kopf. »Dann wünsch ich noch einen angenehmen Abend.« Damit stand sie auf, riss ihre Decke an sich und drehte den Männern den Rücken zu.

»Dir auch«, murmelten zwei Stimmen unbehaglich. Frentzens war nicht darunter.

»Finden Sie nicht auch, Strom ist ein guter Vergleich?«

»Natürlich«, pflichtete Sandor Renée bei. Das Essen war französisch gewesen, kleine Portionen mit Pasteten und raffinierten Beilagen, die seinen Argwohn weckten. Der Wein wurde dabei von Gang zu Gang schwerer und lag ihm jetzt schon bleiern auf der Zunge. Der Gedanke, dass sie ihn abfüllen wollte, war ihm natürlich schon gekommen, aber der späte Nachmittag ließ ihn entspannen. Sie stellte ihm keine einzige Frage, die er nicht hätte beantworten wollen. Möglich, dass sie einfach alles, was er als heikel erachtet hätte, bereits wusste, und wenn dem so war, dann war es nicht sein Problem, woher sie es hatte. Das hatte dann wohl Nernst zu verantworten.

»Es wird daran gearbeitet, alle Dörfer, Städte, Weiler, Häuser, selbst den letzten Bauernhof mit Strom zu versorgen, bis in den hintersten Winkel von Pommern und Sachsen! Hochgefährliche Energie, die alles Mögliche anrichten kann. Nachts erhellt sie schon unsere Straßen. Die meisten Häuser in Berlin sind schon daran angeschlossen. Es ist eine Energie, die bis vor einigen Jahrzehnten noch als vollkommen unberechenbar galt, nur manifestiert in Blitzen, die aus dem Himmel krachen und Dächer zerschlagen und Bäume in Flammen aufgehen lassen«, fuhr Renée fort und gestikulierte dabei mit glühenden Augen, das Weinglas in der Rechten, in dem nun noch ein Fingerbreit Rotwein schwappte. »Ist es nicht möglich, dass wir uns wie Tesla und Edison damals gerade am Beginn eines neuen Zeitalters befinden? Die Dosis ist es, die darüber entscheidet, ob etwas eine Waffe ist oder ungeahnten Komfort bietet. Stell dir vor, Sandor. Wie viel vom Strom, der in Berlin produziert wird, dient im Moment nur Spielereien oder Annehmlichkeiten? Leuchtreklamen, Aufzügen – oder den Haushaltsgeräten, mit denen eine einzelne Frau Dinge erledigt, für die es früher einen ganzen Hausstand gebraucht hätte! Strom macht es möglich, dass man die eigene Wäsche wäscht, dass Staub mit dem Vacuumreiniger aufgesaugt wird statt mühsam mit Besen und Kehrschaufel. Ist das unbedingt nötig? Natürlich nicht. Aber es macht das Leben angenehmer. Stell dir einfach vor, die Grundsubstanz eines Hauses selbst könnte an der Arbeit teilhaben – der Stein und der Beton wären belebt und würden, was weiß ich, Post von oben nach unten transportieren. Oder, wenn das zu unheimlich ist, dann stell dir vor, eine deiner Statuen würde unliebsame Aufgaben übernehmen. Wie Maria, der Maschinenmensch aus *Metropolis*. Wenn es tatsächlich möglich wäre, Statuen zu beleben, mein Gott, wer will denn noch als Portier arbeiten oder als Tippse oder am Fließband? Wir könnten Statuen dort hinstellen …«

»Ich habe keine Ahnung, wie das gehen soll!«, lachte er.

»Ja, das muss man halt noch herausfinden! Und während die steinernen Golems für uns arbeiten, gönnen wir uns ein Leben in Überfluss und Freiheit.«

»Alle? Also auch die, die vorher an den Fließbändern standen?«

Sie lachte leichthin. »Ja, ja, für die Frage bin ich wohl kaum die Richtige. Du bist wohl ein Roter?! Der erste Gedanke an den Arbeiter, wie so viele deines Fachs. Selbst im Elfenbeinturm vor sich hin werkeln, aber hoffen, dass die Kunst auch am Arbeiter nicht vorbeierzählt.«

»Nein. Ich bin kein Roter«, sagte Sandor ehrlich.

»Sozialist, denn wenigstens?«

»›Wer mit sechzehn nicht Sozialist ist, ist ein Idiot‹, sagt Clemenceau«, zitierte Sandor nur einen Teil des Ausspruchs. »Und ich bin zwar älter als sechzehn, aber noch keine vierzig.«

»Die Einsicht darin, dass Umverteilung nicht die einfache Antwort auf eine komplizierte Frage ist, kommt also noch«, sagte sie augenzwinkernd. »Aber lass uns nicht ins Politische abschweifen. Die wahre Frage, die wir uns stellen müssen, Sandor, ist die Frage der Skalierbarkeit. Das sagte Nernst. Und ich sage: Es gibt Dinge, die müssen den Menschen zugestanden werden, jedem Menschen da draußen, sobald es sie gibt.«

»Aber wie regelt man das denn? Beim Strom ist es meines Wissens nach nicht möglich, damit unkontrolliert auf seine Mitmenschen loszugehen.«

»Nicht? Vielleicht fehlt es nur an geeigneten Gesetzen. Nehmen wir Schießpulver: Waffen gibt es überall, viele davon frei verfügbar, und trotzdem trägst du keine, und ich auch nicht. Und selbst die, die eine tragen, gehen nicht raus und schießen damit um sich. Weil es *Regeln* dafür gibt. Weil wir in einer geregelten Gesellschaft leben. Wir brauchen in diesem Fall einfach nur eine Regierung, die schnell und ohne großes Drama die richtigen Gesetze beschließt.«

»Aber unsere Magie ist sehr viel experimenteller als eine flächendeckende Stromversorgung«, wandte Sandor ein. »Was wird passieren, wenn mehr Leute Zugang zu dem sehr lückenhaften Wissen haben, das wir im Moment bieten können?«

»Ich weiß es nicht. Jedenfalls ist es wichtig, dass niemand den Eindruck hat, dass da eine bedrohliche Gefahr auf uns zukommt. Sondern einfach nur ein weiterer Lichtschalter. Gebt den Leuten eine Kleinigkeit, die sie glücklich macht. Die Aussicht auf den Fabrikgolem. Und wenn dann die Regierung hinter verschlossenen Türen an den richtig großen Möglichkeiten arbeitet …«

»Du meinst Waffen? Gibt es nicht Verträge, die regeln, dass es keine richtig großen Möglichkeiten fürs Deutsche Reich gibt?«

»Rede ich denn von Waffen, Sandor?«, fragte sie mit schräg gelegtem Kopf.

»Ich weiß nicht.«

»Du redest von Waffen.« Sie lächelte verschmitzt. »Ich habe von Nachrichten transportierenden Gebäuden geredet.«

»Ach so.«

»Ich habe den Eindruck, du bist wie der Zauberlehrling von Goethe und fürchtest dich vor deinem eigenen Besen.« Sie lachte verschmitzt. »Nachtisch, Sandor?«

Sandor gab einen verlegenen Laut von sich.

»Also ja. Der Schokoladenkuchen hier ist unvergesslich.« Sie winkte dem Kellner. »Ich glaube, ich muss dich mal auf eine unserer Feiern einladen. Erstens, weil es Spaß macht, mit dir zu essen. Und zweitens, weil ich ein Auge für Jungspunde habe, die die Welt noch aus den Angeln heben werden. Vielleicht gehörst du dazu. Ich würde dich gern ein paar Leuten vorstellen.«

»Und ich würde dich auch gerne etwas fragen.«

Sie hob die Augenbrauen.

»Hast du eigentlich ein Radio?«

»Das … das ist *Samstag* passiert, und Sandor war dabei?«, fragte Nike, während sie außer Atem mit der Ledertasche um die Schulter und dem großen Schaubild rang, dessen Ständer Seidel trug, der dabei in etwa so gequält aussah wie Jesus auf Kreuzgangdarstellungen.

»Ja, ganz genau. Ich wollte Sie nicht behelligen, Fräulein Wehner, darum hab ich mir erlaubt, Ihren Trick mit dem Rollfilm noch einmal selbst anzuwenden. Die Fotos waren komplett schwarz.« Auch er schnaufte. Sie waren zu spät dran, Professor Pfeiffer hatte Nike auf der Polizeiwache aufgesucht, für ein paar letzte Instruktionen und um ihr das Schaubild in die Hand zu drücken. Sie würde wohl nicht darum herumkommen, ein paar Worte dazu zu sagen.

»Soll ich Ihnen noch etwas abnehmen?«, fragte Seidel, und sie schüttelte den Kopf. Frauen ständig zu nötigen, noch das geringste Gewicht an Männerarme abzutreten, war auch eine

Form von Entmündigung. Er hatte den Wagen ein wenig entfernt am Straßenrand im Schatten der Bäume des Tiergartens abgestellt. Sie wollten möglichst wenig Aufmerksamkeit erregen, auch wenn Pfeiffers riesiges Schaubild, das selbst zusammengerollt fast so lang war wie Nike hoch, schon für einige Blicke sorgte. Etwas rechts von ihnen gingen Fuchs und ein jüngerer Kollege über den freien Platz vorm Reichstagsgebäude mit dem pompösen Standbild – Bismarck umgeben von Triton und einigen Najaden – und grüßten Nike und Seidel aus der Distanz.

»Schau an, schau an. Sogar der Kollege Fuchs schaut zu. Das wird ja ein volles Haus heute«, sagte Seidel und zog die Stirn in Falten.

»Vielen Dank, ich hätte nicht gedacht, dass es so schwer ist, in einer Stadt wie Berlin ein Radiogerät aufzutreiben«, sagte Sandor an die Markova gewandt und ließ sich in einen Sessel sinken. Da Seidel unter anderem wegen seines jüdischen Nachnamens nicht wünschte, dass er Nike begleitete, war das die einzige Möglichkeit, an Nikes Rede teilzuhaben. In seinem Hotel gab es kein Radio, und obwohl er sich daran zu erinnern glaubte, dass er bei Seidel eines im Wohnzimmer gesehen hatte, war Seidel selbst ja im Reichstag. Und wen kannte er sonst in Berlin? Also war nur noch Renée Markov übrig geblieben. Auch wenn es ihm ein wenig unangenehm war, nun schon wieder von ihr ausgehalten zu werden.

Der Raum machte einen konservativen Eindruck – Bücherregale, Tabakgeruch, Jagdtrophaen, Eichen- und Polstermöbel sowie Teppiche –, aber er war gemütlich, und sie waren ungestört. Es handelte sich um eine Art Séparée im Café *Zugspitze*, und sie beide saßen in Ohrensesseln, zwischen sich ein hölzerner Beistelltisch mit einem Spitzendeckchen. Die Markova rauchte eine Zigarette in einer Spitze, während Sandor sich glücklich schätzte, endlich einen ordentlichen schwarzen Tee in dieser Stadt trinken zu können.

Die Markova trug ein dunkelblaues Kleid, das seine Seriosität gekonnt durch Fransen im Flapper-Chic unterlief, dazu einen passenden Topfhut und eine Perlenkette. Sie brachte es fertig, darin gleichzeitig leger und elegant auszusehen.

»Die *Zugspitze* verbindet doch das Angenehme mit dem Nützlichen«, antwortete sie und zog an ihrer Zigarette. »Das wäre alles, Ferdinand, nur eins noch: Sei doch bitte so gut und bring mir einen Kaffee und einen Eierlikör. Aber erst in einer Viertelstunde, wir wollen der Sendung ungestört lauschen. Danke.«

Der Kellner deutete eine steife Verbeugung an und verließ den Raum.

»Enttäuscht?«, fragte die Markova und aschte in den Aschenbecher neben dem Radio, aus dessen geschwungenem Trichterlautsprecher leise klassische Musik klang.

Die Frage verwirrte Sandor. »Von diesem Café?«

»Nein, davon, dass ich dich nicht zu mir nach Hause eingeladen habe.«

Er schluckte und fühlte sich ertappt. »Das wäre bestimmt … unangemessen. Ich bin sehr froh, gemeinsam mit Ihnen die Übertragung hören zu können.«

»Ein junger Mann mit einer verheirateten Frau allein in einem, wie sagt ihr Kommunisten, bourgeoisen Anwesen. Oh, là, là.« Sie lächelte. »Daran stößt sich in Berlin schon seit Jahren niemand mehr. Nein, ich meine der Architektur wegen.«

Sandor spürte, wie er rot anlief, und ergriff dankbar die Rettungsleine, die die Markova im mit einem amüsierten Lächeln zugeworfen hatte.

»Ich bin immer noch kein Kommunist!«, lachte er. »Aber Ihr Anwesen ist sicher einen Blick wert. Oder auch zwei oder drei …

aber hier ist es auch sehr gemütlich, und ich will auf keinen Fall undankbar erscheinen«, beeilte er sich zu ergänzen, bevor die Sendung begann.

»Ich denke, es ergibt sich bald eine weitere Gelegenheit.« Sie lächelte, blies den Zigarettenrauch Richtung Decke. »Wollten Sie diese Sendung nicht hören, Sandor?« Tatsächlich, er hatte sich vollkommen aus dem Konzept bringen lassen und den Anfang verpasst. Wie peinlich.

Er drehte die Amplitude höher. Dann nahm er einen Schluck Tee, stellte die Tasse auf die Untertasse und behielt sie in beiden Händen. Die Markova lehnte sich in den Sessel zurück. Schweigend hörten sie zu. Das Hören über Lautsprecher war sehr entspannt – es hatte etwas für sich, sich nicht mit Kopfhörern um ein Radio tummeln zu müssen, wie Sandor es gewohnt war.

»… *zahlreiche Evidenzen, wie die Fotografien des Lichtspiels einer Tänzerin und eines auf wundersame Weise animierten Vogels. Auch wenn sich der aufgeklärte Geist dagegen sträuben mag, bleibt selbst dem Physikalischen Institut der Friedrich-Wilhelms-Universität keine Wahl, als die Möglichkeit in Betracht zu ziehen, dass die Phänomene mit dem Wort ›Magie‹ am besten beschrieben sind.*« Nikes Stimme war durch die Verzerrung des Lautsprechers verfremdet.

»Jetzt ist die Büchse der Pandora also unwiederbringlich aufgestoßen«, bemerkte die Markova.

»*Sie hören gerade die Einleitung der Rede der Physikerin Nike Wehner, die hinter verschlossenen Türen des Reichstags stattfand. Für die Presse wiederholte sie ihre wichtigsten Punkte noch einmal.*«

Nun redete Nike wieder, in nervösen Bandwurmsatzen, deren Grammatik Sandor nicht immer folgen konnte. »… *und ich appelliere, wenn man Vorgänge dieser Art bemerkt, insbesondere wenn dadurch Gefahr entsteht wie beispielsweise im Fall von Bauwerken, dass Sie dann die Ruhe bewahren und es der Polizei melden, die bereits über alles Nötige in Kenntnis gesetzt ist und eng mit der Universität zusammenarbeitet.«*

Jetzt kam wieder der Reporter. »*Ein Großteil der Abgeordneten scheint Ihre Rede trotz renommierter wissenschaftlicher Rückendeckung für Aberglaube und Hokuspokus zu halten. Unsere Hörer fragen sich sicher, warum ein Fräulein diese Erklärungen abgibt, und kein Professor von Format eines Schrödingers, Einsteins oder Pfeiffers? Hatten diese Koryphäen Angst, für eine … Pfeife gehalten zu werden? Oder in der selbigen geraucht zu werden? Entschuldigen Sie den Wortwitz!«*

Was für ein Wurm, dachte Sandor. *Weil Nike viel mehr Ahnung auf dem Gebiet hat als all die gelehrten Herren zusammen!* Außerdem konnte er nicht fassen, dass ein Mann mit einem derart missratenen Sinn für Humor beim Radio arbeitete.

»*Da ich die zuständige Experimentatorin bin und mit dem Künstler aus Prag direkt zusammenarbeite …*«, Nikes Antwort war gut, aber es sah tatsächlich so aus, dass sie hier als Bauernopfer vorgeschoben wurde. Wenn es später darum ging, den Ruhm zu kassieren, würden Pfeiffer und Nernst sicher wieder in der ersten Reihe stehen.

»*… Unterstützung durch Bohr und Heisenberg geht eindeutig aus ihren Briefen hervor, die ich zitiert habe. Auch Einstein hat angekündigt, sich äußern zu wollen …*«, drang Nikes Stimme aus dem Lautsprecher.

»*Und nun zu einem heiklen Thema. Dem Gefahrenpotenzial dieser neuen … sagen wir, Phänomene. Und den Implikationen für den Versailler und den Locarno-Vertrag*«, sagte der Reporter.

»*Das zu beurteilen ist nicht die Aufgabe der Wissenschaft, sondern der Politik. Ich rate dennoch dazu, alle Ergebnisse im Sinne einer friedlichen Nutzung zu durchdenken*«, sprach Nike weiter. »*Die Gefahr für die Öffentlichkeit, geschweige denn unsere Nachbarstaaten, ist denkbar gering.*«

Sandor gefiel nicht, in welche Richtung sich das Gespräch entwickelte.

Der Reporter löcherte Nike weiter: »*Sie können unseren Hörerinnen und Hörern also zweifelsfrei zusichern, dass die außergewöhnlichen Straftaten in jüngster Vergangenheit nicht auf das Konto von jüdischen Kabbalisten gehen?*«

»*Das klingt für mich nicht stichhaltig*«, sagte Nike. »*Und jetzt bitte ich Sie, mich zu entschuldigen.*«

Der Reporter rief: »*Warten Sie, das Volk hat noch Fragen!*« Doch Nike hatte keine Antworten mehr. Klassische Musik setzte ein.

Ärger rumorte in Sandors Magen. Er erhob sich und stellte den Tee ab. »Also dann, Frau Markova, ich danke Ihnen vielmals für Ihre Gastfreundschaft und die Möglichkeit, Ihnen hier Gesellschaft zu leisten. Aber ich habe noch eine Verabredung. Und das Radiointerview scheint beendet.« Er reichte ihr die Hand, sie ergriff sie sanft, damenhaft mit abgeknicktem Handgelenk. Die plötzliche Distanz zwischen ihnen war spürbar.

»Ich habe zu danken«, erwiderte sei kühl. »Für das Teilen Ihrer Sichtweisen. Ich bewundere Ihre Arbeit wirklich sehr, das wissen Sie. Vielleicht besteht die Möglichkeit, noch einmal Zeugin davon zu werden?«

»Vielleicht«, entgegnete Sandor. »Hoffentlich ohne dass jemand auf uns schießt.«

»Ja, bitte«, entgegnete die Markova und lächelte. »Und keine Angst vor mir und meinem Wissensdurst: Wir könnten wohl ohnehin nicht zusammen zaubern. Wir wären zwei Kunstschaffende, denen die Wissenschaft fehlt. Aber theoretische Gedanken könnten wir uns zusammen machen, Sandor. Das fände ich sehr schön. Vielleicht sogar bei mir zu Hause.«

Er lächelte, sie lächelte, und dann trennten sie sich voneinander.

9
ASCHE UND SCHERBEN

Und mit der Knarre in der Hand
er hinterm Zeitungsballen stand
Die Kugeln pfeifen um ihn rum
Der Spartakist, er kümmert sich nicht drum.
HANNS ERNST JÄGER: »BÜXENSTEINLIED«

Isolde hatte vor dem Hotel gewartet. Tristan war aus dem Sanatorium entlassen worden und bei seinem alten Vater eingezogen, immer noch kaum mit allen Sinnen beisammen. Isolde hatte ihn am Abend besucht und ertränkte nun ihre Verwirrung und ihren Kummer über Tristans Zustand in einem Gedeck nach dem anderen – immer ein Bier, ein Klarer, und beidem hatte sie schon über die Maßen zugesprochen. Nun hatten einige in der Budike ein militantes Arbeiterlied angestimmt, und Isolde sah nicht glücklich aus.

»Ganz schön was los heute«, bemerkte Sandor, der kaum mit ihr gesprochen, sondern vor allem zugesehen hatte, wie sie sich die Kante gab. »Nicht so ganz meine Musik.«

»Diese Lieder sind doch bei den Anarchisten genauso scheiße«, grunzte Isolde in ihr Bier. »Aber macht halt was mit den Menschen, nicht, gemeinsam singen? Glaubst du, die Bewegung ist tot? Oder *lebt noch eine Flamme?*«

»Eine Flamme?«

»Na, das Syndikalistenlied.
Es lebt noch eine Flamme,
es grünt noch eine Saat.

Verzage nicht, noch bange:
Im Anfang war die Tat.«

Isolde sang gegen die Arbeiter an, die sich an der Theke mit Inbrunst in ihr Lied steigerten.

»Du gibst dir jedenfalls gerade Mühe, alle möglichen Flammen zu ertränken«, urteilte Sandor.

»Unsinn. Grünende Saat braucht Flüssigkeit«, knurrte Isolde und nahm einen großen, zufriedenen Schluck. »Hast du's auch in der Abendpost gelesen? Mit dem Reichstag und der Rede?«

»Hab's im Radio gehört.«

»Würd denken, es ist der erste April, wenn diese elende Scheiße nicht genau das wär, was Tristan in eine zitternde Flitzpiepe verwandelt hätte. Und unsere Stammkneipe sind wir auch los!«

»Habt ihr seitdem denn nichts mehr auf die Beine gestellt?«

»Nee, ham wer nicht. Es gibt mehr als eine Schwarze Schar in Berlin, aber alles nur noch kleine Gruppen, kein Vergleich zu vor fünf Jahren. In unserer Schar bin ich die Älteste, das sind alles noch halbe Kinder! Und so Bengel brauchen jemanden, nach dem sie sich richten.«

»Sie könnten sich nach dir richten.«

»Nee, Sandor, ich bleib lieber weiter hinten. Aber ich sag dir was: Nach dir könnten sie sich richten.«

»Mir? Wie soll das gehen, ich hab keine Ahnung von Berlin, und je mehr ich davon sehe, desto weniger blick ich durch!«

»Dafür hast du ja mich. Du bist jünger als ich, du bist ein Mann, du hast dieses Charisma. Wir brauchen jemanden wie dich, damit wir eine Richtung haben.«

Bevor er noch etwas einwenden konnte, schmetterten die Männer am Tresen in seligem Gemeinschaftsgefühl:

»O Spree-Athen, o Spree-Athen
Viel Blut, viel Blut hast du gesehn.
In deinem Friedrichshaine ruht
so manches tapfre Spartakusblut.«

»Weißt du, wovon sie da singen? Von der Verteidigung der Druckerei Büxenstein, als der SPD-Bluthund die Kommunisten vom Spartakusbund hat niederschießen lassen.«

»Manche Dinge werden nicht mit Waffen entschieden«, sagte Sandor.

»Jetzt liegt jedenfalls eine neue Waffe auf dem Spielfeld«, sagte sie düster und kippte einen weiteren Klaren. »Wartet auf den, der sie aufhebt. Das werden wieder die Leute sein, die ohnehin schon Macht haben. Gehen sich damit gegenseitig an die Gurgel, um ihre Macht zu erhalten, um mehr davon zu kriegen. Und uns natürlich. Uns mähen sie damit nieder, sobald niemand guckt.« Sie starrte ihn an. »Sandor. Wir müssen dafür sorgen, dass nicht nur die Braunen zaubern können. Dass es nicht die nächste Artillerie im Kampf gegen Menschen wird, die sich etwas anderes als diese Oligarchie der Reichen und Mächtigen wünschen. Wenn wir das jetzt alles geschehen lassen, ohne zu handeln, dann …«

Sie wurde übertönt von einem der Roten, einem Mann mit breitem Gesicht und Akneflecken auf den Wangen, der eine zerfledderte Zeitung in die Höhe reckte.

»Habt ihr Zeitung gelesen!«, schrie er und erntete sofort Aufmerksamkeit. »Die Regierung darf sich freuen, da ist *Magie* vorgestellt worden. Die Universität hat irgendetwas ausgeheckt, und jetzt wird es das Militär kriegen, dafür ist im Locarno-Vertrag schon die Grundlage geschaffen worden, für eine neue Form von Militarisierung. Die Polizei, die Herrschenden. Der Genosse von der KPD, Paul Frölich, ist unter mysteriösesten Umständen zu Tode gekommen. War Frölich der erste Versuch, politische Gegner mit Zauberei loszuwerden?«

Frölich war um den Ersten Mai herum zur Ikone der kommunistischen Bewegung aufgestiegen. Selbst als es noch allgemein als Unfall galt, hatten ihn die Roten zum Märtyrer stilisiert und Parallelen zwischen dem Tod von Frölich als Nachlassverwalter von Rosa Luxemburg und Rosa Luxemburgs eigenem grausamen Tod gezogen.

»Es ist ein unsichtbarer Krieg, der wieder aufflammt, Jenossen. Wir müssen heute Abend handeln! Frölich wird sonst nur der erste Tote gewesen sein. Nieder mit der Magiebourgeoisie, solange wir noch die Chance dazu haben!«

»Keine Herrschaft durch Magie!«, schrie eine Frauenstimme.

»Keine Herrschaft durch Magie!«, skandierten andere um sie herum.

Isolde beugte sich über das Bataillon Gläser vor ihr auf dem Tisch und schrie Sandor durch den Lärm zu: »Schon wieder ham die Roten die Nase vorn.«

»Was machen die denn jetzt?«, fragte Sandor, während weitere von den Sitzen sprangen.

»Was die Roten immer machen, nehme ich an. Auf die Straße gehen. Irgendwas anzünden.«

»Und wir?«

Sie sackte zurück auf ihren Stuhl. »Tja. Wir waren nicht schnell genug. Aber is ja keen Wettrennen mit den Roten. Wenn dann schon mit den Braunen. Und da die ohnehin schon 'ne Nasenlänge vorne liegen, müssen wir vor allen Dingen klüger sein und nicht schneller.«

»Was bedeutet das?«

»Ich muss die Schar zusammentrommeln. Du bist der neue Tristan. Nur bis der alte Tristan wieder auf'm Damm ist. Es geht ihm ja schon besser.« Trübe blickte sie über die Gläser und schauderte sichtbar. »Ich ruf die Schar zusammen, Sandor, dann hol ich dich am Hotel ab. Es darf keine Magiebourgeoisie geben.«

Der Laden leerte sich. Die Roten hatten das nächste Lied angestimmt. Isolde stand auf, ließ anschreiben und sah der Menge zweifelnd hinterher.

»Wir könnten mit, dann wissen wir, was sie vorhaben.«

»Nee. Wenn ich mein Leben riskier, dann für meine Sache. Ich werd sicher nicht aus Versehen abgeknallt, weil ich wie am Ersten Mai unter der roten Fahne mitmarschier.«

Sandor gab ihr recht und ging zurück zum Hotel.

Die Fäden ihres Lebens waren Nike beinahe komplett entglitten. Ihre Mutter überhäufte sie des Nachts mit ihren gnadenlosen Fragen. Wie und ob es bei der Polizei weitergehen würde, war nach ihrem zweifelhaften Auftritt vor dem Reichstag ungewiss. Und dass der Teil ihres Lebens, der ihr am meisten bedeutete, auch dabei war, ihr zu entgleiten, begriff sie, als der Nebeneingang in Sicht kam, über den sie die Universität meistens betrat. Dieser Nebeneingang war von Polizisten abgesperrt und, noch schlimmer: Mannschaftswagen und Spritzenwagen der Feuerwehr standen kreuz und quer auf der Seitenstraße, Schläuche schlängelten sich durch das Treppenhaus, das sie hinunter in ihr Labor zu nehmen pflegte.

Sie hatte Journaille erwartet. Keine Tragödie.

Sie blieb mitten auf der Straße stehen, eingeschüchtert vom Trubel und den Fahrzeugungetümen Marke Büssing um sie herum. Sie atmete durch, roch Qualm und wurde sich bewusst, dass sie ihn schon länger gerochen, aber für den üblichen Braunkohledunst gehalten hatte.

Ein Atemzug.

Komplikationen bei einem Experiment.

Zwei Atemzüge.

Keins meiner Experimente.

Drei Atemzüge.

Es muss nichts mit mir zu tun haben.

Vier Atemzüge. Das schlechte Gefühl wollte nicht verschwinden. Ein Polizeibeamter in Zivil sah sie und kam auf sie zu.

»Sie sind Nike Wehner, richtig?«, fragte er, und sie sah, dass er eine Fotografie von ihr in der Hand hielt.

»Ja.«

»Sehr gut. Ich soll Sie sofort hier wegbringen, Fräulein Wehner.«

»Wo-wohin?«

»Aufs Revier. Bitte kommen Sie mit zum Wagen.«

»Was ist passiert? Was hat das mit mir zu tun?«

»Bitte kommen Sie.«

Erst nachdem der Beamte einen Wagen hin und her rangiert hatte, um zwischen den Feuerwehrfahrzeugen herauszufinden, und auf die Prachtstraße Unter den Linden abbog, begriff sie, dass all ihre Befürchtungen blauäugig gewesen waren. Kälte kroch ihr durch Mark und Bein, während sie sich auf dem Beifahrersitz klein machte und schließlich sogar ihre Ledertasche zwischen Seitenfenster und Schulter einklemmte.

Denn die Straße war in Aufruhr. Der Polizist hupte – Nike hörte es kaum – und versuchte, sich nach links durchzuarbeiten. Die Straße war luxuriös ausladend, gegenüber erstreckte sich der Platz vor der Oper. All diese irrwitzigen neoklassizistischen Gebäude, wie von einem steinreichen Gottkaiserkind aus großer Höhe neben die Spree gewürfelt, unzusammenhängend, als sei es einfach nur eine Demonstration von Größe und Arroganz. Und anders als sonst waren nun nicht einfach nur Studierende auf dem Weg in die Universität, sondern Menschenmassen, und als der erste Stein auf dem Auto aufprallte, begriff Nike, dass es nicht einfach nur Schaulustige waren. Ein ganzes Menschenmeer brandete gegen das Uni-Gebäude – und auch gegen den Wagen, der so impertinent hindurchwollte. Der Beamte neben ihr fluchte und atmete gepresst.

Der Lärm schwoll weiter an.

»Wir hätten zu Fuß gehen sollen«, bemühte sich Nike um etwas Nichtssagendes. Angst schnürte ihr die Kehle zu. Zwei

Kerle lehnten sich auf die Motorhaube und begannen, sich so aggressiv daraufzustemmen, dass der Wagen wackelte.

»Na wartet, wir ziehen euch da raus!«, schrie einer von ihnen. Der Beamte hupte, Schweiß stand ihm auf der Stirn.

»Nieder mit der Polente!«, brüllte eine Frauenstimme direkt an Nikes Fenster. Sie zuckte zusammen.

»Sind das Kommunisten?«, presste Nike hervor.

»Nicht nur. Aber der Pulk hier, ja, offenbar sind wir in die Kommunisten geraten.« Er nahm die Schiebermütze vom Kopf und wischte sich durch die kurzen grauen Haare.

Eine Frau warf sich bäuchlings auf die Motorhaube, sie trommelte einmal mit der Faust gegen die Scheibe, dass diese erbebte, und wurde dann wieder heruntergezerrt. Jemand warf einen Apfelrest gegen das Seitenfenster, genau auf Nikes Augenhöhe, und diese glaubte kurz, es sei ein Stein, der das Glas zerbrechen würde. Gelächter von draußen, aber nicht die gute Art.

Dann fuhren zwei Frauen, die ein bemaltes Laken mit den Worten »Nieder mit der Magiebourgeoisie!« schwangen, vor dem durchdringenden Hupen auseinander, und schon glitt der Wagen in eine andere Art von Kriegsgebiet. Journalisten, Schupos und Schlägertrupps liefen nun quer zum Auto wild durcheinander. Eine junge Frau setzte einmal quer über die Motorhaube, ihre harten Absätze klackerten übers Blech, dann war sie wieder weg. Eine Kamera schlenkerte vor ihrer Brust, und sie sah grimmig entschlossen drein. Vorn versuchten die Schupos gerade, den Ansturm abzuwehren, die Richtung der entfesselten Massen umzukehren, aber Nike wusste, wie es rein physikalisch um Masse und Bewegung stand. Alle wollten in die Universität, und gleichzeitig wurde auf der anderen Seite doch ein Brand gelöscht – stand hier denn alles Kopf, der Verstand ausgeschaltet?

»Was passiert hier?«

»Die Journaille und verschiedene Gruppierungen wollen sich

gewaltsam Zutritt ins Gebäude verschaffen«, stieß der Beamte hervor.

Nike wurde noch kälter. Sie hatte die Hände auf die Beine gelegt, und ihre Finger kniffen in Stoff und Fleisch darunter, ohne dass sie es spürte.

»In … in mein Labor?«

»Ihr Labor ist Schrott«, sagte der Beamte schroff. *Schrott. Ruinen von Dingen, die einst ihre Arbeit gewesen waren.*

Asche und Staub.

Alles, weil ich die falsche Rede gehalten, nicht die richtigen Worte gefunden habe. Alles, weil ich zum Scheitern verdammt bin.

Sie biss die Zähne zusammen. Sie würde sich nicht anmerken lassen, wie sehr sie das Ganze angriff.

»Was ist genau passiert?«, zwang sie so neutral wie möglich hervor.

Nun kamen ihnen draußen einige Schupos zu Hilfe, Nike sah, wie sie dem Auto wortwörtlich mit Schlagstöcken den Weg freiknüppelten, es eilig weiterwinkten. Der Beamte am Steuer gab Gas, der Motor heulte auf, Leute sprangen zur Seite weg. Dann waren sie hindurch, ließen die letzten Grüppchen rechts und links hinter sich, fuhren an einem Pulk Demonstrierender vorüber, die auf dem Platz vor der Oper standen und sich von den Krawallen fernhielten. Der Beamte atmete durch, Nike war dazu nicht in der Lage.

»Was ist passiert, Herrgott nochmal?«, stieß sie zwischen den Zähnen hervor.

»So genau kann ich Ihnen das auch nicht sagen«, schnappte er zurück. »Hat einen Einbruch gegeben und einen Brand.«

»In meinem Labor?« Er schwieg. »Was ist mit meinem Labor?«

»Schutt und Asche, soweit ich gehört habe. Feuer im Keller.«

Nike ließ langsam die Tasche, die sie als Sichtschutz an die Scheibe geklemmt hatte, sinken. Ihre Gedanken galoppierten los. Ihre Ergebnisse und Theorien gab es in mehreren Abschriften – bei Nernst, bei Pfeiffer, vermutlich auch in München bei Sommerfeld, als Schriftverkehr ausgetauscht mit Kopenhagen und Prag. Mit der Pariser Sorbonne. Alles zusammen befand sich gesammelt in einem Schrank in Pfeiffers Vorzimmer. Im Labor waren nur Geräte. Die Nebelkammer. Kostbares Zeug, aber nicht unersetzlich. Sie würde eine Menge Papierkram ausfüllen müssen. Aber das Labor war nur ein materieller Verlust, niemand konnte die magischen Phänomene *stehlen*. Sie versuchte, sich zu beruhigen. Es war nur ein materieller Verlust, vielleicht eine kleine Verzögerung ihrer Dissertationsschrift.

Der Polizist gab Gas, sie querten die Spree und ließen langsam den kaiserlichen Prunk hinter sich. Auch hier waren Leute auf der Straße, sie standen in Pulks herum, als warteten sie nur darauf, von einer größeren Menge absorbiert zu werden.

Der Wagen bremste aus keinem ersichtlichen Grund ab. Nike sah alarmiert auf. Der Polizist sah von der Straße kurz zu ihr.

»Ich soll Sie informieren, bevor wir bei der Roten Burg ankommen«, räusperte er sich.

Eine dumpfe Faust schloss sich um Nikes Magen.

»Informieren?«, murmelte sie.

»Es hat einen Todesfall gegeben.«

»Im Labor?«

»Rauchvergiftung, im Keller, ja.«

Er fuhr nur noch Schritttempo.

»Wer?«

»Professor Pfeiffer wurde tot aufgefunden.« Er sagte es so leise, dass sie die Reifen auf dem Asphalt wispern hören konnte.

»Was?«, erwiderte sie, ebenso leise. Alle dahingaloppierenden Gedanken verflogen, da war nur noch die eiskalte Faust um ihren Magen.

Er erwiderte nichts. Nike presste die Finger in den Stoff der Hose, bis sie Schmerz spürte, und zwang sie sich zu atmen, bis sie sagen konnte: »Professor Pfeiffer war im Keller?«

»Ja. Es ist ein einziges Chaos, mehrere Gruppen haben versucht, nachts in die Universität einzudringen, mindestens eine hat es geschafft, und seit dem Morgengrauen kommen immer mehr und mehr Leute. Pfeiffer wurde identifiziert, kurz bevor ich Sie abfangen konnte.«

»Welche Gruppen? Was sind das für Leute?«

»Wir wissen nicht, wer Feuer gelegt hat. Ob überhaupt jemand absichtlich Feuer gelegt hat oder mit welcher Absicht. Es war alles zu chaotisch. Jedenfalls muss Pfeiffer versucht haben, etwas aus dem Keller zu retten. Oder er war einfach so dort.«

»Nachts?«

»Wäre das ungewöhnlich für ihn?«

Nike dachte daran, wie Pfeiffer abends noch mit Politikern im Büro gesessen hatte.

»Nachts, würde ich sagen, ja. Überstunden sind nicht unüblich, aber so spät ... Und nach meiner Rede gestern ... was weiß ich?« Sie rang nach Luft und Worten. Vielleicht hatte er so was befürchtet und war zur Uni gefahren, um das Wichtigste in Sicherheit zu bringen? Oder jemand hatte ihn gezwungen.

Ich war es. Ich bin die, die ihn mit der Waffe in den Keller getrieben hat, aber die Waffe war das Mikrophon im Reichstag.

Atmen, nur atmen.

»Gab es noch mehr Tote?«

»Nein«, sagte der Beamte. »Die Keller sind durch dicke Wände voneinander isoliert, das Feuer war bis heute Morgen zu einem Schwelbrand reduziert. Ein Assistent hat den Brand gemeldet.«

»Von diesen ... diesen Gruppen ist niemand verletzt? Niemand mit Verbrennungen oder ... Rauchvergiftung ... oder ...?« Sie wurde leiser und leiser.

»Die haben sich gegenseitig verletzt und nicht zu knapp. Wir versuchen, in den Krankenhäusern Leute mit Brandverletzungen und Rauchvergiftungen aufzutreiben.«

»Braunhemden?«

»Die Braunhemden, sicher. Aber auch Kommunisten und eine kirchliche Gruppe, angeführt von einem evangelischen Pfarrer aus Neukölln. Kleinere kriminelle Gruppen. Journalisten. Alles Raubtiere, wenn Sie mich fragen.«

Das Auto bog auf den Alexanderplatz und reihte sich in den üblichen Verkehr aus Droschken, Straßenbahnen und Lieferfuhrwerken ein.

»Und alle haben es drauf abgesehen ... zu ... zu ...« Sie verstummte. *Magie zu wirken. Zu zaubern.* Warum hatte sie sich nur dazu hinreißen lassen, dieses Wort in den Mund zu nehmen?

»Die Kommunisten sind unsere Hauptverdächtigen, was Ihr Labor und Professor Pfeiffers Tod angeht, Fräulein Wehner.«

»Aha«, sagte Nike, als das Auto in den Fuhrpark des Polizeipräsidiums abbog und zum Halten kam. Nike wünschte sich, der Beamte neben ihr könne auch den Rest des Tages mit einem Pedal zum Stehen bringen, nur kurz, damit sie einmal danach tasten könnte, was der Tod von Pfeiffer in ihr anrichtete.

Mein Doktorvater.

Aber das war nur eine Redewendung. Er war nicht ihr wirklicher Vater. Aber er war anderer Menschen Vater, hatte drei Kinder gehabt, die Älteste schon erwachsen, die beiden anderen halbwüchsig. Warum dachte sie als Erstes daran, was das mit *ihr* machte?

Weil es meine Schuld war, dachte sie und öffnete die Tür des Präsidiums.

»Jetzt lassen Sie sie mal in Ruhe, Herrgott«, schnauzte Sandor den Beamten vor der Tür an. Kurz fiel ihm auf, dass er Nikes unwillkürlichen Lieblingsfluch »Herrgott« imitiert hatte. »Seidel ist nicht da, er ist an der Uni.«

Damit schloss er die Tür wieder und lehnte sich dagegen.

Nike saß mit dem Rücken zu ihm auf dem Stuhl, den sie sich immer aussuchte, wenn sie in Seidels Büro waren, aber sie wirkte so viel kleiner. Sandor sah sich an der Tür um und fand den Schlüssel an einem Haken daneben. Er schloss ab.

Er war eine halbe Stunde nach Nike angekommen. Die Besitzerin des kleinen Hotels hatte ihn heute früh aus einem unruhigen Schlaf getrommelt und ihm durch die Tür ausgerichtet, seine Anwesenheit werde bei der Polizei erwartet.

Nun war er hier und begriff, dass es ein Fehler gewesen war, dass Isolde und er die Roten einfach hatten ziehenlassen, ohne zumindest in Erfahrung zu bringen, wohin sie wollten.

Er setzte sich in den anderen Stuhl und drehte ihn so, dass er Nike ansehen konnte, die jedoch frontal vor dem Schreibtisch saß, als sei Seidel da.

»Kann ich was für dich tun?«, fragte er jetzt schon zum dritten Mal. Die ersten beiden Male hatte sie nicht geantwortet oder nur den Kopf geschüttelt. Jetzt sah sie auf.

»Ich müsste eigentlich in sein Büro«, sagte sie tonlos. »Die Unterlagen in Sicherheit bringen.«

»Seidel ist da. Das Büro wird er im Blick haben.«

»Ja.« Sie fiel wieder in sich zusammen. »Müsste … müsste ich seine Familie anrufen?«

»Das macht die Polizei. Du musst nichts machen. Nur erst mal hierbleiben. Soll ich Kaffee holen?«

Sie schüttelte den Kopf. »Ich musste an deinen Kolibri denken, Sandor«, sagte sie schließlich, nachdem sich endlose Sekunden Schweigen zwischen ihnen erstreckt hatten.

»Unseren Kolibri.« Er rückte den Stuhl näher heran und nahm ihre Hand, die sich um die Lehne geklammert hatte.

»Du hast ihn geschnitzt.«

»Du hast ihn fliegen lassen.«

»Wie sie ihn alle angesehen haben. Er war das schönste Geschöpf bisher. Alles, was mir bisher geglückt ist, waren kurze Momente, wie ein ... wie ein Blick in eine bessere Welt. Ich verstehe natürlich, dass das zerstörerisches Potenzial haben kann, aber wir stehen noch am Anfang, ich *sehe* diese Möglichkeiten nicht, die andere Leute darin sehen.« Sie stieß den Atem aus. »Männer wie Nernst. Ich bin vielleicht zu naiv.«

»Es ist nicht deine Schuld.« Er fuhr ihren Zeigefinger mit dem Daumen nach, dann den Mittelfinger, den Ringfinger, den kleinen Finger – dann fing er von vorne an. Ihr Blick heftete sich auf seine Hände. »Nur weil du die Phänomene untersuchst, heißt das nicht, dass sie ohne dich nicht funktionieren würden.«

»Aber ich habe sie erst einer wissenschaftlichen und dann einer politischen Weltöffentlichkeit vorgestellt. Ich habe Methoden und Theorien entwickelt.«

»Ohne dich hätte es jemand anders getan.«

»Pfeiffer würde aber vielleicht noch leben.«

»Pfeiffer hätte jemand anderen gefunden. Ich habe seinen Blick gesehen, wie glückselig er unserem Kolibri nachgesehen hat. Diesem Mann hat das in dem Moment die Welt bedeutet, auch wenn er es für sich behalten hat.«

»Es hat ihn die Welt gekostet. Und jetzt ist da nur noch Nernst.«

Sein Daumen stand still.

»Ja, dessen Blick hab ich auch gesehen.«

»Er ist Patriot und liebäugelt immer noch mit dem Kaiserreich, aber das ist nur die nette Variante von dem, was ich sagen will.«

»Ich weiß«, sagte er.

»Ohne Pfeiffer wird ihm das alles ausgeliefert sein. Ich kann ihm nicht die Stirn bieten, ich hab nicht einmal einen Doktortitel.«

»Hol dir Unterstützung. Von anderen, dieser Professorin oder diesem ... Heiserner.«

»Heisenberg.«

»Ja, oder von Einstein!«

»Vielleicht sollte ich zusehen, dass tatsächlich alles vernichtet wird. Wenn du und ich aufgeben und meine Aufzeichnungen verschwinden. Das Braunhemd und seine Freundin tot, Emil und Erika verschwunden. Dann gibt es vielleicht keine Möglichkeiten, es zu rekonstruieren, dann beenden wir es hier und jetzt.«

»Sei realistisch: Ist es noch zu stoppen?«

Sie brauchte weniger als einen halben Atemzug, um den Kopf zu schütteln. Es war nicht nur Pfeiffers Labor. Es waren Labore in ganz Europa, sogar in den Vereinigten Staaten.

»Niemand mehr arbeitet allein vor sich hin. Vielleicht hat das auch nie jemand getan, nicht einmal Descartes und die alten griechischen Universalgelehrten. Alles umspannt längst die ganze Welt«, murmelte Nike schließlich.

»Dann bist du auch nicht daran schuld«, sagte Sandor, beugte sich vor und küsste sie. Sie ließ es zu, doch als er wieder auf Abstand ging, hielt sie nicht lange durch und fuhr mit dem Ärmel über die Stirn, wo seine Lippen sie berührt hatten. Wischte den Kuss einfach ab.

Er lachte. Vermutlich wollte sie nicht von ihm getröstet werden oder vielleicht auch einfach nicht auf diese Weise. Aber sie lächelte ihn an. »Danke. Du bist sehr freundlich.«

»Ich weiß«, sagte er, obwohl er es eigentlich nicht wusste.

»Ich mach mir Sorgen um meine Mutter«, sagte Nike. »Wenn jemand in Pfeiffers Büro war, dann kennt er jetzt vielleicht meine Adresse.«

»Ich kümmere mich drum. Wir lassen sie herbringen.«

»Ich will einfach nach Hause.«

Sandor schüttelte den Kopf. »Nein. Du bleibst hier. Irgendeinen der Beamten da draußen kann ich sicher überreden, einen Wagen hinzuschicken.«

Nike sah ihn an, und in ihrem Gesicht kämpften zwei Gefühle miteinander, die er nicht einordnen konnte. Eines davon sah beunruhigend nach Scham aus.

»Was ist mit deinem Vater? Arbeitet er irgendwo?«

»Ja, in Potsdam«, knurrte Nike. »Meine Eltern sind nicht verheiratet, um ihn mache ich mir keine Sorgen. Sandor …« Sie zögerte erneut. »Lass mich erst bei ihr anrufen.«

Er nickte, und ihre Hand verließ seine. Sandor stand auf und schloss die Tür auf. Als er die Klinke schon in der Hand hielt, sagte Nike seinen Namen.

»Ist noch irgendwas?«

Sie schüttelte den Kopf. »Nein.« Sie wandte das Gesicht ab, sah zum Fenster und setzte dann noch mal an. »Sie wohnt in keiner guten Gegend. Wir. Ich meine, ich auch. Wir wohnen in keiner guten Gegend.«

Er dachte nach, was er darauf antworten sollte. Es hatte sie offenbar Überwindung gekostet, das auszusprechen. *Vor einem Schnösel wie dir*, sagte Jiří rügend aus der Ferne. *Anarchist hin oder her, man sieht dir an, dass du ein Kind der Bourgeoisie bist in deinem feinen Fummel.*

»Mein Bruder hat mich mal rausgeschmissen, und ich habe eine Woche auf dem Zahradnik geschlafen. Das ist ein Park. Es war Sommer.«

»Lauschig.«

»Ja, sehr. Ich hätte auch bei einem Freund schlafen können, aber ich habe mir einen Spaß draus gemacht. Und meinem Bruder ein schlechtes Gewissen.«

»Er hatte sicher seine Gründe.«

»Natürlich. Aber aus meiner Perspektive keine validen.«

Sie lachte. »Das glaub ich gern. Aber der Prenzlberg ist leider kein Park.«

»Der Name klingt so«, sagte er leichthin und öffnete die Tür.

Rabea Gamal war fast einen Kopf kleiner als Nike, eine schmale Frau in einem an den Ellbogen mit Flicken versehenen Mantel, mit einem Kittel darunter, über dem eine Strickjacke zugeknöpft war. Sie trug zwei Tücher – das innere weiß, das äußere dunkelblau – um Kopf, Hals und Schultern, die das Oval ihres Gesichts so ordentlich freiließen, als sei es mit einer Schablone gezogen.

Sandor brachte beiden zwei belegte Schrippen vom Aschinger mit – es war mittlerweile beinahe Mittag, und Seidel war immer noch nicht wieder aufgetaucht. Frau Gamal hatte noch keinen unerwünschten Besuch erhalten, weder von Kommunisten noch von Journalisten oder Nazischergen.

Seidels Büro war mit dem zusätzlichen Stuhl ganz schön voll, Sandor war nicht bewusst gewesen, wie eng es zwischen den Stapeln aus Akten, Papier, Ordnern und Spitzendeckchen werden würde. Rabea sprach akzentbehaftetes Deutsch, das aber grammatikalisch vermutlich richtiger war als seines. Manchmal stellte sie Wörter interessant zusammen oder sagte ein phonetisch ähnliches Wort mit leicht anderer Bedeutung, so dass Sandor es mit dem Tschechischen in seinem Kopf hin und her schieben musste, um es zu verstehen.

Sie saß aufrecht und an die Lehne des Stuhls zurückgerückt und sah Sandor immer wieder skeptisch an. Sie lehnte die Brötchenhälfte mit Schinken ab, tauschte mit Nike und sah diese so lange an, bis auch sie den Schinken vom Brötchen genommen hatte und die Schrippe nur mit Butter aß.

Nachdem sie einige Male in ihre mit Käse belegte Brötchenhälfte gebissen hatte, sagte sie schließlich: »Also sind die Experimente besser gelaufen, als gut für dich ist. Für euch.«

Nike nickte. »Vermutlich kann man das so sagen.«

Rabea sah Sandor streng an und sagte dann: »Ich habe Nike

gestern schon gesagt, es gibt ein Sprichwort: Wenn du redest, dann muss deine Rede besser sein, als es dein Schweigen gewesen wäre. Offenbar hättest du gestern besser geschwiegen.«

»Sie hatte keine Wahl«, sagte Sandor, als Nike einfach nur weiterkaute. »Wir sind ja nicht die Einzigen, die entdeckt haben, wie es geht. Andere waren schneller als wir und weniger vorsichtig.«

»Weil es nicht neu ist, was ihr tut. Es fällt leichter, etwas ein zweites, drittes, zehntes Mal zu entdecken.«

»Mama, hör auf. Du machst dich lächerlich.«

»Vor einem Wissenschaftler, ja?«

»Sandor ist Künstler.«

»Dann mache ich mich auch nicht lächerlich.«

Sandor lachte etwas nervös. »Vor einem Künstler ist so schnell nichts lachhaft?«, fragte er nach.

»Nein. Meine Tochter, wissen Sie. Sie ist wie ihr Vater. Glaubt an eine absolute Wahrheit, die unabhängig ist vom Punkt, an dem wir stehen. Obwohl sie sogar zugegeben hat, dass es sein kann, dass selbst ihre absolute, neutrale Wissenschaft zu anderen Schlüssen kommt.«

»Nur auf Quantenebene, Mama«, warf Nike ein. »Fünf plus fünf ist weiterhin zehn, das kann ich dir garantieren.«

»Wie ihr Vater blickt sie auf alles herab, was nicht absolut und neutral ist. Und wenn Sie Künstler sind, dann blickt sie auch auf Sie herab.« Sie biss in ihre Schrippe und musterte Sandor, bis sie zu Ende gekaut hatte. »Aber unser Blick auf die Welt ist nicht objektiv. Nicht einmal die Mathematik ist das. Ich sage Ihnen was: Fünf plus fünf ist das erste Beispiel, was Nike eingefallen ist, weil es die Finger an zwei Händen sind. Das … das Dezimalsystem. Das stammt aus meiner Heimat, es ist ein arabisches System. Es gibt auch andere Möglichkeiten zu zählen.«

»Aber das Ergebnis ist immer zehn«, sagte Nike spröde.

»Aber bedeutet zehn überall dasselbe?«

»Ach, Mama.«

»Nein, nein, nicht ›ach, Mama‹. Wissen Sie, Herr Černý, was das Problem mit der Zehn ist?«

Er schüttelte den Kopf, einigermaßen fasziniert von diesem ungleichen Mutter-Tochter-Gespann.

»Niemand fragt: Was bedeutet die Zehn für euch? Für dich? Niemand sagt: Bist du auf demselben Weg zur Zehn gelangt wie ich? Das wäre ja das, was meine Tochter *lächerlich* nennt. Es gibt eine besonders einfache Methode, die Zehn zu ermitteln, indem wir die Finger beider Hände zusammenzählen. Diese Methode ist sicher die effektivste. Und die Zehn ist nun einmal das Ergebnis.«

»Welches Problem soll sich daraus denn ergeben?«, fragte Nike leise und wurde von ihrer Mutter mit einem durchdringenden Blick bedacht, dem sie auswich.

»Das Problem ist, wie dieses Land auf Vergangenes und Fremdes schaut und die Zehn behält, den Weg dorthin jedoch für unnötig, umständlich oder primitiv erklärt.«

»Das ist doch gar nicht wahr«, murmelte Nike.

»Die Hände, an denen die Zehn das erste Mal abgezählt wurde, sind vergessen.«

Sandor musterte sie, während Nike mit den Augen rollte.

»Sie meinen damit, dass es Erkenntnisse wie unsere auch woanders schon gegeben hat. Und wann anders.«

Ihre Mundwinkel hoben sich sehr langsam und zogen die strengen, eingegrabenen Falten beinahe ins Koboldhafte. Sie nickte, ebenfalls sehr langsam, und sah dann mit einem triumphierenden Blick zu Nike.

»Das ist Unsinn, Mama. Du weißt das auch. Man braucht Geräte dafür, die es erst seit wenigen Jahren gibt.«

»Und deine Methode ist die einzig mögliche, um auf die Zehn zu kommen, Nike. Ja? Da bist du dir sicher?«

»Es ist …«

Und in diesem Moment öffnete sich die Tür, und ein sehr erschöpft aussehender Hauptkommissar trat ein.

»Himmel, Arsch und Zwirn«, seufzte er, sah dann Rabea und riss sich zusammen. »Entschuldigen Sie bitte vielmals!«

Rabea nickte gnädig.

»Das ist meine Mutter, Kommissar Seidel. Rabea Gamal.«

»Guten Tag, Frau Wehner«, sagte Seidel erwartungsgemäß und reichte ihr die Hand, sah dann nervös auf das Kopftuch und ließ die Hand wieder sinken. »Gut, dass Ihre Tochter sich um Ihre Sicherheit gekümmert hat. Um die steht es gerade schlecht. Um die Sicherheit, allgemein. Nicht nur um Ihre. Aber auch.« Er ging um den Tisch herum und ließ sich schwer in seinen Schreibtischstuhl fallen. Im Gegenlicht durch die vorgezogenen Vorhänge wirbelte ein wenig Staub auf. »Erst einmal, Beileid von Herzen, Fräulein Wehner, für Professor Pfeiffers Tod. Das ist sicher ein schwerer Schlag für Sie. Und ein schwerer Schlag für die Sicherheit Berlins. Ihr Labor wurde zerstört. Und in Pfeiffers Büro wurden Forschungsergebnisse gestohlen.«

Nike und ihre Mutter saßen im Gästezimmer einer Wohnung in Kreuzberg. Nike setzte sich auf das kleine Sofa, das von Kissen in gehäkelten Bezügen bedeckt war. Ihre Mutter setzte sich auf die Kante des Gästebetts.

»Wir können auch zusammen im Bett schlafen, es ist nur ein bisschen schmaler als unseres.«

»Schon gut«, sagte Nike. »Nimm du mal das Bett für dich allein.«

»Es ist sehr nett, dass dein Kollege uns bei sich zu Hause aufnimmt. Das müsste er ja nicht.«

»Ein Hotelzimmer zu beantragen wäre umständlicher für ihn, und er hasst Bürokratie.«

Rabea lachte. »Er lebt hier ganz allein?«

»Ja, ich glaube, er ist Witwer. Aber er redet nicht viel über sein Privatleben. Ich weiß nicht, ob er Kinder hat und wo sie jetzt sind. Ich weiß eigentlich nur, dass er kurz vor der Pensionierung steht und Häkelarbeiten liebt.«

»Er scheint mir ein freundlicher Mann zu sein. Harmlos, für einen Polizisten.«

»Psst, Mama, er hört dich noch!«

»Ich will nur sagen, dass ich froh bin, deine beiden Kollegen kennengelernt zu haben. Der Kommissar wirkt nicht wie jemand, der jungen Frauen hinterhersteigt. Und Sandor ist wohl wiederum etwas zu jung für dich?«

»Was soll das heißen? Bist du neuerdings froh darüber, dass hier kein potenzieller Ehemann auf mich wartet?« Nike warf einige Häkelkissen vom Sofa und breitete die Wolldecke aus, die Seidel ihr mitgegeben hatte. Sie streifte die Pantoffeln ab, zu denen man in Seidels Heim verpflichtet wurde. Dann stand sie noch einmal auf und zog die Gardinen zu. Die Fenster gingen in einen kleinen wilden Garten hinaus mit einer Bank in einer kleinen Laube, die fast von Brombeeren niedergerungen worden war.

»Nimm mir das nicht übel. Meinen Vergleich, mit der Zehn.«

»Ich nehm es dir nicht übel. Aber du … kannst nicht erwarten, dass du mit deinen Allgemeinplätzen Leuten die Erleuchtung bringst, die jahrelang an etwas arbeiten.«

Der strenge Blick ihrer Mutter brachte sie zum Schweigen. »Das Einzige, was ich dir sagen will, Nike, ist, dass du nicht davon ausgehen kannst, dass bei etwas, von dem fast alle Kulturen der Welt im Laufe ihrer Geschichte irgendwann berichtet haben, deine Herangehensweise die einzig richtige ist. Du und Sandor, ihr seid vielleicht deshalb hinterher, weil ihr euch zu sehr daran klammert, was du für die einzig richtige Methode hältst.«

»Was? Soll ich mal ausprobieren, ob es auch mit Zaubersprüchen und Zahlenmystik klappt?«, spottete Nike, aber der Spott fühlte sich bitter an und ungerecht.

»Nike, ich möchte nur, dass du begreifst, dass es nicht die eine Wahrheit gibt. Nichts ist jemals wirklich neu. Nur unser Verständnis ist neu, und in diesem Fall *immer wieder neu*.«

»Das ist ein schöner Gedanke«, sagte Nike säuerlich und sah an sich herab. Sie würde heute einfach in Hemd und Hose schlafen. Ihre Mutter würde vermutlich nicht einmal das Kopftuch ablegen. »Soll ich das Licht ausmachen?«

Rabea konnte den Schalter vom Bett aus erreichen und ließ die staubige Lampe an der Wand erlöschen. Sie schwiegen lange, dann sagte sie: »Nike, die Welt ist nicht sauber in zwei Teile unterteilt. Das ist die Idealvorstellung, nicht nur hier. Selbst die Zehn besteht nicht nur aus fünf und fünf. Aus zwei Hälften. Du selbst bist mehr als nur eine Hälfte des Ganzen.«

»Ich weiß nicht, was du mir damit sagen willst.«

»Der Junge ist nett. Sandor. Aber du brauchst ihn nicht.«

»Ich brauche seine Kunst. Anders geht es nicht.«

Rabea lachte. »Du hast gesagt, du kannst nur dir selbst vertrauen.«

Nike sah mit leichtem Verdruss über sich an die Decke. In die Ecke argumentiert von ihrer eigenen Mutter. »Vielleicht möchte ich jemand anderem vertrauen?«

»Dann fang mit mir an, *Hayati*. Und denk drüber nach, was ich dir gesagt hab.«

»Gute Nacht, Mama.«

Am nächsten Tag wurden Sandor und Nike beurlaubt mit der Bitte, sich erst einmal weder in der Universität noch bei der Polizei blickenzulassen. Sandor war am Abend zuvor ins Hotel zurückgekehrt, skizzierte gelangweilt Projekte, die er bei der Markova ins

Gespräch bringen konnte. Sein Herz hing nicht daran, und sein Verstand riet ihm sogar ab. Berlin brauchte keine weiteren beweglichen Statuen oder magischen Häuser.

Oder doch? Er sah seiner rechten Hand dabei zu, wie sie einen Kolibri zu Papier brachte, und wünschte sich, ihm auch Farbe einhauchen zu können. Er hatte die Flügel als wildes Schwirren gezeichnet, und kurz fragte er sich, ob es in seiner und Nikes Macht lag, auch eine Zeichnung auf Papier zu bewegen. Wäre das möglich? Oder würde sich der Kolibri sogar aus glitzernder Tinte erheben und durch den Raum schweben? Er atmete durch.

Pfeiffer ist nicht durch Magie gestorben. Das waren Seidels Worte gewesen. Nicht die Magie war es, die Menschenleben kostete, sondern Habgier, Tücke, Angst … Und die waren Teil der menschlichen Natur. Sandor war nicht an Pfeiffers Tod schuld, nur weil er es vermocht hatte, einem Bronzekolibri für zwei Minuten Leben einzuhauchen.

Schönheit wird die Welt aber auch nicht retten. Manchmal kam es ihm so vor, als würde ohnehin nichts, was er tat, etwas ändern können. Weder das Schöne noch das Hässliche. Nicht einmal, dass er Jiří zu den Anarchisten gefolgt war. Tagelange Plenen hielten sie ab, mit zwei-, dreihundert Männern und Frauen. Streiks in den Fabriken. Blockaden. Auch Sabotageakte oder Vandalismus, klar, aber würden sie dadurch die Produktionsmittel wirklich auf die Produzierenden umverteilen? Wohl kaum.

Der Anarchismus gehörte schon jetzt zu Europas Vergessenen, da mochte Jiří noch so flammende Reden von den Anfängen der Räterepublik und der Pariser Kommune halten.

Jiří selbst war nicht unkritisch gegenüber den Schwarzen Scharen in Deutschland: Wie die SA hatten sie eine Vorliebe für Uniformierung und das Rekrutieren besonders junger Leute – für Jiří schon fast zu unfreiheitlich.

Interessanterweise war hier in Berlin der berüchtigte Paragraph 175 für die Anarchistenbewegung ein identitätsstiftendes

Symbol. Nicht dass die Berliner Anarchisten alle schwul seien – Jiří hatte gelacht –, aber der Paragraph war das beste Beispiel dafür, wie kaiserlich-autoritäre Fremdbestimmung das Private politisch machte und in die Selbstbestimmung von Menschen eingriff. Anarchistische Bewegungen und Künstlerinnen und Künstler beteiligten sich schon seit Jahrzehnten an den Versuchen, den Paragraphen abzuschaffen – und scheiterten. Es gab in diesem sehr bunten und schrillen Berlin kaum noch Verhaftungen im Rahmen des Paragraphen, aber das lag nur an der Milde der Polizei. Der Paragraph gab ihnen das Recht, jederzeit wieder hart durchzugreifen, sobald es politisch opportun war.

Kunst. Selbstbestimmung. Anarchismus. Das klang alles sehr gut in Sandors Ohren. Manchmal stellte er sich vor – und das war einer dieser Gedanken, den er auf keinen Fall einem Brief an Jiří und noch nicht einmal einem Tagebuch anvertrauen würde –, dass man ihn nach seinem Tod mit solchen Worten beschreiben würde.

Aber vielleicht musste er sich auch eingestehen, dass alles, woran er sich versuchte, belanglos blieb.

Er sah verdrossen auf den Kolibri herab. Der Bleistift kritzelte, dann schälten sich verschiedene geometrische Formen heraus; Würfelformen, Kubi, Quader, Kegel, Zylinder. Er zeichnete sie in Relation zueinander und füllte die Lücken mit immer neuen, kleineren Formen, die Brücken zwischen den schon bestehenden füllten.

Sandor Černý wurde zu seinen Lebzeiten dank der von ihm mitentdeckten Magie und seiner ... bildenden Kunst zu einem Vorreiter des modernen Lebens und Bauens. Viele in Berlin versuchten sich daran, Menschen in menschenwürdigen sozialen Umgebungen leben zu lassen. Doch er allein schaffte es, magische, frei kombinierbare, eigenständige Elemente zu entwickeln, die zusammen eine variable Gemeinschaft bilden und der menschlichen Freiheit perfekt entsprachen. Eine Modellstadt für unser heutiges Leben in den magischen Städten dieser Welt.

Er grinste in sich hinein. Manchmal war ironische Überhöhung auch eine Möglichkeit, den eigenen Geltungsdrang wieder etwas in die Schranken zu weisen. Aber vielleicht konnte er tatsächlich Teil von etwas Neuem sein … Es brauchte natürlich mehr als ihn, einen künstlerisch mäßig begabten Bildhauer. Es brauchte Leute mit einer Vision. Und Geld.

Es klopfte an der Tür.

»Herr Černý?«, fragte die barsche Stimme von Frau Pallandt, der Hotelbesitzerin. »Da is wieder ma jemand am Telefon für Sie.«

Er blickte auf von seinem verworrenen Geometriepuzzle. Es sah nicht so visionär aus, wie er es sich eingeredet hatte. Dennoch kam es ihm kurz so vor, als sei sein Schicksal mit etwas Größerem verknüpft.

»Hallo, Sandor, hier ist Renée«, hörte er wenig später im Eingangsbereich des Hotels. »Ich wollte dich zu einer kleinen Feier bei uns einladen. Am Samstag. Wir haben ein paar kluge Köpfe eingeladen, und mir fiel gerade ein, dass du noch gar nicht auf der Einladungsliste stehst. Das ist infam. Das muss sich ändern. Ändere es, indem du zusagst.« Sie lachte. »Bitte.«

»Samstag – ja, natürlich, sehr gerne!«

»Fein, ich freue mich. Architektonische Berlin-Revolution bei Markov, das kannst du in den Kalender eintragen. Ach, das ist zu lang. Trag dir einfach ein: Revolution.«

»Das gefällt mir. Über so was dachte ich auch gerade nach.«

»Natürlich. Über was sollte ein junger Mann wie du denn sonst nachdenken? Es kommen noch andere deines Schlags, ich bin mir sicher, wir werden interessante Gespräche führen. Komm nicht zu spät, sonst verhungern wir.«

Er grinste. »Werde ich nicht.« Und dann legte sie auf. Er sah noch kurz verblüfft den Hörer an, dann gab er ihn an Frau Pallandt zurück.

»Ist mir nicht so recht, dass Sie ständig angerufen werden und ich dann immer rübermuss, Sie rausklopfen.«

Er nickte so ernst wie möglich und zog sich auf sein Zimmer zurück. Er wühlte durch die getragenen Kleidungsstücke im Koffer und fragte sich, was er anziehen würde. Vielleicht musste er Frau Pallandt um eine Wäsche bitten. Oder gleich in einen dieser Kaufhauspaläste gehen und etwas Neues kaufen. Vor irgendwelchen Berliner Architekturwunderkindern konnte er schließlich nicht erscheinen, als sei Mode für ihn ein böhmisches Dorf.

»Wie lange sollen wir hier noch sitzen?«, klagte Nike in Seidels Küche. Sie war penibel aufgeräumt, aber nicht besonders sauber, und Rabea hatte nicht nur für das Abendessen eingekauft, sondern machte sich nun auch daran, unauffällig die eine oder andere klebrige Ecke zu putzen.

»Du sollst an deiner Dissertationsschrift schreiben«, sagte Rabea und deutete auf den Wust an Mappen und Papieren und Briefantworten und Abschriften und Ordnern mit Protokollen und Messungen. Manche davon waren in Erikas Handschrift. Das alles hatte ihr Seidel aus Pfeiffers Büro mitgebracht, doch wichtige Teile fehlten, und sie wusste nicht einmal, ob sie gestohlen waren oder sich nur zur Abschrift bei Sekretärinnen befanden.

Sie musste an die Wahl in zehn Tagen denken. Welchen Einfluss würden die neuen Erkenntnisse haben? War ihr Vortrag ein Zünglein an irgendeiner Waage gewesen? Hatte sie überhaupt irgendeine Ahnung von den komplexen gesamtgesellschaftlichen Zusammenhängen, in denen ihre Arbeit stand?

»Ich hab immer gedacht, ich kann mich als Naturwissenschaftlerin auf meine Forschung konzentrieren, und Politik ist egal«, murmelte sie und brach dabei die Spitze ihres Bleistifts ab.

»Ja, das hoffen viele.«

»Und jetzt hab ich den Eindruck, dass mich das alles einholt und ich mich schon viel früher damit hätte beschäftigen sollen.«

»Immer wieder Wahlen, immer wieder Koalitionen und Streitereien und Demonstrationen und Plakate. Ich habe noch nie durchgeblickt, selbst nicht, als es hier noch einen Kaiser gab, und ich mit dir im Bauch hier angekommen bin. Hab gedacht, ich muss es auch nicht wissen. Als Frau Karl-Heinz Wehner. Und wählen dürfen hätte ich so oder so nicht.«

Nike sah auf, als Rabea den Namen ihres Vaters erwähnte. Diese Frau von Karl-Heinz Wehner hatte schon damals ihren eigenen Kopf gehabt, ein Fakt, mit dem Karl-Heinz Rabea nicht gerechnet hatte, als er von der ägyptischen Ausgrabung mit einer Zugladung – technisch gesehen geraubter – Kunstschätze nach Deutschland zurückgekehrt war. Dass Rabea ihm schwanger folgen würde, hatte er offenbar nicht für möglich gehalten. Nike fand es beeindruckend, dass ihre Mutter das getan hatte. Man neigte doch immer dazu, die eigenen Eltern zu unterschätzen.

»Dieser Herr Seidel könnte eine Frau gebrauchen«, sagte ihre Mutter gerade abschätzig und wischte mit gekräuselten Lippen über die Kacheln hinter dem Herd.

»Eine Frau Christoph Seidel? Hast du Pläne?«, stichelte Nike und erntete einen scheltenden Blick.

»Ich sage nur, dass es Menschen nicht guttut, allein zu sein. Dir auch nicht. Aber Männern tut es noch mal weniger gut, denn Frauen können sich immerhin um ihre Angelegenheiten im Haus kümmern, und Männer scheinen dazu einfach nicht in der Lage zu sein.«

»Das ist doch Unsinn, Mama.«

»Das ist es nicht, *Hayati*, ich habe in vielen Junggesellenhaushalten geputzt, als du klein warst, und jede davon litt unter einer Urangst vor Kernseife und Staubwedel.«

»Mütter sagen ihren Söhnen, dass sie nicht wissen müssen, wie man putzt, weil sie eine Frau haben werden, die das für sie macht, Mama, das ist alles.«

»Das ist zu einfach. Es gibt Unterschiede. Frauen ist Reinlichkeit einfach wichtiger. Das ist doch auch nicht schlimm, dass Unterschiede da sind. Du willst die Unterschiede nur nicht sehen und machst dich deshalb zum halben Mann, Nike.«

»›Frauen sind halt nun mal reinlicher‹, das ist Unsinn, und diese ganze Frauenbewegung mit ihrem Hochjubeln von weiblichen Qualitäten kann mir einfach gestohlen bleiben.« Sie wusste, dass ihre Mutter vor mehreren Jahren eine Zeitschrift einer konservativen Frauenbewegung gekauft und sich darin sehr verstanden gefühlt hatte. »Mir ist es egal, wie schmutzig es hier ist, Herrgott nochmal, jetzt hör doch auf, Seidels Küche zu putzen!«

Ihre Mutter hielt inne und rührte im Topf, in dem gerade Rindfleisch köchelte. Sie erwiderte nichts, aber ihr Blick sagte Nike, dass sie diese Diskussion nicht gewonnen hatte.

»Ich muss Nernst anrufen. Er muss mir helfen, an den Rest meiner Aufzeichnungen zu kommen.« Sie stand auf und trat in den Flur, in dem das große gestickte Bild eines Dackels in wilhelminischer Uniform einen Mordanschlag auf ihren Geschmack unternahm. Sie wandte sich schaudernd ab, nahm den Telefonhörer und blätterte in ihrem Notizbuch nach der Seite, auf der Georgettes Nummer stand. »Kalinin, Büro« hatte Nike daneben geschrieben. Sie sah auf die Uhr. Der Nachmittag war schon weit fortgeschritten, wahrscheinlich hatte Georgette längst frei. Und wenn ohnehin niemand abnehmen würde, dann könnte sie es ruhig riskieren anzurufen. Nike sah den Hörer streng an, als trüge er die Schuld an ihrer fragwürdigen Logik, dann wählte sie. Es tutete ein-, zweimal, und, wie jedes Mal, beim dritten Mal ging jemand ran.

»Kalinin.«

Nike verschluckte sich fast an ihrem eigenen Speichel, räusperte sich überrascht und sagte dann: »Hallo, hier ist Nike.«

Ein kurzes Einatmen, dann: »Ich bin so froh, dich zu hören. Ich wusste nicht, wo du bist und ob es dir gut geht, und ich wusste nicht, wen ich nach dir fragen kann. Ich habe das mit Pfeiffer gehört.« Eine Pause, in der keine von ihnen wusste, was sie sagen sollte. »Ich habe bei dir zu Hause angerufen.«

»Ich bin woanders. Aus Sicherheitsgründen.«

»Verstehe.«

Erneut eine unangenehme Pause. »Weißt du etwas Neues über Erika?«

»Nein. Nur, dass das Gerücht mit der jüdischen Magie nicht totzukriegen ist. In der Zeitung standen heute krude Theorien zur jüdischen Physik und dass jetzt selbst die Roten eingesehen haben, wo der wahre Feind steht. Und in den Varietés, in denen man Erika kennt, machte am Wochenende die Runde, sie sei bei einem Rabbi untergetaucht, um mit ihm irgendwelche Geheimprojekte durchzuführen.«

»Wo kommt dieser Unsinn her?«

»Das hat mir sogar die Inhaberin vom *Cerises* erzählt: Ich solle mal in den jüdischen Gemeinden nach Erika fragen. Ich kann mir hundert Orte vorstellen, wo wir sie eher finden. Habt ihr denn etwas über den Verbleib von Marlene herausgefunden?«

»Die Polizistinnen von der Sitte, die für ihren Fall zuständig waren, glauben, dass Marlene die Tochter eines Baulöwen ist. Und der hat die Vermisstenmeldung zurückgezogen und behauptet, er sei mit ihr verreist, aber niemand hat sie wiedergesehen.«

»Dann hoffe ich, dass weiter nach ihr gesucht wird, mit oder ohne Vermisstenmeldung.«

»Ehrlich gesagt, habe ich den Überblick verloren«, gab Nike zu.

»Verständlich«, sagte Georgette. Erneut kehrten ein paar Sekunden eher unangenehmes Schweigen ein. »Gibt es einen Grund, aus dem du mich anrufst?«

»Ich sterbe vor Langeweile und habe gleichzeitig Angst rauszugehen«, sagte Nike.

»Das Telefon als Fenster in die weite Welt, sehr klug von dir.«

»Danke, ich hab meine Momente.«

»Dann solltest du es aber nutzen und nicht die halbe Zeit schweigen.«

»Hey!« Sie lachten beide, und es hatte etwas Befreiendes. Rabea streckte den Kopf aus der Küche und sah sie fragend an. Nike winkte ab und wandte ihr den Rücken zu.

»Vielleicht könnten wir über das Experiment von letzter Woche reden. Oder darüber, was ich jetzt tun soll. Ich weiß es nämlich ehrlich gesagt nicht.«

»Was würdest du am liebsten tun?«

»Ich würde am liebsten all den Rotz zusammenschreiben, einen halbwegs durchschnittlichen Doktortitel dafür verliehen bekommen und mich danach wieder der klassischen Physik widmen.«

»Nein!«, sagte Georgette rasch. »Das darfst du nicht. Du bist wie gemacht für die Magie!«

»Warum das denn?«

»Du willst dich nicht selbst damit überhöhen. Sogar Pfeiffer wollte das, insgeheim. Glaub mir, ich kenne Menschen. Nernst will es erst recht. Wenn du weg bist, machst du ihnen und ihresgleichen den Weg frei.«

Nike schwieg verdattert. Was sollte sie darauf erwidern? Sie starrte auf ihre Füße, die in braunen abgenutzten Pantoffeln steckten.

»Meinst du, du kannst mich besuchen, Nike? Dann reden wir über dein Experiment. Es tut mir leid, dass ich dich so habe stehenlassen. Ich wollte einfach nur weg.«

Nike fragte nicht, warum. Es reichte, dass Georgette nun nicht mehr wegwollte.

»Ich weiß nicht. Die Polizei hat mich gebeten, erst einmal nicht rauszugehen.« Sie fügte leiser an: »Aber mir fällt die Decke auf den Kopf.«

»Vielleicht morgen? Ich wohne in Charlottenburg. Den Ku'damm durch.«

»Wie hätte es anders sein können!« Natürlich wohnte Georgette fußläufig zu all den Lasterhöhlen und gleichzeitig im piekfeinen Gründerzeitviertel.

»Ich kann dich von der U-Bahn abholen. Oder ich hole dich da ab, wo du gerade bist. Ich kann dich sogar verkleiden, wenn du nicht auffallen möchtest. Als Frau.«

»Haha, du bist so witzig heute«, stellte Nike trocken fest.

»Es tut mir leid, dass dir nicht nach Lachen zumute ist. Das war unsensibel von mir.«

»Schon in Ordnung. Du versuchst es. Ich hoffe, du hast bei deinen Patienten mehr Erfolg.«

»In der Tat. Da bin ich vermutlich einfach nicht so nervös.«

Bevor Nike sich noch fragen konnte, warum Georgette nervös war, hatte sie ihr den Hochbahnhof Hallesches Tor vorgeschlagen. Von dort aus mussten sie einmal umsteigen, um mit der U-Bahn nach Charlottenburg zu gelangen.

»Klingt gut. Sieben Uhr? Zieh vielleicht wirklich was anderes an, dein Bild war in der Zeitung, und du bist ... ziemlich markant.«

»Morgen also«, sagte Nike, und Georgette verabschiedete sich und legte auf.

Verwundert sah Nike den Hörer an.

Ihre Mutter schob erneut den Kopf in die Diele. »Das war nicht Professor Nernst«, sagte sie. Nike winkte ab und wählte die Nummer zu Nernsts Büro. Von seiner Sekretärin erfuhr sie, dass er sich bis zu Pfeiffers Beerdigung hatte beurlauben lassen. Dann kehrte sie zu ihren Fragmenten zurück.

»Morgen Abend«, sagte sie schließlich zu Rabea, »hab ich einen Termin in Nernsts Büro. Ich leihe mir deinen Mantel und einen Hut, in Ordnung?«

Rabea sah sie sehr kritisch an, und Nike fühlte sich wie eine ungehorsame Halbwüchsige.

»Besprich das mit dem Herrn Kommissar.«

10
PRIVATSTUNDEN

Hier ist die Weisheit, die der Mensch kennen muss: die erste – seinen Schöpfer zu kennen, die zweite – sich selbst zu kennen.

DER ZOHAR: »SCHRIFTWERK DER KABBALA«

Sandor stellte erstaunt fest, wie weitläufig die Heilstätten waren. Gärten, Wiesen, Pferdeställe umgaben das große zentrale Gebäude, das sich redlich bemühte, die Blüten, das Grün und das warme Licht des wechselhaften Maitages zu nutzen und ruhig und einladend zu wirken. Er atmete durch, gefühlt zum ersten Mal seit Tagen.

Er schlenderte langsam den Weg hinauf und erging sich in seiner eigenen Langsamkeit und den Wiesen um sich herum. Er hatte etwas Trostloses erwartet, arme Seelen, die in betongegossenen Zellen vor sich hin vegetierten. Es war natürlich nicht auszuschließen, dass es hier auch so etwas gab, aber ins Auge fiel das Grüppchen Reiter, das unter Anleitung auf einem ausgetretenen Platz im Kreis ritt.

Das sind Leute mit Geld, flüsterte eine Stimme, die sehr nach Jiří klang. *Die anderen landen nicht hier.*

Jiří war noch in den letzten Monaten des Großen Kriegs Soldat gewesen. Sandor wusste, dass niemand unbeschadet zurückgekommen war, auch Jiří nicht. Er selbst war zu jung gewesen und dankte allen Göttern und Geistern dafür, die Mucha in sein *Slawisches Epos* malte.

Georgette kam Sandor auf dem gekiesten Weg entgegen.

Natürlich brauchte er einen Moment, die schmale Gestalt im dunklen Anzug zu erkennen. Der Anzug schien fast etwas zu groß, jedenfalls kam Sandor das so vor, vermutlich weil er sie bislang nur in hautengen Kleidern kannte. Es war auch kein besonders schöner Anzug – Sandor hatte ein Auge dafür. Vielleicht sollte er anbieten, ihr beim Einkaufen zu helfen. Er verkniff sich ein Grinsen. In Berlin waren alle Rollen vertauscht.

»Sandor«, sagte Georgette, als sie nah genug heran war, und streckte die Hand aus. »Schön, dass du es geschafft hast.«

»Nike ist noch nicht da«, sagte Sandor. »Hab eine Weile am Eingang gewartet, aber dann dachte ich, sie wird den Weg schon allein finden.«

»Nike kommt nicht«, sagte Georgette und lächelte.

»Sie kommt nicht?«

»Ich treffe sie heute Abend. Ich habe gedacht, ich biete euch beiden eine Einzelstunde an.«

»Ah.« Sandor schluckte nervös, darauf war er nicht vorbereitet. »Wie … wie soll ich dich hier in diesem Umfeld nennen?«, fragte er dann leise, obwohl außer dem Reitertrupp weit und breit niemand zu sehen war.

»Du«, sagte Georgette. »Du kannst mich duzen.«

»Ich meinte …«

Georgette sah ihn lange an. Die Wimpern waren echt, wurde Sandor klar, dicht und lang und dunkel. »Ich weiß, was du meintest. Wenn du nach mir fragen musst, frag nach George Kalinin. Ansonsten sag einfach ›du‹.«

»In Ordnung.«

»Ihr hättet mich vorwarnen können, wer bei eurem Experiment alles dabei ist. Mit den Professoren habe ich gerechnet. Mit den Markovs nicht.«

»Das tut mir leid. Nernst hat sie eingeladen, wir wussten auch nichts davon.«

»Leute wie ich sind erpressbar, obwohl es hier nur so von

Leuten brummt, die vom anderen Ufer sind. Urninge, warme Brüder, Mannweiber, kesse Väter. Vor allem Menschen, die bei Tag sogenannten ehrbaren Berufen nachgehen, werden zu Tausenden erpresst. Verstehst du?«

»Nicht wirklich ...«

»Es ist ein Risiko für mich, das mich meine Anstellung hier kosten könnte. Ich wähle normalerweise gern selbst aus, wem ich wie gegenübertrete. Diese ganze Architekten- und Baulöwenbagage ist mir seit der Feier, die so scheußlich geendet hat, nicht geheuer.«

Sie kamen bei einer Bank an, über die ein schattiger Weißdornbusch seine spitzen Zweige reckte. Georgette setzte sich hin und klopfte kurz mit der Hand neben sich auf die Sitzfläche.

»Eingegriffen hast du aber freiwillig!«

»Ich konnte euch einfach nicht beim Scheitern zusehen.« Sie lachte. Und dann wechselte sie abrupt das Thema. »Lass uns darüber sprechen, wie man Grenzen überwindet. Wie gut bist du im Erklettern von Zäunen?«

Georgette lächelte. Nike versuchte, ihrem Blick auszuweichen. »Es geht um die Zäune in deinem Kopf.«

»Ich würde sagen, da bin ich im Klettern ganz gut. In der Physik ...«

»Genau darum geht es.« Georgette grinste. »Du musst selbst über den Zaun der Physik klettern. Kannst du das?« Sie schenkte ihnen beiden Tee in filigrane Porzellantassen ein.

»Das hat Einstein schon getan, und letztlich ist dahinter einfach noch mehr Physik«, sagte Nike spitzfindig und fragte sich, ob sie aus der Tasse trinken konnte, ohne sie zu beschädigen.

»Du arbeitest mit an diesen Thesen dazu, wie man Magie wirkt. Erklär mir das noch mal.«

»In Ordnung.« Nike holte ihr Notizbuch aus der Tasche und schob die Tasse auf dem Tisch vorsichtig zur Seite. Sie war tatsächlich ausgebüxt und saß nun im Studierzimmer in Georgettes Wohnung, im dritten Stock eines dieser neuen Wohnhäuser in Charlottenburg, die darauf ausgerichtet waren, dass Leute allein wohnten, mit eigener Küche und eigenem Bad. Obwohl das Studierzimmer klein war und die Wohnung ansonsten nur aus einem Zimmer bestand, in dem Georgette auch schlief, wohnten woanders zwei Familien auf dieser Fläche – aber Georgette war eben keine Fabrikarbeiterin. Die Zimmer waren hübsch eingerichtet, mit gerahmten Drucken und Fotos, bequemen Möbeln, gemusterten Vorhängen. Dazwischen lag jedoch Kleidung in allen möglichen Zuständen – Männerkleidung, Frauenkleidung, gewaschen, gefaltet, ungewaschen, zerknüllt, hier ein Schuh, dort ein Stiefel, eine lange, glatte Perücke auf der Fensterbank, Schminke, Lippenstifte ohne Kappen und Brillantine Marke Baker Fix auf der Anrichte, Schmuck, der an den Ecken von Spiegeln und Bildern hing – und dazwischen ein teurer Fotoapparat. Das Studierzimmer war aufgeräumter, hier bestand das Chaos vor allen Dingen aus Zeitungen, Zeitschriften und Büchern. Es roch nach Parfum und einer Blume auf einem Tischchen, und nicht nach Zigarettenrauch. Auch jetzt rauchte Georgette nicht, was Nike gleichzeitig gut und schlecht fand, denn sie genoss insgeheim, *wie* Georgette rauchte. Stattdessen trank sie Tee und sah Nike aufmerksam zu, die Schwierigkeiten hatte, sich zu erinnern, wie herum man einen Stift hielt.

Sie schaffte es schließlich, einen Kreis zu malen und diesen mit zwei Strichen zu vierteln. »Das vorherrschende Erklärungsmodell ist, dass es eine bestimmte Bedingung gibt, die erfüllt sein muss, damit wir die Phänomene hervorrufen können. Sie zu treffen und theoretisch zu umreißen ist schwierig, aber in unserem Modell befindet sie sich hier.« Nike kritzelte ein kleines Kreuz genau in die Mitte – wo sich die beiden Linien trafen.

»Wenn wir uns vorstellen, dieser Kreis ist unüberschaubar groß, wir kennen nur einen Punkt auf dem Kreisumfang und ziehen einfach in irgendeine Richtung, in der Hoffnung, die Mitte zu treffen – dann wird uns das kaum gelingen. Wenn wir gegenüberliegende Pole finden und diese aufeinander zubewegen, wissen wir, in welcher Richtung die Mitte liegt, aber noch nicht, wie weit wir gehen müssen. Wir brauchen also eine zweite Polarität, deren Pole wir verbinden können. Eine zweite Achse, um den Schnittpunkt in der Mitte zu finden.«

»Norden und Süden«, sagte Georgette und trank an ihrem Tee.

Nike fuhr die Linien noch einmal nach. »Im Moment sind wir auf rein empirischem Gebiet. Diese beiden Pole sind ›männlich‹ und ›weiblich‹. Und diese hier sind ›Wissenschaft‹ und ›Kunst‹. Diese beiden Polaritäten zu vereinen ist bisher die einzige Möglichkeit gewesen, den Mittelpunkt zu finden.«

»Und du bist die Wissenschaft und die Frau, und Sandor ist die Kunst und der Mann.«

»Ja.«

»Wenn man allerdings die Krümmung des Kreises und damit den Radius kennen würde, dann würde doch nur eine Achse reichen, nicht wahr?«

»Aber die kennen wir ja nicht. Und außerdem ist es nur ein Bild. Das kann man nicht eins zu eins übertragen.«

»Steig über den Zaun«, forderte Georgette.

»Was?« Nike lachte nervös. »Wohin?«

»Was bin ich?«

»Eine ... eine Frau?«

»Woran machst du das fest?«

Nike antwortete nicht.

»Sag schon«, sagte Georgette fast neckend.

»Na, weil du es sagst. Und wie du so bist!«

»Und bist du auch so wie ich? Warum sind wir beide Frauen?«

Nike wurde nervös. »Ich bin es, weil ich es muss, und du, weil du es willst, Herrgott«, stieß sie schließlich hervor.

»Vielleicht *muss* ich es auch«, sagte Georgette.

»Siehst du, das versteh ich nicht!« Nike überwand sich und sah von ihrer Krakelei auf. »Wenn ich es nicht *müsste*, würde ich es auch nicht sein.« Sie entgegnete Georgettes gnadenlosem Blick auf der Suche nach Wörtern. »Warum *musst* du das? Irgendetwas sagt dir, du bist eine Frau, warum sagt mir dann nichts, dass ich eine bin?«

»Aber du wirkst Magie … als Frau?«

»Offenbar schon!«

»Weißt du, dass Professor Hirschfeld eine Theorie entwickelt hat, nach der es dreiundvierzig Millionen mögliche Kombinationen von sogenannten Geschlechtscharakteren gibt?«

»Was soll das denn heißen?«

»Dass ›weiblich‹, ›männlich‹, ›homosexuell‹ und ›normalgeschlechtlich‹ vielleicht nicht genug sind, um Menschen zu beschreiben.« Georgette zwinkerte.

»Ich habe keine Ahnung, was du mir damit sagen willst, aber vielleicht kommen wir einfach zu deiner Quadratur des Kreises zurück«, sagte Nike brüsk, doch ein Teil ihres Verstands versuchte, sich dreiundvierzig Millionen Möglichkeiten vorzustellen, und scheiterte glorios.

Georgette steckte sich eine Zigarette an und bot auch Sandor eine an.

»Weißt du, ihr versucht, die Mitte eines Kreises zu finden, ohne die Mitte eines Kreises zu *sein*. Dabei habt ihr die besten Voraussetzungen.«

»Was soll das heißen?«

»Sagen wir es so, du bist … herausfordernd. Deine ganze

Art. Ich habe schon männlichere Männer als dich gesehen. Ich glaube, ich habe sogar schon männlichere Frauen als dich gesehen.«

»Reden wir über Nike, die immer denselben Anzug trägt?«, bemühte sich Sandor um einen Scherz. Er wusste nicht, ob er beleidigt sein sollte – die Jiří-Stimme schwieg amüsiert.

»Ihr seid beide schon weit auf dem Weg in die Mitte. Das ist gut. Je näher ihr rankommt, umso leichter wird es euch fallen.«

»Denkst du, ich bin vom anderen Ufer?«, fragte Sandor und fragte sich, ob ihn das wütend machte.

»Ich glaube lediglich, dass es dir leichter fällt als anderen, in Frage zu stellen, ob Mann und Frau zwei Pole sind.«

»Ah ja.« Er grinste. »Ich nehme das einfach mal als Kompliment.«

»Interessant«, sagte Georgette, als sei Sandor gerade ein Patient in Behandlung. »Es gibt aber noch einen zweiten Zaun.«

»Und der wäre?« Sandor sah herüber zu dem ganz realen Zaun mit den gemächlich im Kreis zuckelnden Therapiepferden und ihren Reitern.

»Na, die Wissenschaft.«

Sandor drehte sich auf der Bank halb zu Georgette um. »Willst du damit sagen, dass es möglich ist, *allein* Magie zu wirken?«

Georgette zog lediglich die fein gezupften Augenbrauen hoch.

»Muss ich jetzt malen lernen? Oder tanzen?« Nike rang mit den Händen. »Herrgott, so was kann man doch nicht aus dem Ärmel schütteln – ich hab mein halbes Leben gebraucht, um Physikerin zu werden!« Sie lachte freudlos. »Natürlich würde ich mich gern hinsetzen und einfach die Inspiration fließen lassen. Aber ich habe mir sagen lassen, so funktioniert das nicht mit der Kunst!«

»Ach, du. Den Zaun kaum gesehen und schon verzagt. Und ich dachte, ich könnte dir eine Räuberleiter bauen.« Mit breitem Grinsen stellte Georgette ihre Tasse ab.

»Warum machst du das?«

»Weil ich glaube, dass ihr diesen dualistischen Unfug sein lassen müsst, bevor er euch in große Schwierigkeiten bringt! Ihr verrennt euch in Kategorien, statt Synergien zu nutzen. Du musst deine künstlerische Ader finden.«

»Und wenn ich keine habe.«

»Das ist wie die Aorta, du hast eine, sonst wärst du tot!«, beharrte Georgette.

»Aber ich kann weder malen noch tanzen noch musizieren.«

»Du bist so ein Klischee«, lachte Georgette, stand auf und war schon durch die Tür ins Wohnzimmer gegangen. »Warte.«

»Das heißt …«, sagte Sandor langsam, »du brauchst zum Zaubern keine zweite Person? Im *Eldorado* – da zauberst du ganz allein? Weil du …?«

»Spar es dir«, unterbrach sie ihn. »Ich bin eine Frau, die Abkürzungen und Erweiterungen gefunden hat für das, woran ihr so verzweifelt bastelt. Die Geschlechterachse, auf der ihr bislang denkt, ist eine *Beschränkung*. Wissenschaft und Magie zu vereinen ist eine *Potenzierung*. Wenn Wissenschaft und Magie zueinanderfinden, entsteht etwas, das mehr ist als die Summe seiner Teile. Du bist doch Bildhauer. Hast du in deiner Ausbildung etwas über Raumlehre gelernt?«

»Klar.«

»Meinst du, auf dieser Wissenschaft könntest du aufbauen?«

»Die Magie des Goldenen Schnitts und der vierzehnten Nachkommastelle von Pi?«

Georgette strahlte ihn an. »So in etwa. Wir haben eine Werkstatt direkt um die Ecke. Ich habe Zugang dazu und heute keinen Termin mehr. Wie wär's?«

»Ich habe keine Ahnung, was du vorhast, aber bitte.«

Nachdem sie eine Weile schweigend an der Weide zum Haupthaus entlangspaziert waren, sagte Sandor: »Warum vertraust du uns das an?«

»Ihr seid das geringere Übel in dieser Stadt, Sandor.«

Das Grammophon winselte Jazz hervor, und Nike hatte keinen blassen Schimmer, wie sie dazu tanzen sollte. Georgette hatte die herumliegenden Kleidungsstücke aufs Bett geworfen und den Tisch in der Mitte des Zimmers ans Fenster geschoben. Nikes Unfähigkeit lag jedoch nicht am mangelnden Platz, das konnte Nike an Georgette sehen, die ihrem schlichten dunkelblauen Kleid spektakuläre Wellenbewegungen entlockte.

»Takt ist doch etwas Mathematisches«, behauptete sie gerade. »Und Noten und physikalische Formeln haben Ähnlichkeit miteinander. Einstein ist auch Musiker!«

»Ich kann nicht mal Noten lesen.«

»Tanz kann Ausdruck einer höheren Ordnung sein.«

Nike entging nicht, dass Georgette versuchte, nicht zu lachen, als sie sie an den Händen fasste, um ihr eine höhere Ordnung zu entlocken. Die Nadel kratzte auf der Schellackplatte. Das Saxophon hatte einen blechern-abendlichen Klang, wie etwas, das keine Kunst war, nur Unterhaltung. Und diese unterhielt sie nicht einmal sonderlich.

»Du magst keine Musik«, stellte Georgette fest und blieb stehen.

»Doch! Ich mag Musik. Manchmal. Wenn sie leiser ist. Und ich nicht dazu tanzen muss.«

Georgette ließ ihre Hände los, tat einen Schritt zum Grammophon und schaltete es aus.

»Ich bin hoffnungslos«, schloss Nike daraus.

»Hast du niemals irgendetwas gern gemacht? Gezeichnet? Geschrieben? Gesungen?« Georgette setzte sich auf ihr Bett und klopfte mit der Hand neben sich. Nike sah jetzt, dass es ein Schrankbett war, man konnte es seitlich einklappen, dann verschwand es in der Vertikalen. Statt aufs Bett setzte sie sich in einen Sessel. Georgette schlug die Beine übereinander. Sie hatte barfuß getanzt, während Nike ihre Schuhe trug.

»Ich … ich weiß nicht«, murmelte Nike und fühlte plötzlich, wie Bitterkeit in ihr aufstieg. »Ich hab bis zu meinem Diplom noch parallel zum Studium am Fließband gearbeitet, ich glaub, ich hab einfach überhaupt nicht viel gemacht. Ab und an mal einen Roman gelesen, aber keine hohe Kunst.«

»Bist du nie mit Freundinnen irgendwohin gegangen?«

»Ab und zu mit Erika ins Café, da haben wir übers Studium gesprochen.«

»Und am Wochenende?«

»Meine Mutter … hat viel zu tun. Ich helfe ihr am Wochenende.«

»Wobei?«

»Ich mache, was sie an Haushalt nicht geschafft bekommen hat. Und oft helf ich ihr noch aus, damit sie ihre Aufträge fertig bekommt.« Nike schluckte gegen diese bitteren Gezeiten an. »Sie ist Näherin. Arbeitet zu Hause.«

Georgette sah sie aufmerksam an.

»Du siehst, da ist nirgendwo Kunst. Wenn sie ist wie die Aorta, dann bin ich eben ein toter Mensch, eine Maschine, *Metropolis'* Maria. Ich lebe nur, um zur Uni zu gehen wie ein Zahnrad, das nicht aufhören kann, sich zu drehen.«

»Warum?«

»Weil es keinen Sinn hat aufzuhören. Weiterzumachen führt vielleicht irgendwohin. Woandershin.«

»Es kostet all deine Lebensfreude.«

Nike holte zitternd Luft. »Nein! Das Forschen *ist* meine einzige Lebensfreude, wenn ich nicht Physikerin sein kann, bin ich gar nichts mehr, die Tochter einer ägyptischen Näherin! Ich habe schon alles, *alles* dafür aufgegeben. Es kann mir jetzt nicht leidtun, du wirst mich nicht davon überzeugen, dass es mir leidtun sollte!« Ihre Augen brannten, sie würde jetzt nicht weinen, nicht unter Georgettes kühlem Blick! Sie wischte sich hastig über die Lider – noch blieben ihre Finger trocken.

»Ich will dich nicht davon überzeugen.« Georgette stand auf und kam herüber. Sie kniete vor dem Sessel nieder, nah genug, um Nike berühren zu können, weit genug, um es nicht zu tun. »Aber du bist schon zu unglücklich, um zu bemerken, dass es dir schlecht geht.«

Nike spürte auf der Zunge, dass sie ganz kurz davor war, ihr alles zu erzählen. Von Richard, von der abgesagten Verlobung, von der Trennung. Von der … Sie schluckte das nächste Wort herunter, wandte den Blick ab und bemerkte erst nach einigen Sekunden, dass sie in die Kamera anstarrte, die auf der Anrichte hockte wie eine braune Kröte mit einem einzelnen Glubschauge.

»Kann man damit fotografieren?«, fragte sie leise, der Satz kam ihr kaum über die Lippen. Georgette nickte ernst.

»Kann ich … Kann ich das mal ausprobieren?« Verdammt, jetzt weinte sie doch, eine Sekunde Unaufmerksamkeit, und schon schwammen ihre Augen in Tränen. Sie schniefte und wischte sie heftig weg, aber Georgette nahm ihre Hände und zog sie ihr vom Gesicht. Drückte sie sanft mit ihren langen, kühlen Fingern. Sofort schlug Nike das Herz bis zum Hals, und das alles zusammen verwandelte sich in einen Schluckauf, als hätte sie stundenlang geheult. Vielleicht war das Weinen einfach so ungewohnt, jahrelang hatte sie nicht mehr geweint. Nicht einmal nach der Entscheidung. Georgette beugte sich über ihre Hände und küsste sehr kurz erst ihre linke, dann ihre rechte. Dann stand sie auf, bevor Nike sich zu viele Fragen stellen konnte.

»Hast du schon mal fotografiert?«

»Ja, Versuchsaufbauten.« Nike schluckte einen Hickser herunter. »Nichts Künstlerisches.«

Georgette reichte ihr den klobigen Apparat. Die vordere Linse war mit einer Art kleinen Ziehharmonika mit dem Kasten aus Leder und Metall verbunden. Ein älteres Modell als die handlicheren, die die Polizei verwendete. »Weißt du, was für mich der Unterschied ist zwischen Handwerk und Kunst?«

Nike schüttelte den Kopf, langsam ließ der Schluckauf nach. Die Tränen waren erfolgreich zurückgedrängt, nur ihre Hemdsärmel zeugten noch davon, dass sie sich damit übers Gesicht gefahren war.

»Für mich ist es so: Handwerk existiert für die anderen. Kunst existiert für dich. Natürlich nicht hundertprozentig. Wohl kaum eine Künstlerin, die sich keine Gedanken zur Rezeption macht. Kaum ein Handwerker, der nicht auch ein bisschen für sich selbst erschafft. Weil diese Pole, anders als in der Physik, nicht absolut sind. Es gibt kein Plus und Minus, Norden und Süden. Aber wenn du dich an Kunst versuchst, tu, was du selbst brauchst. Was dir Ausdruck verleiht. Dass du gibst, ist wichtiger, als dass jemand anders nimmt.«

»Das sagst du so leicht.«

»Ich weiß.« Georgette grinste. »Was für ein Gerede, oder?«

»Schrecklich. Du könntest Sprüche für die Illustrierte schreiben!«

»Jetzt wirst du gemein.«

Nike lachte und sah sich hilflos um. Eine innere Stimme riet ihr, eine Kleinigkeit auf eine Weise zu fotografieren, dass sie mysteriös und unbekannt wirkte. Einen neuen Blick auf etwas Alltägliches zu suchen. Ihr Blick irrte zwischen Spiegeln, gerahmten Bildern und der Topfpflanze hin und her, die drei, vier seltsam geformte Blüten trieb. Sie stand auf und ging herüber, leuchtend rot rollten sich die Blütenblätter ineinander, bisher nur halb geöffnet. Sie betrachtete sie von nahem und hielt dann inne. Das konnte sie unmöglich fotografieren. Empört drehte sie sich zu Georgette um.

»Ich kann nichts für deine Assoziationen!«, sagte die sofort und presste die Lippen zusammen, um nicht zu schmutzig zu grinsen.

»Die sehen aus wie … wie …!«

»Wenn du sie fotografierst, kann es sein, dass die Sitte dich wegen Pornographie verhaftet. Aber ich würde ein gutes Wort für dich einlegen und sagen, dass es nur meine Zimmerpflanze ist.«

»Warum hast du so eine Zimmerpflanze?« Nike hob trotzdem die Kamera zum Auge und sah hindurch. Sie musste lachen, als sich ihr die Blüte lockend präsentierte.

»Vulvaneid, würde Freud vielleicht diagnostizieren«, sagte Georgette trocken.

Mit der Kamera vor dem Gesicht schaute Nike sich im Zimmer um. Sie fixierte Georgette durch den Sucher. Trat vorsichtig näher. Das Bild wurde unscharf, und sie justierte die Linse. Fand Georgettes Profil und wanderte noch etwas weiter. Nike hörte sie atmen, als würde der Sucher wie Fingerspitzen über die Linien ihres Gesichts wandern. Sie fand die kurzen, ungehorsamen Locken an Schläfe, Stirn und Nacken. Nikes Finger drückte ab, der Apparat fing den Moment ohne Blitz ein. »Vermutlich eh nichts geworden.«

»So wenig Selbstvertrauen«, sagte Georgette, als Nike die Kamera sinken ließ.

»Fotografier du!«, forderte Nike sie auf und drückte ihr den Apparat in die Hand. »Vielleicht kann ich mir was von dir abgucken.«

»Darf ich dich fotografieren?«, fragte Georgette und musterte dabei beinahe schüchtern die Linse. Nike nickte wortlos. »Dann fangen wir deinen Ausflug in die Kunst einfach damit an, dass du die Kunst bist.«

»Ich dachte, ich soll etwas über Wissenschaft lernen«, sagte Sandor und machte eine ausladende Geste, die die Werkbank mit Schraubstock umfasste, die Sägen, Hämmer, Meißel und Hobel. Sogar eine Staffelei gab es, eine einzelne leicht welke Rose auf der Werkbank wirkte völlig deplatziert in dieser Umgebung. »Das sieht eher aus wie ein Kunstatelier.«

»Das«, entgegnete Georgette, »ist vor allem eine Therapiewerkstatt.«

Sie kramte ein paar Zettel aus einer Schublade der Werkbank sowie Stifte, Zirkel, Lineale und einen hellgrauen Stein. Sie legte alles auf einen Tisch in der Mitte des Raums und holte einen Stuhl aus einer Zimmerecke.

»Außerdem geht es immer um beides. Um die Verbindung von Kunst und Wissenschaft. Dreht sich seit deiner Ankunft in Berlin nicht alles darum? Aber wir nehmen uns heute nur die Theorie zur Brust.«

Sandor hatte so etwas in der Art schon befürchtet.

»Zieh nicht so ein Gesicht, mein Lieber.«

Sie setzte sich kokett auf den Tisch und deutete Sandor, auf dem Stuhl daneben Platz zu nehmen. Diese Situation erinnerte ihn unangenehm an seine Schulzeit, dennoch folgte er der Anweisung – wenn auch zögerlich.

»Dann erzähl mir doch mal was über den Goldenen Schnitt, den du eben erwähnt hast«, sagte sie.

»Es ist eine Methode, um Formen einzuteilen, zum Beispiel eine Linie. Ungefähr zwei Drittel zu einem Drittel. Der Goldene Schnitt stellt Proportionen auf eine für das menschliche Auge besonders harmonische und ästhetische Art und Weise her. Er gehörte lange Zeit zum Grundrepertoire eines Bildhauers oder Malers, um Kunst zu komponieren. Dieses Verhältnis findet sich ebenso bei Leonardo da Vinci wie beispielsweise in hellenistischen Tempeln. Und auch einige neuere Ansätze in der Architektur fußen auf diesem Prinzip, auch wenn andere das als zu konventionell abtun.«

Sandor bezweifelte, dass Georgette ihm etwas über den Goldenen Schnitt beibringen konnte. Und auch wenn das Ganze auf einer mathematischen Grundlage ruhte, hatte es wenig mit Naturwissenschaft zu tun.

»Dass du die Kunstseite beherrschst, habe ich nicht bezweifelt. Aber wie sieht es mit der Mathematik aus?«

»Na ja, wie gesagt, etwa ein Drittel zu zwei Drittel.«

»Das Längenverhältnis ist eine irrationale Zahl mit dem Wert von angenähert eins Komma sechs eins acht«, präzisierte Georgette. Sie deutete auf die Zettel und Stifte. »Kannst du das herleiten?«

Autsch. Er hatte nicht gedacht, dass er von einer psychologisch versierten Varietétänzerin einmal in Mathematik belehrt werden würde, aber mit einem Mal war er wieder Oberschüler. Und natürlich konnte er diese Zahl nicht herleiten.

»Und das ist der Grund, warum sich so wenige Leute für die Naturwissenschaften begeistern. Sie arten immer in Matheorgien aus«, brummte er vorwurfsvoll.

»Mathematik ist auch nur ein Werkzeug, aber ein mächtiges, gerade wenn es den Naturwissenschaften dient. Sie kann aber auch der Kunst dienlich sein, ist voller Schönheit, wenn man sich drauf einlässt.« Sie seufzte. »Aber ich weiß, dass viele Lehrer jede Freude daran aus ihren Schülern herausgeprügelt haben.«

Sandor griff sich Zirkel und Lineal. »Ich kann es nicht ausrechnen, aber ich kann es konstruieren.«

Er malte eine Linie, dann eine Senkrechte darauf, setzte den Zirkel an, zog eine weitere Linie zu einem Dreieck, setzte noch zwei weitere Male den Zirkel an. Das Ganze dauerte nur wenige

Sekunden, und schon hatte er die ursprüngliche Linie im Goldenen Schnitt geteilt.

»Elegant!«, urteilte Georgette. »Kennst du auch den Goldenen Winkel?«

»Ja, er teilt einen Kreis im selben Verhältnis, wie der Goldene Schnitt eine Linie. Ist Geometrie die Wissenschaft, die ich mir aneignen soll?« Er wurde langsam ungeduldig und der Prüfungssituation überdrüssig.

»Nein.«

»Nein?«

»Nicht Geometrie, sondern Biologie.« Georgette sprang vom Tisch herunter und ging zur Rose auf der Werkbank, nahm sie aus ihrer Vase und zeigte sie Sandor so, dass er von oben auf die roten Blütenblätter sehen konnte.

»Fällt dir was auf? Ich meine bezüglich der Anordnung?«

»Reines Chaos«, antwortete er.

»Nicht ganz«, entgegnete sie. »Die Pflanze will keine Blätter genau übereinander anordnen, weil sie sich dann gegenseitig verschatten würden. Also wächst jedes Blatt versetzt, und zwar genau im Goldenen Winkel. Und da es sich dabei um eine irrationale Zahl handelt, wird kein Kreiswinkel jemals zweimal realisiert. Die Blattmitten stehen niemals übereinander.«

»Das … hätte ich nicht erwartet.« Er wusste, dass der Goldene Schnitt auch in der Natur vorkam, beispielsweise in den Proportionen von Menschen, wie in da Vincis Zeichnung vom berühmten vitruvianischen Menschen in einem Rechteck und einem Kreis, wobei Seitenlänge und Radius in Verhältnis des Goldenen Schnitts zueinanderstanden. Wirkte diese Proportion auf das menschliche Auge so gefällig, weil es sie aus der Natur kannte?

»Tannenzapfen, Sonnenblumen. Vom Grünkohl bis zur Spiralgalaxie: Der Goldene Schnitt kommt überall vor. Dadurch entstehen Muster«, erklärte Georgette, »die einander selbst ähnlich sind. Im Kleinen wie im Großen.«

Georgette schob den Stein, den sie eben hervorgeholt hatte, auf den Tisch genau vor Sandor. Erst jetzt erkannte er, dass sich ein Fossil darin befand; der versteinerte Abdruck eines Lebewesens aus vielen Millionen Jahren Vergangenheit. Sandor erkannte es: Es war die typische Spiralform eines Kopffüßers.

»Das ist ein ... ein *hlavonožec*.« Er gestikulierte wild.

»Ein Ammonit«, sagte Georgette.

»Da sieht man die Selbstähnlichkeit auf verschiedenen Größenskalen sehr deutlich. Die Spirale windet sich von der winzigen Mitte bis zum großen Äußeren. Die Goldene Spirale.«

»So was lässt sich auch konstruieren, und das wiederum hat man mit fickenden Kaninchen herausgefunden.«

»Fickende Kaninchen?«

»Die Vermehrung von Kaninchenpaaren kann man mit der sogenannten Fibonacci-Folge beschreiben. Und diese Folge hilft uns bei der Konstruktion dieser Spirale.«

Sie setzte sich wieder auf den Tisch und schrieb eine Eins neben sich auf ein frisches Blatt Papier. »Fangen wir mit einem Kaninchenpaar an.«

Sie schrieb eine weitere Eins. »Sie werden geschlechtsreif und rammeln, aber sind immer noch nur ein Paar. Dann werfen sie ein weiteres Paar. Zwei Paare insgesamt.« Sie schrieb eine Zwei.

»Im nächsten Monat kriegt das ursprüngliche Paar wieder Nachwuchs, das jüngere Paar ist aber gerade erst geschlechtsreif und bekommt erst im Monat darauf Nachwuchs. Jetzt haben wir also drei Paare.« Eine Drei.

»In den folgenden Monaten kommen damit genauso viele Paare dazu, wie im vergangenen Monat gelebt haben.« Sie schrieb eine Fünf. Dann eine Acht. »Und dann?«

»Acht plus fünf«, antwortete Sandor. »Also dreizehn.«

»Genau. Und jetzt zeichne Quadrate mit einer Kantenlänge in Zentimetern, die der Folge entspricht. Nicht in einer Linie, sondern so, dass sie dicht nebeneinanderstehen.«

Sandor tat, wie ihm geheißen. Er malte zwei Einer-Rechtecke nebeneinander, dann das Zweier-Quadrat darüber. Dann das Dreier daneben und so weiter.

»Gut, jetzt verbinde die Eckpunkte ... so.« Sie legte den Finger auf das Blatt und zeigte ihm, was sie meinte.

Eine Spirale entstand, die der Spirale des Ammoniten glich.

»Und das Erstaunlichste ist«, sagte Georgette, »der Quotient der Seitenlänge der Rechtecke, und damit das Verhältnis der Radien der Spirale, nähert sich mit fortschreitender Folge immer weiter dem Goldenen Schnitt an.«

Sandor hatte tatsächlich das Gefühl, der Lösung eines großen Rätsels auf der Spur zu sein. »Biologie, Mathematik, Geometrie, Kunst sind in gewisser Hinsicht gleich.«

Sie lächelte. »Genau. Und die Magie. Als neue Disziplin.«

Sie reichte Sandor ein frisches Blatt. »Eine Sache noch, dann reicht es für heute. Zeichne einen Drudenfuß!«

Sandor zeichnete einen fünfzackigen Stern aus fünf geraden Linien, ohne den Bleistift neu ansetzen zu müssen.

»Das Pentagramm ist eines der ältesten magischen Symbole der Menschheit. Und, sieh genau hin, was fällt dir auf?«

Er bemerkte es sofort und fühlte sich geradezu albern mit den Geheimnissen des Universums verbunden.

»Die Linien werden im Verhältnis des Goldenen Schnitts geteilt!«

Der Goldene Schnitt, eine besondere Art der Symmetriebrechung.

»Ja, so ist es. Es ist kein Zufall, dass das ein magisches Symbol ist. Und ihr seid auch nicht die Ersten, die mit diesen Phänomenen herumexperimentieren. Diese Kunst ... diese Wissenschaft ... ist sehr viel älter. Aber die modernen Methoden in Kunst und Wissenschaft scheinen eine magische Wechselwirkung deutlich zu begünstigen.«

»Und wie soll mir das helfen, allein zu zaubern?«, fragte Sandor.

»Das … musst du selbst herausfinden«, sagte Georgette. »In euren jeweiligen Expertisen seid ihr mir weit voraus. Ich bin als Generalistin nur etwas weniger festgefahren.«

»Woher weißt du das alles?«

Georgette verzog die Lippen zu einem Lächeln, doch ihre Augen waren besorgt und sahen durch ihn hindurch. »Erika und ich, wir haben … zusammen herumexperimentiert. Aber wir waren uns selten einig, und sie hat mit Emil einen Partner gefunden, mit dem sie Größeres bewerkstelligt hat. Ich hab gelernt, ein bisschen mit Licht herumzuspielen, nicht mehr. Aber ich tue es allein. Und ich kann dir dabei helfen.«

Georgette schob Nike an den Schultern in die Laken. Nikes Atem ging rasch, als Georgette sich über sie beugte. Die Berührung auf ihren Lippen war ganz sachte. Der dunkle Lippenstift wanderte über ihre Unter- und Oberlippe. Sie schluckte.

»Hm, verschmiert«, urteilte Georgette und fuhr die Konturen ihrer Lippen mit einem Finger nach, dann lachte sie. »Jetzt hab ich es eher schlimmer gemacht.« Sie fuhr mit dem Daumen über Nikes Lippen. Es war gut, dass sie schon lag, ihre Knie waren sehr weich.

»Sehr verrucht. Als hättest du wild geknutscht.«

Sie gab einen unbestimmten Laut von sich. Georgette musterte sie, auf dem Bett kniend, und zupfte dann an ihren Haaren. »Darf ich einen Knopf aufknöpfen?«, fragte sie.

»In Ordnung«, brachte Nike hervor, und Georgettes Finger öffneten sehr langsam den obersten Hemdknopf.

»Noch einen?«

»Wenn du willst.«

»Was, wenn ich noch drei öffne?«

»Ich weiß nicht«, flüsterte Nike.

»Wenn du nicht weißt, mach ich es auch nicht.«

Nike schloss die Augen. »Mach es«, hörte sie sich sagen.

Eins, zwei, drei. Sie fühlte kühle Luft im Ausschnitt ihres Unterhemds.

»Jetzt ist Lippenstift an deinem Hemd. Von meinen Fingern. Entschuldigung.«

»Macht nichts.«

»Wirklich nicht?«

»Nein.«

Sie öffnete die Augen wieder, als nichts weiter geschah, und sah, dass Georgette sich selbst mit dem Lippenstift über die Lippen fuhr. Vorher hatten sie einen sanften Pfirsichton gehabt, jetzt waren sie dunkelrot. Sie presste sie aufeinander und spitzte sie dann.

»Was, wenn ich noch mehr Lippenstift auf deinem Hemd verteile? Fürs Foto?«

»Wenn die Kunst es verlangt …« Nike musste nervös kichern.

»Man kann sich der Kunst auch durchaus verweigern. Kunst darf viel, aber längst nicht alles.«

»Ich erlaube es der Kunst.«

Georgette beugte sich über sie und küsste den Kragen ihres Hemdes. Dann die Knopfleiste. Sie hinterließ schwächer werdende Abdrücke. Der letzte landete auf dem Rand des Unterhemds. Nike gab ein Geräusch von sich, das als Aufforderung gedacht war, aber fast ängstlich klang. Georgette sah ihr ins Gesicht, auch ihr Lippenstift war etwas verschmiert.

»Schlaf nicht mit mir«, sagte Nike plötzlich, es war aus demselben Ozean gekommen wie zuvor die Bitterkeit.

Georgette nickte. »Mach ich nicht.«

»Ich hab Angst.«

»Ich möchte nicht, dass du Angst hast.« Sie setzte sich auf die Bettkante und strich Nike erneut durch die kurzen Strähnen, die sie fotogen auf dem Kissen drapiert hatte.

»Machen wir … ein Foto oder nicht?«

»Wenn du willst.«

»Ich weiß nicht mehr, was ich will.«

»Ich könnte ein Foto machen. Oder dich küssen.«

»Was ist, wenn du mich erst küsst und dann fotografierst?«, flüsterte Nike. Georgette nickte ernsthaft. Sie verlagerte ihr Gewicht wieder, wandte sich so um, dass sie auf der Bettdecke neben Nike kniete, und beugte sich vorsichtig über sie. Nike schloss die Augen, verweigerte sich allen Gedanken. Nur Lippenstift trennte sie noch, weich und gleichzeitig entschlossen war Georgettes Kuss wesentlich geduldiger als die zupfenden Finger in ihren Haaren und ihre eigenen Hände auf Georgettes Rücken. Sie spürte, dass Georgette ein Bein über sie schob, bis sie über ihr kniete, ihre Beine rechts und links ihrer Hüfte, ihre Arme rechts und links ihres Kopfes. Es war wie eine Höhle fern von der Welt. Nike war danach, wieder zu weinen, sie beherrschte sich mühsam.

»Ich weiß«, flüsterte Georgette, als wüsste sie es wirklich. Sie strich ihr durchs Haar, nun mit weniger Leidenschaft und mehr Trost, und Nike fühlte sich wie auf der weltabgewandten Seite des Daseins, auf der Unmögliches selbstverständlich war. Sie atmete nicht mehr, sie dachte nicht mehr. Das Leben endete an der Bettkante. Irgendwann barg Georgette ihr Gesicht an Nikes Hals und Schulter. So blieben sie liegen, Nikes Finger wanderten über die Locken, die sie eben noch fotografiert hatte.

»Ich habe Angst um dich«, flüsterte Georgette an ihrem Hals. »Als ich das erste Mal mit dir gesprochen hab, wusste ich, dass ich mich in Acht nehmen muss, und gleichzeitig, dass es schon um mich geschehen ist. Weißt du, es ist einfach, sich zu verlieben, in irgendwen. Aber bei manchen, da weiß man, man sollte es besser nicht tun, weil, wenn man es tut, dann verliert man den Kopf und jeden klaren Gedanken.«

»Warum ich?«

Georgette löste sich und sah sie an. »Warum ich?«, echote sie.

»Ich weiß nicht«, flüsterte Nike. Es gab so viele einfachere Möglichkeiten. Möglichkeiten, die sie nicht Kopf, Kragen und Karriere kosten konnten. Möglichkeiten wie Richard. Aber sie hatte nie für Richard gebrannt, wie sie für Georgette brannte, für dieses Lächeln und die langen Wimpern, die hohen Wangenknochen und die schwarzen Locken, die zärtliche Zuneigung.

»Ich auch nicht.« Georgette lehnte sich zum Tisch, auf dem die Blume stand, und nahm den Fotoapparat. »Darf ich jetzt das Foto machen?«

Nike nickte.

»Versuch ein einziges Mal, Kunst zu sein.« Georgette zwinkerte. Nike schloss die Augen, versuchte es und wusste zugleich, dass sie nach Georgettes Definition gescheitert war: Sie war keine Kunst um ihrer selbst willen. Sie wollte Kunst für Georgette sein. Der Auslöser klackte. Der Rollfilm fing sie ein, Lippenstift und Kussspuren und offene Knöpfe. Georgette legte den Fotoapparat vorsichtig zurück, legte sich neben sie und zog sie in eine Umarmung. Nike schloss die Augen und spürte Georgettes Stirn an ihrem Scheitel.

Nichts erschien ihr ungerechter als das Verstreichen der Zeit.

11

NACHTMENSCHEN

> »Ich darf wohl sagen, dass, wenn den Homosexuellen in Berlin jetzt ein so einzigartiges Restaurationsleben vergönnt ist, dies vor allem unserer aufklärenden Bewegung zu verdanken ist, ohne dass wir freilich für gewisse Auswüchse, die auch hier mit der Zeit Platz gegriffen haben, verantwortlich gemacht werden möchten.«
> **MAGNUS HIRSCHFELD**

Als er das Hotel verließ, wurde Sandor direkt von der Tatsache empfangen, dass sich die Welt über Nacht verändert hatte. Auf den ersten Blick sah alles völlig normal aus. So normal dieses Berlin eben sein konnte. Kein Menschenauflauf marschierte mit Stöcken, Steinen oder Schrotflinten bewaffnet durch die Straßen. Kein Magierpaar glitt auf einem fliegenden Teppich durch die Straße. Nichts brannte.

Aber die Dinge schwelten, eine knisternde Spannung lag in der Luft. Er sah zu, wie ein Plakatierer ein neues Plakat an einer Litfaßsäule anbrachte, darauf bedacht, nicht die aggressiv werbenden Parteiplakate zur Reichstagswahl am Zwanzigsten zu überkleben. Abgebildet war eine Art Schlammmonstrosität, die Sandor aus tschechischen Märchenbüchern kannte. Er trat näher.

»*Der jüdische Golem*«, las er laut vor, während der Plakatierer ihm von der Leiter aus einen Blick zuwarf. »Neues Theaterstück?«

Der Plakatierer brachte wortlos die zweite Hälfte des Plakats an. »… *überrennt Berlin*« ging es in dramatischen Lettern weiter.

»Wer lässt denn so was drucken?«, fragte Sandor und musterte die hakennasige Silhouette, die mit ausgestreckter Hand den Golem auf ein Stück Stadtplan von Berlin-Mitte losließ.

»Lassense mich dit kurz auf meiner unsichtbaren Liste nachgucken«, knurrte der Plakatierer und streckte ihm die leere Handfläche entgegen.

»Wo kann ich das denn nachfragen?«, fragte Sandor.

»Wat interessiert Sie dit denn?«

»Interessiert mich einfach, wer für so was bezahlt. Ist doch antijüdische Propaganda.«

»Sind Sie Jude?«

»Nee, aber meine Oma.«

»Also 'n jetaufter Jude«, sagte der Plakatierer und tippte sich vielsagend an die Nase.

Sandor lächelte ihn kalt an. »Na, dann werde ich mich wohl mal bei Ihrem Arbeitgeber erkundigen, schön guten Tag noch.«

Bevor der Plakatierer antworten konnte, legte sich eine Hand auf Sandors Schulter, und er fuhr herum. Isolde stand hinter ihm.

»Wenn du mir aus dem Weg gehen willst, hättest du mir nicht sagen sollen, wo du wohnst«, begrüßte sie ihn.

»Ich will dir nicht aus dem Weg gehen!«

»Verdammte Scheiße, was am Montag gelaufen ist. Wir haben sie noch losmarschieren sehen, aber ich dachte, die kriegen sich wieder ein oder von der Polente aufs Maul. Dass sie Feuer in der Universität legen, hätte ich nicht erwartet. Wir müssen jetzt echt voranmachen, Sandor. Sonst sind wir abgeschrieben.«

Er führte sie rasch vom Plakatierer weg, dem er nach dem letzten Kommentar durchaus zutraute, sie bei der Polizei zu denunzieren.

»Verdammt, Sandor, ich hab versucht, dich zu erreichen, aber du warst nicht hier!«

»Ich hatte viel zu tun!«

»Was denn?«

»Viel einfach, es ist halt so.« Es war nicht viel. Tatsächlich war er beurlaubt und brütete über Geometrie und den Eindrücken aus Georgettes Unterrichtsstunde. Er hatte Leute beobachtet, Skizzen gekritzelt und wieder verworfen. Getrunken hatte er auch. Und Jiří geschrieben.

»Ich brauch deine Hilfe!«

»Ich bin kein Anarchistenanführer!«

»Aber du kannst einer werden«, sagte Isolde, blieb stehen, trat vor ihn und legte ihm beide Hände auf die Schultern. »Scheiße, Sandor, liegt dir was an der Sache oder nicht?«

»Ja, natürlich!«

»Und fehlt dir der Mumm, oder warum machste nicht mit?«

»Ich mache mit! Ich … hatte einfach zu tun!«

»Und du kriegst noch mehr zu tun. Und zwar heute Abend. Komm, und du wirst Teil von was Großem. Oder du kommst nicht, dann weiß ich, dass du nur Makulatur redest in deinem Elfenbeinturm.« Sie machte eine wohldosierte Pause. »Als Jiří dich angekündigt hat, hat er geschrieben, man kann sich auf dich verlassen. *Icke* muss mich jetzt auf dich verlassen, Sandor. Heute Abend, Markgrafenstraße, Ecke Junkerstraße. Sieben Uhr. Sei pünktlich und trag Schwarz.«

Damit drehte sie sich um und ließ ihn einfach stehen. Er sah ihr nach, seine Hände öffneten und schlossen sich. Er fühlte sich wie ein Hochstapler, und gleichzeitig fuhr ihm der Gedanke daran, dass er Jiří enttäuschen würde, durch Mark und Bein.

Aber wenn er ging, würde er dann nicht Nike und Seidel verraten?

Der Tagmensch und der Nachtmensch, erinnerte er sich an Georgettes Worte. *Ist der Nacht-Sandor wirklich so mit Herz und Seele Anarchist, wie Jiří denkt?*

Er schloss die Augen und ließ sich die warme Mailuft um die

Nase wehen. Der Tag-Sandor würde mit Nike über die neuesten Ergebnisse, Ereignisse und Krisen beraten.

Und was der Nacht-Sandor vorhatte? Er würde es heute Abend herausfinden.

Seidel hätte längst Feierabend machen müssen, doch er war noch nicht zu Hause. Nike saß im Wohnzimmer auf einem unbequem weichen Sofa und arbeitete weiter daran, Kopien und Abschriften für ihre Dissertation zusammenzufügen. Sandor war bereits wieder fort, er hatte eine Zeitung mitgebracht, die berichtete, dass die Parteien begonnen hatten, ihre Programme kurz vor der Wahl mit irrwitzigen Forderungen, Plänen und Programmen zur Magieförderung, Magieunterdrückung oder Magieregulation anzureichern. Die Kommunisten sahen Magie als neue Form der Unterdrückung an, während die Demokraten und Konservativen überlegten, wie man mit Forschungsgeldern und Studiengängen eine neue Magieelite des Deutschen Reichs schaffen könnte. Die Nazis sagten, Magie sei Teil der jüdischen Manipulation des deutschen Volkes, und man müsse in der eigenen germanischen Geschichte nach einem Konter forschen. Den wissenschaftlichen Aspekt der Magie hatte Joseph Goebbels, der Gauleiter der NSDAP, in der flammenden Ansprache, aus der jedes Käseblatt Auszüge gedruckt hatte, geflissentlich ignoriert.

Es klingelte, und Rabea, die bereits seit einer halben Stunde die Rindfleischsuppe warm hielt, ging zur Tür und horchte daran.

»Nicht öffnen, Mama«, sagte Nike leise.

»Es ist ein ... Herr Kalinin?«, erwiderte ihre Mutter. »Er sagt, er ist ein Freund von dir?«

»Oh. Ja, ich ... Moment.« Nike fuhr auf, stieß dabei einen kleinen Stapel von Pfeiffers Korrespondenz mit Kopenhagen vom

Tisch, schaffte es, alle Seiten auf einmal wieder aufzuheben und trotzdem innerhalb weniger Sekunden an der Tür zu sein.

Ihre Mutter stand mit verschränkten Armen hinter ihr, sie hatte sich ebenso rasch wie routiniert das Kopftuch ums Haar geschlungen.

Georgette wartete in einem lose sitzenden Anzug im Treppenhaus. Das schwarze Haar war zurückpomadisiert, und sie lächelte Nike ungeschminkt entgegen.

»Schön, dich zu sehen.«

»Gleichermaßen, komm doch rein.« Rabea musterte Georgette und sah Nike dann auffordernd an, als diese die Tür hinter ihr schloss.

»Das ist George Kalinin, Psychotherapeut. Er arbeitet ab und an mit Seidel und mir zusammen.« Und dann in der Gegenrichtung: »Das ist meine Mutter, Rabea Gamal.«

»Das freut mich, guten Tag. Ist es in Ordnung, wenn ich Ihnen die Hand gebe oder lieber nicht?«, fragte Georgette, und die Frage versetzte Nike einen Stich ins Herz – auf die positive Art und Weise. Sie wusste, wie ungern Mama die Hand gab.

»Lieber nicht«, sagte sie denn auch und strahlte Georgette an. »Aber trotzdem guten Tag und herzlich willkommen … hier. Ich habe etwas gekocht, und wenn der Herr Kommissar nicht kommt, kann ich uns gern einfach schon drei Teller hinstellen.«

»Wenn es Ihnen nichts ausmacht. Ich würde mich gern mit Ihrer Tochter unterhalten.«

»Wie artig, fragst du um Erlaubnis?«, frotzelte Nike. »Komm einfach mit ins Wohnzimmer.«

Während Rabea in der Küche verschwand, setzte Georgette sich auf die Couch.

»Interessanter Anzug. Ich kann Sandor schon über deinen Kleidungsgeschmack spotten hören.«

Georgette lachte. »Frauen in Anzügen sind ihm wohl nicht geheuer«, sagte sie verschwörerisch.

»Frauen in *schlecht sitzenden* Anzügen.«

Georgette musterte Nikes an den Ärmeln aufgerolltes Hemd, und mit einem sehnsüchtigen Brennen erinnerte sich diese daran, dass sie immer noch das lippenstiftbeschmierte Unterhemd trug – sie hatte es heute Morgen wechseln wollen und dann doch nicht über sich gebracht, die Erinnerung des gestrigen Abends loszuwerden.

»Warum bist du hier?«, fragte sie dann, leise und möglichst kühl.

Georgette lächelte verschmitzt und griff nach ihrer Ledertasche. Sie öffnete sie und holte einen Fotoapparat heraus. »Ich dachte, wir beiden Hübschen könnten eine zweite Lektion einlegen, wenn niemand hinsieht.«

»Hier haben die Häkeldeckchen Augen«, sagte Nike, und prompt streckte ihre Mutter den Kopf aus der Küche und rief zum Essen.

Sandors Herz klopfte unbehaglich, als er sich in der Lagerhalle umsah. Es waren vor allen Dingen schwarz uniformierte Jugendliche gekommen. Sie spielten Karten, ließen Zigaretten und Bier kreisen, redeten in kleinen Grüppchen oder lachten zu laut über die eigenen Witze. Stimmen, die noch im Stimmbruch waren oder erst kurz heraus. Isolde war die Älteste. In der Lagerhalle standen Kisten unbestimmten Inhalts, aber Sandor kannte den Geruch: Zeitungspapier. Es schien sich jedoch um alte Bestände zu handeln, vielleicht eine Papiersorte, die nicht mehr genutzt wurde. Hier hatte jedenfalls länger niemand mehr gearbeitet, die Kisten waren verstaubt, Tücher waren über ungenutzte Gerätschaften gebreitet, und der ganze Kellerraum wurde von einer einzelnen Glühbirne und einigen Stumpenkerzen erhellt.

Isolde hatte ihn bereits viel zu vielen Leuten vorgestellt, als dass er sich irgendwelche Namen hätte merken können. Die meisten klangen nach Straße und Gosse, abgebrüht und erwachsen. Und viele der Jugendlichen hatten sicherlich mehr von der Straße gesehen als er.

Isolde trat wieder an seine Seite. »Wir könnten jetzt mal langsam loslegen. Also ... du.«

Sandor nickte nachdenklich. Sie hatte ihm genau gesagt, was ihr Plan war, worauf sie hinauswollte, wie sie die Schwarze Schar zu mobilisieren gedachte. Die Lagerhalle gehörte zu einer Zeitungsdruckerei, bei der ein paar der Jungen als Handlanger und Austräger arbeiteten. Einer der Älteren besaß einen Schlüssel und wusste, dass diese Halle hier nur noch als Abstellfläche genutzt wurde.

Sandor testete mit der Hand die Stabilität der alten Druckerpresse unter dem schmuddeligen Tuch und zog sich dann darauf.

»Hört mal zu!«, rief Isolde in die Runde. »Das ist Sandor, ich hab ihn den meisten von euch schon vorgestellt. Sandor ist aus Prag und bringt schon ein bisschen Erfahrung mit.« Sandor war sich bewusst, dass er eine Art Stellvertreter für Isolde sein sollte, um eine Gruppe von Leuten zu lenken, die ohnehin Probleme mit Autoritäten hatte und aufgrund ihrer Kinderstube keine Frau als Chefin akzeptieren würde.

»Sandor hat eine Idee mitgebracht. Sozusagen fürs Wochenende. Wir wollen ja nicht, dass ihr euch langweilt«, fuhr Isolde fort und erntete Lachen von den Jugendlichen, von denen die meisten sechs Tage die Woche arbeiteten. Wie Jiří waren sie Leute, die nicht aus Idealismus zur Bewegung gekommen waren, sondern weil sie unter den Zuständen litten.

Zigaretten glommen auf. Augen hefteten sich auf ihn. Es wurde getuschelt.

»Also«, sagte Sandor und räusperte sich. Und dann war er da, dieser Moment, in dem er sich entscheiden musste. »Ich muss euch etwas sagen, was selbst Isolde noch nicht weiß«, begann er und hatte sich entschieden. »Ich hab in Erfahrung gebracht, wie … wie Magie funktioniert. Und ich werde das mit euch teilen.«

Eine Bombe aus Stille schien in ihrer Mitte hochgegangen zu sein. Kurz war es so leise, dass Sandor dachte, es sei ein neuer übernatürlicher Angriff der Nationalsozialisten. Doch er konnte weitersprechen, unwiderrufliche, schicksalhafte, schreckliche Worte, mit denen er Seidel verriet, Nike verriet, alles verriet, weshalb er hier zu sein schien. Aber eigentlich war er wegen Jiří hier, und der strahlte ihn aus diesen Dutzenden hungrigen Augen an.

»Ich habe eine gute Nachricht: Es ist nicht wie in alten Sagen und Märchen. Niemand von uns muss mit magischen Fähigkeiten geboren sein. Niemand von uns ist besser oder schlechter geeignet als jemand anderes. Diese Form von neuer Kraft können wir alle gleichermaßen meistern. Das Einzige, was wir brauchen, ist das Wissen um die richtige Technik. Die Regierung, die Polizei, die Wissenschaft sind alle schon dabei, diese Technik zu erlernen. An euch denkt niemand – und deshalb wird die Magie nur ein weiteres Mittel sein, um Mächtige und Ohnmächtige zu unterscheiden.« Er zog sein Notizbuch aus der Manteltasche. Natürlich war der Inhalt nicht genug, aber es würde ein Anfang sein. Er atmete tief ein. Sein Herz raste, die Hände waren schweißnass. Er hatte den ersten Schritt getan, und unter dem zweiten und dritten und vierten Schritt würde vielleicht ganz Berlin erbeben. »Die Konservativen, die Kaisertreuen, die Kapitalisten werden uns weiter unterdrücken, sie werden sich alles nehmen, und wir haben nichts. Wenn nicht das hier wäre.« Er hob das Notizbuch und wedelte damit vor den staunenden Blicken. Selbst in Isoldes Augen lag ein wildes, jubelndes Strahlen. »Wir müssen nur noch entscheiden, was wir damit tun.«

»Du wirst das nicht schon wieder tun!«, zischte Rabea, noch bevor sie die Tür des Gästezimmers geschlossen hatte.

»Mama, das kann und das werde ich.«

»Ich lasse nicht zu, dass du jeden Abend rausrennst, wo alle Welt dich sucht! Und ich lasse nicht zu, dass du mich wieder allein lässt mit dem Kommissar! Das gehört sich nicht, und ich kenne ihn nicht, und für dich gehört sich das auch nicht!«

»Mama, ich bin zu alt für so etwas. Und das weißt du. Ich brauche nicht deine Genehmigung, um …«

»Aber du brauchst *seine* Genehmigung. Seidels. Weil du die polizeiliche Anordnung hast, drinnen zu bleiben.«

»Ich bin bei einem Kommissar zu Hause untergebracht, Mama, es gibt keine polizeiliche Anordnung, sondern nur Seidels persönliche Sorge um uns beide. Herr Kalinin passt schon auf mich auf. Wir wollen nur ein paar Fotos machen. Wir gehen nirgendshin, wo ich in Schwierigkeiten komme.«

»Dann nimm eben Rücksicht darauf, dass ich nicht mit dem Kommissar allein bleiben möchte«, zischte Rabea.

»Seidel ist die Ehrenhaftigkeit in Person. Das Einzige, wovor du dich in Acht nehmen musst, ist, dass er versucht, dir häkeln beizubringen.«

»Du nimmst mich nicht ernst.«

»Das stimmt. Weil es albern ist. Ich gehe einfach nur eine Runde spazieren. Ich setze mir wieder den Hut auf, wenn du dich damit wohler fühlst.«

Rabea sah Nike mit einem traurigen Blick an. »Ich kann dich nicht aufhalten.«

»Mach dir keine Sorgen.«

»Mache ich aber. Immer.«

»Ich weiß.«

Minuten später trug sie den vielleicht noch als Fedora durchgehenden Filzhut, von dem sie befürchtete, dass er eigentlich nur ein Jägerhut war, dessen Pinsel verwest war. Georgette hatte immerhin mittlerweile aufgehört zu lachen, auch wenn sie sagte, der Hut rieche meterweit nach Seidels muffiger Bude. Zwei Häuserblocks weiter zog sie Nike auf eine Bank unter einer Straßenlaterne und wühlte in ihrer Ledertasche.

»Fotografieren wir schon?«, fragte Nike und sah an den Alleebäumen entlang in die Dämmerung.

Georgette holte einen Taschenspiegel, eine Wimpernzange, Wimperntusche und Lippenstift hervor. »Halt den Spiegel. Ich hab keine Lust mehr, in diesem Aufzug herumzulaufen.« Nike gehorchte und hoffte, dass ihre Hände nicht zu sehr zitterten. Einmal, weil sie befürchtete, jemand könne sie sehen, und zum anderen, weil sie es aufregend fand, Georgette beim Schminken zuzusehen. Mit einem wissenden Lächeln trug sie Lippenstift auf, zog einen Lidstrich, tuschte die Wimpern und betrachtete dann prüfend ihre Wangen. Sie fuhr mit den Fingerspitzen darüber.

»Wächst dir eigentlich kein Bart?«, fragte Nike leise.

»Ich bin verhältnismäßig gesegnet von Mutter Natur«, gab Georgette zu, nahm Nikes andere Hand und ließ sie kurz über die linke Wange fahren. Es war eine bloße Ahnung. »Na ja, das muss so reichen«, stellte sie mit einem Zwinkern in den Spiegel fest und brachte mit ein paar Handbewegungen ihre nach hinten pomadisierten Haare in eine andere Form. Sie zog das Jackett aus und stopfte es in ihre Ledertasche. Das weiße Hemd darunter trug sie mit beneidenswert beiläufiger Eleganz, den Krawattenknoten weit herabgezogen.

»Gehen wir nicht nur spazieren?«, fragte Nike.

»Wir suchen Motive. Wer weiß, wo wir die finden«, sagte Georgette, verstaute auch alles andere und holte dabei den Fotoapparat aus den Untiefen der nun ausgebeulten Tasche. »Hier, den kannst du tragen.«

Sie blieben noch kurz sitzen, Georgette wandte sich ab und nach vorn zur Straße hin. Zwei Passantinnen waren Zeuginnen ihrer Verwandlung gewesen und sahen sich immer wieder kichernd um. »Trau dich einfach. Fotografier, was dir in den Sinn kommt. Du kannst mich völlig ausblenden, ich sage kein Wort.«

Schweigend standen sie auf, gingen nebeneinander die Straße herab. Nike sah sich aufmerksam um. Nur wenige Passanten waren im Wohngebiet unterwegs, aus den Fenstern roch man Abendessen und hörte Stimmen und das Klappern von Geschirr.

Der schnurgerade Verlauf einer Straße – verschwende ich darauf ein Foto? Die Wolken vor der tiefhängenden rosigen Sonne – ist es überhaupt möglich, gegen das Licht zu fotografieren? Der Kirchturm, der über den Dächern hervorlugt ... Herrgott, was weiß ich schon über Fotografie?

Der Gehweg war schmaler geworden, und Georgettes Hand berührte bei jedem Schritt die ihre, während sie beide starr geradeaus sahen. Und dann hielt sie plötzlich die andere Hand fest. Sofort passten die Finger, die Hände ineinander. Verstohlen blieben die Hände so, aneinander, während ihre Besitzerinnen die Straße hinaufspazierten.

Eine schon etwas angetrunkene Gruppe Arbeiter kam um die Ecke, und die Hände fuhren blitzartig auseinander.

Ich übe das noch, seufzte Nike innerlich.

»Wie wäre es ... mit einer Kirche?«, schlug sie vor, und Georgette lachte. »Architektonisch interessant«, schob sie daher rechtfertigend hinterher.

»Natürlich. Wenn du möchtest.«

»Du bist nicht hilfreich.«

Die Männer drängten sich an ihnen vorbei, Blicke trafen sie, und Nike tippte sich an die Hutkrempe. Jemand tippte ebenfalls an eine Mütze, die anderen lachten. Dann waren sie vorbei, nur ein kurzer Augenblick des Unbehagens. Nike erinnerte sich an einen Kirchturm, den sie gesehen hatte, als sie bei ihrem Besuch bei Seidel vor genau einer Woche am Landwehrkanal aus der Tram gestiegen war. Sie orientierte sich ein wenig um, fand dann nach ein paar Minuten den wuchtigen roten Kirchturm mit der Kuppelspitze, auf der ein dünneres Türmchen aufsaß. Mit Türmchen geizte das Bauwerk nicht, zwei davon ragten oberhalb des Eingangs auf, vier weitere um die Spitze herum. Wuchtig lag die Kirche vor ihnen wie ein Frosch, der sie als Fliegen verschlingen würde.

Georgette setzte sich auf dem Vorplatz auf eine Bank und schlug die Beine übereinander. »Dann mal los.«

Nike blickte durch den Sucher. Dieses Gewaltige, Froschartige des Gebäudes musste sich doch einfangen lassen. Das war doch beinahe ein magisches Bild, ein Gebäude, das Menschen frisst.

Die Sonne malte auf ihrem Weg zum Horizont immer spektakulärere Rottöne auf die ohnehin schon roten Ziegel der Kirche.

»Lass dich nicht von all den Farben einschüchtern«, sagte Georgette.

»Du musst mir helfen«, flehte Nike und lachte sofort. »Meine künstlerische Aorta … liegt brach.«

»Sie pulsiert also nicht?«

»Kein Stück!«

»Hast du ein Foto gemacht?«

»Nein! Ich bin wie gelähmt! Es könnte ein schlechtes Foto sein! Schwarz-Weiß und einfach banal.«

»Und darf Kunst generell nicht banal sein oder nur *deine* Kunst nicht?«

»Ich weiß nicht!«

»Sandors Kolibri war auch ziemlich banal. Das Negativ schlampig geschnitzt. Und es hat trotzdem funktioniert.«

Nike nahm sich zusammen und sah erneut mit dem Auge der Kamera am Bauwerk hoch. Sie atmete ein und hielt die Luft an. Dann spürte sie Georgettes Arm um ihre Schulter, ihre Hand kroch an ihrem Arm entlang bis zur Kamera. Nike spürte, wie Georgette sanften Druck auf ihren Finger ausübte, der auf dem Auslöser lag. Georgettes Kinn legte sich auf ihre Schulter, als könne sie mit durch den Sucher blicken.

Nike wagte nicht zu atmen. Und dann drückte Georgette einfach ab, Nike schrak beim Klacken der Blende zusammen.

»Das war doch gar kein gutes Bild!«, protestierte sie.

»Aber du hättest nicht abgedrückt, und wirklich, mach einfach irgendein Foto. Du kannst den ganzen Film verknipsen und noch mehr, ich hab noch einen dabei! Mach noch eins! Etwas Banales, Nike, komm schon! Du schaffst das!«

Nike wandte den Kamerablick vom Gebäude ab, nach rechts, nach links, auf Wohnhäuser und Baumwipfel. Dann nach unten. Pflastersteine wurden unscharf, und verschwommen kamen zwei schwarze Fische ins Bild, von denen einer wippend auf den anderen zuhielt. Nike stellte die Kamera scharf. Die Pflasterfische verwandelten sich in Schuhe. Georgettes Fußspitze tippte Nikes Fußspitze an, beide steckten in Budapestern – Georgettes in glänzenden, Nikes in abgenutzten. Nike drückte ab. Die Blende klackte. Sie senkte den Fotoapparat.

»Und?«, fragte Georgette an ihrem Ohr.

Nike gab ein zustimmendes Geräusch von sich und zwang sich dann aufzustehen. Es gehörte sich einfach nicht, direkt vor einer Kirche so nah beieinanderzusitzen. »Vielleicht sind Gebäude einfach nicht mein Ding.«

»Sollen wir schauen, ob wir es noch bei Tageslicht zum Tiergarten schaffen?«

Nike nickte und warf sich die Kameratasche schwungvoll über die Schulter.

Von den Burschen, die bei der Zeitungsdruckerei arbeiteten, hatten einige schon an den Druckerpressen ausgeholfen. Sie hatten sich die uralte Monstrosität unter dem Tuch angesehen, auf der Sandor kurz zuvor für seine Rede Platz genommen hatte. Einer von ihnen behauptete, er habe schon in einer illegalen Druckerei mit so etwas hantiert, es dauere natürlich länger als die modernen Rotationspressen der Zeitungshäuser, aber man bekäme dem Schätzchen sicher noch Leben eingehaucht. Wenn sich nur Setzbretter und Druckerschwärze auftreiben ließen. Drei von ihnen schwärmten auf dem Gelände aus, um die notwendigen Materialien zu besorgen.

Sandor saß mit Tanja, einer Oberschülerin mit blondem Bubikopf, an einem Tisch und ging das Notizbuch durch. Isolde schritt neben ihnen auf und ab, während Tanja die wichtigsten Stichwörter für die Flugschrift notierte. Schließlich blieb Isolde mit knirschendem Absatz vor dem behelfsmäßigen Tischchen stehen und sah ihn mit fiebrigem Blick an.

»Das ist genial, Sandor.« Sie grinste wild. »Wir geben die Magie ... an alle.«

»Wie so richtige Anarchisten«, erwiderte er.

Am Kanal fotografierte Nike einen Reiher, der auf einer steinernen Treppe verharrte, während sie sich relativ nah heranpirschte. Das war interessant, gab ihr aber nicht das Gefühl, sich künstlerisch zu betätigen. *Und darauf kommt es ja an.*

Georgette lachte, als der Reiher sie lediglich mit einem arroganten Blick bedachte. Danach zogen sie weiter. Es war noch nicht dunkel, als sie am Tiergarten ankamen, unter den Bäumen war die Dämmerung geradezu verheißungsvoll. Nike wusste, dass der Park nach Einbruch der Nacht alles andere als verlassen war, aber sie hatte sich noch nie selbst davon überzeugt.

Sie folgte einem Impuls und blieb stehen, als Georgette einen der Spazierwege auswählte und zwischen den dunklen Silhouetten zweier Bäume hindurchschritt. Sie hob die Kamera. Georgette sah gerade über die Schulter, eine Silhouette, nicht ganz in Nikes Welt, aber auch nicht über der Schwelle. Sie drückte ab und war sich fast sicher, das Foto verwackelt zu haben, aber das war egal, dieser Augenblick war für *sie* gewesen. »Vielleicht war das gerade mein erster echter Versuch«, sagte sie feierlich, und Georgette lächelte wissend.

»Meinst du, du findest dadrin noch mehr? Bei all den Königinnen und Jagdplastiken?«

»Sind die nicht schon Kunst?«

»Oh, sollte Fotografie etwa Kunst aus Kunst machen?«, entgegnete Georgette ironisch.

»Nicht wenn ich fotografiere«, beruhigte Nike sie. Sie gingen nebeneinanderher, und Georgette griff wieder mit zwei Fingern nach Nikes Hand. Die zögerte.

»Hier im Tiergarten können wir Hand in Hand gehen«, sagte Georgette leise und sehr sicher.

»Woher weißt du so was?«

»Aus Erfahrung«, erwiderte sie keck, und Nike hakte ihre Finger um die der anderen. Gedankenverloren wählte sie eine Abzweigung, dann eine andere, doch all die Baumkronen, Parkbänke, Kieswege, Statuen, nicht einmal ein Fuchs, der von weitem über eine Rasenfläche spähte, schafften es, sie zu einem Foto zu bewegen. Die Natur war einfach nicht ihr Sujet, das ahnte sie.

Architektur war es auch nicht. Was dann?

»Willst du wirklich da lang?«, fragte Georgette, als sie eine weitere wahllose Wahl des Weges traf.

»Was ist denn da?«

»Ach, na ja. Ein paar Leute, von denen ich nicht weiß, wie sie die Kamera finden.«

»Oh.« Sie zauderte, dann packte sie die Kamera zurück in die Ledertasche und hängte sie wie eine Handtasche um. »Besser?«

»Du hast es nicht anders gewollt.«

Nach etwa einhundert Metern kamen sie in eine weitere Ebene der Halbwelt Berlins, von der sie keine Ahnung gehabt hatte. Ein paar Jungs standen unter den vereinzelten Laternen, an Bäumen und Parkbänken, und ein Rondell kam in Sicht, auf dem bereits ganz ordentlich gezecht und gelacht wurde. Sie war schon zweimal angesprochen worden, bevor ihr Gegenüber realisierte, dass sie vielleicht nicht zum Auswählen gekommen war. »Na, willste mal gucken, ob de nix verpasst?«, fragte einer der Strichjungen provokant und warf sich in Pose. Nike senkte den Kopf.

Georgette hatte einen gemütlichen Schlenderschritt eingeschlagen und grüßte sogar den einen oder anderen.

»Hast du dir 'nen kessen Vater gesucht, Schorschie?«, rief jemand von den Parkbänken herüber.

»Wir sollten vielleicht doch nicht …«, warf Nike ein, aber Georgette zwinkerte ihr zu.

»Die sind harmlos«, sagte sie leise. »Die spielen nur mit uns. Finden es ganz lustig, dass wir hier sind. Glaub mir, sie würden selbst so mit uns umspringen, wenn wir Schupos wären.«

»Das glaub ich kaum«, murmelte Nike.

»Doch, doch. Das hier ist Berlins Markenzeichen.«

»Das Brandenburger Tor ist Berlins Markenzeichen.«

»Das Brandenburger Tor ist nicht schwul genug, Nike. Berlin ist schwul. Paris ist hetero, Berlin ist homo. So sind die Regeln. Leute kommen hierher, um sich genau das hier anzusehen. Darüber zu staunen. Drüber zu reden. Es mal auszuprobieren. Diese Jungs hier sind viel wichtiger für Berlin als das ordentliche, brave Brandenburger Tor. Unter den Linden ist übrigens neben dem Tiergarten und der Tauentzienstraße der Ort, wo du dir einen Mann für die Nacht aufgabeln könntest, wenn du es drauf anlegst. Ob als Mann oder Frau.«

»*Unter den Linden?* Du veräppelst mich doch!«

»Ehrlich, Nike, manchmal glaub ich, du rennst mit geschlossenen Augen durch die Welt!«

Trotz der frühen Stunde tätigten ein paar Männer auch schon die Geschäfte, für die sie hergekommen waren. Sie schäkerten, kommentierten, machten Komplimente, und Nike sah, dass ein fülliger Mann mit Anzug und Krawatte in die Hosentasche eines der Strichjungen griff und darin offenbar etwas fand, was ihn dazu veranlasste, freudig zu nicken und den jungen Mann mitzunehmen. Sie musste ein nervöses Kichern unterdrücken.

»Und? Würde sich davon was als Motiv eignen?«, kommentierte Georgette ihre Blicke, aber Nike bemühte sich, möglichst entrüstet den Kopf zu schütteln. Sie ließen das Rondell rasch hinter sich, und Nike zog Georgette in den Schatten unter einem Baum. Sie gab ihr einen sehr raschen Kuss, nur ein Streifen der Lippen übereinander, der der großangelegten sexuellen Verwirrung in ihrem Inneren nicht wirklich Luft machte. Danach gingen sie weiter.

»Ku'damm«, bestimmte Georgette. »Wir finden schon noch was für dich zum Fotografieren, und da ist immer noch genug Licht.«

»Ich bin keine Spannerin!«, insistierte Nike, und Georgette lachte.

»Aber Menschen interessieren dich mehr als Bäume und Blumen. Ich kann nichts Schlimmes daran finden. Was glaubst du, woher ein Dix oder Grosz seine Motive hat? Die hat er auch nicht im Garten gefunden.«

Ein Teil von Sandor hoffte den ganzen Abend hindurch, die alten Pressen wären nicht funktionstüchtig oder die Polizei würde auf das Treiben in der alten Lagerhalle aufmerksam. Natürlich wollte er ungern verhaftet werden, aber noch mehr Angst hatte er davor, dass sein Plan aufging. Der Text der Flugblätter war gesetzt, die Pressen waren so alt, dass sie keinen Strom benötigten, sondern tatsächlich nur Muskelkraft, Druckerschwärze und Papier. Wenn jetzt Hebel abbrachen, Standfüße einknickten, Papier sich in Staub auflöste oder die Druckerschwärze eingetrocknet war, dann hätte er sein Bestes für die Schwarzen Scharen gegeben, aber Zufall, Schicksal oder eine höhere Macht hätten die Veröffentlichung verhindert.

Die ersten Jugendlichen jubelten und knufften sich gegenseitig, als der Probedruck auf dem ersten Bogen Papier landete. Er war etwas verschmiert, aber lesbar, und Isolde riss den Bogen aus der Presse und reckte ihn in die Höhe. »Da ist es!«

Jetzt gab es kein Zurück mehr. Sofort wurde kistenweise neues Papier gebracht, schwarze Ärmel wurden hochgekrempelt, über jeden verschmierten Buchstaben wurde gefachsimpelt und an Setzkasten und Presse herumprobiert. Einem Flugblatt stand nichts mehr im Weg. Sandor zwang sich zu einem Lächeln.

Würden Seidel und Nike wissen, dass er ihre Geheimnisse ausgeplaudert hatte? Konnte die Bewegung nicht irgendwie anders an diese Erkenntnisse gekommen sein? Was würde dieses Flugblatt mit dem anderen Morgen anstellen? Würde man ihn zur Rechenschaft ziehen, als schwarzes Schaf in den Reihen der Polizei?

12
BLAUBARTS FRAUEN

Es liegt in der Luft eine Sachlichkeit
Es liegt in der Luft eine Stachlichkeit
Es liegt in der Luft, es liegt in der Luft, in der Luft
Es liegt in der Luft was Idiotisches
Es liegt in der Luft was Hypnotisches
Es liegt in der Luft, es liegt in der Luft
Es geht nicht mehr raus aus der Luft!

Was ist heute in der Luft los?
Was liegt heute in der Luft bloß?
Durch die Lüfte sausen schon
Bilder, Radio, Telefon
Durch die Luft geht alles drahtlos
Und die Luft wird schon ganz ratlos
Flugzeug, Luftschiff, alles schon
Hört, wie's in den Lüften schwillt
Ferngespräch und Wagnerton
Und dazwischen saust ein Bild

MARGO LION, OSKAR KARLWEIS: »ES LIEGT IN DER LUFT«

Meine Freundin hier ist zu schüchtern, um euch zu fragen, ob sie ein Foto machen darf«, hörte Nike, obwohl sie sich schon längst abgewandt hatte und zu fliehen versuchte. »Eure Gesichter werden nicht drauf sein.«

Lautes Lachen, dann Zustimmung, dann eine Hand an Nikes Arm. »Jetzt komm schon«, forderte Georgette sie auf.

»Drogen sind mir suspekt«, knurrte Nike, und Georgette lachte. »Ich dachte, du wolltest fotografieren.«

»Aber doch nicht so was!«

»Du hast sehr interessiert hingeschaut.«

»Du willst mich in Schwierigkeiten bringen!«
»Ich will Emotionen aus dir herauskitzeln.«

Nike wandte sich um, die Hand um die Kamera schweißnass. An einem Tisch ziemlich weit hinten in einer einschlägigen Kaschemme hatten es sich einige Männer mit Frauen im Flapper-Dress gemütlich gemacht. Sie hatten Nikes Blicke auf sich gezogen, als sie angefangen hatten, Kokain auf den Oberschenkeln einer der Frauen zu drapieren, die lachend und mit einem Glas Wein in der Hand auf dem Tisch saß. Sie schnieften das Koks zwischen den goldenen Fäden ihres Kleidchens und lachten sich kaputt, wenn sie stattdessen auch diese Fäden in die Nase bekamen.

Eine der beiden Frauen hatte angefangen, der Frau auf dem Tisch einen zierlichen Schuh auszuziehen und massierte nun ihre Zehen. Die Frau auf dem Tisch kicherte, und die Männer fluchten, weil ihr kostbares weißes Pulver von ihrer Haut zu rieseln begann.

»Beeil dich«, flüsterte Georgette. Nike hob die Kamera.

»Mich stört's nich, wenn mein Gesicht drauf ist«, sagte die Frau im goldenen Kleid und warf den Kopf in den Nacken, so dass Nike ihren Rücken, ihr festgestecktes Haar, ihren lasziv zurückgeworfenen Kopf durch den Sucher sah, während die Körper im Anzug halb von ihr verdeckt wurden. Sie wartete noch eine Sekunde, bis die Hand der anderen Frau vom Fuß aus den Schwung der Wadenmuskeln hinauffuhr. Nike hörte das Schnappen und war erstaunt von sich selbst – sie war sicher, dass sie tatsächlich ein sehr gutes Foto gemacht hatte. Sie spürte, wie ihr Blut in die Wangen stieg.

Sie hatte nur Wasser und einen Mokka getrunken, aber sie fühlte sich wie beschwipst, als sie schließlich wieder auf der Tauentzienstraße standen. Georgette schleppte sie gerade von einer »Sensation« zur nächsten, nirgendwo blieben sie länger als ein Glas. Nike hatte schon Tanzende fotografiert und ein paar Bonzen, die auf einer Empore die Köpfe zusammensteckten, flankiert von jungen Prostituierten. Ein Auto unter einer Straßenlaterne, in dem sich zwei nur als Silhouetten erkennbare Menschen gestenreich stritten.

Dieser Art Kunst – falls es denn überhaupt Kunst war – konnte Nike mit Sicherheit keine Magie entlocken. Aber sie genoss den Nervenkitzel, das Lachen mit Georgette und den sprichwörtlichen Sog des Nachtlebens. Immer wieder kam Georgette mit breitem Grinsen auf neue Ideen, und immer wieder zierte sich Nike und gab dann doch meist nach.

»Spiel einfach die Betrunkene«, flüsterte sie ihr an einer Gasse ins Ohr. »Ich zeig dir was. Aber das ist zu dunkel zum Fotografieren.«

Als Nike noch zögerte, zog Georgette sie schon am gähnenden Eingang der Gasse in eine Umarmung. Nike stolperte in Georgettes Arme, die nun ihre Wange an Nikes Wange legte. Gemeinsam lauschten sie, und Nike lugte vorsichtig über Georgettes Schulter.

Unterdrücktes Seufzen und Stöhnen aus mehr als einer oder zwei Kehlen. Heftiges Atmen, ab und zu betrunkenes Lachen oder Fluchen. Glasscherben knirschten unter Sohlen. Als sich ihre Augen an die Dunkelheit gewöhnt hatten, machte Nike in der Finsternis hinter Georgette einige Schemen aus.

»Das hier ist der Ort für ganz Eilige«, wisperte diese in ihr Ohr, und Nike musste ein hilfloses Lachen unterdrücken. Hier wurde die Kleidung angelassen, die Befriedigung mit Mund oder Hand erkauft, Männer standen in wenigen Metern Abstand, schwankend oder gegen die Wand gelehnt, fast verbrüdert in ihrem einstimmigen Bedürfnis. Wer fertig war, brachte die Schichten der Kleidung wieder halbwegs in Ordnung und torkelte noch berauscht vom Erlebnis wieder auf die Straße.

Georgette schob Nike rasch zurück auf den Bürgersteig und ins Licht. »Ich vermute, das war genug?«

Nike begann nun doch zu kichern, ihre Knie wurden weich, als hätte sie kurz am Tor in die Unterwelt gelauscht. »Du kennst wohl jede Menge solcher Orte?«

»Na ja, wenn man nicht ganz ahnungslos durch Berlin geht!«

»Ach, komm schon, man muss auch schon eine spezielle Art von Interesse zeigen!«

»Urteilst du über mich?«

Vielleicht fand Nike es interessanter, als sie zugeben wollte. Vielleicht hatte sie kurz darüber nachgedacht, Georgette tiefer in die Gasse zu schieben. Vielleicht sich sogar gefragt, was passieren würde, wenn sie auf die Knie ging …

Sie schüttelte den Kopf, es war schon erstaunlich, wie ansteckend eine gewisse Art von Stimmung sein konnte. Sich bei irgendwelchen Strichern einzureihen, das hätte gerade noch gefehlt! Aber es war ja nur eine Phantasie, nur in ihrem Kopf. Sie hakte sich bei Georgette unter und zog sie weiter. »Wie willst du das jetzt noch steigern?«

»Nicht alles arbeitet auf eine Steigerung hin«, sagte Georgette. »Auch wenn unser Weltgefüge so tut als ob.«

»Ach, jetzt werden wir auch noch philosophisch«, spottete Nike. Der Tauentzien ging in den Ku'damm über, und hier blinkten nun tanzende Mädchenbeine neben menschhohen Buchstaben von den Fassaden. Überall war Musik zu hören und vermischte sich mit den freitagnächtlichen Stimmen aufgeregter Gästinnen und Gäste auf den Gehwegen. An einer Ecke entstand plötzlich ein Handgemenge.

»Du hast mir den Preis aber doch genannt!«

»Ist halt teurer geworden, das nennt sich Inflation!«, war die Antwort von einem Mann in schlecht sitzendem Anzug, der an einer Wand lehnte und zumindest körperlich nicht an der Rangelei beteiligt war. Zwei breitschultrige Kerle hatten einen jungen Mann an den Oberarmen gepackt, zerrten ihn zurück und warfen ihn aufs Pflaster.

»Komm halt mit mehr Geld wieder, Freund«, sagte einer von ihnen in einer Mischung aus russischem Akzent und berlinerischem Dialekt.

»Dann gib mir halt weniger, ich hab so viel besorgt, wie du gestern haben wolltest!«

»Das ist alles abgepackt, das gibt's nicht in weniger! Und jetzt mach die Biege! Jungs, schafft mir den Burschen vom Hals!«, schnauzte er seine Handlanger an. Auch er sprach in dieser russisch-berlinerischen Mischung; viele Geschäfte im und um den Tauentzien herum lagen in russischer Hand.

»Foto?«, fragte Georgette leise.

»Keine Steigerung mehr, danke«, entgegnete Nike. Sie befanden sich weit genug entfernt, dass sie sich nicht bedroht fühlte, auch wenn sie sich denken konnte, um welche Ware es ging.

»Ich geb dir Deckung«, sagte Georgette, trat einen Schritt vor sie, drehte sich dann an einer Straßenlaterne mit Schwung um, so dass sie zwischen Nike und der Rangelei stand.

Nike spürte den Nervenkitzel. Sie hob die Kamera nur leicht, nur ein wenig. Wenn diese Kerle sie beim Fotografieren erwischten! Sie verdeckte das Blitzlicht, auch wenn hier viel blitzte und blinkte. Sie sah erneut über Georgettes Schulter, wie einer der Kerle den armen Jungen Richtung Straße trat. Sie drückte ab, doch gleichzeitig entfuhr ihr ein Laut der Überraschung.

Der Mann, der gerade noch rechtzeitig vor einer klingelnden Straßenbahn zurücksprang und auf dem Hintern landete, war ihr Kommilitone Lenz. Die beiden Leibwächter und ihr Klient verschwanden rasch ein Stück die Straße hinab.

»Lenz!«, rief Nike, und an Georgette gewandt sagte sie: »Das ist ein Physikstudent!«

Lenz sah sie und blickte sofort schuldbewusst zu Boden.

»Hast du dich verletzt?«, fragte sie.

»Nike, was machst du denn hier? Suchst du nach Erika?«, fragte er.

»Was? Nein! Was … Ist … ist Erika denn hier irgendwo?«

»Nein!«, sagte er. »Also, ich meine, ich weiß es nicht. Ich dachte nur, wenn du … hier … dann doch vermutlich …« Er sah Georgette an, hielt ihrem Blick aber nicht lange stand.

»Wir amüsieren uns nur«, wagte Nike. Sollte er das doch den anderen erzählen. Sie war eben doch nicht so berechenbar, wie alle dachten.

»Was wissen Sie über Erika?«, fragte Georgette, die sich nicht so leicht hatte ablenken lassen.

»Ich weiß leider auch nicht, wo sie ist. Guten Abend noch.«

»Lenz!« Nike folgte ihm, er beschleunigte seine Schritte. »Ich will Erika nichts Böses, ich werde sie nicht an die Polizei verpfeifen. Es geht mir nur um ihre Sicherheit!« Sie erreichte ihn und packte ihn am Arm. »Diese antisemitische Schmutzkampagne macht mir Angst – um sie. Ich will sie nicht in Schwierigkeiten oder in den Knast bringen. Ich will ihr einfach nur helfen.« Als sie es aussprach, wusste sie, dass es die Wahrheit war. Erika hatte einiges an Mist gebaut und Uni-Eigentum beschädigt – geschenkt! Die Plakate, die Propaganda in den rechten Blättern, das alles wog sehr viel schwerer und bedrohte Erikas Leben genauso wie das vieler anderer. Es hatte Pfeiffers Leben gekostet!

»Ich will nicht, dass es ihr geht wie Pfeiffer. Er war auch ihr Professor. Und deiner, Lenz!«

Er sackte in sich zusammen. »Ich weiß.«

Georgette schnitt ihm den Weg ab. »Bitte sagen Sie uns, wo wir Erika finden. Wir wollen ihr nur helfen. Wir wissen, dass sie unschuldig ist.«

Er nickte, ganz schwach nur, aber er nickte. »Ich wollte Koks für den Emil holen, der hat mich tagelang so drum angebettelt«, begann Lenz die Geschichte, von der Nike nicht mehr als den Anfang hörte, denn plötzlich packte sie jemand und riss sie herum.

»That's her. Here she is!«, schnaufte ihr ein Mann, den sie nie vorher gesehen hatte, auf Englisch ins Gesicht. Nikes Herz sprang sofort auf Panik um. Wer auch immer das war, er wollte kein nettes Gespräch mit ihr. Georgette hieb dem Mann auf den Arm, er ließ Nike los, aber jetzt bauten sich drei weitere Männer hinter dem gut gekleideten Schnauzbartträger auf.

»Na, na. So grob. Wir würden Sie doch nur gern auf ein Getränk einladen, Frauleins«, schnarrte einer von ihnen mit einem dicken englischen Akzent.

»Lauf!«, rief Georgette, doch da hatten Nikes Füße schon von allein damit begonnen.

Sie rannten Hand in Hand über den Ku'damm – die Leuchtschriften der Vergnügungstempel waberten und verschmolzen auf dem Kopfsteinpflaster –, vorbei an erleuchteten Fenstern, an betrunkenen Männern, die ihnen hinterhergrölten, an Frauen in kurzen Kleidern, die ihnen empört oder erschreckt auswichen. Zum Glück trugen sie beide das richtige Schuhwerk für eine Flucht: Nike hörte sofort, dass sie verfolgt wurden. Ein hastiger Blick über die Schulter bestätigte ihr, dass die Kerle die Verfolgung aufgenommen hatten. Rufe und pikierte Schreie folgten auch ihnen.

»Hier rein, runter von der Straße, aus dem Licht«, sagte Nike und zog Georgette links in eine Seitenstraße. Georgette folgte Nike, abseits der Leuchtreklamen sah es plötzlich so aus, als würde sie lachen.

»Findest du es witzig, über den Ku'damm gejagt zu werden?«, zischte Nike, während sie sie weiterzog. Neben der Hauptstraße mündeten rasch alle Straßen wieder in das blockbebaute Gewirr aus Häusern und Hinterhöfen, als sei das Vergnügungsviertel nur Rouge und goldener Lidschatten auf der fahlen Haut der Stadt. Sie stolperten beinahe über einen Schlafenden im Unrat und lauschten dem Lärm eines Streits aus einem Fenster, das sie nicht einsehen konnte. Ansonsten war es still. Also huschten sie noch einen Eingang weiter und blieben im Durchgang zu einem schwarz gähnenden Hof stehen.

»Entschuldige. Ich fand es schon ein bisschen witzig«, gestand Georgette schließlich. Nike schob es auf die Getränke des Abends. »Das waren Engländer oder Amerikaner! Vielleicht bist du gerade einer internationalen Karriere davongelaufen!«

»Für dich ist nichts wirklich ernst, oder?«, flüsterte Nike. »Haben wir sie abgehängt?« Georgette drückte ihre Hand.

»Fürs Erste.« Sie beugte sich vor und gab Nike einen flüchtigen Kuss auf die Wange. Dann lugte Georgette in den Innenhof, Nike tat es ihr gleich. Verrammelte Seitentüren, dunkle, teils vernagelte Fenster, Wäscheleinen, ein Gemüsebeet, ein Abtritt, Glasscherben direkt um die Ecke. Vor allem war der Block natürlich eine Sackgasse. Jemand öffnete schräg über ihnen ein Fenster und lehnte sich hinaus. »Haut ab, Suffköppe!«, bellte eine Stimme herab.

»Schht!«, bat Nike. »Nur kurz!«

Doch jetzt waren auf der Straße wieder Schritte zu hören, gemurmelte Worte. Die Schritte entfernten sich ein wenig, dann kehrte einer von ihnen um und weckte mit ein paar unverständlichen Sätzen den Schläfer in der Gosse.

»Die suchen noch nach uns«, zischte Georgette und presste sich mit Nike zusammen wieder in den Hauseingang.

»Verstecken wir uns«, flüsterte Nike, »oder laufen wir?«

»Wir verstecken uns.« Georgette streifte Nike die Kamera von der Schulter, die an einem Lederriemen hing. »Hinter optischen Illusionen.«

Die Nervosität steigerte sich zum Fluchtinstinkt. Nike war immer noch besser im Rennen als im Zaubern. »Das ist jetzt nicht der richtige Zeitpunkt!«, zischte sie. Georgette blickte jedoch durch den Sucher zu einem halb von der Dunkelheit verschluckten Eingang ins Nebenhaus. Dann prüfte sie ihr Motiv mit bloßem Auge über die Kamera hinweg. Im Halblicht sah Nike, dass sie mal das rechte Auge zukniff und mal das linke.

»Es ist an der Zeit, dass du meine Methode lernst, Liebling. Bühnenzauberei.«

»Aber doch nicht, während mich irgendwelche Männer in die Mangel nehmen wollen!« Ihr Brustkorb schnürte sich zusammen, als sie hörte, wie der Mann, der sich den Penner in der Gasse vorgeknöpft hatte, seine Kumpane zurückrief. »This way!«, war zu verstehen.

Georgette knipste ein Bild.

»Was kann ich tun?«

»Wir schaffen eine Illusion, wie mein zweites Paar Arme auf der Bühne, nur viel unauffälliger. Der Seiteneingang hier, wir verstecken uns dadrin, verstehst du, eine optische Täuschung. Ich brauche die Winkel, Nike, schnell!«

»Superposition!« Nike dämmert, was sie meinte. *Das sollte wirklich nicht allzu schwer sein. Wenn ich nur ein paar Sekunden Ruhe hätte!*

Sie nahm Notizblock und Stift aus der Jackett-Innentasche und begann im spärlichen Licht der sparsam aufgestellten Straßenlaternen und der Fenster des Vorderhauses, Linien und Winkel hinzukritzeln. Ihre Hände zitterten, als sie ein paar einfache Berechnungen anstellte. Sie konnte die Zahlen gerade noch erkennen. Die Werte der Sinustabelle hatte sie hinreichend genau im Kopf.

Dann waren die Stiefeltritte nah heran. Nike schob sich ein Stück tiefer in den finsteren Tunnel zum Hinterhof. Vorbei – die Schritte knirschten weiter. Dann hielten sie inne. Eine Stimme: »They got to be somewhere. Check the courtyards!«

Georgette starrte sie schreckensstarr an. Sie hatten Sekunden, nur Sekunden.

Sie ging ein paar Schritte, prüfte ihre Position im Verhältnis zur Tür und zu Georgette und korrigierte ein wenig. »Das andere Bild müssen wir genau hier machen.« Aber wie es von da aus weiterging – sie hatte keine Ahnung. Wie würde Georgette nur mit einer Kamera zaubern, ohne Strom und Instrumente?

Georgette warf ihr die Kamera zu und Nike fing sie auf. Sie hob sie ans Auge, betrachtete die im Hauseingang zurückliegende Tür durch den Sucher. Eine einfache Holztür mit einem verrosteten Knauf, versenkt in einer Mauer aus Ziegelstein. Am Boden wuchs Grünzeug aus den Fugen. Sie war einfach nur langweilig, eine langweilige Tür.

»Drück einfach ab, Nike«, flehte Georgette lautlos. Und Nike drückte einfach ab.

Obwohl sie es besser wusste, hoffte sie fast auf einen überirdischen Effekt. Ein blaues Leuchten, Engelschöre, eine Rettung in letzter Sekunde. Natürlich geschah nichts dergleichen.

Sie hörten am Vorderhaus Stimmen, ein Klopfen und Rütteln an der Vordertür. Dieselbe Stimme, die herabgebellt hatte, bellte erneut: »Wat is denn nu schon wieder?«

»Ah«, sagte eine Männerstimme auf der Straße. »War denn schon mal jemand hier?«

»Schnell«, hauchte Georgette, »in den Eingang.«

Das musste sie Nike nicht zweimal sagen. Sie presste sich im Nebenhauseingang neben ihre Freundin, eine Hand um die lose Krawatte gekrallt. »Wir haben keine Kathodenstrahlröhre. Wir können die Illusion doch gar nicht projizieren!«, wisperte sie.

»Unsinn, für so eine einfache Illusion brauchen wir keine hohen Teilchenenergien. Wir müssen nur den Film beleuchten – sichtbares Licht reicht aus. Gib mir den Apparat! Und nimm du das Feuerzeug!«

Nike reichte Georgette die Kamera und nahm ein Feuerzeug entgegen.

»They're here, come on!«, hörte Nike eine triumphierende Stimme von der Straße bereits im Durchgang widerhallen. Georgette klappte die Kammer mit dem Fotofilm auf, nahm den Film heraus und entrollte ihn.

»Du überbelichtest ihn!«, stieß Nike tonlos hervor.

»Vertrau mir.« Georgette hielt den Film eine Armeslänge vor sich und sagte: »Mach Licht!«

Die Schritte hatten den Innenhof fast erreicht. Nike hielt den Atem an – und entzündete das Feuerzeug. Der plötzliche Schein fiel auf den Film – und ein Mann trat in den Innenhof. Er trug einen dunklen Anzug und einen farblich passenden Fedorahut, sein glatt rasiertes Kinn war kantig, und die Muskeln seines Körpers spannten den Anzugstoff in der Art, wie es bei Schlägern üblich war.

Er sah ein wenig nach Ringbruderschaft aus, aber die sprachen normalerweise kein Englisch. *Geheimdienst vielleicht, Herrgott, das fehlt gerade noch!*

Nike und Georgette standen erstarrt vom Licht des Feuerzeugs erhellt, ein lächerliches Bild, da war sich Nike sicher. Zwei Frauen in Herrengarderobe, die eine mit einem Feuerzeug in Hand, die andere mit dem Fotofilm – wie zwei Darstellerinnen in einem zweitklassigen Gruselfilm, die versuchten, das Böse abzuwehren.

Sie hielten beide die Luft an. Nike spürte die rauen Ziegel des Eingangs an Arm und Rücken, aber auch Georgettes Körperwärme. Sie roch ihr Parfum mit einem Mal so intensiv, dass sie glaubte, auch der Schläger müsse es wahrnehmen. Dazu das Holz der Tür, die Pflanzen, die sich aus dem Riss kämpften. Die Gerüche explodierten geradezu in ihrem Kopf, ein plötzlicher sensorischer Rausch erfasste sie. Drei weitere Männer traten nun hinter ihn in den Hof und stampften wie eine militärische Einheit hindurch. Einer riss die Tür zum Abtritt auf, die anderen lugten in jede Ecke, prüften, ob sie irgendwo hochgeklettert sein konnten. Sie traten an jeden Hauseingang und rüttelten an den Türen, bis mehr und mehr Lichter angingen – manche elektrisch, andere Kerzenschein – und Leute sich lauthals an den Fenstern beschwerten.

Die Männer traten an jeden Hauseingang, nur nicht ihren.

Der, der als Erstes in den Hof getreten war, ging daran vorbei, starrte sie direkt an – und durch sie hindurch. Er marschierte vorbei und sah dann noch einmal zurück, mit geblähten Nüstern, als rieche er doch diesen Geruch – Parfum, Holz, Pflanzen –, könne sich aber keinen Reim darauf machen. Nike und Georgette starrten ihn mit schreckgeweiteten Augen an.

Verschwinde endlich!

Tatsächlich näherte sich der Kerl dem Ausgang des Innenhofs, drehte sich dann aber noch mal um.

»Let's go, they're not here.« Er zog die Mundwinkel nach unten, und dann verschwand er endlich wieder auf die Straße, von oben fluchten ihm einige Mieterinnen und Mieter hinterher. Jemand warf etwas auf die beiden anderen, verfehlte, beschleunigte jedoch ihren Abzug. Erst als ihre Schritte sich unhörbar entfernt hatten, nahm Nike den Finger vom Feuerzeug. Es war ziemlich heiß geworden.

»Das war knapp«, flüsterte sie und nahm die Daumenspitze in den Mund.

»Aber es hat geklappt!«

Georgette nahm vorsichtig Nikes Hand und pustete auf die Fingerspitze. Der kühle, wohltuende Hauch war viel zu intensiv, ergänzte den rauschhaften Duft und jagte ihr eine Gänsehaut ein.

»Ich hab Fragen«, flüsterte Nike und rang um ihre Konzentration. »Dass die Perspektiven aus zwei Winkeln unsere Position im Türrahmen optisch unsichtbar gemacht haben – klar. Hätte nie gedacht, dass das Feuerzeug ausreicht, um das zu projizieren.«

»Magie«, flüsterte Georgette und strahlte. »Mit Projektionen kenne ich mich aus.«

»Aber warum hat er nicht versucht, die Tür zu öffnen? Er wäre dabei genau in uns reingelaufen!«

Georgettes Lächeln wurde breiter. »Das warst du.«

»Ich habe gar nichts gemacht, nur ein paar Berechnungen und ein Foto.«

»Wie kam dir dein Motiv vor? Die Tür?«

Nike schwieg kurz. Georgette zwinkerte ihr zu.

»Langweilig«, flüsterte Nike.

»Ich habe eine optische Illusion geschaffen, Nike. Du ein Gefühl. Aber wir müssen jetzt abhauen«, flüsterte Georgette. »Und du musst wirklich daran arbeiten, meine Lektionen zu verinnerlichen. Ich habe nicht das Gefühl, dass du mich als Lehrerin ernst nimmst.«

Plötzlich fühlte sich Nike doch, als hätte sie zu viel getrunken. War die Magie daran schuld? Oder die Erleichterung, so knapp entkommen zu sein? Oder Georgettes Nähe?

»Willst du zurück zu Seidel?«, fragte Georgette. »Oder zu mir?«

»Deine Wohnung ist viel näher«, flüsterte Nike ganz nah an Georgettes Ohr.

Die Anspannung brach sich im Treppenhaus Bahn. Nike schwitzte, sie war außer Atem, sie war immer noch wie berauscht, auf eine Weise, wie sie es noch nie erfahren hatte – und auch nie hatte erfahren wollen. Mit Sandor hatte sie nicht das Gefühl gehabt, dass sie die Verbindung, die sie während des Experiments miteinander verknüpfte, aufeinander zu zog wie ein Gummiband.

Ihre Lippen waren auf Georgettes Lippen, ihre Hände glitten über ihren Rücken, unter ihr Hemd, rissen so heftig, dass ein oder zwei Knöpfe absprangen und mit winzigen klaren Lauten von Stufe zu Stufe hüpften. Die von der Hitze des Feuerzeugs überempfindliche Fingerspitze fühlte sich an, als wolle sie Funken übertragen. Ihre Zungenspitzen trafen sich wie elektrische Pole, sie keuchten, überall schien noch dieser Duft des Zaubers zu hängen. Georgette fuhr mit den Fingernägeln über Nikes

Hemdstoff – sie spürte es wie Stiche, die ihr durch die Rippen fuhren und dann ihr Ziel in ihrem Unterleib fanden.

»Lass … lass uns hochgehen«, stieß Georgette hervor, und irgendwie schafften sie es bis in die Wohnung und dann dort auf den Teppich. Nike setzte sich auf Georgettes Oberschenkel, ihre Hände glitten an ihrer Brust herab über den Bauch und …

»Halt«, keuchte Georgette. »Nicht.«

Wie mit kaltem Wasser übergossen, stand Nike auf. Scham breitete sich in ihr aus. Georgette kam auch auf die Füße.

»Soll ich nach deinem verbrannten Finger sehen?«

»Nein. Halb so wild.« Nike wandte sich schon zur Tür, aber Georgettes Hand griff nach ihrer, wie so oft an diesem Abend. Sie zog Nike vorsichtig zum Bett.

»Magst du … wollen wir was anderes versuchen?«

»Nein, ich sollte jetzt besser … gehen.«

»Nike. Das kannst du natürlich tun. Aber ich wollte dir gerade etwas vorschlagen.«

Mit klopfendem Herzen setzte sich Nike auf die Bettkante. »Was denn? Meinem Finger geht es gut, ich merke es kaum noch.« Sie merkte es vor allem deshalb nicht, weil sie sich so brennend schämte, dass alles an ihr in Flammen stand.

Georgette öffnete die Nachttischschublade und zog ein Seidentuch hervor. »Ich verbinde dir die Augen.« Sie zog ein zweites hervor. »Und ich binde dir die Hände.«

»Bloß nicht, ich …«

»Bitte, lass mich erklären. Dann kannst du nein sagen.« Sie legte die Tücher in ihrem Schoß ab, berührte Nike federleicht an den Schultern und zog sie zu sich hin, bis ihre Gesichter ganz nah waren. »Ich binde dir die Hände so leicht, dass du sie selbst lösen kannst. Ich möchte nur, dass du verstehst, dass ich eine Grenze habe.«

Nike holte Luft, fand aber nicht die richtigen Worte. Sie wollte gehen. Sie wollte bleiben. Sie wartete sehnsüchtig darauf, dass

Georgette ihr diese Beklommenheit nahm. Aber dafür müsste sie schon eine Magierin sein.

»Meine Grenze hat mit deinen Blicken und Berührungen zu tun«, sagte Georgette. »Ich wollte dich nicht entmutigen. Wirklich nicht.« Die letzten beiden Worte waren geflüstert. Nike nahm all ihren Mut zusammen.

»Und meine damit, dass ich auf keinen Fall noch ...« Sie zögerte, aber jetzt war es auch egal. »Noch mal schwanger werden will.«

»Ich verstehe«, sagte Georgette. Ihre Hände auf Nikes Schultern zitterten. »Also, ich möchte nicht berührt und nicht gesehen werden. Ich möchte aber dich sehen und berühren, wenn du das möchtest. Davon wirst nicht schwanger werden, das verspreche ich.« Sie lächelte unsicher.

»Ich ... ich weiß nicht, wie weit ... ob ich so weit gehen will wie du. Ob ich nackt sein will, wenn ich nichts sehen kann.«

»Und ich weiß nicht, ob ich so weit gehen will wie du! Willst du mir einfach sagen, wenn du nicht weiterwillst?«

Nike schluckte trocken und beugte sich vor, ein Funke sprang zwischen ihren Lippen und Georgettes hin und her, obwohl sie noch Millimeter auf Abstand blieb. Mit einem fragenden Blick hob Georgette das Tuch. Nike nickte.

Georgette legte ihr das Tuch über die Augen, befestigte so sachte einen Knoten am Hinterkopf, dass Nike es kaum spürte. Ihr Atem ging rasch, wieder glitten die kurzen Fingernägel über ihren Körper, erst verursachten sie Gänsehaut im Nacken, dann fuhren sie über ihre Arme. Schließlich schlang sich auch um die Handgelenke ein Tuch.

»Es ist nicht fest. Kein Knoten drin.« Georgette klang angespannt, aber auf eine gute Weise. Und dann wanderten die Hände weiter, über ihre Hosenbeine, über ihren Bauch, konzentrische Kreise. Vorsichtig schob sie Nike nach hinten aufs Bett. Mit einem hörbaren Seufzen landete sie in den Kissen, die nach

Georgette rochen, nach ihrem Parfum, ihrem Schweiß, ihren nächtlichen Träumen.

»Darf ich dein Hemd aufknöpfen?«

»Ja.«

Knopf um Knopf und danach das Zupfen an ihrem Unterhemd, die Hände, die darunterglitten, die Bahnen dieser Fingernägel auf ihren Rippen, ihren Brüsten, den Brustwarzen. Nike rang nach Luft. Sie fühlte Georgettes Lippen an ihrem Bauchnabel.

»Darf ich?«, flüsterte sie mit den Zähnen am Gürtel. Nike war sich unsicher, sie wollte nichts lieber, aber ihr Herz zitterte in ihrer Brust.

»Warte«, flüsterte sie. »Ich glaube, ich würde lieber andersherum liegen.« Dann würde sie sich vielleicht nicht so bloß fühlen, nicht so beklommen. Sie wand sich auf den Bauch.

Georgette lachte, als sie kaum noch an die Gürtelschnalle und den Knopf kam, und schaffte es dann doch, die Hose zu öffnen. Stück für Stück zupfte sie sie über Nikes Hüften. *Das war eine lächerliche Idee*, schoss es ihr durch den Kopf. Man konnte nicht auf dem Bauch liegen und gesehen und berührt werden, ohne lächerlich auszusehen.

»Das ist wunderbar. Ich würde dich am liebsten fotografieren«, flüsterte Georgette und fuhr mit dem Zeigefinger über ihre Wirbelsäule bis hinab zum Po. Sie hatte angefangen, sich selbst anzufassen, Nike spürte die langsamen, rhythmischen Bewegungen, die sich durch das Bett in ihren eigenen Körper übertrugen. Jetzt schlug ihr Herz nicht mehr zaghaft, sondern voller entsetzlich angsteinflößendem Begehren.

Georgette zog die Hose noch etwas weiter herab, über ihren Po. »Darf ich?« Sie manövrierte Nike zur Bettkante, bis sie auf den Knien auf dem Boden hockte, mit der Hose knapp unter dem Hintern.

»Das ist lächerlich!« Die Dunkelheit hinter dem Tuch war

plötzlich unangenehm, malte ihr aus, wie lachhaft sie aussehen musste, halb ausgezogen und derangiert.

»Ich würde dich fotografieren, damit du weißt, dass es nicht lächerlich ist, aber dafür müsste ich einen neuen Film einlegen!«

»Bis dahin wäre ich geflohen«, brachte sie entschieden hervor.

Georgette kniete neben ihr auf dem Boden, küsste ihren Nacken, ihren Hinterkopf. »Glaub mir einfach, dass du wunderschön aussiehst.« Ihre Hand schob sich langsam, fragend, bereit, jederzeit wieder zurückzuweichen, zwischen Nikes Beine. Sie spürte die fremden Fingerspitzen an ihren Lippen, sie folgten ihnen und glitten vorsichtig dazwischen auf und ab.

Nike stöhnte ins Laken und war nun doch froh, das Gesicht darin verbergen zu können. Georgette seufzte an ihrer Schulter. Sie hatte mit der anderen Hand wieder angefangen, sich zu streicheln. Die Finger zwischen Nikes Beinen veränderten die Taktik. »Ist das so richtig?«, fragte Georgette atemlos.

Nike öffnete ihre Beine ein wenig, sie fragte sich, ob das Mut war, Begehren oder der Wunsch, einer Frau zu gefallen, die so viel mehr Erfahrung hatte als sie selbst. Georgette küsste auf selbstvergessene Weise Nikes Seite, ihren Rücken, ihre Arme. Nike lag auf ihren gebundenen Händen und merkte, dass sich langsam ein taubes Gefühl einschlich, außerdem ein Brennen am Daumen, aber das hier wollte sie um nichts in der Welt beenden. Sie wollte sich auf Georgettes Berührungen konzentrieren, auf dieses so vollkommen körperliche Ziehen und Fordern. Sie rang nach Luft, aber … ihre Arme wurden immer tauber. Sie zappelte.

»Meine Arme schlafen ein«, gab sie beschämt zu. Georgette hob ihre Beine hoch und aufs Bett und schob sie dort herum, bis sie beide lachen mussten. »Dein Wunsch ist mir Befehl. Gefällt es dir noch?«

»Ja. Ja. Und dir?«

»Es ist phantastisch.« Durch den Stoff des Unterhemds bissen ihre Zähne vorsichtig in die Brustwarzen, eine nach der anderen. Dann wanderte sie tiefer, weiche Lippen fanden noch weichere. Nike rang nach Luft, als sie Georgettes Zunge spürte. Ihre Beine waren noch von der Hose gefesselt, aber das gefiel ihr. Sogar, dass sie nichts sehen konnte, gefiel ihr. Georgette rieb sich mit der rechten Hand, heftiger nun, sie stöhnte, während sie Nike leckte. Immer wieder kamen Nike dumme Gedanken, Einwände, Ängste und ließen sie kurz vor dem Einbiegen in die Gedankenlosigkeit abschweifen. Georgettes Keuchen war fast schon ein Klagen geworden, da hielt sie es nicht mehr aus, wandte sich zur Seite und kam mit ein paar heftigen Bewegungen und einem sanften Biss in Nikes Oberschenkel.

»Es … es tut mir leid!«, stieß Nike hervor.

»Was tut dir denn leid?«, flüsterte Georgette rau.

»Dass … dass ich so schlecht in … in so was bin!«

»Sind wir etwa schon am Ende?«

»Du bist doch …«

»Sei still, du. Hör endlich auf zu denken.« Nach dem letzten Wort verlieh die Zunge der Forderung Nachdruck. Nike ließ sich wieder in die Kissen sinken, Georgettes linke Hand wanderte zwischen ihre Beine, zwischen ihre Lippen, eine Fingerspitze, nein, zwei berührten sie dort ganz vorsichtig. »Mehr?«

»Mehr«, seufzte Nike. Erneut eine Abzweigung, erneut dumme Gedanken, sie zitterte am ganzen Körper. »Vielleicht geht es einfach nicht, vielleicht kann ich nicht!«, stieß sie hervor. Sterne tanzten hinter dem Tuch, das ihr die Sicht nahm.

»Bist du noch nie zum Höhepunkt gekommen?«, fragte Georgette unverblümt.

»Nur allein! Und es war immer seltsam, vielleicht stimmt etwas nicht mit …« Sie keuchte auf. Georgette hatte nicht aufgehört, und Nikes Dämme aus zusammenhängenden Gedanken brachen endlich. Der Höhepunkt kam so plötzlich, sie bäumte sich auf, während Georgette seelenruhig, aber sehr nachdrücklich weitermachte, bis auch der letzte innere Schauder verklungen war. Erschöpft, wie von etwas Gewaltigem entbürdet und leicht beschämt und blind lag sie da, während Georgette sich von ihr löste.

Jemand hämmerte von unten gegen den Fußboden. »Herrgott«, flüsterte Nike. »War ich sehr laut?«

»Das ist nur Neid«, sagte Georgette und hantierte noch ein wenig mit ihren eigenen Klamotten herum. Dann kroch sie zu Nike ins Bett. Sie zog ihr sogar die Hose wieder ein Stück hoch. Sie lachten beide, sehr schwach, als sei ihre Energie aus ihnen herausgeflossen.

Georgette nahm ihr die Seidentücher von Augen und Händen. Ihre Wangen waren gerötet, sah Nike im Schein der Nachttischlampe. Sie küsste sie. »Danke, das war alles ziemlich überraschend und toll«, sagte sie dann leise und leicht beschämt.

»Der ganze Abend war ziemlich toll«, erwiderte Georgette. »Schade, dass wir keine Beweisfotos haben!«

Nike lachte. »Selbst wenn wir ihn nicht geöffnet hätten, Magie schwärzt den Film. Es wäre nichts mehr drauf zu sehen.«

»Dann müssen die magischen Nachbilder einer wunderbaren Nacht in meinem Kopf existieren.«

»Ein schöner Gedanke.«

»Bleibst du bis morgen hier?«

»Wenn ich darf. Zu viele Geheimagenten auf den Straßen.«

»Und SA. Und Rotfront. Und alle suchen nach dir.« Georgette streichelte ihren Arm.

»Und wir müssen trotzdem nach Erika suchen. Weißt du, irgendwie bin ich sicher, dass dieser Lenz weiß, wo sie ist.«

»Aber wir wissen nicht, wo Lenz ist. Vielleicht kannst du über die Uni seine Adresse herausfinden?«

»Ja, vielleicht.« Nike lachte grimmig. »Herrgott, wenn Seidel erst von den Inselaffen erfährt!«

Sie schwiegen eine Weile. Georgette bewegte sich unruhig, als wollte sie mehrmals ansetzen zu sprechen.

»Was ist los?«, half Nike nach.

»Darf ich dich was fragen? Wegen dem, was du vorhin gesagt hast?«, fragte Georgette und schmiegte sich an sie.

Nike nickte. Sie wusste, was Georgette mit »vorhin« meinte.

»Hast du es bekommen, das Kind, als du schwanger warst?«

»Nee. Hab abgetrieben. Ich hätte sonst nicht gewusst, wie ich weitermachen soll, mit meinem Studium, mit der Forschung, mit dem Diplom und …«

»Du musst mir keine Gründe nennen.«

Sie antwortete nicht und starrte an die Decke, auf den die kleine Schirmlampe einen Fleck wie einen Planeten malte. Georgette drückte ihre Hand. »Ich weiß alles über endgültige Entscheidungen. Die richtig sind. Und bei denen man trotzdem drauf wartet, dass man sie bereut.«

»Ich bereue es nicht.« Nike presste die Lippen zusammen. »Aber ich wünschte, nichts davon wäre passiert. Wie wenn man die Tür in … Blaubarts Kammer aufstößt und sieht, was dahinter ist. Man wird das Bild nie wieder los.«

»Die Körper der Frauen«, flüsterte Georgette an ihrem Hals, und zum ersten Mal wusste Nike, dass jemand vollkommen verstand, was sie hinter dieser Tür gesehen hatte.

13
UTOPIA

> »Der Architekt erfüllt seinen Beruf, wenn er die Bedürfnisse und Wünsche erkennt und sie aus dieser Erkenntnis heraus zur sichtbaren Form führt. Bei Genossenschaftsbauten muss der Wille einer Gesamtheit erspürt werden. Die Grundlage des Genossenschaftswesens und damit auch der geistige Gehalt der Genossenschaften ist der Gemeinschaftsgeist. Dies bleibt eine der schönsten Aufgaben des Architekten, weil sich hier dementsprechend etwas Überindividuelles und deshalb sachlich Geistiges verkörpern muss.«
>
> **BRUNO TAUT**

Nike hatte nicht damit gerechnet, ihre Mutter und Seidel beim Frühstück zu überraschen. Aber natürlich, es war Samstag, und während Seidel meist auch am Wochenende in seinem Büro für ein paar Stunden seine Aufwartung machte, war er doch nicht regulär im Dienst, aß gerade ein paar Schrippen und bedachte sie mit einem skeptischen Blick.

»Das war nicht abgesprochen«, brummte er.

»Ich bin zu meinem eigenen Schutz hier, Herr Kommissar, und nicht in Haft.«

»Aber das mit dem eigenen Schutz sollten Sie ernster nehmen, Fräulein Wehner. Außerdem hat sich Ihre gute Frau Mutter große Sorgen gemacht.«

Nike grinste ob des väterlichen Tonfalls, und selbst Seidel musste der aufgefallen sein, denn er grunzte missmutig und goss sich noch eine Tasse Kaffee ein.

»Ich gehe mal im Garten nachsehen, was sich fürs Mittagessen eignen würde. Sonst muss ich Sie einkaufen schicken, Herr Kommissar«, sagte Rabea und bedeutete Nike an der Tür zum Garten, ihr zu folgen. Sie hatte sich gerade nach einer Schrippe über den Tisch strecken wollen, ließ es aber erst einmal bleiben. Sie schloss die Tür zwischen Küche und Garten hinter sich. Rabea beugte sich bereits über ein verwildertes Kräuterbeet.

»Sag schon, Mama.«

»Ich bin enttäuscht«, sagte Rabea staubtrocken. »Ich muss Gedanken sammeln, um dir zu sagen, wie enttäuscht.«

»Wir waren nur unterwegs, und die Zeit ist schneller vergangen, als wir dachten. Es war nicht gefährlich«, log Nike.

»Es wird immer gefährlicher«, zischte Rabea. »Und der Herr Kommissar hat recht: Es geht darum, dass du einsichtig genug bist, dich selbst zu beschützen! Du kannst nicht einfach feiern gehen wie ein widerspenstiger Backfisch! Sei vorsichtig. Wenn schon nicht für dich, dann für mich.« Sie pflückte einige Stängel ab und beäugte sie. Sie sahen in Nikes Augen nicht sehr frisch aus, das Beet war ziemlich verlottert.

»Bin ich. Aber … Mama, ich kann einfach nicht ewig hierbleiben, ich muss darauf hoffen, dass Leute mein Gesicht bald wieder vergessen.«

»Wir beide sehen anders aus als die meisten hier«, sagte Rabea. »Glaub mir, Leute erinnern sich an uns.«

»Ich weiß! Ich bin all die Jahre da draußen gewesen, in denen du …« Nike verstummte.

»Was?«

»Nichts.«

»Was hätte ich deiner Meinung nach anderes tun sollen? Wohin hätte ich gehen sollen? Ich bin schon bis hierhergekommen, Nike. Bis Berlin, aus Kairo! Eine richtige Zukunft hatte mir Berlin dann aber auch nicht zu bieten. Ich bin froh, dass es eine für dich hat.«

»Ich weiß. Ich weiß. Es tut mir leid.«

Nike trat neben Rabea und deutete auf ein Büschel Petersilie. Rabea schnitt ein wenig davon ab.

»Du hast noch gar nichts dazu gesagt, dass ich woanders geschlafen habe.«

»Ich werde auch nichts dazu sagen. Es gehört sich nicht, aber du bist zu alt, als dass es noch Sinn hätte, dir das mitzuteilen.«

Seidel öffnete schräg hinter ihr die Küchentür. »Fräulein Wehner?«, rief er. »Wenn ich kurz stören darf?«

»Natürlich!« Erleichtert wandte sie sich um.

»Das Revier hat angerufen. Wir haben jetzt zu allem Überfluss Ärger mit den Anarchisten. Tausende Flugblätter, heißt es. Mit … mit Anleitungen zum Zaubern. Von den Schwarzen Scharen.« Er zögerte. »Sie wissen nicht zufällig, wo sich der Herr Černý gestern Abend herumgetrieben hat?«

»Wie kommen Sie denn auf mich?« Sandor legte die Hände auf die Knie und versuchte, nichts mit seiner Körpersprache zu verraten. Die Finger entspannen. Ein angedeutetes ungläubiges Lächeln. Es war nicht seine erste polizeiliche Befragung.

Sandor hatte sich das schon gedacht, als Seidel ihn persönlich beim Hotel abgeholt hatte. Isolde hatte bei ihm geschlafen, er hatte sich für seine Verhältnisse schlampig zurechtgemacht, während der Kommissar ungeduldig vor der Tür wartete. Damenbesuch war ein guter Vorwand und keine Lüge, aber Seidel durfte Isolde nicht sehen, sie war genau das fehlende Bindeglied zu den Anarchisten, das Sandor ans polizeiliche Messer geliefert hätte.

Seidel sah ihn über den Schreibtisch streng an. Er tupfte sich die Kegelkugelglatze mit einem Taschentuch. Nike war nicht zugegen, dafür stand aber dieser unangenehme Kollege Fuchs noch im Raum und musterte Sandor durchdringend.

»Herr Černý, Sie waren schon einmal *zufällig* in einen Zwischenfall mit Anarchisten verwickelt. Soweit wir das sehen, ist es dieselbe Gruppierung, zugehörig zu den Schwarzen Scharen.«

»Zufällig«, wiederholte Sandor.

»Veräppeln Sie uns nicht«, knurrte Fuchs hinter ihm. »Auf dem Flugblatt befindet sich ein sehr detaillierter Text, den jemand mit Ahnung von der Sache verfasst haben muss.«

»Haben Sie schon mal nachgeprüft, ob Erika und Emil Kontakte zu den Schwarzen Scharen haben? Vorstellbar wäre es«, schlug Sandor vor.

»Wir können uns so einiges vorstellen. Fakt ist aber, dass Leute aus ganz unterschiedlichen Gründen an den Stützpfeilern unserer Demokratie sägen«, knurrte Fuchs.

»Bleiben wir doch mal bei der Sache. Herr Černý: Was haben Sie denn nun gestern Abend und letzte Nacht so getan?«

»Nun, ich hatte Damenbesuch, wie Sie vielleicht mitbekommen haben, und wir waren erst etwas essen, dann etwas trinken und dann bei mir.«

»Haben die Anarchisten Informationen von Ihnen erhalten?«, fragte Fuchs barsch.

»Nein. Aber die Informationen waren doch überall! Die Berichte aus dem Reichstag waren in den Zeitungen. Der Einbruch ins Labor! Wir wissen doch gar nicht, wo sich gerade welche Erkenntnisse weshalb befinden.« Sandor sah Seidel zerknirscht nicken und verbat es sich, erleichtert aufzuatmen.

»Das stimmt. Und ich will Ihnen natürlich weiter vertrauen. Aber wenn von den wenigen, die Ahnung von der Materie haben und auf unserer Seite stehen, welche mit den Anarchisten sympathisieren, wäre das katastrophal. Ich muss mich auf Sie verlassen können.«

»Das können Sie«, sagte Sandor. *Wenn die Demokratie nicht für alle da ist, dann müssen wir nachbessern. Macht neu verteilen.* Er sagte es sich, um das Gefühl loszuwerden, dass der Verrat an einem Kommissar kurz vor der Rente schwerer wöge als sein Idealismus für das große Ganze. Jiří würde das auch sagen.

»Ich schicke jedenfalls mal einen Wagen bei diesem Tristan und seinen Genossen vorbei«, sagte Fuchs an der Tür. »Vielleicht ist einer von ihnen genesen. Und von Ihnen, junger Genosse aus Tschechien, fordere ich mal die Akte an, falls Sie bei den Prager Kollegen schon eine haben.«

Tadelnd warf er Sandor einen Blick zu, der mit einem Lächeln erwiderte: »Mein Hausarzt ist Doktor Kučera in Prag. Mehr als eine Krankenakte werden Sie über mich wohl kaum finden. Ich war ein kränkliches Kind, häufiger Husten.«

Hinter diesem ironischen und, wie er hoffte, feingeistigen Lächeln ging ihm vor allen Dingen ein Wort durch den Kopf: *hovno* – Scheiße.

»Ich brauche von *Ihnen* vor allen Dingen eins«, polterte Nernst vom anderen Ende der Leitung in den Hörer. »Dass Sie hier wieder Ordnung reinbekommen! Mit Ihrer Arbeit von zu Hause kann ich herzlich wenig anfangen, und die Regierung drängelt.«

»Die Polizei fürchtet um meine Sicherheit, Professor Nernst«, sagte Nike mit einem Kloß Wut im Hals. Nernst war durchaus bereit, ihr Leben aufs Spiel zu setzen, solange sie ihm vorher genug an Ergebnissen zusammenstellte und eine Einkaufsliste fürs Labor erstellte. Hauptsache, die Herren von der Regierungskoalition konnten in absehbarer Zeit darüber schwafeln, wie sich Deutschland magisch aufrüsten ließ. Nike hatte weder Nernst noch Seldel von den Männern mit englischem Akzent berichtet. Wenn Letzterer wüsste, dass ausländische Agenten bereits die Augen nach ihr aufhielten, würde er sie wahrscheinlich einschließen. Sie wusste, dass sie sich kindisch verhielt, doch sie war noch nicht bereit, den letzten Rest ihrer

Freiheit der Sicherheit zu opfern. »Darüber hinaus brauche ich eine Adresse, um die von Ihnen gewünschte Ordnung in meine Unterlagen zu bringen. Ein Herr Lenz, Dieter … oder Dietmar, Kurs Thermodynamik von Professor Pfeiffer, hat eine wichtige Abschrift ausgeliehen.«

»Ich weiß wirklich nicht, wie ich an die Adresse eines Studenten rankomme!«, schnaufte Nernst enerviert durch den Hörer.

»Fragen Sie doch bitte Frau Steinert, sie kann die Adresse nachschauen«, seufzte Nike. Nernst hatte ihren Anruf sofort persönlich entgegengenommen, an einem Samstagvormittag. Sie fragte sich, was er im Büro tat.

»Sie meldet sich bei Ihnen.« Erst als er aufgelegt hatte, wurde Nike bewusst, dass er Frau Steinert nun vermutlich aus ihrem Wochenende in die Friedrich-Wilhelms zitierte.

Hauptsache, ich finde Lenz.
Und mit ihm – hoffentlich – Erika.

Sandor fand die Markov-Villa nur mit Mühe. Beim ersten Versuch lief er daran vorbei, denn der Eingang zum Anwesen war so unauffällig und das Gebäude lag so weit zurück, dass er nicht einmal die Musik und die Stimmen der Gäste bis zur Straße gehört hatte. Erst als ein Zweispänner mit einem elegant gekleideten Herrn am Kutschenfenster an ihm vorbeifuhr und direkt hinter ihm auf den Pflasterweg zwischen den Bäumen einbog, kehrte Sandor um und fand das schon bei Tag hell erleuchtete Haus. Er war nervös.

Er war sicherlich nicht angemessen gekleidet, obwohl er sich im KaDeWe noch etwas Neues gekauft hatte. Zum dritten Mal überprüfte er, ob alle Nadeln daraus entfernt waren. Er fand, der hellgraue Dreiteiler saß ziemlich perfekt dafür, dass er von der Stange war. Das schwarze Hemd war eine Konzession an seine anarchistische Weltanschauung. Dazu eine elfenbeinfarbene

Krawatte und im gleichen Farbton ein Hut aus eng gewobenem Stroh. Er straffte sich und schlenderte dann über den Weg zum Haus. Einige Autos standen aufgereiht am Weg, an ihren Motorhauben lehnten Chauffeure, rauchten und unterhielten sich. Die Kutsche wendete gerade um einen kleinen Teich herum und machte sich auf den Rückweg. Über die unsymmetrische Perlenkette der wartenden Autos hinweg bot sich Sandor nun die Markov-Villa dar. Er sah mit dem halb kundigen Auge zweier Semester Architektur, dass sie aus der Bausubstanz einer neoklassizistischen Villa entstanden war. Die Fassade mit rustizierten Steinen und gespiegelter Säulenoptik wurde mit neuartiger Beleuchtung zum Strahlen gebracht. Mit Blumenketten geschmückte Statuen verdeckten, dass hier und dort noch Stapel mit Baumaterial herumstanden und dass mindestens ein Gebäudeflügel roh und offen unter dem blauen abendlichen Himmel lag.

Am Eingang hieß ein Hausangestellter die Gäste willkommen. Sandor wurde von einer Liste abgehakt, förmlich begrüßt und in eine Eingangshalle mit zwei weiten Treppen eingelassen. Ganz oben krönten kleine Glasfenster die Kuppel und ließen etwas Himmel hindurchblitzen. In der Eingangshalle war der barocke Stil der Ursprungsvilla erhalten und bis ins Ironische überzogen worden: Barocke Groteskornamente, Stuckgebilde, sogenannte Bukranions, waren mit Goldlack überzogen. Fratzen grinsten Sandor frech von den kleinen korinthischen Säulen der Balustrade aus an. Er blinzelte, hin- und hergerissen zwischen atemloser Bewunderung und dem Impuls, über so viel Prunk zu lachen.

»Sandor! Endlich. Ich hätte fast schon eine Vermisstenmeldung aufgegeben.« Die Markova schritt die Treppe herab, in der Hand ein Champagnerglas. Sie trug ein klassisches Abendkleid in dunklem Grün, das clever geschnitten war: Zwischen den Lagen Stoff blitzte es immer wieder auf, als seien Diamanten eingenäht oder zumindest Glasperlen. Es reichte ihr bis zu den bloßen Füßen. Ihr Haar war aufgesteckt und eine runde goldgerahmte Brille, die sie sonst nicht trug, saß auf ihrer Nase und betonte ihre ebenfalls goldumrandeten Augen. Sie kam unten an, legte ihre Hände auf seine Schultern und deutete Küsse auf die rechte und linke Wange an.

»So schön, dass du hier bist. Und so chic.« Sie sprach es französisch aus, mit einem anderen i. »Schau dich einfach erst mal um, Häppchen und Getränke gibt es im großen Saal. Wir reden später. Und sei nicht zu schüchtern. Ich habe einigen schon von dir erzählt.« Sie lächelte herzlich, und Sandor wusste nicht einmal genau, warum er hier war und was sie anderen von ihm erzählt haben konnte. Sie rückte vertraulich seine Krawatte gerade, dann entließ sie ihn in den großen Saal.

»Ich habe jetzt die Adresse«, murmelte Nike in den Hörer. »Wenn du vorbeikommen würdest, könnten wir zusammen los.«

»Hoffentlich werden wir nicht wieder auf der Straße von zwielichtigen Gestalten angehalten«, sagte Georgette.

»Na ja, ich ziehe etwas anderes an, denke ich. Und … trage einen größeren Hut.«

»Ich bringe dir etwas mit.«

»Bitte etwas Angemessenes!«

»Ich weiß schon: lang, mausgrau, kein Ausschnitt. Damit du aussiehst wie eine Büroangestellte auf dem Weg in den Feierabend. Oh, warte. So was habe ich gar nicht«, sagte Georgette

Nike schwieg.

»Schon gut, schon gut. Ich bringe dir etwas mit, und du musst dir keine Sorgen machen, dass es unangemessen ist, mein Herz.«

Sandor aß Schnittchen mit Kaviar und trank einen Aperitif dazu. Auch der große Saal war kein Kind von Traurigkeit, aber weniger antik und sakral. Große, moderne Fenster gingen hinaus auf eine großzügige Terrasse in den Garten, beschattet von einem Balkon, der in beide Richtungen zeigte – nach außen ebenfalls in den Garten und nach innen als Empore in den Raum, auf der gerade eine Band ihre Instrumente stimmte.

Eine zierliche Frau in silbernen Pailletten baute eine Pyramide aus Champagnergläsern auf, um die sich nun die Partygäste scharten. Als sie fertig war, musste sie auf einen Hocker steigen, um von oben Champagner ins oberste Glas zu schütten, das überlief und weitere Gläser füllte, die wiederum überliefen und so weiter. Sandor betrachtete das Spiel von Licht und Glas und überschäumender Flüssigkeit vom Buffet aus. Die Gäste ahten und ohten, eine Frau klatschte begeistert in die Hände. Die junge Frau erhielt von einem Hausangestellten eine Flasche nach der anderen, bis alle Gläser voll waren – die meisten davon natürlich bis zum Rand.

»Das Zeug hat es mir ja nicht besonders angetan«, sagte jemand neben ihm. Der Mann trug einen schwarzen Smoking und sauber gescheiteltes dunkles Haar. Mit dem weißen Hemd darunter sah er wie jeder Zweite hier aus, aber er war, wie Sandor, Anfang zwanzig – und unterbot somit den Altersschnitt der Männer im Raum deutlich. »Aber was tut man nicht alles für seine Karriere.«

Sandor nickte und deutete mit dem Kinn auf das Schnittchen in seiner Hand. »Das Gleiche gilt dann wohl für den Kaviar?«

»Ja, manches isst und trinkt man vielleicht nur, weil man es kann, nicht, weil man es mag.«

»Ich bin Sandor.«

»Ah, der Name sagt mir was! Der ungarische Bildhauer, in den sich Renée verguckt hat, was?«

»Ich ... also ...« Unangenehm berührt machte sich Sandor auf die Suche nach einer schlagfertigen Erwiderung, fand aber keine.

»So meinte ich das nicht.« Kumpelhaft stieß der andere ihn an. »Sie schwärmt immer ganz besonders von den Nachwuchstalenten, die sie entdeckt. Anders als ihr Mann hält sie sich keine jüngeren Haustiere.«

»Bitte um Entschuldigung?«

»Das Mädel, das gerade den Champagner eingeschüttet hat, das ist doch seine Muse. Sie musste dazu allerdings vorher nicht an drei Universitäten studieren, er ist nicht so anspruchsvoll wie sie.«

»Ich habe nicht an drei Universitäten studiert.«

»Na, aber ich.« Der andere grinste.

Sandor sah noch einmal zur Muse, die Arthur Markov gerade ein Glas in die Hand drückte, der sie dankbar anlächelte.

»Meine Mutter war Ungarin. Ich bin Tscheche«, korrigierte Sandor noch, der auch zu Hause nicht selten auf seinen ungarischen Namen angesprochen wurde. »Sie kommt mir bekannt vor, ist sie Schauspielerin oder so?«

»Ich kenne sie nicht. Sie ist aber schon seit ein paar Wochen an seiner Seite.«

»Auf der Baustelle habe ich sie jedenfalls nicht gesehen.«

»Ah, dem Singenden Haus. Ein verrücktes Projekt, oder? Die Hülle eines Gebäudes hochzuziehen und dann flexible Decken dazwischen einzuziehen, die aufgehängt sind? Und dabei wollen sie die Stile ebenso vermischen wie hier in der Villa!«

»Sie sind Architekt, vermute ich?«, hakte Sandor nach.

»Ja. Professor Tessenow hat mit den Markovs an der Villa gearbeitet und somit auch ich.«

Sandor nickte, als würde ihm der Name etwas sagen, aber sein Gegenüber sah ihm die Ratlosigkeit an und schenkte ihm einen ironischen Blick. »Ich bin noch nicht lange in Berlin!«, rechtfertigte sich Sandor.

»Da vorn, er steht gerade mit einem Champagnerglas bei Bruno Taut.« Er wies mit dem Kinn auf einen bärtigen Mann Mitte fünfzig, der ein Glas an einen Mann mit rundem Gesicht und noch runderen Brillengläsern weiterreichte.

»*Der* Name sagt mir was. Soziale Projekte, oder?«

»Ja, ja, auch. Neues Bauen und so weiter, da geht es natürlich immer wieder um die Bedürfnisse der Massen. Ist bei Tessenow genauso, aber er sucht nach Reinformen, nach Urtypen, ein ewiger Streitpunkt mit den Markovs. Das hier ist Prunk vergangener Tage mit den Mitteln der Gegenwart neu inszeniert, nichts daran ist ›Reinform‹. Aber es ist ein Experiment, und Tessenow hat vor allen Dingen mitgemischt, um es zu widerlegen.«

»Was widerlegt man denn an einem Haus? Es steht, hat Wände, Fenster, die elektrische Beleuchtung ist phänomenal. Es ist ein Statussymbol. Urtyp hin oder her.«

Sein Gegenüber argumentierte nicht. »Ich finde auch, es wird zu viel über einzelne Gebäude geredet und zu wenig über das große Ganze. Einzelne Pilotprojekte sind uninteressant und werden uns allen herzlich wenig bringen, von ein bisschen Prestige mal abgesehen. Ich hole mir jetzt auch etwas von dem ekelhaften Gesöff. Kommst du mit?«

»Jetzt muss ich wahrscheinlich durchs Fenster aussteigen«, klagte Nike. »Wenn die da draußen mich so sehen, kriege ich polizeilich verordneten Stubenarrest.«

Georgette nahm etwas Abstand und maß Nike von oben bis unten mit einem Lächeln und einem kritischen Blick. »Flache Schuhe, falls wir es eilig haben. Der Rock bis übers Knie, wie es *angemessen* ist. Eine langärmlige, fransige Strickjacke mit einem Schal, den du dir notfalls noch ein Stück übers Kinn ziehen kannst. Und die Haare frisch gelegt. Dazu der Lidstrich und die nachgezogenen Augenbrauen – niemand erkennt dich mehr aus der Zeitung. Ich würde dich selbst nicht erkennen.«

Nike betrachtete sich im kleinen angelaufenen Spiegel neben der Tür ins Gästezimmer. Sie breitete hilflos die Arme aus.

»Wünschst du dir, ich sähe immer so aus?«, entfuhr es ihr dann gegen ihren Willen.

»Wie? Verkleidet?« Georgette, die auch ihren Tagesanzug gegen Rock, Bluse und hübsche, aber praktische Schuhe getauscht hatte, trat hinter sie und legte ihr die Hände auf die Arme.

»Nein. Angezogen wie … wie eine Frau. Also, *weiblich*. Weiblicher.«

»Hm. Setz dich.« Sie setzten sich auf das Sofa, auf dem Nike seit Dienstag schlief.

»Kleidung macht auf den ersten Blick unser Geschlecht klar«, sagte Georgette und sah dabei auf den unordentlichen Stapel, den Nike auf dem Stuhl abgelegt hatte. »Das hat für mich durchaus positive Seiten. Ich tarne mich während des Tages, und niemand würde diese Tarnung in Frage stellen. Und nachts kann ich mich mit meiner Kleidung freier ausdrücken. Gleichzeitig ist mir natürlich klar, dass Kleidung uns einengt. Frauen, die Hosen tragen, sind Abweichlerinnen. Nett, eine kleine Attraktion, aber sie sollen bitte dabei trotzdem noch verführerisch und vor allen Dingen für Männer und ihre Blicke da sein.«

Nike sah auf ihre Fußspitzen.

»Aber das mag ich so an dir, Nike. Du lässt nicht zu, dass sie deine Existenz auf ihre Blicke zurechtstutzen.«

»Ich glaube, ich weiß einfach nicht, wie es geht, eine Frau zu sein. Es ist, als müsste ich ein Auto fahren, obwohl ich bisher immer nur auf dem Beifahrersitz gesessen hab. Aber andere wissen es doch, *alle anderen* wissen es, und es ist wie eine … einzige große Verschwörung, an der ich nicht teilhabe!«

Georgette nahm ihre Hand und strich darüber. »Ich kenne das Gefühl. Mein ganze Jugend über dachte ich, man hat mir einfach nicht verraten, wie es geht. Ein Junge sein«, flüsterte sie. »Erst als mir im Studium in Sankt Petersburg eine Veröffentlichung des Sexualwissenschaftlers Magnus Hirschfeld in die Hände gefallen ist, begriff ich, dass ich nicht zwangsläufig einer Straße folgen muss, sondern dass ich wählen kann. Ich fühlte mich, als stünde ich plötzlich an einer Weggabelung.«

»Aber ich glaube, der zweite Weg würde mir auch nicht mehr zusagen«, sagte Nike dumpf.

»Vielleicht ist es gar keine Gabelung, sondern eine Kreuzung mit mehr als zwei Wegen. Ich finde, du bist schon ziemlich gut darin zu sein, wer du bist. Du weißt nur nicht, was das ist.«

»Weißt du es?«

»Nein. Aber das macht nichts.«

Nike schniefte und blinzelte Tränen weg. Sie würde sich noch den Lidstrich ruinieren, weil sie wirklich nichts von alldem richtig machte. Sie lachte über ihren eigenen Gedanken.

Georgette legte den Arm um sie. »Gehen wir raus und suchen Erika?« Nike nickte. »Es hat Spaß gemacht, dich zu verkleiden, Nike. Aber ich habe mich nicht in dich verliebt, um dir meine Sachen anziehen zu können.«

Nikes Herz flatterte albern, und sie hielt sich selbst davon ab, etwas Dummes zu sagen, indem sie Georgette küsste. Es wurde ein längerer Kuss als gedacht, aber dann standen sie beinahe gleichzeitig auf. Georgette sagte: »Lass uns gehen. Ob durch die Tür oder durchs Fenster: Ich mach alles mit.«

Nike drückte die Klinke herab und hoffte, dass ihre Mutter keinen Herzinfarkt bekam.

Rabea saß im Wohnzimmer und nähte. Sie war in Polizeibegleitung in ihrer Wohnung gewesen und hatte sich Kleidung, Gewürze und Arbeit mit zu Seidel genommen. Tatsächlich hatte die Polizistin in Erfahrung gebracht, dass Leute im Haus nach

Nike gefragt worden waren. Ob es Männer mit englischem Akzent gewesen waren? So oder so war es natürlich absolut folgerichtig, dass sie weiter bei Seidel blieben.

Nike blieb so im Flur stehen, dass sie Georgette vor dem Blick ihrer Mutter abschirmte.

»Wir gehen raus, Mama.«

Die Antwort war ein tiefes Seufzen.

»Es geht um eine Freundin. Ich habe mich zu meiner eigenen Sicherheit verkleidet.«

Jetzt hob sie doch den Blick, die gerunzelte Stirn wurde noch strenger zusammengezogen.

»Was ist das für Kleidung?«

»Ausgeliehen.«

»Du kommst mir wirklich nicht sehr erwachsen vor im Moment.«

»Ich komme spätestens morgen früh wieder. Du darfst dir erst um Punkt neun Uhr Sorgen machen.«

»Du bist leichtsinnig, Nike.«

»Ich muss einer Freundin helfen, Mama. Ich gehe nicht raus, um mich zu amüsieren.«

»Herr Kalinin, sagen Sie doch auch mal was«, forderte Mama.

»Ich passe auf sie auf, Frau Gamal«, sagte Georgette ruhig, trat zur Tür und hielt sie auf. Nike forderte sie mit Blicken auf, zuerst zu gehen, damit sie sich zwischen Mamas Blicke und Georgettes Kleidung schieben konnte, aber sie insistierte mit einem Lächeln, dass sie Nike die Tür aufhalten würde. »Auf Wiedersehen«, sagte sie dann artig, ging ruhig unter dem schweigenden Starren von Rabea in den Flur und schloss die Tür hinter sich.

»Ach, ihr beiden habt euch schon miteinander bekanntgemacht?«, fragte die Markova, als der junge Architekt und Sandor sich in einem losen Kreis aus wichtig aussehenden Leuten und Champagnergläsern wiederfanden.

»Ehrlich gesagt, haben Sie mir Ihren Namen noch nicht genannt«, sagte Sandor zu seiner neuen Partybekanntschaft.

»Oh, ich bin Albert.« Er streckte die Hand aus. »Und du kannst mich gern duzen, wir sind hier doch unter uns.« Er erntete wohlwollende Lacher der älteren Leute um ihn herum. Sandor nahm die Hand, schüttelte sie kurz und reichte dann auch Markovs Muse, die immer noch bei ihrem Mäzen untergehakt stand, die Hand.

»Sandor, sehr erfreut. Es kommt mir so vor, als würde ich Sie kennen, aber wenn, dann habe ich Ihren Namen vergessen.«

»Das ist Mara«, sagte Markov. »Meine Muse. Sie war schon mal auf der einen oder anderen Bühne zu sehen, vielleicht haben Sie sie mal auftreten sehen.«

»Möglich«, sagte Sandor unbestimmt und zog die Hand wieder zurück, an die Mara nicht mehr als ihre Fingerspitzen gelegt hatte. Er musterte sie erneut – das Gefühl, sie zu kennen, nagte unbehaglich an ihm.

»Aber jetzt verraten Sie mir doch mal eins, Albert«, sagte die Markova. »Sie waren doch noch in der vergangenen Woche mit ihrem Herrn Professor beim Singenden Haus. Und Sie kennen ihn doch gut: Ist er nicht insgeheim doch ein wenig beeindruckt?«

Der Mann, den Sandor als den Herrn Professor identifizierte – Tessenow –, lachte. »Haben Sie mit dem Herrn Speer jetzt etwa einen Spion an meinem Institut? Mein Blick darauf hat mir vor allem eins bestätigt: Sie und Ihr Mann bleiben Ihrer Form von

Idealismus treu, auf mein Wohlwollen legen Sie es weder an, noch benötigen Sie es.«

Die Markovs lachten. Sandor war irritiert von dem Maß an Nähe zwischen Markov und seiner Muse, aber in Berlin war eben alles ein bisschen anders, und offenbar hatte Renée kein Problem damit, dass diese Muse ziemlich wahrscheinlich auch die Gespielin ihres Mannes war.

Was ihn wiederum zu der Frage führte, ob Renée eigene sexuelle Begierden hatte, die sich vielleicht sogar auf ihn richteten.

»Was mich, ganz ehrlich, an Ihrer Suche nach dem Urhaus nicht abholt, Professor, ist, dass wir doch der Tatsache ins Auge sehen müssen, dass die Grundform einer menschlichen Behausung einfach nur ein Dach über dem Kopf ist. Wir könnten ein paar Jahrtausende Architekturgeschichte einfach verbrennen und vier Wände mit einem Dach drüber errichten. Aber wo bliebe da die Kunst?«, setzte die Markova zu einem neuen Angriff auf den Professor an.

»Das simplifiziert die Angelegenheit natürlich.« Tessenow schmunzelte. »Ihr Kunstverständnis scheint mir etwas gestrig zu sein, meine Liebe. Warum gehen Sie davon aus, dass eine Reinform des Hauses sich an der Vergangenheit orientieren muss? Ich will ja keine Bananenblätter gegen den Regen flechten wie unsere affenartigen Vorfahren. Vielleicht ist die Reinform noch nicht erreicht und etwas Zukünftiges? Für mich sind Nachahmungen der Antike einfach Verschnörkelungen, die uns vom Weg abbringen. Umwege. Die Geschichte der Architektur ist voller Umwege.«

»Zumal es natürlich jedem, der Grund und Boden besitzt, selbst überlassen sein kann, was er sich daraufsetzt. Ob stuckverzierte Villa oder Bauhaus-Glasexperiment, da will ich gar nicht urteilen. Aber solche Einzelprojekte sagen ja nichts über die Richtung aus, die das menschliche Leben in seiner Gesamtheit einschlägt«, fiel der Mann mit dem runden Gesicht neben

Tessenow ein. Taut, erinnerte sich Sandor. Albert und Tessenow tauschten Blicke, und die Markova lachte auf.

»Ein Abend, an dem Sie nicht über Ihr Lieblingsthema sprechen, Herr Taut.«

»Nun, wenn wir schon über menschliche Behausung reden, dann doch sicher nicht nur über Ihre?«, gab Taut spitzfindig zurück. »Sie sind eine privilegierte Ausnahme, und warum sollten wir zu viel Hirnschmalz darauf verwenden? Wir müssen in großem Maßstab denken.«

»Und die Grünflächen und Sportstätten in Quadratmetern pro Kopf für den einfachen Mann berechnen? Das langweilt mich«, stichelte Albert.

»Eine möglichst kostengünstige Form von Bedürfnisbefriedigung kann ja nicht der Weisheit letzter Schluss sein. Wenn alles immer schlichter wird, verschwindet die Magie des Lebens. Und gerade bei den Architekten sollten doch Wissenschaft und Kunst Hand in Hand gehen«, merkte Arthur Markov an.

»Ich stimme mit ganzem Herzen zu. Es wird meiner Meinung nach noch nicht genug darüber geredet, was wir mit diesem neuartigen Konzept erreichen könnten«, sagte Albert, und die Markova warf ihm einen wertschätzenden Blick zu.

»Das ist wahr, Albert«, betonte sie. »Stattdessen reden sie wieder vom Aufrüsten, als würden sie uns liebend gern den nächsten Krieg einbrocken. Dabei ist das ein internationales Projekt, an dem mehrere Universitäten beteiligt sind. Das heißt, wenn Waffen diskutiert werden, dann doch wohl international. Dann gibt es sofort ein magisches Wettrüsten. Ich wünschte, die Außenpolitik würde gar nicht erst die gierigen Finger danach ausstrecken. Nein, wenn wir uns als Nation hervortun wollen, dann doch, indem wir unser *Leben* verändern.«

Taut zuckte mit den Schultern. »Trotzdem. Wenn wir vom Wohnen reden, dann auch von jenen, die im Moment im Elend hausen. Ich bin skeptisch, was *das magische Wohnen* bringen soll, ehrlich gesagt fehlt mir da die Phantasie. Aber wenn schon, dann sollte es doch für alle verfügbar sein, oder wollen Sie sich als Nächstes ein magisches Luftschloss bauen? Einen Elfenbeinturm?«

»Ganz und gar nicht, Herr Taut! Wer weiß, wann das für unsereins zugänglich sein wird.« Sie bedachte Sandor mit einem langen Blick.

»Ich glaube, das wird künstlich einer Naturwissenschaftselite vorbehalten. Vielleicht sollten wir mehr darauf drängen, dass … interdisziplinär gedacht wird. Über die Politik darauf drängen, dass mehr Lehrstühle einbezogen werden. Und mehr Hochschulen. Dass die Technische nicht involviert ist bislang, ist unverzeihlich«, sagte Albert.

Tessenow wiegte den Kopf. »Ich glaube ehrlich gesagt, dass sie noch nicht annähernd so weit sind, wie sie uns glauben machen wollen. Ein paar zufällige, nicht zielgerichtete Versuche, passable Ergebnisse. Ob wir das bald in irgendeiner Form nutzen können, zudem im öffentlichen Raum – ich bezweifle es. Es klingt mir nach Spielerei.«

»Eine gefährliche Spielerei. Anarchisten haben bereits irgendwelche *Anleitungen* verteilt. Möglich, dass uns das alles bald um die Ohren fliegt«, murrte Albert.

»Ach, Tagespolitik«, seufzte die Markova, trank ein Glas aus und trat zur deutlich verkleinerten Pyramide, um sich ein weiteres zu holen. Sie brachte ein zweites mit und drückte es Sandor in die Hand.

»Erzählen Sie doch mal von Ihrem Raumkonzept, Sandor. Er ist ja kein Architekt, aber er hat interessante Ideen und … Tätigkeitsbereiche.« Sie lächelte, und ihn durchfuhr die Ahnung, dass sie allen erzählen würde, dass er an den Experimenten an der Universität beteiligt war.

Sandor räusperte sich. »Nun ja, die Frage ist, wie kann man die Phänomene auch für die Architektur nutzen? Bislang empfinden wir das Beleben toter Materie vor allem als bedrohlich. Wie diese Plakate mit dem jüdischen Golem in Berlin: ein Schreckgespenst, um den Massen Angst zu machen. Wenn ich mir ein Wohnkonzept überlegen müsste, bei dem es zu einem gewissen Grad möglich wäre, es zu … zu beleben, wäre es da nicht das Sinnvollste, auch unser Zusammenleben auf andere Weise zu denken? Stellen Sie sich vor, eine Stadt wäre wie eine … ein Bienenstock. Mit … wie heißen diese kleinen Sechsecke auf Deutsch?«

»Waben«, sagte Albert, und seine Miene verriet, dass er schon von der Einleitung nicht begeistert war.

»Waben. Wir besitzen alle unsere Waben, Räume, die wir innen gestalten können, wie wir möchten und wie es unseren Vorlieben entspricht. Aber was, wenn wir in der Lage wären, diese Waben zu bewegen?«

»Auf Hühnerfüßen?«, fragte Albert, und Markov lachte.

»Ich weiß es nicht! Aber die Konstrukte, die sich ergeben, wenn wir sie nach Belieben und Lebenssituation neu zusammenfügen, könnten eine wechselbare architektonische Herausforderung sein, der sich die Architektur zu stellen hätte. Menschen könnten im kleinen Kreis zusammenleben, später fortziehen, um ihren Raum einem größeren Raum Gleichgesinnter anzuschließen. Dann vielleicht eine eigene Familie gründen. Jeder Schritt im Leben eines Menschen hätte Einfluss auf seine Wohnsituation.«

»Mit einer wandernden Wabe.«

»Ich habe keine genaue Vorstellung, wie es aussehen würde. Es ist nur die Idee, dass sich der Wohnraum im Laufe des Lebens den neuen Gegebenheiten dieses Lebens anpassen könnte. Große Gemeinschaften, wenn man sie braucht. Kleinere, wenn man sich ins Privatere zurückzieht. Später im Alter vielleicht wieder in größere Gemeinschaften.«

»Bist du etwa Kommunist?« Albert stieß ihn grinsend mit dem Ellbogen an.

»Vielleicht bin ich Anarchist«, sagte Sandor und lachte, »oder das Flugblatt, von dem du sprachst, hat mich auf dumme Gedanken gebracht!«

»Und ob ich dann wohl ein bisschen mehr Luxus in meiner Wabe haben könnte? Hat Ihr Bienenstock eine Königin?«, fragte die Markova und stieß mit ihrem Glas gegen das seine.

»Irgendwer ist immer die Erste unter Gleichen«, sagte Sandor.

»Ich stelle es mir gerade vor. Das ist einerseits aufregend, andererseits beängstigend. Ein Umzug, bei dem lebendige Waben durch Berlin kriechen!«

»Vielleicht wandern sie durch die Erde, um sich neuen Gebäuden anzuschließen. Bilden organische Konstrukte«, spann ausgerechnet Tessenow den Faden weiter.

»Wenn Sie darüber nachdenken, Professor: Die Grundform des Hauses hängt doch mit der Grundform menschlichen Zusammenlebens zusammen«, sagte Taut, und Sandor fragte sich, ob sie ihn gerade verulkten oder tatsächlich Gedankenkonstrukte mit seinen Ideen formten. »Vielleicht ist es an der Zeit, die Kernfamilie zu hinterfragen?«

»Interessanter Gedanke!«, entgegnete Tessenow, und die Markova schlich sich von hinten an Sandor heran und zog ihn am Ärmel.

»Du machst mir noch Kommunisten aus den beiden Koryphäen«, murmelte sie vertraulich in sein Ohr und drohte ihm spielerisch mit dem erhobenen Zeigefinger. »Aber damit würde ich sagen, hast du deine Feuerprobe bestanden. Du scheinst nicht nur meine Phantasie anzuregen …«

Nike stand nach einer halben Ewigkeit im öffentlichen Verkehr mit klopfendem Herzen vor der Tür eines hübschen kleinen Einfamilienhauses in Spandau. Es war vielleicht zehn, zwanzig Jahre alt und befand sich am Ende einer schnurgeraden Straße mit kleinen Arbeiterhäuschen, die wiederum auf die Industriegebiete weiter draußen zuführte. Das Haus schmiegte sich an den Rand eines größeren Anwesens, das sicherlich irgendeinem Fabrikanten gehörte, aber auch Lenz' Familie gehörte recht eindeutig zum gehobenen Bürgertum.

Georgette ließ ihren kritischen Blick noch einmal schweifen. Alles war ruhig, als schliefe das Viertel bereits. Sie musterte auch Nike erneut von Kopf bis Fuß und nickte dann.

»Meinst du wirklich, dieser Lenz lebt hier noch? Vielleicht hat er längst eine Studentenbude in der Stadt?«

»Wir finden es nur raus, indem wir nett fragen, also los. Du redest. Ich gebe dir Rückendeckung.«

Nike fasste sich ein Herz und trat zwischen üppigen Blumenbeeten mit rasant gezüchteten Farben zur Haustür. Es gab eine elektrische Türklingel und einen Klopfer, doch sie entschied sich für die Klingel.

Im Haus hallte ein schriller Ton, und dann kläffte ein Hund. *Natürlich.* Nike zuckte zusammen. Sie mochte keine Hunde, weil sie im Kiez zwischen aggressiven halb verwilderten Kötern aufgewachsen war, und sie hatte die Erfahrung gemacht, dass die Hunde von reichen Leuten noch feindseliger waren.

Jemand rief den Hund zur Ordnung, dann wurde die Tür geöffnet. Eine dicke dunkelhaarige Frau um die sechzig sah Nike mit gerunzelter Stirn entgegen. Ihr wurde bewusst, dass die Dämmerung bereits eingesetzt hatte und sie unangemessen spät klingelten. Hinter den Hausschuhen der Frau kamen gefletschte Zähne zum Vorschein, die zu einem etwa kniehohen dackelartigen Pinscher gehörten.

»Was wollen Sie?«, fragte die Frau mit einem unverkennbar rheinländischen Einschlag.

»Mein Name ist Wehner«, sagte Nike. »Ich bin die Assistenz von Professor Pfeiffer, Lehrstuhl Physik. Wegen des Überfalls auf den Lehrstuhl brauche ich die Hilfe von Dietmar Lenz. Er hat noch eine Kopie, deren Original zerstört ist.«

»Oh, ich verstehe.« Sie stampfte sehr nah an diesen gelben Zähnen mit der Filzsohle auf und stieß ein »Platz, Willy!«, hervor, woraufhin der Dackel mit einem sehnsüchtigen Fiepen gehorchte.

»Dietmar!«, rief sie dann in die Tiefen des Hauses, bevor sie sich wieder Nike zuwandte. »Dann treten Sie doch kurz ein, wenn Sie mögen.«

»Ich warte gern draußen, vielen Dank«, sagte Georgette, während Nike das Haus betrat. Frau Lenz nickte und schloss die Tür zwischen Nike und Georgette.

»Ach, der Bub ist sicher wieder im Garten«, seufzte Frau Lenz und bat Nike mit einer Geste durch den düsteren Flur in ein Wohnzimmer, das von Eichenmöbeln gedämpft, aber auch von zwei großen Fenstern erhellt wurde. Die letzten Abendsonnenstrahlen schienen durch blank geputzte Sauberkeit hinein. Sie öffnete die angelehnte Tür in den außerordentlich gepflegten Garten.

»Dietmar!«, rief sie noch einmal und dann: »Eine Kollegin von der Uni!«

Der Garten wurde nach hinten von einer Buchenhecke begrenzt, vor der eine Gartenlaube kauerte. Die Tür öffnete sich, Lenz trat heraus und sah Nike alarmiert an.

»Danke«, sagte Nike an Frau Lenz gewandt und fragte sich, ob sie verstand, dass sie allein mit Lenz reden wollte. Und tatsächlich, die Frau zog sich bereits ins Haus zurück.

»Lenz, ich möchte nicht noch mal von vorn anfangen, wir haben schon geredet. Du weißt, wo sich Erika befindet. Ich würde mich sehr freuen, wenn ich mich mit Erika unterhalten könnte. Du siehst, dass ich ohne Polizei gekommen bin. Ich will ihr einfach nur helfen«, sagte sie so ruhig wie möglich und dann, ein bisschen lauter, so dass man es vielleicht auch in der Laube hören konnte: »Wir stehen auf derselben Seite. Versteckst du sie hier im Garten?«

»Nein!« Er packte ihren Oberarm, als wolle er sie vom Grundstück führen. »Bitte geh einfach. Mach dir um Erika keine Gedanken. Sie ist von der Bildfläche verschwunden, nach Hause zu ihren Eltern.«

»Ich brauche ihre Hilfe! Sie kann sich jetzt nicht drücken, nicht nach allem, was passiert ist«, stieß Nike hervor und riss sich los.

Plötzlich sprang die Tür zum Gartenhäuschen auf und krachte gegen die Außenwand, Erika hechtete daraus hervor, spurtete durch den Garten, stolperte halb in eines der Blumenbeete, stampfte quer hindurch und dann an der Flanke des Hauses vorbei nach vorn.

Emil folgte mit einiger Verspätung, aber immer noch schneller, als Nike reagieren konnte, rempelte den verzweifelten Lenz aus dem Weg und versuchte, Erika einzuholen. Diese war allerdings immer schon athletischer gewesen. Emil hingegen war in ziemlicher Auflösung begriffen, in langer Unterhose und einem Hemd, das ihm bis fast zu den Knien reichte, stolperte er hinter Erika her. Nike warf sich nach vorn und bekam sein flatterndes Hemd zu fassen. In einem Durcheinander aus schmerzhaften Ellbogen und Knien gingen sie beide zu Boden.

Dann hörte sie den Schrei von vorn. Sie ließ Emil nicht los, sondern packte sein Hemd am Kragen.

»Jetzt gib doch Ruhe, ich bin's – Nike! Ich will euch *helfen*, verdammt!«

In diesem Moment öffnete sich die Tür in den Garten erneut, und das Kläffen des Hundes wurde lauter.

»Nein, Mama, nicht!«, schrie Lenz, und Emil robbte verzweifelt weiter voran. Er war bartstoppelig und roch unangenehm. Nike ließ nicht locker, während das Bellen eine immer lautere Drohkulisse bildete. Schließlich gab Emil Ruhe, blieb schnaufend auf dem Rücken liegen, während Nike im Rock und mit zerrissener Bluse auf seiner Brust kniete. Sie konnte einen Blick am Haus vorbei in den Vorgarten werfen, wo Georgette Erika den Weg abgeschnitten hatte.

»Bitte!«, rief Nike. »Wir wollen einfach nur mit euch reden! Wir sind allein gekommen, nur Georgette und ich.«

Erika schaute sich um und wog ihre Möglichkeiten ab. Lenz tauchte hinter Nike auf, den Dackel am Halsband gepackt. Nike bekam Schluckauf vor Angst, etwas, das ihr nicht mehr passiert war, seit sie ein Kind war.

»Bitte halt diesen Hund zurück!«, stieß sie hervor.

»Ja, ja, natürlich, mach Platz, Willy!«, sagte Lenz streng, doch der Hund kläffte weiter.

»Vielleicht können wir irgendwo reden?«, rief Georgette.

»Ich muss erst mal meine Mutter beruhigen, bevor sie die Polizei ruft.« Mit hängenden Schultern und einem wütend-verwirrten Hund zog sich Lenz ins Wohnzimmer zurück.

»Vielleicht reden wir in eurer neuen Bleibe?«, fragte Nike, die nichts lieber wollte, als – erstens – von Emil herunter und – zweitens – eine Tür zwischen sich und Willy bringen.

Erika nickte besiegt.

»Tanzt man in Prag keinen Charleston?«

»Ich gehe selten tanzen, gebe ich zu.«

»Du scheinst mir aber der Typ fürs Tanzen zu sein«, sagte die Markova mit einem Lächeln. »Aber vielleicht auch nicht. Prag ist ja nicht so offen wie Berlin.«

»Was Charleston angeht?«

»Was Leute wie dich angeht.« Sie deutete auf ihre Füße, und Sandor versuchte, ihrer Anleitung zu folgen. »Als würdest du eine Zigarette austreten.«

»Verstehe, aber der Takt ist sehr schnell!«, sagte er atemlos und schwang dabei die Arme zu langsam.

»Ja, das muss schon geübt werden.« Sie trat auf ihn zu und griff seine Hände, um wenigstens diesen Rhythmus an den der anderen Tanzenden anzupassen. »Ich habe mich gefragt, Sandor, ob du urnisch bist.«

»Was heißt das?«

»Vom anderen Ufer.«

»Der Moldau?«, fragte er mit einem Grinsen. »Von hier aus gesehen? Das müsste ich in einem Atlas nachschlagen.«

»Ich verstehe, du umgibst dich mit Mysterien.« Seine Fußbewegungen fielen zu klein aus, aber er fand immerhin in den Vorwärts-Rückwärts-Takt des Tanzes. »Du erscheinst mir einfach viel zu kultiviert für einen Hetero.«

»Oh, das muss mein tschechischer Akzent sein«, gab er zurück.

»Der macht dich definitiv interessant.«

Sie legte ein paar Solotanzeinlagen an seiner Hand ein und erntete dafür wohlwollende Blicke und Applaus.

»Ist dein Interesse an mir etwa nicht nur beruflicher Natur?«, fragte er.

»Ich trenne Berufliches und Persönliches nicht.«

Die Band auf der Empore beendete das Stück mit einem Tusch, und hinter der Markova tauchte Albert auf, um sie zum Tanz aufzufordern. Sie zwinkerte Sandor noch einmal zu, sagte: »Nimm mir mein Interesse nicht übel«, und reichte Albert eine behandschuhte Hand. Es wurde zum nächsten jazzigen Musikstück aufgespielt.

Sandor wollte sich eigentlich noch einmal bei den Häppchen umsehen, als er bemerkte, dass Markovs Muse Mara allein am Rand der Tanzfläche stand – nur wenige Meter von ihm entfernt. Er schlenderte wie zufällig auf sie zu und nutzte die Gelegenheit, um noch einmal ihr Profil zu studieren.

»Wollen Sie tanzen?«, fragte er. Sie sah ihn ein wenig verlegen an, dann geisterte ihr Blick sofort zu Markov, der mit der üppigen Frau eines Freundes tanzte und dabei seine Hand unerhört tief wandern ließ.

»Vielleicht«, antwortete Mara endlich.

Ob sie mich auch für schwul hält? Vielleicht halten mich alle für schwul, schoss es ihm kurz durch den Kopf. Es war ihm eigentlich egal, trotzdem musste er den aufbegehrenden Stolz hinunterschlucken. Fragte sich sofort, was er tun konnte, um einen anderen, männlicheren Eindruck zu machen.

Die Markova will dich nur provozieren. Will, dass du ihr das Gegenteil beweist, flüsterte Jiří in seinem Kopf, und er sah ihn fast vor sich, grinsend, mit einer Zigarette im Mundwinkel. *Du wirst schon sehen. Du bist Formsand in ihren Händen.*

»Sie müssen schon ja oder nein sagen«, sagte er zu Mara, und diese nickte schließlich und nahm seine Hände. Er hatte keine Ahnung, welchen Tanz sie als Nächstes tanzten, aber sie übernahm unauffällig die Führung und ließ ihn trotzdem nicht miserabel dabei aussehen. Es machte Spaß, mit ihr zu tanzen, sich durch die anderen Paare zu schieben und dabei einen oder zwei Halbsätze auszutauschen. Irgendwann wagte er es: »Es kommt mir so vor, als würde ich Ihr Gesicht kennen. Dabei bin ich noch nicht lange in Berlin.«

»Vielleicht haben Sie mich auf einer früheren Party schon einmal gesehen?«

»Nein, das ist meine erste.«

»Dann verwechseln Sie mich vermutlich.«

»Sind wir uns vielleicht mal in einem Lokal über den Weg gelaufen?«

»Nein, ich denke nicht. Ich gehe im Moment nicht viel aus.«
»Außer heute.«

Sie lachte. »Ich bin ja gar nicht ausgegangen. Die Leute kommen zu mir nach Hause.«

Er schwieg kurz. Ihr Tanz stockte. »Moment, Sie wohnen hier?«

»Ich habe eine Art Anstellung hier.«

»Sie werden be…« Er unterbrach sich, weil die Frage nicht angemessen war. Sie lächelte nur und tanzte nun, als warte sie nur darauf, dass auch dieses Musikstück zu Ende ging. Da prallte sie plötzlich bei einem Schritt nach hinten an Markovs Brust.

»Na, mein Augenstern«, sagte Markov und legte ihr eine Hand auf den Oberarm. »Amüsierst du dich?«

Sie lachte, ohne zu antworten. Das Musikstück ging zu Ende.

»Jetzt bin ich wieder dran. Sonst kommst du mir nachher noch abhanden mit dem charmanten Herrn Sandor.«

»Černý«, murmelte Sandor und machte einen Schritt zurück, um die beiden nicht zu stören. *Wer bist du, Mara?*

Geradezu trotzig setzte sich Erika mit dem Rücken zur Tür.

Nike und Georgette saßen auf einer wackligen Gartenbank, die in der Laube stand. Die kleine Holzhütte konnte sich schon unter normalen Umständen nicht entscheiden, ob sie Aufenthaltsort oder Stauraum sein wollte. Gerade im Moment lag zudem Bettzeug auf einer alten Matratze am Boden, schmutziges Geschirr stapelte sich unter dem an die Wand geschobenen Tisch, und mehrere Flaschen rochen nach alkoholischen Getränken.

»Du bringst uns in Gefahr!«, warf Erika Nike vor.

»Ich bringe uns nicht in Gefahr, wir sind längst in Gefahr. Wir beide.«

»Und du hilfst ihr auch noch!«, fuhr Erika Georgette an.

»Weil sie recht hat, Erika«, sagte Georgette leise. »Wie lange wolltet ihr das denn noch fortführen?« Sie deutete vage auf die Matratzen.

»Hatte vor, wieder nach Hause zu gehen. Nach Zürich. Ich wollte nur, dass ein bisschen Gras über die Sache wächst. Will ungern an der Grenze eingesackt werden.«

»Na, das wirst du aber«, sagte Georgette. »Du wirst gesucht. Wegen dem Mord an Frölich.«

Erika starrte sie an, dann blinzelte sie heftig und presste schließlich die Fingerspitzen auf ihre Lider. Sie atmete stockend.

»Erika«, sagte Emil vom Rand der Matratze.

»Sei still!«, fuhr sie ihn an. »Kannst du mich nicht da rausboxen, Nike? Irgendwie. Du hast doch was mit der Polente zu tun …«

»Nee, wie soll ich das denn machen? Ich bin nur wissenschaftliche Beraterin!«

»Du kannst doch sicher Beweise verschwinden lassen.«

»Wie soll ich das denn machen, es gibt Fingerabdrücke, und dein Name steht jetzt in irgendwelchen Akten!« Nike spürte, wie Erikas Art an ihrem Geduldsfaden schnippelte. »Ich bin hier, weil ich deine Hilfe brauche bei diesen Todesfällen. Ich muss herausfinden, wer die Phänomene nutzt und warum! Ich bin nicht hier, um dir ein Alibi zu geben für einen Mord, der dir angehängt …«

»Wir kommen da nicht mehr raus, Erika, du musst es ihnen sagen«, fiel ihr Emil ins Wort.

»Halt den Rand«, pfiff sie ihn an, dann presste sie erneut die Hände auf die Augen.

Schweigen breitete sich aus.

Georgette seufzte schließlich. »Seid einfach froh, dass wir hier sind und nicht die Polizei. Und jetzt erzählt uns, warum ihr Frölich umgebracht habt.«

Nike klappte der Mund auf. Emil begann zu schluchzen, und Erika sah aus, als wolle sie ihn ermorden. Dann senkte sie den Blick.

»Ja, es stimmt. Wir haben den Kommunisten auf dem Gewissen«, sagte sie endlich leise. »Emil und ich.«

»Aber es war ein Unfall!«, beteuerte Emil. »Ein Unfall.«

»Ihr könnt es uns einfach erzählen«, sagte Georgette.

»Es war wirklich ein Unfall«, begann Erika. »Das müsst ihr uns glauben. Wir kennen Frölich gar nicht. Ich weiß nicht, was er und die Kleine mitten in der Nacht auf dieser Baustelle getan haben. Die waren plötzlich einfach da, und dann war's auch schon zu spät. Es war wie mit einem Auto, als hätten wir ihn totgefahren, weil er auf die Fahrbahn gesprungen ist, so war es doch, oder, Emil?«

Emil reagierte nicht, er hatte wieder zu schluchzen angefangen und zitterte. Nike vermutete, dass er zusätzlich zu seinem emotionalen auch noch ein Drogenproblem hatte.

»Der Frölich, wir wussten ja gar nicht, wer das ist. Jedenfalls ist er einfach da unten gestolpert, und wir waren mehrere Etagen weiter oben. Ich hab noch gerufen. Sie waren zu zweit, er und eine Trulla, ich konnte sie nicht erkennen. Er ist gestolpert, sie hat sich losgerissen, und dann haben wir alles stehen und liegen gelassen und sind losgerannt. Und als wir unten ankommen, hängt er dadrin, mit dem Gesicht. Das Experiment war schon vorbei, aber das Phänomen war noch nicht ganz verschwunden. Wir wollten nur noch ein paar Werte messen ...« Sie schwieg und starrte weiter an die Wand. Dann setzte sie noch mal an. »Er war sicher betrunken. Wollte da mit der Kleinen 'n Knopp machen, was weiß ich.«

»Habt ihr auch ... Frau Glose auf dem Gewissen?«, flüsterte Nike.

»Nein! Aber als du mit der Polente angerückt bist, da im *Framboises*, da haben wir Muffensausen gekriegt. Da ist uns klargeworden, dass wir abtauchen müssen. Wenn sie uns erst mal wegen der Glose drannehmen, dann werden sie schnell auch der Sache mit Frölich auf die Spur kommen!«

»Aber wenn es ein Unfall war, hättet ihr aussagen ...«

»Ja sicher, was meinst du denn, was passiert wäre, wenn wir

sagen, uns ist da jemand bei einem magischen Experiment weggestorben, war aber keine Absicht, 'tschuldigung!«

»Wir haben jemanden umgebracht, als wir mit geklauten Geräten rumgepfuscht haben«, flüsterte Emil. »Einen Politiker! Da hätten die 'ne große Sache draus gemacht.«

»Das heißt aber … es war einfach nur ein Unfall? Es gibt keinen Zusammenhang zwischen Glose und Frölich?«

»Es war einfach nur ein Unfall. Ein blöder, beschissener Unfall.« Emil wiegte seinen Kopf auf den Knien hin und her. Er klang dumpf.

»Genau das ist der Grund, weshalb wir in Laboren experimentieren und nicht auf Baustellen.« Nike konnte es sich nicht verkneifen.

»Wir haben Zaster damit gemacht«, stieß Emil hervor. »In den Varietés. Und für Aufträge. Es war einfach ein Auftrag.«

»Es war ein Auftrag? Von wem?«

Es klopfte an der Tür, Erika rückte ein Stück vor und ließ Lenz hinein.

»Ihr müsst gehen«, sagte Lenz wie ein gescholtener Dackel. »Es tut mir so leid, Erika.«

»Hat deine Mutter die Polypen gerufen?«, schnappte Erika.

»Nein, ich hab sie gerade noch so davon abgehalten. Aber sie hat gesagt, dass sie euch jetzt nicht mehr duldet.«

Erika stand auf und klopfte ihre Kleidung ab. »Ist schon besser so, Lenz. Danke für deine Hilfe.«

Erika sah sich in der Hütte um und packte dann wahllos ein paar zerknitterte Kleidungsstücke zusammen, knüllte sie in eine Tasche und stieß dann Emil an, der sich nicht rührte. »Komm, zieh dir endlich 'ne Hose und Schuhe an«, sagte sie in fast angeekeltem Tonfall. Georgette stellte ihre Umhängetasche ab und zog eine schwarze Perücke und eine neutrale Wollmütze hervor. »Ich hab euch für den Weg was mitgebracht.« Sie warf Emil die Mütze hin, eine Kopfbedeckung, die zu seinem restlichen abgerissenen Aufzug passte und ihn in einen Arbeiter verwandeln würde, wie es sie zu Tausenden in der Stadt gab. Erika sah die Perücke skeptisch an, strich sich dann den braunen Bubikopf zurück und setzte die schimmernde Haarpracht mit großer Selbstverständlichkeit auf.

»Wo wollt ihr denn hin?«, fragte Lenz.

Georgette seufzte. »Erst mal zu mir. Und versucht um Gottes willen, nicht allzu viel Aufmerksamkeit auf uns zu ziehen.«

»Willst du schon gehen, Sandor?«, fragte die Markova an der Tür.

Sandor sah zu den Fahrzeugen hinüber, in die Gästinnen und Gäste allein oder paarweise einstiegen. »Es kam mir so vor, als herrsche Aufbruchsstimmung.«

»Ja, die.« Die Markova wies mit dem Kinn auf den Weg. »Aber du bist noch auf ein letztes Getränk eingeladen. Wenn du willst.«

Er wollte eigentlich nicht. Die letzten Stunden waren kein Vergnügen gewesen. Albert war unausstehlich geworden, Mara unnahbar, und die Architektenelite schien ihn als Markovas dressierten Hund anzusehen. Und, zur Hölle damit, es war ihm egal. Er war nicht hier, um dieses Spiel mitzuspielen.

Die Markova schien ihm den Verdruss anzusehen. »Haben dir die Herren Professoren schlechte Laune gemacht? Es ist so ein Männerspiel«, sagte sie leichthin.

»Das musst du mir nicht erklären, ich bin selbst ein Mann«, sagte er, die Zunge vom Alkohol gelockert.

»Ich habe die Erfahrung gemacht, dass Männer so tief in diesen Verhaltensweisen drinstecken, dass sie manchmal ganz dankbar über meine Betrachtung von außen sind. Ich begebe mich auch oft genug in dieses Haifischbecken. Aber ich kann mich auch wieder daraus zurückziehen. Das können Männer nicht, ohne ihr Ansehen zu verlieren.«

»Welches Ansehen? Ich habe da nichts zu verlieren«, sagte er.

»Dafür hast du dich wiederum erstaunlich gut geschlagen. Kommst du noch auf einen Gin mit rein?«

Sie führte ihn am Festsaal vorbei, in dem noch einzelne Grüppchen standen und nicht von ihren Debatten lassen konnten. Die Treppe hinauf, in den ersten Stock, dessen Korridor ebenfalls barocken Charme hatte. Die abzweigenden Zimmer jedoch waren modern, mit langen hohen Fenstern. Er erhaschte einen Blick in Markovs Büro. Arthur stand mit Tessenow und Albert Speer um ein Gipsmodell auf einem Tisch, sie tranken eine karamellfarbene Flüssigkeit, wahrscheinlich Cognac oder Whisky. Von einem Sofa in der Ecke sah er nur ein Ende, darauf zwei Füße, einer davon noch in hochhackigen Schuhen, die er vom Tanzen erkannte. Mara lag auf dem Sofa. Sie hatte ziemlich viel getrunken.

Sandor ebenfalls. Die Markova führte ihn weiter. In einem kreisrunden Salon am Ende des Korridors führten maßgezimmerte Bücherregale in einer langsam ansteigenden Spirale in die Höhe. Zwei niedrige Polstermöbel standen vor dem Fenster. Der Ort hatte etwas Verwunschenes, Märchenhaftes.

»Komm rein«, sagte die Markova, und als er tat, wie ihm geheißen, griff sie an ihm vorbei, schloss die Tür und blieb dann ganz dicht bei ihm stehen. »Was ich eben beim Tanzen gesagt habe«, flüsterte sie, »das war nur mein loses Mundwerk. Ich bin Französin. Da redet man leichtfertiger über solche Dinge. Du musst mir nichts beweisen.«

Es geschah einfach wie von selbst, vermutlich hatte er sogar den ersten Impuls gegeben. Auf einmal küssten sie sich, an den durch die Bücherregale beinahe festungsartig dicken Türrahmen gelehnt. Sie legte ihre Hände an seine Wangen, er seine an ihre Taille. Ihr Körper war angespannt, unnachgiebig, sie drängte ihn regelrecht in die Ecke.

Du bist zu betrunken, sagte seine innere Stimme.

Hau ab, Jiří, erwiderte er.
Du musst ihr nichts beweisen.
Aber er wollte. Er war nicht hier, weil er die Markovs interessant fand. Er war hier, weil er die Markova interessant fand. Gefährlich. Erratisch. Sie konnte alles sein, sich alles herausnehmen. Er war hier, um ihr zu beweisen, dass er das auch tun konnte.

14
GERMANIA

> »Die Krankheit unserer heutigen Städte und Siedlungen ist das traurige Resultat unseres Versagens, menschliche Grundbedürfnisse über wirtschaftliche und industrielle Forderungen zu stellen.«
>
> **WALTER GROPIUS**

Es war schon spät, als sie in Georgettes Wohnung ankamen. Sie war ein wenig aufgeräumter als sonst. Erika nickte anerkennend.

»Schindest du Eindruck bei deiner neuen Freundin?«, fragte sie und setzte sich aufs Bett.

Auf dem Bahnsteig hatten sie nicht viel geredet, sondern sich im Schatten von Säulen herumgedrückt, Nike bei Emil und Georgette bei Erika, damit nicht die, die zusammen verdächtigt wurden, auch zusammen gesehen wurden. Zwei Schupos hatten einen Blick in ihre Richtung geworfen, die drei Frauen und den erschöpft aussehenden Mann aber nicht weiter verdächtig gefunden.

Emil ließ sich in den Sessel fallen. »Hast du was zu trinken?«

»Für dich? Wasser«, sagte Georgette abschätzig.

»Ach, komm schon, du bist doch sonst kein Kind von Traurigkeit, Schorschie«, jammerte Emil.

»Nike färbt ab, wa? Wie läufst du überhaupt rum, Nike, ist dein Anzug endlich durchgewetzt?«, stichelte Erika.

Nike reagierte nicht, aber Georgette blaffte zurück: »Nike hat sich eben verkleidet, um dich endlich zu finden. Du musst ihr keine Komplimente machen, aber vielleicht hältst du einfach dein Lästermaul.«

»Ich hab nicht drum gebeten, dass ihr mich sucht!«

»Ihr habt euch einfach aus der Verantwortung gestohlen!«

»Wir sind niemandem was schuldig! Pfeiffer nicht, Nernst schon gar nicht und auch dir nicht, Nike! Für Leute wie mich gibt es keine Gerechtigkeit! Wenn ich jemand anders wäre, könnte ich drauf hoffen, dass man uns davonkommen lässt, weil es ein dummer Unfall bei einem dummen Experiment war. Aber nicht bei mir! Für mich gelten andere Maßstäbe, weil ich *Jüdin* bin!«

»Und bei mir nicht?«, stieß Nike hervor. »Meinst du, du hast diese Erfahrungen allein gemacht? Meine Mutter und ich, wir sind dunkelhäutig!«

»Aus Ägypten, damit bist du doch in einer Liga mit Josephine Baker und Mata Hari!«

»Aus dem Studentenverband bin ich aber als Semitin rausgeflogen!«

Erika schnaufte. »Nike! Machen wir jetzt so weiter, wer wie wann schon Scheiße fressen musste?«

»Nee«, stimmte Nike zu und zwang sich zur Ruhe. Erika hatte diese Art, sie auf die Palme zu bringen. »Alles, was ich sagen will, ist: Da ist was im Schwange, das uns alle betrifft, die ganze Physik in Berlin. Pfeiffer ist tot, Nernst klüngelt mit der Politik. Die Nationalsozialisten haben die Phänomene wesentlich besser im Griff als wir. Und du bist die Einzige, die ich kenne, die kompetent genug ist, um dem was entgegenzusetzen.«

»Aber ich habe damit schon jemanden umgebracht. Wir.« Sie deutete vage auf Emil, der ein Glas Wasser von Georgette entgegennahm.

»Womit wir wieder beim Thema wären, hervorragend.« Georgette setzte sich neben Erika aufs Bett. Nike stand am Fenstersims und entschränkte die Arme. »Dieses Experiment. In wessen Auftrag habt ihr geforscht?«

»Ich weiß nicht, ob euch der Name was sagt, es ist ein Architektenpaar. Sie waren interessiert an den Aggregatzuständen von Baustoffen. Arthur und Renée Markov.«

»Männer«, seufzte die Markova und grinste spöttisch. »Ein paar Gläser Champagner und eine Nummer in der Bibliothek, und schon sind sie zu nichts mehr zu gebrauchen. Zieh dir vielleicht wenigstens wieder was an, wenn du hier schon ein Nickerchen machst.«

Sie beugte sich über ihn. Dieser Sessel war wirklich sehr bequem, und er zog sie zu sich herab. Sie küsste ihn. Alkohol und Müdigkeit sorgten für eine angenehme Schwere. »Dir fällt sicher ein, wie du mich aufwecken kannst«, murmelte Sandor. Ihre Hand wanderte in seinen Schritt, hielt aber vor den interessanten Stellen inne.

»Ich habe noch anderes zu tun.«

»Herrn Speer vernaschen?«

»Ich bitte dich. Albert ist nicht mein Typ. Ich muss bei den letzten Gästen nach dem Rechten sehen, die Musiker bezahlen und dem Personal sagen, was es heute noch wegräumen soll. Der Rest hat Zeit bis morgen.«

»Also kommst du wieder?«

»Bleib einfach hier, und ich sehe, was ich tun kann«, murmelte sie an seinem Ohr.

»Ich rühre mich nicht vom Fleck.«

»Aber zieh dir was an.«

»Hast du eigentlich einen eifersüchtigen Mann?«, fragte er und angelte träge mit dem Fuß nach seiner Anzughose. Ihm fiel auf, dass er noch sein Hemd trug, aber es war offen und ziemlich zerknittert.

»Machst du Witze? Wir sind zusammen ein unschlagbares

Team, aber im Bett haben wir andere Interessen.« Sie rückte an den Trägern ihres Kleids und überprüfte im spiegelnden Fenster einmal rasch ihre Frisur. Im Gegensatz zu ihm sah sie nicht besonders mitgenommen aus. Ihre Nylonstrumpfhose hatte eine Laufmasche, doch er wusste nicht, ob er daran schuld war. Sie ging und schloss die Tür hinter sich. Er legte dann den Kopf zurück und gähnte. Er hatte Durst und musste pinkeln, also zog er mit so viel Pedanterie, wie ihm in diesem Zustand möglich war, Weste, Jackett und Schuhe an und betrachtete sich ebenfalls im Fensterglas. Das Fenster ging zum Garten raus, draußen war es dunkel, nur ein Widerschein von der hell erleuchteten Auffahrt um die Ecke war zu sehen. Sandor warf dem Sessel noch einen letzten sehnsüchtigen Blick zu, dann horchte er an der Tür. Der Korridor schien still und verlassen. Er öffnete sie und sah hinaus. Eine Tiffanylampe auf einem Tischchen war die einzige Lichtquelle im Flur. Dicke Teppiche saugten das Licht geradezu auf. Die Decken waren hoch, und darunter schlängelte sich vergoldeter Stuck, der Falten warf wie ein Tuch. *Stein, der vorgibt, etwas anderes zu sein.*

Er tat ein paar Schritte und lauschte. Keine Stimmen aus dem Arbeitszimmer. Ob Mara noch wach war?

Nein, nicht Mara.

Marlene. Marion Heubeck.

Er hatte eine ganze Weile gebraucht, bis er Seidels Fahndungsbild und Markovs fremdbestimmte Muse zusammengebracht hatte. Aber sie war es, und das ließ nur den Schluss zu, dass Markov für ihr Verschwinden verantwortlich war. Und dass er ihren Vater unter Druck setzte.

Er fühlte sich wie ein Einbrecher, auch wenn Renée ihn selbst hier hinaufgeführt hatte. Mit klopfendem Herzen und trockenem Mund kam er schließlich am Arbeitszimmer an. Die Tür war geschlossen. Er sah erneut den Korridor hinauf und hinab. Von der Treppe hörte er Geschirrgeklapper. Keine Schritte. Er legte das Ohr ans Holz der Tür. Kein Laut. Langsam, langsam drückte er die Klinke herab. Die Tür war verschlossen.

Der Schlüssel steckte von außen. Mit angehaltenem Atem drehte er ihn im Schloss. Es klackte leise – dann öffnete sich die Tür, und Sandor schob sich langsam ins dunkle Arbeitszimmer. Das Sofa entzog sich seinem Blick, also gab er sich einen Ruck, trat durch die Tür und schloss sie rasch wieder hinter sich.

Seine Augen gewöhnten sich an die Dunkelheit – auch dieses Fenster wies in den Garten an der Flanke des Gebäudes. Hier war nur ein Schimmer der Laternen von vorn wahrzunehmen. Er tapste langsam voran. Auf der Chaiselongue schälten sich die Umrisse einer liegenden Gestalt aus dem Dunkeln. Marion, die eben nur noch einen Schuh getragen hatte, trug nun keinen mehr. Sie waren beide ordentlich neben das Sofa gestellt worden, jemand hatte zudem eine Decke über der jungen Frau ausgebreitet. Sie schlief und sah mädchenhaft, jung und gelassen dabei aus.

Vielleicht ist sie freiwillig hier. Vielleicht ist er einfach nur ihr Liebhaber, versuchte Sandor sich einzureden, dann fiel ihm die abgeschlossene Tür wieder ein, und er schluckte. Vorsichtig trat er noch näher und berührte Marion dann an der Schulter.

»Fräulein Heubeck«, flüsterte er. Sie murmelte schläfrig. Er rüttelte sie nachdrücklicher. »Marion! Wachen Sie auf!«

Sie wurde mit einem Ruck wach, schrie jedoch nicht auf. Sie hatte eine Fahne, die er trotz seiner eigenen wahrnahm.

»Marion, wir haben heute Abend getanzt. Ich habe Sie erkannt. Ich bin ein Freund von Georgette.«

Marion blinzelte. »Was?«, fragte sie benommen.

»Sie sind hier eingeschlossen. Sind Sie Markovs ... Gefangene?«

Sie schüttelte stumm den Kopf und sah sich mit einem Mal gehetzt um. »Gehen Sie bitte, ich weiß nicht, wovon Sie reden«, stieß sie dann hervor.

»Bitte, ganz ruhig. Ich werde gehen, wenn Sie das wollen. Sagen Sie mir aber noch: Soll ich die Polizei darauf aufmerksam machen, dass Sie hier leben?«

»Nein!« Und dann nach einer Pause: »Nein, so ist das nicht, ich …« Sie biss die Zähne zusammen, sah sich erneut um. Sie presste die Decke an ihre Brust und krümmte sich auf einmal zusammen. Er starrte sie an und begriff dann, dass sie weinte, aber entschlossen war, keinen Laut von sich zu geben und alle Tränen in sich zu behalten.

»Marion, ich glaube, dass Sie hier rausmüssen.«

Sie rang nach Luft, dann verging der lautlose Schluchzer, und sie sah ihn an, klarer als vorher. »Aber er beschützt mich«, wisperte sie. »Georgette hat dich geschickt?«

»Nein, ich bin zufällig hier. Aber Georgette sucht nach dir.«

»Arthur wird wiederkommen.« Sie zauderte.

»Wovor beschützt er dich?«

Sie schüttelte stumm den Kopf.

»Vor der Polizei?«, schoss Sandor ins Blaue. »Wegen … wegen Frölich?«

Ein erneutes Kopfschütteln, aber es war keine Verneinung. Es war der verzweifelte Versuch, seine Fragen abzuschütteln.

»Sie sind seine Gefangene. Ich stelle keine Fragen mehr, aber folgen Sie mir einfach. Bitte, es ist nicht richtig, dass er Sie hier einsperrt.«

Sie zögerte, ihre Kiefer mahlten. »Nein, nicht durch die Tür. Alle im Haus wissen, dass ich nicht gehen darf.«

Wut durchzuckte Sandor: Auch Renée musste das wissen. Vielleicht waren sie so ein bestialisch reiches Ehepaar, das glaubte, selbst Menschen zu ihrem Besitz machen zu können. Oder nur Arthur war so, und Renée war machtlos dagegen.

Kam sie dir denn machtlos vor?, spottete die Jiří-Stimme.

»Wie tief geht es hinter dem Fenster runter?«, fragte er.

»Da ist ein Balkon. Aber von dort aus – vier, fünf Meter bestimmt.«

Sandor trat mit einem unguten Gefühl im Magen ans Fenster. Er hatte keine Zeit, Seile aus Decken zu schneiden wie in einem Film!

»Aber da unten ist ein Teich«, wisperte Marion und folgte ihm, immer noch mit der Decke um sich gewickelt.

»Ein Teich?«

»So ein Fischteich. Nicht besonders tief, aber …«

Plötzlich erstarrte sie. »Da kommt jemand.« Sie packte seinen Arm. »Versteck dich!«

Er sah sich gehetzt um. Es gab keinen Schrank, nur ein paar Bücherregale und ein niedriges Bord mit Aktenordnern. Den wuchtigen Schreibtisch. Und den großen Tisch mit einem im Dunkeln liegenden architektonischen Modell aus Gips.

Da drunter?

Nein. Das war lächerlich.

»Auf den Balkon, los!« Er öffnete die Balkontür an ihrem Griff, sie verhedderte sich in dem schweren Vorhang, was ihn wertvolle Sekunden kostete. Kaum hatte Sandor Marion nach draußen auf den schmalen Balkon mit dem wuchtigen Steingeländer bugsiert, öffnete sich hinter ihm die Tür. Er konnte nur den Vorhang vorziehen, so dass Marions von der Decke umwickelte Gestalt verborgen war. Dann wandte er sich um. Arthur Markov stieß die Tür auf und starrte ihn aus dem Türrahmen überrascht an.

»Černý«, sagte er ausdruckslos. »Was machen Sie in meinem Büro?«

»Die junge Frau in Ihrer Begleitung hat von innen geklopft. Sie müssen sie aus Versehen eingeschlossen haben«, sagte Sandor mit einem Lächeln und fügte noch an: »Mara.«

»Tatsächlich? Das tut mir sehr leid, ich muss in Gedanken gewesen sein.« Er schien entschlossen zu sein, den Firnis des guten Gastgebers noch ein wenig intakt zu lassen. Das konnte Sandors Chance sein. »Was machen Sie dann noch hier drin?«

»Ich habe das Modell gesehen.« Sandor wies mit dem Kinn zum Tisch. »Es hat meine Neugier geweckt.«

Markov schaltete die Deckenlampen an.

»Dann hätten Sie sich aber doch das Licht anmachen können, wenn Sie schon spionieren«, sagte Markov mit gezwungenem Lächeln. Sandor klopfte das Herz bis zum Hals. Er holte tief Luft und legte vorsichtig eine Hand an die Tischkante. Er beugte sich über das Modell.

»Spione lassen das Licht traditionellerweise aus«, sagte er und erwiderte das falsche Lächeln. »Ganz schön bombastisch.« Er wies auf das Modell auf dem Tisch, obwohl er bisher keinen Gedanken daran verschwendet hatte. Er zwang seinen Blick darauf, konnte ein Modell des Singenden Hauses erkennen, aber es war klein. Unmöglich klein.

»Interessanter Maßstab«, sagte er und hoffte, dass bei Markov das Ego über den Argwohn siegen würde. Tatsächlich schlenderte er näher, doch sein Gang hatte etwas von einem pirschenden Raubtier.

»In der Tat. Wer in Berlin etwas auf sich hält, denkt lange schon nicht mehr in einzelnen Gebäuden. Wir versuchen doch alle, uns in großen Visionen zu übertrumpfen. Das Umdenken des städtischen Raums. Das Umgestalten ganzer Straßenzüge, ganzer Stadtteile. Unser Leben muss sich ändern. Wir stehen an der Schwelle zu etwas Neuem.«

»Also ist das hier Ihr Konzept zum sozialen Wohnen?«, mutmaßte Sandor und fand sich langsam in die Situation. Wenn Markov nur nicht merkte, dass die Balkontür nur anlehnte und Mara draußen hockte!

Markov lachte knapp und wenig belustigt. »Das soziale Wohnen, das ist ein Tisch, an dem es nichts zu beißen gibt und um den schon genug hungrige Architekten hocken. Und mit den Roten zu schmusen liegt uns nicht.«

»Mit wem schmusen Sie denn?«, fragte Sandor und sah erneut auf das gewaltige Modell, das den ganzen Tisch bedeckte. Ihm kam da ein Verdacht.

Das Singende Haus war sein Anhaltspunkt, um sich die schneeweiße Stadt zumindest ansatzweise zu erschließen. Von dort folgte er mit den Augen der gut erkennbaren Bahnlinie. Das Modell auf dem Tisch schnitt eine Scheibe aus Berlin, grob von Süden nach Norden, hob dabei einzelne Gebäude mit kreisrunden Plätzen hervor und führte mit Unter den Linden eine Prunkstraße zu einem riesigen tempelartigen Gebäude in Berlin-Mitte. Einige der neoklassizistischen zusammengewürfelten Prunkbauten aus Wilhelminischer Zeit säumten die Straße nach wie vor, doch es gab auch eine Säulenreihe mit gespiegelten eckigen Bauten, die Sandor nicht erkannte.

»Wir schmusen mit niemandem. Das hier ist nur eine Idee. Das Konzept für eine neue Stadt.«

»Dafür müssten Sie ganz schön viel abreißen lassen.«

»Man wird sehen, was davon umsetzbar ist.«

Sandors Augen suchten die Mietskasernen und fanden sie nicht. Sie waren durch Blöcke ersetzt worden, die konzeptionslos wirkten, ohne ausgearbeitete Details. Er beugte sich vor, das vorgetäuschte Interesse wandelte sich langsam in echte Neugierde. Manche Details schienen ihm unverhältnismäßig, wie die fingerkuppengroßen Menschen auf einem großen Platz, die aufgereiht dastanden.

»Visionen leben davon, dass jemand sie *sieht*. Sie müssen nicht vollständig umgesetzt werden«, sagte Markov. »Tun Sie mir einen Gefallen, junger Mann. Unter dem Tisch ist ein Schalter. Ungefähr da, wo Sie stehen. Schalten Sie ihn an.«

Doch bevor Sandor ihn fand, öffnete sich die Tür erneut. Der Vorhang bauschte sich einmal verräterisch im Luftzug, doch Markov hatte sich umgewandt. Renée trat ein.

»Was macht ihr denn hier?«, fragte sie mit ihrem strahlendsten Lächeln.

»Ich zeige dem jungen Herrn Černý unser Modell.«

»Oh, wie kommt's?«

»Er war offenbar … interessiert. Ich habe ihn hier vorgefunden.«

Renée hob eine fein nachgezogene Augenbraue und sah Sandor an, richtete ihre Frage aber dennoch an Arthur. »Hier? In deinem Büro?«

Sandor bemühte sich um ein Lächeln. »Mara war aus Versehen eingeschlossen. Da der Schlüssel steckte, habe ich ihr die Tür geöffnet. Und dabei das Modell gesehen. Aber ich bin zu neugierig geworden, und ich bitte dafür um Entschuldigung.«

»Nein, Sandor, das musst du nicht.« Sie trat an den Tisch, tastete mit einer Hand darunter und fand den Schalter, den Sandor vergeblich gesucht hatte, sofort. Licht aus dem Inneren der Gipsgebäude erhellte das Modell, ließ sie weiß schimmern. Etwas begann unter dem Tisch zu summen, ein Trafo oder etwas Ähnliches. »Entschuldigen muss man sich doch nur, wenn einem wirklich etwas leidtut.«

Er lachte. Sie lachte auch.

Ich bin tot, dachte er. *Jetzt bin ich tot.*

»Was sagst du zu unserem Großprojekt?«

»Es ist eine beeindruckende Vision«, wiederholte er lahm und wagte noch einen Blick auf diesen großen Platz voller Figuren. Alle hatten beide Arme erhoben. Erst jetzt wurde ihm bewusst, dass der Maßstab vielleicht doch korrekt war. Wenn es sich um übermenschengroße Statuen handelte. Sie standen einfach auf diesem Platz wie ein preußisches Bataillon. Hunderte davon. Ohne viele Details, aber doch klar erkennbar.

»Und ich werde alles dafür tun, dass sie Wirklichkeit wird«, schnurrte die Markova. »Kompromisslosigkeit ist der einzige Weg in *diese* Stadt.«

»Ist das denn Berlin?«

»Ach, Berlin. Das kommt aus dem Slawischen und heißt Morast, wusstest du das? Berlin ist ein Moloch. Die drittgrößte Stadt der Welt, nicht durch Ehrgeiz oder weltbewegende Architektur, sondern durch *Eingemeindung*.« Sie wischte mit ihrem Finger eine Staubflocke von der Kuppel des überdimensionierten, tempelartigen Gebäudes in der Mitte des Tisches. »Diese Stadt hier heißt Germania.«

Sandor nickte. Das Singende Haus ragte direkt vor ihm auf, nicht höher als seine Hand. Es bildete den äußersten Punkt des langgezogenen Rechtecks aus Stadtpanorama. Er zwang sich zu einem Lächeln.

»Klingt passend für die Hauptstadt des Deutschen Reichs. Prag bedeutet übrigens ›Schwelle‹, Praha, aber ich bin mir nicht sicher, warum.« Er ging auf Markov zu und wollte ihm zum Abschied die Hand geben. »Ich danke Ihnen beiden sehr für den gelungenen Abend. Es hat mir großen Spaß gemacht.«

»Warte«, schnurrte die Markova. »Du hast sicher noch Fragen.«

Seine Gedanken rasten. Er blieb unentschlossen stehen, gefangen im Spannungsfeld zwischen Balkontür und Zimmertür.

»Ich habe zu viel getrunken für Fragen«, gestand er.

»Sandor«, seufzte die Markova. »Du kannst die Maske jetzt fallen lassen. Du bist in mein Haus gekommen, du hast meine Freundlichkeit und meine Einladung ausgenutzt, um dich hier im Auftrag der Polizei umzusehen. Und jetzt hast du gefunden, was du suchst. Wo ist Marion?«

Markov sah sie überrascht an, doch sie stand mit dem Rücken zu ihm. Sandor schluckte. Er widerstand dem Drang, Richtung Balkontür zu blicken.

»Ich weiß nicht, von wem du redest. Oder sprichst du von Mara?«

Sie lachte freudlos. »Ach, Sandor, ich hatte wirklich gehofft, einmal Glück mit meinen Verbündeten zu haben. Aber deine kleinen nervösen Lügen langweilen mich.«

»Ich lüge nicht!«, beteuerte er. *Zum Balkon und einfach runter in den Teich*, schrie er sich selbst an, doch der Teil von ihm, der seine Bewegungen steuerte, reagierte nicht.

»Du bist wie ein Stein auf meinem Weg. Und ich bin Architektin und baue Dinge aus Steinen.« Sie ging von Sandor zur Chaiselongue. Markov stand jedoch immer noch im Durchgang zum Flur. Sandor streckte beschwichtigend die Hände aus.

»Ich habe nichts gesehen außer ein Modell, das ich nicht verstehe, und eine Frau, die offenbar die Geliebte deines Mannes ist. Ich glaube nicht, dass das für die Polizei von Interesse ist.«

»Ach, Sandor.« Sie hielt an einer kitschigen Säule inne, auf der etwas Verhülltes ruhte. Sie zog am Zipfel des Tuchs. »Ich habe immer gehofft, dass ich von euch noch etwas lernen kann, aber meist läuft es so ab, dass ich Unwissenheit vorspiele, damit ihr euch besser fühlt, und für mich nichts dabei rumkommt. Ich denke, ich habe von dir alles, was ich brauche, und das war nicht gerade viel. Ein bisschen Gerede und eine kleine Demonstration. Wirklich, Sandor, ich hätte gern mehr von dir gelernt, aber ich glaube, das Risiko, das ich dann eingehen würde, wäre zu groß. Das war schon bei dem Nazipaar so, am Ende waren sie mehr Ärger als Hilfe. Sie wollten sogar meine Erkenntnisse für ihre eigenen Leute *stehlen*. Kannst du dir das vorstellen? Die Luft hier oben ist kalt und dünn, und sie reicht nur für wenige.«

Markov schloss die Tür hinter sich. Der Schlüssel knackte im Schloss. Dann ging er auf den Tisch mit dem Modell zu, der Trafo summte weiter und schien seine Tonlage zu ändern.

Scheiße. Das ist nicht einfach nur Beleuchtung.

Markov drehte mit zwei Fingern am Modell des Singenden Hauses, und ein Metallstab schraubte sich daraus hervor. Er ließ ihn los und betätigte einen weiteren Schalter unter der Tischplatte. Wie bei einer Teslaspule wanderten winzige blaue Blitze über den Metallstab. Sandor verlor wertvolle Sekunden, indem er darauf starrte. Die Markova zog mit einem theatralischen

Ruck das Tuch von der Statue auf der Säule. Es war der Oberkörper einer jungen Frau ohne Arme und mit nackten Brüsten. Und dem schlangengekrönten Haupt einer Medusa.

»Was …«, begann Sandor.

»Ich hätte dich gern noch als Spielzeug behalten, aber du hast dich als gleichzeitig zu dumm und zu clever erwiesen.« Die Markova seufzte, als täte es ihr ernsthaft leid.

Sandor ging rückwärts Richtung Balkontür.

»Na, nicht doch. Du willst doch nicht gehen, ohne dir mein Kunstwerk angesehen zu haben?«, fragte die Markova und richtete die Büste so auf ihn aus, dass das wütende Frauengesicht ihn mit leeren Augenhöhlen fixierte. »Ist sie nicht schön?«, fragte sie leise. »Mein erstes richtiges magisches Kunstwerk.«

Und damit nahm sie etwas vom Sockel und legte es in die Augenhöhlen der Statue. Es blitzte im Licht des funkensprühenden Gipsmodells auf – Glasaugen. Der Trafo heulte auf, und ein Blitz sprang quer durch den Raum in die Augen der Frau aus Zorn und Schlangen. Mit einem Knall warfen die Augen ihn zurück, doch nicht in Markovs Richtung, sondern auf Sandor. Er hob die Hand vors Gesicht, stolperte …

… wurde getroffen.

… wurde gepackt.

Mit Krachen, Splittern, plötzlichem, heftigem, *schwerem* Schmerz prallte er in die halb offene Tür – Glas splitterte, der Blitz sprang auf den Vorhang über –, gegen Marion, die ihn aus dem Gleichgewicht gebracht hatte, und schließlich gegen das steinerne Geländer.

Dann kam der Schmerz, der alles ausfüllende, gedankenvernichtende Schmerz.

Er hatte angenommen, dass die magische Versteinerung schnell und schmerzlos für Frau Glose vonstattengegangen war. Als der Blitz aus den Augen der Medusa eingeschlagen war, hatte es sich angefühlt, als wäre die Hand in eine industrielle

Presse geraten, die ihm jeden einzelnen Fingerknochen brach, nein, nicht nur brach, sondern Knochen, Fleisch, Blut, Sehnen, alles innerhalb eines einzigen Wimpernschlags zu einer einheitlichen Masse zermalmte und wieder in die Form einer Hand goss. Sandor hörte sich schreien, es war ein Laut voller Entsetzen darüber, dass etwas so qualvoll sein konnte. Dann wurde der Schrei schriller, er verlor die Orientierung und stürzte. Und dann kam der Aufprall in seichtem Wasser, Schlamm, Schleim und Dunkelheit. Ein Körper prallte neben ihm auf, mit den Beinen auf seinem Bein, ein viel kleinerer, unbedeutenderer Schmerz schoss ihm durchs Knie, er hörte nicht darauf. Sie kämpften sich beide auf alle viere. Marion und er – im Fischteich, sie hatte ihn gezogen, er hatte das Gleichgewicht verloren, oder hatte sie ihn gestoßen? Es war dunkel, aber über ihnen: Flammen! Er sah nicht klar, der Verstand von der Höllenpein in seiner rechten Hand vernebelt. Er hatte aufgehört zu schreien, irgendwie, aber seine Kiefer arbeiteten mahlend. Der Vorhang brannte, Renées Stimme schrie etwas.

»Komm, komm weiter!«, flehte Marion ihn an. Sie rappelte sich auf, aber seine Hand ... seine Hand war so schwer, bettete sich in den Schlick am Grund des Teichs, als wolle sie dortbleiben. Ihm wurde eiskalt. Marion zerrte an seiner Schulter herum. Er hob die Hand an. Sie war nicht findlingsschwer, aber so schwer wie ein handgroßer Stein.

»Hoch mit dir!«, bettelte sie, und er brachte sich mit einem Stöhnen auf zitternde Beine. Im Widerschein des Feuers betrachtete er seine Hand, die aus geädertem Stein bestand wie Marmor oder Alabaster. Seine Knie knickten beim Anblick ein, seine Kehle war so zugeschnürt, als wäre auch sie versteinert. Er rang nach Luft, aber da war nur Galle. Sie stemmte sich unter seinen anderen Arm.

»Bitte«, flehte sie. »Wir müssen hier weg!«

Kurz bevor die Angst sie überwältigte, kurz bevor sie ihn losließ und um ihr eigenes Leben rannte, fing er sich. Er sah es in ihren Augen, fühlte es am Druck ihrer Hände um seine Hüfte und seinen Arm. Er tat einen Schritt. Und dann noch einen. Bis sie in der Dunkelheit der Nacht verschwanden.

»Die Markovs haben auch versucht, sich über Nernst an Sandor und mich heranzuschmeißen. Und soweit ich weiß, trifft Sandor sich ab und zu mit ihr, lässt sich ein bisschen von ihr verhätscheln.«

»Die hat es faustdick hinter den Ohren«, knurrte Erika. »Diese kontrollsüchtige Furie. Sie hat uns beauftragt, das Experiment in der Baustelle durchzuführen. Sogar die Uhrzeit hat sie bestimmt.«

»Es ist doch gar nicht ihre Baustelle, oder habe ich das falsch im Kopf?«, fragte Georgette. Nike schüttelte den Kopf. »Nein.«

»Sie hat den Ort jedenfalls ausgesucht und auch unsere Ausrüstung transportieren lassen.« Erika zuckte mit den Achseln. »Letztlich war das ja nichts Verbotenes, außer dass das Zeug aus der Uni stammte.«

»Aber dann hatte die Markova etwas damit zu tun, dass Frölich sich auf die Baustelle verirrt hat? War sie die Frau an seiner Seite?«

»Nein«, sagte Georgette dunkel. »Das war Marlene, oder?«

Die beiden tauschten Blicke. »Würde passen.«

»Frölich, Marlene und die Markova waren in dieser Nacht auf derselben Feier. Auf der ist … etwas passiert. Ein Phänomen, das zwei Leute von der SA auslösen können; eine Beeinflussung der Stimmung, eine gewaltige Angst. Danach wurde die Feier aufgelöst. Frölich ist mit Marlene geflohen.«

»Aber warum sollte Marlene Frölich auf die Baustelle führen?«, flüsterte Erika.

»Weil sie Geld dafür bekam? Dazu gezwungen wurde? Es kann jedenfalls kein Zufall sein!«, murmelte Georgette. »Wann habt ihr Markova wiedergesehen? Nach der Nacht?«

»Sie hat am nächsten Tag wieder Kontakt aufgenommen. Sagte, sie wisse, dass unser Experiment ein unglückliches Ende gefunden habe. Sie ... sie hat uns damit erpresst.« Erika ließ die Schultern hängen und starrte in ihr leeres Glas. »Hast du vielleicht Kaffee? Kann ich einen Kaffee haben?«

»Gleich«, sagte Georgette streng. »Wie hat sie euch erpresst?«

Erika wand sich. »Wollte dies und das. Dass wir sie an Experimenten teilhaben lassen. Ihr Ergebnisse zeigen. Unterlagen abschreiben.«

»*Meine* Ergebnisse?«, fragte Nike empört.

»Auch, ja. Es war ja nicht viel.«

»Es ist der theoretische Unterbau, Erika!«

»Ja, ja. Ich glaube allerdings, sie wussten das alles schon. Die zaubern, Nike, und nicht zu knapp. Sie sind richtig weit, weiter als wir alle!«

»*So etwas weißt du und verkriechst dich mit dem Wissen in Lenz' Gartenlaube?*«, brachte Nike hervor.

»Sie hat uns erpresst, Nike! Sie hat gesagt, wenn wir ihr nicht helfen, sorgt sie dafür, dass wir für den Frölich-Mord angeklagt werden!«

Jetzt mischte auch Emil sich ein: »Wir sind ja denn auch abgehauen! Untergetaucht! Wir hatten eine Scheißangst vor der Frau, und als die Polizei dann durch die Glose-Statue auf uns aufmerksam geworden ist, konnten wir einfach nicht mehr. Also sind wir abgetaucht!«

»In Lenz' Gartenhaus«, sagte Georgette spöttisch. »Ihr hättet euch an mich wenden können.«

Erika schüttelte nur den Kopf.

»Lenz ist einfacher zu manipulieren, was?«

»*Du* manipulierst, Georgette!«

Georgette stand abrupt auf. »Red dir das ein. Du hättest uns eine Menge Schererein erspart, wenn du gewusst hättest, wer wirklich deine Freundinnen sind. Ich mache Kaffee.«

Unausgesprochenes stand so fühlbar zwischen ihnen, dass Nike überrascht innehielt. Was wusste sie schon wirklich über Georgette? Mit einem unbehaglichen Gefühl von Eifersucht sah sie ihr nach, wie sie im winzigen Nebenraum der Küche Wasser aufsetzte.

»Schorschie interessiert sich doch auch nur für uns, weil sie ihre eigenen Experimente zur Magie anstellt. Sie will uns zeigen, dass wir es falsch machen. Der Sache ihre eigene Ideologie aufsetzen.«

»Kaum mache ich dir Kaffee, höre ich dich flüstern«, knurrte Georgette aus der Küche.

»Nike ist doch ein gefundenes Fressen für deine Theorie von der *universellen Magie*, oder nicht? Wenn du es geschickt genug anstellst, kannst du deine halbgare Agenda über Nike in die Forschung einfließen lassen.« Erika schnaubte. »Und darauf kommt's dir doch an, oder warum hast du sonst was mit Herrnfräulein Wehner laufen? Sie ist doch gar nicht dein Typ.«

»Was soll das?«, rang sich Nike durch zu fragen. »Warum machst du das?«

»Weil es wahr ist! Nike, wir haben genug herumexperimentiert: Was Georgette allein vorhat, kann für ein paar schwachbrüstige Zaubertricks funktionieren, wenn man ein schräger Vogel ist wie sie, aber es würde uns meilenweit zurückwerfen. Magie ist nun einmal dualistisch.«

»Wissenschaft und Kunst.«

»*Männlich und weiblich*, Nike. Glaub mir, ich hab mit Emil so einiges auf die Beine gestellt, und wir wissen alle, dass ich nur eine mäßige Wissenschaftlerin und er nur ein dahergelaufener Straßenkünstler ist. Auch die magische Welt teilt sich in männlich und weiblich. Alle jahrtausendealten Aufzeichnungen belegen das! Und Georgettes Problem ist nicht, dass sie nicht weiß, wohin sie gehört. Sondern, dass sie nie lange genug mit jemandem zusammenarbeiten kann, weil sich alles in ihrem Leben nur um sie selbst dreht.«

Sie schwiegen, bis der Wasserkessel leise zu summen begann. Georgette stand im Durchgang zur Küche und sah betont ausdruckslos herüber.

»Ich weiß nicht, was zwischen euch vorgefallen ist«, sagte Nike. »Und ich will es auch gar nicht wissen. *Du* hast Frölich auf dem Gewissen. *Du* hast Ergebnisse von *mir* an die Markovs weitergegeben.«

»Und *du* hast mir gesagt, dass du uns nicht der Polizei auslieferst!«

»Und das werde ich auch nicht tun, Erika. Bevor wir wussten, dass du irgendetwas mit Frölichs Tod zu tun hast, haben wir fast alle magischen Vorfälle der letzten Wochen auf einen gemeinsamen Nenner bringen können: Frölich war in Sozialbauprojekte involviert. Marlene könnte die Tochter von Heubeck, dem Baulöwen, sein, der mit dem Verschwinden seiner Tochter erpresst wird. Eine Vermieterin auf dem Prenzlberg wurde magisch beseitigt. Das angsteinflößende Phänomen ist das Markenzeichen von zwei Leuten von der SA, die auf der Markov-Baustelle zu Tode gekommen sind. Wenn die Markovs in eure Experimente verwickelt waren, muss die Polizei das erfahren!«

»Untersteh dich!«

»Bislang haben wir gedacht, die Markovs seien auch Bauern in diesem Schachspiel, aber sie sind weit mehr. Sie haben euer Experiment im Warenhaus in Auftrag gegeben. Waren selbst am gleichen Abend mit Frölich auf einer Veranstaltung. Und dann taucht er in diesem Warenhaus auf und kommt zu Tode. Das macht die Markovs zu weit mehr als Bauern, wenn du mich fragst. Ich werd dich da raushalten, aber ich muss der Polizei sagen, dass sie an Frölichs Tod schuld sind!«

Der Wasserkessel steigerte sein Pfeifen, und schließlich nahm ihn Georgette vom Herd und übergoss das Kaffeepulver in einer Kanne mit heißem Wasser. Sofort begann es, nach Kaffee zu duften.

»An dem Abend wurden sicher die Strippen für irgendwas Großes gezogen«, rief Georgette aus der Küche. »Diese Gespräche, die nie offiziell sind, aber am Ende sitzt dann doch die richtige Unterschrift auf dem richtigen Papier. Vielleicht wollten die Markovs etwas von Frölich, der in verschiedene genossenschaftliche Bauprojekte involviert ist. Was genau – keine Ahnung. Aber er zieht nicht mit. Also lassen sie die Party platzen und gehen zu Plan B über. Frölichs Unfall. Und einigen sich dann vielleicht mit seinem Nachfolger. Kriegst du dazu was raus? Wer seine Projekte übernommen hat? Welche Unterschrift jetzt wo drauf ist?«

»Wäre eine gute altmodische Schusswaffe oder ein fingierter Raubmord auf dem Heimweg nicht einfacher gewesen, als uns mit dem Experiment in Stellung zu bringen und Frölich von einer Tänzerin auf eine abgesperrte Baustelle bugsieren zu lassen?«, fragte Erika.

»Und wie passt denn zusammen, dass das Angstphänomen die Spezialität der SA-Leute war? Warum wollten sie die Markova töten?«, warf Nike ein.

»Zumindest an dem Abend müssen die SA-Magier ihre Verbündeten gewesen sein. Und dass sie jetzt tot sind ...« Georgette sah ratlos in die Kanne.

»Mitwissende loswerden«, mutmaßte Erika. »Wir hätten es auch nicht mehr lange gemacht, da bin ich mir sicher.«

»Dass du das Experiment auf der Tietz-Baustelle durchgeführt hast, Erika«, begann Nike nachdenklich, »bot den perfekten Ausgangspunkt für die antisemitische Drohkulisse. Das wäre ihnen mit einer Schusswaffe oder einem fingierten Raubmord nicht gelungen.«

Erika zog die Brauen zusammen. »Wenn das stimmt, dann ...«

»Vielleicht ist es alles Quatsch«, sagte Georgette und zog den Filter aus der Kanne. »Und wir sind völlig auf dem Holzweg.«

»Trotzdem muss zumindest Seidel davon erfahren«, sagte Nike. »Dass die Markovs das Experiment beauftragt haben. Wenn irgendwer was daraus machen kann, dann doch wohl er.«

»Sag's ihm«, seufzte Erika. »Aber halt mich da raus.«

»Das werde ich.«

»Erst mal bleibt ihr alle hier, bis die erste Bahn fährt. Kaffee ist fertig.«

15
DIE ALABASTERNE HAND

»Aber wir haben in der Kernphysik so viele Überraschungen erlebt, dass man auf nichts ohne weiteres sagen kann: Es ist unmöglich.«
LISE MEITNER

Sandor hörte unbestimmte Flüche, aber es fiel ihm schwer, sie zu verstehen. Hände bugsierten ihn in einen Sessel, dann starrte er geradeaus, ohne etwas zu sehen. Eine Frau in dunklem Kittel mit einem Tuch ums Haar ging vor ihm in die Hocke und suchte seinen Blick. Sie war eine Fremde.

Nein. Er kannte sie.

Das war Nikes Mutter, aber sie sah ganz anders aus, oder nicht?

Ich stehe total neben mir. Das ist Frau Gamal.

Wo war er hier?

Bei Seidel. Wir sind hierhergelaufen. Wir sind den ganzen Weg ... Wo war Marion?

Sie hat mich hergebracht. Sie hat geklingelt. Und ist dann verschwunden. Außerdem ist meine Hand ... meine Hand ist ...

Das riss ihn aus diesem Schockzustand, Rabeas Gesicht stellte sich scharf. Frau Gamal berührte seine Hand und stieß ein paar Worte hervor, die er nicht verstand. Vielleicht eine Art Gebet.

Auch Seidel war da, vornübergebeugt, mit den Händen auf den Knien. Im Schlafanzug.

»Gott, ich bin so müde«, murmelte Sandor, aber es war wieder Tschechisch.

»Die Hand, Herr Černý, was ist mit Ihrer Hand?«

Was war mit seiner Hand? Sie war so schwer, so taub, gleichzeitig im Arm ein wütender Schmerz und in den Fingern das Bedürfnis, sie zu bewegen, weil sie auf so unangenehme Weise gefühllos waren …

»Meine Hand ist aus Stein«, sagte er flach.

Rabea ließ die Hand los, als hätte sie sich daran verbrannt.

»Herr Černý, *warum* ist Ihre Hand aus Stein?«

»Die … die Markovs. Sie wollten mich … versteinern. Marion hat mich gerettet. Wenn sie mich nicht zurückgerissen hätte …«

»Die vermisste Marion Heubeck?«

»Ja.«

»Wo ist sie jetzt?«

»Sie hat mich hergebracht. Sie ist … weg.«

Seidel fluchte, was ihm einen strengen Blick von Rabea einbrachte. »Und die Markovs haben Ihre Hand versteinert? Die Architekten-Markovs? Die mit dem Turm?«

»Die Markovs. Renée und Arthur Markov.«

»Haben Sie Schmerzen? Ich würde Sie gern ins Krankenhaus schaffen, Herr Černý.«

»Meine Hand ist versteinert. Wie Frau Glose.« Sandor hörte sich leise und irgendwie zwanghaft lachen. Besonders komisch fand er das nicht, es war ihm eher unangenehm.

»Das wirft ein neues Licht auf den Glose-Fall.«

»Es hängt alles zusammen. Markov hat Marion vor der Polizei versteckt. Sie glaubt, sie hat Frölich umgebracht. Deshalb hat sie Angst vor der Polizei.«

»Trinken Sie etwas«, sagte Rabea und hielt ihm ein Glas Wasser hin. Er griff danach, ein Ruck. *Oh.*

Er spürte das Wasser gar nicht, aber er hatte das Glas ungelenk mit den gespreizten Steinfingern angestoßen. Es hatte einen Riss davongetragen, und der Inhalt war übergeschwappt. Sie stand auf, bevor er mit der anderen Hand danach greifen konnte.

Jemand brach in Tränen aus.

Ach ja. Ich.

Er starrte die Hand an, so perfekt mit jeder Hautfalte an den Gelenken, die Fingernägel, die Nagelbetten, die Adern und Sehnen und die Linien der Handfläche. Weiß wie Eierschale, die Adern ein wenig bläulich. Er streifte unter Tränen den Hemdsärmel zurück. Es zog sich bruchstückhaft seinen Unterarm hinauf, ging in langen, harten Splittern in Fleisch und Blut und Knochen über. Er umklammerte sein Handgelenk mit der Linken, spürte den kalten Stein. Ihm wurde schlecht.

»Ich glaube, ich muss mich übergeben«, sagte er, lehnte sich zurück und schloss die Augen.

Als er sie wieder öffnete, hielt Rabea ihm von links ein zweites Glas hin. Er nahm es – diesmal mit links – und trank vorsichtig davon.

»Wo ist der Kommissar?«

»Telefoniert«, sagte sie und deutete in die Diele. Dort stand Seidel am Telefonapparat. Er legte gerade auf.

»Ich habe uns einen Wagen gerufen. Ein Kollege kommt jetzt vom Präsidium und fährt uns erst mal in die Charité. Und dann müssten Sie mir ganz genau erzählen, was Ihnen zugestoßen ist, Sandor. Meinen Sie, dass Sie das schaffen?«

Er nickte. Das war wichtig. Jede Minute zählte. Die Markovs wussten schließlich auch, dass er und Marion ihnen entkommen waren. Und dass sie Dinge wussten, die sie nicht wissen durften.

Sandor saß in einem Behandlungszimmer der Charité. Es gab kein Fenster, doch er war sich fast sicher, dass es schon hell wurde. Gleich vier Ärzte hatten seine Hand untersucht, der vierte trat gerade wieder ein und hatte das Röntgenbild dabei. Die Hand sah auf dem Bild fast so aus wie in der Realität. Sie hing wie ein unangenehmer, schwerer Fremdkörper an ihm, und manchmal rieb er über seinen Handrücken, weil es sich anfühlte, als müsse er wieder Gefühl hineinmassieren.

»Die Röntgenstrahlung hat entweder die äußerste Schicht nicht durchdringen können«, erläuterte der junge Mediziner das Bild, »oder die Hand ist komplett aus Stein.«

»Sie ist komplett aus Stein«, sagte Sandor, doch sie ignorierten ihn einfach. Die Hand war wie Frau Glose bis ins Mark aus Stein.

»Das lässt sich, fürchte ich, nur invasiv herausfinden. Dazu müssten wir den Stein an einer Stelle öffnen«, sagte ein älterer Oberarzt.

»Aber selbst wenn nur Teile der Hand aus Stein sind und sie innen noch … menschlich ist, sieht mir das verteufelt irreversibel aus«, bemerkte ein weiterer Kollege.

»Ja, ich denke, letztlich bleibt uns nur, die Hand abzunehmen. Und zu hoffen, dass solche Verletzungen in Zukunft nicht häufiger auf uns zukommen.«

»Abnehmen?«, fragte Sandor.

»Wir müssen nichts überstürzen«, sagte der Oberarzt und legte ihm väterlich die Hand auf die Schulter. »So, wie es gerade aussieht, ist die Blutzufuhr im Arm in Ordnung, obwohl die Zirkulation schwächer ist. Das Ellbogengelenk ist beweglich. Es besteht keine akute Gefahr. Aber was die Zukunftsaussichten angeht, bin ich weniger optimistisch.«

Der andere Arzt verzog das Gesicht. »Das ist ja leider die Krux an der Medizin. Schaden am Körper kann letztlich niemals rückgängig gemacht werden. Der Körper kann heilen, wir können ihn dabei effektiver unterstützen als je zuvor. Aber das hier … ist leblos.« Er klopfte mit den Knöcheln auf Sandors Hand, der sie ihm unwillig entzog.

»Ich will sie behalten«, sagte er tonlos, doch er begann sie bereits zu hassen.

Meine rechte Hand. Ich kann ohne nicht schreiben, nicht zeichnen. Mit einer steinernen rechten Hand konnte er sowohl sein Kunststudium als auch seine Arbeit mit Nike vergessen. Er presste die Lider zusammen. Die weiße Hand tanzte dahinter, er konnte sie einfach nicht ausblenden.

»Lassen Sie uns bitte morgen noch einen Blick darauf werfen und dann regelmäßig. Wollen Sie ein paar Tage zur Beobachtung hierbleiben?«, fragte der Oberarzt.

Sandor schüttelte den Kopf. Draußen wartete Seidel mit seinem Kollegen Fuchs, um seine Aussage aufzunehmen. Fuchs hatte gesagt, er habe bereits einen Haftrichter aus dem Bett klingeln lassen. Sandor stand auf, die Hand baumelte an seinem Arm, ein unheimlicher Fremdkörper. Das Gefühl drehte ihm den Magen um. Sein Hemdsärmel war für die Untersuchung zerschnitten worden. Dadurch dass die Finger gespreizt waren, würde die Hand durch keinen Hemdsärmel mehr passen. Aber das waren Probleme für später. Der Oberarzt begleitete ihn nach draußen, während die anderen noch weiter über dem Röntgenbild diskutierten, und gab ihm ein paar Morphiumampullen – »damit Sie übers Wochenende kommen«.

Nike saß mit Rabea in Seidels Küche und wartete. Sie war zu unruhig, um sich noch mal hinzulegen. Bei Georgette hatte sie zwei Stunden gedöst, danach war sie zu Seidel gegangen. Von ihrer Mutter hatte sie gehört, dass sie mit ihren Befürchtungen bezüglich der Markova zu spät kam: Sandor musste nicht mehr gewarnt werden, er hatte den Preis für seine eigene Erkenntnis bereits bezahlt.

Nun rührte Nike in süßem schwarzem Tee, den Rabea zusammen mit ihren Gewürzen und Näharbeiten aus der Wohnung geholt hatte.

»Warum trägt Herr Kalinin Frauenkleidung?«, fragte ihre Mutter endlich. »Ist das immer noch eine Verkleidung?«

Nike schwieg nachdenklich und nahm den Löffel in den Mund.

»Sie ist eine Frau. Ihr Name ist Georgette.«

»Dann war sie also als Mann verkleidet? Wie seltsam«, befand Rabea.

»Das ist nicht seltsam«, murmelte Nike.

»Schade«, seufzte Rabea dann. »Und ich dachte, du hättest jemanden gefunden. Du hattest so lange niemanden. Nach Richard. Ich dachte, du findest niemanden mehr.«

Nike sah auf, doch ihre Mutter blickte an die Küchenzeile. Wollte sie ihr mit diesen Sätzen etwas entlocken? Oder war sie tatsächlich so ahnungslos? Sie trank von dem Tee. Einen Schluck, zwei Schlucke, drei Schlucke. Sie würde es jetzt einfach sagen. Ihr Herz machte einen Satz und raste dann los. Sie würde es ihr sagen. Sie hatte sich nie in Richard verliebt. Sie hatte *sein* wollen wie Richard. Alles war einfacher, wenn man jemand wie er war. Er hatte einen vorbestimmten Weg als Fabrikantensohn. Er hatte genug Geld, um mehr daraus zu machen. Und niemand würde ihn jemals dafür verletzen, verspotten oder verurteilen, wenn er sich in Frauen verliebte.

Nike hatte seinen vorbestimmten Weg beneidenswert gefunden, aber beinahe schon zu einfach, zu einschränkend. Geld hatte einen erschreckend hohen Anteil am Glücklichsein, aber als sie am Scheideweg zwischen seinem Geld und ihrem Studium gestanden hatte, hatte sie sich trotzdem für Letzteres entschieden. Und außerdem war sie eine Lesbe, und noch ein verdammter Schluck Tee und noch ein Dutzend nervöse Herzschläge, und dann würde sie es sagen ...

Ein Schlüssel im Schloss. Die Herzschläge verliefen sich wie eine Herde Pferde auf einer Wiese. Sandor trat ein, und Nike sprang auf. Er sah mitgenommen aus und hielt die Hand wie einen Fremdkörper von sich. Sie stürzte durch den Durchgang zwischen Küche und Korridor und hielt dann vor ihm an. Sie fiel einfach niemandem um den Hals, egal, wie erleichtert sie war.

»Sandor«, sagte sie daher nur. »Wo ist Seidel?«

»Im Präsidium.« Sandor wanderte wie ein Schlafwandler geradeaus ins Wohnzimmer und ließ sich dort aufs Sofa fallen. »Ich war im Krankenhaus, so was haben sie noch nie gesehen, und sie würden es mir gleich am Montag amputieren, wenn ich sie ließe.« Seine Hand ruhte auf der Sessellehne, aber sie sah nicht aus, als ob sie ruhte. Er betrachtete sie, und seine Schultern sackten nach vorn. Nike erinnerte sich daran, wie er sie nach Pfeiffers Tod getröstet hatte. Er hatte sie sogar auf die Stirn geküsst.

»Willst du Tee?«, fragte sie stattdessen. Sie konnte so etwas nicht.

Er nickte und vergrub das Gesicht in der anderen Hand. Er weinte, und ihr wurde klar, dass sie zwei Meter von ihm entfernt stand und verdammt nochmal nicht wusste, was sie tun sollte.

»Ich bringe Tee«, sagte ihre Mutter leise. Nike tat einen Schritt auf ihn zu. Noch einen.

Dann ging sie vor dem Sessel in die Hocke und sah ihm ins Gesicht, und es verging vielleicht eine halbe Sekunde, da beugte er sich vor, umarmte sie mit der gesunden Hand und heulte an ihrer Schulter. Sie legte ihm vorsichtig die Hände auf den Rücken. Er zitterte.

Die Umarmung dauerte sehr lange, unbehaglich lange, doch sie war bereit, selbst das Brennen in den Beinen zu ertragen, während sie halb aufgerichtet vor ihm kniete. Er war ein Freund. Sie waren so unterschiedlich wie Sommer und Winter, aber er war ihr Freund, und er hatte das nicht verdient.

Wer hat schon verdient, was er kriegt?

Mama brachte eine Tasse Tee und stellte sie auf den Tisch. Da löste Sandor seine Umarmung und nickte Nike dankbar zu. Sie setzte sich neben ihn aufs Sofa.

»Es tut mir so leid«, sagte sie schließlich.

»Ich bin am Leben«, sagte er jovial, als hätte ihm der kurze Ausbruch die Kraft dafür zurückgegeben. »Diese Hand ist ... sehr unhandlich. Aber offenbar nicht gefährlich für mich, sagen sie, und die Versteinerung schreitet auch nicht fort.«

»Das ... ist gut«, zwang sie sich zu sagen. Er lächelte tapfer.

»Sandor, ich hab Erika und Emil gefunden«, sagte sie, als die Stille sich zu lang hinzog.

Er setzte sich sofort aufrecht hin. »Die die Statue belebt haben?«

»Sie haben sie nicht belebt. Sie haben sie nur bewegt. Das weißt du.«

»Das weiß ich.« Er sah intensiv auf seine Hand. »Das weiß ich, aber ...« Er lachte unsicher. »Wenn sie es mir zeigen könnten, wenn sie es mir beibringen könnten, wie man es macht, könnte ich ...« Er überspielte seine Aufregung mit einem Schluck Tee – und verzog das Gesicht. Der Tee ihrer Mutter war vielen trotz der Süße zu bitter.

»Also, jedenfalls. Ich habe den Versuchsaufbau gesehen, ich weiß natürlich, dass das nicht möglich ist, es sei denn, ich möchte immer, wenn ich die Hand benutzen will, in einem Kreis aus ... Spulen und Kabeln sitzen. Aber wenn ich die Finger wenigstens einmal krümmen könnte, wie bei einer Prothese.« Er formte die Linke zu dem klauenartigen Griff, den die meisten Prothesen aufwiesen.

»Ja, ich verstehe. Aber Erika will vorerst, dass wir vor Seidel darüber schweigen, dass wir wissen, wo sie ist.«

»Hat es etwas ergeben? Dass du Erika gefunden hast? Weißt du irgendwas?«

»Ja, ich weiß jetzt, dass alle Fäden zu den Markovs führen. Außer dem Angriff auf die Anarchisten. Und damit ... bin ich jetzt einfach einen halben Tag zu spät dran. Es tut mir leid.«

»Das ist Pech, Nike. Aber du hast Erika gefunden, das ist toll!

Ich bin ganz von allein blauäugig in den Palast der Markovs gegangen. Spätestens als mir klarwurde, dass Marion Heubeck dort ist, hätte ich gehen und mit der Polizei wiederkommen sollen. Aber ich bin geblieben, weil ich zu neugierig war. Und weil ich dachte, ich kann … dem allen auf den Grund gehen. Ich hab sie einfach unterschätzt.«

»Wo ist Marion jetzt?«

»Keine Ahnung. Sie hat mich bis hierher gebracht und ist dann verschwunden. Ich hoffe, sie ist irgendwo in Sicherheit. Nike, ich glaube … sie hat sie dafür gesorgt, dass Frölich in den Marmor stolpert.«

»Und die Markovs haben dieses Experiment überhaupt erst angeordnet. Emil, Erika und Marion glauben also jeweils, dass sie an Frölichs Tod schuld sind – aber ich wette, wenn die Markovs einmal verhaftet sind und verhört wurden, ergibt das ein ganz anderes … Gesamtbild. Wann kommt Seidel wieder?«

»Keine Ahnung. Ich kann mir vorstellen, dass der Sonntag für ihn gelaufen ist. Wenn man zwei so hohe Tiere verhaftet, muss man sich sicherlich mit einigem an Papierkram herumschlagen.«

»Na, der Papierkram sollte aber für alle gleich sein, hohe Tiere oder nicht«, sagte Nike und griff in der Diele nach dem Telefon. Sie wählte Georgettes Nummer.

Eine Viertelstunde später legte sie auf. Dann drehte sie sich um: »Sie sagt, sie brauchen Geräte von der Uni dafür«

»Das hab ich bis hier gehört«, sagte Sandor.

»Auch das andere?«

»Ja.« Er fragte sich, wie viel Hoffnung er sich machen durfte. Erika hatte laut spekuliert, ob es nicht vielleicht doch möglich war, die Verwandlung umzukehren, weil der Rest des Arms noch lebte.

Die Phänomene sind an Absicht und Idee gekoppelt und doch unvorhersehbar. Das war einer der größten Schwachpunkte in Nikes Doktorarbeit: dass es in keinem offiziellen Experiment gelungen war, den Effekt, den es erzielte, zu steuern. Aggregatzustände, Illusionen, Formveränderung – das alles schien dem Zufall unterworfen zu sein. Ein Kolibri flog. Eine Illusion stellte sich als aufregend oder langweilig dar. Eine Karyatide tanzte. *Eine Medusa versteinerte. Und wir wissen nicht, warum.*

Das Morphium hatte den nagenden Schmerz in seinem Arm in eine pochende Unannehmlichkeit verwandelt. Auf dem Weg mit der U-Bahn hierher hatte er die Hand unter einer Decke verborgen. Natürlich war sie gehäkelt – sie stammte schließlich aus Seidels Wohnung.

Sie betraten die Kellerräume der Universität mit Nikes Schlüssel. Die Decke des Flurs war immer noch rußgeschwärzt, es roch intensiv nach kaltem Rauch.

»Ich hätte nicht gedacht, dass es so übel war«, sagte Erika.

»Pfeiffer ist hier unten umgekommen. Natürlich war es übel«, entgegnete Nike angespannt.

Der Boden war wider Erwarten gefegt, es lag auch kein Unrat herum. Offenbar hatte jemand aufgeräumt, um die Räumlichkeiten weiter nutzen zu können.

Nike hatte sich besorgt gezeigt, dass sie die notwendigen Apparaturen würden auftreiben können. Der Brand hatte die Ausstattung ihres Labors weitgehend zerstört, und es war fraglich, ob sich in den Nebenräumen Ersatzgeräte finden ließen. Sandor hatte sich innerlich gewappnet, dass es selbst zum Improvisieren eventuell nicht ausreichen würde.

Die Tür zu Pfeiffers Labor stand offen. Sie schalteten das Licht an, und gemeinsam starrten sie in eine schwarze, leere Höhle:

verschmierte Löschspuren überall. Die Wände roh. Es war ein Wunder, dass das Licht anging.

Da hörten sie Stimmen im Gang und erstarrten.

»Licht aus!«, flüsterte Georgette.

»Sie haben uns aufgelauert!«, stieß Erika hervor. »Tür zu!«

Nike wollte gerade die Tür schließen, doch es war zu spät. Ihre Hand löste sich von der Türklinke, sie starrte in den Korridor.

»Oh ... entschuldigen Sie, wir ... oh!«, hallte ihre Stimme im Flur wider, und Sandor hatte noch nie gehört, dass sie so die Fassung verlor. Er spähte an ihr vorbei.

Er sah zwei Personen im Flur, die sich gerade noch unterhalten hatten: eine sehr kleine, zierliche Dame mit strenger Hochsteckfrisur, konservativ schwarz gekleidet. Sandor hatte ihre Bekanntschaft bereits gemacht: Lise Meitner, die Professorin für Experimentelle Kernphysik. Daneben stand ein Herr in kariertem schlecht sitzendem Anzug, dessen wirre Haarmähne und Schnauzbart Sandor aus der Zeitung kannte. Jeder kannte diesen Mann aus der Zeitung.

Das war Albert Einstein.

Ebenfalls Professor in Berlin, weltbekanntes Genie und Nobelpreisträger.

»Habe die Ehre«, stammelte Nike wie ein Reh im Scheinwerferlicht.

»Nanu? Was tun Sie denn hier?«, fragte Meitner, und Nike trat aus dem Labor in den Korridor. Sandor folgte ihr, verneigte sich knapp und versteckte die steinerne Hand mit dem Tuch hinter seinem Rücken.

»Die Ehre ist ganz meinerseits«, sagte Einstein. »Sie müssen das Fräulein Wehner sein.«

»Wir sprachen gerade von Ihren Ergebnissen und dem fürchterlichen Rückschlag für Ihr gesamtes Projekt«, erklärte Meitner.

»Wir brauchen eigentlich ...« Nike räusperte sich. »Wir hatten gehofft, noch Geräte im Labor funktionstüchtig vorzufinden.«

»Die Wissenschaft kennt keinen Sonntag.« Einstein schmunzelte.

»Was brauchen Sie denn?«, fragte Meitner. »Vielleicht können wir aushelfen. Oh, Fräulein Nußbaum, sind Sie etwa wieder zum Projekt dazugestoßen?« Erika hatte sich hinter Sandor herumgedrückt.

»Ich fürchte, ich benötige eine Vorstellungsrunde«, unterbrach Einstein. »Fräulein Nußbaum? Dieselbe wie in den Schlagzeilen?«

»Es ist eine Verleumdungskampagne, Emil und ich, man hat uns zu Sündenböcken …«, brach es aus Erika heraus. Röte stieg ihr ins Gesicht.

»Ich bin Jude, und Frau Meitner ist auch jüdischer Abstammung. Glauben Sie mir, wenn ich sage, dass wir eine antisemitische Schmutzkampagne erkennen, wenn wir eine sehen.«

Und damit stellte er sich tatsächlich artig allen Anwesenden vor. Als die Reihe an Sandor war, Einstein die Hand zu schütteln, zögerte er. Einstein legte die Stirn in Falten.

»Kein Grund, schüchtern zu sein, mein Herr.«

»Er ist nicht schüchtern. Seine rechte Hand wurde auf magische Weise verändert. Genau deswegen sind wir hier«, legte Nike die Karten auf den Tisch.

Einstein zog nur auffordernd die Brauen hoch, und Sandor zog das Tuch von der Hand wie ein Bühnenmagier, der ein Kaninchen präsentiert.

»Angenehm. Mein Name ist Sandor Černý«, stellte er sich vor und versuchte, die Hand zum Gruß zu geben.

Einstein jedoch wich ein paar Zentimeter zurück und stieß den Atem aus, während Meitner sich vorbeugte, um den Stein näher zu betrachten. »War das ein Unfall?«

»Eher ein Angriff«, entgegnete Sandor. »Ich wäre beinahe in eine Brunnendekoration verwandelt worden.«

»Solch eine Umwandlung ist aber … sehr unwahrscheinlich«, sagte Einstein, eher an Meitner gewandt als an Sandor.

»Ich sagte dir ja bereits, Fräulein Wehner und Herr Černý haben beeindruckende Ergebnisse zu vorweisen, Albert. Wir werden unser Verständnis über einige fundamentale Prozesse revidieren müssen«, sagte Meitner.

Einstein trat jetzt doch einen Schritt näher und studierte Sandors Hand. Der konnte nicht anders, als das geschmacklose Jackett zu beäugen, das das Genie über einem zerknitterten Hemd trug.

»Haben Sie Schmerzen, junger Mann?«, fragte Einstein ernsthaft besorgt.

»Ja«, bestätigte Sandor knapp und deutete an die Stellen, wo Stein in Haut überging.

»Wir hoffen, dass wir eine Besserung erzielen können«, schaltete sich Nike.

»Ihre fundamentale Gleichung …« Der Professor blickte auf, und Sandors Hand schien vergessen. »Die mit dem Integral über magische Anregungszustände, das die Verschiebung der Eigenwerte der an der Wechselwirkung beteiligten Quanten beschreibt … Ich hätte da einen Vorschlag zu einer alternativen Ansatzfunktion. Wir könnten …«

»Sie haben meine Aufsätze gelesen?«, platzte es aus Nike hervor.

»Professorin Meitner war so frei, mit mir darüber zu korrespondieren. Solide. Ich bin jedoch ein wenig verschnupft, nicht eingeladen worden zu sein zu Ihrer Vorführung in Belgien.«

»Dafür kann Fräulein Wehner aber nun wirklich nichts«, warf Meitner ein. »Beschwer dich bei Niels, wenn überhaupt. Und auch er hatte seine Gründe, das weißt du.«

»Diese ganze … Zauberei … stellt einen gottesfürchtigen Menschen auf die Probe, Lise. Erst Niels und dieser Jungspund Heisenberg mit ihrer … Quantenwürfelei. Und jetzt das.«

»Lass Gott bloß da raus«, sagte Meitner. Sie wirkte durch ihre geringe Körpergröße und leise Stimme unscheinbar, aber sie ließ sich von Einstein nicht beeindrucken. Warum auch? Nike hatte gesagt, sie tippe darauf, dass Meitner gemeinsam mit einem Chemiker namens Otto Hahn ebenfalls bereits auf Nobelpreiskurs segelte. »Diese Steinhand spricht eine eindeutige Sprache!« An Nike gewandt fuhr sie fort: »Er ist sehr angetan von Ihren Aufsätzen, lassen Sie sich nicht täuschen.«

Nike stammelte Silben, und Erika sah sie mit einer Mischung aus Bewunderung und Neid an.

»Beeindruckt. Aber auch besorgt«, sagte Einstein.

»Weil du dann die Gleichungen für deine Allgemeine Relativitätstheorie anpassen musst, wenn sich herausstellt, dass das magische Feld gravitativ wechselwirkt? Das klingt nach noch mal zehn Jahren Arbeit.«

Er schüttelte den Kopf. »Weil man damit schreckliche Waffen schmieden kann. Nehmen Sie es mir nicht übel, Herr Černý, das ist natürlich schon schlimm genug – die Umwandlung von Fleisch in Stein. Aber nehmen wir einmal an, dass Fräulein Wehner recht hat, dann haben wir es hier immer noch mit einer Energieumwandlung auf Atomkernniveau zu tun. Man stelle sich vor, man würde nicht die Protonenzahl im Kern umwandeln, sondern die Bindungsenergien des Kerns in kinetische Energie und in Wärme. Die Masse so einer Hand würde reichen, die schrecklichste Bombe zu zünden, die die Menschheit je gesehen hat. Der Planet selbst wäre in Gefahr.«

Meitner schloss mit zusammengepressten Lippen ein weiteres Labor auf. »Reden wir doch hier weiter.«

Für Sandor klang das alles etwas weit hergeholt, aber er sah den Gesichtern der Naturwissenschaftlerinnen im Raum an, dass sie verstanden, was Einstein meinte. Sie teilten seine Beunruhigung.

Einstein brach das Schweigen: »Und wer hat das getan?«

»Ein größenwahnsinniges Architektenpaar«, antwortete er.

»Das vermutlich mit den Nazis verbündet ist«, ergänzte Erika.

»Die Polizei ist schon dran. Sie werden hoffentlich gerade verhaftet.«

»Was brauchen Sie, um sich um die Hand zu kümmern?«, fragte Meitner und wies im Labor umher. Es hatte beim Brand keinen Schaden genommen, und an den Spuren auf manchen Geräten konnte Sandor erkennen, dass alles, was den Brand wenige Türen weiter überlebt hatte, hierhergebracht worden war.

»Erika?«

Erika lächelte erleichtert. »Ja, damit kann ich arbeiten.«

»Wenn etwas Essenzielles fehlt, können wir einen Abstecher in mein Labor nach Dahlem machen«, bot Meitner an.

»Dann … wollen wir anfangen?«, fragte Sandor und versuchte, entschlossen und furchtlos zu wirken, auch wenn gerade wieder der Schmerz seinen Arm hinaufstieg.

»Oh, Zeit, diese magische Wechselwirkung einmal in Aktion zu sehen«, freute sich Einstein. »Soll ich meine Geige holen? Ich habe gehört, dass Kunst eine wichtige Komponente darstellt.« Er schmunzelte in seinen Schnauzer.

»Das wird nicht nötig sein. Die Hauptarbeit werden Fräulein Nußbaum und Herr Bleier erledigen«, sagte Nike, und Erika leuchtete geradezu von innen heraus.

Drei Stunden später stand fest, dass die Umwandlung von Stein zu Fleisch vorerst unmöglich war. Erika und Emil hatten alles versucht, Nike und Georgette hatten all ihr magisches Wissen und Können mit eingebracht. Meitner hatte angeboten, Geräte aus ihrem Labor in Dahlem zu holen, und Einstein hatte tatsächlich von irgendwoher eine Geige organisiert, aber wirklich weiter brachte sie das nicht.

Emil hatte den Alabaster der Hand vorsichtig bearbeitet,

doch schon dabei hatte Sandor die Augen schließen müssen. Die Fingernägel, Sehnen, Adern traten hinter die platonische Idealvorstellung einer Hand zurück. Umsonst. Erika saß völlig erschöpft an einen Labortisch gelehnt auf dem Boden.

Es war ihnen aber nicht jedweder Erfolg verwehrt geblieben: Einstein und Meitner unterhielten sich immer noch ganz aufgeregt über die Implikationen – vielleicht stritten sie auch, die Übergänge waren fließend.

Sandor war klar, dass er mit der Steinhand würde leben müssen. Aber sie hatten einen zweiten, weniger ehrgeizigen Versuch gewagt, mit dem sie das Handgelenk und die Fingergelenke in eine andere Position brachten.

Sandor hatte zugesehen, wie aus seiner nun so fremden Hand eine Faust wurde, die sich immerhin dazu eignete, Nazis zu schlagen und mordende Architekten. Doch bevor sie erstarrte, hatte er noch einen Wunsch geäußert: »Ich würde wirklich gerne eine Zigarette damit halten können.«

Und nun standen die Finger leicht geöffnet zum Daumen, so dass zwischen Zeigefinger und Daumen eine Zigarette – oder sogar ein Stift – passte. Sandor massierte die Übergangsstelle an seinem Unterarm, atmete durch und versuchte, Erleichterung zu empfinden statt Enttäuschung.

Seidel war kurz vor Nike und Sandor zurückgekehrt, und er hatte rasant an seinem Alkoholpegel gearbeitet. Rabea war nirgends zu sehen, doch als Nike in den Flur trat, drehte sich der Schlüssel im Schloss der Gästezimmertür, und ihr wurde klar, dass ihre Mutter sich eingeschlossen hatte. Ein mulmiges Gefühl breitete sich in ihrem Magen aus. Rabea öffnete vorsichtig die Tür, ihre strenge, angeekelte Miene belegte, dass sie sich aus ihrer Abneigung gegen Alkohol trinkende Männer dort eingeschlossen hatte.

»Mama, ist alles in Ordnung?«

»Ich habe gesagt, ihr sollt hierbleiben«, grollte sie. »Der Herr Kommissar hatte einen schlechten Tag.«

»Ja, ja, den hatte ich«, seufzte Seidel theatralisch aus dem Wohnzimmer.

»Heißt das, die Markovs sind nicht verhaftet?« Sandor klang bereits resigniert.

»Natürlich heißt es das!«

»Wie kann das sein? Sie haben eine Frau gefangen gehalten! Sie experimentieren mit Magie herum! Sie haben *mich versteinern wollen*!«

»Ja, das haben Sie ja alles zu Protokoll gegeben, Černý, aber der Haftrichter hat keinen Haftbefehl erlassen. Ich bin mit Fuchs zur Markov-Villa, um eine Befragung durchzuführen. Sie waren … sehr unkooperativ. Und Fuchs hat sich abwimmeln lassen. Ich wollte dranbleiben, aber allein hab ich da wenig zu wollen. Ich hab auf dem Präsidium versucht, das zu eskalieren, aber dieses … Versteinerungsvergehen wird von keinem Gesetz vernünftig erfasst …«

»Körperverletzung!«, stieß Sandor an der Tür zum Wohnzimmer hervor und wedelte mit der alabasternen Hand.

»Ja! Ja, mir ist das durchaus bewusst! Was meinen Sie, was ich den ganzen Nachmittag gemacht habe? Aber es heißt überall, man warte darauf, dass das alles *fassbarer* würde. Durch Gesetze. Ich solle Geduld haben. So was regle sich halt nicht an einem Sonntagnachmittag, die Politik säße dran, und man könne bald mit den ersten Entwürfen zur Regulation der Magie rechnen. Ich sag Ihnen, was sich an einem Sonntagnachmittag regelt! Meine Laune.«

»Und Ihr Pegel«, bemerkte Nike.

»Das ko… wie nennt man das in der Wissenschaft? Das korreliert.« Und füllte sein Pinnchen auf.

»Also ist es das jetzt, ja? Dem Glose-Fall gehen Sie auch nicht weiter nach, in dem die Markovs die Hauptverdächtigen sind?«

Nike drängelte sich an Sandor vorbei und verschränkte vor Seidel die Arme.

»Ich habe Feierabend. Das mache ich nächste Woche nüchtern«, schmollte Seidel.

»Und wo soll Sandor jetzt hin? Zurück in sein Hotelzimmer?«

»Kann auf dem Sofa schlafen«, sagte Seidel.

»Er kann nirgendshin, weil sein Leben bedroht ist. Und meins auch. Ist das das, was die Berliner Polizei in so einem Fall tut? Leute in den Privatwohnungen ihrer Kommissare unterbringen?«

»Nein. Weil das, was die Polizei in so einem Fall tut, ist … gar nix, Frollein Wehner.« Er kippt seinen Schnaps. »Also nehmen Sie's oder lassen Sie es bleiben. Dass ich heute anjeballert bin, Frollein Wehner, das müssense mir bei all dem Frust so kurz vor der Rente schon zugestehen. Und seiense doch ein einziges Mal nicht so 'n unerträglicher Nieselpriem.«

Nike schnappte nach Luft.

»Komm, lass uns in die Küche gehen«, sagte Sandor hinter ihr.

»Sie haben Ihre Schuhe noch an, nehmen Sie sich verdammt nochmal Pantoffeln«, pöbelte Seidel.

»Was machen wir jetzt?«, flüsterte Sandor in der Küche, während er sich die Schuhe auszog.

Nike stützte sich auf die Arbeitsplatte. »Keine Ahnung. Müssen wir tatsächlich abwarten, bis ein Gesetz gegen private Magieexperimente erlassen wird?«

»Oder wir müssen Dinge über sie rausfinden, die sie belasten. Etwas, das es unmöglich macht, dass sie sich rauswinden. Etwas, das noch schwerer wiegt als …« Sandor wedelte mit seiner erstarrten Hand.

Stein. Statuen. Nike schoss ein Gedanke durch den Kopf.

»Sie hat die SA-Magierin mit einer zusammenbrechenden Statue getötet.«

»Das ist aber doch schon zu Notwehr erklärt worden.«

»Was, wenn es keine Notwehr war?«

»Aber wie sollen wir das beweisen?«

»Die Markovs besitzen eine … versteinernde Medusen-Statue, von der wir annehmen, dass sie damit Frau Glose umgebracht haben. Was, wenn wir die …«

»Keine Chance. Da geh ich nicht wieder hin. Und selbst wenn: Die Polizei gibt sie vermutlich artig zurück und verknackt uns wegen Einbruch. Sie geht immer noch davon aus, dass Frau Glose von dem SA-Paar umgebracht wurde!«

»Das hatten die gar nicht drauf«, knurrte Nike missgestimmt.

»Das weiß ich auch, aber wie beweisen wir das?«

»Die Markovs haben in der Nacht vor Frölichs Tod mit ihnen zusammengearbeitet. Wenn wir das beweisen … dann wäre doch wohl klar, dass es keine Notwehr war auf ihrer Baustelle, sondern ein fingierter Mord. Wahrscheinlich haben sie die beiden SA-Leute unter einem Vorwand auf ihre Baustelle und zu ihren Statuen einbestellt. Und dann setzt sie das für dich in Szene, damit sie einen Zeugen hat, und sorgt dafür, dass die beiden nie wieder was erzählen können.«

»Das ist eine noch wildere Theorie als ihre Beteiligung am Tod von Frölich. Und *alles* andere. Solange die Polizei all diesen Ungereimtheiten nicht nachgeht … haben wir einfach nichts in der Hand.«

»Dann besorgen wir uns was!«

Nike zwang sich, seinen Blick zu erwidern, auch wenn sie anderen so ungern in die Augen blickte. »Bei ihnen auf der Baustelle.«

Sandor schwieg. Er kämpfte mit sich, das spürte sie. Das sah sie in seinem Blick. »Wenn es wirklich ungefähr so ist, wie wir denken: Dann wollten sie Frölich loswerden und sind ihn losgeworden, wollten Glose loswerden und sind sie losgeworden.

Die beiden Nazis auch. Wir sind die Nächsten! Die Baustelle ist der letzte Ort, an dem wir uns blickenlassen sollten.«

»Aber wir sind vorgewarnt.« Sie nahm seine Steinhand und strich vorsichtig darüber. »Das war der Preis, aber diesmal sind wir vorgewarnt. Wir werden nicht ins offene Messer laufen.«

»Aber was tun wir denn da?«

»Vielleicht finden wir die Geräte, mit denen sie diesen Engel manipuliert haben. Vielleicht Spuren von magischer Manipulation an anderen Statuen.«

»Hm«, murmelte er. »Ich hab Angst.«

»Egal, was wir tun. Seidel sollte dabei sein. Und das möglichst nüchtern.

In der Porzellankanne auf einem der Küchenhäkeldeckchen gluckerte noch kalter schwarzer Tee. Sie goss ihn in eine Tasse und brachte ihn dem Kommissar mit dem liebenswürdigsten Lächeln, das sie heraufbeschwören konnte. »Ohne Zucker und kalt, absolut ernüchternd«, sagte sie dann und tauschte den Korn gegen die Tasse. »Ich mein es ernst, Seidel. Die Markovs verwischen sicher gerade ihre Spuren. Die Baustelle ist unsere einzige Chance, belastendes Material zu finden.«

»Sie wird sicherlich bewacht«, grunzte Seidel. »Und nennen Sie mich nicht ›Seidel‹.«

»Herr Oberkommissar«, sagte sie gedehnt.

»Christoph«, sagte Seidel. »Nennen Sie mich einfach Christoph. Und Sie haben ja recht. Ich geh mich jetzt mal auf Vordermann bringen.«

Verdattert sah Nike Christoph Seidel an. Sandor blickte um die Ecke ins Wohnzimmer und sagte grinsend: »Sandor, am liebsten mit ›Sch‹.«

»Duzen wir uns dann auch?«, fragte Nike.

»Das darf sich die Dame aussuchen«, sagte Seidel, sah zu ihr auf und reichte ihr eine Hand. »Nachdem sie mir aus dem Sessel geholfen hat.«

Sie zog ihn hoch, ließ die Hand danach aber rasch wieder los. »Dann also ›du‹.«

Seidel lächelte, sein rundes Gesicht glänzte von einem Moment auf den anderen vor Unternehmungslust. Er schlenderte gut gelaunt in den Flur und ins Badezimmer.

»Ich sehe mal nach meiner Mutter«, sagte Nike zu Sandor.

»Nehmen wir die Tasche mit?« Er deutete mit dem Kinn auf das unförmige Biest, in dem sie für alle Fälle einige der unauffälligeren Geräte aus der Uni ausgeliehen hatten.

»Ja, sicher ist sicher.« Sie klopfte an die Gästezimmertür.

»Mama. Wir haben Seidel … Christoph überzeugt, dass er aufhört zu trinken. Es tut mir leid, dass ich dich mit ihm allein gelassen hab.«

Mama öffnete die Tür und sah sie streng an.

»Ich habe zugehört. Ihr lasst mich auch gleich allein. Geht zur Baustelle. Zu brandgefährlichen Leuten. Ohne Polizei oder anderen Schutz.«

»Wir haben einen Kommissar dabei.«

»Was soll ich sagen, *Habibti*. Das beruhigt mich wenig, aber ich habe jetzt schon zu oft gesagt, dass ich wünschte, du würdest auf mich hören. Also schweige ich jetzt.«

»Ich wünschte, ich könnte auf dich hören.«

Sie nahm Nikes Hand. »Sei vorsichtig. Mach mich nicht unglücklich.«

»Noch unglücklicher als bisher?«, scherzte Nike, aber Rabea sah sie ernst an.

»Ach, Kind. Es könnte alles anders sein. Aber ob wir dann glücklicher wären? Du bist immer deinen Weg gegangen. Du hast den Starrsinn von mir. Aber ich hatte nie die Gelegenheit, viel mit meinem Starrsinn anzufangen. Bleib stark, *Habibti*.«

Nike umarmte Rabea vorsichtig und flüsterte gegen den dunklen Stoff des Kopftuchs an ihrem Ohr: »Pass auf dich auf, Mama.«

Rabea nickte, und im Flur klingelte das Telefon. Seidel rumpelte aus dem Badezimmer heraus und nahm ab, danach hörte sie seine Stimme: »Oh, das ist nicht gut. Sekunde. Ich hole Fräulein Wehner direkt mal dazu. Nike, es ist Herr Kalinin. Wenn es dir nichts ausmacht, könntest du einfach mit hier am Hörer lauschen.«

»Hallo, Nike«, sagte Georgette am anderen Ende. Sie klang nervös, gehetzt ... vielleicht zum ersten Mal tatsächlich überfordert. »Hier hat jemand geklingelt, ein stiernackiger Schrank, unangenehme Type. Ich hab nicht geöffnet, aber ich hab mir durchs Brett angehört, was er will. Sagt, er hat eine Einladung für mich von Renée Markova. Sie sei bei dem Experiment an der Kunsthochschule auf mich aufmerksam geworden und würde sich über ein Gespräch freuen.«

»Was? Jetzt? Woher hat sie deine Adresse? Du musst abhauen – ihr müsst abhauen!«

»Ich hab ihm gesagt, er soll unten auf mich warten. Aber jetzt steht er unten vor dem Haus, und wir kommen hier nicht weg!«

»Immer mit der Ruhe, Herr Kalinin«, sagte Seidel. »Gibt es einen Hinterausgang? Soll ich einen Einsatzwagen vorbeischicken?«

»Nein, keinen Einsatzwagen«, sagte Georgette. »Nike, was denkst du ... soll ich mitspielen? Mir ansehen, was sie vorhat?«

»Auf keinen Fall! Sie hat uns beim Experiment zusammen gesehen. Das ist sicher ihr Versuch, an mich oder Sandor heranzukommen. Oder sie findet einfach nur, dass du eine gute Statue abgibst!«

»Dann hauen wir ab. Über die Dienstbotentreppe kommen wir in den Hinterhof. Drüben wohnen ein paar gute Bekannte, die uns in ihren Hausflur und auf eine Nebenstraße rauslassen können.«

»Tun Sie das. Haben Sie einen Ort, an den Sie gehen können, bis ich mich der Sache annehmen kann?«

»Natürlich, ich kann zu Freundinnen.«

»Georgette, warte«, rutschte es Nike heraus. »Wir können deine Hilfe gebrauchen. Wir wollten … zum Singenden Haus. Jetzt. Es wäre vielleicht gut, wenn du mitkämst?«

Schweigen am anderen Ende.

»Willst du etwa Unbeteiligte mitnehmen?«, grummelte Christoph von der Seite. »Je mehr wir sind, desto auffälliger!«

»Wir haben einen optischen Trick ausgeheckt, der uns helfen kann«, sagte Nike. »Bring deine Kamera mit und Filme.«

»Was mache ich … mit meinen Gästen?«, fragte Georgette gedehnt.

»Das müssen sie wohl selbst entscheiden«, sagte Nike.

»Gut, dann sehen wir uns dort. Wenn ich in einer Stunde nicht bei der Baustelle bin, ist etwas schiefgegangen.« Georgette legte auf. Seidel schwieg erst, dann sagte er nachdenklich: »Also, Sandor mit ›Sch‹ und Herr Kalinin bevorzugt Georgette, und Sie soll ich Nike nennen und duzen. Sonst noch etwas?«

»Meine Mutter bleibt lieber bei Frau Gamal und ›Sie‹.«

»Ich hole meinen Dienstausweis, und dann brechen wir auf.«

Sie nahmen ein Taxi zur Baustelle. Diesmal trug Sandor die Instrumente – in einem großen Lederkoffer, der unhandlich und schwer war, aber weniger verdächtig aussah als die ausgebeulte Tasche, in der es geklappert und geklirrt hatte. Dazu einen Hut, einen Mantel und Lederhandschuhe – er sah aus wie ein Handlungsreisender. Auch Nike sah aus wie ein Reisender und Seidel wie ein Kriminalpolizist kurz vor der Rente.

An der Haltestelle in der Nähe vom Singenden Haus stiegen sie aus. Eine Frau stand bereits in den Schatten eines Alleebaums und rauchte. Nike ging erst auf sie zu, blieb dann jedoch unschlüssig auf Abstand stehen und tippte sich nur an den Hut.

»Kalinin«, murmelte der Kommissar etwas unbehaglich.

»Ich habe eine Freundin und einen Freund dabei. Darf ich darauf vertrauen, dass Sie sich nicht im Dienst befinden?«

Seidel nickte.

»Danke.« Georgette sah zur anderen Straßenseite. Sandor folgte ihrem Blick. Da drüben stand Emil mit seiner Mütze tief in die Stirn gezogen.

Sie befanden sich auf einer breiten, bepflanzten Verkehrsinsel, an der die Straßenbahn inmitten einer Allee anhalten konnte. Nur die zweite Fahrbahn und ein Stück Bürgersteig trennte sie vom Bauzaun des Singenden Hauses. Die gewundene Turmkonstruktion des Rohbaus war von hier aus zwischen den Bäumen zu erkennen.

»Haben Sie schon irgendwas beobachten können?«, fragte Seidel.

»Nein. Ich habe mich aber auch noch nicht näher herangewagt.«

»Na, dann schau ich mir das Ganze mal an«, entschied Seidel, und sie kreuzten die Allee auf die andere Seite, wo Erika und Emil konzentriert in ein gitterverriegeltes Schaufenster sahen.

Seidel ging einfach weiter, zielstrebig und konzentriert. Sandor musste sich zwingen, sich nicht nervös umzusehen. Er hatte Angst. Gott, er wollte dieses Grundstück nicht betreten. »Wir werden sicher nichts finden. Wir sollten das nicht tun.«

Nike sah ihn vorwurfsvoll an. »Sie müssen irgendwo geübt haben, wo, wenn nicht da? Wir finden Spuren ihrer Experimente. Und wenn das nichts Valides ist, gibt es sicher Hinweise in ihrem Bauwagen. Aufzeichnungen. Fotos. Das schütteln die nicht einfach so aus dem Ärmel! Vielleicht finden wir sogar etwas aus dem Uni-Keller!«

»Das waren sie nicht«, sagte Sandor leise. »Den haben die Kommunisten angezündet.«

»Das heißt, als Nächstes kommen da kommunistische Magierinnen und Magier auf uns zu?«, mutmaßte Georgette, und Sandor zuckte betont unbeteiligt mit den Schultern.

Die Bürgersteige der Allee waren nicht besonders stark frequentiert, ein paar Meter weiter hatte jedoch ein Café Tische und Stühle nach draußen gewürfelt, davon ein paar besetzt. Die breite Fahrbahn war bis auf ein gelegentliches Auto nicht befahren. Seidel setzte sich am äußersten Rand des Cafés an einen kleinen Tisch. Erika und Emil gingen weiter und blieben dann erneut an einem Schaufenster stehen. Georgette bugsierte Nike und Sandor an einen Tisch in Seidels Nähe.

Von hier aus konnten sie den Durchlass im Bauzaun sehen. Die Baustelle wirkte verlassen, auch die Nieter im Gerüst arbeiteten sonntags nicht.

»Seidel lenkt die Wachmannschaft ab«, sagte Nike, während sie in der Karte blätterte. »Die Zeit müssen wir nutzen, um reinzukommen. Kommen wir mit einem optischen Trick durch den Eingang?«

»Es ist noch nicht dunkel genug«, gab Georgette zu bedenken und deutete in den Himmel.

»Habe ich einen Trick verpasst?« Sandor grinste. »Ich dachte, du arbeitest rein wissenschaftlich, Nike.«

»Es war Notwehr. Wir mussten sehr spontan sein. Und wir hatten nur einen Fotoapparat und ein bisschen Mathematik.«

»Eine Art Tarnzauber, ein Bild über der Wirklichkeit.«

»Freut mich, dass ihr auch zusammen zaubern könnt.«

»Sei bloß nicht eifersüchtig, Sandor«, sagte Nike.

»Bin ich nicht!« Er war es wirklich nicht.

Seidel beugte sich zwischen Sandor und Nike über den Tisch. »Ich gehe jetzt rüber«, fuhr Seidel leise fort, »und werde versuchen, am Eingang ein bisschen auf den Putz zu hauen. Da ist kein Betrieb, es würde mich, ehrlich gesagt, erstaunen, wenn mehr als zwei, drei Mann die Baustelle bewachen.«

»Dann gehen wir zuerst los und suchen uns eine Stelle, an der wir über den Zaun kommen. Gib uns ein paar Minuten«, sagte Nike und schob brüsk ihren Stuhl zurück.

16
DAS SINGENDE HAUS

Bespei die Säulensucht: toderschlagene
greisige Hände bebten sie
verhangenen Himmeln zu. Stürze
die Tempel vor die Sehnsucht deines Knies,
in dem der Tanz begehrt!
GOTTFRIED BENN: »KARYATIDE«

Nike, Sandor, Georgette, Erika und Emil befanden sich auf dem Weg zum hinteren Ende des Grundstücks. Es lag in der Nähe der Bahntrasse, und Brennnesseln und Borretsch waren hoch ins Kraut geschossen. Emil, Nike und Sandor gingen voraus, um einen Pfad für die zu trampeln, die Röcke trugen.

Erika torkelte benommen und klagte über Kopfschmerzen und Übelkeit, die das misstönende Hundegebell auf der anderen Seite der Gleise nicht eben besser machte.

Sandor besah sich den gut zwei Meter hohen Lattenzaun, der zwar Lücken hatte, die jedoch für nicht mehr durchlässig waren als für Blicke, und fragte sich, wie sie ihn überwinden würden.

Er horchte auf Schüsse, auf Rufe, auf das Knirschen von Stein – auf Anzeichen, dass sie zu leichtfertig gewesen waren, darauf, dass Seidel in eine beleibte Kegelkugelkopfstatue verwandelt würde. Durch die Ritzen im Zaun erspähte er keine Menschenseele. Die Bauarbeiten schienen nun nach dem vernieteten Stahlgerüst bei der Plattenverkleidung angekommen zu sein – überall stapelten sich die Bleiplatten, die die Fassade bilden würden. Doch noch waren sie nicht angebracht: Er konnte überall durch die Spindel des Rohbaus hindurchsehen. Darin waren keine Zwischendecken zu sehen, nur der lange Schacht eines Aufzugs. Ganz oben krönte eine Kuppel den Bau, das einzige bereits verkleidete Teil der Konstruktion.

Sandor lauschte so angestrengt auf Geräusche, dass er den Ton als allerletzter hörte, weil es nicht der Laut war, den er erwartet hatte. Das Haus begann zu singen.

Hauptkommissar Christoph Seidel, dreihundertachtunddreißig Tage von der Pensionierung entfernt, schritt auf den Eingang zum Baugelände zu. Es war lediglich mit einem Band abgesperrt, an dem ein »Durchgang verboten«-Schild baumelte. Dahinter saß auf einem Klappstuhl ein junger Mann mit Schiebermütze und übte besonders kunstvolles Mischen von Karten.

»Junger Mann«, sagte Seidel und zückte seinen Dienstausweis. »Seidel, Kriminalpolizei. Ich habe ein paar Fragen an Sie und Ihre Kollegen.«

»Wat?« Vor Verblüffung ließ der Bursche ein paar Karten fallen.

»Es geht um den Tod von Andreas Brucker und seiner Komplizin vor einer Woche.«

»Da hatten wir keen Dienst«, sagte der Bursche.

»Das werde ich dann gern aufnehmen. Es geht mir um die Zeit davor und danach, Herr und Frau Markov haben mehrere Diebstähle und Sabotageakte gemeldet.«

»Ick gick ma, wen ich kriejen kann«, sagte er, verließ tatsächlich seinen Posten und verschwand zwischen einer Bauhütte und einem Anhänger mit Metallelementen, die den Blick auf das Erdgeschoss des Turms verhehlten. Die höheren Stockwerke konnte Seidel einsehen. Er ließ seinen Blick daran hinaufwandern – es war schon wild, dass keine Zwischendecken eingezogen wurden, der Turm war hohl. Die untergehende Sonne spiegelte sich in den zahlreichen Eisenverstrebungen. Die Elemente der Kuppel erinnerten ihn an eine Sternwarte. Fast schien es ihm, als richtete sie sich sehr langsam neu aus, als verfolge sie einen Kometen auf seiner ewigen Bahn. Aber das konnte nicht sein. Er schüttelte den Kopf.

Dann hörte er Schritte, die näher kamen.

»Christoph, was machst du denn hier?«

Ihm blieb kurz die Spucke weg. Kriminaloberkommissar Fuchs aus der Mordinspektion trat aus dem Schatten der Bauhütte.

»Das könnte ich dich auch fragen.«

»Du bist doch ins Wochenende gegangen, was ist los?«

»Ich bin hier, um die Wachleute zu befragen.«

»Ich bin aber schon hier.«

»Um die Wachleute zu befragen?«

Fuchs maß ihn mit einem Blick. »Ja.«

»Dann muss in der Burg was schiefgelaufen sein. Hast du was dagegen, wenn ich dazukomme?«

»Ehrlich gesagt, ja. Ich bin fast fertig. Hab hier alles protokolliert und fahr gleich nach Haus.«

»Aha.« Seidel blätterte kurz in seinem Notizbuch, um Zeit zu schinden. »Hat man dir auch gesagt, dass das direkt vom Buddha kommt, dass wir uns hier noch mal die Wachleute vorknöpfen?«

»Ja, Buddhas Wunsch.« Fuchs lachte. »Der ist uns doch allen Befehl.«

»Na, so was.« Seidel klappte den Block zu. »Dann ist ja alles klar. Schönen Abend noch, Reinhold.«

»Dir auch, Christoph. Tut mir leid, dass du extra gekommen bist.«

Seidel winkte mit einer kleinen Geste und schlenderte so ruhig wie möglich den Zaun entlang. Er musste die anderen finden, hier lief etwas gewaltig schief. In diesem Moment hob das Haus zu singen an.

»Was ist das?«, flüsterte Nike, und sie verharrten wie auf Kommando. Sandor blickte sich zu Erika um, die schwankte und bleich war. Es war ein hohles, säuselndes, an- und abschwellendes Pfeifen, das Sandor nicht auf Anhieb einem Ursprungsort zuordnen konnte. Erika sah mit verzerrtem Gesicht zur Turmspitze auf, er folgte ihrem Blick. Obwohl er ein gutes Auge für Maße hatte, konnte er durch die Windung des Turms kaum einschätzen, wie viele Stockwerke das sein mochten. Zehn? Zwanzig? Noch mehr, wie die Wolkenkratzer in New York? Erika flüsterte: »Die Kuppel bewegt sich doch, oder?«

»Scheiße«, fluchte Emil. Nike stieß ihn mit strengem Blick an. Sandor lugte rasch durch die nächstbeste Lücke im Bauzaun und bedeutete den anderen, leise zu sein. Er hörte durch das durchdringende Lied des Turms hindurch knirschende Schritte auf dem sandigen Boden. Stiefelschritte.

Die Person kam in Sicht. Es waren tatsächlich Stiefel, schwarz. Darüber eine braune Hose. Ein braunes Hemd. Mit einer roten Armbinde, deren Details Sandor nicht erkennen konnte, aber auch nicht erkennen musste. Er fuhr von der Lücke im Zaun zurück, als könne er dadurch genauso klar gesehen werden.

»SA«, hauchte er.

Helga traute ihren Augen nicht. Sie schloss die Lider, schüttelte den Kopf und wagte erneut einen Blick aus dem Küchenfenster.

Verdammich, was ist das denn? Größer als jeder Mensch, knirschend, als widersetze er sich mit jeder Bewegung seiner Natur.

Erlaubte sich die Abenddämmerung einen Scherz mit Helgas

Sinnen? Sie ließ den Teller, den sie gerade abwusch, einfach zurück ins Spülwasser fallen.

Das Ding da draußen glich einem adrett gekleideten jungen Preußen im Mantel, das Haupt gekrönt von Locken. In der Linken dicht am Körper trug er eine Art Schriftrolle, während er zielsicher die Straße entlangschritt. All die präzise herausgearbeiteten Details konnten aber nicht darüber hinwegtäuschen, dass dieser überlebensgroße Herr da draußen aus strahlend weißem Marmor bestand. Die Tatsache, dass er sich bewegte, sorgte dafür, dass Menschen panisch vor ihm davonstoben. Ein Pferdefuhrwerk nahm ohne Kutscher Reißaus, ein Auto bremste ab, die Tür sprang auf. Der Fahrer floh zu Fuß und verlor dabei seinen Hut.

Der Preuße – das ist doch Schiller!

Natürlich nicht der echte Schiller, der war ja längst tot, das da war der Schiller vom Brunnen drüben auf dem Gendarmenmarkt!

»Heilige Mutter Gottes«, rief sie und bekreuzigte sich. Wenn der Herr im Himmel einen seiner Engel geschickt hätte – die Victoria des Brandenburger Tors oder die Goldelse von der Siegessäule –, dann hätte Helga nicht an einem Wunder gezweifelt. Aber ausgerechnet Schiller? Das konnte nur mit dem Teufel zugehen!

Und tatsächlich: Als der Poet sein Ziel erreicht hatte – ein Arbeiterhaus auf der anderen Straßenseite –, erhob er seine Schriftrolle mit beiden Händen, schwang sie, als wäre sie eine Keule, und ließ sie mit abgehackter Wucht auf die Ziegelwand des Hauses krachen. Er ging mit stoischer Gemütsruhe vor und schlug wieder und wieder an dieselbe Stelle massiven Mauerwerks.

Das nach wenigen Schlägen allerdings gar nicht mehr so massiv aussah, sondern sich zerbröckelnd auflöste.

Helga begann zu schreien.

Ulrich schoss mit voller Kraft. Der Ball flog, verfehlte das Tor und durchschlug eine Fensterscheibe auf der anderen Straßenseite.

Das Herz sackte ihm in die Magengrube: Mutter hatte ihm so oft gesagt, nicht in der Nähe der schicken Häuser zu spielen. Er würde sich dafür einen Satz heißer Ohren einfangen – wenn er nicht schnell wegkam! Es lag ohnehin so eine merkwürdige Stimmung in der Luft, da würde er mit keiner Milde rechnen können. Womit er allerdings wirklich nicht rechnete, war das Erzittern des ganzen Gebäudes.

O nein – das würde ja noch mehr Ärger bedeuten, als er befürchtet hatte!

Dann wurde es allerdings völlig scheel: Die beiden Frauen mit den nackten Brüsten und komischen Haaren, die links und rechts des Eingangs standen und mit ihren über den Kopf erhobenen Unterarmen den Balkon abstützten, schienen entschieden zu haben, in den Streik zu treten. Verständlich. Der Vater hatte bereits für viel weniger gestreikt als das jahrelange Stützen eines Balkons. Die Wesen lösten sich aus dem Haus, glitten aus dem Stein wie aus einem Mantel und ließen den Balkon hinter sich zusammenstürzen.

»Lass uns abhauen!«, sagte Gertrud. Ihre Zöpfe waren völlig durcheinander, und ihr Gesicht war ganz rot vom Spiel.

»Nein, das müssen wir uns ansehen«, sagte Ulrich und rannte los, ohne weiter auf Gertrud zu achten – herunter von der Baustelle, auf der sie Fußball gespielt hatten. »Die haun uns doch die Hucke voll!«, rief ihm Gertrud hinterher.

Ulrich musste sich durch eine Reihe flüchtender Männer drängen, die Anzüge und Hüte trugen. Geschäftsleute. Sie flohen vor den Karyatiden, doch eine Frau mit hochgesteckten Haaren in einem fleckig schwarz gefärbten Kleid war nicht in

Panik oder Schreckstarre verfallen, sondern drängte sich mit Ulrich durch. Er kam neben ihr zum Stehen, zehn Meter vor den beiden Steinfrauen. Rotes Sonnenlicht spielte auf der steinernen Haut, die sich bei jedem Schritt knirschend bewegte.

Ulrich blickte der Zuschauerin neben sich von unten und von der Seite ins Gesicht. Sie lächelte versonnen, den Blick fest an das Schauspiel geheftet. Sie sah ihn flüchtig an und sagte feierlich: »Zerbirst die Höhle, die dich knechtet. Rausche doch in die Flur!«

War sie eine Hexe und für das alles hier verantwortlich? Sie wirkte nicht so, so ganz ohne Buckel und Warzen.

»Die Magie gehört uns allen«, flüsterte sie ihm zu. »Denk dran.«

Ulrichs Blick glitt erneut zu den Karyatiden. So schön, so stark wirkten sie, verhöhnten ihren Daseinszweck. Doch dann begannen sie, alles zu zerstören.

Margot hatte es eilig. Ihre hastigen Schritte klackerten auf dem Kopfsteinpflaster. Sie musste vor Anbruch der Dunkelheit zu Hause sein, sonst wurde Gustav wieder so zornig.

Seit einigen Minuten quälte sie ein nagender Kopfschmerz. Nicht vom Nacken her, wie sie es kannte, sondern hinter der Stirn.

Plötzlich stürzte vor ihr ein älterer Herr. Sein Stock klapperte am Boden, sein Fuß war zwischen zwei Kopfsteinen stecken geblieben. Margot machte Anstalten, ihm aufzuhelfen, stolperte dabei jedoch selbst. Sie fing sich mit den Händen ab, fiel mit dem Knie aufs Pflaster. Der Schmerz blieb aus. Das Kopfsteinpflaster fühlte sich so seltsam weich und nachgiebig an. Doch ihr Fuß steckte ebenfalls in einer Fuge fest.

Sie zerrte an ihrem Bein, kam aber nicht los. Dann bemerkte

sie, dass auch ihre Linke zwischen die Pflastersteine rutschte. Ihre Rechte ruhte auf einem Stein, aber der fühlte sich merkwürdig weich an, die Ränder gaben nach.

Der ältere Mann schrie jetzt auf, das Pflaster ließ ihn regelrecht einsinken. Anderen Passanten ging es ähnlich, sie kämpften um die Balance oder zerrten an ihren eigenen Beinen.

Erst jetzt begriff Margot, was geschah: Das Pflaster wurde durchlässig. Sie versank darin wie in Treibsand. Ihr Bein steckte schon bis zum Knie im Boden, ihre linke Hand bis zum Gelenk. Als sie begriff, dass sie vom Kopfsteinpflaster verschluckt werden und darin ertrinken würde, fing auch Margot an zu schreien.

Hans trat gegen die Kommode. Er war wütend, nein, zornig, nein, stinksauer! Sie konnten ihn doch nicht einfach so aus dem Verein werfen! Ihn, Hakenhans, den Mann mit der gewaltigsten Rechten nach Schmeling! Nur wegen dem bisschen Heroin und einer kleinen Rangelei!

Er rammte seine Faust mit voller Wucht oberhalb des Kamins gegen den gemauerten Schlot, freute sich auf den Schmerz aufgeplatzter Fingerknöchel. Doch der blieb aus, die Wut wich Verblüffung. Die Faust steckte einfach in der Wand.

Seine Faust war vom Gemäuer bis zum Unterarm verschluckt worden! Er konnte die Hand im Innern des Kaminschlots drehen und hin und her bewegen, aber den Arm bekam er nicht frei.

Hans blieb nicht viel Zeit, sich darüber zu wundern. Das ganze Haus begann zu zittern, wie bei einem Erdbeben. Glas ging zu Bruch, als Scheiben aus schmelzenden Fensterrahmen fielen, Schreie drangen von den Nebenräumen und von der Straße her auf ihn ein. Er zerrte an seinem Arm, doch bevor er irgendetwas damit bewirken konnte, stürzte die Decke über ihm zusammen.

Helga starrte immer noch auf die Wolke aus Trümmern und Staub des eingestürzten Arbeiterhauses. Sie betete, dass die Einwohner rechtzeitig herausgekommen waren. Doch ihre Sorge um die Menschen dort schlug sofort in Sorge um sich selbst um, als sich ein Schatten in der Staubwolke gegenüber abzeichnete. Die Umrisse eines übermenschlich großen Mannes schälten sich aus dem Chaos. Schiller hatte den Zusammensturz unbeschadet überstanden und kam direkt auf ihr Haus zu. Helga schrie auf, ließ alles stehen und liegen und nahm die Beine in die Hand.

»Riecht ihr das?«, flüsterte Sandor, und im selben Moment kamen fernes Getöse, Hupen, Schreie bei ihnen an. Aber auch ein Hauch von Salz.

»Sie beeinflussen Stein«, flüsterte Georgette. »Von da oben aus! In … in der Stadt! Der ganzen Stadt!«

»Aber zu welchem Zweck? Scheint mir ziemlich meschugge«, murmelte Emil.

»O Gott, natürlich.« Erika riss den Blick los und packte Emil an den Schultern. »Unser Experiment auf der Tietz-Baustelle.«

»Ach, sagt bloß, es gibt noch was, was ihr uns nicht gesagt habt!«, stieß Nike hervor.

»Nicht absichtlich, Nike! Hab nicht dran gedacht, mit dir über den Ablauf vom Experiment zu debattieren, Mensch! Dass der Marmor flüssig wurde, war nur ein Effekt in einer Kettenreaktion. Markova hatte uns drei von ihren Statuen da aufstellen lassen, einmal rundherum. Sie wollte, dass wir daran arbeiten, die Resonanz mit Spiegeln zu bündeln. Und – einfach nach unten auf den Boden richten. Ableiten, in die Erde.«

»Also, die Magie an einer Stelle wirken und ... die Wirkung umlenken?«, begriff Nike sofort. »Mit Spiegeln? Das hat *funktioniert*?«

»Das sieht man doch an Frölich, wie gut das funktioniert hat!«

»Dann müssen wir da rein«, sagte Georgette und zeigte auf das Singende Haus.

»Sie hat recht.« Erika blinzelte heftig. »Wir müssen da rein. Wir sind die Einzigen, die schnallen, was passiert! Emil und ich können – wir können die Verstrebungen weich werden lassen oder den Boden!«

»Sie lassen sich von der Sturmabteilung beschützen! Die bringen uns um!«, wisperte Sandor. Georgette spähte durch die Ritze im Zaun, vor der er zurückgewichen war. »Ich brauch nur ein paar Minuten, dann baue ich eine Tarnung für euch auf ... Und vielleicht haben wir diese paar Minuten, seht euch das an!«

Auch Sandor spähte durch eine Lücke, Nike beugte sich ungeduldig vor und lugte fast Schläfe an Schläfe mit ihm hindurch. Der SA-Mann war auf die Knie gesunken und atmete schwer, er hatte sich an die Stirn gefasst und schwankte. Ein zweiter kam hinter einem Wagen mit hochgestapelten Bleiplatten hervor.

»Lorenz, alles in Ordnung?«

»Dieser Ton ... Ich hab den Eindruck, mein Kopf platzt«, stöhnte Lorenz.

Sein Kumpel, ein etwas untersetztes Braunhemd mit ungewaschenen Locken, kam näher, fasste ihm unter die Achsel und zog ihn hoch. »Das ist der Ton. Ich bring dich zum Rottenführer.«

Lorenz würgte, ohne sich zu übergeben, und fand dann auf wacklige Beine. Die beiden zogen ab.

»Wenn, dann jetzt«, flüsterte Sandor.

»Da sind sicher noch mehr von denen!«, wandte Nike ein.

»Aber der Wagen gibt uns Deckung. Sag was, jetzt oder nie!«

Nike holte Luft. *Nie. Nie. Nie.*

»Jetzt«, sagte sie. Sie wussten nicht, was hier vorging. Sie wussten nicht, wie gefährlich es war. Aber was, wenn sie wirklich die Einzigen waren, die eine Katastrophe verhindern konnten? Beben liefen unter ihren Füßen entlang, an- und abschwellend. Sandor nickte und formte die Hände zu einer Räuberleiter. Georgette schob sich an Nike vorbei. »Ich gehe zuerst und fange am besten sofort damit an, eine Illusion für euch vorzubereiten.«

»Ich helfe dir«, sagte Nike.

»Nein, für unseren Trick ist es nicht dunkel genug. Ich habe ... ich habe etwas anderes im Sinn. Experimentell.« Sie grinste und gab Nike einen raschen Kuss. Dann trat sie in Sandors Hände und schwang sich zur oberen Kante des Bauzauns hoch. Vorsichtig lugte sie hinüber. »Sieht gut aus. Mit dem ganzen Baumaterial ist das ein einziges Labyrinth.« Sie legte sich der Länge nach auf die Kante des Zauns, verzog dabei kurz das Gesicht und schwang dann auf der anderen Seite erst das eine, dann das andere Bein herunter. Nike sah durch die Ritze im Zaun, wie sie auf dem Boden aufkam und sich sofort zwischen Wagen und Zaun niederkauerte.

»Wer ist als Nächster dran?«, fragte Sandor.

»Ich komm allein da hoch«, sagte Erika mit einem abschätzenden Blick auf den Zaun.

»Im Ernst?«

»Ja, ich bin beim Turnen. Und jetzt, rüber mit euch. Wir machen sie fertig.«

Als sie auf der anderen Seite angekommen waren, sammelten sie sich bei Georgette. Den Koffer hatten Emil und Erika als Vorletztes über den Zaun bugsiert. Vorsichtig hatten sie ihn zu Boden gelassen und geöffnet – die Geräte hatten keinen Schaden genommen.

In regelmäßigen Abständen standen Straßenlaternen auf dem großen Platz um den massigen Turm, je zwei weiße, leuchtende Zylinder an einem schwarzstählernen Mast. Von hier aus schien er noch einschüchternder, das geometrisch Vertrackte daran ließ ihn zu etwas Widernatürlichem werden, von dem man die Augen am liebsten abwenden wollte.

»Er ist vor allen Dingen ein Außengerüst mit Verstrebungen im Inneren. Wenn wir an einer Stelle den Boden destabilisieren ...«

»Aber der Boden ist Beton, so was haben wir noch nie gemacht.«

»Dann werden wir wohl herausfinden, ob es klappt.«

Georgette zog eine Papiermappe aus der Umhängetasche mit dem Fotoapparat heraus. Es waren Negative. Eilig hielt sie eines nach dem anderen gegen das Laternenlicht, bis sie gefunden hatte, was sie suchte. Nike konnte nichts erkennen.

»Weihst du mich ein?«

»Nicht nötig. Du und Sandor, ihr müsst Erika und Emil helfen. Ich brauch allerdings ... eine Kathodenstrahlröhre. Und Strom.«

»Strom wie von so einer Laterne, ja?«

»Das würde es tun.«

»Dann haben wir jetzt einen Plan. Keinen guten, aber einen Plan. Hoffen wir, dass Seidel ihre Aufmerksamkeit auf sich zieht.«

»Nike! Es wird schwächer«, sagte Sandor. Das Pfeifen des Hauses zog sich langsam zurück. Das entfernte Grollen wurde deutlicher, je schwächer der Gesang des Turms wurde. Sandor hatte den Kopf in den Nacken gelegt. »Die Kuppel ändert die Ausrichtung.«

»Schicken sie Erdbeben in alle Richtungen?«, fragte sich Nike laut. »Wie wollen sie damit davonkommen, ohne für alle Zeiten ins Kittchen zu wandern? Seidel kann sie doch auf der Stelle verhaften!«

»Wenn er das tut, umso besser. Wenn nicht, sind wir dran.«

»Beeilen wir uns. Ich besorge uns Strom«, sagte Nike.

»Wir brauchen hier ein paar Spulen, einen Kondensator, eine Röntgenröhre, zwei Braunsche Röhren und einen Trafo.« Erika kam herüber und nahm die beiden verbleibenden unterarmlangen Kathodenstrahlröhren aus dem Koffer.

»Bleibt im Schatten von diesem Kran da«, entschied Georgette. Sie hob die Kamera und schoss ein einzelnes Bild – den Kran entlang auf die Eisenträgerkonstruktion des Erdgeschosses. Dann nickte sie Nike zu. »Los.«

Marion Heubeck begriff, dass sie nicht länger untertauchen konnte, als die Mansarde, in der sie zusammengerollt im Bett ihrer beiden Freundinnen lag, um sie herum bebte. Lischen war zu Hause und las eine Illustrierte. Olga war ausgegangen und würde später mit Geld und etwas zu essen wiederkommen. Lischen war Tänzerin und Prostituierte, Olga nur Letzteres. Beide waren außerdem ein Paar, zusammen gegen den Rest der Welt. Marion war irgendwie einige Monate ein Teil von all dem gewesen, die beiden Frauen, die sieben und neun Jahre älter waren als sie, hatten ihr Unterschlupf gewährt und ihr geholfen, in ihre Marlene-Varietérolle zu schlüpfen.

Marion wollte nicht zurück in ihr Elternhaus. Sie wollte die viel zu enge Mansarde eigentlich nie wieder verlassen. Wollte für immer zusammengerollt im Bett liegen – bis die Zeit im Haus der Markovs so lange zurücklag, dass sie sie einfach vergessen konnte.

Markov hatte ihr nach einem Auftritt Honig ums Maul geschmiert. Hatte gesagt, er wolle sie protegieren. Er habe ihr Talent als Tänzerin erkannt. Er sähe eine Zukunft für sie auf größeren Bühnen. In angesehenen Ensembles.

Sie würde nie wieder jemandem wie ihm glauben. Er hatte ihren Vater mit ihrem Wohlergehen erpresst. Er hatte sie zur Mittäterin an Frölichs Tod gemacht und versprochen, bei ihm sei sie in Sicherheit. »Wir halten doch zusammen«, hatte er ihr verschwörerisch gesagt. »Du wirst schon sehen, alles wird gut ausgehen.«

Doch nichts würde gut ausgehen. Sie hatte oft genug angetrunken in seinem Arbeitszimmer gelegen, wenn wichtige Männer zu Gast waren. Sie hatte genug gehört, genug verstanden.

Sie hatte gehofft, dass sie erst einmal eine Woche, zwei Wochen bei Lischen und Olga bleiben konnte, mit der Decke bis zur Nase hochgezogen, um darüber nachzudenken, wem sie wie viel von dem, was sie wusste, erzählen sollte. Um den Mut zu finden, zur Polizei zu gehen.

Aber noch nicht, sie wollte es nicht bereits in Worte fassen müssen. Und Leute wie die Markovs kamen ohnehin immer mit allem davon.

Da ließ Lischen die Zeitung sinken, und Marion wurde bewusst, dass sie sich das Beben nicht einbildete.

»Merkst du das auch?«, fragte Lis.

Marion setzte sich auf. Sie fühlte sich ganz rammdösig und hätte das Zittern am liebsten ins Reich ihrer Träume verbannt.

»Dann haben sie angefangen«, flüsterte Marion.

»Was?«

»Ich dachte, der Scheißturm wäre noch gar nicht richtig fertig …«

Marion schwang die Beine aus dem Bett. Im Haus waren Schreie zu hören. Sie mussten hier raus, das war doch alles baufällig! Aber nicht nur raus, sie musste …

»Ich muss los, Lisa.«

Lischen sah sie alarmiert an. »Kann ich dir helfen?«

»Ja. Aber … wir müssen aufs Dach.«

Seidel folgte der Spur aus platt getretenen Brennnesseln, die an einem Lattenzaun endete. Er lugte durch eine Ritze, konnte jedoch niemanden sehen und auch kein Rufen riskieren.

»Scheiße«, fluchte er tonlos und wandte sich wieder um. Es gab jetzt nur eine Möglichkeit, den anderen zu helfen: Er musste sich wieder mit Fuchs einlassen.

Er kehrte auf dem Absatz um und hoffte, dass er nicht zu spät war. Es war ein großes Gelände. Mit hochrotem Kopf machte er sich auf den Rückweg. Er musste Fuchs in mehr als ein paar Floskeln verwickeln.

Und das so kurz vor der Pensionierung!

Nike beherrschte als Experimentalphysikerin auch die Arbeit eines Elektrikers. Also hockte sie auf dem Boden an einer der klobigen Laternen und nutzte eine Lücke in der Verschalung, um die Kabel herauszufriemeln. Sie trennte sie an den richtigen Stellen durch, entfernte die Isolation und schloss dann die Transformatoren daran an.

Mittlerweile war ein etwas anderer, aber nicht weniger beunruhigender Ton angeschwollen, und die Erde wurde erneut von seismischen Wellen erschüttert.

Sandor hockte bei Emil und Erika, die Kreide für rasche Skizzen und aus Seidels Werkzeugschuppen sogar einen Meißel mitgebracht hatten. Aber würde das reichen, um den ganzen Turm so zu destabilisieren, dass die Markovs das abbrechen mussten, was sie da gerade taten? Was immer das sein mochte, es wirkte wie der Anbruch des Jüngsten Gerichts.

Sandor sah erneut mit zusammengepressten Lippen hinauf.

Der Turm war eine wahrhaft beängstigende Konstruktion aus Metallverstrebungen. Sie bildeten nicht nur die Außenhülle, wie Nike zunächst gedacht hatte. Sie verbanden auch die Außenhülle an allen möglichen, unregelmäßig scheinenden Stellen im Inneren des Turms, in teils steilen, teils flachen Winkeln, ein riesiges Konstrukt aus Spiralen und Geraden.

Es muss einen Sinn haben. Wenn sie es als magisches Instrument gebaut haben, muss es eine Regelmäßigkeit haben, die mir entgeht, schoss es Nike durch den Kopf.

Keine der vernieteten Streben durchkreuzte die Mitte. Dort befand sich wie eine metallene Achse der Aufzugsschacht, der im Erdgeschoss von einer metallenen Gittertür abgesperrt wurde.

Die Transformatoren begannen zu summen, Nike regulierte den Strom, den sie der Lampe abzapfte, und sah zu Georgette hinüber. Die hatte bereits eine Spannung für die Kathodenstrahlröhre eingestellt und hantierte mit dem Negativ aus der Tasche sowie dem Rollfilm, den sie aus der Kamera genommen und vorsichtig in einem gefalteten Blatt Papier aufbewahrte, damit er nicht überbelichtete. Die Röhre stand einfach auf dem Boden, Georgette hockte daneben.

Es fiel Nike schwer, darauf zu vertrauen, dass alle Anwesenden kompetent waren, in dem, was sie taten. Sie erhob sich an der Laterne und wollte zu ihnen hinübergehen.

Das Gefühl, dass Gefahr nahte, war schneller als das Geräusch der Tritte. Aber beides folgte so rasch aufeinander, dass Nike erst herumfuhr, als jemand »Hey!« rief. Zum Glück war es ein überrachtes und kein durchdringend lautes »Hey!«, aber um den Anhänger mit gestapelten Bleiplatten herum kamen zwei Braunhemden und griffen sofort nach ihren Knüppeln. Der eine hatte dem zusammengebrochenen Mann auf die Beine geholfen, der Zweite war ein junger Bursche von vielleicht sechzehn, siebzehn Jahren.

Georgette blieb in der Hocke und korrigierte die Ausrichtung der Röhre auf die beiden Wachen. Es ging alles so schnell, dass Nike kaum einen Laut von sich geben konnte. Der Ältere packte seinen Knüppel vom Gürtel und wollte auf Georgette zustürmen. Der Jüngere öffnete den Mund, um einen Alarmruf auszustoßen.

Da zog Georgette den Papierschnipsel zwischen dem Negativ und dem neu aufgenommenen Foto hervor und sandte … Nike wusste nicht, was sie sandte, aber es traf die beiden Braunhemden schneller als ein Schuss. Schneller als ein Schrei.

Der Jüngere erstarrte mit offenem Mund, sein Gesicht, eben noch grimmig entschlossen, verzog sich weinerlich, bevor es ein Ausdruck äußersten Entsetzens wurde. So blieb er stehen, als hätte Georgette ihn in ein Abbild von Munchs *Schrei* verwandelt. Der Ältere ließ sich zu Boden fallen und kauerte dort mit den Armen über dem Kopf.

Mit flachem Atem lief Nike zu Georgette. »Was tust du da?«

»Komm der Röhre bloß nicht in die Quere«, sagte Georgette gepresst. »Ich weiß nicht, wie lange sich das aufrechterhalten lässt, beeilt euch einfach.« Sie deutete noch mit dem Kinn auf das Etui neben sich und fügte hinzu: »Nimm meinen Fotoapparat, für alle Fälle.«

»Was, wenn du ihn brauchst?«

»Ich brauch ihn nicht. Los jetzt, steh hier nicht so rum!«

Nike wollte noch irgendetwas sagen, nickte dann aber einfach und rannte los, zum Fuß des singenden Giganten. Erika war bereits durch die Verstrebungen hindurch ins Innere des Turms geklettert und stellte dort die zweite Braunsche Röhre auf. Die Kabel schlängelten sich wie ein unregelmäßiger Beschwörungskreis zwischen den meterbreiten Stahlträgern hindurch, die hier im Beton eingebettet waren. Nike lugte ins Innere. Trotz der zahllosen Lücken wirkte es drinnen kühl und dunkel.

»Es muss eine Gesetzmäßigkeit haben.« Nike zerrte ihr Notizbuch aus der Jacketttasche und trat ebenfalls ins Innere des Turms. Sofort legte sich ein gewaltiges Gewicht auf sie, das Singen und Dröhnen und Rauschen war hier vielfach verstärkt, die Stahlträger vibrierten auf eine Weise, die körperlich unangenehm war.

Die sinkende Sonne warf keine Strahlen mehr hinein. Die Verstrebungen über ihr gingen kreuz und quer – es gab keine einzige Zwischendecke. Nike konnte sich nicht vorstellen, dass sich in diesem Monstrum Etagen einziehen ließen.

Aber das ist ja auch gar nicht der Sinn, oder? Der Aufzug hält auch nur unten und ganz oben. Das hier wird kein Bürogebäude. Es ist nicht einmal ein Statussymbol. Es ist ein magisches Herrschaftsinstrument.

Vorsichtig wagte sich Nike weiter ins hohle Haus vor. Hier bebte der Boden nicht mehr, sie spürte stattdessen Erschütterungen in der Luft, unhörbare Schallwellen oder Luftzüge.

Sie wagte sich nicht ganz in die Mitte, aber als sie ein paar Schritte von der Außenwand entfernt nach oben sah, folgte sie einer Eingebung und schoss ein Foto. Es war vermutlich viel zu dunkel hier im Inneren. Trotzdem half ihr der Blick durch den Sucher, etwas zu begreifen. Sie kritzelte in ihr Notizbuch, mit angehaltenem Atem.

Sie hörte nichts von oben, der Turm war keine Echokammer und gewährte ihr nicht einmal einen Blick, der höher ging als wenige Stockwerke. Mit zitternden Händen versuchte sie sich zu erinnern und schrieb Formeln in ihr Notizbuch.

Sandor war ihr gefolgt und sah ebenfalls hinauf. Sie fuhr zu ihm herum und pickte mit dem Bleistift auf die Seite ihres Notizbuchs. Ihn hatte die Erkenntnis offenbar noch nicht ereilt.

»Sandor«, flüsterte sie. »Die Verstrebungen verlaufen wie die Bahn eines Foucaultschen Pendels. Allerdings nicht auf einer Ebene, sondern mit der Spirale des Turms in die Höhe gezogen.«

»Was … was heißt das?«

»Das weiß ich noch nicht! Foucault hat mit dem Pendel die Rotation der Erde bewiesen. Das Pendel ändert seine Kreisbahn, weil die Rotation der Erde es beeinflusst.«

»Aber hier pendelt nichts.«

»Nichts Sichtbares. Aber du spürst es auch, oder?«

Er nickte rasch und beunruhigt.

»Magie mit der Rotation der Erde kann nichts Gutes bewirken, dazu muss ich kein Physiker sein«, sagte er.

»Aber wir können die Schwingung mit diesem Wissen vielleicht stören. Ich brauche dein Auge, Sandor. Kannst du die Länge, Breite und Dicke der Stahlträger schätzen? Und in welchem Verhältnis sie nach oben hin kleiner werden?«

»So in etwa …«

»Dann los! Erika und ich brauchen wirkungsvolle Frequenzen, und ich muss sie ausrechnen.« Nike deutete auf den Boden, in dem die Stahlträger verschwanden. »An diesen Verankerungen ändern wir gar nichts. Wir müssen die Struktur stören. Und zwar ganz gewaltig.«

»In Ordnung.« Er trat an den nächstbesten Stahlträger und begann damit, ihn mit Mittelfinger und Daumen der Linken auszumessen.

»Es muss nicht schön sein, nur schnell!«, zischte Nike.

Hauptkommissar Seidel kam schnaufend wieder auf der Vorderseite des Geländes an. Hier im Viertel war noch nichts Verdächtiges zu sehen, doch dass etwas Gewaltiges geschah, war deutlich zu spüren.

Am Eingang stand wieder der Kartentrickser.

»So«, schnaufte Seidel, zog ein Taschentuch aus der Hosentasche und tupfte sich damit die Stirn. Er versuchte sich an größtmöglicher Autorität. »Ich möchte den Kollegen Fuchs noch mal sprechen, aber dalli.«

Der junge Mann zuckte mit den Achseln und rief über die Schulter. Seidel war nervös und wünschte sich seine Dienstwaffe, doch er hatte nur den Dienstausweis bei sich, und der würde Fuchs nicht beeindrucken. Aber die Waffe vermutlich auch nicht – Fuchs war zwei Jahrzehnte jünger und angeblich immer der Beste auf dem Schießstand; auf dem Seidel seit Jahren nicht mehr gewesen war.

Fuchs kam erneut aus der Richtung der Bauhütte angeschlendert.

»Christoph. Hast du dich verlaufen? Die Tramhaltestelle ist da vorn.«

»Diese Geräusche kommen vom Turm. Wen auch immer du hier verhören willst, ich würde vorschlagen, du fängst mit denen da oben an. Das ist mindestens Ruhestörung.«

»Hat dich nicht zu kümmern. Oder bist du jetzt unter die Schupos gegangen?«

»Die Erde bebt, und dieser Turm ist dran schuld. Ich möchte jetzt mit dir da reingehen und jemanden verhaften, bevor Häuser einstürzen und Leute zu Schaden kommen.«

»Es kommt niemand zu Schaden, Christoph. Und du kapierst es nicht. Der Turm verhindert das Schlimmste.«

»Bitte, was?« Dieses schmierige Grinsen. Er musste sich wohl verhört haben.

»Die Erdbeben gehen nicht vom Turm aus. Sie werden vom Turm gedämpft«, sagte Fuchs.

»Das ist doch Schwachsinn, Fuchs. Der Ton ist ein magisches Phänomen, und du musst nicht denken, dass ich so was nicht erkenne, wenn ich es sehe! Das ist *meine* Abteilung. Wenn du nicht einschreitest, dann werde ich einschreiten.«

Seidel ging um die Absperrung herum und auf das Gelände. Fuchs trat ihm in den Weg. »Ich geb dir nur noch einmal den guten Rat, nach Hause zu gehen, Christoph. Du wirst uns morgen dankbar sein.«

»Und für was genau? Für ein kaputtes Berlin?«

Fuchs verzog keine Miene.

»Was denn, Reinhold, meinst du, ich hab keine Ahnung von nichts? Du hast dich doch schmieren lassen!«

Fuchs zog seine Waffe.

»Mich zu erschießen mit einer Dienstwaffe wäre aber eine ziemliche Dummheit«, sagte Seidel kaltblütig. Er war sich tatsächlich ziemlich sicher, dass Fuchs nicht zum Äußersten greifen würde. Doch da gesellten sich zwei neue Wachen vom Gelände dazu, und Seidel sah erst jetzt, als sie ins Licht einer der bereits installierten Laternen traten, dass sie SA-Uniformen trugen. Nun sackte ihm sein Herz in die Magengrube. Mit diesen Jungs war nicht zu spaßen.

»Dann tut es mir leid, Christoph«, sagte Fuchs und nickte ihnen zu.

Der Schuss peitschte über die Baustelle, ein eiskaltes Geräusch inmitten des kühlen Gesangs des Turms. Seidel stolperte zurück und fragte sich, wer ihn so hart gestoßen hatte.

Als es ihm dämmerte, stolperte sein rasendes Herz, und dann wurde es um ihn herum schneller dunkel, als er für möglich gehalten hatte.

Sandor hörte den Schuss, und auch Nikes Kopf ruckte hoch.

»Das ist weiter weg. Das war nicht Georgette«, sagte er leise.

»Der Ton vom Turm verzerrt doch alles«, erwiderte sie und sah aus, als sei sie drauf und dran, den Kreis aus Apparaturen zu verlassen, den sie zusammen aufgebaut hatten. Die Verstrebungen boten ihnen nur wenig zusätzlichen Schutz. Erika stand an den Reglern, Nike hatte Sandor angewiesen, mit Kreide Schwünge nach der Formel des Foucaultschen Pendels zu zeichnen, die Emil eilig mit dem Meißel nachzog. Sandor konnte die Kreide in die rechte Hand nehmen, zwischen steinernem Zeigefinger und Daumen einklemmen. Immerhin zitterte ihm diese Hand nicht.

Es sah aus wie ein verwischter Bannkreis.

»Ich fange jetzt an«, sagte Erika. Emil nickte, er war unter der Mütze nass geschwitzt, die Haare lugten als feuchte Strähnen darunter hervor. »Bin ooch so weit.«

»Ihr auch?«, fragte Erika.

Nike rechnete, was das Zeug hielt, und deutete immer wieder auf den Punkt im Kreis, wohin Sandor den nächsten Schwung ziehen sollte.

»Ja.«

»Dann ... jetzt.« Erika regelte die Energie hoch. Die Braunschen Röhren erwachten zum Leben, surrten, als wären sie randvoll mit Elektrizität, die sie kaum in sich behalten konnten.

Sandor arbeitete weiter, immer ein neuer Schwung, noch einer, noch einer ...

Er wusste nicht, ob Sekunden oder Minuten vergingen, bevor er einen Blick wagte. Er sah, dass Erika nach der richtigen Frequenz suchte. Sie regelte immer wieder hoch und runter, die Lippen zusammengepresst.

»Das funktioniert nicht!«, stieß sie hervor. »Ich kriege keine Verbindung!«

»Zum Turm?«, fragte Nike.

»Zu Emil! Oder Sandor! Und zum bekloppten Turm schon gar nicht! Das war eine Scheißidee, Nike, und wir hätten einfach den verdammten Boden verflüssigen sollen!«

»Aber die Stahlträger sind verankert, was meinst du denn ...«

»Dann hätten wir die Verankerung der Stahlträger verflüssigen sollen!«

»Nein!«, unterbrach Emil die beiden. »Daran liegt es nicht.

Nikes Idee ist gut. Aber die Verbindung ist tot. Unsere Verbindung.« Er starrte Erika an.

»Was heißt das? Wir haben jetzt keine Zeit für Beziehungsprobleme!«, schimpfte Nike.

»Das hat nichts mit Beziehungsproblemen zu tun, merkst du es denn gar nicht! Die *Verbindung* ist *tot*!«

Sandor tastete danach, nach der Erinnerung ihres Zusammenspiels. Nach dem Gefühl, das sich eingestellt hatte, als sie den Vogel gegossen hatten. Aber Emil hatte recht, im Moment war nichts davon hier zu spüren, sie waren zu viert vollständig allein. Isoliert. Er hielt inne, die Kreide am Scheitelpunkt seiner Linie.

»Es ist der Turm. Oder der Ton. Oder beides«, sagte er. »Diese Schwingungen, die wir unterbrechen wollen, unterbrechen stattdessen uns.«

»Und diese Schwingung hier ist tausendmal stärker, alles ist darauf ausgerichtet, sie voranzutreiben. Als würden wir auf einem Fahrrad versuchen, einen Zug aus der Bahn zu werfen«, bestätigte Erika.

»Nein«, sagte Nike und ballte die Fäuste. »Nein, dann müssen wir stärker sein.«

»Wir müssen uns hier verpissen«, gab sich Sandor geschlagen. »Da draußen ist geschossen worden. Wir müssen das abbrechen.«

Doch der Entschluss kam zu spät. Ein weiterer Schuss peitschte. Etwas klirrte durchdringend. Georgette schrie auf. Und dann, zum Glück, kein weiterer Schuss. Aber jemand rief: »Flossen sofort hoch, oder wir töten eure Freundin!«

Sandor wusste genau, wie sich eine Niederlage anfühlte. Er hatte es auf Demos erlebt. Bei Protesten. Bei Randalen. Wenn die Polizei eingriff, wenn die vorderste Reihe einbrach, niedergeknüppelt wurde, und er hob einfach nur beide Hände über den Kopf, die unbewegliche und die zitternde.

Vier Braunhemden traten ins Gebäude, zwei von ihnen hatten Georgette zwischen sich genommen, einer von ihnen wies mit der Pistole auf sie. Der Rest der Bande war mit Knüppeln bewaffnet.

»Es tut mir leid«, sagte Georgette mit flacher Stimme.

»Ruhe«, befahl der breitschultrige Kerl mit der Pistole. Zurückpomadisierte blonde Haare, hängende Unterlippe, zwei Schrägstriche auf einem schwarzen Abzeichen am Kragen. Das musste der Rottenführer sein. Der Anführer wedelte mit seiner Luger herum, und seine Männer gingen auf die Instrumente los. Einer zertrümmerte mit einem Gummiknüppel Erikas kleine Steuereinheit und riss die Kabel heraus. Die Braunschen Röhren erstarben mit einem letzten traurigen Glimmen, bevor auch sie in Stücke geschlagen wurden.

Danach wurden sie selbst in die Mangel genommen: Erika bekam einen Knüppel in den Magen, Emil wurde von den SA-lern zurückgedrängt. Nike hielt das Etui des Fotoapparats an sich gedrückt, doch einer der Schläger riss ihn ihr aus der Hand, warf ihn zu Boden und zertrat ihn mit einem einzigen Fußtritt. Nike schrie ohnmächtig auf. Erika weinte, hatte sich aber aufgerichtet und hielt trotzig das Kinn erhoben.

Sandor hatte nicht so viel Schneid: Ihm drohte einer mit dem Schlagring über der Faust, und er senkte den Kopf. Der Rottenführer löste jetzt den Lauf seiner Pistole von Georgette und schlenderte zum Aufzug. Dort nahm er einen Telefonhörer ab. Er ließ seine Pistole weiterhin auf sie ausgerichtet.

Niemand rührte sich. Sandor spürte mehr, als dass er es sehen oder hören konnte, dass die Kuppel wieder eine neue Ausrichtung einnahm. Die Schwingungen des Turms ließen nach, der Ton verklang … *Vielleicht wäre das der Zeitpunkt gewesen, an dem wir es hätten schaffen können*, schoss es Sandor durch den Kopf.

Dann kehrte der Rottenführer zurück und nickte den anderen zu.

»Ich soll das Bürschchen hier nach oben bringen. Die Markova sagt, eine Muse ist ihr höchst willkommen.«

Und damit trat er zu Sandor und stieß ihm die Luger in die Nieren.

Sie sagten alle nichts. Sandors Blick traf Nikes, dann wurde er zum Aufzug bugsiert, der bereits auf dem Weg nach unten war. Er bremste sanft im Erdgeschoss ab, und das Braunhemd riss die Gittertür auf. »Rein da, Bürschchen.«

Kurz überlegte Sandor, ob er den Mann überwältigen, die Säule mit dem Aufzugsschacht zwischen sie bringen konnte. Dann bekam er einen Stoß in den Rücken und stolperte in den Aufzug. Es klapperte, und die Tür wurde hinter ihm geschlossen.

17
UNIVERSELLE MAGIE

»*Die Begriffe übernatürlich, unnatürlich und widernatürlich sind Zeichen mangelnder Naturerkenntnis.*«

MAGNUS HIRSCHFELD

Hinknien!«, schrie eins der verbliebenen Braunhemden. Er trug das braune Haar zum Scheitel gekämmt, war schmächtig, und sein Oberlippenbart war nicht aus Zufall an den Seiten gestutzt. Im Kopf nannte Nike ihn bereits Klein-Hitler.

Bevor Nike dem Befehl nachkommen konnte, traf sie ein Fuß in der Kniekehle, und der Druck eines Knüppels im Nacken zwang sie schmerzhaft zu Boden. Sie hatte eine Scheißangst, aber sie versuchte, es Erika gleichzutun und den Blick zu heben. Schmerz explodierte auf ihrer Wange, verbunden mit einem klatschenden Geräusch.

»Es tut mir leid«, flüsterte Georgette neben ihr.

Sie knieten inmitten der Glassplitter, Kabel und Trümmer. Gegen die geballte Macht der SA hatten sie keine Chance. Und sie hatten versagt.

»Lasst uns gehen, wir verpfeifen euch nicht! Lasst zumindest die Frauen in Ruhe«, rief Emil und erntete nichts als einen Stockschlag in den Nacken.

Die SAler hatten dafür gesorgt, dass sie die Hände hinter dem Kopf verschränkten und in einer Reihe knieten. Unangenehm bohrte sich irgendein Teil der zerstörten Ausrüstung in Nikes Knie. Dann und wann zuckten winzige blaue Funken aus einem abgerissenen Kabel der Apparatur neben ihrem Bein. Nike versuchte, davon abzurücken.

Rechts neben ihr kauerte Erika. Sie kämpfte sichtlich um ihren Mageninhalt, obwohl es jetzt doch wohl auch egal war, ob sie auf den Boden kotzte oder nicht. Links neben Nike kniete Georgette. Diese Schweine hatten sie ins Gesicht geschlagen, von ihrer Lippe lief Blut über ihr Kinn. Neben Georgette wurde Emil am Boden gehalten.

Ein Braunhemd mit kantigem Kinn watschelte geradezu unverschämt gelassen auf die kniende Reihe zu.

Kinn sagte zu Klein-Hitler: »Was soll das hier? Worauf wartet ihr? Der Befehl von Gauleiter Goebbels lautet, alle Einmischung von Asozialen und Reichsfeinden zu verhindern.«

Panik stieg in Nike auf.

»Indem wir sie abknallen, Kamerad«, fügte Kinn fast verschwörerisch hinzu.

Sie konnten nichts mehr tun, körperlich waren sie den Nazis haushoch unterlegen, und von ihrer Magie waren sie abgeschnitten, während das Singende Haus wer weiß was in der Stadt anrichtete.

Ihnen blieben nur noch ein paar Atemzüge. Nikes Herz brach, als sie Georgette ansah. Sie lächelte ihr trotz der aufgeplatzten Lippe und dem zuschwellenden Auge zu.

Ja, warum nicht! Wenn sie schon gehen mussten, dann wenigstens trotzig lächelnd.

Nike löste ihren Blick nicht von Georgette und wusste dennoch genau, dass Klein-Hitler an Emil herantrat und ihm den Lauf einer Pistole an den Nacken setzte.

»Halt! Halt!«, schrie der. »Nur einen Augenblick no…«

Der Aufzug öffnete sich auf dem Dach. Eine flache Terrasse von vielleicht noch zehn Metern Durchmesser, die die Krone des sich in immer engeren Spiralen windenden Turms bildete. Kurz wurde ihm schwindlig, weil er das Gefühl hatte, dass der Boden sich drehte, doch dann hielt sich sein Blick an der dunkelgrünen Fläche des Tiergartens fest. Nicht der Boden drehte sich, sondern die Kuppel, die an Metallverstrebungen über der Dachterrasse aufragte und sich auf einer Schiene bewegen konnte.

Sandor stand inmitten metallen schimmernder Linien im kreisförmigen Boden – vielleicht von Erz durchzogener Stein oder mit Metalladern durchsetzter Beton. Am Rand schützte kein Geländer vor einem Sturz in die Tiefe, die Kuppel begann erst in etwa zwei Meter Höhe, und nur dass sich sein Blick noch auf die Metallkonstruktion ihrer Verstrebungen heften konnte, bewahrte Sandor davor, jetzt sofort von Höhenangst in die Knie gezwungen zu werden. Zu allen Seiten erstreckte sich Berlin und *sog* an ihm. Er rang kurz nach Luft.

Ebenfalls Teil der Metallkonstruktion waren zwei Podeste mit Pulten darauf. Auf dem zu Sandors Rechten machte er Markovs hagere Silhouette aus, in einem perfekt sitzenden schwarzen Anzug. Er stand mit dem Rücken zu Sandor und sah nach draußen. Seine Hände lagen auf Hebeln, mit denen er die Neuausrichtung der Kuppel steuerte. Er drehte sich um, ließ die Hebel ruhen, und die Kuppel erstarrte. Auf dem anderen Podest stand die Markova, und ihre Aufmerksamkeit war nach innen gerichtet. Sie strahlte ihn geradezu an, als er aus dem Aufzug trat. Sie trug ein seltsames Kleid, fast wie eine Art Priestergewand, weiß und fließend mit weiten Ärmeln und schwerem goldenem Schmuck an den Handgelenken und um den Hals. Sogar ihr Haar war um ein goldenes Diadem herumgelegt. Sandor starrte sie an.

»Hallo, Sandor.«
»Haltet ihr euch für Götter?«, brachte er fassungslos hervor.

»Dann bist du unser erster Apostel. Herzlichen Glückwunsch, Sandor.«

»Bin ich deshalb hier oben? Aus Eitelkeit?«

»Ich würde sagen, ja. Ein wahrer Kenner der Materie. Du weißt zu schätzen, was wir hier haben.«

»Und die Braunhemden reichen euch nicht als Publikum.«

Sie seufzte theatralisch. Auch auf ihrem Podest stand ein Pult, in das jedoch keine Regler eingelassen waren. Es waren mehrere Scheiben, konzentrische Kreise, auf denen ihre Finger ruhten. »Die sind nur hier, um uns vor Saboteuren wie deinen Freunden da unten zu schützen. An ihrer Anerkennung liegt mir nichts.«

»Vielleicht hättest du dann Herrn Speer einladen sollen.«

Sie lachte leise. »Von ihm sind die Laternen auf dem Platz. Nett, oder? Aber Herr Speer ist heute nicht hier, nein. Seine Ideen sind gut, aber er hat kein Talent für die Magie.«

Sandor sah über die Schulter – das Braunhemd hatte noch immer die Pistole auf ihn gerichtet.

»Ihr schätzt eure Schergen offenbar nicht nur als Publikum gering, sondern auch als Konkurrenten. Immerhin habt ihr noch letzte Woche hier auf dem Gelände einen SAler und seine Mitmagierin umgebracht.«

»Ach, Andreas und Lotte haben mir keine Wahl gelassen. Sie waren schlampig und unzuverlässig. Solche Leute kann die Sache nicht gebrauchen«, sagte sie ungerührt. »Sie waren weder talentiert noch unauffällig genug für unsere Zwecke. Aus der steinernen Glose Profit herauszuschlagen klingt ja noch irgendwie ... witzig. Aber in aller Öffentlichkeit ein paar Anarchisten zu erschrecken und sich damit eine Razzia einzubrocken, das geht einfach zu weit. Auch Erika und Emil haben mich enttäuscht. Letztlich hatte ich da meine Hoffnungen auf dich und deine Partnerin gesetzt, Sandor, aber du warst auch erstaunlich unkooperativ.«

»Die Kuppel ist ausgerichtet, Renée«, drängte Markovs Bassstimme.

»Dann entschuldigst du mich jetzt wohl, Sandor.«

»Soll ich ihn erschießen?«, fragte der SAler mit unbewegter Stimme.

»Nein, nein. Er darf noch zuschauen, und wir überlegen am Schluss, was er beitragen kann. Mit seiner jüdischen Nase kann er vielleicht den Sündenbock machen. Es lässt sich doch noch viel besser erklären, wie wir die Stadt vor dem Golem bewahrt haben, wenn ein Jude aus Prag, die Jüdin, die Frölich getötet hat, und die Ägypterin aus der jüdischen Physik versucht haben, uns aufzuhalten – perfekt, ich hätte es nicht besser planen können.«

»Ich wusste nicht, dass du Antisemitin bist.«

»Ach was, das bin ich nicht.« Sie widmete ihre Aufmerksamkeit nun wieder dem Pult vor sich.

»Bist du so weit?«, fragte Markov ungeduldig.

»Natürlich, Liebling. Ich will Sandor nur nicht im Irrglauben lassen, ich sei judenfeindlich. Schau, Sandor, die Jüdinnen und Juden dieser Stadt sind mir vollkommen egal. Sogar die Nationalsozialisten sind mir egal.« Sie sah kurz auf und schenkte dem SAler ein entschuldigendes Lächeln. »Ich habe die Vision einer erneuerten Stadt. Einer neu geformten Stadt. Einer magischen Stadt. Niemand wird sie mich bauen lassen. Es ist nicht einmal Platz dafür da. Den wollen wir schaffen. Und *dann*, erst dann können wir meine Vision verwirklichen. Stell dich etwas weiter nach rechts, Sandor, auf den Betonring um den Aufzug. Und Sie auch, bitte, mein Herr. Dann sollte Ihnen nichts passieren.«

Der SA-Mann schob Sandor ungeruhrt zwei Schritte nach rechts, bis sie beide mit dem Rücken zum Aufzugsschacht standen, auf einem fußbreiten Ring aus Beton, in den keine metallenen Linien eingearbeitet waren.

»Sandor, einzelne Gebäude sind lächerlich. Wenn wir wahrhaftig für die Ewigkeit bauen wollen, müssen wir das Leben als Ganzes verändern. Ganz neu anfangen, mit einer neuen Bewegung und einem neuen Deutschland. Nur die Nationalsozialisten haben den Mut dafür. Sie und wir, wir haben verstanden, dass unsere Visionen gut miteinander vereinbar sind. Besonders Speer hat das verstanden.«

»Sie bauen mit diesem Turm gerade Germania?«

»Nein. Mit diesem Turm schaffen wir ein wenig Platz. Und ein Klima der Angst, in dem wir die Chance haben werden, unsere Vision zu verwirklichen. Das ist die einfache Gleichung.«

Sandor wusste nichts zu erwidern. Die Markova legte nun die Handflächen auf die konzentrischen Kreise auf dem Tisch vor sich und verschob zwei davon mit halb geschlossenen Augen in entgegengesetzte Richtungen. Als sie die Konfiguration erreicht hatte, die sie wünschte, öffnete sie die Augen wieder, warf Sandor ein Lächeln zu und betätigte einen Kippschalter.

Und nun begann sich der Boden der Dachterrasse zu verschieben. Nicht in konzentrischen Kreisen, sondern in einem komplizierten Tanz zahlreicher Elemente, die Sandor gar nicht wahrgenommen hatte, so fugenlos passten sie ineinander. Kreise, Halbmonde, Halbkreise, Ellipsen glitten umeinander, die metallenen Linien fanden einen neuen Verlauf – waren sie vorher durchbrochen gewesen, passten sie nun zueinander, waren sie vorher durchgehend gewesen, brachen sie nun und wurden Teil von etwas Neuem.

»Hübsch, nicht wahr?«

»Schht!«, stieß Markov ungnädig hervor. Er betätigte andere Hebel und Knöpfe als die zur Lenkung der Kuppel, und Sandor sah, wie das Metall im Boden zu glimmen begann. Strom schoss hindurch. Er schob seine Füße noch weiter zurück.

»Der Turm interagiert mit vier Resonanzspiegeln, die wir in ganz Berlin verteilt haben. Einer auf dem Dach der Mietskaserne, von hier aus im Nordosten, wo die entfernten Verwandten von Frau Glose nichts dagegen hatten, das Gebäude einem unserer Mittelsmänner zur Verwaltung zu überlassen. Einer auf dem Gelände unserer eigenen Villa – Südwesten. Einer auf einem Sozialbauprojekt, bei dem Frölichs Nachfolger sehr gern unsere Spende für die Vollendung des Dachstuhls angenommen hat. Und einer auf einem Industriekomplex oben in Siemensstadt, der dem guten Herrn Heubeck gehört«, erläuterte die Markova. »Damit erwecken wir Berlin zum Leben.«

Tatsächlich hob nun der Turm zu einem glockenhellen schrecklichen Ton an. Ein Sturm sammelte sich, Sandor spürte die Gewalt der Luft, die im Turm wirbelte, sie ließ alles hier oben erbeben und sang einen Ton wie vom Ende aller Tage. Sandor presste vor Schmerzen den Hinterkopf an den Schacht. Dieser Ton raubte ihm alle Gedanken.

»Hättest du gedacht, dass ich und Arthur schon zu so etwas in der Lage sind, während ihr euch noch über sekundenlang fliegende Bronzevögel freut?«

Sandor starrte mit tränenden Augen an ihr vorbei. Er konnte die Siegessäule sehen und weiter östlich in Mitte Staubwolken, die nur zu einstürzenden Gebäuden gehören konnten.

»Ein angenehmer Nebeneffekt ist, dass wir gleichzeitig mit der Resonanz des Turms verhindern können, dass jemand anders in Reichweite dieser Schwingung Magie wirkt. Wir trennen damit alle magischen Paare. Wir überlagern einfach …« Ihre Worte verkamen zu Gemurmel, das unter dem hellen Ton lag, der seine Wellen nun nach Nordwesten ausbreitete. Sandor wusste nicht, welchen ihrer Fokuspunkte sie dort anvisierten. Er wusste nur, dass er es nicht würde verhindern können.

Und dann hörte er trotz des grässlich singenden Turms den Schuss von unten, ein peitschender Laut, der unmissverständlich durch den magischen Gesang schnitt.

Marion Heubeck redete hektisch auf den Sicherheitsmann ein, der ihr den Zugang zum Gelände in Siemensstadt verwehren wollte, das ihrem Vater gehörte.

»Glauben Sie mir doch, *spüren* Sie das denn nicht? Ich werde Ihnen genau zeigen, was ich meine. Es ist auf dem Dach der Turbinenhalle, eine Art großer gewölbter Spiegel. Aber er spiegelt nicht, er ist dunkel. Bitte, Sie wissen sicherlich, wovon ich spreche, der Eigentümer des Geländes hat ihn vorige Woche anbringen lassen.«

»Ja, das gehört zu einem Experiment der Universität«, gab der ältere Mann zu und sah sie misstrauisch durch das schmiedeeiserne Tor hindurch an. »Strahlen aus dem Weltall misst das Ding.«

»Bitte, Sie müssen mir das jetzt einfach glauben. Wir müssen da hoch und die Ausrichtung ändern. Wirklich. Nur kurz. Nur heute Abend. Ich will ihn nicht beschädigen, Sie können ihn danach wieder ausrichten.«

»So was kann ich doch gar nicht! Da krieg ich Riesenärger! Da war grad heute jemand oben und hat ihn kalibriert!«

»Aber merken Sie denn nicht, dass die Erde bebt!«, warf Lischen ein. »Diese Strahlen aus dem Weltall sind dabei, die Stadt zu zerstören! Wenn Sie nicht wollen, dass es zu einer Katastrophe kommt, lassen Sie uns bitte da hoch!«

»Das geht nicht, Mädel! Wenn es so wichtig ist, dann wendet euch an die Polizei!«

»Wir haben keine Zeit!«, drängte Marion. »*Sie* sind jetzt die Person, auf die es ankommt. Wir beide können Sie nur drum bitten, aber entscheiden müssen Sie selbst: Hier passiert gerade eine Katastrophe, und Sie haben es in der Hand, das zu verhindern!«

»Ihr habt doch eine Wette abgeschlossen, um mich zu verscheißern.«

»Ich schwöre bei Gott«, sagte Marion ernsthaft, sogar mit Tränen in den Augen, denn etwas anderes fiel ihr jetzt wirklich nicht mehr ein. »Ich schwöre bei Gott, dass etwas Furchtbares passiert, und es wird noch schlimmer, wenn Sie uns nicht reinlassen!«

Er zögerte, sein Gesicht sah aus, als kaue er auf etwas Übergroßem herum. Da schepperte und polterte es auf einmal weiter die Straße hinab, und sie alle sahen zu, wie schmale hohe Fensterscheiben aus einem langgezogenen Industriegebäude einfach auf die Straße krachten.

»Ach, verdammt will ich sein, dann kommt halt rein«, würgte er dann mit sichtlicher Angst hervor.

»Danke, danke, danke!« Marion stand kurz davor, in Tränen auszubrechen. Der Mann vom Sicherheitsdienst schloss hinter ihr ab.

»Hier lang!«

Sie nickte und spürte, wie Lisa ihre Hand nahm. Durch die hereinbrechende Dunkelheit liefen sie übers Firmengelände.

»Da ist es.« Der Wachmann deutete aufs Dach einer Halle aus Backsteinen. Ein sicherlich zweimal menschenhohes schwarzes Oval war darauf zu sehen, konkav gewölbt. Es war größer, als sie gedacht hatte, und ragte dort oben auf wie ein böses Auge, das auf die Stadt gerichtet war.

Ein lauschiger Sonntagabend in der grünen Lunge Berlins – der Tiergarten war so weitläufig, dass die meisten Flanierenden noch gar nichts vom Tumult gehört hatten, der vom Singenden Haus aus gesehen auf einer Achse nach Nordosten ausgebrochen war. Weder Gerüchte noch Lärm fanden den Weg hier hinein, und Herr und Frau Posnanski saßen auf einer Decke und schwiegen einvernehmlich. Sie hatten spielenden Hunden zugesehen, doch diese begannen nun fast gleichzeitig zu jaulen und schossen ins Unterholz davon.

»Seltsam«, sagte sie.

»Ob wir ein Gewitter bekommen?«

Sie sahen beide in den Himmel. Es hatte den Tag über geregnet, doch in der Abenddämmerung hingen bloß ein paar rot verbrämte Federwolken, von einem Gewitter keine Spur.

»Ich habe auch mal gehört, Erdbeben merken Tiere viel früher als Menschen«, sagte sie, und beide legten eine Hand auf den Boden neben der Picknickdecke.

In diesem Moment rumpelte es tatsächlich, doch eine Erschütterung spürten sie nicht. Der Laut war irgendwo tiefer im Park erklungen. Ein ähnlicher, etwas heller, drang von links an ihre Ohren. Dann wieder Stille. Ein Quietschen, Knirschen … Herr Posnanski stand auf und zog an der Decke. »Lass uns gehen. Das ist mir unheimlich.«

Sie verkorkte die Flasche Wein wieder und steckte sie in den Picknickkorb. »Ja, ja!«, murrte sie. Morgen musste sie sich wieder im Warenhaus die Beine in den Bauch stehen, die Aussicht darauf war wenig erbaulich.

»Jetzt komm schon!«

Schreie. Ein Hundebesitzer kam mit seinem Tier den Weg entlanggelaufen, flatternde Mantelschöße und ein mit der freien Hand auf den Kopf gepresster Hut. Er sah immer wieder über die Schulter.

»Klaus!«, stieß Frau Posnanski auf einmal aus. »Jetzt mach schon, sonst lass die Decke halt liegen!«

Als sie weitere Schreie hörte, zog sie ihren Mann an der Schulter zurück, bis sie sich in den Schatten eines ausladenden Nadelbaums verkriechen konnten. Das Knirschen war rhythmischer geworden. Und es wurde lauter.

Auf dem Spazierweg, vielleicht fünfzehn Meter von ihnen entfernt, spazierte Königin Luise mit ihrem Gatten Friedrich Wilhelm III. und Jung-Wilhelm durch den Tiergarten. Mit eckigen Bewegungen wie eine gruselige Puppe, der die Beine wegzuknicken drohten, schleppten sich die drei Gestalten über den Weg. Jeder Schritt gab ein entsetzliches steinernes Ächzen von sich. Dann knackte es hinter ihnen im Geäst.

»Gott im Himmel«, sagte Frau Posnanski und deutete mit zitterndem Finger auf die Silhouette, die sich vor dem abendlichen Himmel abzuzeichnen begann.

Bismarck, sicherlich sechs, sieben Meter hoch, war vom Königsplatz quer durch den Tiergarten aufgebrochen, um sich ihnen anzuschließen. Herr und Frau Posnanski krochen tiefer unter die Arme der Tanne und umschlangen einander dort. Panisch blickten sie nach oben und erwarteten Bismarcks malmenden Stiefeltritt.

Der Schuss hallte in Nikes Ohr, und Emil kippte nach vorne, eine Blutlache breitete sich um seinen Kopf herum aus. Irgendwer schrie. Erika? Nun trat der Mann mit der Pistole hinter Georgette. Georgette bettelte nicht, sagte nichts. Sie blickte Nike einfach weiter an.

Du brauchst nur dich selbst zum Zaubern!, dachte Nike mit aller Kraft. *Rette dich, irgendwie, rette dich!*

Doch sie wusste, dass Georgettes Fähigkeit nicht ausreiche, um etwas anderes zu wirken als Illusionen, und die würden sie hier nicht mehr retten.

Das Einzige, was Georgette noch retten konnte, war sie. Nike.

Sie sah die Trümmer des Fotoapparats am Boden. Er war wie ein Versprechen darauf, dass Wissenschaft *und* Kunst in ihr steckten, männlich *und* weiblich und ziemlich viel dazwischen und einiges jenseits davon.

Der grässliche Lauf der Waffe wurde gegen Georgettes seidiges schwarzes Haar gepresst, das wie ein Helm um ihren Kopf lag. Erika schluchzte nur noch erstickt.

Nike wusste, was sie zu tun hatte. Zu spät für Emil, aber nicht zu spät für Georgette.

Sie griff nach dem losen Ende des Stromkabels, das die Kathodenstrahlröhren mit der Laterne verbunden hatte. Und bevor sie jemand daran hindern konnte, stieß sie es sich selbst gegen den Hals.

Brennen, Schmerz, Hitze und Wucht überrollten sie, drangen ihr durch Haut und Mark und Haar, *zu viel, zu viel, zu viel!* Nike ließ los, sie zwang sich dazu – nicht das Stromkabel, sondern sich selbst. Sie überließ sich dem Zittern der Elektrizität, das über ihre Haut rann, unter ihre Haut kroch. Sie begann zu tanzen. Plötzlich flog es ihr zu, kam vollkommen natürlich. Georgettes fließende Bewegungen auf der Bühne blitzten in ihr auf, Sandors forsche Schritte im Saal. Die Elektrizität riss sie in die Höhe, auf die Füße, und der Arm mit der Pistole richtete sich auf sie. Aber Nike war nicht mehr da, stattdessen gab es ein Wesen aus Funken, Blitz und Feuer, das keine einzige Sekunde mehr zögerte. Mit der lichtschnellen Kraft ihrer Gedanken lenkte sie die geballte Macht der Elektronen auf die Monster um sie herum. Sie warf mit Blitzen um sich, und die Braunhemden tanzten dazu.

Marion war auf dem Dach und zitterte am ganzen Leib. Ein kleiner Steg mit Begrenzung führte zu dem Ende, an dem das matt schimmernde Oval aufragte.

Sie fühlte, dass sie in *etwas* hineingeriet, eine Strömung, die sie erfasste und zur Seite riss. Also ließ sie sich auf die Knie fallen, ihr Magen revoltierte, aber der Schmerz des Sturzes blieb aus. Als sie sich aufrappelte, sah sie, dass ihre Knie Mulden in den Untergrund gedrückt hatten. Der unhörbare Ton des Singenden Hauses umgab sie, ließ sie würgen und ihre Füße einsinken. Sie schrie auf, bekam aber kaum einen Laut über die Lippen. Zum Glück kam Lisa an ihre Seite und stützte sie.

Zusammen kämpften sie sich die letzten Schritte voran, bei jedem sanken sie tiefer ein, das Dach verlor seine Festigkeit. Mit jedem Schritt wateten sie wie durch einen Sumpf. Marion schluchzte, ging auf alle viere, ihre Hände sanken ein, das warme, flüssige Material sog sich an ihr fest.

Lisa packte sie unter den Schultern und zerrte sie hoch. »Marlene!«, schrie sie sie an. »Jetzt komm schon, das sind nur noch ein paar Meter!«

Sie musste es ihr eher an den Lippen ablesen. Hier war es nicht einmal besonders laut, aber im Umfeld der Schüssel hallte es schrill wider, und ihre Ohren waren wie mit Wasser blockiert. Zusammen erreichten sie das Resonanzgestell. Es war fest verschraubt, die Ausrichtung ließ sich nicht verschieben. Es war ehern auf das Singende Haus ausgerichtet.

Nur dass »ehern« gerade die Bedeutung verlor. Marion und Lisa warfen sich gegen das warme Metall der Linse, und der weich werdende Boden hielt die Schrauben nicht. In Fäden blieben viskose Ziegel am Sockel kleben, als die beiden Frauen die Schüssel umwarfen. Marion fiel schmerzhaft darüber und blieb einfach in der Wölbung liegen. Das Auge blickte nun in den Himmel, und plötzlich umfing sie Stille, herrliche leere Stille.

»Schciße«, hörte sie den Wachmann. »Ihr habt das Ding ja doch kaputt gemacht!« Fluchend näherte er sich über das unförmige Dach, bevor er sich mit einem »Brat mir 'nen Storch« einfach neben Marions eingesunkenen Fußspuren auf den Hintern setzte. »Wie erklär ich dit denn jetzt der Universität?«

Marion begann gluckernd zu lachen. Und zu weinen. Und irgendwann reckte sie die Faust in die Richtung, in die die Linse ausgerichtet gewesen war, und hob den Mittelfinger.

Das Geräusch des Turms wandelte sich. War es eben noch ein zielgerichteter Ruf gewesen, so wurde es jetzt zu einem gefährlichen Wirbel, der an den Metallstreben rüttelte und unter die Kuppel fuhr.

»Was ist passiert?«, herrschte die Markova ihren Mann an.

»Das Resonanzgestell muss defekt sein!«

»Wie kann das sein? Du hast doch noch jemanden hingeschickt, der es überprüft?«

»Ja, was weiß ich, kann ich hellsehen?«

Als Sandor endlich wieder die Augen öffnete, weil sich der qualvolle Griff des Gesangs um sein Hirn löste, sah er, dass die Markova ihn wütend anfunkelte.

»Du hast etwas damit zu tun.«

»Ich wünschte!«, stieß er hervor.

»Das war das Heubeck-Gebäude. Du hast es sabotiert.«

»Vielleicht habt ihr einfach Fräulein Heubeck unterschätzt«, schlug Sandor vor, und sie schnaubte vor Wut.

»Es ist egal. Ein kleiner Rückschlag, der nichts zu bedeuten hat. Richte den Turm auf den vierten Fokus aus, Arthur.«

Die Energie des Turms heulte im Inneren der Konstruktion wie ein eingesperrter Wirbelsturm. Markov betätigte seine Steuerungsregler, um die Kuppel neu auszurichten, aber Sandor spürte die Wut der angestauten magischen Energie unter seinen Füßen.

Was geschah damit? Würde sie sich auf das vierte Ziel entladen und eine Schneise der Verwüstung hinterlassen? Würde sie den Turm zum Zerspringen bringen?

Er starrte auf die metallenen Adern im Untergrund, die unruhig zu pulsieren schienen, aufglühten und wieder erloschen.

»Was ist der vierte Fokus?«, fragte er.

»Das Sozialbauprojekt in Britz«, knurrte die Markova mit zusammengepressten Zähnen.

»Frölich und Glose, was?«

Sie schnaubte abfällig. »Glose hätte nicht sterben müssen. Sie hatte schon eingewilligt, an einen Parteifreund von der NSDAP zu verkaufen, und ist dann unter dem Protest dieser Ratten eingeknickt, die bei ihr hausen! Irgendwie hat sich dann allerdings die Verbindung zu den Nazis rumgesprochen, was für Ärger gesorgt hat. Mit Frölich war es dasselbe. Er fing an, unangenehm zu werden und Stimmung gegen uns zu machen. Also musste er weg, und auch dich hätte ich mit Hilfe meiner kleinen Medusa nur zu gern in einem unserer Gebäude ausgestellt. Aber vielleicht tue ich das ja noch.«

Sandors Blick wanderte zu seiner starren Hand. Die pulsierenden Linien in der immer finsterer werdenden Dämmerung warfen ein gespenstisches Licht darauf. Die Medusa, die Linien im Boden – Renées Kunst bestand stets darin, etwas bereits Konstruiertes neu zu konfigurieren. Die Augen in der Statue, der sich bewegende Boden. Seine Hand.

»Renée, wir sind so weit«, sagte Markov.

Die Markova wandte sich wieder ihren Drehscheiben zu. Der Neukonfiguration ihres Kunstwerks. Als sie die erste Linie durchbrach, heulte der Turm auf. Der Boden unter Sandor bebte. Der Aufzugsschacht hinter ihm bebte. Der Rottenführer wurde unruhig, aber Sandor hatte all seine Angst aufgebraucht. Er wurde von den Stößen im Turm durchgeschüttelt, doch seine rechte Hand vibrierte in einem ganz eigenen Rhythmus.

Die Hand ist ein weiteres Kunstwerk hier, das sie geschaffen hat, schoss es Sandor durch den Kopf. Er hob den Arm. Der SAler sah das und richtete die Waffe auf seine Brust. Sandor streckte die Hand aus, nicht nach der Waffe, sondern *die Hand an sich*: Das alabasterne Kunstwerk gehorchte, das immer noch darin steckende Kreidestück fiel zu Boden. Das Phänomen, das sich im Turm ballte, beeinflusste Stein. Aber seine Hand, die gehörte ihm. Er war nicht zu Renées Kunstwerk geworden. Er besaß diese Hand, sie besaß ihn.

Er griff nach dem kurzen Lauf der Parabellum-Pistole und drückte einfach zu, es war ein rascher Entschluss, wie ein Muskelzucken. Metall und Stein knirschten gegeneinander, der SA-Mann schrie auf und drückte ab.

Eine Explosion, Flammen schlugen aus dem Patronenlager, der Schrei des Mannes kippte in eine andere Tonlage, und dann war die zersplitterte Pistole in Sandors Hand, und der Rottenführer kniete am Boden und umklammerte seine blutende Rechte. Sandor warf die Pistole weg und beachtete den Mann ebenso wenig wie die Markova, die angefangen hatte zu schreien. Sandor ging in die Hocke und ließ seine Hand herabsausen. Seine Finger tauchten in den Boden mit seinen verschlungenen Linien ein, als wäre es eine Flüssigkeit. Und dann verschob er die Kreise, Halbmonde, Ovale und Spiralen der Bodenelemente.

»Nein!«, schrie die Markova und wollte sich auf ihn stürzen. Mit dem Ruck einer Bodenplatte warf er sie um.

Aus dem Bauch heraus richtete er die Linien neu aus. Vorher hatten sie sich entfaltet, hatten eine Richtung, eine Kraft nach außen gegeben, jetzt faltete er sie nach innen, eine Linie nach der anderen, alle Spitzen invertierten sich. Es ging so schnell, er musste die anderen Bodenelemente nicht einmal berühren. Seine Hand im Fußboden schuf eine Wirklichkeit, die er mit seinem Geist beherrschte. Mahlend und knackend fand sie ihre neue Ausrichtung. Als er aufstand, sah er, dass die Zacken, die nach innen wiesen, eine ungestörte regelmäßige Fläche übrig ließen, ein Fünfeck um den Aufzugsschacht umgeben von fünf Dreiecken.

Wie das Negativ eines Pentagramms.

Die Linien eines Pentagramms teilten sich stets nach dem Goldenen Schnitt. Er lächelte. *So schwer ist diese Wissenschaft gar nicht.*

Die Markova kam auf die Beine. »Schön, schön«, höhnte sie. »Ein nettes Muster. Du hast ja keine Ahnung, was du da tust.«

Sandor zog seine Hand aus dem Stein und sagte: »Aber, Renée, das ist doch noch nicht alles.«

Und als hätte er das Kommando dafür gegeben, *spürte* er Nikes Berührung. Die Berührung ihrer Kraft, ihrer Entschlossenheit, ihres Willens. Er spürte, dass sie am Leben war, da unten, und ein wildes Grinsen kämpfte sich auf sein Gesicht. Er hob die Faust.

»Nein«, hauchte die Markova, die es ebenfalls zu spüren schien: dass der Turm sie nicht länger trennte, sondern eine Achse bildete zwischen ihm und ihr. Zwischen Sandor und Nike. Zwischen Kunst und Wissenschaft. Zwischen Nikes universeller Magie und Sandors universeller Magie.

Sandor ließ seine Faust auf den Boden herabsausen. Und diesmal begann der Turm auseinanderzubrechen.

Nike tanzte. Sie tanzte die Foucault'schen Linien nach, die Sandor auf den Boden gezeichnet hatte. Sie jagte elektrische Energie in den Turm, setzte ihn unter Hochspannung. Sie war Edisons Fluch und Teslas Rache. Sie war Bastet, die Tochter des Ra. Sie war Shiva, der Zerstörer. Und sie würde diesen Turm niederreißen!

»Raus!«, schrie sie, und Georgette zögerte nicht und zog Erika an den verkohlten Leichen der SAler vorbei ins Freie.

Nike jagte ihre Blitze in den Boden, schmolz und sprengte den Beton. Während ihre Blitze gemeinsam mit ihren Sinnen Strebe um Strebe höher wanderten, fühlte sie eine vertraute

Präsenz. Auch sie war voller Magie. Auch sie erschütterte den Turm. Sandor kam ihr von oben entgegen, und sie suchten sich, nicht weil sie einander brauchten, sondern weil sie es *wollten*. Und gemeinsam zerlegten sie das Singende Haus in seine Einzelteile.

Die Zerstörung hatte ihre eigene Schönheit. Nieten sprangen aus Metallverstrebungen, die Mittelsäule des Aufzugsschachts bebte in Wellen, die nach oben und unten immer stärker wurden. Das Dach des Turms schwankte wild. Eisenträger lösten sich und peitschten wie organisches Material nach außen. Der Boden bekam Risse. Der Beton brüllte, das Metall kreischte.

Und dann begann der Turm, Spiralwindung um Spiralwindung zu zerbrechen.

Georgette und Erika stürzten Seite an Seite davon, während Nieten zentimetertiefe Löcher in den Beton hämmerten und Stahlträger ganze Anhänger zermalmten.

Dass sie Seidel fanden, war pures Glück.

Er lag in einer Lache aus Blut hinter der Bauhütte, in deren Deckung Erika Georgette zog. Sie kauerten sich atemlos neben ihn auf den Boden. Woher kam das Blut? Warum lag er da? Sie hielten einander im Arm, während der Turm sein letztes, entsetzliches Lied sang, das mit einem ächzenden Seufzer und einem endgültigen Prasseln endete.

Das Beben verging ebenso wie der Ton. Alle Laute waren mit einem Mal zum Schweigen gebracht.

Georgette wagte es nicht hinzusehen. Aus dieser Zerstörungswut konnte es für Nike kein Entkommen gegeben haben. Stattdessen beugte sie sich über Seidel, blinzelte entschlossen die Tränen weg, löste die Krawatte am fleischigen Hals und legte zwei Finger auf die Schlagader.

»Er lebt«, flüsterte sie Erika zu, während diese sein Jackett öffnete und die Schusswunde knapp oberhalb des unteren Rippenbogens fand.

»Aber nicht mehr lange, das muss die Lunge erwischt haben.«

»Wir müssen ihn hier rausbringen. Hoffentlich ist schon ein Rettungswagen hierher unterwegs oder wenigstens Polizei.«

Außer ihnen war niemand mehr zu sehen. Ob die SA-Männer geflohen oder erschlagen worden waren, konnten sie nicht sagen. Sie standen auf einem Schlachtfeld, die ganze Baustelle war ein einziges Chaos. Erika trug Seidel an den Beinen, Georgette unter den Armen. Er regte sich nicht, war leichenblass, und das Blut, das er verloren hatte, sprach Bände.

Wenigstens ihn muss ich retten. Wenigstens ihn.

Nike stand inmitten von Trümmern. Nein. Sie stand nicht.

Sie schwebte.

In vielleicht zwanzig Meter Höhe, und unter ihr breitete sich die ganze Schönheit des eingestürzten Turms aus. Die Träger waren rhythmisch herabgefallen, und die Träger und Bauteile und die Metallelemente der Kuppel ergaben ein auf seine eigene Weise geordnetes Pentagramm, einen fünfzackigen Stern in vielen, vielen Lagen, in sich verwoben und verschoben.

»Hallo, Kollegin«, sagte da eine Stimme. Über ihr in der blauen Stunde stand Sandor, wie sie einfach in der Luft. »Meinst du, wir kommen wieder runter, bevor das Phänomen aufhört?«

»Runter kommen wir immer.«

»Ich meine lebend, Nike!«

Sie sah ihn an, und er legte den Kopf schräg. Er ruderte mit den Armen und begann zu trudeln.

»Das ist der Wirbel«, wurde Nike klar. »Im Turm. Er ist noch da.«

»Er soll mich runterlassen!« Sandor lachte, aber das Lachen klang nervös.

Sie schloss die Augen. »Die Corioliskraft. Beweg dich ... gegen den Uhrzeigersinn.« Sie stellte sich vor, sie blicke auf sich selbst herab. Dann wirkte die Corioliskraft ...

»... nach links!« Sie bewegte ihre Füße, ihre Arme. Als sie den Luftzug spürte und die Augen öffnete, sah sie, wie sie langsam auf das freie Fünfeck inmitten des Pentagramms herabsank. Herabschritt wie auf einer Treppe oder einer Rampe.

Sie berührte Sandor, tippte ihn einfach an. Nicht mit ihren Händen, sondern dieser Verbindung, die der Turm zwischen ihnen hergestellt hatte. Vorsichtig gab sie ihm einen Impuls, dann fand er ihren Rhythmus, und sie drehten sich zusammen in die Tiefe. Er kam kurz nach ihr auf dem von Rissen durchzogenen Betonboden an. Schwankend nahmen sie einander in die Arme.

»Ich bin so froh, dass du lebst«, flüsterte er und küsste sie – auf die Stirn, wie immer. Sie ließ sich in seine Umarmung sinken.

»Ich auch«, sagte sie. »Und jetzt müssen wir irgendwie hier raus.« Die Metallträger umgaben sie meterhoch, doch es waren auch Lücken dazwischen.

Hand in Hand wählten sie eine davon und machten sich auf den Weg nach draußen.

Sandor saß auf einem Stapel Bleiplatten und wusste nicht genau, warum eine Decke um seine Schultern lag und wie ein Becher Kaffee in seine Hand geraten war, aber er konnte nicht leugnen, dass es guttat. Er blickte auf seine Alabasterhand und versuchte, sie zu bewegen, doch sie war wieder erstarrt, diesmal als Faust. *Schon in Ordnung*, dachte er. *Ich weiß, dass du dich rührst, wenn es drauf ankommt.*

Nike befand sich ebenfalls unter ihrer Decke und nippte an ihrem Kaffee. Neben ihr saß Georgette blutbeschmiert – Seidels Blut, wie Sandor allmählich begriff – und weinte immer noch vor Erleichterung.

Seidel war in die Charité gebracht worden. Sein Zustand war kritisch. Emils Leiche war noch nicht gefunden worden, ebenso wenig die der Markovs oder der SA-Leute. Das ganze Gelände war ein Chaos aus unbeweglichen Metallstelen.

Draußen tobte der Bär. Sonntagabend hin oder her, ganz Berlin war auf den Beinen. Die Polizei versuchte, die Baustelle abzusperren, aber schon wagten sich Journalisten über Zäune und auf Stahlträger und schossen Fotos der größten Katastrophe inmitten zahlloser kleiner Katastrophen.

Ein schon etwas verzweifelt aussehender Jungspund von der Polizei trat mit einem Notizblock auf Sandor zu. »Meinen Sie, Sie können mir schon Ihre Sicht der Dinge schildern?«, fragte er zaghaft.

»Sie werden sie mir vermutlich nicht glauben«, begann Sandor. »Aber ich kann's mal versuchen.«

18
DAS SCHWARZE HERZ

> »*In der Theorie sind die Genossinnen schon gleichberechtigt, in der Praxis aber hängt der Philisterzopf den männlichen Genossen noch ebenso im Nacken wie dem ersten besten Spießbürger.*«
> **CLARA ZETKIN**

Sandors erste Amtshandlung als Untermieter war es, die Häkeldeckchen zusammenzulegen und in einer Schublade zu verstauen. Mehr würde er jedoch nicht an Christophs Inneneinrichtung ändern – er hütete ja nur kurz das Eigentum des schwer verletzten Pensionärs, solange der in der Charité genas. Nachdem er nun nichts weiter zu tun hatte, betrachtete er nervös das Telefon. Die Kosten eines Ferngesprächs waren sicherlich nicht ohne. Er legte den Brief, den er in seinem Hotelzimmer gefunden hatte, als er seine Sachen gepackt hatte, auf das Tischchen in der Diele, griff nach dem Hörer und gab dem Fräulein von der Vermittlung Ort und Anschlussnummer durch, die im Brief standen.

Es dauerte eine Weile, bis es dumpf tutete, dann noch einmal länger, bis jemand den Hörer abnahm und sich auf Tschechisch meldete: »Srdce-Verlag, Svoboda.«

»Hier ist Sandor. Kann ich Jiří sprechen?«

»Aber sicher«, sagte Adela Svoboda, und er hörte, dass sie grinste. »Jiří, Telefon für dich!«, rief sie durch den Raum.

Srdce-Verlag. Sandor grinste, wenn er sich vorstellte, dass Jiří, Adela und Zuza mit dem Geld, dass sie seinem Bruder aus den Rippen geleiert hatten, einen Verlag gegründet hatten, um anarchistische Schriften zu verbreiten. Es konnte sich nur um Monate handeln, bis sie damit pleitegehen würden, aber so etwas hatte Jiří ja noch nie aufgehalten.

Es polterte, Jiřís ferne Stimme fluchte, lachte und war dann plötzlich so nah, als befände er sich einfach nur in einem anderen Zimmer. Sandors Herz tat einen Satz.

»Sandor, endlich rufst du mal an!«

»Jiří, endlich schreibst du mal!«

Sie schwiegen beide kurz, dann lachten sie. »Ich hab dich vermisst, Genosse«, sagte Jiří schließlich. »Ich denke, wir stellen gerade was auf die Beine, woran du Spaß hättest. Letzte Woche hatten wir die erste Razzia!«

»Das klingt vielversprechend. Ich hatte auch eine Razzia, aber ich war auf der Seite der Polizei, kannst du dir das vorstellen?«

»Haben die sich das gut überlegt?«

»Einer von denen hat schon meine Akte angefordert. Ich bin raus, hab Ihnen sogar schriftlich mitgeteilt, dass ich nicht mehr zur Verfügung stehe. Bevor diese Akte noch ankommt.«

»Lieber kündigen als rausgeschmissen werden?«

»Lieber gehen als Ärger kriegen! Dieser Fuchs, der meine Akte angefordert hat, übernimmt die magische Abteilung. Mit dem komme ich nicht klar. Er ist ein Nazi und hat auf einen Kollegen schießen lassen, wofür man ihn eigentlich drankriegen müsste. Aber ihm wird von ein paar wichtigen Leuten der Rücken freigehalten, und, na ja. Da bin ich raus.« Er verstummte, weil er Luft holen musste.

»Und an der Uni? Bist du da auch raus?«

»Ich weiß noch nicht. Darüber muss ich nachdenken.« Er hörte, dass seine Stimme wacklig wurde.

»Geht's dir gut? Ich habe in der Zeitung gelesen, es gab so was wie ... magische Unruhen? Dutzende Tote und eine Handvoll eingestürzte Häuser?«

»Welche Version ist denn nach Prag gelangt? Dass es das unverantwortliche Experiment von Einzelpersonen war oder dass die jüdischen Gemeinden von Berlin die Stadt mit Hilfe eines Golem dem Erdboden gleichmachen wollten?«

»Die erste.«

»Das ist gut, wenn es auch nicht die ganze Wahrheit ist. Ich würde dir gern alles erzählen, aber das dauert lange und würde ein Vermögen kosten.«

»Ist alles in Ordnung? Warst du darin verwickelt?«

»Verwickelt? Ich hab das Schlimmste verhindert.«

Jiří lachte. »Willst du mir sagen, du bist ein verdammter Held, Sandor?«

»Jedenfalls so was ähnliches. Aber … meine Hand ist versteinert«, platzte Sandor heraus. »Meine rechte Hand. Ist aus Stein. Ich habe jetzt eine Hand aus Stein.« Es fühlte sich nicht wahrer an, nur weil er es dreimal sagte. Und wenn jemand verstand, wie es sich anfühlte, dann Jiří.

Am anderen Ende Schweigen. Dann, endlich: »Das … das tut mir leid. So was kann passieren?«

Sandor lachte unglücklich. »Ja, ja, offenbar! Für die Ärzte bin ich ein Kuriosum.«

»Und der Rest von dir? Geht es dem Rest von dir halbwegs gut?«

»Einigermaßen. Ich … ich bin verwirrt von allem, was hier passiert. Bald sind Wahlen, die Stadt hängt voller Plakate, die die deutsche Familie vor dem Golem warnt oder der Magie der Eliten oder der magischen Macht der Bolschewisten oder was weiß ich. Berlin fühlt sich an wie ein Pulverfass.«

Jiří machte sein Nachdenkgeräusch mit der Zunge hinter den Zähnen. »Wir haben von einer anonymen Adresse ein deutschsprachiges Flugblatt zugeschickt bekommen. Ich habe nicht alles verstanden, war verflixt akademisch. Aber ich glaube, es gibt Leute in Berlin, die finden, dass diese Magie allen zusteht?«

Seine Stimme war sanft. Sandor merkte, dass ihm doch endlich Tränen in die Augen stiegen.

»Das war dann wohl Post von Isolde.«

»Gut gemacht«, sagte Jiří.

»Du weißt doch noch gar nicht, ob ich daran beteiligt war.« Er wischte sich mit dem Ärmel am steinernen Handgelenk über die Augen.

»Ich hab einfach dein schwarzes Herz da rausgelesen, Sandor.« Jiří lachte, und Sandor versuchte mitzulachen, aber es geriet dann doch zu etwas ganz anderem:

»Komm nach Berlin.«

Schweigen, sicherlich fünf Sekunden lang.

»In Ordnung.«

»Wirklich?«

»Entweder du kommst nach Prag, oder ich komme nach Berlin, und ich glaube, Berlin braucht gerade mehr Querschläger als Prag. Und Adela und Zuza schaffen das hier auch ohne mich.«

»Die Schwarzen Scharen können dich gut gebrauchen.«

»Ich komme aber deinetwegen.«

Sandor gab ein unbestimmtes Geräusch von sich, vielleicht ein Lachen oder Schluckauf.

»Ich … ich kann dich auch gut gebrauchen.«

»Ich weiß. Gib mir deine Nummer, ich melde mich, wenn ich weiß, wann ich ankomme. Und jetzt müssen wir aufhören, ich muss mir gut überlegen, was ich einpacke, damit du mich nicht auslachst. Was trägt man so in Berlin?«

»Nichts, was du in Prag findest.«

»Dann hab ich eh verloren. Ich bleibe bei meinem ehrlichen Gossenstil.«

»Selbst der ist in Berlin schicker. Schwarz ist gerade angesagt.«

»Ach, sei still. Freu dich einfach.«

»Das tu ich.« Er sah sich im Spiegel in der Diele breit grinsen. Vielleicht gab es doch gute Gründe, es mit diesem strahlend schönen und grottenhässlichen Berlin weiter aufzunehmen.

»Darf Sandor hier überhaupt rein?«, fragte Nike mit Blick auf die Runde jüdischer Lesben, die Schach spielten, und die Gruppe lesbischer Autorinnen, die sich gegenseitig Gedichte vorlasen.

»Auf der Terrasse werden alle bedient«, sagte Georgette und wies mit dem Kopf zur Tür in den Innenraum des Cafés, wo ein großes »Männer müssen draußen bleiben«-Schild prangte. »Und hier gibt es nun einmal den besten Kuchen Berlins.«

Immerhin ihr Aufpasser hatte sich abschrecken lassen und sich in einiger Entfernung mit einer Zeitung auf eine Bank gesetzt. Nike hoffte, dass sie nicht mehr lange mit diesem Schatten leben musste. Stresemann hatte ein Gipfeltreffen mit den Außenministern der Entente anberaumt, auf dem über magische Entwicklungen, Kooperationen und einen Verzicht auf die militärische Nutzung gesprochen würde. Und danach musste sie hoffentlich auch keine englischsprachigen Verfolger mehr erdulden.

Das Wahlplakat an der Litfaßsäule neben ihrem Aufpasser gehörte zu denen, die nun, eine Woche vor der Wahl, vom Zentrum neu gedruckt worden waren. Der Vater, der eine nur halb so große Frau und zwei wiederum halb so große Kinder mit einem großen Kreuz vor anstürmenden unförmigen Massen beschützte, die ebenso gut Golems wie Kommunisten sein konnten, war liebevoll und detailreich zu einem Mann mit Schweinekopf umgestaltet worden.

Erika hatte schon am Tisch gewartet, ausnahmsweise überpünktlich. Vielleicht hatte Georgette ihr auch einfach eine Stunde früher genannt.

»Hast du schon gehört, dass Sandor aussteigt bei der Polizei?«

»Ganz ehrlich, Nike, du solltest das auch«, sagte Erika. »Es gibt genug an der Uni zu tun.«

»Ich schreibe nur noch zusammen. Nach der Promotion bin ich weg.«

»Du könntest es zur Professorin bringen! Die erste Professorin für magische Physik.« Erika wirkte verändert. Sie hatte im Fall Frölich ausgesagt. Es war unwahrscheinlich, dass man sie wegen Beihilfe zum Mord belangen würde, doch sie musste mit einer Klage der Tietz-Anwälte rechnen, weil sie Privatgelände betreten und beschädigt hatte. An einem Gesetz, das private Experimente mit Magie ähnlich ahnden würde wie den privaten Besitz von Schusswaffen oder Sprengstoff, wurde noch gefeilt, doch es würde keinesfalls vor der Wahl verabschiedet werden können, und wer wusste schon, was danach geschah.

»Erika hat recht«, sagte Georgette und legte dann ihre Hand auf Nikes. »Wenn Fuchs beim Singenden Haus involviert war, war er Teil von etwas Größerem. Sandor sagt, sie wollten ihr eigenes Experiment als Gegenwehr gegen eine jüdische Attacke inszenieren, Fuchs sollte das mit Sicherheit nachher amtlich bestätigen. Du bist in seiner Einheit definitiv nicht sicher.«

»Damit hatten sie ja zum Glück nur mäßigen Erfolg«, warf Nike ein, »die großen Blätter berichten alle, dass die Markovs unverantwortlich experimentiert haben!«

»Sieben Häuser sind eingestürzt, Hunderte beschädigt, dreiundsechzig Tote sind bestätigt und eine ganze Menge vermisst, eine Bahnlinie ist unterbrochen – und Bismarck steht mit seiner kleinen Privatarmee immer noch unbeweglich mitten auf dem Potsdamer Platz«, sagte Erika.

»Ja, siehste, schon *deshalb* ist es besser, wenn ich bei der Polizei bleibe«, sagte Nike. »Es gefällt mir ja auch nicht, aber ich muss da dranbleiben. Fuchs hat nicht nur die magische Inspektion J übertragen bekommen, sondern noch 'ne Menge Gelder dazu. Das ganze Ding wird aufgestockt. Soll ich denen ganz das Feld überlassen?«

»Gibt's für dich wenigstens eine Gehaltserhöhung?«, fragte Erika pragmatisch wie immer, und Nike war froh, Sandor auf der Straße zu sehen, der nach dem Café suchte. Sie winkte ihm zu, und er kam zu ihnen herüber, nahm das Schild an der Tür gar nicht wahr und setzte sich wie selbstverständlich an ihren Tisch.

»Hervorragend, dann können wir jetzt Torte bestellen«, sagte Georgette und ließ Nikes Hand immer noch nicht los. Stattdessen strich sie so langsam mit dem Daumen über ihren Handrücken, dass es Nike eine Gänsehaut verpasste.

»Hallo, die Damen«, sagte Sandor und verbeugte sich artig im Sitzen.

»Hallo, der Herr«, erwiderte Erika ebenso ironisch.

Er zog eine zusammengerollte Zeitung aus der Manteltasche. »Stimmt das?«

Sie blickten alle auf die Titelseite: *Der tiefe Fall des Architekten: Leiche von A. Markov gefunden. Von R. Markov keine Spur.*

»Oh, ist das neu?«

»Ja, von heute Mittag.«

»Dann wird es wohl stimmen. Klingt nach einem Fall für unsere Polizistin«, stichelte Erika.

»Ich bin keine Polizistin. Ich bin wissenschaftliche Beraterin.«

»Du bleibst also dabei?«, fragte Sandor.

»Ja.« Sie holte Luft, aber Sandor kam ihrer Beichte zuvor.

»Du weißt, dass du nicht verhindern wirst, dass die Polizei mit Fuchs näher an die Braunen ranrückt? Daran wirst du nichts ändern können, du kommst höchstens unter die Räder.«

»Werden wir sehen.« Sie ballte die Faust unter Georgettes Hand. »Und außerdem, ja, Erika, ich kriege eine Gehaltserhöhung. Oder eher: ein angemessenes Beratungshonorar. Und das reicht, dass ich mit meiner Mutter eine andere Wohnung nehmen kann. Und bevor ihr mir sagt, dass ich mich verkaufe: Was erwartet ihr denn? Ich komme aus dem *Nichts*. Meine Mutter kommt aus dem Nichts. Wenn ein schlechter Apfel gerade alle Äpfel im Polizeifass schimmeln lässt, dann sollte ich zumindest danebenstehen und sagen, dass das verdammte Fass mit Äpfeln verschimmelt ist!«

»Ich versteh deine Entscheidung«, sagte Georgette schließlich. »Wir haben nur Angst um dich.«

»Und vielleicht zurecht. Aber vielleicht seit ihr in ein paar Wochen auch froh, jemanden bei der Polizei zu haben.«

»Christoph wird es jedenfalls nicht mehr sein«, warf Sandor ein. »Es heißt, sie schicken ihn direkt aus dem Krankenhaus in die Pension.«

Nike nickte. Georgette nahm jetzt doch die Karte, blätterte auf die zweite Seite und sagte: »Die Tarte au Citron kann ich nur empfehlen. Und den Milchkaffee.«

»Ich frage mich, ob die Markova noch lebt«, murmelte Sandor düster. »Und ob ihr sie findet.«

»Wenn wir sie überhaupt finden wollen«, sagte Nike. Sie hatte kein gutes Gefühl dabei, mit Fuchs zusammenzuarbeiten, doch er hatte ihr bereits einen Scheck für ihre »tatkräftige Mitarbeit« beim Singenden Haus ausgestellt und ihr versichert, dass er sie weiterhin bei der Truppe haben wollte.

»Ich werde übrigens meine Anstellung wechseln«, sagte Georgette. »Ich hatte ein unschönes Gespräch mit meinem Vorgesetzten in der Heilanstalt. Die beiden SA-Männer von der Baustelle reagierten extrem verstört, wann immer ich in der Nähe war. Der Direktor verdächtigt mich, das Phänomen rekonstruiert zu haben, dass deine Anarchistenfreunde in den katatonischen Zustand versetzt hat, und sagt, ich habe damit den hippokratischen Eid verletzt.« Sie zuckte mit den Schultern. »Er hat natürlich nicht unrecht.«

»Meine Anarchistenfreunde?«, protestierte Sandor.

»Ach, komm schon: Du hast doch die Flugblätter entworfen!«, unterstellte Nike ihm und sah, dass seine Augen nervös umherirrten. Natürlich hatte er die Flugblätter entworfen. Es war sogar neuerdings ein zweites im Umlauf, mit einer konkreteren Anleitung und dem markigen Satz: »Frieden heißt, den anderen nicht die Waffen zu überlassen!«

»Was hast du auf der Baustelle mit den beiden eigentlich gemacht?«, wandte er sich an Georgette und lenkte damit das Gespräch wieder auf einen anderen Pfad.

»Ich hatte ein Negativ dabei von einem Bild, das Tristan in meiner Therapie gemalt hat. Beunruhigende Motive, die an den Großen Krieg erinnern. Ein Stakkato aus Trommelfeuer, tiefe schlammbraune Gräben. Dabei ist Tristan zu jung, um es selbst erlebt zu haben. Das ist die Angst, die sie ihm künstlich ins Hirn gepflanzt haben.«

»Nicht schlecht«, bemerkte Erika. Mit Nike hatte sie schon geredet, ebenso über die drohende Kündigung.

»Nun«, sagte Nike gedehnt. »Die Polizei kann sicherlich eine Psychologin gebrauchen, und dich kennen sie schon ...«

»Das ist nichts für mich. Aber ich habe heute Morgen ein Angebot bekommen. Vom Institut für Sexualwissenschaften. Von Professor Magnus Hirschfeld!«

»Was?« Sogar Erika zeigte ihre Begeisterung. »Das ist famos!«

»Das hast du gar nicht erzählt!«

»Ich hab es ja jetzt erzählt. Ich wollte auf den Kaffee warten«, sagte Georgette mit einem Grinsen, während die Kellnerin ihnen die Tassen hinstellte. Sie beugte sich zur Seite und küsste Nike einfach. Die Poetinnen am Nebentisch pfiffen anerkennend, als Nike die Hände an Georgettes Wangen legte und den Kuss mit Leidenschaft erwiderte.

EPILOG

»Machen Sie jetzt hier ein Experiment mit mir?«, fragte Seidel und grinste schwach aus den Kissen. In den zwei Wochen im Krankenhaus war sein Kugelkopf schmal geworden, die Wangen hingen herab, die Falten waren tief eingezeichnet.

Rabea stellte Seidel den Besuchsbesen – einen Blumenstrauß – auf das Tischchen. »Hier, Christoph«, sagte sie ein wenig brüsk, und er lächelte glücklich über die Geste, ihn beim Vornamen zu nennen.

»Ich mache kein Experiment! Das ist dein eigenes Radio«, sagte Nike und suchte nach einer Steckdose. Sie fand eine in der Nähe des Bettes und wurschtelte den Stecker hinein. Das klobige Gerät aus Bakelit stellte sie auf einen Stuhl.

»Ich traue dir auch zu, mit einem Radio zu zaubern«, murmelte er. Seine Stimme war noch schwach, das Atmen fiel ihm nach wie vor schwer.

»Natürlich, das ist auch eine realistische Annahme«, sagte Nike, warf ihm ein Lächeln zu und holte den Kopfhörer aus ihrer Umhängetasche. »Damit du die ersten Hochrechnungen hören kannst. Und ein bisschen Unterhaltung hast.«

»Schön, euch zu sehen. Darf … darf ich jetzt auch Rabea sagen?«, fragte er zaghaft, und Rabea nickte majestätisch.

»Setzt euch doch. Die Wahl ist spannend?«

»Ja, die Umfragen in der letzten Woche waren absurd. Niemand redet mehr über Panzerkreuzer, dabei dachte ich immer, die wären das Absurdeste bisher.«

Seidel lachte rasselnd und verzog das Gesicht. »Vielleicht ist das besser, vielleicht schlechter. Der Panzerkreuzer ist schon eine seltsame Streitfrage. Aber die Magie ... noch seltsamer.«

»Es gibt jetzt eine magische Partei«, klärte Rabea ihn auf und setzte sich auf den Stuhl links vom Bett. Nike zog sich einen dritten Stuhl vom Fenster heran.

»Na, das hat Christoph doch sicher schon gehört, die Charité ist ja nicht auf dem Mond«, mutmaßte Nike und deutete auf die Zeitung auf dem Tischchen.

»Und, ist sie so beliebt, wie sie selbst behauptet?«, flüsterte Seidel. »Oder ist das alles wieder aufgebauscht?«

»Sie rechnen mit einem zweistelligen Ergebnis.«

»Verrückt.«

Die Magiepartei war anderthalb Wochen vor der Wahl wie ein besonders schillernder Pilz aus dem Boden geschossen. Sie versprach, die Bevölkerung breit nach sogenannter magischer Begabung zu testen, magische Weiterbildungsmaßnahmen zu finanzieren und die Magie allgemein zugänglich zu machen. Nike machte sie vor allem nervös. Politisch verweigerte die Partei, sich einsortieren zu lassen, aber insgesamt schien sie eher liberale Positionen zu vertreten. Sie selbst war auch schon an der Urne gewesen und hatte die SPD gewählt. »Kinderspeisung statt Panzerkreuzer« klang nach einer Position, der sie sich anschließen konnte.

Sie sah auf die Armbanduhr und gab Seidel dann die Kopfhörer. »Hier, die ersten Hochrechnungen müssten bald kommen.«

»Magst du sie hören und uns weitersagen?«, fragte er schwach.

»Natürlich.« Es beunruhigte sie, wie fragil er wirkte. Sie steckte die Kopfhörer ein und lauschte – noch kam klassische Musik. Sie hängte sich den Bügel um den Hals, dann würde sie hören, wenn die Hochrechnungen durchgesagt wurden. »Wie geht es dir?«

»Sie haben mich gestern aufgesetzt. Davon muss ich mich jetzt noch ein paar Tage erholen«, sagte er und bemühte sich um ein Lächeln. »Das Essen ist kein Vergleich zu deinem, Rabea, aber kommt halbwegs an meine eigenen Künste heran. Ich kriege allerdings einfach nicht viel herunter.«

Rabea und Nike tauschten einen besorgten Blick.

»Sucht aber bloß noch kein Grab für mich aus. Ich komme wieder auf die Beine. In meinem Alter geht das alles etwas langsamer. Aber ich bin sehr froh, dass ihr die ganze Angelegenheit ohne mich gelöst habt.«

»Hat ...« Nike sah rasch zur Tür, doch Seidels Einzelzimmer war ungestört. Sie beugte sich dennoch vor. »Hat Fuchs dich bedroht?«

»Er war hier«, sagte Seidel verblüffend ruhig. »Mit einem Strauß Blumen. Hat das Missverständnis bedauert. Die Markovs hätten ihn getäuscht mit ihrer Behauptung, die Stadt vor einer Katastrophe beschützen zu wollen.«

»Das glaubst du ihm nicht!«

»Nike, ich bin nur in die Brust geschossen worden und nicht in den Kopp! Der Mann wollte mich erschießen lassen.«

»Warum hast du dann deine Aussage gegen ihn revidiert?«

»Ganz einfach, Nike: Es ist gerade sehr einfach, mich loszuwerden, solange ich hier liege. Der SA-Mann, der mich über den Haufen geknallt hat, ist tot und ein guter Sündenbock. Dabei sollten wir es belassen.«

»Meinst du das ernst?« Im Radio wurde die Wahl gerade anmoderiert.

»Du arbeitest mit Fuchs zusammen. Es ist für dich besser, wenn ich Ruhe gebe. Und für mich und vielleicht ganz Berlin ist es besser, wenn du mit Fuchs gut zusammenarbeitest. Ich weiß nicht, ob er versuchen wurde, mich loszuwerden, wenn ich ihn beschuldige. Aber es würde deine Arbeit definitiv erschweren. Und nur mit meiner Aussage kriegen wir ihn eh nicht hinter Gitter.« Seidel hielt inne und rang nach Luft. Nike horchte kurz am Kopfhörer und merkte sich die Zahlen. »Ich bin zwar offiziell

Pensionär, wenn ich hier rauskomme, aber ich werde dir helfen. Fuchs können wir kriegen. Zusammen. Später.«

Nike war damit nicht glücklich.

»Zieh nicht so ein Gesicht. Wir arbeiten dran. Lass dir von einem alten Polypen sagen: Meistens braucht man Geduld.«

Nike lauschte wieder am Kopfhörer. Dann setzte sie ihn ab.

»Die SPD ist fast bei dreißig Prozent. Alle anderen haben unter fünfzehn, sogar Zentrum mit BVP.«

»Was ist mit den Nazis?«

»Um die fünf Prozent.«

Er lachte gehässig und griff sich an die Brust. »Dabei haben sie sich mit ihrem Golem so viel Mühe gegeben.«

»Letztlich haben die meisten ihnen die Geschichte nicht mehr abgekauft.«

»Weil du den Markov-Turm eingerissen hast!«

»Aber jetzt hält man es statt für jüdischen Terror für Eitelkeit zweier extravaganter Einzeltäter. Und das war es auch nicht«, gab Nike zu bedenken.

»Die Wirklichkeit ist immer ein Mischmasch aus dem, was am wahrscheinlichsten klingt«, sagte Seidel. »Wo liegt diese neue Partei?«

»Viertstärkste Kraft, knapp vor den Kommunisten.«

»Uiui«, sagte Seidel unbestimmt.

»Um die zehn Prozent.«

»*Zauberstäbe statt Panzerkreuzer*, das war der Wahlspruch, stand in der Zeitung. Was halten wir denn davon?«

Nike musste lachen. »Dass ich in Zukunft eine Menge zu tun haben werde, das halten wir davon. Und dass ich hoffe, dass sie nur leere Versprechungen machen.«

»Und dass es nicht ausgeht wie im ›Zauberlehrling‹: *Die ich rief, die Geister, werd ich nun nicht los.*«

»Ganz ehrlich glaube ich längst nicht mehr daran, dass wir die Geister wieder loswerden, die wir gerufen haben.« Nike musterte die gelbe Sonnenblume auf dem Tisch. »Die *ich* gerufen habe. Unter anderem. In Solvay.«

»Diese Dinge sind nun einmal in der Welt, Nike«, sagte Rabea bestimmt. »Waren es vielleicht immer schon. Mal mehr und mal weniger offensichtlich. Du kannst nicht verhindern, dass Leute das herausfinden. Und wenn sie das tun, gibt es die, die fasziniert davon sind. Die, die es verehren. Die, die es verabscheuen. Die, die es verbieten wollen. Die, die Profit daraus schlagen wollen. Du bist Wissenschaftlerin. Du hast Anteil daran, nicht mehr und nicht weniger.«

»Dann sollte ich wohl das Beste daraus machen.«

»Und das wirst du auch. Da bin ich mir sicher«, sagte Rabea, und Seidel stimmte mit einem wortlosen Schnaufen zu. Nike grinste schief und gab ihm die Kopfhörer.

»Da kommt wieder Musik. Entspann dich ein bisschen. Mama und ich müssen jetzt los, unsere neue Wohnung wartet darauf, dass wir renovieren. Das Haus ist recht neu. Neue Sachlichkeit, hat uns der Vermieter gesagt.«

Berlin erfand sich jeden Tag neu, aber manche Änderungen waren deutlicher sichtbar als andere. Auf dem Weg zum Fernbahnhof am Potsdamer Platz sah Sandor die Menschentrauben, die ihren neuen Kulten frönten. Die meisten tranken sich die Ergebnisse schön und schmückten die monarchischen Statuen, die aus dem Tiergarten hergewandert und dann hier erstarrt waren, mit ihren jeweiligen Parteifahnen.

An Bismarck ließ man sie nicht heran, um ihn hatte sich ein anderer Mob breitgemacht. Touristinnen und Einheimische, Kaisertreue und Altpreußen, Nationalistinnen und Esoteriker hatten eine neue Freizeitbeschäftigung gefunden und versuchten, den Staatsmann zu neuem Leben zu erwecken.

Für die einen war es ein neuer Kyffhäuserkult, für die anderen der Beweis für den Deutschland innewohnenden Geist: Bismarck selbst hatte sich gegen die Magie erhoben, sagten einige. Oder gegen die Juden, behaupteten andere. Manche sahen in ihm eine Art Heilsgestalt des neuen magischen Zeitalters.

Bismarck war jedenfalls von Blumenkränzen, religiösen Symbolen – meist Kreuzen –, Heiligenbildchen, persönlichen Briefen und Bitten und auf ihm aufgepfropften Kerzen bedeckt, deren Wachs sich auf seinen Armen verteilte.

Isolde kicherte und schüttelte den Kopf. »Was für Spinner!«

»Nur weil es ein neues Zeitalter ist, heißt es nicht, dass es ein besseres wird.« Sandor grinste.

»In Berlin rufen die Zeitungen doch alle zwei Wochen ein neues Zeitalter aus. Ich bleibe da gelassen. Bis wir hier eine Räterepublik ausrufen, bleibt ja doch alles beim Alten.«

»Hast du eigentlich gewählt?«

»Gewählt, bist du bekloppt? Hast du Bakunin nicht gelesen? *Wer von gewählten Parteien und Politikern Maßnahmen und Gesetze für das Volk erwartet, ist verrückt!* Alle gewählten Parteien betrachten sich als privilegiert, sie werden immer zum Nutzen einer herrschenden und ausbeutenden Minderheit gegen die Interessen der geknechteten Mehrheit agieren.«

»Schon gut. Wollte dich nur testen«, frotzelte er, und sie boxte ihn in die Seite.

»Wie gesagt, ich wähl erst, wenn es Räte zu wählen gibt«, lachte sie und ignorierte den Schupo, auf dessen regennassem Helm sich die abendlich erwachenden Lichter der umstehenden Nobelschuppen spiegelten.

Dann tauchten sie in das immense Kathedralengewölbe des Fernbahnhofs ein. Hier wurde dem Gott der Eile und der Göttin der Unrast gehuldigt, und selbst an einem Sonntagabend hasteten Menschen hin und her, wie festangestellte Gläubige eines weltumspannenden Zeitgeists.

Als sie am Bahnsteig ankamen, konnte Sandor die Absperrungen der neuen Teststrecke sehen. Ganz frisch am Freitag war beschlossen worden, dass die Friedrich-Wilhelms in Kooperation mit dem Kaiser-Wilhelm-Institut ein Rangiergleis nutzen durfte, um an der Möglichkeit eines magischen Antriebs zu forschen.

»Siehst du das dahinten?« Er deutete hinaus in den Regen. »Ist direkt abgesperrt worden.«

»Das ist dein Projekt?«

»Ich bin beteiligt. Zusammen mit Erika und einer Menge Studierender.«

»Alles sehr geheim, wie immer. Für die Magierelite.« Sie grinste ihn frech an. »Gut, dass wir einen Spion eingeschleust haben.«

»Für neue Flugblätter brauchen wir eine neue Druckerpresse.«

Ihr verging das Grinsen. In der Lagerhalle, in der sie auch noch das zweite Flugblatt gedruckt hatten, war randaliert worden. Der Verlag hatte das Gelände seitdem besser gesichert. Isolde tippte auf SA.

»Wir haben keine Druckerpresse. Aber die Nazis haben keine Magier mehr. Das ist ein Patt, oder?«

»Wenn wir weiter Anleitungen drucken, haben wir schnell die Nase vorn«, wandte er ein.

»Ach, du! Dann arbeite mal an Schutzzaubern für die einfachen Leute!«

So einfach geht das nicht!, wollte er sagen, aber da fuhr der Zug auf dem Gleis ein, und er war einfach zu aufgeregt, um weitersprechen zu können. Außerdem riss ihm der Lärm die Worte aus dem Mund. Unter Lautsprecherdurchsagen stiegen Dutzende Leute aus und strömten auf den Bahnsteig.

Sandor reckte den Hals. Jiří stieg als einer der Letzten aus, er hatte es seit 1918 nicht mehr sonderlich eilig. Er hatte den Koffer an einem Riemen um die Schulter gehängt und klemmte sich die rechte Krücke kurz unter den Arm, um Sandor zu winken. Der begann, schneller zu gehen. Jiří ging in seinem üblichen Tempo, auf seinem einzelnen Bein.

»Ahoj«, sagte Jiří mit seinem ironischen Lächeln, als Sandor vor ihm anhielt.

»Ahoj«, grinste Sandor.

»Du könntest mir den Koffer abnehmen.«

»Kriege ich zuerst eine Umarmung?«

»Aber sicher.«

Sandor umarmte ihn linkisch, und Jiří umarmte so herzlich zurück, wie er es immer tat.

»Gut siehst du aus«, sagte Jiří schließlich und musterte Sandor. Er selbst trug sein schwarzes abgetragenes Jackett und eine schwarze Cordhose mit abgetrenntem und zugenähtem rechtem Hosenbein und sah wie immer aus. Etwas größer als Sandor, mit mehr Talent für einen Bart und weniger Talent für Mode. »Als hättest du dich hier eingelebt.« Er fuhr mit der Linken seinen Arm herab und nahm vorsichtig Sandors rechte Hand. Er musterte sie kurz. »Selbst die sieht gar nicht so schlecht aus.«

Sandor befreite ihn vom Koffer. »Das ist Isolde«, stellte er Isolde vor.

»Freu mich, dich endlich persönlich zu treffen, Genosse«, sagte sie, und Jiří erprobte in der Begrüßung sein lückenhaftes Deutsch: »Ich bin leider etwas hungrig. Vor der Revolution werden wir wohl zu Abend essen.«

Zu dritt traten sie wenig später hinaus auf den Potsdamer Platz. Autos, Droschken und Kutschen kurvten auf den neu abgesteckten Fahrbahnen um die Statuen herum. Die Hotels mit ihrem üppigen Licht versuchten, mit New York zu konkurrieren, und kurz spürte er einen irrwitzigen Stolz auf all das hier.

Und immerhin: Ohne Sandor Černý stünde kein Bismarck wie ein Berliner Golem auf dem Potsdamer Platz.

DANK

Physik, Kunst und Magie in einem Urban-Fantasy-Roman mit Krimielementen im Berlin der Zwanziger – das ist schon ein wenig abgefahren, und daher möchten wir uns zuallererst bei allen Leuten bedanken, die sich von unserer Idee haben anstecken lassen, statt uns einen Vogel zu zeigen: bei unserer Agentin Sarah Knofius von der Agentur Schlück und beim Team von FISCHER Tor. Außerdem natürlich bei euch, lieben Leser*innen – dafür, dass ihr nach diesem Buch gegriffen habt. Wir hoffen, es hat euch gefallen.

Wir behaupten immer, dass auch Fantasy-Autor*innen gern recherchieren. Bei diesem Buch hat der Begriff »Recherche« eine ganz andere Dimension angenommen. Es waren Monate und Tausende Seiten, begleitet von Podcasts, Dokus und Museen, aber wir wissen, frei nach Sokrates, dass wir weniger wissen, als wir zu wissen glauben.

Wir biegen bei der Solvay-Konferenz des Jahres 1927 mit der Entdeckung der Magie in einen alternativen Geschichtsverlauf ab – bis dahin jedoch ist Nikes und Sandors Welt die unsrige. Sicherlich sind uns Anachronismen durchgegangen, oder wir haben Gelesenes fehlinterpretiert, gebt uns gern Rückmeldung dazu, damit wir es in Zukunft beachten können!

Wir möchten uns bei der Bibliotheksangestellten bedanken, die geholfen hat, einen beinahe nicht mehr balancierbaren Stapel Recherchematerial zusammenzusuchen, und nicht einmal mit der Wimper zuckte, als wir sie auf der Suche nach obskursten Architekturbüchern ins Archiv schickten. Leider wissen wir den Namen dieser unbesungenen Heldin nicht.

Wir wohnen in Aachen, eine der deutschen Großstädte, die am weitesten von Berlin entfernt ist. Wir bedanken uns bei allen, die uns in Berlin herumgeführt und Interessantes erzählt haben, vor allem bei Ask, Olli, Stephan, Barbara und Eike!

Danke an alle, denen wir Löcher in den Bauch fragen durften, allen voran an Rachel, Isabella, Aşkın und Frank für Sensitivity Reading, Beratung und Tipps.

Danke an Yannik für die Beratung zur Architektur und das Design der Markov-Villa.

Dank für den Bronzegusskurs gebührt den Leuten vom Klingenmuseum Solingen (bei uns ist allerdings kein fliegender Kolibri herausgekommen).

Bei Lena, Oscar, Frank, James und Heike bedanken wir uns herzlich fürs virtuelle Händchenhalten in allen Lebenslagen.

Bei Harald für seine Begeisterung für alles rund um Art Déco und die Idee für gemeinsame Rollenspiel-Eskapaden.

Bei Andy Hahnemann fürs Lektorat – es gibt da eine Wette, was den Wortlaut von Rezensionen angeht, und wenn wir Pech haben, schulden wir ihm einige kühle Getränke.

Beim Team von TOR Online, namentlich bei Kathleen Jurke und ihrer Nachfolgerin Heide Franck, für die Entschlossenheit, sich mit uns in die Zwanziger zu stürzen.

Bei unserer Twitter-Bubble, vor allen Dingen den trans und nonbinary Accounts, wir haben viel von euch gelernt.

Bei unseren Vriends, unserer allerliebsten kleinen Patreon-Community. Ihr seid die Besten!

Und danke an unsere Kids, die im Regen durch Berlin gestapft sind und für die kein Gespräch am Küchentisch zu abgefahren ist.

EINE FRAU, AN DIE SICH NIEMAND ERINNERT.
EINE GESCHICHTE, DIE MAN NIE WIEDER VERGISST

Frankreich im Jahr 1714. Die junge Addie LaRue möchte nur eins: ein selbstbestimmtes Leben führen. In einem verzweifelten Moment schließt sie einen Pakt mit dem Teufel, der ihr Freiheit und ewige Jugend verspricht. Doch der Preis ist hoch: Niemand, den sie trifft, wird sich an sie erinnern. Und so beginnt ihre Reise durch die Jahrhunderte, die Addie an die Grenzen der Einsamkeit führt. Bis sie im Jahr 2014 in New York einen jungen Mann trifft, der sie nicht mehr vergessen kann.

V. E. Schwab
Das unsichtbare Leben der Addie LaRue
Roman

550 Seiten
Klappenbroschur
ISBN 978-3-596-70581-8

Jetzt für den Newsletter anmelden unter:
TOR-ONLINE.DE